La Créature

DU MÊME AUTEUR

aux Éditions Albin Michel

LE MAGE
roman

LA TOUR D'ÉBÈNE
nouvelles

DANIEL MARTIN
roman

MANTISSA
roman

aux Éditions du Seuil

L'AMATEUR

SARAH ET LE LIEUTENANT
FRANÇAIS

John Fowles

La Créature

ROMAN

*traduit de l'anglais
par Annie Saumont*

Albin Michel

Édition originale anglaise :

A MAGGOT

Jonathan Cape Ltd, Londres
© J.R. Fowles, LTD 1985

Traduction française :

© Éditions Albin Michel S.A., 1987
22, rue Huyghens, 75014 Paris

ISBN 2-226-02981-8

Tard dans l'après-midi, le dernier jour d'avril, il y a bien longtemps. Un misérable petit groupe de voyageurs avance au long d'un plateau désolé, vers le lointain sud-ouest de l'Angleterre. Ils sont à cheval et leurs montures vont au pas sur la piste à travers les moors. Dans un paysage austère où à cette altitude on ne perçoit pas encore les premiers signes du printemps, sous un ciel couvert, d'un gris uniforme, c'est un morne voyage en une morne saison, le monde est autour d'eux d'une accablante monotonie. Le chemin tourbeux qu'ils empruntent sillonne une lande aride aux bruyères desséchées ; au-dessous, dans une vallée encaissée, la longue coulée sombre des bois encore privés de leurs feuillages. Les lointains se perdent dans la brume, et les vêtements des voyageurs tendent à se confondre avec la grisaille générale. Il n'y a pas un souffle de vent, la journée est comme suspendue dans une attente morose. Là-bas à l'ouest une mince clarté jaune, seul espoir d'un temps plus clément.

Un homme qui approche la trentaine, vêtu d'un manteau bistre, chaussé de bottes et coiffé d'un tricorne dont les bords relevés sont discrètement soulignés d'une soutache d'argent conduit la caravane silencieuse. Les jambes de son cheval bai foncé et le bas de ses vêtements sont couverts de fange. Il semble, comme ses compagnons, avoir voyagé toute la journée parmi des bourbiers et des fondrières. Il va, légèrement courbé, donnant du jeu aux rênes, et fixe la piste devant lui sans paraître la voir. Le suivant de près, un homme plus âgé monte un cheval plus petit et plus trapu. Son manteau est gris, son chapeau noir et sans ornements ; lui non plus ne prête aucune attention à ce qui l'environne et se laissant mener par son bidet placide il demeure absorbé dans la lecture d'un petit ouvrage qu'il tient de sa main libre. Viennent enfin les deux derniers voyageurs sur une monture plus robuste : un homme nu-tête, ses longs cheveux noués sur la nuque, vêtu d'un sarrau à manches longues, d'un lourd justaucorps de droguet et d'une culotte de cuir, et une jeune femme qui est assise en amazone devant lui et s'appuie contre sa poitrine — de son bras droit il lui entoure la taille. Elle est enveloppée dans une mante à capuchon brun foncé, et emmitouflée de telle sorte que seuls ses yeux et son nez sont visibles. Derrière ces deux cavaliers se tend la longe d'un cheval de bât. Le harnais supporte un cadre de bois ; on y a fixé d'un côté une malle de cuir et de l'autre un coffre plus petit, aux coins renforcés de cuivre. Sur le dos de l'animal on a encore entassé plusieurs ballots et sacs volumineux solidement maintenus par un filet de corde. L'animal surchargé avance péniblement, tête baissée, et le groupe ne peut progresser qu'à son pas.

Quoiqu'il voyage en silence, le groupe n'est pas passé inaperçu. L'air au-dessus de la vallée, là où la raide muraille se brise en rochers et petites falaises, bruit des protestations et des menaces émises par les autochtones outragés de cette intrusion dans leur domaine : c'est une colonie de grands corbeaux qui a été dérangée. En ce temps les corbeaux, très nombreux, ne vivaient pas en solitaires ; ils se groupaient dans les campagnes où ils subsistaient sans peine, et parfois même faisaient irruption dans les villes. Les points noirs qui montent en décrivant des cercles restent prudemment à un mile de distance ; mais l'inquiétude des tristes oiseaux, leur hostilité sournoise sont de mauvais augure ; ces voyageurs rassemblés en une même chevauchée n'ignorent pas la réputation qu'on leur fait, et secrètement redoutent leur cri sinistre.

On pourrait supposer que les deux cavaliers en tête et les deux autres, un humble journalier et son épouse, semble-t-il, voyagent de concert pour mieux assurer leur sécurité dans cet endroit désert. Le vol tourbillonnant des corbeaux ne suffirait pas à justifier cette explication qui devient évidente dès qu'on a jeté un coup d'œil vers le premier cavalier : l'extrémité du fourreau d'une épée pointe sous son grand manteau, tandis que de l'autre côté une protubérance suggère qu'un pistolet à crosse de cuivre est suspendu à la selle. Le journalier a lui aussi un pistolet dans un étui à portée de main derrière sa selle, et au-dessus du bagage recouvert d'un filet sur le dos du cheval de bât est attaché un mousquet à long canon. Seul le second cavalier, le plus âgé, ne semble pas armé. Pour l'époque, c'est lui qui est une exception. Toutefois, s'il s'agissait d'une rencontre de hasard, les deux gentlemen tiendraient conversation et chevaucheraient de front quand le sentier s'élargit. Ces deux-là n'échangent pas un mot, pas plus que l'homme et la femme. Chacun semble comme perdu dans son univers personnel.

Le chemin commence enfin à descendre en biais du plateau vers le bois le plus proche. Environ un mile plus loin, les bois cèdent la place aux champs ; et à une distance à peu près égale, au confluent de deux vallées, on peut tout juste distinguer, sous un léger voile de fumée, un ensemble confus de bâtisses et la tour imposante d'une église. A l'ouest des lueurs d'ambre filtrent à présent par les imperceptibles déchirures des nuages. Cela aussi, chez d'autres voyageurs, aurait provoqué quelque remarque, un soulagement soudain, mais ceux-ci ne réagissent pas.

Puis, et d'une façon un peu théâtrale, apparaît à l'endroit où la piste pénètre dans les bois une silhouette à cheval, montant vers les voyageurs. Ce nouveau venu met quelque couleur dans le paysage car il porte une veste d'équitation d'un rouge passé et sur la tête ce qui ressemble à un chapeau de dragon. C'est un homme trapu, d'un âge indéterminé, avec une longue moustache. Le grand coutelas derrière sa selle et la crosse massive d'un tromblon dans son étui font craindre une de ces rencontres fâcheuses auxquelles tout voyageur doit s'attendre, impression que confirme la façon dont il éperonne sa monture, accélérant le trot en direction des quatre autres, comme pour les rencontrer plus vite et les défier. Mais ils ne montrent ni inquiétude ni excitation. Simplement, le plus âgé qui lisait en chevauchant ferme son livre et le glisse dans la poche de son manteau. L'homme au costume rouge, arrivé à une dizaine de pas du jeune gentleman, salue en touchant du doigt le bord de son couvre-chef, serrant la bride de son cheval, et fait faire demi-tour à la bête. Marchant de front avec le jeune gentleman, il lui dit quelques mots et celui-ci, sans le regarder, incline la tête. L'homme touche à nouveau sa coiffure puis dégage le passage et attend que les deux derniers du groupe soient à sa hauteur. Ils s'arrêtent ; le nouveau venu se penche vers l'anneau fixé derrière leur selle et détache la longe du cheval de bât. Même à présent il n'y a aucun échange de paroles amicales. L'homme prend alors sa place à l'arrière de la courte procession, menant la bête de somme à sa suite. Et très vite c'est comme s'il avait toujours été là, autre membre silencieux du groupe indifférent.

Ils pénètrent entre les arbres sans feuilles. La piste, sans doute un véritable torrent lors des pluies d'hiver, devient plus raide et plus rude. De plus en plus souvent les sabots ferrés sonnent sur de la pierre. Les voyageurs arrivent à ce qui est presque un ravin et poursuivent entre les parois abruptes de rocs à demi enterrés une progression qui, même à pied, serait malaisée. Le chef de file ne semble pas se soucier de ces difficultés, malgré l'hésitation de son cheval qui cherche son chemin avec quelque nervosité. Un des sabots postérieurs glisse, pendant un instant on peut croire que l'animal va tomber, entraînant son cavalier dans sa chute. Mais tous deux retrouvent leur équilibre. Ils avancent un peu plus lentement, le cheval pare à une nouvelle glissade dans un piétinement affolé puis il arrive sur un sol plus égal et s'ébroue. L'homme continue, sans même un regard en arrière pour voir comment se comportent ses compagnons. Le plus vieux gentleman s'est arrêté. Il jette un coup d'œil au couple qui le suit. L'homme pointe un doigt, lui fait décrire un petit cercle et désigne le sol : descendez et menez à la bride. L'homme au costume rouge, par-derrière, fort de son expérience du chemin montant est déjà sur ses pieds et il attache le cheval de bât à une racine découverte, au bord de la piste. Le plus vieux gentleman descend de son cheval. Puis son conseiller fait de même, avec une dextérité singulière : se débarrassant de son étrier droit et lançant la jambe par-dessus le dos de la bête, il se rétablit sur le sol en un seul souple mouvement. Il tend les bras pour aider la femme qui se penche, se laisse glisser vers lui afin qu'il la saisisse, puis se libère en mettant pied à terre.

Le plus âgé suit avec précaution le fond du ravin, conduisant sa monture, il est suivi par l'homme en justaucorps et tête nue, avec la sienne. La femme marche derrière, relevant légèrement ses jupes afin de voir où vont ses pas. Le dernier cavalier, celui à la veste rouge, met lui aussi pied à terre et passant les rênes de son cheval à l'homme au justaucorps, fait demi-tour et grimpe à pas lourds jusqu'au cheval de bât. Le plus vieux gentleman se remet laborieusement en selle et continue sa route. La femme lève les mains et repousse le capuchon de sa cape, puis desserre la bande de tissu blanc dont elle s'est enveloppé le bas du visage. Elle est jeune, plutôt fille que femme, son visage est pâle, sa chevelure sombre est resserrée étroitement sous une coiffe en paille à fond plat, les côtés rabattus contre ses joues, comme ceux d'un bonnet, par des rubans bleus noués sous le menton : à cette époque le genre de coiffure de toutes les Anglaises d'humble condition qui vivent à la campagne. Une petite frange de tissu blanc au bas de sa cape trahit le port d'un tablier. C'est de toute évidence une domestique.

Dégrafant le haut de la cape et dénouant les rubans du chapeau elle s'écarte un peu de la piste et se penche vers un pied de violettes encore en fleur. Son compagnon observe le dos courbé, le mouvement vif des mains, la gauche qui cueille, froissant les feuilles vertes en forme de cœur pour mettre au jour les fleurs cachées, la droite tenant le petit bouquet mauve. Il maintient son regard fixé sur elle comme s'il ne comprenait pas les raisons de ce comportement.

Il a un visage étrangement impénétrable, et on ne peut dire si ce manque d'expression révèle la stupidité de l'illettré, une acceptation passive du destin proche de celle des deux chevaux qu'il retient, ou s'il cache quelque chose de plus profond, un refus de tout ce qui est gracieux, une attitude soupçonneuse, sévèrement critique à l'égard des jeunes femmes de belle prestance qui perdent leur temps à cueillir des fleurs. Mais c'est aussi un visage bien proportionné, aux traits d'une remarquable régularité qui — autant que l'agilité du corps et ses formes athlétiques — donne à un jeune homme d'origine plébéienne, et certainement pas grecque, quelque chose de la beauté classique, la froide beauté d'un Apollon. Le plus étrange dans ce visage ce sont les yeux, d'un bleu glacé, presque comme si l'homme était aveugle bien que de toute évidence il ne l'est pas. Cela ajoute grandement à l'impression d'impénétrabilité, car le regard ne trahit aucune émotion, semble se diriger vers le lointain, et en quelque sorte suggère que l'homme est ailleurs. Pas un regard humain mais plutôt l'œil d'une caméra.

A présent la fille se redresse et élevant jusqu'à ses narines le minuscule bouquet revient vers son compagnon ; puis gravement elle lui tend les fleurs mauves touchées d'orange et d'argent afin qu'il les sente à son tour. Elle l'observe. Les yeux de la femme sont d'une couleur plus ordinaire, un brun roux, et sans sourire ils expriment un léger défi et même un soupçon de malice. Elle insiste un peu, l'homme renifle, hoche la tête et comme s'il trouvait qu'il perdait son temps il fait demi-tour et avec la même agilité gracieuse et le même sens de l'équilibre qu'il a montrés jusqu'ici, sans lâcher les rênes de l'autre cheval se remet en selle. Quand il y est rétabli la fille continue de l'observer, tout en resserrant l'écharpe qu'elle a de nouveau déployée sur son visage pour s'en couvrir la bouche. Précautionneusement elle enfonce les violettes sous le bandeau de tissu blanc, juste au-dessous de son nez.

L'homme en tenue militaire qui s'était arrêté pour pisser arrive avec le cheval de bât ; il reprend sa monture que tenait l'homme au justaucorps et renoue la longe. La fille est immobile, en attente, contre le garrot du cheval de selle ; maintenant, en un rituel qui paraît familier, le militaire s'approche, se poste en face d'elle puis se courbe et joint les mains pour lui fournir un étrier. Elle place son pied gauche au creux des mains jointes, s'élance, est soulevée jusqu'à la selle recouverte d'une couverture et reprend sa place devant l'homme au justaucorps qui reste impassible. Elle baisse les yeux ; le bouquet de violettes sous son nez lui est une absurde moustache. L'homme à la veste écarlate effleure son chapeau de l'index et fait un clin d'œil. Elle détourne la tête. L'homme au justaucorps, qui a vu le manège, éperonne brusquement la monture qui démarre aussitôt en un trot irrégulier. L'homme tire sur les rênes et la femme doit se laisser aller contre lui. Poings sur les hanches, l'homme en tenue militaire les regarde un moment s'éloigner, leur cheval bientôt se remettant au pas, puis il enfourche le sien et les suit.

Comme la caravane serpente à travers les bois, l'homme perçoit un faible son. La jeune femme s'est mise à chanter, ou plutôt elle se fredonne à elle-même un petit air : celui de *Daphné*, une chanson du folklore, plutôt mélancolique, déjà ancienne à l'époque. Mais il y a plus d'impudence que de mélancolie dans cette voix humaine qui ose déchirer l'épais silence. Afin de mieux l'entendre, l'homme à l'arrière pousse un peu sa monture. Bruit des sabots des chevaux, craquements du cuir, légers tintements du métal des harnais, bouillonnement de l'eau, chant d'une grive, loin de l'autre côté de la vallée, à peine audible, aussi intermittent que la voix étouffée de la cavalière. Entre les branches nues passe un rayon d'or, là où le soleil couchant a enfin traversé les nuages.

Maintenant ce qui domine c'est la rumeur de l'eau cascadante. Ils chevauchent un petit moment au-dessus d'un torrent des moors, rapide, furieux, et parmi une végétation plus verdoyante : de l'oseille sauvage, les premières fougères, des touffes de primevères, des violettes, l'herbe tendre, le vert émeraude des joncs flexibles. Les cavaliers atteignent une petite clairière où la piste descend jusqu'au niveau de l'eau, plus calme ici, puis s'incurve vers un gué. Sur l'autre rive, leur faisant face, les deux gentlemen à cheval les attendent et, sans nul doute à présent, ce sont là des maîtres qui attendent leurs domestiques attardés. Le plus vieux, un peu en retrait, s'offre une prise de tabac. La fille cesse de chanter. Les trois chevaux traversent en pataugeant au long d'une rangée de pierres plates, tant bien que mal se frayant un chemin parmi les petits rochers sous l'eau vive. Le jeune gentleman lance un coup d'œil sévère vers la fille, vers sa moustache de fleurs, comme si elle était responsable du retard. Elle ne le regarde pas mais se blottit contre son compagnon qui la tient en sécurité entre ses bras. C'est seulement lorsque les trois chevaux et leurs fardeaux ont atteint l'autre rive que le plus jeune gentleman fait faire volte-face à sa monture et que la caravane reprend sa progression, dans le même ordre que précédemment, et toujours en silence.

Quelques minutes plus tard les cinq cavaliers sortaient de l'ombre des arbres et une fois de plus se retrouvaient en terrain dégagé car ici le fond de la vallée s'élargissait considérablement. La piste descendait en pente douce à travers une longue prairie, un de ces énormes champs qui recouvraient alors largement l'ouest de l'Angleterre et en faisaient un immense parc à moutons presque ininterrompu. Au loin devenait visible la bourgade dont ils avaient découvert le clocher en cheminant à travers les moors. Sous leurs yeux quelques troupeaux de moutons à laine courte, les *exmoor horns* (plus efflanqués et plus petits que les moutons d'à présent) égaillés dans la vaste prairie avec leurs bergers, silhouettes monolithiques sous la cape de ratine brune, munis de leur crosse, tels les évêques de l'Église primitive. L'un d'entre eux avait deux enfants à ses côtés. A la gauche des voyageurs, là où la colline rejoignait le fond de la vallée, était un enclos bordé de pierres massives, et un autre un peu plus loin.

Le jeune gentleman retint légèrement les rênes afin que le plus âgé puisse le rattraper et désormais ils avancèrent de front, quoique toujours en silence. Les deux enfants du berger coururent sur l'herbe rase, jusqu'au bord de la piste, un peu en avant des cavaliers et une fois là restèrent en attente, le regard ardemment fixé sur ces êtres irréels qui venaient d'un monde fabuleux. Ils semblaient s'imaginer que ces êtres ne pouvaient les voir. Le petit garçon et sa sœur, tous deux nu-pieds, ne firent aucune salutation et n'en reçurent aucune. Le jeune gentleman les ignora totalement, le plus âgé ne leur donna qu'un coup d'œil distrait. Le domestique, sur sa monture doublement chargée, les ignora lui aussi, cependant que l'homme au vêtement écarlate paraissait tenir à montrer, même devant un aussi menu fretin, une dignité toute spéciale. Il se redressa sur sa selle, aussi raide et solennel qu'un soldat participant au défilé de son régiment de cavalerie. Seuls les yeux de la jeune femme s'éclairèrent d'un sourire lorsque son regard rencontra celui de la petite fille.

Sur trois cents yards les enfants alternèrent marche et course aux côtés des voyageurs; et soudain le garçon fila en avant car une barrière coupait la route : il en souleva le loquet, la poussa jusqu'à ce qu'elle soit grande ouverte; et il se tint immobile, contemplant le sol, une main tendue. Le plus vieux gentleman explora la poche de son manteau et laissa tomber un farthing qui roula sur le sol. Le garçon et la sœur se bousculèrent pour s'en emparer. Le garçon l'atteignit le premier. Et de nouveau ils se tinrent bras tendu, la paume de la main en sébille, baissant la tête tandis que passait le reste de la cavalcade. La jeune femme leva la main et prit dans son bouquet quelques violettes qu'elle jeta à la petite fille. Elles s'éparpillèrent sur le bras de l'enfant, et sur sa tête courbée, aux cheveux sans nul doute grouillants de poux, puis sur le sol. L'enfant les contempla, laissant retomber son bras, déconcertée par ce cadeau incompréhensible.

Peu après, les cinq cavaliers arrivaient aux abords de la petite ville de C... Ville, non dans le sens moderne du terme, mais seulement parce que sa population, dans une région faiblement peuplée, dépassait de quelques centaines d'habitants celle des villages environnants; ville aussi en vertu d'une charte ancienne, qui lui avait été octroyée quatre cents ans plus tôt, en des temps plus florissants, plus prometteurs, ce qui permettait encore — absurdement — à son maire somnolent et à son minuscule conseil d'élire deux députés au Parlement. Elle se glorifiait en outre de quelques boutiquiers et artisans, d'un marché hebdomadaire, d'une auberge jouxtant les deux ou trois brasseries ou cidreries, et même d'une très vieille école secondaire — si on peut appeler école un effectif de sept garçons et leur vieux maître, en même temps clerc de la paroisse. Avec tout cela, la ville de C... n'était qu'un modeste village.

Rien ne pouvait être plus trompeur que la majestueuse tour à créneaux et haut pinacle de son église médiévale. Elle dominait à présent une contrée à la population beaucoup moins prospère et sûre d'elle que celle qui, quatre siècles plus tôt, l'avait construite, et ne représentait plus guère qu'un vestige du passé. S'il y avait encore un manoir, aucun gentilhomme ne résidait plus ici de façon permanente. L'endroit était trop retiré et, comme en tous lieux du même genre dans la Grande-Bretagne de l'époque, il n'y avait pas de routes à péage, pas de routes carrossables décentes. Et surtout C... paraissait sans attrait dans un âge où la notion de beauté naturelle — chez les rares individus sensibles à une telle notion — était strictement réservée aux jardins à la française ou à l'italienne, aux paysages classiques du sud de l'Europe, à la nature certes, mais seulement quand elle a été arrangée, ordonnée, disciplinée selon les règles de l'art.

C'est pourquoi, aux yeux d'un Anglais de bonne éducation, il n'y avait rien de romantique ni de pittoresque dans des étendues incultes et moins que rien dans les humbles constructions de petits bourgs comme C... L'Anglais le plus audacieux ne voyait dans la nature authentique qu'une réalité informe et grossière, une sauvagerie menaçante, le souvenir accablant de la Chute, de l'exil éternel hors du Jardin d'Eden ; et tout ce qu'il y avait de gratuit et d'inutile dans cette sauvagerie primitive menaçait en effet les valeurs d'une nation de puritains hantés par le souci du profit, et qui entrait dans le monde du mercantilisme-roi.

Un esprit éclairé du vingtième siècle, s'il pouvait se doter de la sensibilité et du regard des deux voyageurs de bonne éducation et entrer avec eux ce jour-là dans cette ville, aurait l'impression de débarquer dans un lieu bien abrité, dans une zone de calme étrange où le temps s'est immobilisé, dans une de ces périodes où Clio semble s'arrêter, gratter sa tête ébouriffée, en se demandant où diable aller maintenant. Car ce moment — à peu près équidistant de 1689, point culminant de la révolution anglaise, et 1789, début de la révolution française — est celui d'une sorte de solstice de l'Histoire qui marque une pause et se met à somnoler, une stase diraient aujourd'hui ceux qui voient toute évolution comme une succession de points d'équilibre, entre deux dates-zéniths ; c'est une époque de réaction contre les extrémismes violents du siècle précédent et qui contient les prémices d'un nouveau branle-bas dans le monde (peut-être annoncé déjà dans cet éparpillement insouciant de petite monnaie et de violettes). L'Angleterre tout entière se livrait à son éternel sport national, qui consiste à se retirer profondément en elle-même avec pour seul sentiment commun à tous la haine obstinée de tout changement.

Cependant, comme il arrive souvent dans les périodes creuses de l'Histoire, la vie n'était pas particulièrement difficile pour les six millions d'Anglais qu'il y avait alors, et même pour les plus humbles d'entre eux. Les deux enfants qui mendiaient au bord de la route portaient certes des habits déchirés et rapiécés ; du moins, de toute évidence, n'étaient-ils pas en danger de mourir de faim. Les gages étaient alors plus élevés qu'ils ne l'avaient été pendant des siècles et qu'ils ne le seraient pendant les deux siècles suivants. En fait pour le comté du Devon, l'époque était plutôt florissante. Les ports, les bateaux, les villes et les villages vivaient et prospéraient, comme ils le faisaient depuis un demi-millénaire, grâce à l'abondante production et au commerce de la laine. En moins d'un siècle ce commerce devait lentement décliner et finalement disparaître en raison des nouvelles habitudes vestimentaires qui donneraient l'avantage à des tissus plus légers, en raison aussi du développement industriel dans le nord de l'Angleterre ; mais à ce jour la moitié de l'Europe et même l'Amérique coloniale et la Russie impériale faisaient appel, pour leurs vêtements, à la laine du Devon, et achetaient ses fameux coupons de serge et de perpétuana.

Par toutes les portes, par toutes les fenêtres des cottages au toit de chaume de C... on voyait à l'évidence le travail de la laine, les femmes filaient, les hommes filaient, les enfants filaient, leurs mains si accoutumées à la tâche que les yeux et les langues étaient libres ; et ceux qui ne filaient pas lavaient, cardaient, ou peignaient la laine brute. Ici et là, dans un intérieur sombre, on pouvait apercevoir ou entendre des métiers à tisser, mais ce qui prédominait c'était les rouets. La jenny mécanique n'apparaîtrait pas avant plusieurs décades et pour lors le traditionnel procédé manuel n'assurait qu'à grand-peine une production suffisante pour répondre à la demande des grands centres de tissage, de finition et de vente comme Tiverton et Exeter. Pédalage interminable, tourbillonnement des roues, maniement des quenouilles, odeur du suint, nos voyageurs ne reconnurent là rien de pittoresque ou d'un quelconque intérêt. Dans tout le pays, l'industrie en était encore au stade domestique, et le travail s'effectuait à l'intérieur des chaumières.

Ce mépris — ou pour le moins cette indifférence —, on le leur rendit. Les cavaliers furent forcés de ralentir derrière un char à bœufs qui ne leur laissait pas le passage — et les fileuses sur le seuil des portes, les citadins circulant dans les rues ou attirés à leur fenêtre par le bruit des sabots des chevaux exprimèrent un semblable sentiment de méfiance envers l'étranger en fixant un regard soupçonneux (tout comme l'avaient fait les enfants du berger) sur ces hommes venus d'ailleurs — comme s'ils étaient d'une autre nationalité et qu'on dût se tenir sur ses gardes. Cette attitude révélait aussi la naissance d'une conscience de classe. Cela s'était senti déjà cinquante ans plus tôt, dans les contrées avoisinantes du Somerset et du Dorset : presque la moitié de ceux qui s'étaient groupés pour joindre les rangs de la Monmouth Rebellion de 1655 appartenaient au commerce de la laine ; le reste à la communauté agricole ; mais personne ne s'était manifesté qui fût de l'aristocratie locale. Ce serait une erreur de parler déjà d'un esprit syndical ou même d'un pouvoir des masses, pourtant déjà connu et craint dans les grandes villes ; c'était du moins la manifestation d'un ressentiment envers ceux qui vivaient dans un monde où ne régnait pas la laine.

Les deux gentlemen s'appliquèrent à éviter les regards inquisiteurs ; la gravité, la sévérité de leur comportement leur épargna salutations et questions sinon les commentaires marmonnés dans le dialecte du pays. La jeune femme jetait bien de temps à autre des regards timides aux alentours ; mais quelque chose de bizarre dans son apparence, sans doute l'écharpe en bâillon sur la bouche, déconcertait les curieux. Seul l'homme au vêtement rouge passé, à l'arrière, ressemblait à un voyageur normal. Il rendait les coups d'œil qu'on lui adressait ; il toucha même du doigt son couvre-chef pour saluer deux filles sur le seuil de leur porte.

Un jeune homme en sarrau sortit brusquement d'un recoin sombre derrière un pilier soutenant le mur incliné d'une chaumière ; il brandissait un anneau d'osier d'où pendaient des oiseaux morts qu'il tendit vers l'homme à l'allure militaire. Il avait le sourire malin d'un rustre, mi-blagueur, mi-idiot de village.

« T'en veux, maître ? Un penny pièce, un penny pièce ! » L'autre l'écarta d'un geste , mais il avançait à reculons, tendant toujours vers le cavalier son chapelet d'oiseaux morts au cou transpercé, la gorge pourpre ou brune et la tête d'un noir de charbon. Huppes ou bouvreuils avaient alors un prix à la pièce, que versait le conseil de la paroisse.

« Qui c'est que tu cherches ? »

L'homme au vêtement écarlate chevaucha un instant en silence puis jeta une réponse par-dessus son épaule.

« Les puces dans ton auberge vérolée.

— Pour quelle affaire ? »

De nouveau le cavalier attendit avant de répondre et cette fois il ne tourna pas la tête.

« Ça n'est pas la tienne. »

Le char à bœufs tourna dans la cour d'un forgeron et la cavalcade put accélérer l'allure. Après une centaine de yards elle atteignit un endroit plus ouvert, au sol empierré de petits pavés sombres enfoncés sur la tranche. Le soleil était couché, pourtant le ciel s'éclaircissait à l'ouest. Des rais de vapeur rose flottaient dans une lumière couleur de miel teintant d'orange et d'améthyste le ciel encore bas. Des bâtiments un peu plus imposants entouraient cette place dont l'édifice central, une halle ouverte, était fait de poutres massives en chêne surmontées d'un toit pentu, de pierres plates. Il y avait là une boutique de drapier, un bourrelier, un épicier, un apothicaire et un chirurgien-barbier (ce que la ville avait de mieux pour ses malades) et aussi un cordonnier. A l'extrémité de la place, au-delà du marché, un petit groupe de badauds se tenait à l'entour d'un grand poteau de bois étendu à terre, le totem central des célébrations du lendemain et que d'autres étaient en train de décorer avec des serpentins.

Plus près, au pied des colonnes extérieures supportant le

toit de la halle du marché, des groupes d'enfants jouaient bruyamment au *tut-ball* et au *lamp-loo*, ces formes archaïques du base-ball et de la poursuite-à-qui-sera-le-chat. Les passionnés de base-ball de notre monde moderne seront choqués en apprenant qu'ici c'était surtout un jeu de filles (et que la récompense traditionnelle pour le vainqueur en jupons n'était pas un contrat d'un million de dollars mais un simple pudding). Une troupe de garçons plus âgés, parmi eux quelques hommes, tenaient à la main de courts bâtons noueux d'aubépine et de houx, qu'ils jetaient à tour de rôle en direction d'un objet bizarre, marionnette de tissu rouge bourrée de son, ressemblant vaguement à un oiseau, et qu'on avait placée au pied du mur de la halle du marché. Pour les voyageurs c'était là une vision familière, un simple exercice d'entraînement au noble sport anglais ancien et partout pratiqué : le *cocksquailing* qui consistait à trucider les coqs en lançant violemment contre eux les *squailers* ou bâtons lestés. La coutume voulait qu'on organise des concours durant la période des jours gras. Mais en cette région c'était un jeu si apprécié dans les milieux populaires — tout comme le combat de coqs l'était dans l'aristocratie — qu'on y jouait à l'occasion de toutes les festivités. Dans quelques heures des volatiles terrifiés remplaceraient la marionnette et du sang tacherait les pavés. L'homme du dix-huitième siècle avait le sentiment de se conduire en bon chrétien dans sa cruauté envers les animaux. N'était-ce pas un coq blasphémateur qui avait chanté trois fois, et chaque fois se réjouissant du reniement de l'apôtre Pierre ? Rien ne pouvait être plus vertueux que de tuer ses descendants à coups de gourdin.

Les deux gentlemen retinrent leurs montures, comme surpris par ce plateau de théâtre inattendu et cette foule animée. Les massacreurs de coqs déjà abandonnaient leur répétition ; avec la même promptitude, les enfants cessèrent leurs jeux. Le plus jeune gentleman se retourna vers l'homme au manteau écarlate qui pointa le doigt en direction du nord de la place, désignant un bâtiment de pierre passablement délabré avec comme enseigne au-dessus du porche un cerf noir grossièrement peint, et sur le côté une arche conduisant aux écuries.

Le groupe avançait dans le piétinement des sabots des chevaux, à travers la place légèrement en pente. L'arbre de mai fut à son tour abandonné pour ce divertissement plus apprécié, qui venait déjà de provoquer le rassemblement d'une petite procession. Lorsqu'ils approchèrent de l'auberge, une cinquantaine de visages étaient tournés vers les cavaliers ; mais juste avant qu'ils descendent de leurs montures le plus jeune des deux gentlemen invita d'un geste le plus âgé à passer devant lui, comme s'il lui reconnaissait la préséance. Un homme pansu et rubicond apparut sous le porche, suivi par une servante et un garçon des cuisines ; puis venant de la cour, boitillant en toute hâte, le valet d'écurie. Comme le plus vieux gentleman se laissait glisser lourdement jusqu'au sol, il s'empara de son cheval ; le garçon des cuisines prit celui du plus jeune. L'aubergiste fit un salut.

« Messieurs, soyez les bienvenus. Puddicombe, pour vous servir. J'espère que vous avez fait bon voyage. »

Le vieux gentleman demanda : « Tout est prêt ?

— Selon les ordres de votre homme, monsieur. Suivis à la lettre.

— Alors conduis-nous à nos appartements. Nous sommes très fatigués. »

L'aubergiste s'effaça pour laisser entrer ses hôtes. Mais le plus jeune gentleman attendit un moment, regardant les trois autres chevaux et leurs cavaliers pénétrer directement dans la cour. Son aîné jeta un coup d'œil vers lui, puis vers le cercle des badauds et parla avec une ferme autorité, où perçait quelque irritation.

« Venez, mon neveu. Il ne me convient guère d'être plus longtemps le point de mire de ces gens. »

Là-dessus il entra dans l'auberge, bientôt suivi par son neveu.

Dans le meilleur logement à l'étage, l'oncle et le neveu ont juste terminé leur souper. On vient d'allumer les chandelles sur une applique près de la porte, et celles des trois branches d'un chandelier d'étain posé sur la table. Un feu de frêne brûle dans une large cheminée et l'odeur légèrement âcre de la fumée gagne les coins d'ombre tremblante de la grande salle ancienne. Un lit à colonnes, aux rideaux tirés, est accoté au mur opposé à la cheminée. Tout près, sur une tablette, un pot à eau et une cuvette. Devant la fenêtre, une autre table et une chaise. Deux vieux fauteuils aux accoudoirs de bois rongé des vers et au siège de cuir rembourré se font face de chaque côté du foyer ; un long coffre-banquette du dix-septième siècle garde le pied du lit. Pas d'autres meubles. Les fenêtres sont protégées par des volets pliants dont la barre a été fixée. Il n'y a rien sur les murs, ni dessins ni peintures, juste une gravure dans son cadre au-dessus de la cheminée, un portrait de l'avant-dernier monarque, la reine Anne, et un petit miroir terni près du chandelier mural.

On a déposé contre la porte le coffre bordé de cuivre ainsi que la malle de cuir dont le couvercle soulevé laisse apparaître des vêtements. Les lueurs sautillantes du feu de bois font oublier que la pièce est nue, qu'il n'y a pas de tapis sur le plancher.

Le neveu s'empare de la carafe en porcelaine de Chine bleu et blanc et remplit son verre de vin de Madère. Puis il se lève et va vers le feu. Il le contemple quelques instants en silence. Il a détaché son jabot et enfilé sur ses chausses et son long gilet un ample vêtement sans façon, une sorte de robe de chambre en tissu damassé. Il a aussi ôté sa perruque, révélant dans ce pauvre éclairage que son crâne est rasé jusqu'à paraître chauve ; et en vérité, si on ne tenait pas compte de ses vêtements, il ressemblerait beaucoup à un de nos skinheads modernes. Son manteau de cheval et son habit, la courte perruque à la mode sont suspendus à des crochets près de la porte ; au-dessous sont déposées les bottes à revers et l'épée. L'oncle est resté vêtu d'une façon plus cérémonieuse ; il porte encore son chapeau et une perruque beaucoup plus abondante, dont la queue tombe sur le col de son vêtement. Les deux hommes ne se ressemblent guère. Le neveu est plutôt svelte ; son visage tourné vers le feu trahit un mélange d'intransigeance et de délicatesse exagérée. Nez aquilin, bouche bien tracée, c'est un visage agréable, mais quelque chose d'intense couve sous l'harmonie des traits. Il n'y a là certainement rien qui trahisse un possible manque de savoir-vivre ou de courtoisie ; en fait l'homme a l'air d'être sûr de sa position dans la vie et, en dépit d'une relative jeunesse, de ses convictions personnelles. Toutefois, sans aucun doute le visage suggère une volonté très ferme et une indifférence totale à tout ce qui n'est pas cette volonté.

Ce visage présentement méditatif est en contraste marqué avec celui de l'oncle corpulent, à première vue un homme d'aspect plus imposant, doctoral, le sourcil épais, la mâchoire lourde, et qui pourrait bien être colérique. Il paraît cependant nettement moins à l'aise que son compagnon qui se tient devant le feu, la tête inclinée, et qu'il observe. Son regard révèle une certaine ironie mélancolique et mêlée d'impatience. Mais il finit par baisser les yeux vers son assiette. Quand soudain le jeune homme prend la parole, le vif coup d'œil qu'il lui lance, s'il semble un instant dirigé vers le feu, témoigne que durant le repas, comme auparavant tout au long du voyage, la conversation a été fort réduite.

« Je vous remercie de m'avoir supporté, Lacy. Moi et mes *vacua.*

— J'ai été dûment averti, monsieur. Et largement payé.

— C'est égal. Pour quelqu'un qui doit considérer la parole comme le pain de la vie ... je crains d'avoir été de bien piètre compagnie. »

Ils ne conversent pas comme le feraient un oncle et son neveu. Le plus vieux sort une tabatière ; et il glisse un regard furtif à son interlocuteur.

« Mes discours m'ont parfois valu des choux pourris. Et une récompense bien inférieure à celle que vous m'avez offerte. » Il renifle une pincée de tabac. « Il est même arrivé que j'aie eu les choux sans la récompense. »

L'homme qui se tient près du feu tourne un instant la tête vers son compagnon et avec un léger sourire :

« Je parierais bien que ce ne fut jamais dans un rôle de ce genre.

« — Je vous l'accorde, monsieur. Certes jamais dans un rôle de ce genre.

— Je vous suis très reconnaissant. Vous avez fort bien tenu le rôle. »

L'homme salue, avec une très légère exagération ironique.

« J'aurais pu le jouer encore mieux s'il m'avait été donné ... » mais il s'interrompt, ouvre largement les mains en signe d'impuissance.

« ... d'avoir un peu plus de confiance en l'auteur ?

— Dans son dessein final, Mr Bartholomew. Avec tout mon respect. »

Le jeune homme contemple le feu.

« Nous pourrions tous en dire autant, n'est-il point vrai ? *In comoedia vitae.*

— Certes, monsieur. » Il sort un mouchoir de dentelle et se tapote le nez. « Mais notre métier nous plie à ses exigences. Nous aimons avoir nos lendemains fixés. C'est en cela que notre art prend son appui. Et sans cela, monsieur, nous perdons la moitié de nos pouvoirs.

— Je ne m'en suis point aperçu. »

L'acteur sourit et referme sa tabatière. Le plus jeune se dirige lentement vers la fenêtre, d'un geste nonchalant détache les volets et replie un des demi-panneaux grinçants. Il se penche pour regarder dehors, l'on pourrait croire qu'il s'attend à voir quelqu'un en faction sur la place du marché. Elle est à présent vide et sombre, avec seulement sur les vitres d'une ou deux maisons le reflet d'un faible éclairage aux chandelles. Il y a encore, dans le ciel, à l'occident, une luminescence à peine perceptible, un dernier souvenir du jour disparu ; et les étoiles, quelques-unes presque à la verticale, annoncent que le ciel continue à s'éclaircir vers l'est. Il referme le volet et se tourne pour faire face à son compagnon, assis à la table.

« Demain nous continuerons pendant une heure notre chevauchée commune. Puis il faudra nous séparer. »

L'autre baisse les yeux avec un froncement des sourcils et un petit hochement de tête pour acquiescer à regret, tel un joueur d'échecs bien obligé de reconnaître qu'il a rencontré son maître.

«J'imagine que je peux au moins garder l'espoir de vous revoir dans des circonstances plus propices.

— Si le sort le permet... »

L'acteur l'observe longuement.

Le sort? «Allons, monsieur ...Ne vous êtes-vous pas vous-même gaussé, l'autre jour, de la superstition? Vous parlez comme si la fortune était votre ennemie.

— Invoquer la fortune, Lacy, ce n'est pas se montrer superstitieux.

— Un coup de dés, peut-être. Mais rien ne vous empêche de les lancer de nouveau.

— Peut-on traverser deux fois le Rubicon?

— Mais la jeune dame ...

— Cette fois ... ou jamais plus. »

Lacy reste un moment silencieux.

«Cher monsieur, avec tout le respect que je vous dois, vous avez des choses une vision trop tragique. Vous n'êtes pas le Roméo d'une histoire, lié à la roue du destin. De telles notions ne sont qu'inventions de poète pour atteindre à l'effet désiré. » Il s'arrête, mais n'obtient pas de réponse. «Bien. Il se peut que cette fois encore — comme, m'avez-vous dit, cela vous est déjà arrivé — vous n'ayez point de succès dans votre entreprise. Mais ne pouvez-vous la réitérer? Ainsi que le feraient les vrais amants. Et ainsi que le vieil adage nous y invite. »

Le jeune homme retourne s'asseoir et une fois de plus, et un long moment, reste le regard fixé sur les flammes.

«Disons que c'est une histoire sans Roméo et sans Juliette. Mais avec une autre fin, aussi sombre que la nuit la plus sombre. » Il lève les yeux. Son regard est soudain direct et volontaire. «Eh bien, Lacy?

— C'est à nous deux que la comparaison devrait plutôt s'appliquer. Lorsque vous parlez de la sorte, c'est moi qui suis rejeté dans la nuit la plus sombre.

A nouveau le jeune homme est lent à répondre.

«Permettez-moi de vous faire part d'une étrange fantaisie. Vous avez il y a quelques instants évoqué des lendemains fixés d'avance. Supposez que quelqu'un vienne vous trouver, vous seul, et vous dise qu'il a pénétré les secrets du monde futur —

je ne parle point des Cieux mais du monde où nous vivons. Quelqu'un qui saurait vous persuader qu'il n'est pas un charlatan de baraque de foire mais que ce qu'il prétend connaître il l'a découvert par une longue étude de la mathématique, de la science, de l'astrologie ... ce que vous voudrez. Qu'il vous parle donc du monde à venir, de ce qui arrivera demain, arrivera ce même jour du mois prochain, de l'année prochaine, dans cent ans d'ici, dans un millénaire ... Tout comme ce serait dans une histoire. Eh bien, iriez-vous le crier par les rues ou en garderiez-vous précieusement le secret ?

— Je mettrais d'abord en doute mon propre esprit.

— Mais si vous étiez libéré de ce doute par quelque preuve irréfutable ?

— Alors j'avertirais les autres humains. Afin qu'ils soient en mesure d'éviter ce qui peut les blesser.

— Parfait. Mais poussons plus loin la conjecture. Jusqu'à imaginer que le prophète dont je parle révélerait que ce monde est prédestiné à un avenir de feu et de peste, d'agitation populaire, de calamités sans fin. Dans ce cas ? Réagiriez-vous d'une semblable façon ?

— C'est un cas qu'il m'est malaisé de concevoir, monsieur. Comment cela pourrait-il être ?

— Pardonnez-moi. Il s'agit d'une simple hypothèse. Admettons que j'avance des preuves qui vous convainquent ?

— Je vous suis avec peine, Mr Bartholomew. S'il est écrit dans les astres que ma maison sera demain frappée par la foudre, je vous accorde qu'il peut m'être difficile de conjurer ce malheur. S'il est aussi écrit que j'en serai avisé, rien ne devrait m'empêcher de me mettre à temps à l'abri.

— Que diantre, supposez que la foudre vous frappe là où vous avez fui, en quelque abri par vous choisi ? Vous n'auriez tiré nul avantage d'avoir connu les faits à l'avance. Vous auriez pu tout aussi bien rester chez vous. D'ailleurs cet homme ne sait peut-être point comment vous-même allez mourir, ni quand tel ou tel des maux présagés accablera tel ou tel individu, pas plus que le jour funeste où le malheur tombera sur l'humanité tout entière. Et donc, Lacy, je vous poserai cette question : Si un semblable personnage, avant de se présenter devant vous, avait pris soin de vous révéler le but de sa visite afin que vous ayez le temps de réfléchir et de vaincre une curiosité bien naturelle, ne refuseriez-vous pas — faisant par là montre d'une grande sagesse — d'entendre un seul mot de sa bouche ?

— Il se peut. Je n'ose en convenir plus fermement.

— Et s'il était chrétien et charitable — et, notez-le, même si sa science prophétique annonçait exactement l'opposé, c'est-à-dire que ce monde corrompu et cruel vivra un jour dans la paix et l'absolue plénitude — n'en garderait-il pas moins, et fort sagement, le secret ? Car si tous étaient un jour assurés d'entrer au Paradis, qui prendrait désormais la peine de gagner des mérites et de cultiver la vertu ?

— Je comprends votre argument dans sa ligne générale. Mais je manque à saisir les raisons qui vous font me l'exposer en ces présentes circonstances.

— Ceci, Lacy. Supposez que vous soyez celui qui peut lire ce terrible décret commandant l'avenir. N'est-ce pas de votre part simple décence que d'accepter d'en être la seule victime ? N'y a-t-il pas lieu de penser qu'une divine et juste colère devant un tel acte blasphématoire qui brise les sceaux du temps ne puisse être apaisée qu'au prix de votre silence ... ou de votre vie, même ?

— A cela je ne sais point répondre. Vous touchez là des questions ... Ce n'est pas à nous d'empiéter sur un privilège dont jouit seul notre Créateur. »

Le jeune homme, le regard encore perdu dans la contemplation des flammes, penche un peu la tête en signe d'acquiescement.

« Je ne songeais qu'à vous soumettre un cas particulier. Je n'ai nullement le goût du blasphème. »

Puis il redevient silencieux, comme s'il regrettait d'avoir entamé le sujet. Il est clair que cela ne satisfait pas l'acteur qui à présent se lève et à son tour, mains au dos, se dirige lentement jusqu'à la fenêtre. Il s'immobilise un moment devant les volets fermés, et soudain, joignant fermement les mains, il fait volte-face pour s'adresser à la nuque de l'homme qui se tient assis entre lui et le feu.

« Puisque demain nous nous séparons, je dois, Mr Bartholomew, vous parler avec franchise. Dans ma profession, nous apprenons à déchiffrer l'homme d'après sa physionomie. D'après son aspect physique, sa démarche, son maintien. Je me suis permis de me former une opinion à votre sujet. Elle est, monsieur, hautement favorable. Nonobstant les subterfuges auxquels nous sommes présentement réduits, je crois que vous êtes un gentleman honnête et honorable. J'imagine que vous me connaissez suffisamment à présent pour qu'il me soit permis de dire que je ne me serais jamais lancé dans une telle entreprise si je n'étais persuadé que la justice est de votre côté. »

Le jeune homme ne se retourne pas, et il y a dans sa voix un soupçon d'ironie.

« Mais ?

— Je saurai ne point vous garder rancune, monsieur, de taire certaines circonstances en rapport avec votre projet présent. Je me rends compte qu'il peut y avoir là nécessité et que le simple bon sens commande cette attitude. Mais je ne vous pardonnerais point de faire usage d'une telle nécessité afin de me tromper sur le projet lui-même. Vous pouvez parler, monsieur, des tours de l'imagination, mais que faut-il que je comprenne par là ? »

Soudain le jeune homme se lève, presque en fureur semble-t-il tant le mouvement est brusque. Pourtant il se contente de regarder l'acteur droit dans les yeux.

« Vous avez ma parole, Lacy. Vous savez que je suis un fils insoumis, vous savez que je ne vous ai pas tout dit. S'il s'agit là de péchés je les confesse. Vous avez ma parole que ce que je fais ne viole en rien les lois de ce pays. »

Il s'avance, une main tendue.

« Je veux que vous n'en doutiez point. »

L'acteur hésite, puis lui touche la main. Le regard de l'autre ne l'a pas quitté.

« Sur mon honneur, Lacy. En cela vous n'avez pas fait erreur de jugement à mon égard. Et je vous prie de vous en souvenir quoi qu'il arrive désormais. »

Sa main retombe, il se tourne à nouveau vers le feu mais

avec un dernier regard à l'acteur debout près du fauteuil.

« Si je vous ai trompé, je vous supplie de me croire quand je vous dis que ce faisant je n'avais d'autre but que de vous épargner tous ennuis et désagréments. Jamais personne ne pourra vous accuser d'avoir été en cette affaire autre chose qu'un innocent instrument. Si toutefois on devait vous accuser un jour de quelque chose. »

Les yeux du plus âgé sont sévères.

« Quoi qu'il en soit, il se trame des événements sans rapport avec ce que vous m'avez laissé croire ? »

Le jeune homme s'obstine à contempler le feu.

« Je cherche à rencontrer quelqu'un. Cela est vrai.

— Mais ce n'est pas le genre de rencontre que vous m'aviez donné à supposer ? Une affaire d'honneur ? »

Mr Bartholomew sourit légèrement.

« Si tel était le cas je ne serais point ici sans aucun de mes amis. Je n'aurais jamais entrepris un tel voyage pour faire ce qui peut être fait beaucoup plus près de Londres. »

L'acteur ouvre la bouche pour répondre et ne dit rien car un pas résonne dans le couloir, puis on frappe à la porte. A l'invite du plus jeune, Puddicombe l'aubergiste apparaît sur le seuil et s'adresse à l'oncle supposé.

« Mr Brown, si vous voulez bien m'excuser, il y a en bas un gentleman qui vous transmet ses compliments. »

L'acteur lance un coup d'œil aigu à l'homme qui se tient près du feu. Mais celui-ci ne montre aucun signe qui pourrait laisser penser qu'il s'attendait à cette visite. C'est lui pourtant qui s'adresse impatiemment à l'aubergiste.

« Qui donc ?

— Mr Beckford, monsieur.

— Et qui donc est ce Mr Beckford ?

— Notre pasteur, monsieur. »

L'homme près du feu baisse les yeux, quelque peu soulagé, semble-t-il, puis se tourne vers l'acteur.

« Pardonnez-moi, mon oncle, je suis fatigué. Mais que cela ne vous retienne point. »

L'acteur, tranquillement, bien qu'un peu tardivement, donne sa réplique. « Dites au révérend gentleman que je serai heureux de le recevoir en bas. Mon neveu sollicite son indulgence.

— Très bien, monsieur. Tout de suite. Mes respects. »

L'aubergiste se retire. Le plus jeune des deux hommes fait une légère grimace.

« Préparez-vous, mon ami. La poudre aux yeux, une dernière fois.

— Il me coûte d'ainsi renoncer à notre conversation.

— Débarrassez-vous de lui sitôt que les obligations de la courtoisie vous rendront la chose possible. »

L'acteur arrange son jabot, redresse son couvre-chef, et défroisse son habit.

« Fort bien. »

Un léger salut et il se dirige vers la porte. Il a déjà la main sur la poignée lorsque l'autre ajoute :

« Et soyez assez aimable pour demander à notre valeureux aubergiste de nous fournir un supplément de ses misérables chandelles. J'aimerais faire un peu de lecture. »

L'acteur salue de nouveau en silence et sort de la pièce. Pendant quelques instants l'homme auprès du feu contemple le plancher. Puis il va chercher la petite table qui se trouve devant la fenêtre et la place à côté du fauteuil ; il prend le chandelier sur la table du dîner et le pose sur la petite table. Enfin, tâtonnant dans la poche de son long gilet, il en sort une clef et va s'accroupir devant le coffre bordé de cuivre qui a été déposé près de la porte. Le coffre semble ne contenir que des livres et des papiers manuscrits. Il fouille et trouve enfin le feuillet qu'il cherchait, l'emporte, regagne son fauteuil et se met à lire.

Bientôt on frappe à la porte. C'est une servante apportant un chandelier sur un plateau. Il lui fait signe de le poser sur la table à côté de lui ; elle obtempère, puis elle se dirige vers la table du souper et la débarrasse. Mr Bartholomew ne la regarde pas. C'est comme s'il vivait non pas il y a deux cent cinquante ans mais dans cinq siècles, lorsque toute tâche fastidieuse et servile sera accomplie par des robots. La servante se retire, emportant sur le plateau la vaisselle sale, mais arrivée à la porte elle se retourne pour esquisser une petite révérence maladroite vers l'homme assis dans le fauteuil, absorbé dans sa lecture. Il ne lève pas les yeux, et saisie d'une crainte respectueuse — parce que la lecture est pour elle une occupation quelque peu diabolique — ou peut-être secrètement piquée au vif par une telle indifférence en ces temps où un physique agréable ne peut qu'être un atout pour obtenir d'être engagée comme servante d'auberge, elle s'éloigne en silence.

A l'étage au-dessus, dans une chambre beaucoup plus humble, un galetas sous le toit, la jeune femme est couchée, endormie à ce qu'il semble, sa cape brune étendue sur elle en manière de couverture au travers de l'étroit lit de fortune. La faible lueur d'une unique chandelle posée sur la table à l'autre bout de la pièce sans plafond, près de la petite lucarne faîtière n'éclaire qu'à peine la dormeuse. Elle est tournée sur le côté, les genoux remontés sous la cape et un bras replié sur l'oreiller rêche qu'elle a recouvert de l'écharpe de lin qui tout à l'heure lui protégeait le visage. Il y a dans sa pose et ses traits — le nez légèrement camus, les cils baissés — quelque chose d'enfantin. De sa main gauche elle tient encore ce qui reste du bouquet de violettes défraîchi. On entend le bruit furtif d'une souris qui court ici et là sous la table, en d'aventureuses recherches.

Au dossier de la chaise à côté du lit a été accroché un objet apparemment précieux, sorti du ballot posé sur le sol et resté ouvert : un bonnet de batiste blanche au bord tuyauté, où sont fixés deux longs pans de tissu destinés à tomber derrière les oreilles. Dans cette pauvre mansarde le bonnet semble étrangement irréel, quelque peu absurde, et même impertinent. De tels bonnets — sans toutefois les longues oreillettes — allaient devenir le signe distinctif de la domestique ou de la servante d'auberge, mais ils étaient alors portés par toutes les femmes soucieuses d'élégance, les maîtresses aussi bien que les servantes — comme l'étaient d'ailleurs souvent les tabliers. On repérait aisément les domestiques mâles, esclaves de la livrée ; mais les femmes, comme au moins un homme de ce temps l'a fait remarquer avec désapprobation et en s'efforçant d'y porter remède, jouissaient alors d'une considérable liberté pour la toilette. Plus d'un gentleman pénétrant dans un salon s'apercevait, soudain mortifié, qu'il s'était poliment incliné devant quelqu'un qu'il supposait être une intime de son hôtesse, pour découvrir ensuite que ses belles manières avaient honoré une simple soubrette.

Mais la propriétaire de ce petit bonnet délicat et ambigu ne dort pas vraiment. Au bruit des pas dans l'escalier elle ouvre les yeux. Les pas s'arrêtent à sa porte, il y a une légère pause puis deux coups sourds, deux coups de pied dans la planche inférieure. Elle rejette la cape et se lève. Elle est vêtue d'une robe vert sombre, agrafée entre les seins ; le repli du décolleté, celui des manches au-dessous du coude, laissent apercevoir une doublure jaune. Elle porte, noué à la taille, un tablier blanc qui descend jusqu'à ses pieds. La robe est baleinée, marquant une taille fine et donnant à la partie supérieure du corps la forme d'un cône renversé. La jeune femme glisse ses pieds gainés de bas dans une paire de mules usées et va ouvrir la porte.

Le domestique dont elle a partagé la monture se tient sur le seuil, un grand broc de cuivre rempli d'eau chaude à la main, de l'autre bras serrant contre lui une cuvette de terre vernissée. Dans l'obscurité l'homme est à peine visible, son visage reste dans l'ombre. Et à la vue de la jeune femme son corps semble se pétrifier. Elle recule et désigne d'un geste vif la table au fond de la pièce étroite. Il passe à côté d'elle et place près de la chandelle d'abord le broc puis la cuvette. Cela fait il reste immobile, tournant le dos, la tête courbée.

La jeune femme s'est retournée pour ramasser son gros ballot qu'elle dépose sur le lit. Elle en extrait un assortiment de vêtements, rubans, écharpes de coton brodé et aussi un autre ballot qui renferme une série de petits pots de faïence dont les couvercles — ressemblant en cela à ceux de nos pots à confiture — sont faits de morceaux de parchemin liés avec une ficelle. Il y a également quelques flacons de verre bleu ; un peigne, une brosse, un miroir à main. Soudain elle prend conscience de l'immobilité de l'homme et fait volte-face pour l'observer un moment.

D'abord elle reste impassible. Puis elle va vers lui, le saisit par le bras et le force à se retourner. Le visage de l'homme est inexpressif. Pourtant il y a dans la position du corps une évidente crispation qui ressemble à du ressentiment. Il est là, muet et tourmenté, un animal aux abois incapable de comprendre ce qu'on attend de lui. Elle l'examine avec une tranquille assurance. Elle secoue la tête; les yeux bleus se détournent des yeux bruns, et au-delà vont fixer le mur sans que le corps de l'homme ait bougé. A présent elle baisse les yeux, soulève une des mains de son compagnon, paraît l'examiner, et de son autre main la palpe et la tapote. Ils demeurent ainsi quelques instants encore, silencieux, étrangement immobiles, comme s'ils attendaient que quelque chose arrive. Finalement elle laisse retomber la main qu'elle tenait et retournant jusqu'à la porte elle met le loquet; elle fait demi-tour et observe l'homme qui l'a suivie du regard. Maintenant elle montre du doigt le plancher à côté de l'endroit où elle se tient, un geste qui pourrait s'adresser à un animal domestique, où il y a de la douceur mais aussi une certaine fermeté. L'homme recule, sans cesser de la regarder. Elle lui touche encore une fois la main mais seulement pour la presser brièvement. Elle revient à la table, s'applique à dénouer les cordons de son tablier. Puis, comme pour réparer un oubli, elle retourne auprès du lit et fouille un moment dans le ballot ouvert, choisissant un des petits pots, un flacon et un morceau de toile usée, qui de toute évidence va être une serviette de toilette. Elle emporte ces objets jusqu'à la table et se tient là un moment, silencieuse, ôtant le couvercle du pot à la lueur de la chandelle.

Elle commence à se déshabiller, enlevant d'abord le tablier qu'elle suspend à une des patères de bois à côté de la fenêtre. Puis la robe verte doublée de jaune, qui laisse voir en dessous un jupon de calamanco (une jupe dans le vocabulaire moderne, la partie inférieure de la robe s'ouvrant sur elle), de couleur prune, aux curieuses luisances car du satin a été tissé

33

avec la laine. Elle dégrafe le vêtement à la taille, s'en défait et le suspend à un autre crochet; puis elle ôte son corsage. Dessous elle ne porte plus qu'une petite camisole blanche qu'on pourrait s'attendre à lui voir garder, par simple décence. Et pourtant elle la fait passer aussi par-dessus sa chevelure aplatie et, à présent les seins nus, va la pendre avec le reste.

Tout cela elle l'a accompli très vite, avec beaucoup de naturel comme si elle était seule; et tout cela a un étrange effet sur l'homme qui l'observe: à partir du moment où elle s'est mise à se déshabiller, il s'est furtivement déplacé; non pas vers elle mais vers le fond de la pièce, et jusqu'au mur.

Maintenant, ayant extrait du pot de verre un petit morceau de savon à la giroflée, elle verse l'eau et se lave le visage et le cou, les bras et la poitrine. Ses mouvements font trembler un peu la flamme de la chandelle; une légère torsion du buste et soudain la peau mouillée luit, ou bien le dos nu silhouetté au sépia est légèrement cerné de blanc. Parmi les chevrons du toit se joue une sinistre parodie, en ombres grotesquement étirées, de ce simple rituel domestique, sinistre dans les deux sens du terme car il est à présent évident que la jeune femme est gauchère. Cependant qu'elle fait sa toilette elle ne se retourne pas une seule fois, ni même lorsqu'elle s'essuie, et l'homme silencieux ne quitte pas un instant des yeux son corps à demi nu.

A présent elle prend le flacon bleu et imprègne la serviette d'un peu de son contenu, puis elle s'en frictionne légèrement le cou, les aisselles et la poitrine. Le parfum d'eau-de-la-reine-de-Hongrie se répand dans la chambre.

Elle allonge le bras, s'empare de sa camisole et l'enfile. Et maintenant elle se tourne et emporte la chandelle jusqu'au lit tout près de l'homme. Elle choisit un autre pot de porcelaine — le morceau de savon a été séché avec soin puis rangé — et elle s'installe dans la lumière vacillante. Le pot contient de la céruse, un onguent fait de carbonate de plomb, un cosmétique très commun à l'époque, qu'il serait plus juste d'appeler un dangereux poison. Elle en prend un peu sur l'index et avec de petits mouvements circulaires s'en frotte les joues, puis tout le visage. Le cou reçoit bientôt le même traitement, et le dessus des épaules. Elle retourne vers son bagage, s'empare du miroir et d'un des minuscules flacons bleus, fermé par un bouchon de liège. Elle s'examine un moment dans le miroir. La lumière est trop éloignée de cette coiffeuse improvisée ; soulevant le chandelier elle se tourne vers l'homme, lui indiquant où il doit se placer pour le tenir tout près d'elle.

Il s'avance et s'en saisit, et le penche légèrement vers le visage de la jeune femme. Elle étend sa serviette de toilette sur ses genoux et avec soin défait le couvercle du plus petit pot ; il contient un onguent carmin. Elle en touche délicatement ses lèvres, étalant la couleur avec sa langue d'abord, puis, miroir en main, avec le bout des doigts ; de temps à autre elle pose l'index contre ses pommettes et frotte là aussi, utilisant le produit comme du rouge à joues. Enfin satisfaite de l'effet obtenu, elle range le miroir et referme le pot. Cela fait, elle écarte doucement le poignet du porteur de flambeau et prend un autre flacon bleu. Elle l'ouvre. Celui-ci a une plume d'oie fixée sur le bouchon. Pour appliquer le liquide incolore elle penche la tête en arrière et laisse une goutte tomber dans chacun de ses yeux grand ouverts. Cela pique peut-être car par deux fois elle bat des paupières. Elle rebouche le flacon, ensuite seulement elle se tourne vers l'homme.

Ses yeux brillants, déjà se dilatant sous l'influence de la belladone, cette teinte violente qu'ont prise sa bouche et ses joues — le carmin n'est pas un rouge naturel — cela montre à l'évidence qu'elle n'est pas une servante, quoique l'opération ait fait d'elle une sorte de poupée sans pour autant la rendre plus désirable. Les iris roux aux pupilles élargies, c'est tout ce qui subsiste de la simple jeune femme qui un quart d'heure plus tôt sommeillait sur le lit. Le coin des lèvres rouges se relève juste assez pour former un léger sourire, qui n'a rien de provocant, presque comme si elle était la sœur de cet homme qui la fixe du regard, et avait pour lui une tendresse indulgente. Au bout d'un moment elle ferme les yeux, la tête toujours levée.

Quelqu'un d'autre aurait pu voir là une invitation, la quête d'un baiser, mais la seule réaction de l'homme consiste à approcher un peu plus la chandelle ; d'un côté, de l'autre. Il paraît explorer minutieusement chaque trait, chaque courbe de ce visage de cire, comme si quelque part s'y dissimulait un secret, quelque signe caché, et son visage à lui prend, par l'intensité même de la concentration, l'absence de toute émotion, un aspect mystérieux. Il donne l'impression d'une profonde innocence, qui est parfois l'attribut des idiots congénitaux. L'homme observe la jeune femme avec une attention plus soutenue que ne le serait celle d'un individu d'intelligence normale. Et son visage n'est pas celui d'un idiot. Des traits réguliers, harmonieux même, et la bouche particulièrement forte et bien dessinée. Mais une sorte d'imperturbable gravité, une irréductible distance.

Elle supporte pendant presque une minute cet examen silencieux. L'homme lève sa main libre, hésite, et doucement touche la tempe droite de la jeune femme. Il suit du doigt le contour de la joue, de la mâchoire, du menton, comme s'il modelait une cire inerte ou palpait religieusement un masque mortuaire. Il continue et elle ferme à nouveau les yeux : le front les paupières, le nez, la bouche elle-même. Les lèvres ne frémissent pas contre les doigts qui les frôlent.

Soudain, l'homme tombe à genoux, posant la chandelle sur le sol à ses pieds, et il presse son front contre le ventre de la jeune femme, comme s'il ne pouvait supporter plus longtemps la vue de ce qu'il a tout juste effleuré et qui pourtant était à sa merci. Elle ne bouge pas, ne semble pas surprise, mais fixe longuement la nuque du malheureux blotti contre elle ; de la main gauche elle caresse la chevelure nouée. Elle murmure, si doucement qu'elle pourrait se parler à elle-même :

— Oh mon pauvre Dick. Pauvre Dick.

Il ne répond pas, cette fois encore comme pétrifié. Elle continue de lui caresser doucement les cheveux, les tapotant un instant en silence. Enfin elle le repousse et se lève, mais seulement pour se tourner vers son bagage, en extraire une robe et un jupon d'un rose nacré qu'elle déroule et étend à plat sur le lit, et défroisse de ses paumes comme si elle se préparait à les revêtir. L'homme est toujours agenouillé tête baissée, en une posture qui traduit, pourrait-on croire, la soumission ou la prière. La chandelle posée sur le plancher éclaire quelque chose qui ne suggère rien de tel, quelque chose qu'il regarde comme hypnotisé, tout aussi hypnotisé qu'il l'était l'instant précédent par le visage de sa compagne, et qu'il serre des deux mains comme celui qui se noie s'agrippe à une branche. Le haut de ses chausses est ouvert et ce qu'il serre n'est pas une branche mais son pénis en érection. Ce spectacle obscène ne semble ni traumatiser ni outrager la jeune femme ; simplement, ses mains s'immobilisent sur le tissu de la robe. Elle va tranquillement jusqu'à la tête du lit où les violettes sont encore éparpillées sur l'oreiller, elle les rassemble et revient là où l'homme est agenouillé pour les jeter avec nonchalance et une ironie légère au-dessous de la tête inclinée, sur les mains et sur le gland monstrueusement gonflé de sang.

L'homme lève brusquement son visage torturé vers le visage fardé qui le domine. Un instant leurs regards se rencontrent. La femme contourne la silhouette prostrée, va vers la porte dont elle soulève le loquet, la tient ouverte afin que le pauvre Dick se retire. Empoignant ses chausses tombantes il se remet maladroitement sur ses pieds, et dans un désordre encore indécent sort de la chambre en titubant, sans lever les yeux vers la jeune femme qui avance sur le seuil pour éclairer l'escalier jusqu'au palier inférieur. Un courant d'air menace d'éteindre la chandelle ; elle recule, abritant de la main la flamme vacillante, telle une figure de Chardin, et s'adosse à la porte pour la refermer. Elle reste appuyée contre le panneau, contemplant les vêtements de brocart rose sur le lit de fortune. Personne n'est là pour voir que dans ses yeux, en plus de la belladone, il y a maintenant des larmes.

Dick avait fourni, durant son absence dans les étages, un bref sujet de conversation autour de la longue table, dans la cuisine. Ces cuisines étaient autrefois le lieu de rencontre et le centre de la vie de l'auberge pour les voyageurs les plus humbles ou pour les serviteurs des plus huppés, tout comme dans les fermes la cuisine était le centre de la vie domestique. Les plats qu'on y servait étaient, sinon plus raffinés, du moins plus chauds que ceux qui arrivaient dans les autres salles ou dans les appartements privés. Et l'accueil qu'on y rencontrait était lui aussi plus chaud. Les valets d'auberge aimaient les commérages, se plaisaient à écouter les dernières nouvelles que leur apportaient des étrangers qui appartenaient plus ou moins à leur classe sociale, et à se distraire en leur compagnie. Ce soir-là, dans la cuisine du *Black Hart*, dès l'instant où il y était entré, venant de l'écurie, avec encore sous un bras le couteau de chasse et le tromblon dans son étui, ayant ôté sa coiffure et d'un regard circulaire réussi à faire de l'œil tout à la fois aux filles de cuisine, à la cuisinière, et à Dorcas la serveuse, le roi incontesté des lieux avait été cet homme au vêtement écarlate qui se présentait lui-même comme le sergent Farthing.

Très vite on reconnaissait en lui un type d'individu aussi ancien que la race humaine, ou du moins que les guerres et les batailles, nommé dans la comédie latine le *miles gloriosus*, le soldat hâbleur, l'éternel matamore. Dans l'Angleterre du dix-huitième siècle, le soldat n'est jamais très recommandable ; les monarques et leurs ministres pouvaient bien affirmer la nécessité de posséder une armée de métier, pour tout un chacun la soldatesque était une engeance maudite (une insulte lorsqu'il s'agissait de mercenaires étrangers), une charge intolérable pour la nation et pour l'infortunée région où la troupe se trouvait cantonnée. Triste réputation que Farthing semblait parfaitement ignorer. Dans son esprit, cela ne faisait aucun doute : ce qu'il était ou avait été méritait considération ; ancien sergent de la marine (en dépit de l'uniforme qu'il portait à présent) ; et, comme petit tambour, ayant fait partie de l'équipage du vaisseau de Byng, durant le glorieux engagement du Cap Passaro, en '18, là où les Espagnols avaient pris une râclée et où l'amiral Byng lui-même avait fait l'éloge de son courage (pas le Byng fusillé pour l'exemple à Portsmouth, en 1757, mais son père) alors qu'il n'était pas plus grand que ce garçon (le gamin préposé au ramassage des verres sales). Farthing avait un don pour capter l'attention de son entourage ; et une fois captée il savait la retenir. Personne, dans cette cuisine, ne se serait hasardé à défier un guerrier aussi manifestement résolu et qui venait du vaste monde extérieur. De plus il ne manquait pas de hardiesse pour conquérir son auditoire féminin ; comme tous ceux de sa sorte, il n'ignorait pas qu'il suffit de flatter qui vous écoute pour en obtenir de la reconnaissance. Il mangeait et buvait copieusement et faisait compliment de tout ce qu'il avalait. Et sans doute ce qu'il dit de plus vrai ce soir-là ce fut qu'il savait reconnaître du cidre de qualité quand on lui en servait.

Bien entendu, on le questionna en retour, principalement sur le voyage qu'il faisait. Le gentleman et son oncle se déplaçaient — semblait-il — pour présenter leurs hommages à une dame, tante de l'un et sœur de l'autre : une dame dont la fortune égalait la plus belle cargaison d'un navire des Indes et qui était, de plus, vieille et malade, demeurait à Bideford ou aux environs, ne s'était jamais mariée mais avait hérité de terres et de biens dignes d'une duchesse. Des clins d'œil, des hochements de tête vinrent s'ajouter à cette explication déjà suffisamment explicite : le jeune gentleman, insinuait-on, n'avait pas toujours montré par le passé un réel attachement à ses devoirs et s'était endetté. La fille là-haut était la camériste d'une grande dame de Londres, et elle entrerait au service de la tante cependant que lui, Timothy Farthing, avait accepté de servir l'oncle, qu'il connaissait depuis longtemps, et qui s'inquiétait des possibles rencontres de voleurs des grands chemins, à cheval ou à pied, et même de n'importe quel individu qu'il croiserait à plus d'un mile de la cathédrale St Paul. Quoique, dit-il, ils avaient jusqu'ici voyagé, sous sa vigilante surveillance, aussi tranquillement qu'avec une compagnie de gens d'armes.

Et cet oncle ? C'était un homme qui avait du bien, une solide affaire commerciale dans la City. Toutefois il avait lui aussi des enfants à établir. Son frère, le père du plus jeune gentleman, était mort quelques années plus tôt, sans laisser grand-chose, et l'oncle était devenu le tuteur et le mentor de son neveu.

Une seule fois Farthing avait interrompu son discours,

presque un monologue ; et c'était au moment où Dick était apparu, venant des écuries, et était resté là, sur le seuil, sans comprendre, sans sourire, comme perdu. Farthing avait fait le geste de porter ses doigts à sa bouche puis désigné de la main une place vide au bout de la table, après un clin d'œil à Puddicombe, l'aubergiste.

« N'entend point, ne parle point. Né sourd-muet, Master Thomas. Et simplet par-dessus le marché. Mais un bon garçon. Le valet de mon jeune gentleman, en dépit de ses vêtements. Assieds-toi, Dick, mange à ta faim. Jamais durant tout le voyage nous n'avons fait si bonne chère. Maintenant où en étais-je ?

— A comment vous avez mis en fuite les bateaux espagnols », souffla le garçon de cuisine.

De temps en temps, cependant que le domestique silencieux avalait son dîner, Farthing en appelait à lui.

« N'est-ce point vrai, Dick ? » Ou encore : « Pardieu, Dick vous en dirait plus si seulement il avait une langue, ou une cervelle pour la manœuvrer. »

Des remarques qui ne recevaient aucune réponse car en vérité Dick ne semblait pas les entendre même lorsque son regard bleu et sans expression rencontrait celui de Farthing. Mais celui-ci voulait montrer que la bienveillance comptait parmi ses nombreuses vertus. Et le regard des servantes errait de plus en plus souvent en direction du sourd-muet ; peut-être n'était-ce que simple curiosité ou peut-être s'y mêlait-il le regret mélancolique de devoir constater que ce visage d'homme jeune si bien proportionné, si attirant de prime abord, malgré son manque d'expression et d'humour, appartenait à une créature si pitoyable mentalement .

Il y avait eu une autre interruption. La « fille d'en haut » était apparue dans le cadre de la porte intérieure vers la fin du souper, portant un plateau avec les restes de son repas, et d'un signe elle avait appelé Dorcas la serveuse qui s'était levée pour lui parler. Elles avaient échangé quelques mots à voix basse et Dorcas s'était tournée un instant vers le sourd-muet. Farthing avait suggéré que la nouvelle venue se joigne à eux mais elle avait décliné son offre, et avec quelque impertinence.

« Tous ces contes à vous glacer les sangs je les ai déjà entendus. Merci. »

La petite révérence qu'elle fit en se retirant était, à l'instar de ses paroles, une rebuffade. L'ancien sergent tapota sa moustache et chercha à s'assurer la sympathie de l'aubergiste.

« C'est ce que Londres fait aux filles, Master Thomas. Je garantirais que celle-ci avait il y a quelques années la même frimousse plaisante et fraîche que votre Dorcas. A présent la fillette a pris des manières à la française, comme son nom, car on ne me fera point croire qu'elle l'a reçu à sa naissance. Et la voilà qui n'est plus que blême civilité, avec son air de sainte nitouche. » Il prit un ton affecté. « A Dieu plaise que l'homme que j'aime entre tous se trouve en ces lieux afin qu'il me soit possible de le traiter comme un chien. Voilà le genre qu'elle a. Je vous le dis, vous seriez dix fois mieux traités par la maîtresse de Louise que par une servante comme Louise. Louise, est-ce un nom pour une Anglaise, je vous le demande ? Qu'en penses-tu, Dick ? »

Dick, le regard fixe, ne dit rien.

« Pauvre Dick. Il doit supporter tout au long du jour ses minauderies. N'est-ce point vrai, mon garçon ? »

Farthing se lança dans une pantomime, dirigeant le pouce vers la porte que venait de franchir la minaudière puis singeant, avec deux doigts en fourchette, la chevauchée d'un couple sur la même monture. Finalement il se releva le nez, de l'index replié, et une fois de plus désigna la porte d'un mouvement du pouce. Le sourd-muet restait immobile, le regard toujours aussi inexpressif. Farthing fit un autre clin d'œil à l'aubergiste.

« Pardieu, je connais des morceaux de bois qui ont plus d'esprit. »

Toutefois, un peu plus tard, voyant Dorcas remplir le broc de cuivre avec l'eau du chaudron posé sur le feu — et il était évident que c'était là ce dont, après leur conciliabule, les deux filles étaient convenues, le sourd-muet se leva et se saisit du broc ; puis il attendit encore à la porte que la serveuse prenne sur un dressoir une cuvette de faïence et la lui donne. Il inclina

41

même la tête, comme pour la remercier de son aide ; mais elle se tourna vers Farthing et, d'un air dubitatif :

« Ce serait-y donc qu'y va savoir où les porter ?

— Laisse faire. »

Farthing ferma un œil, le tapota d'un doigt. « Des yeux de faucon, c'est ce qu'il a, notre Dick. Et même il voit à travers les murs.

— Pas possible.

— Ça doit lui arriver, ma charmante. A tout le moins je n'ai jamais rencontré un homme qui prenne autant de plaisir à les contempler. »

Il fit de nouveau un clin d'œil, afin d'établir qu'il plaisantait.

Mr Puddicombe avança l'opinion que c'était une étrange situation. Comment utiliser les services d'un domestique qui comprenait si peu de choses ? Comment lui donner des ordres et les lui faire exécuter ?

Farthing jeta un bref regard vers la porte et se pencha en avant pour murmurer en confidence :

« Je vous dirai ceci, Master Thomas : Le maître et son valet sont bien assortis. Je n'ai jamais connu de gentleman qui parle moins que le nôtre. Son oncle m'avait averti que c'était là son humeur. Qu'il en soit ainsi. Je ne m'en offense point. »

Il agita le doigt en direction de l'aubergiste. « Mais écoutez-moi bien, il parle avec Dick.

— Et comment ?

— Par signes.

— Et lesquels donc ?

Farthing se renversa en arrière, puis se frappa la poitrine d'un doigt et leva le poing fermé. L'auditoire l'observait ; les regards étaient aussi fixes que celui du sourd-muet. Farthing répéta les gestes, puis traduisit :

« Sers-moi ... du punch. »

Dorcas porta la main à sa bouche. Farthing se tapa sur l'épaule puis leva une main ouverte et le pouce de l'autre. De nouveau il attendit un moment, puis déchiffra :

« Eveille-moi à six heures tapantes. »

Il avança les deux index l'un près de l'autre jusqu'à presque se toucher et les redressa côte à côte. Il plaça ensuite ses mains en coupe contre sa poitrine. Et enfin présenta quatre doigts bien écartés devant les yeux des spectateurs qui, l'air fasciné, attendaient une explication.

« Rejoins-moi ... chez cette dame à quatre heures. »

Après quelque hésitation, Mr Puddicombe hocha la tête. « J'ai saisi », dit-il.

« Je pourrais vous donner dix autres exemples. Cent autres. Notre Dick n'est pas aussi idiot qu'il y paraît. Je vous dirai quelque chose de plus, monsieur. Entre nous. Hier soir, à Taunton, j'ai dû partager sa couche, on n'avait pu trouver rien de mieux. Soudain, au mitan de la nuit, je m'éveille, je ne sais trop pourquoi ; et je m'aperçois que mon compagnon de lit n'était plus là, il s'était éclipsé pendant que je dormais. Je n'en pense point grand-chose, il est parti aux latrines, j'y gagne de la place, et me voilà sur le point de me rendormir. Sur quoi j'entends un bruit, Master Thomas, comme quelqu'un qui parlerait dans son sommeil. Pas de mots mais un bourdonnement dans la gorge. Ceci. »

Et Farthing se mit à bourdonner comme il venait de dire. Il s'arrêta. Et reprit le bourdonnement une fois encore.

« Je regarde. Et ne voilà-t-il pas que j'aperçois mon compagnon en chemise, se tenant à genoux près de la fenêtre comme s'il priait. Mais point en chrétien priant Notre Seigneur. Non. Il s'adressait à la lune, monsieur, qui répandait sa clarté à l'endroit où il était. Et il s'est levé, monsieur, et tout en faisant toujours son bruit il a pressé la vitre, comme s'il voulait s'envoler vers l'endroit qu'il contemplait. Et je me suis dit, Tim, tu as affronté le canon espagnol, tu as vu la mort et le désespoir plus de fois que tu ne pourrais dire mais sacrebleu rien qui ressemble à ceci. Il était clair comme le jour qu'il avait un accès de démence et pouvait à tout moment se retourner et bondir et me mettre en pièces. »

Il s'arrêta, pour juger de l'effet produit et du regard fit le tour de la table.

« Je vous le dis mes bonnes gens, sans plaisanterie aucune, je ne passerais point une autre heure comme celle-là pour cent livres. Pardieu, non, même pour mille.

— Ne pouviez-vous donc vous saisir de lui ? »

Farthing se permit un léger sourire.

« Je présume, monsieur, que vous n'êtes jamais allé dans un asile de fous. Eh bien moi, si ; et j'ai vu là-bas un garçon, doux comme un mendiant affamé dans les moments où il est calme, résister à deux gars solides dans ses moments de folie. Le fou devient un tigre quand la lune est sur lui. Seigneur Dieu, il terrasserait le vaillant Hector lui-même. Il trouve alors la rage et la force de vingt hommes rassemblés. Et remarquez bien que Dick ne ressemble en rien à une chétive créature, même dans les moments où il est tranquille.

— Lors, qu'avez-vous fait ?

— J'ai fait le mort, la main sur le pommeau de mon épée posée à côté du lit. Un homme de plus faible caractère aurait appelé à l'aide. Mais je dois reconnaître, Master Thomas, que je sais garder la tête froide. Je ne me suis point laissé troubler.

— Et qu'est-il arrivé ?

— Eh bien, l'accès a passé. Il est revenu au lit, il s'est couché et s'est mis à ronfler. Mais moi pas du tout, oh non, je le jure par le roi George. Tim Farthing connaît son devoir. N'ai point fermé l'œil de la nuit, ma bonne lame toute prête, et moi assis sur un siège d'où je pouvais abattre le misérable si l'accès de démence lui revenait, semblable ou pire. Sans mentir, mes amis, j'en prends le ciel à témoin, s'il s'était réveillé il aurait été estourbi en moins de deux. Le lendemain matin je me suis empressé de tout raconter à Mr Brown. Et il a dit qu'il en parlerait à son neveu. Qui n'a pas paru troublé et a déclaré que Dick était bizarre mais incapable de nuire. Je n'avais pas à m'en tourmenter. » Il se renversa en arrière et tripota ses moustaches. « Sur ce point, Master Thomas, c'est à moi d'en décider.

— Je ne peux que vous approuver.

— A moi et à mon tromblon. » Son regard chercha celui de Dorcas. « Tu n'as rien à craindre, ma belle. Farthing monte la garde. Cet homme ne fera aucun mal ici. » Sans le vouloir, la jeune fille lança un coup d'œil vers le plafond. « Et là-haut non plus.

— Ça dure. Y a pas si loin à aller. »

Farthing croisa les bras, fit une grimace. « Peut-être lui aura-t-elle trouvé quelque occupation. »

La fille parut déconcertée. « Quel genre d'occupation ?

— Une tâche qu'aucun homme ne considère comme une tâche, mon innocente. »

Son œil luisait de paillardise, et la fille, comprenant enfin ce qu'il voulait dire, leva la main jusqu'à ses lèvres. Farthing se tourna vers le maître des lieux.

« Je vous le dis, Master Thomas, Londres est un mauvais lieu. Là-bas la servante s'empresse d'imiter sa maîtresse. Jamais contente, la drôlesse, avant de s'être attifée comme une femme de mauvaise vie. Si ma maîtresse a son laquais pour combler ses désirs, pourquoi n'en ferais-je pas de même, se dit-elle. Et ainsi elle repoussera la pauvre brute durant le jour et l'accueillera chaque nuit dans son lit.

— Il suffit, je vous en prie, Mr Farthing. Si ma chère femme était ici ...

— Amen. Je ne devrais point parler de la sorte mais il se trouve que le garçon est aussi lubrique qu'un singe de barbarie. Mieux vaut donc avertir vos servantes. Sur notre chemin, il a tenté de s'attaquer à l'une d'elles, dans l'écurie. Par bonheur je passais et j'ai vite mis le holà aux intentions du fripon. Cela dit, il n'a rien appris. Il se figure que toutes les femmes sont aussi lascives qu'Eve, la première pécheresse. Que Dieu lui pardonne. Il les croit aussi pressées de soulever leur jupon que lui d'ôter ses chausses.

— Je m'étonne que son maître ne lui donne point une bonne raclée.

— C'est là une remarque judicieuse.

— N'en parlons plus. Le silence est d'or, comme dit le proverbe. »

Ils passèrent à d'autres sujets de conversation, mais lorsque, dix minutes plus tard, le sourd-muet réapparut, ce fut comme si un courant d'air froid entrait dans la pièce. Le visage de l'homme était toujours aussi inexpressif. Il regagna sa place sans regarder personne. Tous lui lancèrent à la dérobée des coups d'œil furtifs, comme s'ils cherchaient sur son visage le rouge de la confusion, quelque signe extérieur du péché. Mais il continuait de fixer le regard de ses yeux bleus sur la vieille table, juste au-delà de son assiette, attendant, impassible, quelque nouvelle humiliation.

« Bien poudré, je présume ?

— Ses ouailles, son logis, sa sacristie, ses marguilliers. Il les a tous voués au diable, il a proféré l'anathème au singulier et au pluriel. Vous êtes invité à dîner demain pour entendre le discours à votre tour. Je me suis permis de refuser en votre nom.

— Mais pas de questions ?

— Juste ce qu'exige la courtoisie, et même à peine. Le gentleman n'a qu'un seul et solide intérêt dans la vie. Cela ne comprend pas les affaires d'autrui.

— Vous avez eu là un auditoire bien au-dessous de vos talents. Je vous prie de m'en excuser. »

L'acteur qui se tenait debout près de la cheminée, face à l'endroit où Mr Bartholomew était assis, consultant ses papiers, eut vers lui un regard appuyé, laissant entendre qu'il n'était pas dupe de cette humeur plus désinvolte.

« Allons, mon cher Lacy, vous avez toujours ma parole. Je ne suis point mauvais, ni en intentions ni en actes. Nul ne trouverait moyen de vous blâmer pour le rôle que vous avez joué.

— Mais, Mr Bartholomew, vos desseins ne sont pas ceux que vous m'aviez exposés. N'est-il point vrai ? Il me faut m'exprimer à présent. En usant avec moi de dissimulation, je ne doute pas que vous ne pensiez qu'à mon bien. Mais je me permets de douter que vous n'ayez pas pensé aussi au vôtre.

— Dirons-nous que le poète ment lorsqu'il parle de rencontrer les Muses ?

— Nous savons ce qu'il s'efforce de transmettre par cette image.

— Mais dirons-nous qu'il prononce un mensonge ?

— Non.

— Eh bien, dans ce sens, je ne vous ai point menti. Je vais retrouver quelqu'un que je souhaite connaître et respecter tout autant que s'il s'agissait d'une femme à laquelle j'aurais l'intention de lier ma vie — ou en vérité de ma Muse s'il se trouvait que je fusse poète ; un être devant lequel je suis ce que Dick est devant moi ; et même encore plus démuni ; et que jusqu'ici j'ai été empêché de voir, tout comme si un gardien jaloux me l'avait interdit. Je puis vous avoir trompé dans la lettre mais non dans l'esprit.

L'acteur jeta un coup d'œil aux papiers sur la table.

« Il m'a semblé légitime de me demander pourquoi la rencontre avec un érudit étranger devrait être envisagée avec tant de précautions, dans ce lieu éloigné, si le but en est totalement innocent. »

Mr Bartholomew s'appuya carrément au dossier du fauteuil, et cette fois il eut un sourire distinctement sardonique.

« Peut-être suis-je un de ces petits traîtres catholiques du Nord ? Un autre Bolingbroke ? Ces papiers sont en un langage secret. Ou bien rédigés en français. Ou en espagnol. Il se pourrait que je fomente un complot avec quelque émissaire de James Stuart. »

Un instant l'acteur eut l'air confus, comme si l'autre venait de lire ses pensées.

« Monsieur, mon sang se glace.

— Regardez. C'est en effet un langage particulier. »

Il tendit la feuille de papier qu'il était en train de lire, et Lacy s'en empara. Au bout d'un moment, l'acteur releva la tête.

« Je n'y entends rien.

— C'est de la pure nécromancie, n'est-ce pas ? Mon propos est de cheminer jusqu'au plus profond des bois afin d'y rencontrer quelque disciple de la Sorcière d'Ensor. J'ai fait le projet d'échanger mon âme immortelle contre les secrets de l'au-delà. Cela vous satisfait-il ? »

L'acteur lui rendit son papier.

« Vous adoptez le ton de la plaisanterie. Il me semble, à moi, que le moment est mal choisi.

47

— Alors assez de paroles insensées, je n'offenserai mon roi ni mon pays ni aucune autre personne. Je ne mets corps ni âmes en danger. Mon esprit, peut-être ; mais l'esprit d'un homme est uniquement son affaire. Ce que j'ai entrepris peut ne mener à rien, se révéler un rêve absurde. L'être que je souhaite rencontrer ... »

Il s'interrompit, remit le papier sur la table avec les autres.

« Cette personne se cache ? »

Mr Bartholomew resta silencieux. Puis :

« Cela suffit, Lacy. Je vous en prie.

— Je dois cependant vous demander, monsieur, pourquoi je devrais être trompé.

— Cette question n'est guère à sa place dans votre bouche. Ne passez-vous pas votre vie à tromper ?

Lacy parut un instant déconcerté. Le jeune homme se leva du fauteuil et tournant le dos à l'acteur s'approcha du feu.

« Je vous dirai ceci encore : A ma naissance, mon destin était déjà fixé. Tout ce que je vous ai dit de mon père supposé, j'aurais pu vous le dire de mon vrai père — et encore pire car c'est un vieil imbécile ; et il a engendré un autre imbécile qui est mon frère aîné. Tout comme cela vous arrive, on m'offre un rôle à jouer et on ne me pardonne pas de le refuser. Remarquez que les choses entre vous et moi diffèrent largement. Si vous ne jouez point le rôle qu'on vous offre vous ne perdez que votre argent. Moi je perds ... plus qu'il vous est possible d'imaginer. »

Il se retourna, reprit :

« La liberté, je ne l'ai point, Lacy, à moins de l'obtenir par la ruse. Si je vais où je veux aller, comme à présent, il me faut y aller tel un voleur, fuyant ceux qui veulent me voir agir à leur gré. C'est tout. Et à présent, croyez-moi, je n'en dirai pas plus sur ce sujet.

L'acteur baissa les yeux, et secoua un peu la tête comme s'il confessait son impuissance ; l'autre continua, d'un ton plus égal, sans quitter du regard son interlocuteur.

« Demain nous partons ensemble. Après quelques miles nous arriverons à l'endroit où nous devons nous séparer. La route que vous prendrez, vous et votre homme, rejoint celle

48

de Crediton et Exeter et je souhaite que vous atteigniez cette ville au plus tôt. Une fois là, vous pouvez regagner Londres comme vous voudrez, quand vous voudrez. Tout ce que je vous demande de tenir secret, c'est ce qui me concerne, et la façon dont nous sommes arrivés en ces lieux. Comme nous en avons décidé au début.

— Ne remmenons-nous pas la servante ?

— Non.

— Il y a quelque chose que je dois vous dire. » Lacy s'arrêta un instant ; et continua : « Jones, c'est-à-dire Farthing, croit l'avoir vue déjà. »

Une fois encore, Mr Bartholomew se tourna vers le feu. Il y eut un petit silence.

« Où ? »

L'acteur fixa du regard le dos du jeune gentleman.

« Elle entrait dans un bordel, monsieur. Où on lui a dit qu'elle était employée.

— Et qu'avez-vous répondu à cela ?

— Que je n'en croyais rien.

— Vous avez raison. Il se trompe.

— Mais elle n'est pas non plus la cameriste d'une lady, vous l'avez reconnu vous-même. Et je pense que vous n'ignorez point que votre valet en est épris. Farthing le prétend et il a ses raisons pour parler de la sorte. Les avances de l'homme ne sont pas repoussées. »

Mr Bartholomew regarda longuement l'acteur, comme s'il lui reprochait quelque impertinence, mais cela se traduisit finalement par un sourire sarcastique.

« Un homme n'a-t-il pas le droit de partager la couche de son épouse ? »

Une fois encore l'acteur fut pris au dépourvu. Il finit par baisser les yeux.

« Qu'il en soit donc ainsi. J'ai dit ce que je pensais devoir dire.

— Et je ne mets pas en doute vos bonnes intentions. Nous réglerons cette affaire et nous nous ferons demain nos adieux officiels, mais permettez-moi dès à présent de vous remercier de votre assistance et de votre patience. J'ai eu jusqu'ici peu de commerce avec ceux de votre profession. Si on n'y trouve que des gens de votre sorte, je m'aperçois que j'ai grandement perdu par ignorance. Vous pouvez à tout le moins me rendre justice sur ce point. Je regrette très sincèrement qu'il ne nous ait pas été donné de nous connaître dans des circonstances un peu moins obscures. »

L'acteur eut un sourire mélancolique. « Et moi je souhaite, monsieur, qu'un jour l'occasion nous en soit offerte. Vous avez il est vrai éveillé en moi des appréhensions mais aussi une brûlante curiosité.

— Celle-ci, il vous faudra la réprimer. Quant au reste, chassez toute inquiétude. Ce n'est en vérité qu'un conte, une histoire comme celles de vos pièces de théâtre. Je présume que vous ne voudriez point offrir à votre public le dernier acte avant le premier. Quel que soit votre amour des lendemains bien établis. Alors laissez-moi aussi mes mystères.

— Le dernier acte de mes pièces sera joué, monsieur. Je n'aurai pas le privilège de voir joué le dernier de la vôtre.

— Je n'y puis rien, car il n'est pas encore écrit. C'est là toute la différence. »

Il sourit.

« Lacy, je vous souhaite une bonne nuit. »

L'acteur lui lança un dernier regard, indécis, encore interrogateur, et parut sur le point d'en dire plus ; mais il salua et fit volte-face. Toutefois, en ouvrant la porte, il eut un mouvement de surprise et se retourna.

« Votre valet attend ici.

— Faites-le entrer. »

L'acteur hésita, jeta un coup d'œil à l'homme silencieux qui se tenait dans l'ombre, passa devant lui en un mouvement brusque et s'éloigna.

Le sourd-muet entre dans la pièce et ferme la porte. Il reste là, regardant son maître, et l'homme près du feu le dévisage en retour. Un tel échange de regards, n'eût-il duré qu'une ou deux secondes, aurait déjà paru étrange car le domestique n'a montré aucun signe de respect. En fait il dure plus longtemps, beaucoup trop longtemps pour être naturel, et bien que les lèvres ne remuent pas on y verrait plutôt comme une conversation. C'est le genre de regards qu'échangeraient mari et femme ou frère et sœur s'ils se trouvaient dans quelque endroit en compagnie de diverses personnes, donc privés par là de la possibilité de se dire ce qu'ils éprouvent, — mais prolongé bien au-delà de cette habituelle communication de sentiments qu'on ne peut exprimer publiquement, et sans aucun des signes discrètement allusifs par lesquels cependant on se fait comprendre. C'est comme tourner une page d'un livre en s'attendant à y trouver un dialogue ou au moins un compte-rendu de gestes et d'événements, et ne rien voir qu'une page blanche ou découvrir que, par un défaut de fabrication, la page manque. Les deux hommes sont là, immobiles et muets, et chacun est pour l'autre un miroir.

Enfin ils se remettent en mouvement tous les deux en même temps, comme si reprenait le déroulement d'un film. Dick se tourne vers le coffre près duquel il se trouve. Mr Bartholomew regagne son fauteuil et s'assied, contemplant son domestique qui soulève le coffre, l'approche du foyer, le dépose devant le feu, et commence aussitôt à jeter dans les cendres rouges les feuilles manuscrites qu'il en retire ; sans un regard vers son maître, comme s'il ne s'agissait que de vieux journaux. Les feuillets s'enflamment presque immédiatement ; maintenant Dick s'agenouille et en use de la même façon avec les livres aux reliures de cuir. Il les sort un à un du coffre, in-folio et grands in-quarto, d'autres plus petits, nombre d'entre eux marqués d'une armoirie dorée, et il les fait tomber ouverts dans les flammes jaillissantes. Certains toutefois lui demandent plus de peine. Il les empoigne fermement et les déchire de vive force. Puis il se contente de les rassembler en un tas à l'endroit même où ils sont tombés, et parfois de soulever du bout du tisonnier les pages des volumes trop épais pour brûler aisément.

Mr Bartholomew réunit les papiers épars sur la table et les jette au feu avec le reste ; il se tient derrière le domestique accroupi qui maintenant atteint les bûches empilées à côté de l'énorme foyer, et en dispose cinq ou six au-dessus du monceau de papiers incandescents ; puis il reprend sa pose contemplative. Les deux hommes observent ce petit holocauste comme un moment plus tôt ils s'observaient mutuellement. Des ombres intenses s'allongent et tremblent dans la pièce nue, car les flammes de la cheminée sont beaucoup plus vives que celles des chandelles. Mr Bartholomew avance d'un pas pour vérifier que le coffre a été vidé de tout ce qu'il contenait. Il paraît satisfait, il se penche et ferme le couvercle ; puis il retourne à son fauteuil et s'assied, attendant que s'achève cet incroyable sacrifice ; que chaque page, chaque feuille, chaque morceau de papier soient réduits en cendres.

Quelques minutes plus tard, quand l'holocauste est à peu près totalement accompli, Dick regarde Mr Bartholomew et maintenant sur son visage s'ébauche un pâle sourire, celui de quelqu'un qui sait pourquoi ceci a eu lieu et qui en est satisfait. Plutôt que le sourire d'un domestique, c'est celui d'un vieil ami, ou même d'un complice. Voilà, c'est fait, n'est-ce pas mieux ainsi ? La réponse est un sourire tout aussi mystérieux, et pendant quelques secondes les deux hommes de nouveau ne se quittent pas des yeux. C'est Mr Bartholomew qui met fin à cette situation. Il lève la main gauche, formant un cercle avec son pouce et son index ; il tend l'index de l'autre main et transperce fermement le cercle, juste une fois.

Dick se relève et va vers le banc, au pied du lit ; il le soulève et l'apporte devant le feu encore vif ; à quelque dix pieds des flammes. Puis il retourne près du lit et en ouvre les rideaux. Sans un autre regard pour son maître, il sort de la pièce.

Mr Bartholomew, perdu dans ses pensées, contemple le feu. Il reste ainsi jusqu'à ce que la porte s'ouvre à nouveau. La jeune femme de l'étage supérieur, au visage maquillé, se tient sur le seuil. Elle fait une révérence, sans sourire, et avance de quelques pas dans la pièce. Dick apparaît derrière elle, ferme la porte ; et s'immobilise. Mr Bartholomew se remet à contempler le feu, comme s'il n'appréciait pas cette interruption ; puis il ramène son regard sur la jeune femme et l'examine minutieusement ainsi qu'il ferait d'un objet : la robe et le jupon assortis, de brocart d'un rose éteint, les manchettes de dentelle dépassant des manches trois quarts, le cône inversé du buste étroitement baleiné, le corsage ivoire et cerise, la couleur du visage, très peu naturelle, l'effronté bonnet blanc aux deux longues oreillettes. Elle porte aussi à présent un petit collier ras du cou en cornaline, de la teinte du sang séché. Le résultat n'est peut-être pas sans attrait d'un point de vue esthétique, mais l'ensemble est pathétiquement déplacé. La plaisante simplicité a été transformée en artifice prétentieux. Loin d'améliorer l'apparence de la jeune femme, les nouveaux vêtements lui enlèvent tout son charme.

« Vais-je te renvoyer à Claiborne, Fanny ? Et lui demander de te donner le fouet pour te guérir de ton humeur maussade ? »

La fille ne bouge pas, ne répond pas ; elle ne semble pas surprise d'être appelée d'un autre nom que celui de Louise, que lui donnait Farthing.

« Ne t'ai-je pas louée pour mon plaisir ?

— Oui, monsieur.

— Tous tes tours lascifs, français, italiens... »

La fille reste silencieuse.

« La modestie te sied comme un haut-de-chausses à un goret. Combien d'hommes différents t'ont visitée ces derniers six mois ?

— Je ne sais trop, monsieur.

— Ni de combien de façons. Claiborne m'a tout dit de toi avant de conclure le marché. Même la vérole n'oserait se hasarder à toucher ta chair corrompue. »

Il la contemple.

« Tu t'es laissée sodomiser par tous les Bulgares de Londres. Allant même jusqu'à porter des vêtements masculins pour exciter leur concupiscence. Réponds. Oui ou non ?

— J'ai porté des vêtements masculins.

— Ce qui te vaudra de rôtir en enfer.

— Je n'y serai point seule, monsieur.

— Mais doublement rôtie puisque c'est toi la responsable. Croirais-tu donc que Dieu dans son courroux ne fait pas de distinction entre ceux qui tombent et ceux qui ont provoqué leur chute ? Entre la faiblesse d'Adam et la perversité d'Eve ?

— Cela je ne puis le dire, monsieur.

— Je te le dis, moi. Et je te dis qu'avec toi j'en aurai pour mon argent, que tu le veuilles ou non. A-t-on jamais entendu une jument de louage dire à son maître comment la monter ?

— J'ai agi selon votre volonté, monsieur.

— Tu faisais semblant. Mais ton insolence était aussi visible que tes seins. Me crois-tu donc si peu perspicace que je n'aie surpris ton regard, au passage du gué ?

— Ce n'était qu'un regard, monsieur.

— Et ce bouquet de violettes sous ton nez ? Ce n'étaient que des violettes ?

— Oui, monsieur.

— Toi tu n'es qu'une menteuse.

— Non, monsieur.

— Je dis pour toi, oui monsieur. J'ai surpris ton regard et ce qu'il exprimait. Et contre quelle puanteur dans les narines tu portais tes maudites violettes.

— Je les portais pour elles-mêmes. Cela ne voulait rien dire d'autre.

— Tu le jures ?

— Oui, monsieur.

— Alors, mets-toi à genoux. Ici.

Il désigne un endroit devant lui, à côté du banc. La fille hésite, puis s'avance et s'agenouille, la tête toujours courbée.

« Et laisse-moi voir tes yeux. »

Le regard des yeux gris rencontre le regard des yeux bruns.

« Dis ceci : Je suis une prostituée.

— Je suis une prostituée.

— Louée pour votre usage.

— Louée pour votre usage.

— Avec tous ses péchés.

— Avec tous ses péchés.

— Et coupable d'insolence.

— Coupable d'insolence.

— A laquelle désormais je renonce.

— A laquelle désormais je renonce.

— Et ainsi j'en fais le serment.

54

« — J'en fais le serment.

— Sous peine de damnation éternelle.

— Damnation éternelle. »

Mr Bartholomew garde un long moment le regard fixé sur les yeux de la jeune femme. Il semble qu'il y ait à présent quelque chose de diabolique dans ce visage, cette tête au crâne rasé. Diabolique, non par l'effet de la colère ou de l'émotion mais par son indifférence, la froideur que montre cet homme envers la misérable femelle prostrée à ses pieds. Cela dénote chez lui un trait de caractère dissimulé jusqu'ici : un sadisme avant Sade — qui dans le noir labyrinthe de la chronologie réelle naîtra quatre ans plus tard — et aussi peu naturel que l'odeur de papier brûlé qui a envahi la pièce. Dût-on représenter un visage exprimant le contraire de la compassion, on le trouverait ici. Et il est effrayant.

« Tu t'es confessée, à présent mets à nu ton corps putride. »

La fille baisse un moment les yeux, puis elle se lève et commence à délacer son corsage. Mr Bartholomew est toujours assis dans le fauteuil, implacable. La fille se déshabille en lui tournant légèrement le dos. Lorsqu'elle a terminé elle s'assoit à l'extrémité du banc, à côté des vêtements qu'elle a ôtés et enlève ses bas à baguette. Enfin elle est nue, maintenant, n'ayant gardé que le collier de cornaline et le bonnet, assise les mains sur les genoux, la tête à nouveau courbée. Son corps n'est pas vraiment conforme aux goûts masculins de l'époque ; il est mince, la poitrine est menue, la peau plus blanche que rose ; mais on n'y peut voir aucune marque des turpitudes dont on vient de l'accuser.

Désignant Dick d'un geste bref, Mr Bartholomew demande :

« Tu veux qu'il t'honore ? »

La fille ne dit mot.

« Réponds.

— C'est pour vous, monsieur, que je me sens de l'inclination. Mais vous ne l'appréciez point.

— Et pour lui ? Pour lui et sa verge ?

— C'était votre volonté.

55

— De vous voir folâtrer et vous accoupler. Mais pas étaler votre attachement comme de roucoulantes tourterelles. N'es-tu point honteuse d'avoir connu les plus distingués et maintenant de tomber aussi bas ? »

Cette fois encore elle reste silencieuse.

« Réponds. »

Elle semble refuser d'être docile plus longtemps. Mr Bartholomew se tient près d'elle, contemple sa tête rebelle toujours inclinée. Puis il se tourne vers Dick qui est près de la porte ; leurs regards se croisent de nouveau et ainsi que tout à l'heure avant l'arrivée de Fanny demeurent impassibles, vides : la page blanche du livre mal composé. Toutefois pas pour longtemps. Apparemment sans que Mr Bartholomew ait ébauché le moindre signe Dick soudain fait demi-tour et sort de la pièce. La fille jette un rapide coup d'œil vers la porte, comme surprise par ce départ, mais elle ne lèvera pas les yeux vers Mr Bartholomew, même pour en obtenir quelque explication.

Les voilà seuls à présent. Il s'approche de l'âtre. Il se penche, saisit le tisonnier et repousse avec soin vers les bûches rougeoyantes quelques morceaux de papier qui ont échappé aux flammes. Il se redresse et tournant le dos à la fille il contemple ce qu'il vient de faire. Elle relève lentement la tête. Spéculation, calcul, il y a comme une brume dans ses yeux bruns. Elle hésite, se lève, pieds nus, et sans bruit se dirige vers l'homme immobile. Elle murmure quelque chose à voix basse. Il est aisé de deviner ses intentions car maintenant ses mains lentement s'avancent, expertes et précautionneuses, les bras entourant le vêtement damassé, cependant qu'elle presse légèrement son corps nu contre le dos de l'homme, comme le ferait une cavalière montée en croupe.

Immédiatement, il lui saisit les mains ; sans colère ; simplement pour les empêcher de s'aventurer plus loin ; et curieusement la voix est moins cinglante, le ton moins amer.

« Tu es stupide et menteuse, Fanny. Je t'ai entendue haleter la dernière fois où il t'a fourragée.

— Je faisais semblant.

— Tu n'en étais que trop heureuse.

— Non, monsieur. C'est à vous que je veux plaire.»

Il ne dit rien, et Fanny tente de lui faire lâcher ses mains qu'elle s'efforce de porter en avant. Il les retient fermement.

«Alors, habille-toi. Et je te dirai comment tu peux me plaire.»

Mais encore elle sollicite: «Je vous en prie, monsieur. Je vous ferai raide comme la hallebarde d'un bedeau; ainsi vous pourrez vous servir de moi.

— Tu n'as pas de cœur. Couvre ton impudeur. Arrière.»

Il reste près du feu, lui tournant le dos, plongé, semble-t-il, dans de profondes réflexions, cependant qu'elle se rhabille. Lorsqu'elle est prête elle s'assoit de nouveau sur le banc et attend; si longtemps qu'à la fin elle parle.

«Je suis vêtue, monsieur.»

Il tressaille, comme s'il sortait d'une longue rêverie, puis se remet à regarder le feu.

«Quand as-tu été débauchée pour la première fois?»

Quelque chose dans cette voix la surprend, l'accent d'une curiosité inattendue. Elle prend son temps pour répondre.

«A seize ans, monsieur.

— Dans un bordel?

— Non, monsieur. Par le fils de la maison où j'étais servante.

— A Londres?

— A Bristol. Où je suis née.

— Il t'a engrossée?

— Non, monsieur. Mais sa mère un jour nous a découverts.

— Et elle t'a compté tes gages?

— Si on peut appeler gages des coups de manche à balai.

— Comment es-tu venue à Londres?

— Pour la raison que j'avais faim.

— Dieu ne t'a point donné de parents?

— Ils n'ont pas voulu me reprendre, monsieur. C'étaient des quakers. Mon maître et ma maîtresse aussi.

— Ensuite?

— Avant qu'on nous découvre, le jeune homme m'avait offert un anneau. Il l'avait volé dans le coffret de sa mère. Et je savais que si elle s'en apercevait je serais accusée, car elle n'accepterait jamais de reconnaître que son fils s'était mal conduit. Aussi j'ai vendu l'anneau et m'en suis allée à Londres où j'ai trouvé une place. J'ai pensé que j'avais de la chance. Mais le maître de maison s'est mis à me convoiter et il a bien fallu que je le laisse agir à sa guise pour ne pas perdre ma place. Ma nouvelle maîtresse s'en est aperçue. Lors, j'ai été encore jetée à la rue. Où j'ai dû finir par mendier, ne trouvant point d'honnête travail. Il y avait que ma figure ne plaisait pas aux maîtresses et c'est toujours elles qui engagent. « Au bout d'un moment, elle ajoute: «Je fus poussée à ça par le besoin, monsieur. C'est pareil pour la plupart d'entre nous.

— Toutes celles qui sont dans le besoin ne deviennent pas des catins.

— Je sais, monsieur.

— Par conséquent, la corruption est inhérente à ta nature dévergondée.

— Oui, monsieur.

— Et tes parents, nonobstant leur fausse doctrine, avaient raison de réprouver tes actes.

— Mes actes, oui monsieur. Mais on me blâmait pour tout. Cette personne qui m'avait engagée a déclaré que j'avais ensorcelé son fils. Mensonge. Il m'avait forcée à l'embrasser la première fois, puis il a volé l'anneau sans que je demande rien, et tout ce qui a suivi c'est pareil. Mon père et ma mère n'ont pas voulu m'entendre, ils disaient que j'avais refusé la lumière intérieure. Que je n'étais pas leur fille mais fille de Satan et que j'empoisonnerais mes sœurs.

— Qu'est-ce donc, cette lumière intérieure?

— La lumière du Christ. C'est leur foi qui est comme ça, monsieur.

— Et pas la tienne, depuis ce jour?

— Non, monsieur.

— Tu ne crois point en Jésus-Christ?

— Je ne crois point que je le rencontrerai en ce monde, monsieur. Ni dans l'autre.

— Mais tu crois à un autre monde?

— Oui.

— Qui doit être l'Enfer, ce me semble, pour celles de ta sorte ?

— Plaise au Ciel que non, monsieur.

— N'est-ce pas aussi sûr qu'il est sûr que ce bois va être réduit en cendres ? »

La fille courbe un peu plus la tête mais ne répond pas. Il continue, de la même voix égale.

« Ou aussi sûr que l'enfer qui t'attend ici sur terre quand tu seras devenue trop vieille pour les maisons de débauche ? Tu finiras en putain des rues, Fanny, ou bien tu seras une vieille édentée, à l'asile des pauvres. Si la vérole ne t'a pas enlevée. Ou aurais-tu l'intention de multiplier tes péchés et de t'établir comme une autre Claiborne dans tes vieux jours ? Cela ne te sauvera point. » Il attend. Mais la fille ne réagit pas. « D'où vient que ta langue reste oisive ?

— Je n'ai pas voulu être ce que je suis. Encore moins être une Mistress Claiborne.

— Mais plutôt une femme vertueuse, je présume. Des marmots braillards pendus à tes jupons ?

— Je suis stérile, monsieur.

— Donc en vérité un morceau de choix, Fanny. »

Lentement elle lève la tête et rencontre le regard de l'homme, plus déconcertée qu'outragée d'être ainsi l'objet de ses railleries, comme si elle s'efforçait de lire sur son visage ce qu'elle ne peut comprendre de son discours. Le comportement de l'homme devient encore plus étrange car soudain ses traits figés se détendent en un sourire d'une extrême bienveillance, sans la moindre moquerie ou le moindre cynisme. Un sourire qui n'est pas loin d'exprimer la compréhension. Ce qui suit est plus étrange encore ; l'homme avance de quelques pas et s'arrête devant la jeune femme ; là il se courbe vers elle, lui prend la main droite et la porte brièvement à ses lèvres. Ceci accompli, il ne libère pas la main mais la presse, scrutant le visage étonné, tout en continuant de sourire. Pendant quelques instants, et bien que l'environnement soit tout à fait différent, ils ressemblent, lui avec son crâne rasé, elle avec son maquillage, à deux silhouettes bouffonnes dans une *fête galante* de Watteau. Brusquement il laisse retomber la main de

Fanny et regagne son fauteuil où il s'assoit, cependant qu'elle demeure figée dans un état d'extrême stupéfaction.

« Pourquoi avez-vous fait cela, monsieur ?

— Ne savez-vous point les raisons qui portent les gentlemen à baiser la main des dames ? »

Cette dernière surprise, le changement de pronom personnel dans sa façon de lui parler, c'en est trop. Elle baisse la tête et la secoue.

Il reprend : « Pour ce que vous allez me donner, mon ange. »

Les yeux stupéfaits de la jeune femme cherchent à nouveau les siens.

— Que vais-je vous donner ?

— Nous sommes arrivés près de ces eaux dont j'ai parlé et qui me guériront. Demain, nous allons rencontrer ceux qui en ont la charge et qui ont en leur pouvoir de réaliser mes espoirs les plus chers. Je leur remettrai un présent, un gage de mon estime. Ni argent, ni bijoux car ils n'en ont que faire. Le présent, ce sera vous, Fanny. » Il la contemple. « Qu'en dites-vous ?

— Ce que je dois en dire, monsieur. Que je suis liée à Mistress Claiborne. Que j'ai juré de lui revenir.

— Un lien avec le diable n'est pas un lien.

— Il se peut. Mais elle est pire que le diable pour celles qui la quittent. Si elle ne l'était pas, nous lui échapperions toutes.

— N'avez-vous point déclaré, il y a seulement une minute, que vous souhaitiez ne pas être ce que vous êtes ? »

La voix de la jeune femme est presque inaudible.

« Je risquerais d'être encore pire.

— N'a-t-elle pas dit, elle, lorsque je vous ai engagée, que vous deviez me satisfaire en tout ce que je vous demanderais ?

— Oui, monsieur. Mais quant à devoir aussi plaire à d'autres ...

— Je vous ai achetée pour trois semaines, n'est-ce pas ?

— Oui, monsieur.

— Donc j'ai encore le droit de me servir de vous pendant deux semaines. Et jouissant de ce droit que j'ai payé fort cher, je vous ordonne ceci : Demain vous vous efforcerez de plaire à ceux que nous allons rencontrer. »

Elle courbe à nouveau la tête, se soumettant, contre son gré semble-t-il, et il continue.

« Je tiens, Fanny, à ce que vous écoutiez mes paroles avec la plus grande attention. Ne vous méprenez point sur les manières et l'apparence de ceux qui sont en charge de ces eaux. Ils sont arrivés depuis peu de leur pays natal. Un pays très éloigné du nôtre et ils ne parlent pas notre langue.

— Je sais quelques mots de français et aussi un peu de hollandais.

— Ils ne parlent pas non plus ces langues. Avec eux vous devrez converser comme vous avez appris à le faire avec Dick. » Il reste un moment silencieux, fixant du regard la tête toujours courbée. « En cela vous vous êtes plutôt bien comportée, Fanny. Mon déplaisir était feint, une façon de vous tester en raison de mon intention véritable. Mais écoutez. Dans leur pays il n'y a pas de femmes de votre sorte. Vous avez le talent nécessaire pour jouer le rôle de la vierge prude. Et c'est en vierge prude que je veux vous voir demain. Ni maquillage ni fanfreluches, ni manières aguicheuses. Point de sourires entendus, aucun signe de ce que vous êtes en réalité. De la modestie, de la réserve, celle d'une jeune femme élevée dans l'innocente simplicité villageoise, et à l'abri du commerce des hommes. Ces gens doivent apprécier en vous non pas cet art de la luxure que vous m'avez montré dans ce moment et que vous avez exercé en des milliers d'occasions mais la dignité d'une femme très respectable. Est-ce bien compris ?

— S'il se trouvait qu'ils me veuillent dans leur lit ... Devrais-je ... ?

— Ce qu'ils veulent, de toute évidence, vous devez le leur donner.

— Que moi je le veuille ou pas ?

— Je vous dis de faire leur volonté, qui est la mienne. Claiborne vous laisserait-elle choisir et décider, comme si vous étiez une grande dame ? »

Cette fois encore elle baisse la tête. Un silence. Mr Bartholomew l'observe. Sans cynisme, sans sarcasme, sans cette cruauté qu'il montrait tout à l'heure. Ce qu'il montre à présent c'est une étrange patience, un grand calme. Il n'est plus un skinhead anachronique mais un nouveau et imprévisible personnage : le parfait moine bouddhiste, d'humeur à jamais égale et circonspecte, totalement absorbé dans ce qu'il est et ce qu'il fait. Toutefois il y a dans son regard une pointe de satisfaction. Jusqu'ici rien dans son comportement n'avait laissé présager qu'il éprouverait un contentement semblable à celui de Dick, son domestique, lorsque les papiers ont été brûlés. Une minute s'écoule. Puis il reprend la parole.

« Fanny, allez à la fenêtre. »

Elle lève les yeux. Et ses raisons de garder le silence deviennent évidentes : ses yeux sont pleins de larmes, les larmes de qui n'ignore pas que toute possibilité de choix lui est refusée. Car dans la société de ce temps, nulle liberté n'est laissée à l'individu, qui est étiqueté, classé, définitivement rangé dans la catégorie où l'ont placé les circonstances de sa naissance et les hasards de sa destinée. De nos jours un tel monde nous apparaîtrait comme abominablement coercitif — un monde où le destin de chaque être serait intolérablement fixé à l'avance, un monde totalitaire dans son essence ; tandis qu'à ces humains enchaînés notre vie présente semblerait incroyablement fluide, mobile, régie par le seul libre arbitre (à moins que notre absence d'absolu, de certitudes, ne soit reconnue comme une infortune) et surtout anarchiquement, sinon follement commandée par l'égocentrisme et l'intérêt personnel. Aussi les pleurs de Fanny n'expriment-ils pas la fureur impuissante d'une conscience opprimée ni la douleur de tant d'humiliations subies, mais bien plutôt la muette tristesse de l'animal. Les humiliations sont aussi inévitables dans sa vie que la boue sur les routes hivernales ; aussi inévitables que l'est à l'époque, dans son pays, la mort de tant d'enfants en bas âge (des deux mille sept cent dix morts enregistrées en Angleterre durant le mois précédant ce jour-là — un mois tout à fait ordinaire — près de la moitié étaient celles d'enfants de moins de cinq ans). Pour Fanny comme pour toutes celles de sa condition, aucun espoir de modifier le cours tracé d'avance d'un destin inexorable ; et si l'on en croit le visage impassible de Mr Bartholomew, personne en ces temps n'aurait songé à s'en indigner où à témoigner quelque pitié pour les victimes. Calmement, Mr Bartholomew reprend :

« Faites ce que je dis. »

Elle hésite encore. Puis brusquement se lève et obéit.

« Maintenant ouvrez le volet et regardez. » Lui ne se retourne pas. Il attend de percevoir le bruit du volet qu'elle repousse. « Voyez-vous le Rédempteur sur Son Trône dans les cieux, au côté de Son Père ? »

Elle se tourne vers lui : « Vous savez bien que non, monsieur.

— Que voyez-vous donc ?

— Rien. La nuit.

— Et dans cette nuit ?

Elle jette un autre coup d'œil au dehors. « Rien que des étoiles. Le ciel s'est éclairci.

— Les étoiles les plus brillantes ... Dites-moi ... Leur lumière tremble-t-elle ?

— Oui, monsieur.

— Savez-vous pourquoi ?

— Non, monsieur.

— Je vais vous l'apprendre. Elles tremblent de rire, Fanny. Parce qu'elles se moquent de vous. Elles se moquent de vous depuis le jour de votre naissance. Elles se moqueront de vous jusqu'à l'heure de votre mort. Vous n'êtes pour elles qu'une ombre peinte, vous et tout votre monde. Elles ne se soucient point de savoir si vous avez ou non foi en Jésus-Christ. Si vous êtes pécheresse ou sainte, souillon ou duchesse. Homme ou femme, jeune ou pas jeune, pour elles cela ne fait aucune différence. Que l'Enfer ou le Ciel vous attendent, la bonne ou la mauvaise fortune, la peine ou la félicité, tout cela leur est égal. Vous naquîtes pour leur amusement, tout comme vous fûtes achetée pour le mien. Sous leur lumière vous n'êtes qu'une pauvre brute, aussi sourde et muette que Dick, aussi aveugle que le Destin lui-même. Elles ne se soucient point un seul instant de ce qu'il peut vous advenir ; quel que soit le cours de votre misérable existence elles n'y voient rien de plus

63

qu'un spectacle, tout comme ceux qui du haut d'une colline contemplent une bataille dans la plaine au-dessous d'eux. Pour elles vous n'êtes rien, Fanny. Te dirais-je pourquoi elles te méprisent ? » Fanny reste silencieuse. « Parce que tu ne les mépriseras pas en retour. »

La fille lance un regard vers la nuque de l'homme.

« Comment pourrais-je mépriser les étoiles ?

— Comment méprises-tu un homme ? »

Elle hésite avant de répondre.

« Je m'en écarte. Je fais fi de son désir.

— Mais supposons que cet homme soit un juge, qui te fouette et te mette dans les ceps sans qu'il y ait juste cause ?

— Je protesterais de mon innocence.

— Et s'il n'entend pas ? »

Elle se tait.

« Force te sera de rester dans les ceps.

— Oui, monsieur.

— Est-ce là ce qu'on peut appeler la vraie justice ?

— Non.

— Maintenant disons que le juge qui t'applique cette sentence n'est pas un homme mais toi-même, et que les ceps ne sont pas faits de bois et de fer mais de ton aveuglement pour une part et de ta folie pour une autre. Eh bien ?

— Je suis déconcertée, monsieur. Je ne sais ce que vous voulez de moi. »

Il se lève et s'approche de l'âtre.

« Quelque chose qui est beaucoup plus que toi, Fanny.

— Monsieur ?

— Pour le moment c'est assez. Va où tu dois, pour t'étendre jusqu'à ton réveil. »

Pendant quelques instants elle reste immobile. Puis elle se décide à se diriger vers la porte, mais s'arrête derrière le banc et lance à l'homme un coup d'œil oblique.

« Mon Seigneur, dites-moi je vous prie, que voudriez-vous avoir ? »

Mais la main se lève et désigne la porte. C'est la seule réponse qui est donnée. L'homme tourne le dos pour congédier définitivement la jeune femme. Elle a un dernier regard en direction de Mr Bartholomew, et derrière son dos elle fait une révérence. Puis elle sort de la pièce.

Lui reste un moment debout, dans le silence, absorbé en la contemplation du feu qui s'éteint. Enfin il fait volte-face et semble examiner longuement le banc ; un peu plus tard il va à la fenêtre ; il regarde au dehors et là-haut, comme elle l'a fait, presque comme s'il souhaitait s'assurer qu'il y a bien en vérité des étoiles dans le ciel. Son visage ne trahit rien de ce qu'il pense, un visage qui pourtant subit une dernière et paradoxale métamorphose. Cela n'est pas sans rapport — compte tenu de la différence de sexe — avec cette douceur qui a pris possession du visage de la jeune femme pendant la conversation. Mr Bartholomew finit par refermer tranquillement le volet qu'il verrouille à nouveau. Déboutonnant son long gilet il va vers le lit. Quand il l'atteint, il se laisse tomber à genoux sur les lattes du plancher et enfouit sa tête rasée dans les draps comme l'enfant se réfugie contre les jupes de sa mère pour y trouver l'apaisement et un pardon immérité.

Historical Chronicle, 1736.

APRIL.

WE arrived here the 5th Inst. which for ye Time is incredibly improved; there are about 200 Houses regularly built, some of which lett at 30 l. Sterling a Year: Mr Oglethorpe went next Day, tho' very wet Weather, to see the adjacent Settlements, in which there are several English-like regular Townships, viz. Benzez, Thunderbolt, Fartirgile, Westbrook, &c. in a flourishing Condition, beyond any Colony ever known in so short a Time. Tho' we had a long and very stormy Passage, yet we arrived without the Loss of a Soul out of any of our Ship, which were six in Number and very large; Mr Oglethorpe, during the Passage, was extremely careful both of the Souls and Bodies under his Care; but what surprizes me beyond Expression is his abstemious and hard Living, for, tho' even Dainties are plentiful, he makes the least Use of them, and goes thro' the Woods, wet or dry, as actively as any Indian: his Humanity so gains upon all here, that I have not Words to express their Regard and Esteem for him: He goes To-morrow about 80 Miles farther into the Country, where he is to settle a Town, near which, upon the River Altamaha, a Fort with four Bastions is to be built, that is design'd for the Barrier. The Country abounds with Fish, excellent Fruit, and Venison.

Sunday, 4.

Mr Andrew Pitt, an Eminent Quaker, &c. waited on the Pr. of Wales, to sollicit his Favour in Relation to the Quakers Tythe Bill, whom his Royal H. answer'd to this Effect.——' As I am a Friend to Liberty in General, and to Toleration in particular, I wish you may meet with all proper Favour, but for myself I never gave my Vote in Parliament, and to Influence my Friends, or Direct my Servants in theirs, does not become my Station. To leave them entirely to their own Conscience and Understanding, is a Rule I have hitherto prescrib'd to myself, and purpos'd throughout my whole Life to observe.' Mr Pitt overcome with this Conduct, reply'd,——May it Please the Pr. of Wales!——' I am greatly Affected with your Excellent Notion of Liberty; and am more

' Pleased with the Answer you have given us, ' than if you had granted our Request.'

Tuesday, 6.

Bryan Benson, Esq; was chosen Governor, Thomas Cooke, Esq; Deputy Governor of the Bank of England. And

Wednesday, 7.

The following Gentlemen were chose Directors for the Year 1736.

Robt Alsop, Esq;	Robt Atwood, Esq;
Sir Edw. Bellamy, Kt.	Wm Snelling, Esq;
John Bance, Esq;	Sir John Thompson, Kt
Sir Gerard Conyers, Kt.	Mr Robt Thornton
Delil'ers Carbonnel Esq;	Stamp Brooksbank, Esq;
Mr Jn Eaton Dodsworth	Wm Fawkener, Esq;
Nathaniel Gould, Esq;	Fred. Frankland, Esq;
Samuel Holten, Esq;	Mr James Gualtier
Mr Benj. Longuet	Henry Neal, Esq;
Mr Joseph Paice.	Charles Savage, Esq;
John Rudge, Esq;	James Spilman, Esq;
Moses Raper, Esq;	Mr Samuel Trench.

The Directors of the East India Company.

Robt Adams, Esq;	Samuel Feake, Esq;
Abra. Addams, Esq;	Harry Gough, Esq;
Miles Barne, Esq;	Mr Samuel Hyde
Dudding Braddyll, Esq;	Michael Impey, Esq;
Sir Wm Billers, Kt	Edw. Lovibond, Esq;
Stephen Bisse, Esq;	Baltzar Lyell, Esq;
Mr Rich. Blount	Wm Pomeroy, Esq;
Capt. Rich. Boulton	Jones Raymond, Esq;
Christ. Barrow, Esq;	Wm Rouse, Esq;
Charles Colburne, Esq;	Sir John Salter, Esq;
Dr Caleb Cotesworth	St Quin. Thompson, Esq;
Mr John Emmerson.	Jos. Wordsworth Jun.

Friday, 9.

Wm Bithell and Wm Morgan, were Hang'd at Worcester for cutting down, in Company with other Rioters, Ledbury Turnpikes. Morgan died a Papist. The Turnpike Levellers having been very Tumultuous at the Trial, a Party of Soldiers attended the Execution; on which it pass'd without Disturbance.

Tuesday, 13.

Dr. Shaw, a learned Physician at Scarborough, was sent for to Court, on Account of the surprising Cure performed by him on General Sutton, and was introduced to his Royal Highness the Prince of Wales, the Duke and the Princess, by whom he was very graciously received, and had the Honour of kissing their Hands, as he had before done of their Majesties.

G g

Wednes

Wednesday, 14.

Seven Prisoners in *Newgate*, under Sentence of Transportation, found means to get down the Common Sewer, and 4 of 'em got up a Vault into a House in *Fleet Lane*, 3 of whom went thro' the Shop and made their Escape, a 4th was secur'd and carried back to *Newgate*. Search was made after the other 3.

Thursday, 15.

One Wilson was hang'd at Edinburgh for robbing Collector Stark. He having made an Attempt to break Prison, and his Comrade having actually got off, the Magistrates had the City Guards and the Welsh Fusiliers under Arms during Execution, which was perform'd without Disturbance; but on the Hangman's cutting down the Corpse (the Magistrates being withdrawn) the Boys threw, as usual, some Dirt and Stones, which falling among the City Guard, Capt. Porteous fired, and order'd his Men to fire; whereupon above 20 Persons were wounded, 6 or 7 kill'd, one shot thro' the Head at a Window up two Pair of Stairs. The Capt. and several of his Men were after committed to Prison.

Saturday, 17.

An Experiment was tried before several of the Commissioners of the Victualling Office, relating to the Salting of Beef. (*viz.*) A Bullock was Blooded in the two Jugulars almost to Death, knock'd on the Head and ripp'd up, the Guts taken out, and before Cold a Tube was put into one of the Arteries near the Back into which a strong Brine, being pour'd; it circulated thro' all the Vessel, so that it was Salted all over equally alike; for a Piece of the Leg and Lip being cut off, the Brine issued out. Some of this Beef was put up and sent to Sea, to try how it will keep.

Thursday, 22.

A Fire broke out in Upper Shadwell, which burn'd down three Houses. one Mr. Stringer', whose Aunt, aged 79, was entirely consum'd except a Leg; Mr. Stringer's House was burn'd down a Year ago, by a Fire which happen'd at the same Place.

Sunday, 25.

The Princess of *Saxe-Gotha*, arrived at *Greenwich*. Her Highness, attended by the Lord *Delawar*, and several Ladies of her Brother's Court, and her own Retinue, set out from *Gotha* the 17th, and lay that Night at *Cassel*, the next at *Paderborn*, on *Tuesday* at *Munster*, reach'd *Utrecht* on *Thursday*, was Conducted in one of the States Yachts to the *Hague* on *Friday*, where she receiv'd the Complements of the Prince and Princess of *Orange*, by one of their chief Officers, also of the Grand Pensionary. On *Saturday* Morning about 10 reach'd *Helvoetsluys*, and without any Stay embarked on Board the *William* and *Mary* Yacht, when a fresh Gale blew up, and lasted as long as the Occasion. (*See* *Bargain with the E. Wind*, *p.* 1-6.) This Day about 2, her H. landed at the Hospital, and was conducted in

one of his Majesties Coaches, to the Queen's House in the Park, amidst the Acclamations of Thousands of Spectators. Her Highness seem'd highly Delighted with the Joy the People express'd at her Arrival, and had the Goodness to shew her self for above half an Hour from the Gallery towards the Park. The Prince of *Wales*, came to pay her a Visit, and their Majesties, the Duke, and Princesses sent their Compliments.

Monday, 26.

The Prince of Wales din'd with her Highness at Greenwich, in one of the Rooms towards the Park, the Windows being thrown open, to oblige the Curiosity of the People: His R. H. afterwards gave her the Diversion of passing on the Water, as far as the Tower and back again in his Barge finely adorn'd, and preceded by a Concert of Music. The Ships saluted their Highnesses all the way they pass'd, and hung out their Streamers and Colours, and the River was cover'd with Boats. Their Highnesses afterwards supp'd in public.

Tuesday, 27.

Her Highness came in his Majesty's Coach from Greenwich to Lambeth, cross'd the Water at Lambeth, and was brought from Whitehall to St. James's in the Queen's Chair, where was a numerous and splendid Court, beyond Expression. The Prince of Wales receiv'd her at the Garden Door, and upon her sinking on her Knee to kiss his Hand, he affectionately rais'd her up, and twice saluted her. His Royal Highness led her up Stairs to their Majesties Apartments, where presenting her to the King, she sunk on her Knee to kiss his Hand, but was gently taken up and saluted by him. Her Highness was then presented to the Queen in like manner, and afterwards to the Duke and Princesses, who congratulated her Arrival. Her Highness din'd with the Prince of Wales, and the Princesses. At Eight the Procession began to the Chapel, and the joining of Hands was proclaim'd to the People by firing of Guns. Her Highness was in her Hair, wearing a Crown with one Bar as Princess of Wales, set all over with Diamonds; her Robe likewise, as Princess of Wales, being of Crimson Velvet turn'd back with several Rows of Ermine, and having her Train supported by Lady Caroline Lenos, Daughter to his Grace the Duke of Richmond; Lady Caroline Fitzroy, Daughter to his Grace the Duke of Grafton; Lady Caroline Cavendish, Daughter to his Grace the Duke of Devonshire; and Lady Sophia Farmer, Daughter to the Earl of Pomfret, all of whom were in Virgin Habits of Silver like the Princess, and adorn'd with Diamonds, not less in Value than from 20 to 30000l. each. Her Highness was led by his Royal Highness the Duke, and conducted by his Grace the Duke of Grafton, Lord Chamberlain of the Houshold; and the Lord Hervey, Vice-Chamberlain; and attended

Barnstaple, Jeudi 17 Juin. La Découverte, il y a six semaines, dans un Bois d'une Paroisse à quelque dix Miles de cet Endroit, d'un Etranger pendu de sa propre Main comme s'en est prononcé le Coroner dont la première Enquête ne put donner de nom à ce *Felo de se* ni trouver de Cause pour un Acte aussi effroyable suscite maintenant selon des Informations fraîchement obtenues la Crainte d'un Crime beaucoup plus grand. Il est désormais connu que l'Homme était — quoique sourd-muet — le Valet d'un gentleman nommé Bartholomew qui se dirigeait vers Bideford avec trois Compagnons, en avril dernier; mais d'aucun d'entre eux n'a-t-on eu de Nouvelles depuis ce Temps. Il est présumé que le Domestique muet, dans un Accès de Démence furieuse, a pu les tuer tous et cacher leurs Corps puis, accablé par le Remords ou la Peur de la Justice, a mis fin à ses misérables Jours; mais jusqu'à cette Date nulle Recherche n'a été faite par les Amis de Mr Bartholomew.

The Western Gazette, 1736

Interrogatoire et Déposition de
Thomas Puddicombe
lequel a prêté serment, ce trente et un juillet
de la dixième année du règne
de notre souverain Seigneur George II
par la grâce de Dieu Roi de Grande-Bretagne
et d'Angleterre, &c.

J'AI POUR ÂGE trois fois vingt et six années. Je suis le propriétaire de l'auberge du *Black Hart*. Je le suis depuis presque quarante ans et mon père l'était avant moi. Je suis aussi Grand Electeur de cette ville. J'ai été trois fois son maire et en cette qualité également juge de paix.

Q. Eh bien, Master Puddicombe, j'aimerais tout d'abord avoir confirmation que ce portrait en miniature que je vous ai déjà montré et vous montre à nouveau est celui du plus jeune des deux gentlemen qui ont fait étape dans votre auberge il y a de cela trois mois.

R. Sauf erreur involontaire de ma part, monsieur. Quoique moins bien habillé, le plus jeune était semblable à ce portrait. De cela je peux faire serment.

Q. Regardez son visage. Le costume importe peu.

R. J'en juge de même. C'est lui.

Q. Parfait. Quand sont-ils venus ?

R. Le dernier jour du mois d'avril. Je m'en souviens fort bien. Je ne l'oublierai jamais.

Q. A quelle heure ?

R. Le serviteur est arrivé le premier pour commander le gîte et des victuailles. Car il disait qu'ils avaient mal dîné, et présentement avaient le ventre vide.

Q. Son nom ?

R. Farthing. Puis il est retourné les chercher et ils sont venus comme promis, vers les six heures ou à peu près.

Q. Cinq personnes en tout ?

R. L'oncle et le neveu. Les deux hommes et la servante.

Q. Mr Brown et Mr Bartholomew ? Ce sont là les noms qu'ils donnèrent ?

R. Ce sont les noms, monsieur.

Q. Avez-vous noté quelque chose de malséant dans leurs manières ?

R. A ce temps, point du tout. Jusqu'au moment où fut découvert ce que vous savez.

Q. Mais durant cette nuit qu'ils passèrent chez vous ?

R. Eh bien, monsieur, selon leurs dires ils se rendaient à Bideford. Je n'ai guère parlé avec les deux gentlemen. Le plus jeune, en arrivant, alla droit à son logement et n'en ressortit point jusqu'à son départ. Je ne sais de lui rien de plus que si je l'avais simplement croisé dans la rue. Il a soupé, il a dormi, s'est réveillé et a rompu le jeûne. Sans jamais quitter l'abri de ses quatre murs. Et puis il est parti.

Q. Et l'oncle ?

R. Je ne puis vous en dire beaucoup plus, monsieur. A l'exception qu'après souper il a pris le thé avec Mr Beckford et ...

Q. Qui est-ce ?

R. Notre vicaire. Car il vint voir les gentlemen avec ses compliments.

Q. Des connaissances ?

R. Je ne crois pas, monsieur. Quand je leur ai dit qu'il était en bas, ils n'eurent pas l'air de le connaître.

Q. C'était combien de temps après leur arrivée ?

R. Une heure, monsieur. Peut-être plus. Ils avaient soupé.

Q. Mais ils lui ont parlé ?

R. Au bout de quelques minutes, Mr Brown est descendu. Et il s'est assis avec Mr Beckford dans le salon privé.

Q. C'est l'oncle. Le neveu n'était pas présent ?

R. Seulement l'oncle, monsieur.

Q. Avez-vous ouï quelque chose de leur conversation ?

R. Non, monsieur.

Q. Pas un mot ?

R. Non, monsieur. Dorcas, ma fille d'auberge, les a servis. Elle a dit ...

Q. Elle me le dira elle-même. Contentez-vous de rapporter ce qu'ont vu vos yeux et ouï vos oreilles.

R. J'ai conduit Mr Brown là où l'attendait Mr Beckford. Il s'est incliné, il a salué. Tous deux ont échangé des compliments mais je n'y ai pas porté attention. Je suis allé m'occuper de leur thé.

Q. Se sont-ils salués comme des étrangers ou comme des gens qui déjà se connaissaient ?

R. Comme des étrangers. Mr Beckford est coutumier de la chose.

Q. C'est-à-dire ?

R. Eh bien, il aime converser avec les gens de qualité qui passent par ici. Ceux qui ont des lettres et du latin.

Q. En somme deux gentlemen rencontrés par hasard ?

R. Ainsi me sembla-t-il.

Q. Par la suite, Mr Beckford ne vous a point parlé de cette rencontre ?

R. Non, monsieur. Si ce n'est que, lorsqu'il est parti, il a dit que je devais veiller à ce que les deux voyageurs soient bien servis et bien logés. Que l'oncle était un homme fortuné venant de Londres pour régler une affaire très chrétienne. Voilà ce qu'il a dit, monsieur. Une affaire très chrétienne.

Q. A savoir ?

R. Il n'en a pas dit davantage, monsieur. Mais le Farthing avait parlé dans la cuisine de la raison du voyage. Du jeune gentleman qui allait briguer les faveurs de sa tante, à Bideford. Une riche lady à ce qu'il prétendait, sœur de Mr Brown. Selon lui, possédant autant de biens qu'une sultane. Et de la cameriste amenée de Londres pour la servir et la coiffer.

Q. Mais à Bideford, il n'y a personne de cette sorte ?

R. Non, car on a dernièrement fait enquête. Et comme j'avais dit que je ne la connaissais pas, ce Farthing a expliqué qu'il n'y avait là rien d'étonnant car elle vivait très retirée et pas dans la ville de Bideford elle-même mais tout près. Il mentait, le fripon, on a questionné à l'entour et on n'a point découvert de lady de ce nom.

Q. Que disait Farthing de la profession de Mr Brown ?

R. Que c'était un marchand de Londres. Un conseiller municipal qui avait lui-même des enfants mais s'était vu confier la garde de son neveu au décès des parents. Car il était le fils d'une autre de ses sœurs qui était morte et son mari de même.

Q. Le neveu n'avait hérité d'aucune fortune personnelle ?

R. Tout avait été dépensé, dilapidé. C'est ce que l'homme semblait dire. Mais en tout il mentait.

Q. Rien d'autre ne fut raconté des parents disparus de Mr Bartholomew ?

R. Non monsieur. Sinon que leur fils avait vu trop grand.

Q. Bien. Je souhaiterais connaître l'impression que vous gardez des domestiques. Avec autant de précision que possible.

R. Pour l'un ce sera vite fait. Le valet du neveu, celui qu'on a retrouvé. Lui, je ne peux rien en dire.

Q. Son nom ?

R. Ils l'appelaient Dick. Et rien d'autre. Farthing a raconté des histoires à son sujet, le genre d'histoires que je n'aurais point dû laisser ouïr à mes servantes. Mrs Puddicombe me l'a reproché quand elle est rentrée à la maison. Elle était partie à Molton pour les couches de notre plus jeune fille qui a eu un ...

Q. Oui oui, Mr Puddicombe. Quelles histoires ?

R. Eh bien, qu'il avait l'esprit dérangé. Et par-dessus le marché, que c'était un débauché. Mais je n'avais pas grandement foi en Farthing. Il est gallois. Les Gallois, il ne faut jamais les croire.

Q. Vous êtes sûr qu'il est gallois ?

R. Comme de mon propre nom, monsieur. Sa voix, d'abord. Et puis ses vantardises et fanfaronnades. Qu'il était un ancien sergent de marine, c'est ce qu'il s'efforçait de nous faire croire. C'était un homme qui voulait qu'on se figure qu'il en savait plus que tout le monde, qu'il était plus avisé. S'il se vantait, c'était afin de plaire à mes servantes. Et pour la luxure, m'est avis que l'homme aurait pu s'en accuser plutôt qu'accuser l'autre, celui qu'ils appelaient Dick.

Q. Pourquoi ?

R. Je l'ai su seulement après leur départ. La pauvre enfant n'a pas osé le dire avant. Dorcas, ma servante, monsieur. Il a voulu profiter d'elle, cette nuit-là. Il lui a offert un shilling pour la chose. Et pourtant c'est une bonne fille, qui a un promis, et n'avait pas donné le moindre signe d'encouragement.

Q. De quoi a-t-il encore parlé ?

R. De l'armée. De ses prouesses passées, dans sa vie de militaire. Il voulait qu'on le croie meilleur qu'il n'était vraiment. Et ainsi il discourait sans cesse au sujet de « mon ami Mr Brown » quand c'était clair qu'il était le domestique du gentleman. Il faisait plus de bruit à lui seul qu'une compagnie de dragons. Je l'ai reconnu comme un bon à rien, monsieur, et bien nommé. D'aussi piètre valeur qu'un farthing. Et puis voilà-t-il pas qu'il a déguerpi avant le lever du soleil. Là, on n'a point vu le dessous des cartes.

Q. Que voulez-vous dire ?

R. Eh bien, monsieur, il était en selle et parti avant l'aube et sans avoir donné le moindre avertissement.

Q. On l'a envoyé en éclaireur dans quelque but précis ?

R. A notre lever il n'était plus là, c'est tout ce que je sais.

Q. Diriez-vous qu'il est parti sans que son maître en soit avisé ?

R. Je l'ignore, monsieur.

Q. Mr Bartholomew a-t-il montré quelque surprise en apprenant son départ ?

R. Non, monsieur.

Q. Ni aucun des autres ?

R. Non, monsieur. Ce ne fut point mentionné.

Q. Nonobstant, vous suggérez qu'il eût fallu voir le dessous des cartes ?

R. C'est que durant le souper il n'avait point dit qu'il s'en irait à l'aube.

Q. Quel âge avait-il ?

R. Il a raconté qu'il était petit tambour dans une bataille navale, en '18. Ce qui fait que j'ai calculé qu'il était né, à un an ou deux près, voilà dans les trente ans. Ça correspond assez bien avec sa mine.

Q. Ce physique, parlons-en. N'avait-il rien de spécial que vous ayez remarqué ?

R. Ses moustaches qu'il portait tirebouchonnées comme le faux Turc qu'il était. Dans l'ensemble plutôt grand, avec plus de graisse que de muscle, et ma table et mon cellier ont connu ses habitudes. Car il a tellement mangé que ma cuisinière l'a

77

appelé par plaisanterie Sergent Double-Portion.

Q. Mais un gars bien bâti en apparence ?

R. Avec dans l'œil quelque chose de plus que la vérité, monsieur. Sûr comme je m'appelle Puddicombe.

Q. De quelle couleur étaient ses yeux ?

R. Sombres, vifs, point trop ceux d'un honnête homme.

Q. Et vous ne lui avez vu ni cicatrices, ni vieilles blessures ou autres particularités ?

R. Non, monsieur.

Q. Pas de boiterie ni claudication dans sa démarche ?

R. Non, monsieur. J'ai peine à croire qu'il se soit jamais battu ailleurs que dans les tavernes, quand il était pris de boisson.

Q. Et l'autre, maintenant ? Ce Dick ?

R. N'a pas pipé mot. Puisqu'il était muet. Mais j'ai lu dans son regard que Farthing n'était pas plus dans ses bonnes grâces que dans les miennes. Je ne l'en blâmerai mie, considérant qu'il devait endurer que ce Farthing se serve de lui comme d'un pantin. Pour le reste, empressé à sa tâche, autant que je puisse dire.

Q. Et point fou ?

R. Il avait l'air simple, monsieur. Incapable de rien d'autre que l'accomplissement de ses devoirs. Mais plutôt un pauvre hère inoffensif. Pauvre hère pour l'esprit. Pour le corps, un solide gaillard. J'en aurais bien voulu un tout pareil à mon service. Je suis sûr qu'il n'avait pas de mauvaises intentions. Quoi qu'on dise à présent.

Q. Pas débauché non plus ?

R. Quand il a monté l'eau à la fille, et tardé à redescendre, Farthing a lancé des sous-entendus. On l'a cru plus ou moins, sur le moment.

Q. Il n'a pas fait d'avances à vos servantes ?

R. Non, monsieur.

Q. Et cette domestique qu'ils emmenaient ? Quel nom avait-elle ?

R. Un drôle de nom, monsieur. Nommée d'après le roi de France, maudit soit-il. Louise, on disait. Ou quelque chose du genre.

Q. Elle était française ?

R. Non, monsieur. Pas si on en croyait sa voix avec l'accent de Bristol ou par là. Quoique, sur le chapitre des manières, elle était assez raffinée pour être de France à ce que j'ai ouï dire. Mais Farthing a déclaré que c'était la mode à Londres en ces temps, pour les filles comme elle qui sont les servantes d'une lady, de singer les dames de bonne condition.

Q. Elle venait de Londres ?

R. C'est ce qui nous a été conté.

Q. Mais elle parlait telle une native de Bristol, disiez-vous ?

R. Oui, monsieur. Et elle a soupé dans sa chambre comme une personne de qualité, une chambre à elle seule. Ça nous a paru étrange. Farthing disait grand mal d'elle et de ses airs. Au contraire, ma Dorcas l'a trouvée aimable, et ne cherchant pas à se faire passer pour autre que ce qu'elle était. Elle a dit qu'elle ne soupait pas avec nous parce qu'elle avait la migraine, d'où un grand besoin de repos, et elle demandait qu'on l'excuse. Je me figure que c'était Farthing qu'elle ne pouvait point sentir. Pas nous.

Q. Quel genre de physique ?

R. Pas mal, monsieur. Pas mal. Légèrement malingre, avec la pâleur des gens de la ville. Mais une belle physionomie. Manquant tout de même un tantinet de rondeurs. Des yeux qu'on n'oublie pas, bruns et graves — des yeux de biche ou de lièvre — toujours un peu sur leurs gardes. Je n'ai pas souvenance de l'avoir vue sourire une seule fois.

Q. Que voulez-vous dire par « sur leurs gardes » ?

R. Je veux dire comme si elle ne savait point trop ce qu'elle était venue faire parmi nous, comme la truite avant qu'on l'enfourne, à ce qu'on dit par ici.

Q. Elle parlait peu ?

R. Rien qu'à Dorcas.

Q. Se pourrait-il qu'elle ne fût pas une domestique, mais une personne de bonne naissance, cachée sous un déguisement ?

R. Eh bien, monsieur, certains le suggèrent à présent, une dame qui avait une aventure.

Q. Un enlèvement, diriez-vous ?

R. Moi je ne dis rien. C'est Betty la cuisinière et Mrs Puddi-combe qui ont inventé ça. Moi je ne sais point.

Q. Bien. A présent, je dois vous poser une question impor-tante. Ce que le coquin de Farthing a raconté de Mr Bar-tholomew, est-ce en rapport avec l'attitude du gentleman ? Paraissait-il un homme qui a vécu au-dessus de ses moyens jusqu'à en être maintenant réduit, contre sa volonté. à se traîner aux pieds de sa tante ?

R. Je ne puis en décider, monsieur. Il me semblait quelqu'un habitué à commander, impatient dans ses façons. Mais pas plus que ne le sont de nos jours bien des jeunes gens.

Q. Pouvait-il être, à votre avis, de plus remarquable origine que ce qu'on nous donnait à croire, venant de plus haut que son oncle le marchand ?

R. Eh bien, monsieur, il avait l'air et les manières d'un gentleman. Je n'en dirai pas davantage. Excepté que lui et son oncle ils n'avaient pas tous deux le même parler, Mr Bartholomew ayant celui de Londres, mais lui, son neveu, le peu de choses qu'il a exprimées c'était d'une voix des provinces plus au nord, un peu comme votre voix, monsieur.

Q. Il montrait du respect pour son oncle ?

R. Moins dans le fond qu'en apparence. Il a pris pour lui ma plus grande chambre, ce que, sur le moment, j'ai trouvé étrange. Quand j'ai voulu demander des instructions à Mr Brown ce fut le neveu qui me les donna. Son oncle a payé ses respects à Mr Beckford, pas lui. Et tout le reste à l'avenant. Quoique tout fût fait avec civilité.

Q. A-t-il beaucoup bu ?

R. Non, monsieur. Ni lui ni l'autre. Une lampée de punch à leur arrivée ; et puis ils ont commandé une fiasque de mon meilleur vin des Canaries pour le souper, mais elle n'était pas même vide au moment de leur départ.

Q. Venons-en à cela. A quelle heure sont-ils partis ?

R. Je dirais ... peu après sept heures, monsieur. Nous étions très occupés, attendu que c'était le premier du mois de mai.

Q. Qui a payé pour le séjour ?
R. Mr Brown.
Q. Convenablement ?
R. Pour ça je n'ai pas à me plaindre.
Q. Ils ont pris la route de Bideford ?
R. Oui, monsieur. Du moins ont-ils demandé à mon palefrenier la direction pour la prendre.
Q. Et ce jour-là vous n'avez plus entendu parler d'eux ?
R. Quelques-uns de ceux qu'ils ont rencontrés en venant jusqu'ici pour la fête ont voulu savoir qui ils étaient. Ils s'en sont enquis, supposant qu'ils avaient dormi sous mon toit.
Q. Par simple curiosité ?
R. Oui, monsieur.
Q. De leurs déplacements de ce jour nul ne vous a donné quelque autre information ?
R. Non, monsieur. Pas la moindre. Jusqu'à cette nouvelle de l'homme aux violettes, huit jours plus tard.
Q. Lequel était ?
R. Le pauvre Dick, comme ils l'ont nommé, vu qu'on ne lui connaissait point d'autre nom. Mais d'abord, monsieur, je dois mentionner la jument. Dont j'entendis parler sans savoir de quoi il s'agissait. C'était le lendemain, le 2 mai, tard dans la soirée. Un Barnecott de Fremington, commissionnaire en grains de son métier et que je connais depuis des années, est venu par ici pour affaires et il parlait d'un cheval en fuite qu'il avait rencontré sur son chemin. Il a dit que l'animal était sauvage, qu'il ne se laissait pas approcher. L'homme étant en grande presse, il a vite abandonné ses tentatives.
Q. Quelle sorte de cheval ?
R. Une vieille jument baie. Elle n'avait ni harnais, ni bride, ni selle. Il a simplement mentionné ça en passant, il pensait que la bête s'était échappée de son champ. Ce n'est rien d'inhabituel. Ici nos chevaux proviennent de croisements avec ceux des moors et tout comme les égyptiens ils n'apprécient guère d'être tenus à l'étroit.
Q. C'était le cheval de bât ?

R. A ce que je sais à présent, monsieur. Mais je n'y ai pas prêté attention jusqu'à ce qu'on ait trouvé ce Dick.

Q. Comment avez-vous eu vent de l'affaire ?

R. Par quelqu'un qui passait à Daccombe lors qu'on apportait son cadavre sur une claie.

Q. Daccombe est à quelle distance d'ici ?

R. Une bonne lieue, monsieur.

Q. Et comment et où a-t-on trouvé le corps ?

R. C'est un jeune berger, dans un grand bois qu'on appelle Cleave Wood, qui s'étend vers les moors et sur une telle pente qu'en maints endroits un homme ne saurait y marcher ; plus ravin que vallon. Il aurait pu rester pendu là sept ans sans qu'on le trouve, si Dieu n'en avait pas décidé autrement. C'est un lieu qui convient mieux aux putois qu'aux humains.

Q. Est-ce proche de l'endroit où a été vu le cheval ?

R. Un mile au-dessus de la route où on l'a vu.

Q. Et cette histoire de violettes ?

R. Elle est véridique, monsieur. Ça a été dit à l'enquête. J'ai parlé avec quelqu'un qui a coupé la corde et aidé à ramener le corps avant qu'on lui enfonce un pieu dans le cœur et qu'on l'enterre au carrefour de Daccombe. Il a dit qu'il y avait une touffe de violettes avec ses racines qu'on avait fourrée dans la bouche du pauvre homme avant qu'il fasse son dernier saut, et les fleurs aussi fraîches qu'au revers d'un talus. Bien des gens ont pris ça pour de la sorcellerie. Mais les plus savants ont dit que la plante trouvait sa nourriture dans la chair, devenue sol fertile, comme nous deviendrons tous. Celui qui l'a décroché m'a conté qu'il n'avait jamais rien vu d'aussi étrange que ces jolies fleurs sur un visage noirci.

Q. Vous n'avez pas eu alors le moindre soupçon quant à l'identité de cet homme ?

R. Non, monsieur. Point du tout à ce moment, ni lorsque l'envoyé du coroner est venu pour la première fois. C'est qu'il y avait une pleine semaine que ces gens étaient passés. Et Daccombe, ce n'est pas notre paroisse. En plus, mes hôtes étaient cinq. Je n'aurais jamais pensé que l'un d'eux finirait ainsi sans que les gentlemen ses maîtres ordonnent des recherches.

Q. Et ensuite ?

R. Ensuite, ce fut la découverte du coffre cerclé de cuivre, près de la route qui borde Cleave Wood et où on avait vu la vieille jument. Donc ça m'a émoustillé et j'ai bien vite fait part de mes réflexions à mon ami Mr Tucker, qui est le maire. Et donc Mr Tucker et moi et Mr Acland l'apothicaire qui est greffier dans notre ville car il sait aussi un peu de droit et Digory Skinner le porteur de la masse et notre gardien de la paix, et d'autres encore, nous sommes partis à cheval *posse comitatus,* pour nous informer et faire ensuite rapport de ce que nous aurions appris.

Q. Cela se passait à quelle date ?

R. La première semaine de juin. Nous avons chevauché jusqu'au lieu où avait été trouvé le coffre. Et j'ai su tout soudainement que c'était le même que celui du gentleman, Mr Bartholomew. Ezekiel, mon palefrenier, l'a semblablement reconnu, ayant aidé à l'amarrer avec les autres pièces du bagage au matin de leur départ. Puis j'ai voulu voir le cheval qui avait été mis au licou et gardé dans une ferme proche. L'idée m'est venue que là aussi c'était le même, monsieur ; je me suis assis à réfléchir et j'ai voulu en savoir plus long sur la physionomie de l'homme aux violettes. Celui à qui j'ai demandé, qui l'avait vu, me l'a dit. Qu'il était de cheveux blonds et avec des yeux bleus. Alors je n'ai plus eu de doute et tout cela Mr Acland le mit par écrit pour être envoyé au coroner, à Barnstaple.

Q. Vous n'avez donc point de coroner ici ?

R. Par charte, oui, monsieur. Mais personne pour occuper le poste. C'est tombé en désuétude. Donc on a appelé celui de Barnstaple.

Q. Dr Pettigrew.

R. Oui, monsieur.

Q. Ce coffre avait été caché ?

R. Il avait été jeté dans un goyal d'épais buissons, à quatre cents pas de la route. Mais celui qui l'a trouvé a vu briller le cuivre parmi les feuilles.

Q. Un goyal ? Qu'est-ce donc ?

R. Une petite combe. Un étroit renfoncement.

Q. Cette combe est-elle aussi plus bas que l'endroit où on a trouvé le corps ?

R. Oui.

Q. Et le coffre était vide ?

R. Comme votre verre, monsieur. Il y a là de quoi causer. C'est Dorcas qui en peut certifier car certains prétendent maintenant que le coffre était plein d'or mais elle l'a vu ouvert et qui n'en contenait point.

Q. Je le lui demanderai. Mais ces voyageurs n'avaient-ils pas quelque autre bagage ?

R. Oui, monsieur. Un grand portemanteau de cuir et des sacs. On n'a rien retrouvé, pas la moindre chose ni le cadre où fixer le tout.

Q. On a fait des recherches sérieuses ?

R. Dix hommes, monsieur. Et les gardes champêtres. Tous craignaient fort de découvrir d'autres cadavres, pensant que la petite compagnie était tombée dans un guet-apens. Certains croient toujours que c'est ce qui est arrivé. Qu'on trouverait leurs corps si on savait où les chercher.

Q. Alors pourquoi celui de Dick n'a-t-il point été lui aussi dissimulé ?

R. Je ne sais pas, monsieur. C'est là l'énigme. D'aucuns disent qu'il a commis le crime et caché les cadavres et s'est donné la mort de désespoir. D'autres prétendent qu'il devait être ligué avec les meurtriers et ensuite s'est repenti ; alors ses complices ont voulu le réduire au silence et faire croire qu'il avait lui-même disposé de son existence, car leur hâte de prendre la fuite les empêchait de l'enterrer.

Q. Avez-vous déjà vu par ici ce genre de crime ?

R. Pas durant ces vingt dernières années, le Seigneur en soit remercié.

Q. Donc je ne me fie guère à votre seconde explication.

R. Moi non plus, monsieur. Je n'ai fait que rapporter ce qui se dit. Mais il est certain qu'un forfait a été commis, à peu près à l'endroit où la jument s'est libérée et où on a trouvé le coffre. Et je vous dirai pourquoi, monsieur. S'ils étaient allés plus loin, ils seraient passés par Daccombe. Et un jour de fête comme le premier de mai, avec tout le monde dans les rues, on les aurait remarqués.

Q. Personne ne les a vus ?

R. Personne. Ils n'y sont pas passés.

Q. N'y a-t-il point d'autre route ?

R. Aucune que des voyageurs raisonnables, chargés comme ils étaient, se hasarderaient à prendre. En supposant d'abord qu'ils les connaissent. Ils étaient tous étrangers à ces lieux. Et les auraient-ils connus, ce n'était pas leur chemin, s'ils allaient vraiment à Bideford.

Q. On les a recherchés, là-bas ?

R. Oui, monsieur. Mais la trace est refroidie. Car c'est une ville très mouvementée, où circulent toutes sortes de gens. Ceux que Dr Pettigrew a envoyés là-bas pour s'informer n'ont point été récompensés de leurs peines. C'est ce qu'on a dit à la seconde enquête.

Q. Durant cette nuit qu'ils ont passée sous votre toit, vous n'avez entendu nulle querelle ? Point de paroles un peu trop vives ?

R. Non, monsieur.

Q. A part Mr Beckford, personne ne vint les voir ? Pas de messager, pas de visiteur inconnu ?

R. Non, monsieur.

Q. Mr Brown. Pouvez-vous le décrire ?

R. Eh bien, monsieur, plus farouche de visage que de manières.

Q. Comment cela, farouche ?

R. Grave, je dirais plutôt. Tel un savant docteur, comme on dit ici.

Q. Ce qui ne correspond pas avec son occupation supposée. N'a-t-on pas prétendu qu'il était un marchand ?

R. Ces choses me dépassent. Je ne connais point Londres. Mais il y a là-bas de grands hommes, dit-on.

Q. Etait-il gros ou mince ? Quelle taille ?

R. Moyen en tout, monsieur. D'aspect solide.

Q. Quel âge ?

R. Dans les cinquante ans, monsieur. Je ne puis dire plus précisément.

Q. Rien autre qui ait un rapport avec mon enquête ?

R. Rien autre qui me vienne à l'esprit pour le moment, monsieur. Rien d'importance, soyez-en bien certain.

Q. Cela suffira, Master Puddicombe. Et rien ne doit être révélé de ma mission. Comme je vous en ai averti.

R. J'ai prêté serment, monsieur. Et pour sûr ma parole me lie. Le Roi et la vraie Eglise. Je ne suis pas un fanatique. Ni un Quaker. Demandez ici à qui vous voudrez.

Jurat tricesimo uno die jul.
anno Domini 1736 coram me

Henry Ayscough

Historical Chronicle, 1736.

MAY.

Saturday, May 1.

General Court of the *Charitable Corporation*, order'd the Prosecution against their late Directors to be carried on with the utmost Vigour.

The Ld Mayor, and Court of Aldermen of *London*, were entertain'd at Dinner by Ld *Baltimore* in *Grosvenor-Square*, on the Part of his R. Highness the Prince of *Wales*, who invited them when they presented their Congratulations; which He received with such Marks of Condescension and Goodness as are peculiar to himself: Among other obliging Th'ngs, told them, That he was sorry the Princess was not so well versed in the *English* Language, as to return an Answer to them in it; but that he would be answerable for her, that she should soon learn it; and enquir'd of Sir *John Bernard*, if he understood *French*, to speak to her Royal Highness in that Tongue. Sir *John* handsomely excusing himself, referr'd to Alderman *Godschall* who, with Alderman *Lequesne*, made short and agreeable Compliments to the Princess, and received gracious Answers from her.

At One this Morning, and at Noon the preceeding Day, was a terrible Earthquake along the *Ochil-Hills* in *Scotland*, which rent several Houses, and put the People to flight, it was accompanied with a great Noise under Ground.

Monday, 3.

Notwithstanding the Example made last Month, *(See p. 229. E.)* the People of *Herefordshire* cut down the Turnpikes again

Tuesday, 4.

At a Court of Aldermen held at *Guildhall*, *Denn Hammond*, Esq; an eminent Attorney in *Nicholas Lane*, was sworn Comptroller of this City, purchasing the Place for 3,600 *l.*

Wednesday, 5.

His Majesty went to the House of Peers, and gave the Royal Assent to the Bill for Exhibiting a Bill for Naturalizing the Princess of *Wales*.—To the Geneva Bill.—To a Bill for better enlightning the City of *London*.—To several Road Bills,—And other private Bills, to the Number of 41.

A Cause was try'd in the Marshalsea-Court, *Southwark*, wherein *Wm. Berkins*, Joyner, was Plaintiff, and the noted *Julian Brown*,

alias *Gueliano Bruno*, an *Italian*, (on whose sole Evidence, *Wreathock, Bird, Ruffet, Campbell* and *Chamberlain*, were found guilty for robbing Dr. *Lancaster*) was Defendant, for Joyner's Work in fitting up a Chandler's Shop, &c. for the said *Brown* in *Bloomsbury* : The Work was admitted ; but *Brown*, in order to prove Payment of it, set up a Receipt in full given to him by *Berkins* for Work done in 1731; hav.ng altered the Date to 1734; but the Fraud appear'd so plainly to the Court, that a Verdict was given for the Plaintiff; and the Receipt detained, in order to have the said *Brown* prosecuted thereon, to the great Satisfaction of all Persons then present.

Thursday, 6.

His Majesty in Council order'd, that at Morning and Evening Prayers, in the Litany, and all other Parts of the publick Service, as well in occasional Offices, as in the Book of Common Prayer, where the Royal Family is particularly appointed to be pra ed for, that the following Form be observ'd, *viz.*

For his most Sacred Majesty King *George*, our gracious Queen *Caroline*, their Royal Highnesses *Frederick* Prince of *Wales*, the Princess of *Wales*, the Duke, the Princesses, and all the Royal Family.

Friday, 7.

Several Merchants of *Dublin* met at the *Tholsel*, to consider of Means to prevent any Alterations in the Coin, and afterwards went in a Body to wait on the D. of *Dorset*, Lord Lieutenant. The Rev. Dean *Swift*, and their two Representatives in Parliament, were with them, and the Dean set forth the ill Consequence it would be to that Kingdom, if the Coin should be reduced.——Notwithstanding this Zeal of the *Irish* Merchants, a Writer in the *Daily Advertiser, May* 1c, charges it on them not only as an Error, their raising our Guineas to 23 *s.* Moidores to 30 *s.* and our Shilling to 13 *d.* but says, it is very obvious, that their Intent was to make it profitable to carry Money to *Ireland*, and a Loss to bring it back to *Great Britain* ; and as it was done without Authority, is unwarrantable, and has not had any good Effect. That they have raised the Gold Coin much too high, and thereby have been drained of almost all their Silver. Tho' he allows the Guinea ought to be raised (but by Au.hority, and in both Kingdoms;

P p

doms) to 21 s. 6 d. and the Shilling to 13 d. that his Majesty's Subjects may trade on equal footing with one another, and with their Neighbour', the neglecting of which he reckons a prodigious Less to *Great Britain.*

Saturday, 8.

Henry Juftice, of the *Middle Temple*, Esq; was tried at the *Old Baily,* for ftealing Books out of *Trinity College* Library in *Cambridge,* He pleaded, that in the Year 1734, he was admitted Fellow Commoner of the said College, whereby he became a Member of that Corporation, and had a Property in the Books, and therefore could not be guilty of Felony, and read several Claufes of their Charter and Statutes to prove it. But after several Hours Debate, it appear'd he was only a Boarder or Lodger, by the Words of the Charter granted by *Hen.* 8, and Q. *Eliz.* So the Jury brought him in guilty of the Indictment, which is Felony within Benefit of the Clergy, so Tranfportation.

Monday, 10.

Mr *Juftice* was brought to the Bar to receive Sentence, and mov'd, that as the Court had a difcretionary Power, he might be burnt in the Hand and not sent abroad; Firft, for the Sake of his Family, as it would be an Injury to his Children, and to his Clients, with several of whom he had great Concerns, which could not be settled in that Time; 2dly, for the Sake of the University, for he had Numbers of Books belonging to them, some in Friends Hands, and some sent to *Holland,* and if he was transported he cou'd not make Reftitution. As to himself, considering his Circumftances, he had rather go abroad, having liv'd in Credit till this unhappy Miftake, as he call'd it, and hop'd the University wou'd intercede for him. The Deputy Recorder commiferated his Cafe, told him how greatly his Crime was aggravated by his Education and Profeffion, and then pronounc'd, that *he muft be transported to fome of his Majefty's Plantations in* America *for feven Years.*

Receiv'd Sentence of Death, *Stephen Collard* for ftealing a filver Watch. *George Ward,* for robbing Mr *Gibfon* a Baker at *Iflington, Tho. Tarlton* for Horfe ftealing, *Daniel Malden* for ftealing a Silver Tankard, *Jof. Glanwin* for ftealing 12 Handkerchiefs, *Chrif. Freeman* for ftealing wet Linnen, *Pra. Owen* for fetting Fire to the Bell-Inn in *Warwick Lane. Collard* and *Glanwin* were repriev'd for Tranfportation.

Thursday, 13.

A Gentleman unknown, gave 1000l. to the Society for propagating the Gospel in Foreign Parts; 1000l. for augmenting poor Livings; 1000l. to the Corporation of the Sons of the Clergy, for poor Widows; and 500l. for the Propagation of Chriftian Knowledge.

The Gen. Affembly of the Scotch Church met at *Edinburgh,* and chofe Mr *Lauhlan Mac Intofh* their Moderator; they had a Debate about their Anfwer to the King's Letter,

but at laft agreed to infert thefe Words, *hoping from his Majefty's Goodnefs, that this Church fhall yet be reliev'd from the Grievance of Patronages.*

Monday, 17.

One Hundred *Felons Convict* walk'd from *Newgate* to *Black-fryars,* and thence went in a close Lighter on Board a Ship at *Blackwall.* But *Wreathock* the Attorney, Meff. *Ruffhead, Vaughan* and *Bird,* went to *Blackwall* in 2 Hackney Coaches, and *Hen. Juftice,* Esq; Barrifter at Law in another, attended by *Jonathan Forward,* Esq; Thefe 5 *Gentlemen* of Diftinction were accomodated with the Captain's Cabbin, which they ftor'd with *Plenty of Provifions,* &c. for their Voyage and Travels.

Thursday, 20.

His Majesty went to the House of Peers, and gave the Royal Affent to An Act to enable his Majefty to borrow 600,000 l. and to pay off one Million of *South-Sea* Annuities. An Act for Naturalizing her Royal Highnefs the Princefs of *Wales.*—For building a Bridge crofs the *Thames* at *Weftminfter.*—For continuing the Duties upon Stamped Parchments, Paper, &c.—To render the Laws more effectual for the preventing the Importation of Fifh by Foreigners, and for the better Prefervation of the Fry of Lobfters on the Coaft of *Scotland.*—To explain so much of an Act to preven: Bribery and Corrupt on in Elections, as relates to Profecutions grounded upon the said Act; which are not to take Effect, unlefs some Procefs is already begun for that Purpofe.—For encouraging the Manufacture of *Britifh* Sail Cloth.—To prevent lifting his Majefty's Subjects into Foreign Service.—To indemnify Perfons, who have been guilty of Offences againft the Laws made for fecuring the Revenues of Cuftoms and Excife; and for enforcing the Laws for the future. After which his Majefty made a moft gracious Speech, which (See p. 236) and then prorogu'd the Parliament to the 29th of *July.*

A Fire broke out of a Malt Kiln in *Stony Stratford, Northamptonfhire,* and burnt down above 50 Houfes.

Saturday, 22.

Mr *Pickering* who had been committed to *Newgate* for riotoufly entering, with others, the *Sardinian* Ambaffador's Chapel, &c. was admitted to bail in the Court of King's Bench, and it has been fince propos'd to regulate the foreign Ambaffadors Chapels by an Act of Q. *Eliz.* for that Purpofe, which allows them no more Privileges here, than what is granted to *Englifh* Ambaffadors.

The Univerfity of *Oxford* In full Convocation conferr'd the Degree of Dr of Laws upon *John Ivory Talbot,* Efq; Kt of the Shire for *Wilts*; Sr *Wm Carew* Bt. Kt of the Shire for *Cornwal,* and *Tho. Mafters,* Efq; Member for *Cirencefter*; as an Acknowledgment for their Service in Oppofition to the *Quakers Tythe* and *Mortmain* bills.

About

Interrogatoire et Déposition de
Dorcas Hellyer
laquelle a prêté serment, ce trente et un juillet
de la dixième année du règne
de notre souverain Seigneur George II
par la grâce de Dieu Roi de Grande-Bretagne
et d'Angleterre, &c.

J'AI DIX-SEPT ANS, je suis née en ce lieu, je suis célibataire. Je travaille comme servante à tout faire pour Master et Mistress Puddicombe.

Q. Votre maître vous a dit les raisons de ma présence ici ?
R. Oui, monsieur.
Q. Et que vous êtes sous serment comme dans une cour de justice.
R. Oui, monsieur.
Q. Donc dites la vérité, car mon clerc ici présent va prendre par écrit vos déclarations.
R. Sans rien cacher, je le jure.
Q. Très bien. Maintenant je souhaite que vous examiniez encore une fois ce portrait. Est-ce là le gentleman que vous avez servi dans cette même chambre, le dernier jour d'avril ?
R. Oui, monsieur, m'est avis que c'est lui.
Q. Etes-vous sûre ? Si tu ne l'es pas tu dois le dire, ma fille. Tu n'en souffriras point le moindre mal.
R. J'en étions sûre.
Q. Très bien. Vous avez servi le souper aux deux gentlemen.
R. Oui, monsieur. Le souper et le reste.
Q. N'est-il pas d'usage que les gentlemen en voyage, comme ceux qui logent ici, se fassent servir par leurs domestiques ?
R. C'est à leur convenance, monsieur. Et il en passe pas mie.
Q. Aucune remarque ne fut faite à ce sujet ?
R. Non, monsieur.
Q. Cependant que vous les serviez, ont-ils conversé ?
R. Non, monsieur. J'avons rien entendu.
Q. Durant le repas, vous êtes restée en leur présence ?
R. J'aurions resté. Mais une fois que j'avions tout apporté i' m'ont dit de m'en aller.
Q. Ils désiraient se servir eux-mêmes ?
R. Oui, monsieur.

Q. N'avez-vous rien remarqué dans leurs manières ?

R. J'aurions dû remarquer que'que chose ?

Q. Je te le demande, c'est tout. Ne paraissaient-ils point troublés, ou impatients qu'on les laisse seuls ?

R. Pas plus que pour cause de tout le long chemin. Et de leur pauvre dîner qu'ils avaient dit.

Q. Lors donc ils voulaient souper sans plus de cérémonie ?

R. Oui, monsieur.

Q. Et qu'ont-ils eu pour leur repas ?

R. De la viande et des œufs et un plat de pois cassés et d'oignons avec la salade du ruisseau et un bol de pudding au lait après.

Q. Ils ont bien mangé ?

R. Oui monsieur. Fort bien.

Q. Paraissaient-ils en bonne amitié ? Pas en colère comme s'ils s'étaient querellés ?

R. Non, monsieur.

Q. Quel gentleman a commandé le souper ?

R. Le plus vieux, monsieur.

Q. Et plus tard vous avez apporté le thé à ce même gentleman et à Mr Beckford ? *(non comprendit.)* Du thé, ma fille. Du Bohé. De la feuille de Chine.

R. Oui, monsieur. C'était en bas.

Q. Qu'ont-ils dit que vous ayez entendu ?

R. Mr Beckford a causé de ses affaires. Ça j'en avons souvenance.

Q. Quelles affaires ?

R. De sa famille, monsieur. Vu qu'i' vient du Wiltshire. Je l'avons entendu causer d'une lady qui est sa sœur, à Salisbury, et nouvelle épousée.

Q. Rien autre ?

R. Non, monsieur.

Q. Est-ce la première fois que Beckford se déplace pour ainsi converser avec des étrangers ?

R. Non, monsieur. Car là où il habite c'est juste en face. D'ici en vous retournant vous pouvez voir l'endroit. Et lui i' voit tout par sa fenêtre.

Q. Il se plaît à fréquenter une compagnie distinguée ?

R. Et point d'autre, monsieur. A ce qu'on dit.

Q. Eh bien, Dorcas, qu'avez-vous vu dans l'une ou l'autre chambre des deux gentlemen, parmi leur bagage, qui vous paraisse étrange ?

Q. Rien, monsieur. Sauf exception du coffre et des papiers.

R. Quels papiers ?

Q. Ceux du plus jeune gentleman, monsieur, dans un coffre qu'il avait fait monter. Y en avait d'étalés sur cette table ousque ce monsieur écrit, quand j'avons apporté plus de lumière. Le plus vieux gentleman avait demandé qu'on en procure quand il est descendu voir Mr Beckford.

Q. Le plus jeune lisait ?

R. Oui, monsieur. I' voulait un peu plus de lumière.

Q. Quel genre de papiers ?

R. J'pouvons pas dire, monsieur. J'avons point d'instruction.

Q. Etaient-ce des lettres ? Des papiers avec quelque chose mentionné en haut ? Une adresse ?

R. J'savons point lire.

Q. Mais vous avez vu les lettres. Elles étaient d'une écriture serrée ? Elles étaient pliées ? Cachetées ?

R. Non, monsieur. C'étaient plutôt comme des feuillets pour les comptes.

Q. C'est-à-dire ?

R. Comme le maître en écrit pour les reçus, pour les gens qu'en réclament.

Q. Vous voulez dire qu'il y avait des chiffres ?

R. Oui, monsieur, des chiffres et des signes qui sont pas les lettres de l'alphabet parce que là je sais à quoi elles ressemblent.

Q. Et ces chiffres étaient en lignes et en colonnes comme sur un mémoire ou dans un compte ?

R. Non, monsieur. Parmi des dessins.

Q. Quels dessins ?

R. J'en avons vu un ; qu'était un grand cercle, et un autre avec trois côtés et marqué comme la lune.

Q. Qu'entends-tu par là ?

R. Comme la croûte du fromage ou le noir dans la lune à son dernier quartier.

Q. En une courbe ?

R. Oui, monsieur.

Q. Avec des chiffres à côté ?

R. Oui, monsieur.

Q. Vous avez vu sur cette table combien de papiers qui portaient des dessins et des chiffres ?

R. Beaucoup, monsieur. Peut-être une douzaine ou plus.

Q. Et la taille de ces papiers ?

R. Comme ceusses de votre monsieur qui écrit là. Et un qu'était deux fois plus grand.

Q. Mettez folio et demi-folio. Ils étaient écrits à l'encre ? A la main ?

R. Oui, monsieur.

Q. Pas comme ce qui est imprimé dans les livres ? Ce n'étaient pas des pages prises dans un livre ?

R. Non, monsieur.

Q. Le gentleman écrivait-il ?

R. Non, monsieur. Ou du moins j'l'avons point vu.

Q. Avez-vous vu quelque instrument pour écrire ? Un encrier, une plume d'oie ou de métal ?

R. Non, monsieur.

Q. Et le coffre était rempli d'autres papiers du même genre ?

R. De quelques-uns, monsieur. Et puis de livres, et parmi eux une grande pendule de cuivre sans son coffret.

Q. Une pendule ? Vous êtes sûre ?

R. Grande comme ça, monsieur. Comme les intérieurs de la pendule de cheminée à Mistress Puddicombe quand on regarde de par-derrière.

Q. Avez-vous vu un cadran ? Des aiguilles pour marquer l'heure ?

R. Non, monsieur, parce qu'elle était posée sens dessus-dessous. Mais j'avons vu tout un enchevêtrement de roues comme dans not' pendule.

Q. Et ces livres ? Où étaient-ils ?

R. Le coffre était près de la porte, avec son couvercle grand ouvert. C'était dans l'ombre, mais j'avons jeté un coup d'œil en entrant.

Q. Et dedans vous avez vu des livres ?

R. Oui, monsieur. Maintenant i' disent que c'était rien que de l'or et que c'est pour ça que les gens ont été tués.

Q. Mais vous savez que ce n'était pas vrai.

R. Oui, monsieur. Seulement on me croira point.

Q. N'importe. Moi, je te crois, Dorcas. Maintenant venons-en à Louise, la servante. Je voudrais que tu me rapportes la conversation que vous avez eue toutes les deux.

R. On a un peu causé quand j'l'ai conduite à sa chambre, monsieur. C'est tout.

Q. De quoi ?

R. De combien de lieues ils avaient fait, monsieur. De où qu'i' se rendaient. Des choses comme ça.

Q. Et elle n'a pas parlé d'elle ?

R. Si, qu'elle en a parlé, monsieur, parce que j'ai posé des questions. Et elle a dit qu'on allait la placer comme soubrette chez une dame à Bideford, de la famille des gentlemen. Et que sa vieille maîtresse à Londres était partie à l'étranger et avait pas voulu l'emmener. Puis elle m'a demandé si j'connaissions Bideford et j'ai dit que j'y avions été une fois avec mon père, ce qui est pure vérité, et que c'est une assez grande ville avec un marché bien fourni.

Q. A-t-elle dit le nom de son ancienne maîtresse ?

R. Elle a dit un nom, monsieur, mais j'avons oublié.

Q. Un nom anglais ?

R. Oui, monsieur.

Q. Une dame avec un titre ?

R. Non, monsieur. Juste mistress que'que chose. J'avons oublié.

Q. Cette Louise, lui avez-vous demandé d'où elle venait ? Où elle était née ?

R. Elle a dit de la ville de Bristol par sa naissance. Mais qu'elle avait été longtemps à Londres, servante toute sa vie d'adulte, car ses parents étaient morts. Qu'elle connaissait la couture et puis la coiffure ; et qu'avec ça, là-bas on se faisait de bons gages.

Q. Elle n'a rien cherché à savoir sur votre compte ?

R. Si fait, monsieur. Si j'aimions bien ma maîtresse et si j'étions contente dans mon travail.

Q. Quoi d'autre ?

R. Point grand-chose, monsieur. On m'a appelée. Et elle a dit qu'elle regrettait que j'avions fort à faire et voulait pas me causer d'embarras. Qu'elle était très fatiguée, et souperait dans sa chambre, mais de pas m'en tourmenter parce que celui qu'ils appelaient Dick la servirait là-haut.

Q. Elle n'a rien dit des deux gentlemen ?

R. Que seulement quelques jours plus tôt elle les avait jamais vus, mais son ancienne maîtresse avait parlé en bien du plus vieux.

Q. Qu'a-t-elle dit des deux domestiques ?

R. Elle a rien dit de Farthing, monsieur. Pour l'autre, Dick, elle a dit qu'il était sourd et muet, qu'il avait pas de mauvaises intentions et que fallait point s'effrayer de son air et de ses manières.

Q. Je te prie de bien réfléchir, mon enfant. Ressemblait-elle à une servante de grande dame, comme elle voulait faire croire qu'elle était, ou bien s'agissait-il d'une feinte, dans un but caché ?

R. Elle avait les manières de Londres, monsieur. Le parler distingué. Fort jolie ; avec des yeux du genre qu'un homme se ferait tuer pour eux.

Q. Plus une lady qu'une servante ? Trop bien pour sa condition ?

R. J'savons point, monsieur. Mais elle prononçait les mots plutôt comme font ceux de Bristol.

Q. Diriez-vous, sans les airs et les manières d'une grande dame ?

R. Oui, monsieur. Et elle s'est pas mise au lit aussitôt après souper comme elle avait dit. Vu qu'une heure plus tard, en m'allant coucher, j'avons passé devant la porte du plus jeune gentleman. Et elle était dans sa chambre.

Q. Vous avez reconnu sa voix ?

R. Oui, monsieur.

Q. Vous êtes-vous arrêtée pour écouter ?

R. Oui, monsieur. Un petit moment, car j'en étions tout ébaubie, l'ayant crue endormie.

Q. Avez-vous ouï ce qui se disait ?

R. La porte est épaisse et i' parlaient bas, monsieur.

Q. Qui parlait le plus ?

R. Le gentleman, monsieur.

Q. A votre avis, de quoi s'agissait-il ?

R. I' lui donnait des instructions pour qu'elle plaise à sa nouvelle maîtresse.

Q. Vous avez entendu pareille chose ? Il faut me dire tout ce qui s'est passé.

R. Sur ma parole, monsieur. J'faisons de not'mieux mais j'pouvons mie.

Q. Pourquoi aurait-il donné ses instructions à cette heure tardive ?

R. J'savons point, monsieur.

Q. Je vous le demande encore. N'avez-vous pas pensé, Ce n'est pas là une servante de grande dame ?

R. J'avons pensé que c'était étrange qu'i parlent aussi long-temps, monsieur.

Q. Comment pouvez-vous savoir que ce fut long ? N'avez-vous pas dit que vous n'étiez demeurée là qu'un petit moment ?

R. C'est vrai, monsieur. Mais la chambre de cette fille était juste à côté de celle ousque j'dormons avec Betty. Et on l'a entendue rentrer en tapinois et mettre le loquet au moins une demi-heure après qu'on était au lit.

Q. Ne vous êtes-vous point demandé si son service n'avait pas quelque rapport avec le plaisir du jeune homme plutôt qu'avec celui de sa nouvelle maîtresse à Bideford ?

R. J'oserions point en décider.

Q. Voyons, Dorcas, tu as dix-sept ans, tu es vive et jolie. Je parierais que les galants ne te font pas défaut.

R. Non, monsieur. J'en ai un, et on va se marier.

Q. Donc, fais-moi grâce de tes pudeurs. N'as-tu vu, le lende-main matin, nul signe que leur commerce aurait été charnel ?

R. Charnel, j'savons point c'que c'est, monsieur.

Q. Qu'il aurait eu lieu entre les draps.

R. Non, monsieur. Car le lit avait pas été défait.

Q. Pas défait ? Est-ce bien certain ?

R. Oui, monsieur. Quelqu'un s'était étendu dessus mais sans ouvrir les draps.

Q. Et n'aviez-vous pas ouï quelqu'un d'autre entrer dans la chambre de la jeune femme, près de la vôtre ?

R. Non, monsieur.

Q. Ne vous aurait-t-elle pas dit d'aventure qu'à une fille comme vous, aussi bien tournée, elle pourrait trouver à Londres une meilleure place avec de plus gros pourboires ?

R. Non, monsieur.

Q. Ou peut-être fait un récit de ses infortunes, d'amours contrariées ?

R. Ça non plus, monsieur.

Q. Paraissait-elle triste ou heureuse de son sort ?

R. J'savons point, monsieur. C'était comme si elle aurait mieux fait de rester où elle était plutôt que s'en venir si loin parmi des étrangers.

Q. Elle l'a dit ?

R. C'était dit par ses façons, monsieur.

Q. Elle ne souriait pas ?

R. Une fois ou deux elle a souri, monsieur. Le reste du temps c'était pas pareil.

Q. Pas pareil, en quoi ? Diriez-vous qu'elle était plus fantasque et plus gaie ?

R. Non, monsieur. J'savons point comment dire.

Q. Allons, ma fille. Je ne vais pas te manger.

R. Quand ils ont été partis, j'avons trouvé un fichu fleuri sur son oreiller, comme s'il était là juste pour que j'le trouve, pour mon plaisir.

Q. Où est ce fichu à présent ?

R. Ma mère a dit qu'il fallait le brûler, monsieur. Quand on a su pour les meurtres, et pour l'homme aux violettes. Elle a dit que ça porterait malheur.

Q. C'était un objet de luxe ?

R. Oui, monsieur. Du coton indien tout comme, et finement travaillé avec des fleurs et des petits oiseaux.

Q. Pas le genre de chose qu'une servante pourrait se permettre d'acheter ?

R. C'était pareil à c'que montrait le colporteur de Tiverton, à la dernière foire, qu'i' disait que ça venait de Londres et qu'i' descendrait pas au-dessous de trois shillings ; et que c'était aussi bon que l'indien — des menteries — et point contre la loi du roi de l'porter.

Q. Le lendemain matin, n'avez-vous pas demandé à la jeune femme ce qui l'avait contrainte à rester si longtemps dans la chambre du plus jeune gentleman ?

R. Non, monsieur, on s'est parlé seulement pour l'au revoir. C'était le premier mai, et y avait fort à faire, de la besogne pour trois.

Q. Il m'a été rapporté que le Farthing avait pris des libertés avec toi, Dorcas.

R. Il a essayé, mais j'l'avons remis à sa place.

Q. Il t'a entreprise à l'écart des autres ?

R. I' m'a suivie quand j'avons eu à me rendre au cellier, monsieur, après souper , et il a essayé de m'embrasser. Mais quand il a vu que j'accepterions point il a dit que j'avions qu'à venir plus tard là où i' dormait, au-dessus des écuries, et que j'aurions un shilling en récompense.

Q. Et tu n'as rien voulu entendre ?

R. Non, monsieur. Il avait beaucoup bu. J'avions point goût pour ce pantin et j'savions bien que c'était un menteur.

Q. Comment cela ?

R. Par le fait qu'au souper il avait parlé mal de l'autre homme, qu'ils appelaient Dick, disant qu'il était une bête pour moitié et qui nous ferait des misères si l'occasion s'en présentait. Alors que lui il était aussi mauvais et même plus. Et quand j'avons refusé son shilling il a voulu alors s'en venir à mon lit, pour me protéger qu'i' disait, mais j'l'avons point cru.

Q. Durant la nuit, il n'est pas venu ?

R. Non, monsieur. Quoique j'aurions bien aimé, pour que not' Betty lui caresse le crâne avec sa trique.

Q. Vous avait-il annoncé qu'il partirait de bonne heure, avant l'aube, m'a-t-on dit ?

R. Non, monsieur. De ça pas un mot.

Q. Je vois que tu es une fille honnête, Dorcas. Es-tu assidue aux offices ?

R. Oui, monsieur.

Q. Continue de la sorte. Et voici pour toi le shilling que ton honnêteté t'a fait perdre.

Jurat die et anno
supradicto coram

Henry Ascough

Historical Chronicle, 1736.

JUNE.

THE Beginning of this Year some Noblemen and Gentlemen, to the Number of 102, formed a Society for the ENCOURAGEMENT OF LEARNING. The Deposit on Entrance is 10 Guineas, & Yearly Subscription is 2 Guineas. The Duke of *Richmond* is Prefident; and *Brian Fairfax*, Efq; Vice-Prefident; Sir *Hugh Smithfon* and Sir *Thomas Robinfon*, Bts, the Truftees for this Year; and the Committee of Managers are,

Earl of *Hartford*,
Earl of *Abercorn*,
Earl of *Oxford*,
Earl *Stanhope*,
Lord *Percival*,
Sir *Brownlow Sherard*, Bart.
The Hon. *Wm Talbot*,
Dr *Richard Mead*,
Dr *Alexander Stuart*,
Dr *Robert Barker*,
Dr *Addifon Hutton*,
The Rev. Mr *Thomas Birch*,
Charles Frederic,
James Weft,
Major *Edwards*,
Benjamin Martyn,
George Lewis Scott,
Paul Whitehead, Efqrs;
Mr *John Ward*, Profeffor at Gr. Coll.
James Thompfon, Efq;
Samuel Strutt, Efq;
Dan. Mackercher, Efq;
George Sale, Efq;
The Rev. Mr *George Watts*.

By their *Statutes*, which are dated May 27, 1736, their General Meetings are to be the firft *Thurfdays* in *Auguft, November, February*, and *May*. The Committee meet every Week, and fuch Work as they fhall direct, are to be printed at the Expence, or by the Affiftance of the Society; who are to fettle the Price of Books fo printed; but the Authors are to make over their Properties in the fame, and their Intereft in the whole Impreffions to the Treafurer, in Truft for the Society; or give fuch farther Security for reimburfing the Charges of Printing and Publifhing, as fhall be judged proper by the Committee; on Repayment of which Charges the Security to be delivered up; 8 of the 24 Managers are to be changed every Year, and not re-elected till after 3 Years. All future Members are to be propofed at a Meeting of the Committee of Managers, remain propofed 8 Days, and not to be admitted but by a Majority of two thirds of the Committee then prefent, on a Ballot. No Member of the Society (as fuch) to receive any Profit or Advantage from the fame. The Managers are not to expend above 200 l. on any Work without Confent of a General Meeting. The Treafurer to pay no Sum but by Order of 5 of the Managers; and if the Sum be above 10 l. he is to draw on the Tru-

ftees for it, and they on the *Bank*. The Accounts to be audited every 8 Months. The prefent Auditors are the Hon. *John Talbot, Henry Talbot, Henry Kenfall, Edw. Stephenfon*, and *Wm Newland*, Efqrs;

A
Tuefday, June 1.
One *Anne Boynton* of *Old Henftrige* in *Somerfetfh*. was delivered of 3 Daughters and one Son; one of the Daughters died, the reft like to live. The Woman has been married but 4 Years, and lain in 3 Times; at firft fhe had a Female Children, at the fecond 2 Male, the third 4 as above.

B
Thurfday. 3.
The Sum of 600,000 l. to be rais'd by Annuities of 3 per Cent. payable out of the Sinking Fund, was fubfcribed at the Auditor's Office in the Exchequer, by feveral Perfons, to be paid the 10th of *July*.

Saturday. 5.
C
14 new Serjeants, viz. Tho Parker, Tho. Huffey, Abr Gapper, Robt Price, Michael Fofter, Tho. Burnet, Wm Wynne, Jn Agar. Rich Draper, Robt Johnfon Kettleby, Wm Hayward, Sam. Prime, Tho Barnardifton, Edw Bootle, Efqrs; were call'd to the Bar of the Common Pleas Weftminfter with the ufual Formality. The Motto to the Ring's diftributed on the Occafion was Nunquam Libertas gratior. This
D Call gave Birth to the following Lines;

Dame Law, to maintain a more flourifhing ftate,
Having happily compaft the Mortmain of late;
As erft fhe call'd over her Word-felling Crew,
Cries, 'The Harveft is great, but the Lab'rers
'are few:
Then Courage, my Sons! here is Work for you all!
E And fourteen new Serjeants ftept out at the Call.

Monday, 7.
The Grand Jury for the County of *Middlefex* found a Bill of Indictment againft *James Bayley* and *Tho. Reynolds*, on the *Black Act*, for going arm'd and difguis'd, and cutting down *Ledbury* Turnpike. See p. 229, E.

F The Demurrer to a Bill filed by a Society of Weavers in *Spittle-fields*, againft Mr *Sutton*, Landlord of the Houfe where their Club was kept, for a Sum of 30 l. lent him out of the Box, was argued before the Barons of the Exchequer, when the Court were of Opinion, that they were not a legal Society, and therefore could neither fue nor be fued.

Z z. **Tuef-**

8

Tuesday, 8.

A remarkable Cause was try'd before Ld *Hardwicke*, between 2 Merchants, on a *Scire Facias* upon a Recognizance of 320l. to prosecute a Writ of Error in Case the Judgment should be affirm'd, wherein the Defendant was bound for a Person who since absconded. The Defendant pleaded, that the Transaction was 11 Months before the Commission of Bankruptcy was awarded, that he had obtain'd his Certificate, and was discharg'd from all Debts, &c. by Act of Parliament. But the Council insisting, that this was a Debt of such a Nature, that the Plaintiff could not have Relief under the Commission, and that the Cause of Action arose by Contingency, since the issuing out of such Commission, the Jury brought in a Verdict for the Plaintiff.

Wednesday, 9.

Was held a Court of Common-Council at *Guild-hall*, when the Affair about building a Mansion House for the Ld Mayor, and that for the better lighting the City came under Consideration, and were referr'd back to the proper Committee.—Mr *Evans* mov'd for an Enquiry into the Great Delay of Causes in the Law Courts of the City, how they have been occasion'd, and how they may be prevented for the future, which was carried *Nemine contradicente*, and a Committee was chosen accordingly.—Order'd, That the Recorder be desir'd to be present at the next Common-Council, and give his Reasons why he did not attend the Ld Mayor and Common-Council, when they waited on his Majesty with their Address on the P. of *Wales's* Marriage.

Thursday, 10.

Came on a Trial before Ld Chief Justice Hardwicke, on an Action brought by Mrs Elizabeth Barker against Sir Woolston Dixie, Bart for 5000 l. for false Imprisonment, and a charge of Robbery, for which she was tried at the Old Bailey, and acquitted; after a Hearing of above seven Hours, the Jury, which was a Special one, brought a Verdict of Five Shillings for the Plaintiff; upon which his Lordship sent them out again, but in about half an Hour they returned without altering their Verdict. (See Vol. V. p. 735 D)

Saturday, 12.

The Sessions ended at the Old *Bailey*, when 75 Prisoners were try'd, of which 38 cast for Transportation, 1 burnt in the Hand, and *George Watson* condemned for the Murder of a Watchman, and 35 acquitted.

Monday, 14.

Daniel Malden broke (a second time) out of *Newgate*, by sawing his Chains near the Staple, by which they were fix'd to the Floor of the Condemn'd Hold, and getting thro' the Brickwork dropt into the Common Sewer; several Persons were employ'd to search after him, but to no Purpose, tho' the Chains about him weigh'd near 100 Pounds: They found the Bodies of two Persons, who trying to escape had been smother'd. (See p. 230, A.)

Thursday, 17.

Capt. *Porteous*, of the City-Guard, *Edinburgh*, received a Copy of his Indictment in which he is charged with the Murder of 6 Persons, and wounding 11; see Apr. p. 239. B

Thursday, 22.

Her Majesty issued out her Royal Proclamation, prohibiting any of his Majesty's Subjects from furnishing Assistance to the Inhabitants of *Corsica*, and at the Request of the Senate of *Genoa*, gave Orders for seizing the Captain of the Ship which carried over *Baron Neuhoff*, and for calling to account the *English* Consul at *Tunis*, for permitting a *British* Vessel to be employed on such an Occasion.

Mr *Wm Ross*, Citizen and Salter, and Mr *Benj Rawlins*, Citizen and Apothecary, were elected Sheriffs of the City of *London* and County of *Middlesex*; the following Gentlemen having paid the usual Sums of Money as Fines, to be excused serving that Office, viz, Mr *Laurence Victorin*, Ironmonger, Mr Sam. *Swinfen*, Fishmonger, Mr *Jos Barrath* Weaver, Mr *Robt Bergusson*, Glass-seller, Mr *Tho. Diggles*, Woolman, and Mr *Jos. Shaw*, Draper.

Monday, 28.

The Court of King's Bench granted an Information against a Clergyman of Northamptonshire, for hiring a Man to set Fire to the Earl of Northampton's House.

Tuesday, 29.

Mr David Boyce, who had been confined in the Fleet-Prison several Years, at his Majesty's Suit for some thousand pounds, for Smuggling, was had before the Barons of the Exchequer, and discharged, he having by Council previously moved the Court, in pursuance of the late Act, which makes it Death to those who take the Benefit of it, and are afterwards found guilty of Smuggling, or of receiving or concealing run Goods.

Wednesday, 30.

A Receipt for a New DRAM *and a New* PUNCH, *far more wholesome and pleasant than any with distill'd Liquors.*

SQueeze 4 *Sevil* Oranges (or 2 Oranges and 2 Lemons as you like best) into a Quart of fair Water, sweeten it with fine Sugar to your Liking, and then put to it a Pint of *Sack*, to be drank as *Punch*, or bottled and us'd as a Dram. And a most delicate, fine, pleasant and wholesome Liquor it is.—The Reason why *Sack* is best for this *new Punch* and *Dram*, is, because of all Wines, none contains more *Spirit* than *Sack*; more Ounces of a high exalted Spirit being by Chymistry drawn from only a small Quantity of *Sack*, than from any other *Wine*, and this it is makes *Sack* or *Canary Wine*, the only next (undistill'd) Liquor that can supply *Spirituous Liquors* in Punch.

This New *Punch* is not only vastly pleasant, but is far more *wholesome* than *Punch* made of any distill'd inflaming Liquors, which by their *Heat* parch and shrivel up the Coats of the

Interrogatoire et Déposition de
Mr Sampson Beckford
lequel a prêté serment, ce trente et un juillet
de la dixième année du règne
de notre Souverain Seigneur George II
par la grâce de Dieu Roi de Grande-Bretagne
et d'Angleterre, &c.

MON NOM EST SAMPSON BECKFORD. Je suis clerc de Wadham College, Oxon, et vicaire de cette paroisse depuis la Saint-Michel. J'ai vingt-sept ans. Je ne suis pas marié.

Q. Je vous remercie de me prêter votre aide. Je prendrai très peu de votre temps.

R. Mon temps vous appartient. Je suis à votre service.

Q. Vous m'en voyez reconnaissant, Mr Beckford. Je présume que vous n'aviez jamais rencontré ni Mr Brown ni Mr Bartholomew avant ce dernier jour du mois d'avril ?

R. Jamais en effet, monsieur.

Q. Et rien — pas de lettre, ou quelque information par une voie plus détournée — rien ne vous avait laissé prévoir leur venue en votre ville ?

R. Rien, monsieur. La seule courtoisie inspira ma visite. Je les vis par hasard entrer à l'auberge. Je pressentis en eux des gens de bonne éducation. *Rarissimae aves*, Mr Ayscough, dans notre misérable bourg.

Q. Vous avez toute ma sympathie, monsieur.

R. C'était mon intention de leur prouver qu'ils n'étaient point arrivés dans la plus sauvage Moscovie comme ils auraient fort bien pu le supposer en se fiant aux seules apparences ; de leur montrer que nous ne sommes pas totalement dénués de politesse, bien que sévèrement exilés de la société des beaux esprits.

Q. Vous n'avez point vu le jeune gentleman ?

R. Non, monsieur. Son oncle, Mr Brown, m'a fait savoir qu'il était fatigué et m'a présenté ses excuses.

Q. Et cet oncle vous a dit que le but de leur voyage était de rendre visite à sa sœur, à Bideford ?

R. Ses allusions étaient voilées, mais j'ai compris que son neveu avait jusqu'ici imprudemment négligé certaines espérances d'héritage, car la dame n'avait pas de descendants directs.

Q. A-t-il précisé en quoi consistait cette imprudence ? Quelle en était la nature ?

R. Je ne dirai pas qu'il l'a précisé. Mais une telle négligence n'est-elle pas toujours hautement regrettable ? Il a parlé à mots couverts d'une existence trop largement adonnée au plaisir, et conduite sans regard à ses moyens. Ces mots-là j'en ai souvenance.

Q. Le neveu dépensait plus que son revenu ?

R. C'est exact.

Q. Il lui en faisait reproche ?

R. Comment dire, monsieur ? J'ai rencontré, à ce qu'il m'a semblé, un oncle et tuteur qui a mené une vie sobre, industrieuse et chrétienne et se trouve dans l'obligation de reconnaître quelque défaut chez un de ses proches. Quoique j'aie remarqué que son blâme allait d'abord à la vie londonienne et aux tentations qu'elle offre. Je me souviens qu'il s'est élevé en particulier contre la licence des théâtres et des tavernes et aurait souhaité qu'on fermât les uns et les autres.

Q. A-t-il parlé de ses propres affaires ?

R. Il a dit qu'il était un marchand de Londres. Assez fortuné je présume puisqu'il a fait allusion en passant à un de ses bateaux. Et, une autre fois, à un ami échevin, dans la cité.

Q. Mais il n'a nommé ni l'un ni l'autre ?

R. Ce ne m'est point resté en mémoire.

Q. S'est-il déclaré lui-même échevin ?

R. Non, monsieur.

Q. Ne vous a-t-il pas semblé étrange, Mr Beckford, que ce marchand — les marchands de Londres je les connais bien, ils constituent une caste étroite et fermée —, n'avez-vous point trouvé étrange que ce marchand de Londres se laisse aller à vous parler d'une affaire de famille délicate, quand vous veniez seulement de faire connaissance ?

R. Il ne s'est risqué à me donner aucun détail, monsieur. J'ai mis sa confiance sur le compte de ce que, en gentleman, il pensait me devoir quelque explication de sa présence ici.

Q. Mais c'était un gentleman par la fortune plutôt que par la naissance.

R. Exactement. Ce fut tout à fait mon impression, monsieur. Un homme estimable, mais d'un médiocre raffinement. Il m'a fort civilement posé quelques questions sur ma cure. Mais lorsque, m'efforçant de lui faire entendre, avec toute la modestie nécessaire, qu'un tel lieu ne me donnait guère l'occasion d'utiliser pleinement mes mérites, j'ai cité deux ou trois vers bien choisis du poète Ovide, je l'ai senti quelque peu décontenancé.

Q. Il connaîtrait mieux la comptabilité que les lettres classiques?

R. Je l'ai pensé.

Q. Mais que pensez-vous à présent, Mr Beckford? Vous savez qu'on a dernièrement recherché cette dame, sa sœur, et qu'on ne l'a point trouvée.

R. Je sais, et ce m'est un extrême étonnement. Pourquoi un homme en apparence honnête et fortuné irait-il, pour m'abuser, inventer de dangereux mensonges, voilà qui m'a conduit à beaucoup réfléchir. Le but réel de son voyage n'était évidemment pas de la sorte qu'on peut dévoiler à des inconnus. Je crains fort que la raison n'en soit que ce but était blâmable.

Q. D'aucuns ici ont remarqué qu'en diverses occasions ce fut le neveu prétendument repentant qui donna les instructions et s'attribua la préséance. Que dites-vous de cela?

R. Je l'ai déjà entendu, monsieur. Et je dois vous avouer que de prime abord, lors que je les observais par ma fenêtre dans le moment qu'ils arrivaient à cette auberge, et que je m'interrogeais sur les raisons de leur séjour, bien que ce ne fût encore qu'une simple impression, leurs manières ne me donnèrent pas à penser qu'ils étaient oncle et neveu.

Q. Mais quoi donc?

R. Je ne saurais dire, monsieur. Sur l'instant je n'ai pu en décider. J'ai cru plutôt voir deux gentlemen de votre honorable profession, l'un encore assez jeune, l'autre plus âgé, et tous deux occupés à quelque affaire de loi. Ou peut-être un tuteur et son pupille. Je n'oserais rien affirmer si ce n'est que l'idée d'une possible parenté par le sang ne me vint point à l'esprit. Aussi ai-je été quelque peu surpris d'apprendre au cours de ma visite qu'ils étaient d'un même lignage.

Q. Comment s'exprimait Mr Brown ?

R. D'une façon simple et sérieuse, sans fioritures, ni figures de rhétorique. Bien, en quelque sorte.

Q. Vous n'avez pas eu le soupçon que se tramait quelque chose d'illicite ou d'inconvenant ?

R. Nullement, monsieur, je le confesse. Je ne mis pas en doute ce que me disait mon interlocuteur. Il n'y avait rien en de telles circonstances qui dût m'inciter à l'incrédulité. Le cas est assez commun.

Q. Avez-vous, dans cette conversation, plus précisément parlé de ses affaires ou des vôtres ?

R. Votre question vient à propos, monsieur. Je n'ai pas manqué de me la poser. Je crois qu'il m'a conduit à parler de moi plus que ne m'y eût porté mon inclination naturelle, ou même la stricte politesse.

Q. Si je puis me permettre de m'exprimer franchement, vous avez été en cela quelque peu sa dupe.

R. Il a tenu à s'enquérir de mes espoirs et de mes déceptions, puis de l'état de la religion en cette contrée où Dieu est méconnu. J'ai le malheur, Mr Ayscough, d'avoir la destinée généralement réservée aux cadets dans les familles nombreuses, et de m'être vu affecté à cette paroisse affligée d'un schisme qui se répand dangereusement, ce qui ne cesse de m'occuper l'esprit. Lors que dans un entretien je m'y vois invité par un esprit bienveillant, je ne me prive point, je l'avoue, d'exprimer mes profondes inquiétudes. Je crains qu'il n'en ait été ainsi ce soir-là.

Q. Il a sympathisé avec vos vues ? A manifesté le désir de les mieux connaître ?

R. Oui, monsieur, et il me fit même l'honneur de souhaiter qu'il se trouve plus de vrais chrétiens pour les défendre avec autant de force. Et il a regretté de ne pouvoir rester pour entendre un sermon que je devais prêcher le dimanche suivant, et dans lequel — je puis le dire sans vanité — je réfute avec aisance les pernicieux arguments de ceux qui voudraient nous priver de nos dîmes. Vous serait-il agréable de prendre connaissance d'une copie que j'en possède encore ?

Q. Ce sera pour moi un honneur, monsieur.

R. Je vous la ferai porter par mon valet.

Q. Je vous en suis fort obligé. Mais à présent, Mr Beckford, je me dois de semer dans votre esprit la graine du doute. Ne savez-vous point que ces gens de la Cité sont des whigs, tous jusqu'au dernier ? Que la plupart ne partageront jamais les estimables sentiments qui sont les vôtres au sujet de la religion ? Que le respect des principes anciens, à l'exception de celui qui légitime leurs propres droits séculiers, tient chez eux fort peu de place ? Que nombre d'entre eux ne révèrent qu'un seul dieu qui est Mammon, à savoir leur profit personnel, et raillent tout ce qui pourrait le menacer ? N'avez-vous point trouvé étrange que ce marchand ait montré tant de sympathie pour vos convictions ?

R. Il me faut confesser qu'il m'a trompé, monsieur. Hélas, je ne suis pourtant pas un ignorant en ce domaine ; je sais que les gens de cette sorte sont portés à tolérer, dans des limites inacceptables, les partisans du schisme et du non-conformisme ; mais en l'occurrence j'ai cru me trouver devant une heureuse exception à la règle.

Q. Il se pourrait donc que ce négociant fût en vérité un homme de loi, puisqu'il a montré qu'il avait quelque habileté à orienter le cours d'une conversation. Je vous prie de bien vouloir porter un instant votre attention sur ce point. Cela concorde-t-il avec vos souvenirs ?

R. A y bien réfléchir, il n'avait pas vos manières, monsieur. Avec tout le respect que je vous dois.

Q. Mais si l'on tient compte de ce qu'il était obligé — ou aurait pu être obligé — pour quelque raison inconnue, de dissimuler ses façons habituelles et de ne vous présenter qu'une façade acceptable — en cachant ce qui était par-derrière ?

R. Selon une telle hypothèse, c'est possible, monsieur. Oui c'est possible qu'il n'ait fait que jouer un rôle. Je ne puis en dire plus.

Q. *Id est,* il lui était aisé de tromper même le gentleman perspicace et instruit que vous êtes, monsieur ? Diriez-vous qu'il parlait d'une façon naturelle, et pas comme un homme qui veut dissimuler, et en quelque sorte, à voix basse ?

R. Comme je vous l'ai rapporté, monsieur, il s'exprimait avec gravité mais aussi très ouvertement. Tel quelqu'un qui a coutume d'exposer ses idées sur les affaires publiques dans des endroits publics.

Q. J'aimerais que vous me le décriviez.

R. De taille moyenne, plutôt corpulent. Le teint agréable pour son âge, quoique déjà un peu pâle. Le regard pénétrant, celui d'un homme qui sait juger ses semblables. Le sourcil épais.

Q. Pour son âge, dites-vous. Pourrais-je vous demander, monsieur, quel âge vous lui avez donné ?

R. Quarante-cinq ans pour le moins. Et peut-être un lustre de plus.

Q. Pas de signes particuliers ?

R. J'ai remarqué une verrue sur un côté du nez. Ici.

Q. Ecrivez : la narine droite. Pas de bagues ?

R. Un anneau de mariage.

Q. En or ?

R. Oui. Tout simple, si je me souviens bien.

Q. Ses vêtements ?

R. De bon drap. Mais ils m'ont semblé un peu usagés, ainsi qu'il convient pour une tenue de voyage. La perruque était plutôt dans l'ancien style.

Q. Et le linge ? Propre ?

R. Certainement. Comme on peut s'y attendre chez une personne de qualité.

Q. Je vous félicite, monsieur, pour votre excellente mémoire. Pas d'autres particularités ? Vous n'avez rien remarqué de spécial dans ses manières ?

R. Il prisait, monsieur, et trop fréquemment à mon goût. J'ai trouvé là un certain manque d'élégance.

Q. Mr Beckford, touchant les événements qui ont suivi, vous n'avez rien entendu qui puisse nous éclairer ? Qui ait avec eux quelque pertinence ? Je devrais préciser, rien autre que ce qui est connu de nous tous ?

R. Il m'est arrivé d'ouïr quelques vains bavardages. Les gens d'ici, plongés dans les ténèbres de l'ignorance, en sont friands.

Q. Mais rien que vous auraient confié des gentlemen du voisinage ou ceux de leurs familles ?

R. Dans cette paroisse je ne compte comme tel que Mr Henry Devereux. Et il était absent lors de ces événements.

Q. Est-il de retour ?

R. Il est reparti pour Bath voilà quinze jours.

Q. Vous avez parlé de cette affaire avec lui ?

R. J'ai fait de mon mieux pour satisfaire sa curiosité, monsieur.

Q. Et il paraissait aussi ignorant qu'on pourrait s'y attendre ?

R. Tout à fait.

Q. Quant à d'autres gens d'Eglise ?

R. Je vis dans un désert, monsieur, encore qu'il me soit pénible de l'admettre. Aucun être humain quelque peu raffiné n'accepterait de fixer sa résidence en une telle région s'il n'y était point, comme je le suis, forcé par les circonstances. Je dois dire à mon grand regret que j'ai pour collègue, dans une des deux paroisses limitrophes, un homme bien plus intéressé par la chasse au renard que par les œuvres de la foi. Il ferait plutôt sonner les cloches pour un bon combat de coqs que pour l'office. De l'autre côté, à Daccombe, est un monsieur qui consacre sa vie à son jardin et à sa glèbe, et laisse l'Eglise prendre soin d'elle-même.

Q. Mr Devereux est votre collateur ?

R. Non, c'est le chanoine Bullock, d'Exeter. C'est lui qui détient la prébende. Il est mon curé en titre.

Q. Du chapitre ?

R. Exactement. Il ne vient ici qu'une fois l'an, pour la dîme. Il est vieux, presque soixante-dix ans.

Q. C'est ici un *family borough*, n'est-ce pas ? Mr Fane et le colonel Mitchell en sont les élus ?

111

R. Oui, monsieur. Mais depuis la dernière élection ils ne nous ont pas honorés de leur visite.

Q. Donc, depuis deux ans ? Ils ont été élus sans opposition ?

R. Sans opposition, monsieur.

Q. Et ils n'ont mené aucune enquête concernant les événements en question ?

R. Ni devers moi ni devers quiconque, à ma connaissance.

Q. Très bien. Assez sur ce sujet. Vous n'avez communiqué en aucune façon avec les trois domestiques ?

R. Certes non, monsieur.

Q. Vous a-t-on jamais mandé que d'autres voyageurs dans cette contrée aient été dévalisés ou assassinés ? Soit depuis que vous êtes ici ou bien avant votre arrivée ?

R. Pas dans cette paroisse ou ses environs. J'ai ouï conter des histoires de malfaiteurs près de Minehead, il y a quelque cinq ans. Mais, si j'en crois les rumeurs, tous ont été pris depuis longtemps et pendus. Ils n'étaient pas venus aussi loin.

Q. Point de brigands des grands chemins ?

R. Il n'y a pas assez de circulation de marchandises. Certes à Bideford ne manquent ni les gredins ni les maraudeurs qui sévissent sur les quais. Et les Irlandais ambulants ne sont guère mieux. Mais nous nous montrons stricts envers ceux qui n'ont pas de permis. Ils sont au plus tôt chassés de la paroisse.

Q. Vous êtes-vous formé une opinion sur ce qui est arrivé le premier mai ?

R. Seulement que le châtiment divin est venu mettre fin à une duperie flagrante.

Q. Diriez-vous qu'ils ont tous péri ?

R. A ce qu'il a été suggéré, les deux domestiques se seraient ligués pour occire leurs maîtres, puis querellés au sujet du butin, et de la servante que le vainqueur s'est octroyée avant de s'échapper par des voies détournées.

Q. Mais pourquoi auraient-ils ainsi attendu d'être aussi loin de Londres avant d'accomplir leur forfait ? Et pourquoi votre vainqueur, s'il avait assez de ruse pour dissimuler les deux premiers cadavres de telle sorte qu'on ne les a point trouvés, n'a-t-il pas caché le troisième tout de même ?

R. Je ne puis dire, monsieur. A moins que ce ne fût dans la hâte de son remords.

Q. Vous attribuez à ce coquin des sentiments qu'il ignore, Mr Beckford. J'ai eu trop souvent affaire aux membres de cette confrérie pour ne pas savoir qu'ils sont de loin plus soucieux de sauver leur peau mortelle que leur âme immortelle. Un homme qui si longtemps prémédita son crime ... Rien d'une tête chaude, monsieur. Il n'aurait pas agi de la sorte.

R. Je dois m'incliner devant votre expérience. Je ne peux cependant pour ma part vous proposer aucune autre explication.

Q. N'importe, monsieur. Vous m'avez été de grande assistance, beaucoup plus que vous ne pourriez croire. Comme je vous en ai informé dans nos préliminaires, je ne suis pas libre de révéler le nom de la personne qui m'a chargé de procéder à ces recherches. Mais je vous dirai en confidence, fort de la certitude que je puis compter sur votre entière discrétion, que c'est le sort de celui qui se faisait nommer Mr Bartholomew que je tente d'élucider.

R. Je suis, sachez-le, extrêmement sensible à votre confiance. Pourrais-je, sans en abuser, vous demander si le plus jeune gentleman n'était pas de noble naissance ?

Q. Je ne puis vous en dire davantage, Mr Beckford. Car je dois respecter de très strictes instructions. Pour les gens qu'il fréquentait, le personnage en question est présentement en voyage, visitant la France et l'Italie selon l'intention qu'il avait déclarée avant son départ de Londres.

R. Je me permets de m'étonner que vous connaissiez si peu de son compagnon.

Q. Cela tient à ce que, à une exception près, *videlicet* l'homme trouvé mort, ceux qui l'ont accompagné jusqu'ici n'étaient pas ceux qu'il avait engagés pour le voyage supposé. Où il a recruté ses nouveaux compagnons, nous l'ignorons. Puisqu'il gardait le secret en tout, et cachait son propre nom, nous devons supposer qu'il a aussi demandé aux autres de ne point révéler le leur. C'est à cela que vous devez de vous voir ici harcelé de questions fastidieuses. Mais vous concevez, je pense, combien ma tâche est difficile.

R. Très certainement, Mr Ayscough.

Q. Demain je quitterai votre ville afin de poursuivre ailleurs mon enquête. S'il vous arrivait de recueillir quelque information sur l'affaire, j'apprécierais grandement que vous me la communiquiez sur l'heure à mon bureau de Lincoln's Inn. Et soyez assuré que je veillerai à ce que vos bons services ne passent pas inaperçus.

R. Il n'y a rien que je ne ferais pour obliger un parent trompé, et spécialement s'il est de haute naissance.

Q. J'irai jusqu'au fond de l'affaire, Mr Beckford. Je travaille avec une sage lenteur, et le moindre détail est passé au crible. Ce que l'hérésie est pour vous, gens d'Eglise, la fourberie et le mensonge le sont pour nous, hommes de loi. Je ne souffrirai pas ces maux sans les combattre, monsieur. Je ne prendrai aucun repos avant d'avoir éclairci toute la chose.

R. Amen à de telles paroles, monsieur. Que le Ciel vous aide en répondant à nos semblables prières.

Jurat die tricesimo et uno jul.
supradicto coram me

Henry Ayscough

Votre Grâce

J'AIMERAIS de n'être point aujourd'hui dans la pénible obligation d'avoir à informer Votre Grâce que mon voyage dans l'Ouest a été payé de succès pour les petites choses mais d'un sévère échec pour les grandes. *Non est inventus.* Cependant, puisque le commandement de Votre Grâce est que rien ne lui soit celé de ce que je pourrais découvrir, je me vois tenu d'obéir.

Les témoignages que je joins à la présente missive dans le dessein que Votre Grâce puisse en faire l'étude à loisir La conduiront sans nul doute à conclure qu'il ne peut y avoir erreur quant à la vraie identité de Mr Bartholomew; et d'autant que cette conviction ne se fonde pas seulement sur la précision du portrait qui m'en a été fait (ce que déjà Votre Grâce pourrait tenir pour un argument suffisant) mais encore sur la présence auprès du voyageur d'un domestique qui ne parle ni n'entend, cette dernière indication s'accordant avec tous autres rapports sur son aspect et ses manières. Je n'ai point jugé nécessaire d'importuner Votre Grâce avec quelques témoignages supplémentaires que j'ai recherchés et obtenus, puisqu'ils répètent ceux qu'Elle trouvera joints. Dr Pettigrew, le coroner, m'a assuré qu'il en avait eu entière connaissance et les gardait en mémoire; et j'ai parlé aussi avec son clerc qui dut rédiger le premier rapport, le docteur, un homme de grand âge, étant alors incommodé.

Je dois prier Votre Grâce (et Son auguste épouse à laquelle je me permets de présenter mes très humbles compliments) de ne pas prendre *prima facie* comme la preuve certaine d'une plus grande tragédie la fin cruelle de Thurlow (autrement appelé Dick). La rumeur qui s'est répandue à ce sujet est le fait de personnes ignorantes, craintives, plus aptes pour la plupart à voir en tout la main du diable (*omne ignotum pro magnifico est*) qu'à juger des choses selon la raison. Leur hypothèse demanderait qu'on produisît des corps et ici nous n'en avons point, ni celui de la noble personne à laquelle Vos Grâces s'intéressent, ni ceux de ses trois mystérieux compagnons de voyage.

Pour ma part j'ai délibérément fait fouiller, par deux douzaines d'hommes au regard exercé, connaissant parfaitement la région et qu'encourageait la promesse d'une confortable récompense, tous les parages de l'endroit où le coffre fut trouvé. Pas un pouce de terrain, pas un buisson n'échappèrent à cette nouvelle investigation ; *idem* pour le lieu où Thurlow a été découvert, et avec le même soin extrême sur une large étendue à l'entour. Je dois hélas avertir Votre Grâce que *auspicium melioris aevi* les recherches sont demeurées infructueuses. En tout ceci, Votre Grâce peut être assurée que la discrétion qu'Elle exige a été fort scrupuleusement observée. Lorsqu'il fallut un peu plus me déclarer, je me présentai tel Mercure envoyé par Jupiter, comme l'intendant d'un personnage haut placé, sans toutefois jamais faire allusion à l'éminence de son rang. C'est pour le seul bénéfice du Dr Pettigrew que j'en vins ainsi au plus près de la vérité, lui confiant qu'il ne s'agissait point là d'un cas ordinaire de disparition ; ce gentleman de grande valeur se conduit selon les principes les plus stricts et on lui doit tout crédit.

Votre Grâce m'a fait une fois l'honneur de déclarer qu'Elle se fiait autant à mon nez qu'à celui de son meilleur chien de chasse ; si Elle a toujours foi en la vertu d'oracle d'un tel appendice je Lui ferai part de ce qu'il me mande que celui que je recherche vit et respire et qu'on finira par le trouver ; quoique je ne puisse nier que le motif de sa présence en cette région est difficile à établir et que je n'aie encore — faute de la moindre piste — nulle opinion à ce sujet. Il est clair que le prétexte fourni était *ad captandum vulgum* la fumée nécessaire pour aveugler d'autres yeux ; nonobstant je ne puis concevoir ce qui peut avoir attiré Monseigneur, à l'encontre de ses goûts et penchants, dans les terres de l'Ouest, si mornes et barbares. Les derniers lieux où son passage laissa des traces sont peu différents de certains rudes et broussailleux vallonnements du pays de Votre Grâce, quoique d'une plus faible altitude et plutôt couverts de bois que de landes (hormis les endroits où paissent les troupeaux de moutons) à l'exception toutefois de la grande et triste colline dénudée nommée Ex-moor, où l'Exe prend sa source, et qui est à quelques miles vers le nord. Tout ici dans ce moment paraît d'autant plus déplaisant que la pluie est tombée constamment au long du mois dernier, comme jamais de mémoire d'homme ce n'était arrivé, et qu'il en a résulté des dommages, tant pour les bâtiments que pour le foin et pour le blé qui levait. (Il court en ces lieux une triste plaisanterie : qu'il importe peu que tant de moulins aient été détruits puisqu'il n'y aura point de grain pour les meules, nielle et mildiou s'étant ligués pour se partager les récoltes.)

Les gens du commun sont moins ouverts que chez nous, leur langage plus obscur et grossier. Ils ne connaissent point la grammaire, bousculent l'ordre et le rapport des mots dans la phrase, accordent mal verbe et sujet, prononcent les f comme des v. Un parler lourd et embrouillé dont mon clerc a souvent tenté d'épargner les maladresses à Votre Grâce, afin de lui en rendre la compréhension plus aisée. Point de personne éduquée en ce bourg misérable où Monseigneur a logé en dernier, fors Mr Beckford. Je n'en doute pas, ce gentleman serait un tory de parfaite obédience tout autant que Sacheverell si tous les évêques n'étaient des whigs. Cela dût-il améliorer son sort qu'il n'hésiterait point à se faire mahométan.

Je suis certain que Votre Grâce acceptera de se ranger à ma conviction qu'il reste fort peu à découvrir en ces lieux. Mes recherches, aussi bien à Bideford que dans cette ville d'où j'ai l'honneur de m'adresser à Votre Grâce, n'ont pas été plus fructueuses que celles du Dr Pettigrew. Toutefois je suis à présent en mesure d'affirmer sans crainte d'erreur que Monseigneur était ici dans un but ignoré de tous. Aucune des connaissances de Monseigneur auxquelles je me suis adressé avant d'entreprendre ici mes recherches n'a pu me renseigner sur l'identité du prétendu oncle et de son serviteur. Pas davantage, comme Votre Grâce doit s'en souvenir, n'ai-je alors perçu le moindre soupçon ou recueilli le moindre conte touchant quelque attachement clandestin ou illicite de la part de Monseigneur, et qui nous aurait éclairés sur la présence de la servante. En serait-il ainsi toutefois et s'agirait-il d'une grande dame sous déguisement, il paraît hors de doute que le scandale d'un tel enlèvement aurait maintenant éclaté. De plus, cette conjecture laisserait inexpliqué que la fuite des amants n'ait point eu Douvres pour but, ou quelque autre endroit plus proche des côtes de France, mais qu'elle les ait amenés jusqu'en ces régions qui conviennent si peu à une telle aventure.

En vérité, je demeure incapable de rien suggérer à Votre Grâce sur le besoin qu'avait Monseigneur de ces trois individus ajoutés à son train. Il est à présumer que Monseigneur eût-il voyagé en solitaire et accompagné seulement de son domestique, cette disposition aurait mieux servi ses intentions secrètes. Je ne peux que supposer qu'un groupe de cinq personnes, dans lequel il jouait le rôle d'un neveu docile, lui paraissait offrir des garanties plus sérieuses en cas qu'il fallût échapper à des poursuivants. Il est possible que le Devon ait été choisi comme un aisé terrain pour brouiller les pistes, si Votre Grâce veut bien me pardonner l'expression. Bideford et Barnstaple ont de fréquents échanges commerciaux avec le pays de Galles et l'Irlande, parfois aussi avec la France, le Portugal et Cadix qui a pris de l'importance depuis que la paix a été signée. Mais je me suis renseigné et, durant les deux premières semaines de mai, aucun bateau n'a quitté l'un ou l'autre endroit pour se rendre en France (quoique plusieurs se soient dirigés vers Terre-Neuve et la Nouvelle-Angleterre, car nous voici à la plus propice saison pour de tels départs). Cependant je ne trouve guère probable qu'on s'impose un si long détour pour atteindre un refuge si proche.

Votre Grâce connaît mieux que moi la force de l'attachement entre Monseigneur et Thurlow. J'ai beaucoup réfléchi sur ce point, c'est-à-dire à la très grande improbabilité de voir un maître aussi bienveillant se rendre responsable d'une aussi horrible noirceur, ou à tout le moins, un tel acte accompli, ne point chercher à démasquer le coupable. Je ne peux donner d'explication qu'en supposant que Monseigneur se vit dans l'obligation de se séparer de Thurlow contre son gré et de continuer sans lui son voyage ; que — peut-être — l'homme dans la déficience naturelle de son esprit comprit mal les raisons de son maître et, poussé par le désespoir, après que Monseigneur l'eut quitté, mit fin à ses jours. Mais je ne fatiguerai pas plus longtemps Votre Grâce avec de telles imaginations.

Votre Grâce aura sans nul doute remarqué le témoignage de la servante d'auberge que mon clerc s'est efforcé de copier avec toutes ses maladresses afin de ne point courir le risque d'en laisser rien échapper qui servirait notre propos. Il est évident que Monseigneur emportait en son voyage des papiers et instruments pour son étude favorite, une façon de s'encombrer qui ne s'accorde guère avec un enlèvement ou un rendez-vous amoureux. J'ai donc songé à m'enquérir si quelques *curiosi* des sciences mathématiques ou astronomiques ne résident pas dans le voisinage. Par l'effet des bons offices du Dr Pettigrew j'ai rendu visite à l'un d'entre eux à Barnstaple, un Mr Samuel Day, gentleman vivant de ses rentes et amateur de sciences naturelles, ce qui l'a mis en rapport avec la Royal Society et Sir H. Sloane parmi d'autres. Mais à mes questions il ne put rien répondre d'important ; ni ne sut trouver quelque étude qui aurait exigé une patiente observation de la région ; ni ne connaissait, plus près de Bristol, quelque autre personne de sa sorte qu'un virtuoso de Londres pourrait souhaiter rencontrer. Je crains que là aussi le serviteur de Votre Grâce ne soit resté *in tenebris*. Et si tel était le *primum mobile* du voyage de Monseigneur, j'avoue ne pas concevoir pourquoi une entreprise aussi innocente aurait été conduite en cette façon.

J'ai ensuite, et toujours sur le conseil du Dr Pettigrew, rendu visite à Mr Robert Luck qui enseigne au collège et jouit de la réputation d'érudit distingué et de disputeur à la langue bien déliée. C'est lui qui a enseigné ses lettres à Mr Gay, et il en garde une fierté excessive, et un total aveuglement sur tout ce qu'il y a de séditieux dans l'œuvre de son ancien élève. Il a tenu à me donner un exemplaire des églogues de Gay qui furent imprimées il y a quelque vingt ans sous le titre de *Shepherd's Week*, et où Mr Luck prétend voir un portrait des plus fidèles de cette partie nord du Devon ; je dus également accepter, de la main de ce pédagogue rimailleur, un exemplaire de quelques vers qu'il a écrits, récemment publiés par Cave, et qu'il assure avoir été remarqués dans sa gazette. Deux volumes que je joins à cette lettre, au cas où Votre Grâce daignerait se pencher sur ces piètres productions. Quant à mon enquête, je n'eus pas de chance avec Mr Robert Luck ; sur ce point comme sur aucun autre je n'en pus rien tirer.

Demain, je me rendrai à Taunton, où je prendrai sans délai la diligence pour Londres, afin de faire la clarté sur un soupçon qui m'est venu. Votre Grâce me pardonnera, j'en suis certain, de ne pas m'étendre là-dessus, en considérant que mon désir de ne point retarder l'envoi de cette dépêche me contraint à la confier tout à l'heure à un Mercure ailé afin qu'elle soit plus promptement entre Ses mains, car je sais avec quelle impatience elle est attendue ; et mon grand respect pour Votre Grâce m'interdit d'éveiller un espoir qui repose sur si peu. Que le soupçon se confirme et Elle sera sans délai informée. Votre Grâce me connaît assez, j'imagine, pour croire que *quo fata trahunt, sequamur*, et avec toute la diligence dont les faveurs passées de Votre Grâce ont fait un devoir sacré à son plus humble et plus dévoué serviteur,

Henry Ayscough

Historical Chronicle, 1736.

JULY.

Thursday, July 1.

THE Court of King's Bench after many learned Arguments by Sir *Woolston Dixie*'s Council, refused to grant a new Tryal, which had been mov'd for by Mrs *Elizabeth Burker*. (See p. 354. F)

Saturday, 3.

One *Erskin* a Quaker made a 2d solemn Progress thro' *Edinburg*, crying, *The great and terrible Day of the Lord is coming!*

Sunday, 4.

The *Godolphin*, Capt. *Steward*, arriv'd at *Spithead* from the *East-Indies*, and brought Advice that the Purser and Surgeon of the said Ship being walking near *Bengal*, a Tyger seiz'd and carry'd off the latter, Mr *Sedgwick*: And §§ *Anselme* Capt. *Derby*, of 30 Guns and 90 Men, going from *Bombay* to *Tellicherry* in a Calm, was attack'd by a Number of Grabs, Row-Boats, and 800 Men belonging to *Angris* the *Indian* Pyrate ; and after a desperate Fight, wherein she lost 30 Hands and spent all her Powder, she was boarded and carry'd off, having some Ladies and Gentlemen Passengers on Board, and a Quantity of Silver.

Monday, 5.

George Watson a Smuggler was hang'd at *Tyburn*, (See p. 354. G.) and dyed without shewing any Concern.

From the beginning of the Month, we had such continued Rain, the like not known in § Memory of Man; Insomuch that all the low Meadows in § Kingdom were about this Time floated, and the Hay, Corn, and Grass thereon carry'd away, or spoil'd. Some Bridges and Mills gave way, and the Damage done almost incredible. In the Parish of *Tingwick, Oxfordshire*, a large Tract of Earth computed at about 6,000 Loads, with a Hedge and several large Trees thereon, was carry'd by the Violence of the Torrent a-cross the Channel of the River, by which Means the Current was entirely stopp'd, and the Meadows floated for many Miles.

Tuesday, 13.

Came on before Ld *Hardwicke* at *Guild-Hall*, a Tryal on a Case of Usury and Extortion. The Plaintiff alledg'd, that in *August* 1733, he borrow'd 400 l. of the Defendant on Bond, for which he was obliged to pay 100 l. Interest till *July* 1735, which being prov'd, the Jury brought in a Verdict for the Plaintiff of 1200 l.

Wednesday, 14.

A large Paper Parcel was discovered under the Seat of the Counsellors in the Court of Chancery, *Westminster-hall*, then sitting, which being kick'd down the Steps, it blew up, and put all present in the utmost Confusion. A large Quantity of printed Bills was by the Explosion scatter'd about the Hall, giving Notice, that this Day, being the last Day of the Term, the 5 following Acts *(impudently and treasonably call'd Libels)* would be burnt in *Westminster-hall*, at the *Royal-Exchange*, and on St *Margaret's-Hill, Southwark*, between the Hours of 12 and 2. The Gin Act was call'd, an *Act to prevent the Sale of distill'd Liquors*. The Mortmain Act *(the Act for taking away the little remains of Charity.)* The *Westminster-Bridge* Act ; *(the Act to prevent People passing over London-Bridge.)* The Smugglers Act ; *(the Act to prevent innocent Gentlemen travelling armed.)* And the Act for *horsewing* 600,000 l. on the Sinking Fund, had the last Words chang'd into the *Sacred Fund*, and § Expression *Foreign Prince* added.

The Ld Chancellor committed two Gentlewomen of considerable Fortune to the Fleet Prison ; they were brought by Habeas Corpus from *Chester* Gaol, where they had been confin'd 13 Months for Contempt, in not putting in an Answer to a Bill fil'd in the said Court.

Came on at the King's-Bench, *Westminster*, a Cause concerning a Bastard Child, when the Power of Justices in relation to the Parents of illegitimate Children was debated ; and the Court was of Opinion, that no Justice of Peace had Power to commit any Person to Gaol in such a Case, but only to oblige them to find Security for their Appearance at the next Quarter-Sessions.

Thursday, 15.

Her Majesty in Council order'd the Parliament to be farther prorog'd to the 14th of *October*.

At a Court of Common-Council at *Guild-Hall*, a Report of the Committee of City Lands was read, setting forth what Money had been expended in filling up Fleet Ditch, &c. also shewing what farther was necessary for erecting 'ng the New intended Market, which in all amounted to 10,265 *l*. 17 *s*. 10 *d*. half-penny. In this Market is to be a Recefs, capable of containing 100 Country Carts, 218 Shops and Stalls, and a large Market House 252 Feet in Length, and 44 in Breadth.

Saturday, 17.

A Proclamation by the Queen and Council, was publish'd offering a Reward of 200 *l*. to any Person who should difcover the Author, Printer or Publisher, of the fcandalous Libel difpers'd in *Weftminfter-Hall*, and charging all his Majefty's Judges, Justices, &c. to put the Laws in Execution, efpecially thofe good ones made laft Seffion, which were fo fcandalufly mifrepresented and reflected on.

Tuesday, 20.

The Jury at *Edinburgh* found Capt *Porteous* guilty of Murder, whereupon the Lords fentenc'd him to be executed in the *Grafs-Market* upon the 8th of *Sept.* next. (See p. 544 A. and p. 230. B, C.) The Verdict was as follows; *viz.* ' That the faid *John Porteous*, ' fired a Gun among the People affembled at ' the Place of Execution and Time libel'ed ; as ' alfo, that he gave Orders to the Soldiers un-' der his Command to fire, and upon his and ' their fo firing, the Perfons mentioned in the ' Indictment were killed and wounded. And ' find it proven, that He and his Guard were ' attacked and beat by feveral Stones of a con-' fiderable Bignefs, thrown among them by ' the Multitude, whereby feveral of the Soldi-' ers were bruifed and wounded.'

Wednefday, 21.

Was held a General Court at the *South-Sea Houfe*, when a half Years Dividend of one and a half was agreed to. The Sub-Governor reported, that by a Letter from Mr *Keene*, the Court of *Spain* was not yet come to a Refolution when the Galleons wou'd fail, and nothing could be fix'd with regard to the Schedula. Mr *Woodford* complain'd of the Hardfhips the Company fuffer'd in Defiance of the *Affiento* and feveral Treaties; and mov'd the Court might be adjourn'd to Thurfday fortnight, by which time they might hear again from Mr *Keene*, which was agreed to. Mr *Cafwall* faid it was evident that the Company had loft 10,000 *l*. by the Non-acceptance of a Proposal made 3 Years ago to the Directors, for farming the Introduction of Negroes to *New Spain*, which with an additional Advantage offer'd wou'd bring in 6000*l*. *per An*. That as former Experiments had not anfwer'd, it feem'd the Opinion of the Proprietors, that a certain Profit to the Company was fuperior to any Calculation ; He then inftanc'd Mr *Read's* Calculation concerning the Introduction of 100 Negroes annually to *La Vera Crux*, on which the Company wou'd clear exclufive of the *Indulto* 11,000*l*. *per Ann*. whereas their Factor Mr *Hayes*, who had a fair Character, fold but 70.

Thursday, 22.

The Seffions ended at the Old-Bailey,

where 54 Prifoners were tried, of whom 24 were caft for Transportation, 23 acquitted, and 7 Capitally convicted, *viz.* Tho *Mills*, for ftealing a Horfe value 12*l*. *Jn Mackworth*, alias *Perry*, alias *Parliament Jack*, for Houfebreaking ; *Thomas Rickets*, for ftealing a Silver hilted Sword ; *Jn Kelfey*, for robbing the *Cirencefter* Coach at *Hyde-Park Corner*; *Stephen Philips*, for Horfe ftealing ; *Tho Morris*, and *Jn Pritchard*, for Houfe breaking.

Monday, 26.

One *Reynolds*, a Turnpike Leveller, condemn'd with *Bayley* on the 10th (See p. 353.) (on the Act againft going arm'd and difguifed) was hang'd at *Tyburn*. He was cut down by the Executioner as ufual, but as the Coffin was faft'ning he thruft back the Lid , upon which the Executioner would have tyed him up again, but the Mob prevented it, and carried him to a Houfe where he vomited three Pints of Blood, but on giving him a Glafs of Wine, he died. *Bayley* was repriev'd.

This and 2 or 3 following Nights, a great Mob rofe in *Shoreditch* and *Spittlefields*, occafioned by fome *Irifh* Labourers and Weavers working at under Rates. They cry'd, *Down down with the Irifhmen*, broke the Windows where they lodged, and almoft demolifh'd two publick Houfes kept by *Irifhmen* ; one in *Brick-lane*, in Defence of which fome Fire-Arms were difcharg'd, which killed a young Man and wounded 7 or 8. The Juftice's, Conftables, and Train'd Bands not being able to quell 'em, a Party of Horfe and Foot Soldiers were call'd in, on which and the committing 6 or 7 to Prifon, they became quiet.—A like Tumult happen'd a few Days before, at *Dartford* in *Kent*; on the fame Occafion, which could not be appeafed till the *Irifh* Labourers were difcharged, and fome of the Rioters who had been apprehended, were releafed.

Saturday, 31.

In the *Daily Advertifer*, *July* 28, *Joshua Ward*, Efq; having the Queen's Leave, recites 7 extraordinary Cafes of Perfons which were cured by him, and examined before her Majefty *June* 7. Objections to which had been made, in the *Grub-Street Journal*, *June* 24. But the Attention of the Publick has been a little taken off from the Wonder-working Mr *Ward*, to a ftrolling Woman, now at *Epfom*, who calls her felf *Crazy Sally* ; and had perform'd Cures in Bone-fetting to Admiration, and occafion'd fo great a Refort, that the Town offer'd her 100 Guineas to continue there a Year.

A Lift of Births July 1736.

10. THE Lady of *George Venables Vernon*, Efq; Member for *Litchfield*, was DELIVERED of a Daughter.
26. The Countefs of *Deloraine*, Wife to *Wm Wyndham*, Efq;—of a Son.
30. The Lady of *Tho. Archer*, Efq; Member for *Warwick*,—of a Son.

EN HABIT GRIS tourterelle et gilet discrètement fleuri tendu sur un embonpoint naissant, le visage alourdi d'épais sourcils, une verrue sur le côté du nez, le maintien imposant mais un peu trop étudié, la canne à la main, l'homme se tient sur le seuil d'une pièce aux lambris de bois, à Lincoln'Inn. Une cloison est presque entièrement garnie de dossiers classés, de rouleaux et de parchemins ; devant les rayonnages il y a un pupitre et son haut tabouret ; sur le pupitre une main de papier avec ce qui est nécessaire pour écrire. Du côté opposé, une grande cheminée dont le manteau de marbre luisant supporte un buste de Cicéron flanqué de chandeliers d'argent pas allumés pour le moment. Pas de feu non plus dans l'âtre. Dans la pièce une impression de tiédeur et de paix : le soleil matinal y pénètre à travers les fenêtres qui donnent sur un mur de feuillages encore verts ; et l'on n'y entend d'autre bruit que l'appel lointain d'une marchande qui, dans la rue, propose d'une voix chantonnante les premières pommes de la saison.

Un homme très petit, frêle, vêtu de noir et portant perruque est assis à une table ronde au fond de la pièce et semble profondément absorbé dans l'étude d'une liasse de papiers. L'homme qui se tient sur le seuil jette un regard autour de lui, mais celui qui l'a introduit ici a mystérieusement disparu ; il s'éclaircit la gorge, à la manière étudiée de qui ne souffre pas d'un catarrhe mais souhaite simplement attirer l'attention. L'homme assis à la table finit par relever la tête. Il est de toute évidence plus âgé de quelques années que son visiteur mais lui est sans conteste inférieur physiquement, avec l'aspect chétif d'un Pope ou d'un Voltaire. L'autre, près de la porte, lève son chapeau en un geste d'élégante politesse et salue d'une courbette.

« Ai-je bien l'honneur de m'adresser à Mr Ayscough ? Mr Francis Lacy, pour vous servir, monsieur. »

Curieusement, le petit homme de loi ne prononce en retour aucune formule de courtoisie, mais simplement pose ses papiers et se redresse un peu dans son fauteuil à haut dossier

123

qui le fait paraître encore plus rabougri ; il croise les bras ; puis il incline légèrement la tête comme un rouge-gorge guettant un insecte. Ses yeux gris fixent son visiteur d'un regard sans aménité. Mr Lacy paraît quelque peu déconcerté par cet accueil. Il imagine que le juge a oublié ce qu'il lui voulait, ne l'a pas immédiatement reconnu, et il insiste :

« Le comédien, monsieur. Je suis venu rencontrer votre client comme requis. »

Le juge prend enfin la parole : « Asseyez-vous.

— Monsieur. »

L'acteur retrouvant son aplomb se dirige vers un siège de l'autre côté de la table. Avant qu'il l'atteigne et s'assoie, le bruit d'une porte qu'on ferme le fait se retourner. Un clerc, silencieux, de haute taille, également vêtu de noir comme un héron devenu corbeau, se tient dos à la porte, un in-quarto relié de cuir sous le bras. Son regard est aussi incisif que celui de son maître, quoique résolument plus sardonique. Lacy se tourne à nouveau vers le petit homme de loi qui répète :

« Asseyez-vous. »

Lacy écarte les basques de son habit et s'assoit. Gardant le silence, le juge ne quitte toujours pas l'acteur des yeux. Mal à l'aise, celui-ci enfonce la main dans la poche de son gilet et en extrait une tabatière. Il l'ouvre, puis la tend à son vis-à-vis.

« Partagerez-vous, monsieur, mon innocent plaisir ? C'est du meilleur Devizes. » Ayscough fait non de la tête. « Alors, avec votre permission ... »

Lacy pose deux pincées de tabac sur le dos de sa main gauche et les aspire ; puis il ferme la tabatière d'un claquement sec du couvercle et la remet dans sa poche d'où il sort un mouchoir de dentelle pour se tamponner les narines.

« Votre client s'est ressenti du goût pour l'art dramatique et il recherche mes conseils ?

— C'est ainsi.

— Il a fait là un bon choix, monsieur. Je le dis en toute modestie. Peu de mes confrères atteignent à l'habileté et à la maîtrise que m'a apportées une longue expérience ; même les critiques me font l'honneur de le reconnaître. » Il attend un acquiescement qui ne vient pas. « Puis-je vous demander si sa muse est Thalia la rieuse ou la plutôt grave Melpomène ?

— Sa muse est Terpsychore.

— Monsieur ?

— N'est-elle pas la muse de la danse ?

— Je ne suis point maître à danser, monsieur. Je crains fort que vous n'ayez fait erreur. Pour la pantomime, vous devriez vous adresser à mon ami Mr Rich.

— Erreur ? Non point. »

Lacy se redresse un peu.

« Je suis un acteur, monsieur. Mes talents sont familiers à tous les cognoscenti de cette ville.

— Et seront bientôt familiers à tous les cognoscenti de l'échafaud de Tyburn. Ce client a écrit une pièce pour vous, mon ami. Elle a pour titre *Les Marches et la Corde*, ou *Balance-toi, bonhomme*. Dans cette pièce vous danserez la gigue sur l'échafaud, au bout de la corde de Jack Ketch le bourreau. »

Un moment Lacy paraît sidéré, puis il se redresse de toute sa taille, la main serrée sur le pommeau de sa canne.

« S'agit-il là, monsieur, d'une mauvaise plaisanterie ? »

Le petit homme se lève, les mains à plat sur la table, et se penche légèrement vers sa victime.

« Ce n'est point une plaisanterie, Mr *Brown*. Par Dieu, rien de plaisant là-dedans, effronté coquin. »

Le regard de l'acteur rencontre celui, farouche, de l'homme qui lui fait face comme s'il ne pouvait comprendre sa soudaine sévérité ni en croire ses oreilles.

« Mon nom est ...

— Voilà quatre mois, dans le comté du Devon, votre nom était Mr Brown. Oserez-vous nier cela ? »

L'acteur détourne brusquement les yeux.

« Vous vous égarez, monsieur. Je prends congé. »

Il se lève, fait volte-face et marche vers la porte. Le clerc qui est toujours en faction au même endroit, les traits figés à présent, ne s'écarte pas pour le laisser passer. Et soudain il brandit très haut le livre qu'il tenait contre sa poitrine, exposant aux yeux de l'acteur la croix gravée sur la couverture de cuir. La voix de l'homme de loi est brutale.

« Vous êtes pris, maraud. »

Lacy jette un regard en arrière et se redresse.

« Et ne croyez pas que vous m'abuserez par des apparences trompeuses. Il n'y a pas si longtemps que ceux de votre espèce n'avaient pour toute récompense que d'être fouettés en public. Je vous conseille de ne point tenter de me jouer la comédie. C'est ici une chambre de justice et non pas un théâtre où il vous est loisible de vous pavaner, affublé de clinquants artifices et d'en imposer à une foule de nigauds subjugués par vos rodomontades. Suis-je suffisamment clair ? »

Une fois encore l'acteur détourne ses regards vers la fenêtre voisine et les feuillages verts, comme s'il souhaitait se perdre parmi eux. Il y a un petit silence. Puis il demande :

« J'aimerais savoir ce qui vous donne le droit de me parler sur ce ton. »

L'homme de loi ouvre une main frêle et sans quitter l'acteur des yeux compte sur ses doigts : « Un, je me suis renseigné et vous n'étiez pas à Londres au moment que vous dites. Deux, je suis allé où vous êtes allé, j'ai suivi vos traces et vous avez menti. Trois, j'ai des affidavits donnés sous la foi du serment quant à votre exacte apparence, mentionnant même cette grosseur que je discerne sur votre narine droite. Quatre, mon clerc, derrière vous, a parlé avec quelqu'un qui est allé chez vous pour une affaire, au moment dit, et on lui a déclaré que vous étiez en voyage dans l'Ouest. Et qui donc, je vous prie ? En vérité, votre épouse elle-même ! Serait-elle aussi habile que vous dans la pratique du mensonge ?

« Je ne nierai pas que j'étais à Exeter.

— Vous mentez.

— Je peux prouver que ce n'est pas un mensonge. Informez-vous au *Ship*, l'auberge près de la cathédrale. C'est là que je descends.

— Voulez-vous bien me préciser ce qui vous y amenait ?

— Une promesse d'engagement qui, pour finir, n'a rien donné.

— Je ne discuterai pas avec vous, Lacy. Je n'en ai point terminé avec mes preuves. Comme domestique, vous aviez un Gallois, un certain Farthing mais qui ne valait pas un farthing.

Vous emmeniez aussi une jeune femme qui passait pour une soubrette et que vous appeliez Louise. Oh vous pouvez baisser les yeux, monsieur, car il y a pire. Vous aviez encore avec vous, un sourd-muet, le domestique du prétendu Mr Bartholomew. Ce domestique, on sait désormais ce qu'il est devenu. On l'a retrouvé mort, soupçonné d'autres meurtres odieux perpétrés en compagnie d'une personne jusqu'ici inconnue — mais connue aujourd'hui, monsieur, et même ici présente. »

Aux mots « trouvé mort » l'acteur a relevé la tête et pour la première fois il semble s'être dépouillé de tout artifice.

« Mort ? Que dites-vous là ? »

Ayscough reprend lentement sa place dans son fauteuil. Un moment il ne dit mot, jaugeant son visiteur. Puis il joint le bout des doigts et parle d'un ton moins péremptoire.

« Eh bien, monsieur, en quoi cela peut-il vous troubler ? N'étiez-vous pas ce jour à Exeter ? Au sujet d'une promesse d'engagement ? »

L'acteur reste silencieux.

« N'avez-vous pas joué le principal rôle dans une impudente comédie satirique durant les mois de mars et avril derniers, et jusqu'à la semaine pascale ? Une pièce intitulée *Pasquin*, écrite par un fieffé coquin, un certain Fielding, au petit théâtre du Haymarket ?

— C'est bien connu. Tout Londres l'a vue.

— Vous étiez Fustian, n'est-ce pas ? Un grand rôle ?

— Oui.

— Et un grand succès, m'a-t-on dit, comme tout ce qui en notre époque sacrilège a l'effronterie de se moquer de la Constitution. Combien de temps avait-elle été jouée quand est arrivée la semaine de Pâques ? Vous avez arrêté le 17 avril, n'est-ce pas ?

— Il y a eu environ trente représentations. J'en ai oublié le compte exact.

— Trente-cinq, monsieur. C'est la pièce qui a tenu le plus longtemps depuis son égale en impertinence, *L'Opéra des Gueux*, n'est-il pas vrai ?

— C'est possible.

— Comment, vous ne pourriez l'affirmer ? N'étiez-vous point aussi dans cette pièce, il y a sept ou huit ans ?

— J'y acceptai un petit rôle pour complaire à Mr Gay. Nous étions amis. J'avais cet honneur.

— Cet honneur ! Vraiment ! Y a-t-il le moindre honneur à jouer un rôle qui fait un coquin et un félon du plus éminent membre de la Chambre des communes de notre pays ? Et de plus son Premier ministre ? N'étiez-vous pas ce vil, cet ignoble travesti de Sir Robert Walpole, nommé Robin de Bagshot ? Et pour ce qui est de votre épouse, n'était-elle pas, elle, dans cette même pièce, Dolly Trull, une putain sans vergogne, un rôle qu'elle ne trouva, je présume, point trop difficile à interpréter !

— Je proteste avec la plus grande indignation contre votre dernière calomnie. Ma femme ...

— Au diable votre femme. Je vous connais, monsieur, et beaucoup mieux que vous ne le supposez. Tout comme je n'ignore point ce qui est arrivé quand le théâtre a voulu reprendre *Pasquin* ce 26 avril dernier. Par quelque mystère, vous êtes absent, monsieur, et votre rôle est joué par un autre comédien, un certain Topham, n'est-ce pas ? Et je suis au courant de l'excuse mensongère que vous avez donnée — j'ai des témoins — pour vous retirer de la pièce. Vais-je croire que vous avez renoncé au triomphe de la saison dont vous aviez une part confortable afin d'aller à Exeter discuter d'un nouvel engagement ? On vous a acheté, Lacy, et je sais qui l'a fait. »

L'acteur s'était tenu de biais, écoutant, la tête légèrement inclinée. A présent il se tourne vers son interlocuteur, sans plus rien prétendre, et son regard est celui d'un homme désemparé.

« Je n'ai commis nul crime, je ne sais rien de ... ce que vous me dites. Je puis le jurer.

— Vous ne nierez point que vous fûtes acheté pour accompagner un Mr Bartholomew dans son voyage vers l'ouest, la dernière semaine de ce mois d'avril ?

— J'ai le droit de m'interroger sur les possibles effets de ma réponse à votre question.

— Vos droits, je m'en vais vous les exposer, dit le petit homme de loi, après un moment de silence. Niez encore et je vous fais immédiatement emmener de cette pièce à la prison de Newgate, puis, dans les chaînes, jusqu'au Devon, pour les prochaines assises. Admettez que vous êtes bien celui dont je viens de parler, reconnaissez-le sous la foi du serment et nous verrons. Celui qui m'a chargé de cette affaire en décidera.» Il lève un doigt menaçant. «Mais je vous avertis que je veux tout entendre, sans la moindre omission. Faute de quoi, lui et moi, nous ferons de vous les mille tessons d'un vase brisé. Il lui suffit d'incliner la tête et vous redevenez poussière. Auparavant vous aurez eu lieu de maudire le jour où vous naquîtes.»

L'acteur regagne son siège et s'assoit lourdement. Il secoue la tête, contemplant le plancher.

«Eh bien?

— J'ai été trompé, monsieur. Et trompé grossièrement. Je croyais me prêter à un innocent subterfuge, élaboré dans un but méritoire.» Il relève la tête. «Sans doute ne me croirez-vous point si je vous dis que vous avez devant vous un honnête homme. Que je me sois montré d'une crédulité regrettable, d'une coupable légèreté, je ne puis hélas m'en défendre. Mais je vous prie de considérer, monsieur, que je n'ai nourri nulle intention mauvaise et n'ai accompli nul acte déloyal.

— Epargnez-moi vos justifications verbeuses. Je ne connais que les faits.

— Vous vous montrez injuste à l'égard de l'estimable Mrs Lacy. Elle n'a aucune part dans l'affaire.

— Voilà ce que je compte bien déterminer.

— Vous pouvez vous informer sur mon compte, monsieur. Je suis fort connu dans ma profession. Je fréquentais Mr Gay ainsi que son amie la duchesse de Queensberry et son très auguste mari. J'ai eu l'honneur de jouir de l'amitié du général Charles Churchill, je le rencontrais le plus souvent à Grosvenor Street, avant la mort de Mrs Oldfield. Je connais Mr Rich de Goodman's Field. Mr Cibber, le poète lauréat, Mr Quin, la vertueuse Mrs Bracegirdle. Tous parleront pour moi, tous témoigneront que je ne suis pas un Thomas Walker, que je ne fais point honte à ma profession.» Ayscough l'observe sans rien dire. «Ai-je offensé quelque haut personnage?» Ayscough reste silencieux, le regard toujours aussi aigu. «J'ai bien peur que ce ne soit le cas. Si j'avais su dès l'abord ce que j'ai fini par apprendre ...» Il n'obtient toujours pas de réponse. «Que dois-je faire ?

— Prêtez serment et racontez, sans la moindre omission. Et depuis le début.»

Historical Chronicle, 1736,

AUGUST.

Sunday, 1.

OBS arose in *Southwark*, *Lambeth* and *Tyburn-Road*, and took upon 'em to interrogate People whether they were for the *English* or *Irish*? but committed no Violence; several Parties of Horse Grenadiers dispers'd the Mobs which were gathering in *Ratcliff-highway*, to demolish the Houses of the *Irish*.

Monday, 2.

The first Stone was laid of a new Building at St *Bartholomew*'s Hospital, which is to contain 12 Wards; it is to be of the same Dimensions as the first Side already built of *Bath* Stone, and 2 more are to be added on the East and West. The Workmen found at the Depth of 20 Feet, 60 or 70 Pieces of old silver Coin, the Bigness of Three-pences.

A very extraordinary Cause was try'd at *Hertford* Assizes, on an Action brought against the Defendant for debauching the Plaintiff's Daughter, (both Persons of Fortune,) and having a Child by her under Marriage Promises. A special Jury gave her 150*l*. Damages, and directed her to bring an Action in her own Right upon a Marriage Contract.

Thursday, 5.

A great Cause was tried at *Chelmsford*, *Essex*, between Sir *John Eyles*, Bart. Plaintiff, and *John Smart*, Gamekeeper to the Hon. *Edward Carteret*, Esq; Defendant. The Action was brought for shooting 3 Hunting-Dogs. The Defendant justified, that the Dogs being in pursuit of the Deer in his Master's Park, and very near killing some of them; he did not maliciously but for the Preservation of the said Deer shoot the Dogs; which the Judge seem'd to admit as lawful; but the Jury (being Gentlemen) in regard to the Game Laws brought in a Verdict for the Plaintiff, and a Guinea and half Damages. The Judge declared, that if a new Tryal was moved for, he would certify in Behalf of the Defendant.

Monday, 7.

Came on a Hearing before the Ld Chancellor at *Lincoln's-Inn-hall*, of the great Cause between the *South-Sea* Company and one of their Super-cargoes, which his Lordship determin'd intirely in Favour of the Company.

Wednesday, 10.

Was held a General Court of the *South-Sea* Company, when the Sub-Governor told the Court; that the Directors had receiv'd no farther Proposals relating to the Negro Trade, Farming the nor any further Answer from the Court of *Madrid*. Then Debates arising, it was resolv'd, that the Directors be impower'd to put in Execution such Proposals, as have or may be offer'd within two Months to Advantage of the Company, for the Disposal of § Negro Trade.—And that all Matters relating to the Demand of the King of *Spain* for a Quarter of the Profits arising by the annual Ship, and for settling the Value of Dollars, be referr'd to the Consideration of the Court of Directors, and then adjourn'd.

Four Malefactors were hang'd at *Tyburn*, viz. *Tho. Mills* and *S. Phillips*, for Horse-stealing; *John Maxworth* alias *Parliament Jack* for Buglary; *John Kelsey* for robbing the *Cirencester* Coach. *Mills* declar'd just before he was turn'd off, that he was not guilty of the Fact. *Rickets*, *Morris* and *Pritchard*, (See p. 422 A.) were repriev'd for 14 years transportation.

Thursday, 11.

A Fire broke out at *Peasmore*, *Berkshire*, which in a few Hours consum'd the whole Street leading from the Church to *Market Ilsley*; the Damage is computed at several thousand Pounds.

Monday, 16.

Mr *Nixon*, a Nonjuring Clergyman of the County of *Norfolk*, was committed to *Newgate* by the Secretaries of State, on a Charge on Oath of his being Author of a scandalous Libel fix'd up at the *Royal Exchange*. We see this further Account in one of the Publick Papers, viz. *Doctor Gaylard*, a Printer, one of *Rayner's*

Journeymen, and formerly a Prisoner on Account of *Mist's* Journal, hath made Oath, That he, together with one *Clark*, another Printer not yet taken, did compose from a manuscript Copy, written by Mr *Nixon*, the Libel dispersed in *Westminster*-Hall, the 14th of *July* last, at the House of the said Mr *Nixon* in *Hatton-Garden*, and the said original Copy has been found by the Messengers. 'Tis believed, Mr *Nixon* had a Premium given him by a private Collection; but however it be, 'twill cost him dear."

Thursday. 17.

At *Hereford* Assizes a Cause was try'd concerning the Power of the Bayliff of *Cardiff* to make Burgesses, which was very strenuously argued by Council on both sides, but the Jury without going out of the Court gave a Verdict in favour of the Bayliff.

Thursday. 19.

At the Assizes at *Bristol*, one *Vernon* who was indicted for Housebreaking with two more, insisting on his Right to be admitted as an Evidence, refus'd to plead; but being remanded back to the Press, thought good to stand Tryal; and immediately after Sentence was pass'd on him, said D——n it, *I don't value my Life of a Halfpenny.*

Friday 20.

The Bakers at *Dublin* not liking the Assize of Bread made by the Lord Mayor, which was above 14 *lb*. Houshold Bread for 1 *s*. refused to bake 2 or 3 Days, whereupon the poor People in that City were in great Distress; some had Recourse to Potatoes, and some bought Flower to bake themselves, and found their Account in it, tho' the Bakers thought their Profit too small, but the Church Wardens threatned to present them as having no regular Visible Way of Living, on which they went to baking again.

Monday 23.

The Church of *Boudham*. near *Larlingford* in *Norfolk*, was burnt down to the Ground.

Tuesday 24.

A fatter Boar was hardly ever seen than one taken up this Day, coming out of Fleet Ditch into the Thames: It prov'd to be a Butcher's, near *Smithfield Bars*, who had mist him 5 Months, all which Time, it seems, he had been in the common Sewer, and was improv'd in Price from 10 *s*. to 2 Guineas.

Wednesday, 25.

Came on 2 remarkable Trials at *Rochester*, one of a Fellow for ravishing a Woman upwards of 60: The other of a Soldier who pretended to cure a Boy of an Ague, and thinking to fright it away, by firing his Piece over the Boy's Head, levell'd it too low, and shot his Brains out. The Ravisher was cast, the Soldier acquitted.

Thursday. 26.

On the humble Petition of several Magistrates and Citizens of *Edinburgh*, her Majesty was pleas'd to reprieve Captain *Porteous* for 6 Weeks. (See p. 422.

Tuesday 31.

The Cures performed by the Woman Bonesetter of *Epsom*, (see p. 442) are too many too be enumerated: Her Bandages are extraordinary Neat, and her Dexterity in reducing Dislocations and setting of fractured Bones wonderful. She has cured Persons who have been above 20 Years disabled, and has given incredible Relief in the most difficult Cases. The Lame came daily to her, and she got a great deal of Money, Persons of Quality who attended her Operations making her Presents. Her Father it seems is one *Wallin* a Bonesetter in *Wilts*. The Money she got procured her a Husband; but he did not stay with her above a Fortnight, and then went off with 100 Guineas.

This Month the Parliament of *Paris* adjudg'd an Estate to *Madamoiselle de Vigny*, who had liv'd 50 Years without knowing who were her Parents. This was the Case. M. *Ferrand* President of one of the Chambers of Justice in *Paris*, had been many Years married, & had no Issue; at length his Wife was with Child, on which the old Gentleman was uneasy, and pretended to be certain he was not Father of it. The Moment it was born he ordered it to be taken out of his House: The Midwife carried it to a Church to be christen'd; but a Dispute arising about the proper Name it should be registred by, M. *Ferrand* enter'd a Protest against calling it by his, and there remain'd a Blank in the Book to the Time of the Trial. The Girl was put to a common Nurse, and now and then relieved but never visited by the Mother, nor at all made acquainted with her Parents, till the Midwife found her out, and by her personal Evidence prov'd the above Circumstances.

They also decided a great Cause between the Duke *de Richlieu* and the Count *de Vertus*, for an Estate of 50,000 Crowns *per Annum* which had been 80 Years depending.

A

Interrogatoire et Déposition de
Francis Lacy
lequel a prêté serment, ce vingt-trois août
de la dixième année du règne
de notre souverain Seigneur George II
par la grâce de Dieu Roi de Grande-Bretagne
et d'Angleterre, &c.

MON NOM EST FRANCIS LACY. Je demeure dans Hart Street, près de Covent Garden, deux maisons plus haut que le Flying Angel. J'ai cinquante et un ans. Je suis né à Londres, en la paroisse de Saint Giles. Je suis acteur, petit-fils de John Lacy qui se vit accorder les faveurs du roi Charles.

Q. Avant tout, répondez à cette question : Saviez-vous que cet homme qui se faisait appeler Mr Bartholomew agissait là sous un faux nom ?

R. Je le savais.

Q. Saviez-vous qui il était vraiment ?

R. Je l'ignorais, et l'ignore encore à ce jour.

Q. Vous parlez sous la foi du serment.

R. J'en suis conscient.

Q. Jurez-vous que depuis le premier mai vous n'avez pas vu cet homme, ni communiqué avec lui, ni reçu de nouvelles de lui par le truchement d'une autre partie ?

R. Je le jure solennellement. Dieu veuille qu'il en ait été différemment.

Q. Maintenant je vous pose la même question pour vos deux autres compagnons — votre serviteur et la servante. Répondez.

R. Je ne sais rien de plus à leur sujet, depuis ce même jour. Je vous prie de me croire, monsieur, les circonstances sont particulièrement embrouillées ; si je peux me permettre de vous expliquer ...

Q. Vous m'expliquerez. Mais en temps voulu. Pour l'instant, jurez-vous aussi que vous ignorez l'endroit où ces deux-là pourraient se trouver ?

R. Je le jure ; et aussi que, jusqu'à ce jour, j'ignorais la mort du domestique. Puis-je vous demander... ?

Q. Non, monsieur. Et que le Ciel vous aide si vous mentez.

R. Si cela devait m'arriver, que le Ciel me frappe sur-le-champ.

Q. Très bien. Mais je vous rappelle que l'ignorance des conséquences n'est pas aux termes de la loi une excuse. Vous restez complice. Maintenant veuillez tout me dire depuis le commencement.

R. C'est une étrange histoire, monsieur. Et vous trouverez sans doute que j'y ai joué un rôle stupide. Pour ma défense, je dois vous raconter les choses telles que je les ai vues et non comme plus tard j'appris qu'elles étaient.

Q. En cela nous sommes d'accord. Commencez.

R. C'était au milieu du mois d'avril dernier. Ainsi que vous le savez, je jouais Fustian dans le *Pasquin* du jeune Mr Fielding, un rôle que, sans vouloir me flatter, je ...

Q. Passons donc les flatteries. Au fait.

R. Si j'en parle c'est que la pièce a été reçue favorablement et ma façon de jouer très remarquée. Un jour ou deux avant la fermeture de Pâques, Dick, le serviteur, est venu me voir un matin chez moi, porteur d'une lettre de son maître qui m'était adressée. Avec pour signature non point son nom mais le pseudonyme de Philocomoedia. Il y était joint un paquet contenant cinq guinées. Par la lettre on me demandait de les accepter comme un gage d'estime pour la façon dont j'avais joué et on ajoutait à ce sujet quelques mots judicieux pour me complimenter.

Q. Détenez-vous encore cette épître ?

R. Oui. Chez moi. Et je me souviens de ses termes. Elle n'a aucun rapport avec ce qui vous intéresse.

Q. Continuez.

R. Le correspondant déclarait avoir vu la pièce trois fois uniquement pour le plaisir d'étudier mes talents. Quels qu'ils soient. Puis qu'il serait grandement flatté si j'acceptais de le rencontrer ; il souhaitait aborder avec moi une affaire qui tournerait à notre mutuel bénéfice. Il me proposait un lieu et une heure pour cette rencontre, tout en se disant prêt à les modifier à ma convenance.

Q. Quel lieu et quelle heure ?

R. Le café de Trevelyan, le lendemain matin.

Q. Et vous avez accepté ?

R. J'ai accepté, monsieur. Je ne nierai point que j'avais trouvé le cadeau généreux.

Q. Et que vous flairiez d'autres guinées à venir ?

R. D'honnêtes guinées, monsieur. Ma profession est moins richement rétribuée que la vôtre.

Q. N'avez-vous pas été surpris ? Dans votre métier, ne sont-ce pas plutôt les femmes à qui on demande des rendez-vous à prix d'or ?

R. Non, je n'ai pas été surpris, monsieur. Bien des gens ne partagent point votre piètre opinion de la scène. Nombreux sont ceux qui prennent plaisir à parler théâtre et ne méprisent aucunement notre compagnie. D'autres aspirent aux lauriers et ne répugnent pas à nous demander aide et conseil dans le but de voir monter leurs créations. J'ai moi-même fait passer des textes du français en anglais et avec succès. Mon *Bourgeois gentilhomme* de Molière a été...

Q. D'accord. Roscius en pleine action pour gagner sa vie. Continuez.

R. Un serviteur, Dick, le muet, m'attendait à la porte du café de Trevelyan. Il me conduisit dans un cabinet privé où je fis connaissance de Mr Bartholomew.

Q. Sous ce nom ?

R. Oui. Il s'est présenté ainsi.

Q. Seul ?

R. Seul, monsieur. Nous nous assîmes, il renouvela les compliments qu'il avait mis dans sa lettre, puis me fit parler de moi et des autres rôles que j'avais joués.

R. Semblait-il être un de vos cognoscenti ?

Q. Il ne tenta point de me le faire croire, monsieur. Il avoua qu'il était à Londres un étranger et jusqu'à récemment un étranger au théâtre, d'autres intérêts l'ayant requis.

Q. Venu d'où ?

R. Du Nord, monsieur. Il ne donna point de précisions mais à sa voix je jugeai qu'il venait du Nord-Est. C'est ainsi qu'on parle au nord du Yorkshire.

Q. Et ses autres intérêts ?

R. Les sciences naturelles. Il disait avoir beaucoup négligé les arts depuis qu'il avait quitté l'Université.

Q. Et sa famille supposée ?

R. J'en viens à cela. N'ayant que trop parlé de moi, je me décidai à poser poliment quelques questions. Sur ce, il me dit avec un air embarrassé qu'il était le fils cadet d'un baronet, mais ne souhaitait pas là-dessus en révéler davantage car nous devions aborder à présent l'objet plus sérieux de notre rencontre. Il me faut vous avertir que tout ce qui suivit ne fut que mensonge.

Q. Dites comme on vous a dit.

R. Je crains d'abuser de votre temps.

Q. C'est à moi d'en décider. Dites.

R. Il débuta, monsieur, sur le mode hypothétique. Ce que je vins à reconnaître comme une forme fréquemment employée dans toute sa conversation, ainsi que vous l'allez entendre. Il me demanda ce que je répondrais s'il me proposait — avec la promesse d'une récompense appropriée — de jouer un rôle pour lui seul. Je m'informai aussitôt du rôle. Il répliqua : un rôle que je vous donnerai. Je crus que nous touchions au nœud de l'affaire, qu'il avait écrit une pièce qu'il souhaitait m'écouter déclamer, aussi lui dis-je que je serais enchanté de le servir de la sorte. Très bien, répondit-il, mais ce ne sera pas ici ni sur l'heure, Mr Lacy, et non plus pour une seule représentation mais pour plusieurs jours, peut-être davantage, et cela doit commencer à la fin de ce mois car je suis en très grande hâte ; toutefois ce pourrait être à votre bénéfice, car je sais que vous êtes engagé au Petit Théâtre et je dois donc vous dédommager amplement de ce tort qui vous sera fait. J'avoue que je fus quelque peu déconcerté et plus encore lorsqu'il continua en me demandant quelle était au Haymarket ma part des recettes. Je lui expliquai notre façon de les répartir et que ma part était en moyenne de cinq guinées par semaine. Parfait, dit-il, si le rôle que je vous offre vous est payé cinq guinées par jour, quelles que soient les recettes, considérerez-vous que vos dons sont convenablement récompensés ? Une telle générosité me laissa fort étonné, je pouvais à peine en croire mes oreilles et d'abord pensai qu'il plaisantait. Mais point du tout, car

138

me sentant indécis il ajouta que puisque dans ce rôle je devrais voyager et subir d'autres désagréments, et que le tout pouvait durer deux semaines, il m'offrirait avec plaisir trente guinées de plus, ce qui arrondirait à cent guinées mon salaire à son service. Mr Ayscough, je ne jouis pas d'une telle aisance que je puisse à la légère faire fi d'une pareille offre, aussi inattendue. On me donnait là l'occasion de gagner en quinze jours ce que j'aurais été heureux de gagner en six mois d'efforts. Je dois vous dire que je n'ignorais point que *Pasquin* ne tiendrait plus très longtemps, car nos rentrées diminuaient et la saison tirait à sa fin. Deux jours plus tôt, alors que je me trouvais incommodé, mon ami Mr Topham m'avait remplacé — et non sans succès, quoique ...

Q. Suffit. Donc, monsieur, vous fûtes tenté. Au fait.

R. Il me parut que je concevais assez bien ce que projetait ce gentleman : une surprise, un divertissement dont il entendait gratifier sa famille et ses voisins dans sa province natale. Je fus toutefois très vite détrompé. Lui ayant demandé quelques détails sur l'affaire, je me souviens de sa réponse *verbatim* : «J'ai besoin de quelqu'un, Mr Lacy, pour m'accompagner en voyage. Un homme sérieux, digne de confiance, un rôle, me semble-t-il, que vous n'aurez point de mal à jouer puisqu'il correspond à votre nature.» Je le remerciai du compliment, mais me déclarai incapable de deviner pourquoi il avait besoin d'un tel compagnon. Cette fois encore, il eut l'air troublé et refusa de répondre. Il se leva, alla vers la fenêtre, et sembla s'absorber dans des réflexions profondes. Enfin il se tourna vers moi et comme obligé de changer ses façons me demanda de lui pardonner ; c'était contre son désir s'il en était réduit au subterfuge, lui, un homme accoutumé à agir ouvertement et sans détours. Puis il dit qu'il avait quelqu'un à voir, sa vie en dépendait, et certains voulaient l'en empêcher, donc il devait faire son voyage sous de fausses allégations. A quoi il ajouta avec une grande véhémence qu'il n'y avait rien dans ce qu'il projetait qui ne fût honorable. Il m'assura qu'il était victime d'un sort mauvais, injuste, et qu'il devait tenter d'y remédier. Je vous rends compte mot pour mot de ses dires, monsieur.

Q. Et ensuite ?

R. Je fus quelque peu étonné, comme vous pouvez le supposer. Je dis que j'imaginais qu'il s'agissait d'une dame, d'un attachement sentimental. Il sourit tristement. Ce n'est point là simple attachement, Lacy, dit-il. J'aime, Lacy, j'aime à en mourir. Il me parla alors d'un père obstiné et sévère, et d'une alliance prévue pour lui, à laquelle ce père tenait fort car la dame était fortunée et avait hérité de terres qu'il convoitait de par ce qu'elles jouxtaient les siennes. Mais la dame avait dix ans de plus que Mr Bartholomew. Et ce sont là ses propres mots, elle était la plus laide de toutes les vieilles filles dans un rayon de cinquante miles. Là-dessus il m'avoua qu'eût-elle été la plus belle il n'en aurait pas moins refusé d'obéir à son père car à Londres, en octobre dernier, il avait été saisi d'un ardent intérêt pour une jeune lady alors dans la ville avec son oncle et tuteur, et sa famille.

Q. Son nom ?

R. Il ne fut jamais mentionné. Voici quelles étaient les tristes circonstances : la jeune fille était orpheline, et à sa majorité posséderait en titre des propriétés. Hélas, son oncle et tuteur avait un fils en âge de se marier ; vous concevez la situation.

Q. Oui, certes.

R. Mr Bartholomew m'informa que son intérêt avait été découvert et, pire encore, l'heureuse réciprocité qui avait récompensé ses attentions. Sur ce, la damoiselle avait été promptement expédiée en la Cornouailles, dans le domaine de son tuteur.

Q. Et placée sous surveillance ?

R. Précisément. Les deux jeunes gens réussirent toutefois à maintenir entre eux une correspondance clandestine par l'intermédiaire d'une servante instruite des sentiments où était sa maîtresse. L'absence entretient la tendresse, leurs ardeurs communes s'en trouvèrent accrues. Finalement, Mr Bartholomew, réduit au désespoir, décida de se confier à son père pour en solliciter approbation et assistance. Il avoua un penchant qui allait à l'encontre de l'ambition paternelle. Le ton monta jusqu'à celui de la dispute, le père ne souffrant pas qu'on s'opposât à ses vues. Je vous le dis, Mr Ayscough, comme cela me fut conté, à l'exception de quelques menus détails destinés à me tromper.

Q. Poursuivez.

R. En bref, donc, Mr Bartholomew s'entendit ordonner de quitter la maison paternelle et de n'y point revenir avant d'avoir retrouvé une humeur plus égale et appris son devoir filial. Avec la menace supplémentaire, s'il s'obstinait dans sa conduite, de sonner ainsi le glas de toutes ses espérances. Il partit donc pour Londres et, enflammé à la fois par l'amour et par la conscience d'être victime d'une injustice, puisque la dame de ses pensées, quoique pas aussi riche que celle à lui destinée par son père, ne manquait ni de fortune ni d'éducation et surpassait l'autre infiniment par ses charmes, il tenta de faire évoluer la situation en se mettant en route vers l'ouest.

Q. Quand était-ce ?

R. Seulement un mois plus tôt. Il confessait qu'il avait agi sans réfléchir, presque sans connaître vraiment les raisons qui l'y poussaient, fors le besoin où il était de revoir sa bien-aimée et de l'assurer qu'il tenait en abomination l'autre projet de mariage, que rien ne la chasserait jamais de son cœur et ...

Q. Epargnez-moi les tendres protestations.

R. Il arriva pour découvrir qu'il avait été devancé. Il ne sut pas comment, peut-être une lettre avait-elle été interceptée. Il admit qu'il avait imprudemment parlé de cette affaire avec des amis et peut-être certaines de ses paroles étaient-elles tombées dans des oreilles hostiles à ses intérêts. Et puis il avait voyagé sous son propre nom, et la plupart du temps en diligence. La nouvelle de sa venue avait pu le précéder. Quoi qu'il en soit, lorsqu'il s'y présenta la maison était vide, et personne ne voulut lui dire où s'en était allée la famille, sinon que tous avaient quitté les lieux la veille en grande hâte. Il attendit une semaine en vain. Toutes ses enquêtes restèrent sans effet car, à ce qu'il semblait, l'oncle régnait en ces lieux. Il retourna donc à Londres. Là, monsieur, une lettre l'attendait, dans laquelle la jeune dame déclarait ouvertement qu'on l'avait emmenée contre sa volonté, que son oncle était en grande fureur et employait quotidiennement tous les moyens en son pouvoir pour la forcer au mariage avec son cousin. Que ce cousin était son seul espoir car, bien qu'il eût pour elle une grande affection, il ne la forcerait pas à faire ce que son père lui commandait. Elle craignait toutefois que bientôt lui fît défaut cet ultime secours puisque le penchant du cousin et les souhaits de son père concouraient vers le même but. A quoi il fallait ajouter que la servante qui leur avait donné son aide pour leur correspondance précédente avait été congédiée, laissant sa maîtresse sans plus d'amie ni confidente, et réduite au désespoir.

Q. Je vois le prétexte. Maintenant venons-en aux faits.

R. Mr Bartholomew déclara qu'il savait que la maisonnée était à présent de retour dans la propriété familiale et qu'il était déterminé à s'y rendre derechef. Cette fois, il veillerait à ce que nul ne soit avisé de sa résolution. C'était la raison pour laquelle il avait fait croire à ses intimes qu'il abandonnait tout espoir d'épouser la jeune lady et se réconciliait avec le projet de son père. Nonobstant il craignait fort que quelque rumeur de son changement de sentiment n'arrivât jusqu'à l'oncle et ne fût transmise à la dame qui aurait pu ajouter foi à la nouvelle. Il devait donc agir avec célérité, et voyager sous un faux nom, et de compagnie — bref, de la manière que j'ai contée, monsieur. Comme s'il nourrissait un tout autre dessein. C'est là l'essentiel de l'affaire.

Q. *Facile credimus quod volumus.* Vous avez avalé ces sornettes ?

R. J'avoue que je fus flatté par ses confidences. Elles avaient à mon oreille l'accent de la vérité. S'il m'avait paru un imposteur, un débauché endurci ... Mais je puis vous assurer, monsieur ...

Q. Très bien. Continuez.

R. J'ai dit à Mr Bartholomew qu'il avait ma sympathie, mais que pour tous les trésors de l'Espagne je ne me laisserais persuader de prêter la main à une entreprise criminelle. Et aussi que je prévoyais pour lui des conséquences fort déplaisantes lors même qu'il réussirait dans son entreprise.

Q. A cela que répondit-il ?

R. Quant à son père, qu'il avait la certitude qu'avec le temps il en obtiendrait son pardon, car leurs relations, avant cette rupture, n'étaient point dépourvues d'une solide affection. Quant à l'oncle, que ses cruautés envers sa nièce étaient trop choquantes pour passer longtemps inaperçues, et qu'il devait bien savoir ce que leur divulgation pourrait révéler de ses buts égoïstes. Que certes il s'offusquerait de la fuite de sa nièce mais n'oserait pas engager des poursuites.

Q. Il vous gagna à sa cause ?

R. J'avais encore des scrupules, Mr Ayscough. Il m'assura qu'il tenait à ce que personne autre que lui n'encoure de blâme. Il avait réfléchi sur cette question et proposait que mon rôle prenne fin lorsque nous arriverions à un jour de marche de sa destination. Il continuerait alors tout seul avec son serviteur. Il me donna solennellement sa parole qu'il ne me demanderait pas de participer à l'enlèvement. Je devais seulement — ainsi s'exprima-t-il — lui tenir lieu de sauf-conduit jusqu'au terme de sa route. Ce qui se passerait après n'était point mon affaire.

Q. Avait-il un plan d'action précis ?

R. Il disait son intention de se réfugier en France pour laisser retomber la tempête puis, lorsque sa femme aurait atteint l'âge de la majorité, de revenir avec elle se jeter aux pieds de son père.

Q. Ensuite ?

R. Je requis un délai d'une journée pour réfléchir à cette proposition. Je souhaitais en discuter avec Mrs Lacy comme je fais en toutes occasions importantes. J'ai appris à apprécier ses avis. Si elle considère qu'on m'offre un engagement qui n'est pas à la hauteur de mes talents, je le refuse. Les parents de Mrs Lacy n'approuvaient guère plus que vous ma profession. Lorsque Mr Bartholomew m'a parlé de ses ennuis, j'ai songé à mes jeunes années. Sans trop m'étendre sur ce sujet, je dirai que Mrs Lacy et moi nous nous sommes passés de la bénédiction parentale. Cela peut être un péché selon les règles, mais il en est résulté un mariage chrétien, et des plus heureux. Je ne me sers pas de ceci comme d'une excuse. Mais je ne peux renier les sentiments qui ont un jour été les miens, et ce souvenir ancien m'a aveuglé.

Q. Votre épouse vous a approuvé ?

R. Après m'avoir aidé à mieux débrouiller l'impression que m'avait faite Mr Bartholomew — je veux dire, touchant sa sincérité dans cette affaire.

Q. Et cette impression était ...

R. Qu'il s'agissait là d'un jeune homme sérieux, même quelque peu grave pour son âge. Je ne puis dire qu'il me parla de son attachement avec une ardeur extrême, et pourtant j'eus le sentiment qu'il était profond et vertueux en intention. Je dis ceci quoique je sache maintenant qu'on s'est joué de moi, qu'on m'a trompé. Et même lorsque de devant mes yeux le voile est tombé ... eh bien, monsieur, j'ai trouvé que restait en place un autre voile encore plus sombre. Je reviendrai là-dessus.

Q. Vous vous êtes revus le lendemain ?

R. Oui. Au café de Trevelyan, dans le même cabinet particulier, et entre-temps j'avais parlé avec Mr Topham, pour m'assurer qu'il pourrait me remplacer au théâtre. Dans le début de ce nouvel entretien j'ai manifesté quelque hésitation.

Q. Sans aucun doute pour faire monter les offres.

R. Vous persistez à me mal juger, monsieur.

Q. Vous, ne persistez pas à nier que vous étiez un instrument loué pour l'accomplissement d'un acte criminel. L'amour est une chose, Lacy, l'autorité d'un tuteur régulièrement désigné en est une autre. Pour ne rien dire du droit d'un père de marier son fils comme il lui convient. Suffit. Continuez.

R. Je souhaitais en savoir plus sur Mr Bartholomew et sur les circonstances. Il refusa poliment de m'éclairer, arguant de ce que sa réserve n'était point seulement pour sa protection mais aussi pour la mienne. Que dans le cas où l'affaire deviendrait publique, moins j'en savais et moins je serais exposé. Que je pourrais faire état de mon ignorance du but réel de l'entreprise. *Et coetera.*

Q. Ne lui avez-vous pas demandé son vrai nom ?

R. J'ai oublié de vous dire, monsieur, qu'il m'avait déjà confessé que le nom qu'il avait d'abord décliné n'était pas son vrai nom. Ce me fut agréable de constater qu'au moins sur ce point il ne cherchait pas à abuser de ma confiance.

Q. N'avez-vous jamais jugé ses manières peu conformes à celles qu'on s'attendrait à trouver chez un honnête gentleman de province ?

R. Dois-je donc penser ...

Q. Vous ne devez rien penser. Répondez à ma question.

R. Eh bien, monsieur, pas à ce moment. Il semblait, comme il le prétendait lui-même, peu habitué aux façons de Londres.

Q. Mais plus tard votre opinion changea ?

R. J'eus des doutes, monsieur. Il ne pouvait cacher une naturelle assurance, et un certain agacement à devoir jouer le rôle qu'il s'était attribué. Je compris qu'il était quelqu'un d'un plus haut rang que le fils d'un baronet, même si je me sentais bien incapable de deviner qui il était en vérité.

Q. Revenez à votre histoire.

R. Je le priai de me donner encore une fois sa parole que mes obligations à son égard cesseraient au moment par lui précédemment fixé. Que de plus, quels que fussent ses plans d'action ultérieurs, il n'y entrait point de violence.

Q. Une parole qu'il vous donna ?

R. Sans la moindre hésitation. Il m'offrit, si je le souhaitais, de jurer sur la Bible.

Q. Venons-en aux détails pratiques.

R. Il désirait se mettre en route dans la prochaine semaine, et plus précisément le lundi suivant, vingt-six avril. Le jour, vous vous en souviendrez sans aucun doute, où son Altesse le prince de Galles allait épouser la princesse de

145

Saxe-Gotha; ce qui, pensait Mr Bartholomew, causerait un grand branle-bas dans le pays et nous permettrait de partir sans trop de risques de nous faire remarquer. Je serais, moi, un marchand de Londres; lui mon neveu, sous ce nom de Mr Bartholomew; notre but avoué ...

Q. Je sais cela. La tante présumée, à Bideford?

R. Exactement.

Q. Dites-moi, vous a-t-il conduit à croire qu'il était surveillé, qu'on espionnait ses faits et gestes?

R. Il n'en a pas fourni de preuve mais c'était impliqué dans son propos; il parlait de ceux qui n'auraient de cesse qu'ils ne l'aient détourné de son attachement et de ses intentions en la matière.

Q. Ceux-là, vous sembla-t-il qu'ils étaient de sa famille, ou de la famille de la jeune lady?

R. J'ai supposé qu'il s'agissait des premiers, monsieur. Car il a une fois parlé d'un frère aîné, qui pensait en tout comme son père, et auquel il ne parlait qu'à peine tant il se sentait auprès de lui comme auprès d'un étranger.

Q. Pour la raison que ce frère aîné satisfaisait respectueusement aux moindres souhaits de son père?

R. Pour la raison qu'il plaçait, tout comme son père, l'accroissement de la fortune et des propriétés au-dessus du bonheur d'une affection réciproque.

Q. Il ne fut pas question de cet homme, Farthing, ou de la servante?

R. Il fut question d'un domestique qui serait à mon service. Mr Bartholomew me demanda si je connaissais quelqu'un en qui j'avais confiance, quelqu'un d'esprit vif, capable de jouer un rôle et aussi d'être de bonne escorte sur les routes, de nous protéger contre les bandits de grands chemins et autres malfaiteurs. L'idée m'est venue d'un homme qui pouvait faire l'affaire.

Q. Son nom?

R. Il est encore plus innocent que je le suis. En cela du moins.

Q. Que voulez-vous dire par: en cela du moins?

R. Je l'ai connu quand il était portier au théâtre de Drury Lane, mais il se fit renvoyer de ce poste pour négligence.

L'alcool est son péché mignon, un péché très courant dans notre profession, hélas.

Q. Il est acteur, lui aussi ?

R. Il l'a été autrefois, je crois. Il lui est arrivé de jouer quelques pitreries. Comme bouffon il n'est pas sans talent. C'est un Gallois d'origine, il a joué pour moi le portier dans *Macbeth*, un jour où nous étions dans l'embarras pour cause de maladie et n'avions pu trouver mieux. Il a eu un certain succès, nous avons songé à l'employer plus régulièrement. Mais il était incapable, même lorsqu'il ne se trouvait pas en état d'ébriété, d'apprendre convenablement son texte, et ne pouvait être utilisé que pour de petits rôles.

Q. Son nom ?

R. David Jones.

Q. Et vous dites ne pas l'avoir vu depuis le premier mai ?

R. Non, monsieur. Pas depuis la veille, si vous désirez que je sois précis. Car il s'est sauvé dans la nuit, de façon inattendue.

Q. Il n'a point continué la route, ni avec vous, ni avec Mr Bartholomew ?

R. Non, monsieur.

Q. Nous en reparlerons. Vous ne l'avez pas vu depuis lors ? Ni entendu parler de lui ni rien reçu, écrit de sa main ?

R. Sur mon honneur. Il y a seulement dix jours, j'ai rencontré dans la rue un homme qui le connaît bien. Et lui non plus depuis quatre mois n'a eu de nouvelles.

Q. Saviez-vous où il habitait ?

R. Je ne connaissais que l'estaminet qu'il fréquentait, dans Berwick Street, où je suis allé plusieurs fois depuis mon retour demander si on l'avait vu. Personne ne l'avait vu.

Q. Nous parlons de Farthing ?

R. Oui. Quand il s'est enfui, il m'a laissé un billet pour me dire qu'il allait voir sa mère au pays de Galles. A Swansea. Il m'avait dit une fois qu'elle était tenancière d'une minable taverne, mais j'ignore si c'est la vérité, et non plus s'il est là-bas. Je ne peux vous aider en rien sur ce point.

Q. C'est vous qui l'aviez engagé ?

R. Je l'ai présenté à Mr Bartholomew qui approuva mon

choix. C'est un garçon bien bâti, hardi d'allure, qui connaît le maniement des armes et sait s'occuper des chevaux. Donc il fut pris. Il avait aussi joué une fois pour moi le rôle d'un sergent ivrogne, dans *Le Sergent recruteur* de Mr Farquhar, où il s'était fait applaudir, quoique sans l'avoir mérité, étant en fait complètement ivre avant de commencer, si bien qu'il n'eut pas besoin de composer son personnage, et d'ailleurs n'aurait pu le faire, l'eût-il voulu. Il fut décidé que s'il s'inspirait de ce rôle, cela conviendrait à notre présent dessein.

Q. Pour quels gages ?

R. Dix guinées en tout. A l'exception d'une guinée donnée comme arrhes, je ne devais lui verser son salaire qu'à la fin du voyage. Ceci pour l'empêcher de trop boire. Logement et nourriture en sus.

Q. Mais vous ne l'avez jamais payé ?

R. Non, monsieur. Ou seulement pour une petite part, comme je vous le conterai. Et ce n'est pas le moindre mystère dans cette affaire qu'il a déguerpi alors que l'argent était presque gagné.

Q. Vous lui aviez tout dit ?

R. Que nous allions effectuer un voyage secret, sous de faux noms. Qu'il s'agissait d'une affaire de cœur.

Q. Il n'a pas soulevé d'objections ?

R. Aucune. Il s'est fié à moi quand je lui ai dit qu'il n'y avait rien dans l'aventure qui soit répréhensible. Il m'était déjà quelque peu redevable.

Q. Qu'aviez-vous donc fait pour lui ?

R. Comme je l'ai dit, je l'avais un moment engagé. Lorsqu'il a été renvoyé de Drury Lane, je lui ai trouvé un autre emploi. Je lui ai prêté occasionnellement de petites sommes d'argent. Il est plus paresseux que mauvais.

Q. Quel emploi ?

R. Cocher pour le compte de Mrs Oldfield, la défunte actrice. Mais elle fut vite obligée de s'en séparer, il était trop souvent ivre. Depuis lors il a vécu au jour le jour. Il a été un temps gratte-papier pour un écrivain public, puis laveur de carreaux et plus récemment porteur de chaise. Je ne sais

148

quoi d'autre encore. Toutes ses possessions tiennent sous son chapeau.

Q. Il me paraît un vrai coquin.

R. Il était bien dans son rôle, comme nous disions, monsieur. C'est un grand hâbleur parmi ses égaux. La langue déliée, c'est son genre. Puisque le serviteur de Mr Bartholomew est muet, nous avons pensé qu'un garçon comme Jones serait utile pour dissiper les soupçons là où nous logerions. Car en dépit des apparences, il sait parler pour ne rien dire. Ce n'est pas un imbécile et il n'est pas plus malhonnête qu'un autre.

Q. Très bien. A présent la servante.

R. J'ai oublié de vous dire que Mr Bartholomew m'avait avisé qu'elle viendrait avec nous. Mais je ne la vis que lorsque nous arrivâmes à Staines. Il me déclara que c'était la cámeriste dont il m'avait parlé, la confidente de la jeune dame qui avait été congédiée en raison de ses trop loyaux services. Il l'avait donc fait venir à Londres et prise sous sa protection et maintenant il l'emmenait rejoindre sa maîtresse. A la première rencontre je la remarquai à peine. Elle avait assez l'apparence d'une servante de grande dame.

Q. Elle répondait au nom de Louise ? Vous ne l'avez jamais entendu appeler d'un autre nom ?

R. Louise, monsieur. Et rien d'autre.

Q. Vous ne l'avez pas trouvée un peu trop délicate et hautaine, pour sa condition ?

R. Point du tout, monsieur. Silencieuse et réservée dans son attitude.

Q. Mais une belle jeune femme ?

R. De beaux yeux, monsieur. Et un visage qui n'a rien pour déplaire. Je dirais volontiers une honnête beauté si elle n'était pour mon goût trop mince de corps et de visage. Par ailleurs je dois vous signaler qu'il y a aussi un grand mystère concernant son rôle tout comme celui de son compagnon.

Q. Que savez-vous de son compagnon ?

R. Eh bien, monsieur, en plus de ses déficiences naturelles, il ne ressemblait à aucun des valets que j'aie jamais rencontrés. Et je ne l'aurais certainement pas reconnu pour tel lorsqu'il se présenta à ma porte si je n'avais observé que son gilet bleu était celui de la livrée habituelle des domestiques. Il avait le regard d'un idiot et rien des manières habituelles à sa condition; comme s'il ne s'était jamais trouvé au milieu d'une société policée, comme s'il n'avait jamais appris à respecter ceux qui étaient au-dessus de lui. Durant notre voyage il ne portait pas la livrée et avait l'aspect d'un simple paysan, davantage vagabond irlandais que valet d'un gentleman, gardant sans cesse un air revêche devant tout un chacun à l'exception de son maître et de la servante. Mais ce n'est là que la moitié de l'histoire, monsieur. Il y a plus étrange encore.

Q. En temps voulu. Venons-en à votre voyage. Mr Bartholomew prenait toute décision ?

R. Oui, pour notre itinéraire. Il disait qu'il craignait la route de Bristol, qui était fréquentée; et il soupçonnait l'oncle d'avoir posté quelqu'un à Marlborough ou Bristol, avec mission de lui signaler notre arrivée. En conséquence, nous prîmes la route qui va vers le sud, comme pour nous rendre à Exeter, sous le prétexte que nous avions affaire en cette ville, avant d'aller à Bideford pour la visite à ma sœur présumée.

Q. Il vous avait dit dès l'abord que c'était à Bideford qu'il voulait aller ?

R. Oui. Mais il m'a demandé mon avis pour monter le subterfuge, déclarant que c'était la première fois de sa vie qu'il inventait de la sorte et que je devais en savoir plus long que lui sur les méthodes à employer. Aussi l'ai-je conseillé, comme je l'ai dit.

Q. Où vous êtes-vous retrouvés ?

R. Il fut décidé que Jones et moi partirions pour Hounslow par le coche avec un jour d'avance et prendrions nos quartiers au Bull.

Q. C'était le 25 avril ?

R. Oui. Là des chevaux nous attendraient; le lendemain au lever du jour nous nous dirigerions vers Staines pour rejoindre Mr Bartholomew, son domestique, et la servante. Il en fut ainsi. Nous les rejoignîmes un mile avant Staines.

Q. D'où venaient-ils ?

R. Je l'ignore, monsieur. A moins qu'ils aient logé à Staines et soient revenus sur leurs pas. Mais nous avons traversé Staines sans nous arrêter.

Q. Rien ne s'est passé durant cette rencontre ?

R. Non, monsieur. Je confesse que nous sommes partis sans nous poser de questions, comme pour une agréable aventure.

Q. Aviez-vous déjà reçu quelque argent ?

R. Une avance sur mes gages, et aussi l'avance promise sur ceux de Jones. J'avais quelques débours à effectuer pour les dépenses courantes.

Q. Combien aviez-vous reçu ?

R. Dix guinées pour moi, une pour Jones. Des guinées-or.

Q. Et le reste ?

R. Me fut remis par Mr Bartholomew, lorsque nous nous séparâmes, en la forme d'une lettre de créance. Je l'ai touchée.

Q. Tirée sur qui ?

R. Mr Barrow, de Lombard Street.

Q. Le négociant qui fait du commerce avec la Russie ?

R. Oui.

Q. Voyons un peu. Epargnez-moi les détails sans importance. Je veux entendre tout ce qui se rapporte à votre découverte que Mr Bartholomew était un autre que celui qu'il prétendait être.

R. Je vous avouerai que je n'ai point tardé à avoir des soupçons, monsieur. Nous n'avions guère chevauché plus d'une heure quand ma confiance a été ébranlée une première fois. Je me trouvais un peu en arrière avec Jones qui menait le cheval de bât à la longe ; c'est alors que Jones m'a dit qu'il avait quelque chose à me confier, ajoutant que si son propos me paraissait déplacé, je n'hésite pas à le faire taire. Je l'invitai à parler. D'un signe de tête il désigna la servante qui se trouvait devant nous, assise en amazone derrière Dick et déclara, Mr Lacy, je crois bien avoir déjà

151

rencontré cette jeune femme, ce n'est pas une servante, loin de là. Il me conta alors qu'il l'avait vue deux ou trois mois plus tôt qui entrait dans un bordel derrière St James, chez la mère Claiborne comme on l'appelle vulgairement. Il était avec un compagnon qui lui assura qu'elle comptait — pardonnez-moi l'expression — pour un des morceaux de choix de cet endroit. Comme vous pouvez l'imaginer, monsieur, ce fut pour moi un choc et je le pressai de me dire s'il était sûr de son fait. Là-dessus il reconnut qu'il ne l'avait vue que brièvement et à la lumière d'une torche et ne pouvait jurer qu'il ne se trompait point, mais qu'il trouvait la ressemblance frappante. J'avoue, Mr Ayscough, que cela me troubla. Je n'ignore point ce que ces créatures peuvent gagner par leur commerce et quoique j'aie entendu dire que certaines tenancières consentent aisément à envoyer pour la nuit une de leurs pensionnaires à tel libertin qu'elles souhaitent de favoriser, je ne pouvais croire que la Claiborne en userait de la sorte pour un voyage comme le nôtre. Je n'en voyais pas la raison. Il me répugnait d'admettre que Mr Bartholomew m'avait si grossièrement trompé; je n'arrivais pas plus à concevoir qu'une putain aussi notoire — si telle était bien sa situation — accepterait d'être louée comme servante. En bref, monsieur, je répondis à Jones qu'il devait se tromper; mais que si l'occasion s'en présentait il pourrait, en parlant à la jeune femme, s'efforcer d'en savoir davantage.

Q. Jones n'avait pu, au bordel, se renseigner sur son nom?

R. Ni sur son nom ni sur son prénom, monsieur. Mais il y avait appris qu'elle était connue de ceux qui fréquentaient la maison sous l'appellation de la fille quaker.

Q. Et cela signifiait?

R. Qu'elle faisait sa modeste pour aiguiser l'appétit des débauchés.

Q. Elle s'habillait en conséquence?

R. Je le crains.

Q. Et ce Jones lui parla-t-il, comme vous le lui aviez conseillé?

R. Oui, monsieur, plus tard ce même jour. Il me dit ensuite

qu'elle n'avait pas été loquace. Il avait seulement appris qu'elle était née à Bristol et se réjouissait à la pensée de revoir bientôt sa jeune maîtresse.

Q. Donc elle était au courant du faux prétexte ?

R. Oui, mais ne voulut rien dire lorsque Jones tenta de la faire bavarder. Car elle assura que Mr Bartholomew lui avait ordonné de garder le silence. Jones disait qu'avant tout elle paraissait timide. Elle parlait bas et répondait le plus souvent par un oui ou un non ou un hochement de tête. Maintenant Jones ne savait plus que penser, il le confessa volontiers, en disant que ce qu'il avait cru qu'elle était ne s'accordait point avec sa modestie et qu'il devait se tromper. En bref, monsieur, à ce moment, nos soupçons nous parurent sans fondement.

Q. Avez-vous parlé de cela à Mr Bartholomew ?

R. Non, monsieur. Pas jusqu'à la fin du voyage, comme je vous le conterai.

Q. Il ne s'est jamais adressé à la jeune femme en aparté ? N'a jamais donné des signes d'une secrète connivence ?

R. Ni à ce moment, monsieur, ni — du moins sous mes yeux ou à portée de mes oreilles — à aucun autre. Durant le voyage il ne lui montra rien que de l'indifférence, comme si elle n'était pas plus qu'un bagage. Je dois vous dire qu'au long du chemin il chevaucha très souvent seul. Plus d'une fois il me demanda de lui pardonner, ce n'était guère courtois de sa part de jouer l'ermite chagrin, dit-il ; il me fallait comprendre que ses pensées n'étaient pas dans le moment présent, mais nous devançaient. J'en ai fait alors peu de cas, trouvant cela très naturel chez un homme amoureux.

Q. C'était pour s'épargner la peine de simuler ?

R. Je le crois aujourd'hui.

Q. Donc, en général, vous conversiez peu avec lui ?

R. Cela arrivait de temps à autre, passé l'embarras du premier jour, lorsque, occasionnellement, nous chevauchions de concert. Nous parlions de ce que nous voyions au passage, de nos chevaux et de la route. Point du but de notre voyage. Il me posait des questions sur ma vie et paraissait disposé à entendre ce que je lui racontais, sur moi et mon grand-père et le roi, quoiqu'il montrât par là davantage de politesse que de vrai intérêt. Plus nous allions vers l'ouest plus il se renfermait dans le silence. D'ailleurs, en conséquence de notre accord, j'étais empêché de m'exprimer librement. En fait j'y ai gagné quelque chose. Il est vrai, Mr Ayscough, que le rôle que j'ai joué dans *L'Opéra des Gueux* ridiculisait Sir Robert Walpole, mais je vous prie de croire que nous, les acteurs, nous sommes toujours doubles, vivant une vie sur les planches et une autre hors la scène. Eh bien, ce premier jour justement, nous avons traversé les landes de Bagshot et Camberley et là je n'étais pas Robin, je vous en donne l'assurance, car j'avançais avec la crainte que le Robin que j'avais joué apparaisse — ce qui, Dieu merci, ne s'est pas produit.

Q. Oui, oui, Lacy, ceci n'a aucun rapport.

R. Je regrette, monsieur, de devoir vous contredire. Ce que je vous dis, je l'ai dit à Mr Bartholomew; et j'ai continué à parler en bien de notre gouvernement actuel et de sa politique de *quieta non movere*; sur quoi il me jeta un regard qui exprimait clairement qu'il n'était pas d'accord. Et quand je le pressai de me dévoiler ses vues il me déclara que pour ce qui était de Sir Robert, il reconnaissait qu'il s'y entendait à diriger les affaires de la nation — que celui qui trouvait le moyen de satisfaire en même temps le propriétaire terrien et le marchand de la Cité n'était pas un imbécile; mais qu'il estimait pourtant que le grand principe dont j'avais parlé et sur lequel se fondait son administration n'était pas bon. Car, dit-il, ne fallait-il point que ce monde change pour qu'il en vienne un meilleur? Et il me demanda si je ne pensais pas que des buts divins du Créateur celui-ci au moins était clair: s'il nous avait donné la liberté de choix et d'action, comme à un bateau libre de ses déplacements sur le vaste océan du temps, cela ne pouvait signifier qu'il était pour nous préférable de rester amarrés dans notre port d'origine. Il ajouta que les marchands cupides régneraient bientôt sur le monde, que déjà nous avions l'exemple des hommes d'Etat, car, me dit-il, un homme d'Etat peut être honnête pendant une ou deux semaines mais son honnêteté ne durera pas un mois ; et telle est aussi la philosophie mercantile que tous ont adoptée, depuis le plus misérable négociant jusqu'au dignitaire du plus haut rang. Il eut un sourire attristé et avoua qu'il n'osait pas tenir de tels discours à son père. A quoi je répliquai que les pères voulaient toujours — me semblait-il — avoir des fils à leur image. Sur ce il me répondit que rien ne changerait jusqu'à la fin des temps, — hélas, Lacy, je le sais, soupira-t-il. Un fils qui ne se soumet point aux arrêts prononcés par son père est perdu, il n'existe pas.

Q. Il n'a rien dit d'autre au sujet de son père ?

R. Rien dont je me souvienne, monsieur. Au-delà de ce qu'il avait dit pour commencer, qu'il était trop strict ; et en une autre occasion, quand il avait proclamé qu'il était un imbécile et son frère aîné de même. Ce jour-là il avait fini par confesser qu'il était en général indifférent à la politique ; et il me fit part des vues d'un certain Saunderson, qui — m'a-t-il semblé — avait été son professeur de mathématique à l'Université de Cambridge et qu'il avait entendu répondre un jour à une question qu'on lui avait posée en cette matière, que la politique était comme le nuage devant le soleil c'est-à-dire un mal nécessaire.

Q. Et il était d'accord avec cela ?

R. C'est ce que je crus comprendre. Car je me souviens qu'une autre fois il déclara que les deux tiers de ce qui se fait en ce monde pourraient disparaître sans qu'il nous en nuise aucunement, et c'était là façon de dire qu'il jugeait que bien des choses étaient superflues. Mais il se remit à évoquer le gentleman érudit, qui est aveugle et a pourtant, par son intelligence, largement compensé cette infirmité, et qui est très aimé, très révéré de ses élèves.

Q. Mr Bartholomew vous a-t-il jamais parlé de religion ? De l'Eglise ?

R. Plus tard et seulement une fois, monsieur. Nous rencontrâmes un jour sur notre route un vicaire assis au revers du talus car il était trop ivre pour rester en selle et son domestique retenait son cheval, attendant qu'il fût en état de le monter. Mr Bartholomew en éprouva quelque dégoût et dit que c'était un cas beaucoup trop fréquent et qu'il n'y avait rien d'étonnant avec de tels bergers que le troupeau s'égaille. Dans une conversation ultérieure il assura qu'il haïssait l'hypocrisie ; que Dieu avait caché son mystère sous des voiles bien nécessaires mais que ses ministres les utilisaient trop souvent pour priver de lumière ceux dont ils avaient la charge et les garder dans l'ignorance et les préjugés sans fondement. Qu'il croyait qu'un homme était finalement jugé sur ses actes, que c'était par ses actes qu'il sauvait son âme, et non par les signes extérieurs de sa foi ; qu'aucune église établie ne reconnaîtrait pour valable un aussi simple raisonnement car cela consisterait à nier son propre héritage et ses pouvoirs temporels.

Q. Ce sont là des doctrines de libre penseur. Ne les avez-vous point trouvées répréhensibles ?

R. Non, monsieur. Je les ai trouvées dictées par le bon sens.

Q. Ce mépris de l'Eglise établie ?

R. Non point de l'Eglise, Mr Ayscough, mais des façons hypocrites. Nous qui foulons les planches, nous ne sommes pas les seuls en ce monde à jouer des rôles. C'est là ce que j'en pense, monsieur, avec tout mon respect.

Q. Ces vues mènent droit à la sédition, Lacy. Qui s'attaque aux serviteurs de l'institution s'attaque à l'institution. Mais il suffit, la discussion est futile. Quelle auberge vous abrita cette nuit-là ?

R. *The Angel,* à Basingstoke. D'où nous gagnâmes le lendemain Andover, puis Amesbury pour y passer la nuit suivante.

Q. Donc vous n'étiez guère pressés ?

R. Non, et encore moins le second jour, car lorsque nous arrivâmes à Amesbury Mr Bartholomew déclara qu'il voulait voir Stonehenge, le fameux temple païen, proche de l'endroit où nous étions. Et que nous ferions halte à Amesbury, alors que nous aurions pu aller plus loin comme je m'étais figuré qu'il le souhaitait.

Q. Cela vous surprit ?

R. Certes, monsieur.

Q. Nous en resterons là. Mon clerc va vous emmener dîner et nous reprendrons à trois heures précises.

R. Mrs Lacy m'attend pour dîner.

Q. Eh bien elle attendra en vain.

R. Ne puis-je la faire prévenir ?

Q. Non, monsieur.

Du même : suite de la déposition sous serment, *die annoque praedicto*

Q. Rien ne s'était passé d'insolite, la nuit précédente, à Basingstoke, avant que vous ne vous rendiez à Amesbury ?

R. Non, monsieur. Tout alla comme convenu. Mr Bartholomew prétendit être mon neveu, insista pour qu'on me donne la meilleure chambre à l'auberge et me manifesta en public une déférence évidente. Nous prîmes notre souper dans ma chambre, car il ne voulut jamais, en aucune occasion, se rendre dans les salles communes. Il se retira dans sa chambre aussitôt le dîner terminé, me laissant à mes occupations ce qui, en raison, disait-il, du peu d'intérêt qu'avait pour moi sa compagnie, était me faire une faveur plutôt que se montrer discourtois à mon égard. Je ne l'ai point revu ce jour-là.

Q. Vous ignorez à quoi il s'occupa ?

R. Je l'ignore, monsieur. Peut-être à lire. Car il avait emporté un petit coffre qu'il appelait sa *bibliotheca viatica*, que j'ai ouvert deux ou trois fois. Dans une des auberges — c'était à Taunton — nous dûmes partager l'unique chambre disponible. Et après souper il lut des papiers qui étaient dans son coffre.

Q. Le coffre contenait des livres ou des papiers ?

R. Les deux. Il m'expliqua que tout cela était de la mathématique, sa bibliothèque de voyage comme je viens de vous dire, et qu'une telle étude le distrayait de pensées plus troublantes.

Q. N'a-t-il jamais donné le moindre détail sur leur nature ?

R. Non, monsieur.

Q. N'avez-vous point posé de questions ?

R. Non, monsieur. Je n'ai nulle compétence en la matière.

Q. Vous n'avez jamais vu le titre d'un des livres ?

R. Je remarquai un ouvrage de Sir Isaac Newton, qui était en latin. Je ne me souviens point du titre. Mr Bartholomew parlait de l'auteur avec plus de respect qu'il n'en a jamais montré pour qui que ce soit ; un respect qui lui avait été jadis inculqué par son tuteur à Cambridge, le gentleman que j'ai hommé plus tôt, un Mr Saunderson. Il s'efforça un jour, tandis que nous chevauchions, de m'expliquer la théorie des fluxions de Sir Isaac. Mais je dois avouer, monsieur, que je n'y compris pas grand-chose. Puis, comme nous arrivions à Taunton Deane, il parla d'un moine érudit vivant il y a des siècles qui découvrit une façon particulière d'engendrer les nombres. Cela, en soi, je pouvais le comprendre, c'était simplement l'addition des deux derniers nombres pour faire le suivant, c'est-à-dire un, deux, trois, cinq, huit, treize, vingt et un, et ainsi de suite. Mais Mr Bartholomew ajouta qu'à son estime de tels nombres sont dissimulés dans la nature en maints endroits comme s'ils constituaient des séries et des proportions divines et que tout ce qui existe dût les reproduire ; car le rapport entre ces nombres successifs est aussi celui que les Grecs avaient découvert dans la proportion parfaite et dont longtemps ils gardèrent le secret. Je crois qu'il disait que c'était le rapport de un à un et six dixièmes. Il me fit remarquer tout ce qu'il y a de hasard dans nos vies et qu'en toutes circonstances on retrouve ce nombre d'or ; et il donna d'autres exemples que j'ai oubliés depuis, mais je me souviens qu'il était question des pétales des fleurs, des feuilles des arbres, et de je ne sais quoi du même genre.

Q. Il a insisté sur ce système d'interprétation ?

R. Non, monsieur. Il en parlait comme d'une simple curiosité.

Q. Il prétendait avoir pénétré quelque secret de la nature, sans doute ?

R. Je ne dirais pas cela, Mr Aycough ; c'était comme s'il avait entrevu un secret mais ne l'avait pas pleinement éclairci.

Q. Considérant ce qu'il avait prétendu être le but de son voyage, n'avez-vous pas trouvé étrange qu'il poursuive de telles recherches et transporte une bibliothèque?

R. Un peu, monsieur. A mesure de notre avance, je percevais qu'il n'était point comme les hommes ordinaires, et encore moins comme les amoureux ordinaires. J'ai vite pensé que ses recherches scientifiques étaient plus sérieuses qu'il ne le reconnaissait ouvertement et qu'il n'avait pas l'intention de les interrompre dans cet exil qui suivrait l'enlèvement.

Q. J'ai une dernière question à poser. Avez-vous vu dans ce coffre un instrument qui eût l'apparence d'une pendule, en cuivre, avec de nombreuses roues?

R. Non, monsieur.

Q. Et pourtant vous avez vu le coffre ouvert.

R. Toujours plein, avec sur le dessus des papiers entassés. Il ne m'a jamais été possible de voir l'entier de son contenu.

Q. Vous n'avez jamais été témoin de l'utilisation d'un tel instrument?

R. Non, monsieur.

Q. Venons-en à Amesbury.

R. Je voudrais d'abord signaler quelque chose qui s'est passé à Basingstoke.

Q. Fort bien.

R. C'est au sujet de Louise, la servante. Jones m'a dit qu'elle ne dormirait pas avec les servantes de l'auberge comme c'est la coutume, mais voulait une chambre pour elle seule. Elle ne dînerait pas non plus à la table commune, le muet devait lui monter ses repas. De plus, il voyait bien que l'homme s'était entiché d'elle — ce qu'il trouvait bizarre. Nous en avons discuté, mais sans pouvoir arriver à quelque conclusion.

Q. Etait-elle amoureuse, elle aussi?

R. Jones n'en savait rien, monsieur, mais simplement constatait qu'elle ne rabrouait pas Dick ouvertement. Il y a plus à dire sur ce sujet. Je le mentionne simplement en passant.

Q. A-t-elle toujours ainsi dormi et mangé à l'écart?

R. Oui, monsieur, chaque fois qu'il y avait une chambre disponible. Dans une des auberges, c'était à Wincanton, une demande si peu habituelle provoqua quelque dispute et on en référa à l'autorité de Mr Bartholomew. Il dit qu'il fallait lui donner satisfaction. Je ne fus pas témoin de l'affaire, c'est Jones qui me la conta.

Q. Sur le chemin d'Amesbury ?

R. Comme je l'ai dit, avant notre arrivée en ce lieu Mr Bartholomew déclara que nous allions nous arrêter là, bien que nous eussions encore le temps d'aller plus loin. Qu'il souhaitait voir le temple et qu'après dîner si je le désirais je pourrais l'accompagner. C'était une belle journée, le temple était à petite distance de l'auberge et j'étais assez curieux de le voir, quoique j'avoue l'avoir trouvé moins imposant et plus grossier que je l'avais imaginé. Vous l'avez visité, monsieur ?

Q. J'en ai vu une gravure. Vos domestiques sont venus avec vous ?

R. Seulement Dick. Mr Bartholomew et moi nous sommes descendus et nous avons marché parmi les pierres. A ma surprise, il m'a semblé qu'il connaissait bien l'endroit quoiqu'il m'eût affirmé qu'il ne l'avait pas vu avant moi.

Q. Comment cela ?

R. Eh bien, monsieur, il a commencé par discourir sur ce qu'on pensait savoir de cette religion barbare, la signification des piliers entablés et quel serait leur aspect s'ils n'étaient pas à demi en ruine ; et sur je ne sais quoi d'autre. Je lui demandai avec quelque étonnement comment il en était arrivé à cette connaissance ; il sourit en réponse puis me dit, Soyez certain, Lacy, que je n'ai pas utilisé la magie noire. Et il ajouta qu'il avait rendu visite au révérend Mr Stukeley de Stamford, amateur d'antiquités, étudié ses dessins et chorographies, et discuté avec lui. Il parla de divers livres et essais sur le monument et conclut en disant qu'il trouvait les idées de Mr Stukeley des plus justes et des plus dignes d'être prises en considération.

Q. Donc c'en était fini de son mutisme ?

R. Certes, monsieur. Il parlait comme un vrai érudit. J'avoue que je fus plus frappé par ce déploiement de connaissances que par l'endroit lui-même. Il me demanda si je considérais comme fondées les croyances des anciens au sujet des jours propices. Je dis que je n'avais pas réfléchi à la question. Très bien, dit-il, alors posons différemment le problème : envisageriez-vous sans trouble de jouer une pièce pour la première fois un vendredi qui serait aussi le treize du mois ? Je reconnus que je préférerais éviter une telle coïncidence, bien que je ne visse là que pure superstition. Et il conclut, Comme le pensent la plupart des gens, mais peut-être se trompent-ils. Il s'écarta, désigna du geste une grande pierre, à quelque cinquante pas, et m'apprit qu'au solstice d'été, du centre du temple où nous nous trouvions on peut voir le soleil levant toucher cette pierre. Quelque autre écrivain savant dont j'ai oublié le nom avait lui aussi découvert cela ; que le temple était disposé sur le terrain de sorte que les choses se passent ainsi, et qu'il ne pouvait donc s'agir d'un pur hasard. Il ajouta, Lacy, je vous dirai encore que ces anciens possédaient un secret que j'aimerais découvrir, dût-il m'en coûter tout ce que je possède. Ils connaissaient le méridien de leur vie et j'en suis encore à chercher le mien. Pour tout le reste ils vivaient dans les ténèbres, mais ils avaient cette grande lumière ; tandis que moi je vis dans la lumière et trébuche derrière des spectres. Je lui ai fait remarquer que le charmant objet de notre voyage, si j'en croyais ce qu'il m'avait aimablement confié, ne devait en aucune façon ressembler à un spectre. Il parut déconcerté, monsieur, mais très vite sourit en disant, Vous avez raison, j'erre dans de noirs pâturages. Nous fîmes quelques pas en silence, puis il reprit, Cependant, n'est-il pas étrange que ces rudes sauvages aient pénétré en un lieu où nous craignons encore de nous aventurer et qu'ils aient su ce que nous commençons à peine de comprendre ? Des êtres auprès desquels même ce grand philosophe Sir Isaac Newton n'est qu'un pauvre enfant. J'ai dit que je ne discernais pas quelle connaissance fondamentale cela laissait pressentir. Et sa réponse fut, Eh bien, Dieu est mouvement éternel, Lacy, voici son premier planétaire. Savez-vous le vrai nom de ces pierres ? Chorum Giganteum, la danse des gogs et des magogs. Les gens du pays disent qu'on n'y dansera plus jusqu'au jour du jugement dernier. Mais à présent cela tournoie et danse, Lacy, il suffit d'avoir des yeux pour le voir.

Q. Qu'avez-vous fait de tout cela ?

R. C'était dit légèrement, monsieur, comme s'il raillait mon ignorance. Ce que je lui reprochai, mais de la même humeur légère. Il m'assura que je me trompais, il ne plaisantait pas, il y avait du vrai dans ce qu'il disait. Car nous, mortels, nous sommes enfermés comme dans la prison de Newgate, continua-t-il, prisonniers des barreaux et des chaînes que sont nos sens et la brièveté de la vie qui nous est allouée ; et c'est pourquoi nous ne savons pas voir. Et il disait encore que pour Dieu tout temps est un éternel présent, alors que nous le divisons en passé, présent, futur, comme dans une histoire. Puis d'un geste il désigna les pierres, N'admirez-vous pas que peut-être avant Rome, avant le Christ lui-même, les sauvages qui ont dressé ces pierres aient eu une connaissance à laquelle même nos Newton, nos Leibniz n'ont pu atteindre ? Lors il compara l'humanité à un public de théâtre qui n'aurait point idée de ce qu'est un acteur ; qui ignorerait que les acteurs jouent un rôle déterminé et écrit en toutes lettres, que derrière les acteurs il y a un auteur et un metteur en scène. A quoi j'objectai, monsieur, que nous savions sans aucun doute qu'il y avait par-derrière un auteur suprême et son texte sacré. Ce qui le fit sourire de nouveau et dire qu'il ne niait pas l'existence d'un tel auteur et pourtant demandait qu'on lui consente de mettre en doute nos présentes notions à son sujet ; car, déclara-t-il, ce serait plus juste de dire que nous sommes comme les héros dans un conte ou un roman qui ignorent qu'ils sont de simples personnages ; et nous nous pensons très réels, sans voir que nous sommes faits d'idées mal conçues et de mots imparfaits, et toujours condamnés à poursuivre à notre insu des buts fort différents de ceux que nous nous sommes fixés. Il se peut que nous imaginions à notre propre image ce grand auteur de tout, tantôt cruel, tantôt

162

magnanime, tel que nous voyons nos rois. Nonobstant nous ne savons en vérité rien de plus sur lui et ses buts que ce qui se passe dans la lune ou l'autre monde. Eh bien, Mr Ayscough, je voulus argumenter car il me sembla qu'il parlait dans le mépris de la religion établie. Mais soudain, comme s'il décidait d'abandonner cette discussion, il fit signe à son domestique qui attendait à quelques pas ; et il me dit qu'à la requête de Mr Stukeley il devait prendre certaines mesures. Ce serait long et ennuyeux, il ne voulait pas abuser de ma patience en me demandant de l'attendre.

Q. On vous donnait votre congé ?

R. Je l'ai pris ainsi, monsieur. Il agissait comme un homme qui se rendrait compte qu'il parlait trop et chercherait une excuse pour se renfermer dans le silence.

Q. En mentionnant ce grand secret que nous ne pouvons atteindre, que pensez-vous qu'il voulait dire ?

R. Pour répondre à cela, monsieur, il me faut faire un bond en avant.

Q. Faites.

R. De tout le reste de cette journée je ne vis plus Mr Bartholomew. Le lendemain comme, nous dirigeant vers l'ouest, nous passions à cheval près du monument, je saisis cette occasion pour tenter d'obtenir qu'il expose un peu plus longuement ses vues concernant les anciens et ce qu'était leur secret ; à quoi il répondit, Ils savaient qu'ils ne savaient rien. Puis il ajouta, Je vous parle en énigmes, n'est-ce pas ? Et j'acquiesçai afin de l'entraîner à s'étendre un peu. Il reprit alors, Nous les modernes nous sommes corrompus par notre passé, nos études, nos historiens, et plus nous en savons sur ce qui est arrivé moins nous en savons sur ce qui arrivera car comme je l'ai dit, nous sommes semblables aux personnages d'un conte, bons ou mauvais, heureux ou malheureux, au gré du conteur. Mais ceux qui ont érigé ces pierres vivaient avant que commence le conte, Lacy, dans un présent qui n'avait pas de passé, et tel que nous pouvons à peine l'imaginer. Et il parla ensuite des convictions de Mr Stukeley : c'étaient ceux qu'on appelait les druides qui avaient bâti ce monument et ils étaient venus de la Terre sainte apportant les premiers germes du christianisme ; quant à lui il croyait qu'ils avaient percé une partie du mystère du temps ; car les historiens romains, quoique leurs ennemis, avaient reconnu qu'ils pouvaient lire l'avenir dans le vol des oiseaux et l'aspect des entrailles ; cependant il pensait, lui, que leur subtilité allait bien au-delà de cette grossière interprétation, comme très certainement le prouverait leur temple quand, par des spéculations mathématiques, on pourrait en retrouver les secrets. C'est pourquoi il avait pris des mesures. Et, dit-il, je crois qu'ils connaissaient le livre de ce monde, l'histoire de ce monde jusqu'à la dernière page, comme vous paraissez connaître votre Milton — car j'avais toujours dans ma poche la grande œuvre de cet auteur, et Mr Bartholomew s'était enquis de ce que je lisais.

Q. Qu'avez-vous répondu ?

R. Je me suis étonné, si ces hommes pouvaient lire l'avenir — qu'ils n'aient pu se dérober à la domination romaine et qu'ils aient disparu de ce monde. A quoi il répondit, Ils composaient une nation de prophètes et d'innocents philosophes, incapables de s'opposer aux Romains dans une guerre, et il conclut en demandant, Le Christ lui-même ne fut-il pas crucifié ?

Q. N'avait-il pas dit plus tôt que l'homme est capable de choisir et de changer le cours de son existence ? Et maintenant il avance le contraire, que l'histoire de l'homme, si elle peut être lue dans ses jours à venir, est prédestinée, et que nous ne sommes pas plus libres que les personnages d'une pièce ou d'un livre déjà écrits.

R. Mr Ayscough, ce que vous me faites observer m'est déjà venu à l'esprit et j'en ai hasardé la remarque. A quoi Mr Bartholomew répondit que nous pouvons choisir dans bien des petites choses tout comme je peux choisir comment interpréter un rôle, comment m'habiller pour ce rôle et fixer mes gestes à l'avance ; mais, en définitive, je dois obéir aux lignes générales du rôle et mener son développement tel que l'auteur l'a établi. Et il dit aussi qu'il pouvait croire en une providence générale mais pas en une providence particulière, c'est-à-dire que Dieu était en chaque être; car il ne voulait point croire que Dieu était dans le plus vicieux et dépravé comme Il était dans le bon et le vertueux, ni qu'Il permettrait que ceux qu'Il inspirait, et qui sont les purs, subissent la douleur et la peine comme c'était souvent le cas, nous en avions la preuve autour de nous.

Q. Tout ceci représente une doctrine des plus dangereuses.

R. Je suis obligé de le reconnaître, monsieur. Je vous le dis comme cela me fut dit.

Q. Très bien. Nous vous avons laissé sur le chemin du retour en direction d'Amesbury.

R. Je rencontrai Jones qui pêchait le gardon dans la rivière, la journée était belle et je m'assis avec lui une heure ou deux. Quand nous rentrâmes à l'auberge, je trouvai dans ma chambre une note de Mr Bartholomew qui me demandait d'excuser son absence au souper car il se sentait très fatigué et se mettrait au lit sans tarder.

Q. Qu'avez-vous pensé de cette décision?

R. Rien sur le moment, monsieur. Mais je n'ai pas terminé. J'étais moi-même fatigué et je me couchai de bonne heure et dormis d'un sommeil profond; ce que je n'aurais pas fait si j'avais pressenti que Jones viendrait me trouver le lendemain matin pour me conter une bien étrange histoire. Il avait couché dans la même chambre que Dick. Peu avant minuit, car il se rappelait que l'horloge avait bientôt sonné, il se réveilla et comprit que Dick quittait la chambre. Jones pensa qu'il obéissait à une exigence de la nature. Mais non. Juste sur le coup de minuit il entend du bruit dans la cour. Lors il va à la fenêtre et distingue en bas trois silhouettes; il n'y avait pas de lune mais la lumière était suffisante pour que les personnages fussent reconnaissables. L'un était Dick, qui conduisait deux chevaux aux sabots enveloppés de chiffons pour amortir le bruit du choc sur les pavés. Le deuxième était son maître. Le troisième était une femme, et c'était la servante. Ces trois personnages et eux seuls. Je l'ai interrogé avec insistance.

Q. Et ils se mirent en route?

R. Oui, monsieur. Jones alors songea à m'éveiller, mais voyant qu'ils n'avaient pas pris de bagages il résolut d'attendre leur retour. Il attendit, les yeux ouverts, durant plus d'une heure, puis il fut vaincu par Morphée. Il se réveilla au chant du coq et trouva Dick endormi, comme si rien ne s'était passé.

Q. N'a-t-il pas rêvé tout cela ?

R. Je ne crois pas, monsieur. En compagnie il se vante et raconte des histoires ; mais pas à moi et pas en cette occasion, j'en suis certain. D'ailleurs il était inquiet pour nous deux ; tourmenté par un soupçon. Je dois vous dire, Mr Ayscough, que j'avais observé la servante plus étroitement au cours de notre trajet de la veille ; et que j'en étais venu à mettre en doute ce que racontait Jones au sujet de la présence de la jeune femme au bordel. Nous, les acteurs, il nous arrive d'aventure de faire la connaissance de femmes de ce genre. Elle n'avait rien de leurs airs et de leur impudence. Toutefois je lui trouvais, sous son apparence et ses manières modestes, quelque chose d'avisé. Je me rendis compte alors que Jones avait raison en ce qui concernait Dick : dans ses yeux on pouvait lire que s'il avait osé il l'aurait dévorée vivante. Mais ce me parut étrange qu'elle n'en fût point offensée, non, et même eût l'air touchée de l'attention qu'il lui portait et occasionnellement lui fît un sourire. Tout cela me sembla contre nature, monsieur, comme si elle jouait un rôle, pour nous induire en erreur.

Q. Et le soupçon de Jones ?

R. Eh bien, supposons, Mr Lacy, me dit-il, que tout soit vrai au sujet de Mr Bartholomew et de la jeune dame excepté ceci : qu'elle et son oncle se trouvent actuellement dans l'Ouest. Supposons que jusqu'à ces deux derniers jours elle ait été gardée prisonnière, non pas où nous pensions mais à Londres où Mr Bartholomew vous a dit qu'il avait fait sa connaissance. En conséquence ... Vous voyez, monsieur où il voulait en venir.

Q. Vous assistiez à un enlèvement *post facto* ?

R. J'étais choqué, Mr Ayscough. Plus je réfléchissais sur ce

166

que j'avais moi-même observé d'elle, plus je m'assurais qu'il y avait là une explication de toutes les attitudes de Louise, de ses manières d'agir, à l'exception de la bienveillance qu'elle montrait pour l'infatuation du pauvre Dick — encore que cela pût être un moyen de nous duper. Jones suggéra que la sortie nocturne pouvait avoir eu pour but un mariage clandestin ; ce qui expliquerait pourquoi nous étions restés à Amesbury sous un prétexte aussi dérisoire. Tout ce que je trouvais de bon dans cette affaire c'était que si Mr Bartholomew avait ainsi accompli son dessein il n'aurait plus besoin de nos services ; et cela nous le saurions sous peu. Je ne vous importunerai pas, monsieur, avec le récit de tout ce que nous avons imaginé. Lorsque je descendis, je craignais même à demi de découvrir que Mr Bartholomew avait déjà décampé avec sa nouvelle épousée.

Q. Mais il n'en était rien ?

R. Certes non, monsieur ; et en vérité il ne semblait en aucune manière différent. Donc nous allions continuer et je me sentais fort indécis sur la façon d'aborder la question avec lui. Cependant je me mis par avance d'accord avec Jones pour qu'il s'efforce d'avoir un aparté avec la fille, et sur le mode plaisant fasse allusion à son aventure nocturne, dans l'espoir qu'elle livrerait quelque information.

Q. A-t-il réussi ?

R. Non, monsieur, quoiqu'il se fût en effet ménagé une occasion de s'entretenir avec elle. Il me raconta qu'elle avait d'abord semblé plutôt confuse, puis, quand il avait multiplié les sous-entendus, n'avait rien voulu admettre et, pour finir, comme il persistait à l'interroger, s'était fâchée et avait refusé de répondre.

Q. Elle niait avoir quitté l'auberge ?

R. Oui, monsieur.

Q. Maintenant, dites-moi. Par la suite, avez-vous été informé du but de cette aventure nocturne ?

R. Non, monsieur. C'est un mystère. Comme hélas il y en a tant.

Q. Restons-en là. Je dois à présent vaquer à d'autres affaires.

Vous vous présenterez ici demain matin à huit heures précises. Sans faute, monsieur. Vous n'êtes pas encore innocenté. Demain matin, ici.

R. N'ayez crainte, Mr Ayscough, ma conscience m'y conduira.

Interrogatoire et Déposition de
Hannah Claiborne
laquelle a prêté serment, ce vingt-quatre août
de la dixième année du règne
de notre souverain Seigneur George II
par la grâce de Dieu Roi de Grande-Bretagne
et d'Angleterre, &c.

MON NOM EST HANNAH CLAIBORNE. J'ai quarante-huit ans et je suis veuve. C'est moi qui tiens St James House, dans German Street.

Q. Eh bien, femme Claiborne, j'irai au fait sans le moindre détour. Vous connaissez la personne que je recherche ?

R. Je l'ai connue, pour mon malheur.

Q. Qui pourrait bien s'aggraver encore si vous ne dites pas la vérité.

R. Je sais de quel côté mon pain est beurré.

Q. Je veux d'abord vous entendre au sujet de cette créature qui travaille dans votre entreprise. Connaissez-vous son vrai nom ?

R. Rebecca Hocknell. Mais on l'appelait Fanny.

Q. Personne dans votre maison ne l'a jamais appelée de son prénom français, Louise ?

R. Non.

Q. Et d'où est-elle originaire ?

R. De Bristol. Du moins c'est ce qu'elle disait.

Q. A-t-elle de la famille là-bas ?

R. Autant que je sache ...

Q. Vous voulez dire que vous ne savez pas ?

R. Elle ne m'en a jamais parlé.

Q. Quand est-elle arrivée chez vous ?

R. Il y a trois ans.

Q. Quel âge avait-elle ?

R. Près de vingt ans.

Q. Comment est-elle tombée entre vos griffes ?

R. Sur recommandation de quelqu'un que je connais.

Q. Claiborne, tu es dans cette ville une des maquerelles les plus notoires. Alors, avec moi, pas d'insolence ni de réponses évasives.

R. Par une femme que j'avais envoyée.

Q. Pour découvrir les filles innocentes et les corrompre ?

R. Elle était déjà corrompue.

Q. Déjà une pute ?

R. Elle avait perdu son honneur dans la place où elle était servante, avec un fils de la maison, à Bristol, d'où elle venait. Et on l'avait congédiée. Du moins c'est ce qu'elle me conta.

Q. Etait-elle grosse ?

R. Non, elle est stérile de nature.

Q. Contre nature. Et on la recherchait, dans tes lieux de débauche ?

R. Oui mais davantage pour ses tours que pour son corps lui-même.

Q. Quels tours ?

R. Elle savait plier les hommes à ses fantaisies. Elle n'était pas moins actrice que prostituée.

Q. Quelles ruses employait-elle ?

R. Etre simplement un corps à vendre, ça ne lui convenait pas. Elle se prétendait pure comme l'eau claire et voulait qu'on la traite en conséquence. C'était miracle que ses clients s'y laissent prendre et en redemandent.

Q. Elle jouait à la grande dame ?

R. Elle jouait l'innocence quand l'innocence elle n'en avait mie. Une bagasse des plus dévergondées.

Q. Comment cela, l'innocence ?

R. Prude, petite sœur modeste. Miss Toute-fraîche-venue-de-sa-campagne. Miss Timide-ne-me-tentez-pas. Miss Simple ... Vous en voulez plus ? Ses tours rassemblés en un livre ça ferait un vrai roman. Elle était innocente comme un nid de vipères, l'effrontée coquine. Pas une qui la vaille pour manier le fouet quand ça la prenait. Ce vieux juge P., que sûrement, monsieur, vous connaissez bien, qui ne peut se comporter vaillamment s'il n'a été d'abord rossé et cravaché, avec lui elle était dédaigneuse comme une infante, et cruelle comme un Tartare, tout ça d'un même élan. Et d'ailleurs il en réclamait toujours plus. Mais passons.

Q. Où a-t-elle appris cet art de la dissimulation ?

R. Elle ne le tient pas de moi mais du diable. Et puis de sa nature.

172

Q. N'était-elle pas renommée pour son habileté lubrique dans un certain rôle ?

R. Qu'entendez-vous là ?

Q. J'aimerais, Claiborne, que tu jettes un regard sur ce papier imprimé. On m'a dit qu'il a été publié à tes frais ?

R. Je proteste.

Q. L'as-tu vu ?

R. Il se peut que je l'aie vu.

Q. Je vais t'en lire un passage éloquent. « Pour une Rencontre amoureuse avec la Fille Quaker, tu as, Lecteur, avantage à compter l'Or en premier. L'Argent ne lui suffirait pas en dépit de l'humble Nom qu'elle s'est choisi, et la Modestie n'est pas sa plus haute Vertu quoi que donne à penser sa première Apparence. Tu dois savoir que rien ne charme autant un vrai Débauché que d'être obligé de prendre par la Force, et tel est le Stratagème de cette Nymphe rusée — rougir, s'échapper, pleurer de Honte, jusqu'à ce qu'enfin elle soit acculée. Mais ensuite elle devient une Biche des plus curieuses et arrangeantes qui ne lutte jamais pour défendre sa Vie ni ne se pâme d'Effroi mais tendrement met à nu son joli Cœur offert à la Lame du Chasseur fortuné bien que le Bruit coure qu'il faut alors lui porter un tel Coup de Poignard que souvent le plus vaillant Nemrod est demi-mort avant elle. » Eh bien madame ?

R. Eh bien, monsieur ?

Q. S'agit-il de celle dont je te parlais ?

R. Oui, je suppose. Et alors ? Ce n'est point moi qui ai écrit ça, ni qui l'ai publié.

Q. Un fait qui ne te vaudra nulle miséricorde au jour du Jugement. Celui dont je t'interdis de prononcer le nom, quand a-t-il été mêlé à tout cela ?

R. Au début du dernier mois d'avril.

Q. Vous l'aviez vu avant ?

R. Non, et je voudrais bien ne point l'avoir vu ce jour-là. Il est venu avec un gentleman que je connais depuis long-temps, mon Lord B. qui me l'a présenté et a dit qu'il allait rendre visite à Fanny que Monseigneur avait demandée. Mais ceci je le savais déjà.

173

Q. Comment l'aviez-vous su ?

R. Lord B l'avait retenue quatre jours plus tôt par un billet, quoiqu'il n'avait pas dit pour qui c'était, sauf qu'il s'agissait d'un de ses amis.

Q. Est-il fréquent que vos filles, dans leur vil métier, soient retenues à l'avance ?

R. Quand elles sont des morceaux de choix.

Q. Comme celle-là ?

R. Oui, maudite soit-elle.

Q. Lord B. présenta son ami sous son vrai nom ?

R. Aucun nom ne fut prononcé. Mais Lord B. me le dit plus tard en privé.

Q. Et que se passa-t-il ?

R. Il alla avec Fanny. Et deux ou trois fois encore dans la semaine qui suivit.

Q. Paraissait-il connaître ce genre de maison ?

R. C'était un oison.

Q. Ce qui veut dire ?

R. Qu'il est de ceux qui sont plus que généreux pour les cadeaux, qui veulent avoir une fille et pas une autre, pour un plaisir et pas un autre, qui prennent soin de ne pas révéler leur nom et vont et viennent dans le plus grand secret. Ce sont nos jeunots, nos oisons.

Q. Et vos débauchés endurcis sont vos jars ?

R. Oui.

Q. Et celui dont nous parlons avait encore son duvet ?

R. Il ne voulait que Fanny, et il cachait son nom, à moi du moins. Il faisait des cadeaux au-dessus de ce qu'on peut exiger.

Q. A vous ou à la fille ?

R. Aux deux.

Q. En espèces sonnantes ?

R. Oui.

Q. Et elle vous a quittée ; comment est-ce arrivé ?

R. Il est venu me voir un jour et il a dit qu'il avait à discuter de choses qui seraient — espérait-il — à notre commun avantage.

Q. Quand était-ce ?

R. Vers le mitan du mois. Il disait qu'il était invité à une partie fine en Oxfordshire, dans la propriété d'un ami, où viendraient d'autres débauchés, que chacun serait accompagné d'une putain, et quand tous les auraient toutes essayées un prix serait attribué à celui qui aurait amené la plus experte. Ça et d'autres réjouissances. Pour deux folles semaines. Ce qui ferait bien trois avec le voyage aller et retour. En conclusion, si je le permettais, il aimerait bien louer Fanny pour ce temps-là, au prix que je fixerais afin de compenser la perte subie du fait de son absence.

Q. Il a dit où se trouvait cette propriété ?

R. Point du tout. Pas question de risquer un scandale. Tout était gardé secret.

Q. Qu'avez-vous répondu ?

R. J'ai dit que je n'avais jamais rien fait de pareil. Il a dit qu'on lui avait dit que je le faisais. J'ai dit que je ne m'opposais point, en de certaines occasions, après entente préalable, à laisser sortir mes filles avec des gentlemen que je connaissais bien, pour un souper en ville ou ce genre d'affaire. Que lui je ne le connaissais pas bien, ignorant jusqu'à son vrai nom.

Q. Il usait d'un faux nom ?

R. Il se faisait appeler Mr Smith. Quoique alors il me dît son vrai nom que déjà Lord B. m'avait confié. Puis qu'il avait parlé à Fanny de cette sortie, qu'elle était toute disposée à accepter mais, lui avait-elle déclaré, que ça dépendait de moi. J'ai dit que je réfléchirais, que je ne pouvais point décider sur-le-champ.

Q. Comment l'a-t-il pris ?

R. Il a dit qu'à présent je le connaissais. Que ni le rang ni la fortune ne lui faisaient défaut, ce que je me devais de prendre en considération. Et il est parti.

Q. Vous n'avez pas mentionné les conditions ?

R. Pas ce jour-là. Il est revenu voir Fanny le lendemain ou le surlendemain et puis me voir ; entre-temps j'avais parlé à Lord B. et lui avais demandé s'il était au courant de cette partie de plaisir. A quoi il me répondit par l'affirmative et qu'il était lui-même invité mais serait retenu par une autre affaire qu'il ne pouvait remettre. Qu'il était fort surpris que je n'aie pas eu vent de la chose. Que je serais stupide d'offenser quelqu'un d'un aussi haut rang qu'un fils de duc. Qu'il y avait pour moi profit à tirer puisque je pouvais fixer mon prix pour la faveur demandée. Et d'autres fariboles.

Q. Lesquelles, femme ?

R. Qu'une fois la fête terminée on en parlerait, et quiconque y aurait pris part y gagnerait en renommée. Que Mistress Wishbourne me battait dans la course, ayant déjà promis deux de ses filles.

Q. Qui est cette Wishbourne ?

R. Une parvenue qui tient la nouvelle maison de Covent Garden.

Q. Vous vous êtes laissé persuader ?

R. Il s'est joué de moi. Je me suis laissé prendre.

Q. Avez-vous parlé avec la fille ?

R. Elle m'a dit que ça lui était égal. Elle ferait ce que je voudrais. Mais elle mentait, la cagne.

Q. Comment cela ?

R. Elle était au courant de tout. Elle s'arrangeait pour se donner des airs de fille soumise. Elle m'a trompée. Elle avait déjà tout manigancé.

Q. Vous avez des preuves ?

R. Elle n'est pas revenue. C'est une preuve suffisante. Pour moi ça représente une grande perte.

Q. Une petite perte pour la vertu. Je désirerais savoir ce que fut le prix de la débauche.

R. J'ai demandé l'équivalent de trois semaines d'emploi dans ma maison.

Q. Combien ?

R. Trois cents guinées.

Q. A-t-il protesté ?

R. Pourquoi l'aurait-il fait ? Il m'a payé ça mais il m'en a volé dix mille.

Q. Surveille ta langue, femme impudente.

R. Je dis vrai. Malgré tous ses défauts c'était une prostituée de classe, stérile, avec seulement trois ans d'usage.

Q. Assez, ai-je dit. Quelle part des gains avait-elle ?

R. J'habille, je nourris, je fournis le linge. Tout. Et je paie l'apothicaire quand les filles ont la mauvaise fièvre.

Q. Je ne mets point en doute ta générosité. Dis-moi donc quelle était sa part.

R. Un cinquième, en plus des présents qui peuvent lui être offerts.

Q. Soixante guinées ?

R. Plus qu'elle ne méritait.

Q. Que vous lui avez remises ?

R. Je ne lui ai rien donné. J'attendais son retour.

Q. Pour l'obliger à revenir ?

R. Oui.

Q. Et vous lui réservez cet argent ?

R. Je lui réserve bien autre chose.

Q. Depuis son départ, vous n'avez eu aucune nouvelle ?

R. Rien du tout. Et je la voudrais dans les flammes de l'enfer.

Q. Où vous la rejoindrez. Et quand vous avez constaté qu'elle ne rentrait pas ?

R. J'ai parlé à mon Lord B., je me suis plainte à lui. Et il a dit qu'il allait s'informer, et donc il revint me voir deux jours plus tard et déclara qu'il y avait là un mystère, la rumeur courait que la personne en question était maintenant en France, et pas du tout à cette partie fine car il avait interrogé quelqu'un qui s'y trouvait, quelqu'un qui lui avait juré que ni Fanny ni la personne en question n'étaient là. Que je devais être patiente, qu'il fallait éviter tout scandale ou bien je verrais ce qu'il m'en coûterait et perdrais beaucoup plus que ce que j'avais perdu par le départ de cette margot.

Q. L'avez-vous cru ?

R. Non, et je lui garde rancune, car j'ai découvert entre-temps qu'aucune fille n'a quitté Wishbourne et semblablement que personne n'a entendu parler de cette partie fine. Ce n'étaient que des mensonges pour m'aveugler.

Q. L'avez-vous accusé ouvertement ?

R. Je sais où est mon intérêt. Il m'amène beaucoup de clients.

Ce que je dois supporter je le supporte. Quoique je lui souhaite de ...

Q. Nous ne voulons plus rien entendre à ce sujet.

R. Et je lui ai revalu ça. Et tout Londres l'a su.

Q. Assez. A présent je veux que vous me rapportiez les propos qu'a tenus la fille sur celui qui m'intéresse, soit devant vous, soit devant les autres catins.

R. Qu'il manquait encore de pratique, mais qu'il promettait; vite mis en route mais concluant vite aussi; ce qui facilite le travail.

Q. Avait-il l'air particulièrement attiré par elle ?

R. Oui, car il refusait d'en essayer quelque autre, malgré les offres et cajoleries de toutes.

Q. Et elle ?

R. Si elle l'était, elle n'en disait rien. Elle n'ignorait pas les règles que j'ai établies sur ce point. J'interdis tout attachement secret, toutes faveurs gratuites.

R. Elle avait jusqu'à ce jour obéi à vos ordres ?

Q. Oui. C'était son plan.

R. Quel plan ?

Q. Eh bien, de me duper. Elle n'était pas stupide, malgré ses airs de fille de la campagne. Elle savait que c'était de bon calcul avec moi, comme ce l'était avec la plupart des hommes.

Q. Avec les hommes ? Comment donc ?

R. Lorsqu'elle jouait l'innocente qui n'a jamais connu d'amant et doit donc être traitée en douceur et conquise. Et nombre de ceux qui allaient avec elle aimaient ça car ils trouvaient ses façons prudes plus savoureuses que les façons habituelles et se sentaient des vainqueurs lorsqu'elle les laissait connailler entre ses jambes. Pas de miché attitré au-delà d'une nuit. Une nuit, je lui permettais, pour la raison qu'on y gagnait autant que sur des passes plus courtes et plus nombreuses. Bien souvent j'aurais pu vendre cette putain six fois pour une seule nuit. Il arrivait qu'elle soit totalement retenue une semaine à l'avance.

Q. Combien avez-vous ici de filles ?

R. Dans les dix, qui soient régulières.

Q. Elle était votre morceau de choix ? La plus chère de toutes ?

R. A l'ordinaire, la plus chère c'est toujours la plus fraîche. Ça n'est pas mon affaire si des hommes sont assez stupides pour payer davantage la marchandise maintes fois utilisée. Elle n'avait vraiment plus rien de la vierge, malgré tous ses airs.

Q. Vos autres bordelières ont été surprises quand elle n'est pas revenue ?

R. Oui.

Q. Que leur avez-vous dit ?

R. Qu'elle était partie, et tant mieux.

Q. Et que vous et vos hommes de main vous vous étiez assurés qu'elle ne jouerait plus des reins ?

R. Je ne répondrai point à ça. Un mensonge. J'ai le droit de récupérer ce qui m'appartient.

Q. Et qu'avez-vous fait dans ce but ?

R. Que puis-je faire maintenant qu'elle est à l'étranger ?

Q. Poster vos brutes et vos espions afin qu'ils guettent son retour, ce qui est déjà fait, sans aucun doute. Mais je t'en avertis solennellement, Claiborne, à présent cette créature est à moi. Si l'un de tes vils acolytes découvre où elle est et que tu ne viens pas dans l'instant me le rapporter, tu ne régneras jamais plus sur les jars et les oisons. Je te le dis, jamais plus ; je mettrai fin à tes activités une fois pour toutes. Suis-je assez persuasif ?

R. Tout autant qu'un de mes vils acolytes.

Q. Et je ne te laisserai pas non plus me provoquer. Me suis-je exprimé clairement ?

R. Oui.

Q. Voilà qui est bien. Et maintenant ôtez de ma vue, madame, ces joues peintes et putrides.

Jurat die quarto et vicesimo aug.
anno Domini 1736 coram me

Henry Ayscough

Suite de l'Interrogatoire et de la Déposition
de Mr Francis Lacy
lequel a prêté serment une seconde fois
ce vingt-quatre août
anno praedicto

Q. AUJOURD'HUI, monsieur, je voudrais revenir sur un ou deux articles de votre déposition d'hier. Quand Mr Bartholomew parlait de ce qui l'intéressait, ou dans ce qu'il a dit en contemplant le temple d'Amesbury, comme vous l'avez rapporté, ou en quelque autre occasion, vous a-t-il paru qu'il abordait ces sujets par simple politesse à votre égard, afin de vous préserver de l'ennui ? Ou bien, plutôt qu'il leur portait véritablement un intense intérêt, un intérêt primordial, dirais-je. N'avez-vous pas pensé qu'il était un bien étrange amant, plus ardent, plus éloquent devant un tas de pierres qu'à la perspective de revoir la dame qu'il prétendait adorer ? Point mécontent de s'attarder et consacrer du temps à l'objet de ses études quand la plupart des jeunes hommes auraient déploré amèrement chaque heure perdue sur la route ? Ne sont-ce point d'étranges compagnons qu'un coffre de livres savants et une idée exigeante ?

R. Certes, je l'ai pensé. Quant à dire si c'était là une curiosité d'occasion, par laquelle Mr Bartholomew trouvait à s'occuper ou un réel intérêt, je n'eusse alors pu en décider.

Q. Et maintenant, le pourriez-vous ?

R. Maintenant je puis dire que Mr Bartholomew me confia finalement qu'il n'y avait pas de jeune dame en Cornouailles. Ce n'était qu'un prétexte. Le but véritable de notre voyage, je ne le connais toujours pas, monsieur. Et tantôt je vous dirai pourquoi.

Q. Que pensiez-vous qu'il entendait signifier lorsqu'il a parlé du méridien de sa vie ?

R. Eh bien, monsieur, rien de plus que ne peut donner à concevoir une métaphore certes poétique mais obscure. Sans doute quelque certitude venant d'une foi, ou d'une profonde conviction. Je crains qu'il n'ait trouvé que peu de réconfort en la religion telle qu'elle est pratiquée dans ce pays.

Q. Vous n'avez pas été loquace au sujet de son serviteur. Que diriez-vous de lui sur la route ?

R. D'abord il y a eu peu à dire hormis ce que j'ai raconté hier. Plus tard je n'ai point trop aimé ce qu'il m'a semblé percevoir. Comment vous expliquer, Mr Ayscough ... Eh bien, j'ai eu le soupçon qu'il n'était pas un vrai domestique mais un homme engagé pour la circonstance, tout comme Jones et moi. Ce qui ne veut point signifier qu'il ne connaissait pas les devoirs de sa charge car en cela il montrait sinon des manières aimables du moins une attention scrupuleuse. Toutefois il y avait dans ses façons quelque chose que je n'appellerais pas exactement de l'insolence mais ... j'ai peine à être précis, monsieur : j'ai surpris parfois certains regards qu'il jetait à son maître lorsque celui-ci avait le dos tourné, comme s'il était lui-même le maître et en savait tout aussi long. Je pressentais une secrète rancune. Je dirais même de la jalousie, comme j'en ai connu dans ma profession entre un acteur fameux et un autre qui l'est moins, en dépit des visages souriants et des compliments échangés en public. Le moins célèbre se dit : Je suis aussi bon que toi, scélérat qu'on acclame, et même je montrerai au monde que je suis de loin le meilleur de nous deux.

Q. Avez-vous parlé de cela à Mr Bartholomew ?

R. Pas directement, monsieur. Quoique un jour au souper, c'était à Wincanton, je tentai d'une façon oblique de m'informer au sujet de Dick, en laissant entendre que je trouvais étrange que Mr Bartholomew choisisse d'employer un homme aussi démuni. A quoi il me répondit que lui et Dick se connaissaient depuis bien plus longtemps que je ne supposais ; que Dick était né sur les terres de son père ; que la mère de Dick avait été sa nourrice ; et qu'ainsi ils étaient frères de lait. Il ajouta, D'ailleurs, par quelque étrange fantaisie des astres, nous étions venus au monde le même jour d'automne, à la même heure. Dick avait été le compagnon de son enfance, puis était devenu son valet quand il eut atteint l'âge d'en avoir un à son service. Tout ce que Dick sait, me dit-il, c'est moi qui le lui ai enseigné.

Tout : le langage par signes, le sens de ses devoirs, le peu de manières qu'il a. Sans moi il serait une créature sauvage, guère mieux qu'une bête, le souffre-douleur des rustres du village — si même ils ne l'eussent lapidé. Eh bien, monsieur, je me suis alors hasardé à dire que je n'aimais point certains regards que j'avais vu Dick lui lancer, comme je l'ai déjà mentionné.

Q. Que vous répondit Mr Bartholomew ?

R. Il a ri, monsieur — ou du moins a été plus près du rire que je ne l'ai jamais vu — comme pour m'assurer que je me méprenais. Puis il s'en est expliqué, Je connais ces regards, je les lui ai connus toute ma vie. Ils expriment sa colère contre le sort qui l'a fait ce qu'il est. Pour ce qui est de l'objet sur lequel ils se portent, le hasard seul en décide. Ce pourrait être vous aussi bien que moi ou le premier qui passerait par là. Et tout autant un arbre, une maison, un fauteuil. Nulle importance. Il est différent de nous, Lacy. Il ne peut analyser ce qu'il ressent. Imaginez-le tel un mousquet chargé. Quand il maudit le sort, le coup part aussitôt dans la direction où l'arme est pointée. Puis il me confia que lui et Dick étaient comme un seul esprit, une seule volonté, un seul appétit. Ce qui est de mon goût est aussi du sien, ce que je convoite il le convoite, ce que je fais il veut le faire. Si je voyais Vénus en une femme de rencontre, sur l'heure il la verrait tout de même. Si je m'habillais comme un Hottentot il s'empresserait de m'imiter. S'il me prenait de déclarer succulents les pires immondices il les mangerait voracement. Mr Bartholo-mew conclut en m'assurant que je ne devais pas regarder Dick comme je regardais les hommes qui ont toutes leurs facultés. Il m'avoua qu'il avait plusieurs fois tenté d'éveiller en Dick le sens du divin, lui avait montré l'effigie du Christ, Dieu sur son trône dans les Cieux. En vain, dit-il, car je sais quelle effigie il persiste à voir comme celle de la vraie divinité dans sa vie. Je pourrais le poignarder qu'il ne lèverait pas la main pour se défendre ; décider de l'écor-cher vivant, et il se soumettrait à mon caprice. Je suis, Lacy, le principe vital qui l'anime ; sans moi il n'est qu'une racine ou une pierre. Si je mourais il mourrait dans l'instant. Il sait cela aussi bien que moi. Je ne dirais pas que sa raison le lui enseigne. C'est une certitude qui coule dans ses veines, dont ses os sont imprégnés, celle du cheval qui reconnaît son vrai maître parmi tous les autres cavaliers.

Q. Qu'avez-vous pensé de tout cela ?

R. Il m'a fallu le croire sur parole, monsieur. Car il a dit pour finir que si Dick était ignorant en bien des choses il jouissait par contre d'une sorte de sagesse que lui-même considérait avec respect et peut-être même quelque envie. Ses sens étaient ceux d'un animal et il voyait des réalités que nous ne voyons pas et pouvait écarter les voiles spécieux que sont les discours, les manières, les vêtements, pour atteindre un homme dans son être le plus profond. Ainsi avait-il plus d'une fois trouvé que Dick portait sur telle ou telle personne une appréciation judicieuse, alors que lui s'était trompé. Et me voyant accueillir ces déclarations avec un certain étonnement, il conclut en me disant que Dick jouait pour lui le rôle d'un aimant, ce fut là le terme employé, en de plus nombreuses occasions que je ne pouvais supposer, qu'il attachait un grand prix à la sûreté de son jugement, bien que celui-ci fût de pur instinct.

Q. Maintenant, Lacy, je dois m'aventurer sur un terrain délicat. Je vous demanderai ceci : Vîtes-vous jamais durant votre voyage, en quelque circonstance et à quelque moment que ce soit, le moindre regard lancé à la dérobée, le moindre geste esquissé, le moindre échange de signes tendant à prouver que le lien entre Mr Bartholomew et son serviteur avait des racines dans une affection qui n'eût pas été naturelle ?

R. J'ignore où vous voulez en venir, monsieur.

Q. Une preuve si légère soit-elle du vice le plus odieux et le plus inavouable anciennement pratiqué dans les cités de Sodome et Gomorrhe. Pourquoi ne répondez-vous pas ?

R. Je suis sans voix, monsieur. Jamais une telle pensée n'a traversé mon esprit.

Q. Et maintenant qu'elle vous est proposée ?

R. Je ne puis l'accepter. Je n'ai jamais eu le moindre soupçon de ce genre. D'ailleurs il était clair que le domestique portait le plus grand intérêt à la servante.

Q. N'aurait-il pu s'agir d'une ruse, pour détourner les soupçons ?

R. Ce n'était pas une ruse, monsieur. Je ne vous ai pas encore tout dit.

Q. Très bien. Revenons-en au voyage. Où avez-vous passé la nuit qui suivit ?

R. A Wincanton. Où rien n'est arrivé de particulière importance, du moins que j'aie spécialement remarqué. Mais le lendemain, dans la matinée, comme nous chevauchions, Jones me dit que Dick avait quitté la couche qu'ils partageaient pour aller dans la chambre voisine où Louise la servante dormait cette nuit-là, et qu'il ne l'avait pas revu jusqu'au matin.

Q. Qu'avez-vous pensé de cela ?

R. Qu'elle devait être vraiment ce qu'elle prétendait être et que nos soupçons étaient donc sans fondement.

Q. Elle ne pouvait être ni une prostituée notoire ni une grande dame sous couvert d'un déguisement ?

R. Très exactement.

Q. Vous n'avez rien dit à Mr Bartholomew ?

R. Non. Je confesse que j'ai trouvé qu'il était préférable de garder cela pour moi puisque notre voyage était presque terminé.

Q. Vous avez tout à l'heure mentionné que plus vous avanciez vers l'ouest, plus Mr Bartholomew devenait silencieux.

R. C'est vrai. Non seulement nous devisions moins souvent en cheminant, comme s'il n'avait plus qu'un seul souci en tête, mais au souper que nous prenions ensemble je me trouvais obligé de faire tous les frais de la conversation, laquelle finalement se réduisit à presque rien. Il me vint à l'esprit qu'il y avait en lui quelque hésitation, quelque mélancolie. Malgré ses efforts pour dissimuler je gardai cette impression.

Q. Des doutes sur son entreprise ?

R. C'est ce que j'ai supposé.

Q. Vous n'avez pas tenté de le rassurer ?

R. J'avais alors bien entendu ma leçon, Mr Ayscough. Je présume que vous connaissez Mr Bartholomew beaucoup mieux que je ne le connais. Il est malaisé de le détourner de ses préoccupations. Si on s'y emploie, la plus innocente marque de sympathie ou d'intérêt prend des airs d'impertinence.

Q. Et ni vous ni Jones n'avez là-dessus appris quoi que ce soit ? Rien d'autre ne s'est passé à Taunton ?

R. Non, monsieur, si ce n'est, comme je vous l'ai dit déjà, que nous fûmes obligés, Mr Bartholomew et moi, de partager l'unique chambre disponible. C'est alors que Mr Bartholomew me demanda de l'excuser, il voulait relire ses papiers après le souper. Et lorsque je gagnai mon lit, fatigué par le voyage — je ne suis pas accoutumé à ces longs déplacements —, il était encore occupé à sa lecture.

Q. Le chemin au-delà de Taunton, ce fut le dernier parcours que vous fîtes ensemble ?

R. Oui, monsieur.

Q. Et rien de particulier n'arriva ce jour-là ?

R. Tout ce dont je puis me souvenir, c'est qu'en deux occasions Mr Bartholomew a chevauché de conserve avec Dick et la servante comme s'il voulait envisager avec eux ce qui allait suivre.

Q. Cela n'était encore jamais arrivé ?

R. Non, monsieur. En ces deux occasions ils sont allés ensemble jusqu'à une éminence. J'ai vu Dick tendre la main comme pour désigner une colline éloignée.

Q. Mr Bartholomew vous a-t-il fait quelque remarque à ce sujet ?

R. Oui. Il m'a dit que Dick et lui s'efforçaient de distinguer le trajet le plus aisé. Et je lui ai demandé si nous étions proches de notre destination. A quoi il a répondu, Nous nous trouvons enfin sur le seuil dont j'ai parlé, Lacy ; et puis, Je suis dans le moment de pouvoir me passer de vos très aimables services. Et c'était précisément là ce que Jones et moi avions déjà soupçonné en les voyant s'arrêter et regarder au loin.

Q. N'étiez-vous pas tout près des lieux où Mr Bartholomew et son domestique étaient déjà venus, seulement six semaines plus tôt ? Et où la servante avait vécu ? Pourquoi devaient-ils chercher leur chemin ?

R. Nous nous en étonnâmes. Mais n'étant point instruits de leurs plans et intentions nous supposâmes qu'ils cherchaient la voie la plus secrète puisqu'ils approchaient de l'endroit où le danger était le plus grand.

Q. Et ce fut pour vous la première indication de la séparation du lendemain ?

R. Oui, monsieur. Quoiqu'il me fût déjà évident que la fin du voyage approchait, Bideford n'étant plus guère qu'à une journée de là. Je ne puis dire que cela me surprit.

Q. Je voudrais savoir à présent ce qui s'est passé au *Black Hart.*

R. Ce fut comme d'habitude, monsieur, jusqu'à la fin du souper. Si j'excepte qu'il me demanda de lui laisser pour une fois la meilleure chambre alors qu'auparavant, lorsque nous avions le choix, la meilleure, selon nos conventions, m'était attribuée. Il doutait d'être capable de dormir cette nuit-là et souhaitait occuper une pièce où il pourrait, me dit-il, aller et venir. L'autre chambre était petite.

Q. Vous n'auriez pu trouver aucune autre raison à sa demande ?

R. La chambre donnait sur la place tandis que celle où je dormis donnait sur le jardin et les arrières. Elle était plus vaste, je n'y ai point vu d'autre avantage.

Q. Continuez. Vos propos d'après souper ?

R. Il m'a d'abord remercié de l'avoir supporté, lui et ce qu'il appelait ses *vacua,* ses silences, et m'a dit qu'il craignait d'avoir été, pour un homme comme moi, une compagnie fort ennuyeuse. Que néanmoins j'avais très bien joué mon rôle et qu'il m'en était reconnaissant. A quoi je répondis que j'aurais pu le mieux jouer si j'avais su prévoir la façon dont tout cela finirait. Une fois de plus il fit d'obscures allusions, qui pour moi signifiaient qu'il n'était point certain du succès de l'aventure. Je tentai de le réconforter en lui faisant remarquer que s'il échouait encore cette fois rien ne l'empêcherait de recommencer. Il répondit qu'on ne peut traverser deux fois le Rubicon, c'était maintenant ou jamais. Je lui remontrai qu'il ne devait pas se décourager de la sorte. C'est alors qu'il se laissa aller à ses chimères et d'une telle façon que j'en fus alarmé. Comme j'avais fait remarquer qu'il n'était pas prisonnier d'une histoire où tout est fixé à l'avance ainsi que dans une tragédie, il me répondit que peut-être son histoire n'avait rien à voir avec *Roméo et Juliette*, et me demanda ce que je ferais devant quelqu'un qui a percé les secrets de l'avenir.

Q. Percé ? Comment cela ?

R. Il ne l'a pas dit, monsieur. Il en a fait une parabole, qui établissait que ce quelqu'un hypothétique savait ce qui arriverait dans le futur, non point par le secours de la magie ou sous l'empire de la superstition mais d'un savoir très certain, fruit de longues études. Et ne devais-je pas avec lui admettre qu'il était préférable qu'une telle connaissance ne soit pas dévoilée ? Ce qui me parut vouloir dire, Il est préférable que je ne vous dévoile pas mon but réel. J'avoue, monsieur, que je ne pris pas très bien la chose. Car je vis là de sa part une façon de reconnaître qu'il m'avait trompé et qu'il avait manqué à sa parole. Je le lui fis remarquer. Sur quoi il me pria vivement de croire que c'était pour mon bien qu'il avait montré tant de prudence. Il me jurait qu'il ne s'agissait en rien d'une action criminelle. Il ajouta que ce qu'il m'avait dit était vrai, attendu qu'il souhaitait rencontrer cette personne dont il parlait aussi ardemment qu'un homme désire revoir sa maîtresse — ou sa muse, ajouta-t-il — et qu'il en avait été jusqu'alors empêché.

Q. Empêché de quelle manière ?

R. Il ne l'a pas précisé.

Q. Qui était cette « personne » ?

R. Mr Ayscough, je ne peux rien vous en dire. Il n'en a rien révélé. Je lui demandai s'il ne s'agissait pas d'une affaire d'honneur. Il sourit tristement, objectant qu'il ne serait pas allé si loin pour régler ce qui aurait pu l'être dans Hyde Park, et de plus sans un ami pour lui servir de second.

Nous en étions là quand je fus malheureusement obligé de m'éloigner. Un Mr Beckford, qui est le vicaire de ce lieu ...

Q. Je le connais. Je lui ai parlé. Vous ne l'aviez jamais vu avant ce jour ?

R. Non, monsieur.

Q. Alors, cela suffit pour ce qui le concerne. Lorsqu'il s'est retiré, vous avez de nouveau conversé avec Mr Bartholomew ?

R. Oui, mais son humeur avait changé. Comme s'il avait réfléchi en mon absence et trouvé qu'il en avait trop dit durant notre premier entretien. Je n'irai pas jusqu'à prétendre qu'il manqua de courtoisie à mon égard. Mais il se montra plus impatienté de mes doutes. Quand je le rejoignis, il avait étalé sur la table les papiers de son coffre. Je vis que c'étaient principalement des chiffres, avec ce que je pris pour des signes géométriques ou astronomiques. Il me tendit un des feuillets et me demanda si je ne pensais pas qu'il s'agissait là d'écrits séditieux, en langage secret, à l'intention de James Stuart.

Q. Diriez-vous ... en manière de sarcasme ?

R. Oui. Comme pour sous-entendre qu'il était venu pratiquer la magie noire avec quelque sorcier de l'endroit. Et ainsi se moquer de mes craintes. Puis il reprit son sérieux et de nouveau il évoqua ce personnage qu'il allait rencontrer, me disant qu'il se tenait devant lui aussi plein de respect pour sa sagesse, ses pouvoirs et son entendement que le pauvre Dick se tenait devant son maître. Et enfin que ce qu'il entreprenait était peut-être un rêve fou mais ne mettait pas son âme en danger. Vous voyez ses intentions, Mr Ayscough. Soyez bien assuré qu'il mêlait tout, pour faire des énigmes. Il avait l'air de me donner des informations et pourtant ne m'apprenait rien.

Q. Il parlait de quelque érudit ? De quelque reclus fort cultivé ?

R. J'imagine. Dans les hasards de notre conversation j'avais demandé à Mr Beckford s'il y en avait ici ; ou du moins, dans le voisinage, des gens de bon goût et de bonne

191

éducation. Et il m'avait répondu qu'on n'en trouvait aucun, qu'il habitait un désert. Ses mots mêmes.

Q. Mr Bartholomew ne vous a pas dit à quelle distance était ce quelqu'un qu'il voulait rencontrer ?

R. Non, monsieur. Mais il est à supposer qu'il pouvait l'atteindre en une dernière journée de chevauchée vers Bideford, sur ce chemin où je l'ai laissé le lendemain.

Q. Cela implique, n'est-ce pas, que le personnage vit dans les environs, qu'il n'ignore point que Mr Bartholomew souhaite cette rencontre qui, lui, ne l'intéresse pas et qu'il cherche à éviter ; et que donc il fuira s'il apprend la venue d'un visiteur indésirable et qu'il a même posté des espions pour l'empêcher... de là le compliqué subterfuge auquel vous avez pris part ? Serait-ce l'explication ? Je ne crois pas, Lacy. J'accepterais plutôt celle de l'héritière. Ne vous êtes-vous pas demandé pourquoi il gâche une histoire, fallacieuse mais plausible, avec un récit auquel, il le sait bien, tout crédit sera refusé ?

R. Certes oui, monsieur. Je ne voyais pas la raison qu'il avait de me tromper en ce dernier stade de notre aventure. Si je vous donne à présent la raison que plus tard j'ai cru découvrir je crains que vous ne me teniez pour un imbécile.

Q. N'importe, Lacy. Au moins vous tiendrai-je à présent pour un imbécile honnête.

R. Voici donc : je me flatte d'avoir gagné quelque respect de la part de Mr Bartholomew, même si cela ne va pas plus loin que ce que vous venez de suggérer. Quand je regarde en arrière, je comprends qu'il souhaitait laisser entendre qu'il poursuivait un but plus sérieux que celui qu'il m'avait proposé tout d'abord. Il voulait me donner à comprendre qu'il cherchait quelque chose qui allait bien au-delà des rôles que nous avions joués jusqu'alors. Une façon de dire, Je vous ai trompé mais c'est pour une grande cause, bien que je ne saurais vous en révéler davantage.

Q. Ne pouvez-vous être plus précis quant à ce qui était écrit sur les papiers ?

R. De ces sciences, je sais peu de chose, monsieur. Le feuillet qu'il m'a passé était couvert de nombres, disposés en colonnes. Ici et là des chiffres avaient été grattés comme si on avait découvert des erreurs. Un autre feuillet, sur la table, avait en son milieu une figure géométrique, un cercle coupé de lignes qui passaient par son centre, et au bout des lignes étaient écrits en abrégé des mots grecs. Si je ne me trompe, cela ressemblait à ce que font les astrologues pour leurs prédictions. Je n'ai rien pu voir de plus près.

Q. Mr Bartholomew a-t-il jamais parlé de cela ? Je veux dire l'astrologie, l'intérêt qu'il y portait ?

R. A part cette remarque près du temple, concernant la recherche du méridien de sa vie, il n'a jamais rien mentionné en cette matière.

Q. En somme, il vous a donné à comprendre, quoique fort obscurément, que ce qui l'avait amené là n'était pas ce qu'il vous avait jusqu'ici laissé croire.

R. Oui, de cela je suis sûr.

Q. Et de cette conversation et de celles qui l'ont précédée, vous concluez que ses allusions à la découverte du secret des temps à venir correspondaient à ce qui était son vrai dessein ?

R. A ce jour, monsieur, je ne sais encore que conclure. Parfois je pense qu'il me faut accepter pour vrai ce qu'on m'a laissé entendre ; et d'autres fois que tout cela n'est qu'une obscure énigme, qu'il se jouait de moi et ne m'entretenait de ces choses que pour mieux me berner, mais encore, comme je l'ai dit, qu'il dût par force me tromper, qu'il ne le faisait qu'avec regret.

Q. Vous n'eûtes cette nuit-là point d'autre conversation ?

R. Sur un seul sujet, Mr Ayscough. Car en admettant qu'il était ici pour une toute autre affaire que ce qu'il avait précédemment prétendu, je me trouvais dans un nouvel embarras ; pourquoi avait-il emmené la servante ? J'avoue que j'étais dépité, monsieur, de ce qu'il m'eût jusque-là refusé sa confiance ; et que cela m'entraîna à lui rapporter ce que Jones avait suggéré.

Q. Qu'en a-t-il dit ?

R. Il m'a demandé ce que moi j'en pensais ; je répondis que

ma première réaction était de ne point le croire ; mais j'ajoutai que nous soupçonnions le valet d'avoir accès au lit de la fille. Ce qu'il répliqua ne fit que me rendre la situation encore plus confuse car c'était en forme de question : Un homme n'aurait-il point le droit de dormir avec sa femme, Lacy ?

Q. Et quelle fut votre réponse ?

R. Je restai silencieux. J'étais trop interdit. Jones et moi nous nous étions lancés dans diverses spéculations, mais aucune n'allait dans ce sens.

Q. Pourquoi auraient-ils caché qu'ils étaient mariés ?

R. Je ne puis le concevoir. Ni pourquoi une jeune femme de ce genre, accorte et sachant s'exprimer, aurait uni son sort à celui d'une créature aussi déficiente que le pauvre Dick, sans espérances ni perspectives d'avenir.

Q. Ceci conclut vos échanges ce soir-là ?

R. Après qu'il m'eut assuré de son estime.

Q. Et la récompense dont vous étiez convenus, comment vous fut-elle remise ?

R. J'oubliais : il me dit que ce serait fait le matin suivant. Et ce le fut en vérité. Il me donna alors la lettre de change, et aussi me pria de garder le cheval ou de le vendre, à ma convenance. Ce que je trouvai généreux de sa part.

Q. Et vous l'avez vendu ?

R. Oui, en arrivant à Exeter.

Q. Maintenant venons-en à Jones et à son départ imprévu.

R. Je ne fus pas associé à son projet, Mr Ayscough. Il ne m'en a pas le moins du monde averti.

Q. Après votre arrivée au *Black Hart* lui avez-vous parlé ?

R. Je ne lui ai dit que peu de mots et sur des sujets très quelconques.

Q. Vous lui avez fait savoir que votre tâche allait prendre fin ?

R. Assurément. Dès avant notre arrivée au *Black Hart*, nous avions deviné qu'il en serait ainsi ; et lorsque je me suis retiré, après avoir été instruit par Mr Bartholomew qu'il me fallait poursuivre mon chemin vers Exeter, j'ai appelé Jones qui une fois de plus en ce moment jacassait et paradait aux cuisines, et je le lui ai dit.

Q. A-t-il paru surpris ?

R. Pas le moins du monde, monsieur. Il a déclaré qu'il était content d'en avoir fini.

Q. Vous n'avez pas poussé plus loin la discussion ?

R. Il y était disposé, monsieur, ayant un peu trop bu. Mais moi, je voulais mon lit et je l'en empêchai. Je crois avoir dit que nous aurions bien le temps, par la suite, de réfléchir à ce qui nous était arrivé.

Q. Quand avez-vous découvert qu'il était parti ?

R. Pas avant mon réveil, le lendemain matin, lorsqu'en m'habillant je vis un papier sur le plancher près de la porte, comme s'il avait été poussé là par-dessous. Je vous l'ai apporté. Je dois dire qu'il n'est pas très bien tourné.

Q. Lisez-le, je vous prie.

R. « Généreux Mr Lacy, J'espère que vous ne le prendrez pas trop mal, étant donné votre bonté dans le passé, que je serai parti quand vous lirez la présente. Je n'aurais jamais fait ça mais vous savez que j'ai une parente âgée, là où je naquis au pays de Galles et aussi un frère et une sœur que je n'ai point vus de sept ans. Monsieur, j'avais sur la conscience en venant par ici d'avoir négligé mon devoir de fils et comme j'étais si près je me suis informé des passages pour le Pays et on m'a dit qu'il y a toutes les semaines des bateaux transportant le charbon à Bideford et Barnstaple et en demandant j'en ai trouvé un qui part avec la marée ce jour que je vous écris, de Barnstaple je veux dire, qu'il faut que je prenne mais soyez tranquille que je dirai à ceux qui demanderont que je m'en vais devant à Bideford pour prévenir que vous arrivez et rapport au cheval je le laisserai dans l'écurie de *Crown Inn* qui est l'auberge sur le quai à Barnstaple pour que vous le preniez quand vous voudrez, vous ou Mr Bartholomew, le tromblon je le laisse sous le lit car je ne veux rien voler. Et croyez bien, monsieur, que c'est ma mère, vu que j'ai appris qu'elle est malade, c'est par respect pour elle et si je ne dois pas profiter de l'occasion que je suis près d'elle — sauf pour les quarante miles sur l'eau — et que notre voyage est terminé. S'il vous plaît dites à Mr Bartholomew que je n'ouvrirai pas plus la

195

bouche qu'un -- (le mot qui suit, Mr Ayscough, je ne parviens pas à le lire), et je prie de tout mon cœur que ni vous ni lui ne pense que je ne fais pas comme c'était entendu mais seulement d'une toute petite journée en moins et s'il est assez bon pour pardonner à votre humble serviteur et ami pourrez-vous me garder ma part de l'argent jusqu'à mon retour à Londres qui sera certainement sous peu et maintenant en vous demandant aussi votre sincère pardon je dois finir car le temps presse. » C'est tout.

Q. Il a signé de son nom ?

R. De ses initiales.

Q. Vous n'aviez aucun soupçon ni aucun pressentiment qu'il vous préparait un tour de ce genre ?

R. Pas le moindre, monsieur. Sans doute aurais-je dû me tenir dans quelque méfiance, si j'avais eu un peu plus ma tête à moi. J'avoue qu'il y eut cette circonstance, à Taunton, où Jones vint me trouver et me raconta qu'il avait utilisé ses arrhes pour régler une dette à Londres et se trouvait à présent démuni et me demanda de lui avancer sur ses gages quelque chose pour le voyage, ce que je fis, notant la somme dans un carnet que je gardais dans ce but.

Q. Combien ?

R. Une guinée.

Q. Vous n'avez pas été surpris qu'il ait besoin d'une telle somme ?

R. Je le connais trop bien, monsieur. Quand il ne peut en imposer par ses fanfaronnades il cherche à en imposer en régalant la compagnie.

Q. Dites-moi, Lacy, avez-vous cru à ce qu'il racontait dans sa lettre ?

R. J'ai été très en colère qu'il nous trahisse ainsi. Mais à ce moment j'ai pensé qu'il disait vrai, monsieur. Je savais qu'il venait de Swansea ou des environs, et l'avais entendu parler de sa mère qui vivait encore là-bas.

Q. Elle y tenait une taverne ?

R. Oui, je crois que c'est ce qu'il m'a dit une fois.

Q. « A ce moment », dites-vous — et pourquoi ne le pensez-vous plus maintenant ?

R. Parce qu'il n'est pas venu me réclamer son argent.

Q. Ne pourrait-il avoir trouvé du travail à Swansea ?

R. Dans ce cas il m'aurait écrit. Je connais l'homme.

Q. Vous êtes-vous informé à l'auberge s'il y avait vraiment un bateau pour Swansea ce jour-là ? Si Jones s'en était lui-même informé ?

R. Non monsieur, suivant en cela les instructions de Mr Bartholomew. Car j'avais à peine terminé ma lecture que Dick vint me chercher pour me conduire chez Mr Bartholomew qui savait que Jones était parti, Dick le lui ayant appris, et pensait qu'il était possible que je lui en eusse donné l'ordre. Ce que je fus bien obligé de dénier ; et ainsi dus-je lui révéler la vérité sur l'affaire.

Q. Vous lui avez communiqué le message ?

R. Immédiatement.

Q. S'en est-il montré alarmé ?

R. Moins que je ne craignais. Devant mon embarras, et quoique Jones eût été engagé sur ma recommandation, il a été aimable. Il m'a demandé si nous devions ajouter foi à cette lettre. Je lui ai répondu comme à vous, l'assurant qu'il n'avait aucune raison d'être inquiet pour le succès de son entreprise, car Jones en savait encore moins que moi à ce sujet. Que s'il avait eu quelque mauvaise intention il n'aurait pas tant attendu pour la réaliser et non plus laissé ce billet.

Q. Jones savait qu'il vous était prescrit de revenir par Exeter ?

R. Oui, je le lui avais dit.

Q. Quelles instructions vous donna Mr Bartholomew, après ce nouvel événement ?

R. Nous ne devions montrer aucunement que Jones nous avait quittés sans notre accord mais prétendre qu'il l'avait fait à notre commandement. C'est-à-dire partir ensemble, puis nous séparer et poursuivre l'un et l'autre comme nous étions convenus. J'avoue que je n'envisageais pas avec plaisir la perspective de traverser seul une région aussi sauvage et aussi peu peuplée, mais je tins ma langue. Je sentais que je méritais un blâme pour la perte de celui qui aurait dû être mon compagnon.

Q. Vous êtes-vous depuis lors demandé ce qui pouvait empêcher ce garçon de vous réclamer son dû ?

R. Oui, certes, mais sans trouver la réponse. Cela n'est guère explicable.

Q. Ne serait-ce point qu'il se sent coupable de vous avoir laissé dans l'embarras ?

R. Non. Il est trop pauvre pour faire le délicat ; trop pour ne pas essayer.

Q. Est-il marié ?

R. Il n'a jamais parlé d'une épouse. Je l'ai vu qui s'efforçait de montrer de bonnes manières mais cela ne pouvait lui permettre de passer pour un gentleman, même humble, ni m'autoriser à imposer ses visites à ma femme. Il est venu me voir une ou deux fois mais n'a jamais franchi le seuil de ma porte. Il y a une douzaine d'individus de son espèce que je ne connais ni mieux ni moins bien et que j'aurais pu de même recommander à Mr Bartholomew. Il s'est trouvé que j'ai rencontré Jones dans la rue quelques jours plus tôt et que j'ai su qu'il était sans emploi.

Q. Donc vous repartez ce matin-là avec Mr Bartholomew, Dick et la servante. Venons-en à votre séparation.

R. Je ne pourrais vous dire le nom de l'endroit. Au bout d'environ deux miles nous arrivâmes à une croisée de chemins où se dressait un gibet. Mr Bartholomew s'arrêta et déclara que c'était là, que le chemin que j'allais prendre rejoindrait dans quelques miles la grand-route de Barnstaple à Exeter ; je n'avais qu'à la suivre et aurais sans doute la chance de trouver des voyageurs auxquels me joindre. Je pourrais à ma guise dormir à Crediton ou aller droit à Exeter.

Q. N'a-t-il rien dit de plus ?

R. Que nous devions attendre un moment cependant que Dick ôtait mon bagage de dessus le cheval de somme et le fixait sur celui que je montais. Et j'allais oublier de dire que Mr Bartholomew a insisté avec une grande sollicitude pour que j'emporte le tromblon de Jones, quoique je doute fort d'être capable de m'en servir si ce n'est dans une situation totalement désespérée; mais la chance fut de mon côté. Mon retour se passa sans incident. Pour en revenir à notre séparation, Mr Bartholomew et moi nous descendîmes de nos montures et nous fîmes quelques pas ensemble. Il me remercia une fois encore et me demanda de l'excuser pour les doutes qu'il avait fait naître en moi, me priant de terminer mon voyage l'esprit tranquille comme il m'assura que je le serais s'il avait pu me dévoiler l'entière vérité.

Q. Nonobstant il ne vous donna point d'indications plus précises sur le lieu où il se rendait ni sur le mystérieux personnage qu'il espérait rencontrer.

R. Non, monsieur.

Q. Paraissait-il plus sûr de lui?

R. Je dirais plutôt qu'il semblait résigné, comme si les dés étaient jetés. Je fis observer qu'au moins le soleil brillait sur son entreprise car la journée était un vrai Premier mai avec un ciel sans nuages. Et il répondit, Oui Lacy, je m'efforce de me persuader que c'est de bon augure. Lorsque j'exprimai mon espoir que lui serait accordée cette entrevue tant désirée il inclina simplement la tête en disant, Je serai bientôt fixé à ce sujet. Il n'ajouta rien de plus.

Q. La jeune femme et le domestique ... N'eurent-ils pas l'air surpris de votre départ?

R. Sans nul doute avaient-ils été avertis que mon rôle se terminait là. Mr Bartholomew et moi nous nous sommes serré la main, nous avons repris nos montures. Le petit groupe a emprunté un chemin et moi l'autre. Je vous ai dit tout ce que je sais, monsieur. Je regrette de vous décevoir si vous espériez en apprendre davantage. Je crois bien vous avoir averti que cela n'irait pas plus loin.

Q. Ecoutez, je vais vous exposer le cas tel qu'on pourrait l'imaginer. Supposons que Jones ait eu confirmation de ce qu'il avait soupçonné, que la servante n'était pas une servante mais une prostituée; qu'il l'ait plus vigoureusement accusée qu'il ne vous l'a laissé croire et réclamé de l'argent contre son silence; et qu'il ait obtenu cet argent, soit d'elle soit de Mr Bartholomew lui-même. Disons qu'il aurait alors été suborné pour vous abandonner, grassement payé pour disparaître et cela de peur qu'il ne finisse par vous raconter ce qu'il savait lorsque vous auriez vous-même quitté Mr Bartholomew. N'est-ce pas chose vraisemblable, et la raison pour laquelle il a renoncé à ses gages ? Ne peut-il avoir reçu l'argent dans le Devon, et une somme plus importante que celle qui était fixée au départ ?

R. Je ne peux croire qu'il m'ait ainsi trompé.

Q. Apprenez, Lacy, que ses doutes étaient fondés. L'humble servante n'était ni humble ni servante mais sortait tout droit du bordel de Claiborne.

R. Monsieur, vous m'en voyez confondu.

Q. Vous êtes trop indulgent, mon ami. Jones et ses semblables, je les connais bien. Leur honnêteté est toujours là où est leur intérêt. La confiance d'une vie entière ne résiste pas à l'appât de quelques guinées.

R. Mais pourquoi avoir emmené avec nous une telle créature ?

Q. Cela, je ne le conçois point encore. On pourrait penser : pour le plaisir de Mr Bartholomew. Vous m'assurez qu'il n'y eut entre eux aucun signe montrant qu'il en était ainsi ?

R. Je n'en ai point vu.

Q. Quant à ce que vous raconta Jones au sujet de cette fille, que le valet avait accès à son lit, vous n'en avez aucune preuve ?

R. Il y avait bien quelques-unes de leurs façons, Mr Ayscough. Celles de Dick montraient clairement qu'il la convoitait. Elle, elle était plus discrète, mais j'ai toutefois senti que quelque chose entre eux les faisait tout proches.

Q. Revenons-en à la séparation. Vous avez alors pris directement le chemin d'Exeter ?

R. Je me suis trouvé sur la grand-route avec une caravane de chevaux de somme conduits par deux solides gaillards et ne les ai point quittés que nous n'ayons franchi les portes de la cité où je suis resté deux jours pour me reposer et vendre mon cheval avant de prendre, le troisième jour, la diligence pour Londres.

Q. Et qu'avez-vous dit à vos compagnons de voyage ?

R. Je me suis comporté, j'imagine, comme l'individu le plus revêche qu'il leur soit jamais arrivé de rencontrer sur leur chemin. Ils n'ont rien appris de moi.

Q. Vous avez raconté vos aventures à Mrs Lacy ?

R. Certes, monsieur. Elle est, soyez-en assuré, la discrétion même. Toutes les dames de ma profession ne sont pas comme cette impudente Mrs Clarke qui par son effronterie éhontée et sa mauvaise réputation a été pour son riche géniteur Mr Cibber, cause de tant d'inconfort. Elle est l'exception, non la règle. Parmi ceux qui connaissent Mrs Lacy, nul ne pourrait lui imputer des mœurs relâchées ou la moindre indiscrétion sur des affaires privées.

Q. Vous avez donc là une perle rare pour une personne de son sexe. Néanmoins, Lacy, j'aimerais vous faire cette requête qu'après lui avoir présenté mes compliments vous lui demandiez instamment de continuer à cultiver cette inestimable qualité.

R. Vous pouvez lui faire confiance, Mr Ayscough. Maintenant que nous en avons terminé ma conscience est grandement soulagée. Je voudrais qu'elle le fût aussi de mes appréhensions. Puis-je me permettre de vous parler à présent de ce dont vous m'avez informé et qui ne cesse de me tourmenter ? Le sort du serviteur de Mr Bartholomew.

Q. On l'a trouvé pendu, Lacy, à moins de trois miles de l'endroit où vous l'avez vu pour la dernière fois. Soit de sa propre main — comme il semble au premier abord —, soit par l'action criminelle de quelque scélérat qui voulut faire croire à un suicide ; en décider est pour lors impossible.

R. Et point de nouvelles de son maître ?

Q. Pas la moindre, et non plus de la prostituée. Vous pouvez vous dire fortuné d'avoir pris la route d'Exeter.

R. Je le sais à présent, monsieur. Je souhaiterais grandement n'avoir jamais eu part à cette aventure.

Q. Nul doute que Mr Bartholomew ait ensuite trouvé quelqu'un d'autre pour l'aider. Vous n'avez joué là qu'un fort petit rôle. Mr Bartholomew était fermement déterminé bien avant que son domestique vienne frapper à votre porte.

R. Déterminé à la désobéissance ?

Q. Que diriez-vous d'un jeune homme de votre métier qui ayant montré des talents et des pouvoirs bien supérieurs à ceux d'un individu ordinaire, ayant de surcroît d'aussi grandes espérances dans sa vie privée que sur la scène, tourne le dos, selon des principes qu'il ne daigne pas exposer, aux desseins les plus évidents qu'a sur lui la Providence ? Pour ne rien dire du peu de cas qu'il fait des espoirs de sa famille et de son mépris des conseils raisonnables prodigués par ses parents et amis. Ce n'est pas seulement de la désobéissance, Lacy. Dans le pays où je suis né, les gens du commun ont un proverbe qui s'applique à tout enfant devenu en grandissant un homme peu raisonnable. Ils disent que le diable l'a bercé. Par là voulant faire entendre qu'il n'est point tant à blâmer qu'à plaindre d'être la victime de quelque méchanceté de la nature. Tout fut donné à Mr Bartholomew hormis d'être satisfait de son sort apparemment fort heureux. Celui que vous connaissez n'est pas le fils un peu niais d'un quelconque gentleman, cela je ne doute point que vous l'ayez deviné. Mais assez là-dessus, ou je commencerais à vous en dire trop long. Lacy, je vous remercie de votre témoignage, et je suis content que nous nous séparions en meilleurs termes que dans le commencement de notre entretien. Vous m'accorderez que je dois tout comme vous savoir jouer mon rôle, quoique dans un but différent du vôtre.

Jurat die annoque praedicto
coram me

Henry Ayscough

Lincoln's Inn, le 27 août.

Votre Grâce,

CE QUE VOTRE GRÂCE lira ici dit tout ce qu'il y a à dire, et je poursuis ma tâche comme Votre Grâce sans nul doute le présume. Mes hommes sont déjà en route pour le pays de Galles. Si ce scélérat de Jones n'est pas dans sa ville natale je suis assuré qu'ils ne tarderont guère à le découvrir, où qu'il se trouve. Mon nez me dit que Lacy n'est pas un menteur et qu'on peut se fier à lui, même s'il a eu le tort de ne point se montrer assez méfiant. Sous les airs qu'il se donne, il est très puéril, comme tous ceux de son état, et s'attribue plus de clartés et plus d'importance qu'il n'en a en vérité. Votre Grâce peut le juger imprudent, mais il n'est point traître et parjure. S'il y avait une justice en ce monde Claiborne l'entremetteuse devrait bien être fouettée jusqu'au sang et passer dans quelque bagne le reste d'une vie éhontée. Pour les femmes de son espèce, la pendaison est un châtiment encore trop doux.

Cet après-midi j'ai rendu visite à Lord B. et lui ai montré la lettre de Votre Grâce et mon mandat, puis lui ai donné connaissance des faits pour autant que cela se révélait nécessaire. Il me déclara qu'il n'avait rien su jusqu'à ce jour; qu'il avait supposé que Monseigneur était à l'étranger; qu'il avait joué un rôle dans l'affaire traitée avec Claiborne; et qu'il croyait que la fille était, elle aussi, partie à l'étranger pour le plaisir de Monseigneur. Je demandai à Lord B. si, à un moment ou à un autre, il avait soupçonné que les intentions de son ami n'étaient pas celles qu'il publiait. Il répliqua que Monseigneur avait beaucoup parlé de ce voyage en Europe et qu'il l'avait cru.

Comme je le questionnais plus longuement, Lord B. me confia que bien qu'il n'eût pas vu Monseigneur très fréquemment depuis leurs études à Cambridge il le considérait comme

203

un ami très cher et que, chaque fois qu'il revenait en ville, il était toujours heureux de retrouver leur ancienne intimité ; qu'il avait été quelque peu surpris, à leur dernière rencontre, d'entendre Monseigneur insister pour être introduit dans la maison de passe de Claiborne, car il l'avait toujours cru insensible aux tentations de la chair et indifférent aux femmes en général puisqu'il n'était pas encore marié, mais qu'il paraissait à présent déterminé *(ipsissima verba)* à rattraper le temps perdu. (J'épargnerai à Votre Grâce les termes utilisés par Lord B. pour exprimer cette détermination, car je pense qu'ils ne furent employés que pour donner de la couleur à une débauche supposée, et masquer le vrai dessein de Monseigneur.)

Lord B. déclara ensuite qu'il avait été le premier à proposer que son ami cherche les faveurs de la femme en question ; que lui-même en avait été le bénéficiaire et pouvait témoigner de ses dons et de son charme. Lord B. employa alors une image blasphématoire que je n'oserais répéter à Votre Grâce, pour dire qu'aucune femme à Londres n'était son égale en ce métier indécent. Je demandai qu'on me révélât en quoi consistait son charme, en dehors du plaisir charnel. Lord B. me répliqua qu'il tenait avant tout à son apparence modeste, d'autant plus frappante dans un monde vénal, et non point en quelque particulière vivacité d'esprit ou de discours, car elle parlait peu, et avec simplicité ; qu'il en connaissait plus d'un qui, ne voulant croire ce qu'on lui disait, l'avait abordée effrontément et, très vite, avait dû en rabattre ; que si, pour le débauché endurci, la chair la plus neuve est la plus prisée, d'aucuns maintenant considéraient cette fille comme une viande déjà avariée ; mais qu'il n'en voyait point d'autre pouvant convenir aussi bien à ceux qui, comme Monseigneur, faisaient leurs premiers pas dans la Débauche, et que ce fut la raison pour laquelle il la lui proposa ; qu'enfin, dans quelque imitation licencieuse de Tacite qu'il avait lue dernièrement, elle était nommée *meretricum regina initiarum lenis*.

Je lui demandai alors si, à la suite de sa première visite, Monseigneur lui avait parlé d'elle, et en quels termes. Il me dit qu'il l'avait fait, et le jour même, et paraissait fort content ; à ce que Lord B. se souvenait, il avait déclaré que s'il cherchait une fille pour son usage privé et sa propre satisfaction mais sans vouloir nouer avec elle de liens plus étroits, celle-ci ferait fort bien l'affaire ; qu'en une autre occasion qu'eut Lord B. de parler avec son ami, six ou sept jours plus tard lui semblait-il, Monseigneur laissa entendre qu'il aimerait s'offrir cette femme pour la durée de son séjour à Paris, et se demandait comment cela pourrait se réaliser et à quel prix *et cœtera* ; que lui (Lord B.) avait déclaré qu'il pensait la chose possible, mais que Monseigneur ne devrait pas retarder son départ pour la France, de crainte que Claiborne ne crie au scandale et lui occasionne des ennuis si elle apprenait que sa pensionnaire était encore à Londres.

Outre cela (ce pouvait être encore trois ou quatre jours plus tard), Monseigneur avait rendu visite à Lord B. et lui avait fait part d'une difficulté avec la prostituée, qui aurait volontiers accepté l'arrangement mais craignait fort, s'il était découvert, la colère de sa maîtresse, crainte que n'avaient su apaiser ni l'argent offert par Monseigneur pour qu'elle consente à s'enfuir, ni l'assurance qu'elle pouvait compter sur sa protection ; elle prétendait que Claiborne exerçait une surveillance trop étroite et était d'une cruauté notoire envers quiconque osait quitter son service de cette manière ; et *in fine* que si Monseigneur pouvait la louer ouvertement sous quelque prétexte (autre que celui de l'accompagner en France, ce que Claiborne ne permettrait jamais) elle viendrait, mais autrement elle ne voulait pas risquer sa vie pour accéder aux désirs de Monseigneur.

Lord B. dit que là-dessus il conseilla à son ami, si sa décision était prise de se procurer la fille, de procéder comme celle-ci souhaitait qu'on fît, dût la dépense s'en trouver par là augmentée ; il fallait tenir compte de la frayeur que cette créature éprouvait, et certes ses craintes n'étaient pas sans fondement car il est bien connu qu'une proxénète ne peut se permettre de laisser échapper une de ses prostituées sans la punir, de peur que les autres suivent son exemple ; et au demeurant l'arrangement avait du bon, car s'il arrivait que Monseigneur se fatiguât de la fille il n'aurait plus qu'à la

205

renvoyer et personne n'en serait davantage averti sur ce qu'avaient été ses intentions premières.

Comme je continuais à l'interroger, Lord B. admit qu'il avait aidé à imaginer le prétexte que Monseigneur employa pour tromper Claiborne et avait participé, comme elle l'en accuse, à la réalisation de la chose. Mais il considérait qu'en agissant ainsi, aux dépens de telles personnes qui vivent de la pratique du mal, il n'y a pas péché.

Je suis sûr que Votre Grâce en sait assez sur le caractère de Lord B. pour décider elle-même de la valeur qu'elle doit accorder à son témoignage, mais je me permettrai d'ajouter que je n'eus pas soupçon, durant notre entrevue, qu'il me dissimulât rien de ce qu'il connaissait, quoiqu'il soit tristement évident que le noble lord n'a pas joué un noble rôle dans tout ce qui est arrivé.

J'en suis venu finalement à demander si Monseigneur lui avait confié ses sentiments profonds sur la sévérité éminemment juste et méritée qu'il avait provoquée chez son très digne père. Je prie ici Votre Grâce de vouloir bien se souvenir, en lisant mon rapport de ce que répondit Lord B., que c'est à Sa commande que j'ai tenté d'obtenir sur cet article quelque lumière. Lord B. reconnaît qu'il avait ouï dire, avant de rencontrer son ami, que celui-ci nourrissait une forte rancœur à l'égard de son père ; il avait donc été surpris de le trouver plutôt résigné à son sort que déterminé à ne pas s'y soumettre. Mais que par la suite, au cours d'un entretien plus intime, Monseigneur déclara qu'il ne pensait pas être le fils de Votre Grâce et que, plutôt que de revenir là-dessus, il préférait perdre la couronne ducale. Lord B. dit qu'il fit alors usage des épithètes les plus outrageantes, et qui lui parurent d'autant plus outrageantes qu'elles n'étaient pas prononcées en état d'ébriété ou dans un accès de rage mais par un homme qui avait tout son sens, et sur un ton glacial, comme si Votre Grâce était quelque pacha turc ou tout autre despote oriental qui le tiendrait en son cruel pouvoir. Lord B. dit ensuite qu'il en conclut que la récente détermination de son ami à se livrer à la débauche pourrait être la conséquence de cette mauvaise colère qu'il éprouvait envers la figure sacrée du père ; mais il ajouta, comme pour excuser quelque peu Monseigneur, que ces choses ne furent dites qu'à lui seul (un jour où ils flânaient ensemble sur le Mall) et qu'il n'entendit jamais son ami s'exprimer ainsi publiquement; et aussi, pour s'excuser lui-même, qu'il lui suggéra (comme Votre Grâce le sait, Lord B. disputait contre son père avant la mort récente de ce noble gentleman) qu'il était sans doute préférable d'étouffer sa rancune et de laisser agir le temps qui doit, dans la nature des choses, être du côté du fils; et qu'après tout, si le Ciel le voulait, Monseigneur et lui seraient un jour pères eux-mêmes. A quoi Monseigneur parut acquiescer et ils en restèrent là.

Lord B. m'a chargé d'exprimer à Votre Grâce son très profond regret pour le tour imprévu qu'a pris l'affaire, et de l'assurer qu'il reste aussi ignorant que Votre Grâce des intentions réelles de son ami et du lieu où il se trouve présentement; et de faire remarquer respectueusement à Votre Grâce que, si l'on considère le risque notoire d'infection qu'on court à fréquenter les prostituées françaises, et attendu que Monseigneur paraissait décidé à chercher les plaisirs de la chair, il ne pouvait le détourner de ce que Monseigneur lui avait présenté (abusivement) comme son plan, mais au contraire avait vu là de bonnes raisons de lui offrir son aide; qu'il lui avait donné sa parole qu'il garderait le plus grand secret sur toute l'entreprise, et aussi qu'il trouverait les moyens, si besoin était, de réduire Claiborne au silence, ce qu'il a fait et continuera de faire; et finalement me prie de vous redire que s'il peut être de quelque utilité à Votre Grâce dans la présente circonstance, Votre Grâce ne devrait pas hésiter à l'en aviser.

Je demeure, de Votre Grâce, le très humble et très obéissant serviteur.

Henry Ayscough

Lincoln's Inn, le 8 Septembre.

Votre Grâce,

J'écris à une heure tardive et en grande hâte, afin de ne pas retarder la nouvelle que Tudor, mon clerc, vient de me transmettre. On a trouvé Jones, beaucoup plus facilement que je n'osais l'espérer et on me l'a amené à Londres. Il y est arrivé voilà seulement deux heures et est logé sous bonne garde. Je m'attaquerai à ce coquin dès demain matin.

Il a été retrouvé à Cardiff par le plus grand des hasards ; car le seul hasard fut cause que mes hommes le virent attablé à boire dans l'auberge même où ils logeaient ; et ils auraient fort bien pu ne pas le remarquer s'ils n'avaient entendu quelqu'un l'appeler par son nom ; de ce moment ils l'observèrent et l'écoutèrent, et ainsi connurent leur bonne fortune ; d'abord il protesta, mais mon clerc l'eut bien vite confondu ; puis il voulut s'échapper mais n'y réussit point ; il cria qu'on l'arrêtait sous de fausses raisons mais très vite baissa le ton lorsque mon clerc lui offrit de le traîner en justice à Cardiff afin qu'il y plaide son innocence. Depuis ils ne lui ont point parlé, ne l'ont point non plus laissé parler comme il aurait voulu, et mes hommes disent qu'il est fort abattu et alarmé — en d'autres termes prêt à en entendre de toutes les couleurs, ce qui va d'ailleurs lui arriver.

Votre Grâce me permettra, je pense, de ne pas faire de commentaires au sujet du sentiment paternel fort justement outragé dont Elle daigne m'entretenir dans Sa dernière lettre. Je suis persuadé qu'Elle n'ignore point que je prends très respectueusement part à Ses ennuis. Tout comme Votre Grâce je me trouve confondu dans tous mes jugements et supputations concernant Monseigneur. *Quantum mutatus ab illo !* Rien ne sera négligé qui pourrait jeter la lumière sur cette douloureuse affaire.

Je suis le très humble et très diligent serviteur de Votre Grâce,

Henry Ayscough

Je joins une copie de la lettre que j'ai reçue de Mr Saunderson de Cambridge, afin que Votre Grâce puisse voir la façon dont les talents de son plus jeune fils furent estimés. De Mr Whiston, Votre Grâce, je n'en doute pas, a entendu parler; c'est un dissident irascible et au verbe dangereux, *ter-veneficus* qui lui fit perdre à Cambridge la position qu'y occupe à présent et depuis vingt ans Mr Saunderson; et il est devenu ce me semble encore plus venimeux et violent car je me suis laissé dire qu'il attend la mort de ce gentleman pour derechef se pousser en avant et reprendre la place d'où il a été chassé à si juste titre.

H.A.

Le 8 du mois de Septembre, Chris's College, Cambridge.

Monsieur,

C'est avec tristesse que je reçois votre lettre du 27 août à laquelle je veux répondre dans l'instant, encore qu'un incommodement me fasse obligation de dicter ma réponse à une main secourable. Je crains pourtant, monsieur, de ne pouvoir aider beaucoup à votre urgente recherche. Voilà deux ans que je n'ai eu le plaisir de voir Monseigneur, puisque notre ultime rencontre a eu lieu au moment de l'élection, c'est-à-dire en avril '34. Profitant qu'il était en notre ville il me fit l'honneur de me rendre visite. Depuis lors, les quelques lettres que nous échangeâmes se sont toutes limitées à des questions d'algèbre et de mathématique. La dernière que j'aie reçue, et qui était en date du 24 mars dernier, me souhaitait du bien pour cette année et m'annonçait que Monseigneur avait l'intention d'être bientôt en ville; qu'il projetait un voyage d'été en France et en Italie; que toutefois il espérait qu'avant son départ, lorsque le temps serait plus clément, il pourrait venir jusqu'à Cambridge et me rendre visite car il attendait de mon conseil que je lui désigne ceux qu'il avait intérêt à rencontrer au cours de son voyage. En suite de quoi, malheureusement, je n'ai point eu d'autre message, et je présumais donc qu'il était parti. Je suis aussi perplexe que consterné par la nouvelle de sa disparition. La lettre du mois de mars ne contenait rien de plus personnel que ce que je viens de rapporter.

De Monseigneur je puis vous déclarer en toute sincérité que j'eus peu d'élèves qui l'égalassent et aucun qui le surpassât. Vous n'êtes sans doute point ignorant de ce que je suis le quatrième professeur titulaire de la chaire de Lucas, dans cette Université, et le suis depuis l'an 1711 ; et donc en faisant les louanges de mon étudiant je ne manque pas de matière à comparaison. Je considère que ses dons en auraient fait, si l'élévation de son rang ne le lui avait interdit, un fleuron pour notre Université ; je ne puis en dire autant de bien d'autres, de loin ses inférieurs, qui, ces vingt dernières années, s'y sont vus octroyer des charges et dignités.

Je suis hélas fort habitué, avec les jeunes gentlemen, à constater que leur intérêt pour l'étude et l'assiduité qu'ils montrent à s'y livrer en ces lieux disparaissent dès qu'ils rentrent dans le monde. Il n'en a jamais été ainsi avec Monseigneur ; il a opiniâtrement continué à étudier la mathématique et tout ce qui s'y rattache. Je l'ai trouvé toujours très érudit et, de plus, excellent expérimentateur. Et là-dessus je ne suis pas le seul à témoigner ; c'était aussi l'opinion de Mr Whiston, mon éminent prédécesseur, dont je blâme les conceptions religieuses mais qui a montré les qualités d'un grand mathématicien ; et d'un autre plus éminent encore, celui qui nous précéda tous les deux *in cathedrâ Lucasianâ*, le très illustre Sir Isaac Newton. Il m'arriva plus d'une fois de porter à la connaissance de l'un et de l'autre des propositions ou solutions avancées par Monseigneur ; et quoique, avant la mort tant déplorée de Sir Isaac, ils se soient souvent querellés, ils s'accordaient en cela que mon élève était un jeune philosophe qui méritait leur intérêt.

Loin de moi l'intention de vous importuner, monsieur, et pourtant j'aimerais ajouter que j'ai moi-même, en ces dernières années, étudié un système tabulaire pour rendre plus aisé le calcul des grands nombres ; que dans ce but j'ai plusieurs fois discuté avec Monseigneur des problèmes de méthode que je rencontrais ; et que je l'ai souvent estimé le plus habile pour m'aider à les résoudre. Ses talents n'ont là rien d'ordinaire ; car tout esprit ordinaire tenterait en ce domaine d'atteindre le but recherché par de petites améliorations, de légers raffinements de la méthode envisagée ; tandis que Monseigneur procédait, lui, à l'examen très minutieux des principes mêmes de la méthode ; et plus d'une fois il en découvrit une plus avantageuse. Je me tiens pour fortuné d'avoir pu bénéficier d'un assistant aussi distingué.

Si je dois lui trouver quelque défaut, ce sera qu'il est quelquefois le jouet de croyances ou de théories relatives à ce monde physique que j'appellerais plutôt fantaisies que vérités probables ou expérimentales. Celle que vous me demandez d'exposer en fait partie, à mon avis. La série des nombres à laquelle vous faites allusion apparaît en premier dans le *Liber abaci* d'un Leonardo da Pisa, érudit italien. Il ne l'a imaginée, a-t-il admis lui-même, pour rien autre que le calcul de la multiplication des lapins dans une garenne. Toutefois Monseigneur voulait retrouver cette loi des proportions (qui reste la même quelle que soit l'augmentation du nombre des éléments) partout dans la nature, et qui est discernable jusque dans les mouvements des planètes et l'arrangement des étoiles dans le ciel ; il la voyait pareillement dans toutes les plantes, dans la disposition de leurs feuilles ; et à cette loi il donnait le nom de *phyllotaxis*, qu'il empruntait au grec. Il pensait aussi que cette séquence primordiale pouvait être retrouvée dans l'histoire du monde, dans le passé et l'avenir ; et donc, si elle était totalement élucidée, qu'on pourrait s'expliquer la chronologie du passé et prédire celle de l'avenir.

Là, monsieur, je crois qu'il mettait beaucoup trop l'accent sur quelques menues coïncidences dans les phénomènes fondamentaux de nature physique ; et je crois aussi qu'en cela il subissait — sans qu'il y fût en rien de sa faute — les inconvénients de la place qu'il tient dans la société, celle d'un aristocrate auquel manquent le commerce quotidien d'un monde de savants adonnés aux mêmes études et la participation aux constantes disputes dont ces études sont l'objet, et qui souffre ainsi de ce que j'appellerais — si je peux me permettre — *dementia in exsilio*. Or, comme nous le répétons souvent ici : *In delitescentia non est scientia*, ceux qui ne vivent pas constamment dans la connaissance n'y accèdent jamais pleinement.

J'ai, monsieur, en matière de science, l'habitude de dire ce que je pense, et quand Monseigneur me fit part pour la première fois de ses idées en ce domaine je me montrai sévère et les trouvai sans fondement. Cela se passait il y a environ cinq ans et en cette première occasion mes critiques d'un certain nombre de déductions trop extravagantes que Monseigneur tirait de ces prémisses provoquèrent un froid entre nous. Je suis pourtant heureux de dire que depuis nous avons fait la paix, sur les bases proposées par Monseigneur lui-même qui déclara attacher trop de prix à nos bonnes relations pour les compromettre en une dispute sur un article qui resterait douteux faute de preuves (une allusion à cette notion chimérique d'une chronologie de l'avenir qui pourrait être établie à partir de la séquence susdite). Nous décidâmes alors que nous devions, comme *amici amicitiae* (sa propre expression) bannir de nos conversations ce sujet de discorde. Et depuis lors il en a été ainsi, monsieur ; et j'avais conclu à l'abandon de ce sujet d'étude, car Monseigneur a tenu parole dans nos rencontres ultérieures et dans toute notre correspondance.

Comme je vous l'ai dit, monsieur, je n'ai pas la moindre idée de l'endroit où se trouve Monseigneur, et ne peux vous donner là-dessus aucun avis ; je souhaite ardemment que celui que je tiens pour un ami des plus nobles et des plus estimables, aux dons les plus affirmés, soit bientôt retrouvé.

Votre dévoué serviteur,
Nicholas Saunderson A.M.
Regalis Societatis Socius

Ecrit sous la dictée par Anne Saunderson, sa fille.

Historical Chronicle, 1736.

SEPTEMBER.

N the 28th past, a Man paſſing the Bridge over the *Savock* near *Preſton, Lancaſhire,* ſaw two large Flights of Birds meet with ſuch Rapidity, that 18 of them fell to the Ground, were taken up by him, and ſold in *Preſton-*Market the ſame Day.

Friday 3.

Joſhua Harding, and *John Vernham,* condemn'd for Houſe-breaking, were hang'd at *Briſtol,* when cut down, and put in Coffins, they came both to life; but the latter, tho' he had been blooded, dy'd about 11 at Night; and *Harding* continuing alive, was put in *Bridewell,* where great Numbers of People reſorted to ſee him: He ſaid, he only remember'd his being at the Gallows, and knew nothing of *Vernham's* being with him ; having been always defective in his Intellects, he was not to be hang'd, but to be taken care of in a Charity-Houſe.

Monday, 6.

The Bills of Indictment preſented to the Grand Jury at *Hicks's-Hall* againſt two of the *Spittle-fields* Rioters were return'd Ignoramus. See 425.

Tueſday, 7.

Betwixt 9 and 10 at Night, a Body of Men, (See p. 522 H) enter'd the Weſt Port of *E-dinburgh,* ſeized the Drum, beat to Arms, and calling out, *Here! All thoſe who aare avenge innocent B'ood!* were inſtantly attended by a numerous Crowd. Then they ſeized and ſhut up the City Gates, and poſted Guards at each, to prevent Surprize by the King's Forces, while another Detachment diſarm'd the City Guards, and advanced immediately to the Tolbooth or Priſon, where not being able to break the Door with hammers, &c. they ſet it on Fire, but at the ſame Time provided Water to keep the Flame within due Bounds. Before the outer Door was near burnt down ſeveral ruſh'd thro' the Flames and oblig'd the Keeper to open the inner Door and going into Capt. *Porteus* Apartment, call'd, *where is the Bnggar Porteous?* who ſaid I'm here, what is it you are to do

with me? To which he was anſwered, we are to carry you to the Place where you ſhed ſo much innocent Blood and Hang you. He made ſome Reſiſtance, but was ſoon overcome, for while ſome ſet the whole Priſoners at Liberty, others caught him by the Legs and dragged him down Stairs, and then led him to **A** the *Graſs Market,* where they agreed to Hang him without further Ceremony ; accordingly, taking a Coil of Rope from a Shop, they put one End of it about his Neck, and flung the other End over a Dyers Croſs Poſt or Gallows, and drew him up ; but having got his Hands to the Rope, they let him down and tyed them, and draw'd him up again, but obſerving what an indecent **B** Sight he was without any Covering over his Face, they let him down a ſecond Time, and pulled off one of the two Shirts he had on and wrapped it about his Head, and hal'd him up a third Time with loud Huzza and a Ruff of the Drum. After he had hung till ſuppoſ'd to be dead, they nail'd the Rope to **C** the Poſt, then formally ſaluting one another, grounded their Arms, and on t'other Ruff of the Drum retir'd out of Town. Nothing of this Kind was ever ſo boldly Attempted, or ſo ſucceſsfully Executed, all in the ſpace of two Hours, after which every Thing was quiet The Magiſtrates endeavoured to prevent their Deſign, but were attack'd and driven away. **D** Next Morning at 4 when the Captain was taken down, his Neck was broke, his Arm wounded, and his Back and Head bruiſed.

In what we mention'd laſt Month, with relation to the obtaining this unfortunate Man's Reprieve, there was a ſmall Miſtake ; ſeveral Perſons of Quality and Diſtinction, did apply to her Majeſty, in favour of the Captain, but we are aſſur'd the Magiſtrates of *Edin-* **E** *burgh* did not in the leaſt Intereſt themſelves in that Matter ; and no doubt they had their Reaſons ; ſince this is not the only Inſtance of the Populace of that City, putting into Action, the brave but unforgiving Principle, couch'd under the Motto of their Nation, *Nemo me impune Laceſſit.* To mention one: In the beginning of Q. *Anne's* Reign, when **F** the Earl Seafield was Chancellor, one *Green* was condemn'd for the Murder of Capt. *Mid-dleton,* and the Council in *Edinburgh* order'd him to be reprieved, which the Mob hearing, when the Earl came out of the Council, they broke, and overturn'd his Coach, and greatly inſulted the Earl, and oblig'd him to go back

A a a a   to

to the Council and get the Reprieve chang'd into an Order for his Execution, and he was executed accordingly.

About 14 Persons were taken into Custody the next Day on Accouut of this Riot, but no Evidence appearing against them, 11 were soon difcharg'd, and the others not long after.

Friday, 10.

A Fire broke out in upper *Shadwell*, by which 42 Houfes, 6 Warehoufes, and 8 Sheds were burnt to the Ground, and 18 damaged.

Wednesday, 15.

At the Seffions at the *Old-Bailey* 77 Prifoners were tried, 6 of whom receiv'd Sentence of Death, (*viz.*) *Edward Bonner*, a Butcher in *Newgate-Market*, *Tho. Dwyer*, and *James Oneal*, for robbing on the Highway ; *Edward Rowe* for fhooting and robbing Mr *Gibfon*, the Baker at *Iflington* ; *John Thomas* for Shoplifting ; and *Tho. Hornbrook* for Horfeftealing. 26 order'd for Tranfportation, one burnt in the Hand; and one (*viz.*) *Jofeph Cady*, to ftand in the Pillory for Perjury ; and 62 acquitted. Mr *Nixon* the Nonjuring Clergyman was admitted to Bail. *See p.* 420D. Three Men and one Woman were committed for Perjury on *Bonner's* Trial.

Nine Perfons in Cuftody on occafion of the late Riots in Spital-fields were brought to the Bar, indicted for Mifdemeanours; but their Trials not coming on, they were, with the Approbation of his Majefty's Attorny General, referred to Bail, each to find Sureties to be bound in 50 *l.* Recognizance.

Thursday, 16.

At a Gen. Court of the Bank of *England*, a Dividend of Two 3 qrs per Cent. was agreed to for Intereft and Profits for the Half Year ending at *Michaelmas* next; and the Warrants made payable *October* the 13th.

Friday, 17.

The Court of Common Council, London, order'd that the 1ft Collection of the Tax for lighting the Streets, purfuant to a late Act, fhould be for 3 Quarters of a Year ending at *Chriftmas*, after the following Rates (*viz.*) Every Houfe under 10 l. per Ann. 3 s. 6 d. from 10 to 20 l. 7 s. 6 d. from 20 to 30 l. 8 s. from 30 to 40 l. 9 s. 6 d. all above 12 s.———Every Freeman of *London* liable to pay the faid Rate, neglecting or refufing to pay, or defiring to be excufed paying, fhall be under the fame Incapacity of Voting at all Elections in the City, as other Perfons now are, who do not pay Scot and Lot.

The *Glafgow* Mail with feveral Bags and an *Irifh* Mail therein, were carry'd off by two Rogues, who ftabb'd the Poft-man in the Thigh.

Wednesday, 22.

One *Cadwal*, a Deferter, got Change for a 20 *l.* Bill at *Cowpar* in *Fife*, when paid, it was difcover'd to have been taken out of the *Glafgow* Mail above-faid, whereupon the Perfon who paid it, rode after him, and got his Money ; but let the man go off, yet kept the Note.

At a Court of Common Council at *Guild-Hall*, it was agreed to complete *Fleet-Ditch* for a Market, and that the Committee of City-Lands do immediately advertife to receive Propofals for building a Market-Houfe, Shops, Stalls, &c.

Friday 24.

At a General Court of the Eaft-India Company it was refolved to reduce the Intereft of all the Bonds that bore a higher Price, to 3 per Cent.

Tursday, 25.

A Proclamation was publifh'd, offering a Reward of 200 l. and his Majefty's Pardon, to the Difcoverers of any Perfon concern'd in the Murder of Capt. *Porteous*, and for every Perfon fo difcover'd, and convicted, 200 l.

Sunday, 26.

Daniel Malden having been retaken at *Canterbury*, upon a Quarrel with his Wife, was brought under a ftrong Guard to *Newgate*, and cha'n'd down in the Hold. *See* p. 291 A 354 H.

Monday 27.

Bonner Rowe, Dwyer, and *O Neal,* were hang'd at *Tyburn* ; but *Hornbrook* and *Thomas* were repriev'd.

Tuesday, 28.

Wm Rous and *Benjamin Rawlings* Efqs; were fworn into the Office of Sheriffs of this City and County of *Middlefex*.

The Time approaching for putting a Stop to the Retailing of diftill'd Spirituous Liquors in fmall Quanrities, the Perfons who kept Shop for that purpofe began to make a Parade of mock Ceremonies for Madam *Geneva's* Lying-inState, which created a Mob about their Shops, and the Juftices thought proper to commit fome of the chief Mourners to Prifon. The Signs alfo of Punch-Houfes were put in mourning ; and left others fhould exprefs the Bitternefs of their Hearts by committing Violences, the Horfe and Foor-Guards and Train'd-Bands were order'd to be properly ftation'd. But many of the Diftillers, inftead of fpending their Time m empty Lamentations betook themfelves to other Branches of Induftry ; fome to the

Interrogatoire et Déposition de
David Jones
lequel a prêté serment, ce neuf septembre
de la dixième année du règne
de notre souverain Seigneur George II
par la grâce de Dieu Roi de Grande-Bretagne
et d'Angleterre &c.

MON NOM EST DAVID JONES. Natif de Swansea. et j'ai trente-six ans, l'âge du siècle. Je ne suis pas marié. Je travaille présentement comme commis d'un ship-chandler, à Cardiff.

Q. Jones, je vous ai enfin trouvé mais cela n'a pas été sans peine.

R. Je le sais, monsieur, et vous m'en voyez marri.

Q. Avez-vous lu ce résumé de la déposition de Mr Francis Lacy ?

R. Oui, monsieur.

Q. Vous êtes bien celui dont parle Mr Lacy ?

R. Oui, monsieur.

Q. Mais vous avez affirmé le contraire à celui que j'ai envoyé vous chercher.

R. C'était pour moi un étranger. Il n'a d'abord rien dit de Mr Lacy, et avec tout mon respect je me considère l'ami de ce digne gentleman et, de par l'honneur, obligé de le protéger pour autant que ce m'est possible. Car je le savais aussi innocent que Jones ici présent, monsieur, de tout ce qui est arrivé en ce dernier mois d'avril. C'est dans le malheur qu'on connaît ses amis, comme on dit.

Q. Mon courrier a déclaré que lorsqu'il vous a parlé de Mr Lacy vous avez continué à nier ; vous avez même juré que vous n'aviez jamais eu affaire à quiconque portant ce nom.

R. C'était simplement pour l'éprouver, monsieur. Pour voir s'il en savait autant qu'il le disait. Quand j'ai eu la preuve qu'il ne mentait pas, moi-même j'ai cessé de mentir.

Q. Et vous ne mentirez plus, Jones.

R. Certes non, monsieur.

Q. Qu'il en soit ainsi. Nous en viendrons tout à l'heure à ce qui est arrivé à la suite de votre départ de Londres. Mais d'abord je désirerais savoir s'il y a dans la déposition de

217

Mr Lacy, dans ce que vous en avez lu, certaines choses que vous savez fausses.

R. Aucune, monsieur.

Q. Ou inexactes ?

R. Non, monsieur. A ma connaissance, tout s'est passé comme il dit.

Q. Ou si des faits n'y manquent pas de façon substantielle. Auriez-vous, en quelque matière de grande importance, fait des découvertes dont vous ne lui auriez pas parlé ?

R. Non, monsieur. C'était mon devoir de lui rapporter tout ce que je voyais et remarquais. Et je l'ai fait.

Q. Vous n'avez rien à ajouter ?

R. Non, monsieur. J'en fais le serment.

Q. Vous ne niez pas que vous vous êtes enfui, comme Mr Lacy le déclare ?

R. Je ne peux le nier, monsieur. C'était comme je lui ai écrit. Je voulais revoir ma vieille mère. Paix à son âme. Et quand j'ai vu qu'il n'y avait plus entre nous que le canal de Bristol j'ai pensé que c'était l'occasion ou jamais. Faut aller où le cœur vous porte, comme on dit. J'ai eu tort, monsieur, je le sais. Mais j'avais été un mauvais fils et je voulais m'amender.

Q. Votre engagement ne prenait-il pas fin ce même jour ? Pourquoi n'avez-vous pas demandé à Mr Lacy la permission de le quitter ?

R. Je pensais qu'il dirait non, monsieur.

Q. Pourquoi ?

R. Parce qu'il est un gentleman craintif, monsieur, et je savais qu'il ne voudrait point voyager seul en ces régions.

Q. N'avait-il pas toujours été pour vous un bon ami, en cette occasion comme en d'autres ? N'est-ce pas lui qui souvent vous avait trouvé un emploi ?

R. Oui, monsieur, je l'avoue ; et j'ai eu grande vergogne à le traiter ainsi, mais ma conscience de fils et de chrétien me disait que c'était mon devoir de le faire. Donc je le fis.

Q. Espérant obtenir son pardon une fois de retour à Londres ?

218

R. Je l'espérais. Il a le cœur généreux. Dieu le bénisse. Et aussi c'est un chrétien.

Q. J'aimerais savoir ce que vous pensez de Dick, le domestique de Mr Bartholomew.

R. Je n'en pense rien, monsieur. Jones ici présent ne le connaissait pas mieux à la fin du voyage qu'au début.

Q. Ne l'avez-vous point jugé étrange ?

R. Ça crevait les yeux, monsieur. Qu'un gentleman l'engage comme domestique, c'était vraiment à n'y point croire. Il était pour sûr de bonne constitution, bien bâti, mais c'était bien là tout ce qu'il avait.

Q. Pas doué pour être un bon valet ?

R. Il faisait ce qu'on lui ordonnait, monsieur. Et je dois admettre que les secrets de son maître étaient par lui bien gardés. Ses biens tout pareil. Il ne m'aurait même pas laissé toucher au petit coffre qui était sur le cheval de somme et pesait si lourd. Le premier jour du voyage, j'ai voulu l'aider à le soulever et il m'a repoussé ; et ainsi pour tout. C'était plutôt en cela un roquet jaloux qu'un domestique.

Q. N'avez-vous rien remarqué d'autre en lui qui vous ait paru singulier ?

R. Qu'il ne riait ni ne souriait, même quand il était en joyeuse compagnie. A Basingstoke, un matin, il y avait une servante au puits comme nous étions là, Dick et moi, et elle a voulu arroser le garçon d'écurie pour le châtier de quelque impertinence et elle a couru derrière lui avec le ·seau mais elle est tombée et elle s'est tout arrosée elle-même et c'était drôle à en faire rire un mort. Mais lui, il n'a pas ri. Une porte de prison, comme on dit, sa figure. La mine aussi longue qu'un jour sans pain.

Q. Un garçon mélancolique ?

R. Un simple, monsieur. Comme s'il était tombé de la lune. Plutôt de bois que de chair et de sang. Sauf avec la fille. Je pourrais en raconter là-dessus à Votre Honneur.

Q. Paraissait-il craindre son maître ?

R. Non monsieur. Prompt à lui obéir mais pas plus qu'il n'est naturel. Attentif quand ils parlaient avec leurs signes que j'ai appris à déchiffrer un peu, et alors j'ai essayé de parler à Dick semblablement comme je pouvais mais ça a été du temps perdu.

Q. Pourquoi ?

R. Je ne puis dire, monsieur. Pour les choses faciles comme Aide-moi à attacher ci, donne-moi un coup de main pour soulever ça, il comprenait. Mais si je voulais lui demander quelque chose de personnel, à quoi il pensait, par naturelle amitié dans un moment de loisir, je n'en pouvais rien tirer. J'aurais pu aussi bien m'adresser à lui en gallois, la langue que parlait ma mère.

Q. Donc il n'était peut-être pas aussi simple qu'il y paraissait ?

R. Ça se peut, monsieur. C'est à voir.

Q. J'ai une déposition de Mr Puddicombe, de l'auberge du *Black Hart*. Il dit que vous lui avez mentionné une crise de folie, un soir, sur la route.

R. J'ai raconté des fariboles tout au long du chemin, monsieur. Posé des miroirs aux alouettes, comme on dit.

Q. C'était faux ?

R. Monsieur, je n'ai fait qu'obéir aux ordres de Mr Lacy et du gentleman.

Q. C'est à dire propager la rumeur que le garçon était faible d'esprit ?

R. Pas exactement, monsieur. Mais puisque Dick était si renfermé, jouer le rôle du compagnon à la langue bien pendue, aux propos étourdis, et ainsi endormir la méfiance.

Q. N'avez-vous point déclaré que les servantes devaient être prudentes dans leur commerce avec lui ?

R. C'est bien possible, monsieur. Et si je l'ai fait, il y avait là quelque vérité.

Q. Comment cela ?

R. En ce qu'il n'était pas un eunuque italien, monsieur, pas du tout un Faribelli. Malgré ses déficiences.

Q. Vous pensez à la servante Louise ?

R. Oui, monsieur.

Q. Et à d'autres femmes sur votre chemin ?

R. Il n'avait d'yeux que pour elle, monsieur. Le reste ne comptait pas. Donc moi je ne cessai de discourir, comme

pour taquiner les jeunes femmes à l'auberge de Puddicombe.

Q. Et n'avez-vous point tenté d'en taquiner une de la manière
la plus vulgaire, Jones ?

R. C'était par jeu. Rien de plus. Parole. J'ai tenté d'en obtenir
un baiser.

Q. Et de partager son lit ?

R. Que diantre, Votre Honneur, je suis encore jeune. Sauf
votre respect, j'ai comme tout un chacun mon ardeur
naturelle. Au souper, voyez-vous, la nigaude m'a fait des
aguicheries. Ce n'était qu'une simple paysanne.

Q. Bien. Venons-en à Louise. Que pensez-vous à présent de
ce que vous avez raconté à Mr Lacy, c'est-à-dire que vous
l'aviez vue un jour chez Claiborne ?

R. Il faisait nuit, monsieur, c'était à la lueur d'une lanterne et
j'ai eu juste le temps d'un coup d'œil alors qu'elle entrait.
Je n'ai jamais juré que c'était elle. Sans doute je me suis
trompé. L'œil est plein de malice, il voit toujours le pire.
C'était seulement quelqu'un qui lui ressemblait.

Q. Direz-vous que vous êtes à présent persuadé de vous être
trompé ?

R. Oui, monsieur. N'est-ce point vrai ?

Q. Pourquoi me le demander ?

R. Parce que vous semblez en douter, monsieur. Ça m'était
venu comme ça, Hé hé, il y a anguille sous roche. Une idée
qui m'avait pris, une idée fausse.

Q. Vous êtes maintenant absolument certain qu'elle n'était
point ce que vous aviez pensé ?

R. J'ai cru Mr Bartholomew sur parole, monsieur. Ou plutôt
Mr Lacy l'a cru sur parole, et moi après. Ce qui est bon
pour lui est bon pour moi.

Q. Avez-vous beaucoup parlé avec elle ?

R. Très peu, monsieur. Dès le début elle a pris son genre
distingué, réservé. Ces airs pincés qu'elle se donnait,
ne regardant pas de mon côté si nous étions assis à table
ou si on se rencontrait ; et en route elle avait mieux à faire
que converser. Ça lui allait fort bien d'avoir un nom
français.

Q. N'était-ce pas excessif, ces marques de délicatesse, chez une fille qui se faisait passer pour une servante ?

R. Il y en a tant à présent qui sont tout pareil, monsieur. Sacrebleu, elles voudraient toujours qu'on les prenne pour leurs maîtresses.

Q. S'il vous plaît, pas de jurons vulgaires en ce lieu.

R. Je vous prie de m'excuser, Votre Honneur.

Q. Vous ne l'avez connue sous aucun autre nom ?

R. Comment ça aurait été possible, monsieur ?

Q. Savez-vous le nom de celle que vous vîtes entrer chez Claiborne ?

R. Non, monsieur. Et celui qui me l'a montrée ne le savait point non plus. Il savait seulement qu'elle était une belle pièce de ce bordeau et qu'on la surnommait la Fille Quaker. Et on a pensé que le gentleman qu'on avait conduit là pouvait bien venir pour elle. C'était le marquis de L., monsieur.

Q. Vous, vous étiez venu comme porteur de chaise ?

R. Oui, monsieur. Je faisais cela à l'occasion, quand je ne trouvais rien de mieux pour gagner mon pain.

Q. Avez-vous souvent porté la chaise de clients de cette maison ?

R. C'est arrivé, monsieur. Comme ça tombait.

Q. Et vous n'avez jamais appris le nom des pensionnaires ?

R. Non, monsieur. Mais seulement qu'elles sont — à ce qu'on dit — ce qu'il y a de mieux à Londres. Voilà pourquoi les michés les plus huppés — excusez, monsieur, je voulais dire les plus distingués gentlemen de Londres — passaient souvent cette porte.

Q. Et vous êtes certain que la fille avec qui vous avez voyagé n'était pas une de ces prostituées ?

R. Je le suis maintenant, monsieur.

Q. N'avez-vous pas demandé à cette Louise d'où elle venait, et d'autres choses de ce genre ?

R. Certes, monsieur. Et plus d'une fois avant que nous arrivions à Amesbury. Comme par exemple combien de temps elle avait été en service, et où. C'était ce qu'est la charité pour un avare, elle avait une manière de dire un peu pour ne rien dire. Point du tout un moulin à paroles.

Q. Et lorsque vous l'avez interrogée sur sa sortie nocturne à Amesbury ?

R. Elle a protesté, monsieur, et s'est mise tout en émoi et en colère et puis elle a tourné à l'aigre comme du verjus et j'ai su que pour ça elle mentait.

Q. Dites-moi, avant de vous rendre compte que Dick avait accès à son lit, avez-vous remarqué entre eux quelque signe d'entente ?

R. C'était clair que lui, monsieur, il était tout assoté. Suffisait de l'observer quand elle était dans les parages. Il la quittait à peine des yeux et quand il avait servi son maître il la servait.

Q. Comment cela ?

R. Il portait ses provisions, il portait son bagage, tout ce qu'il pouvait faire. Qui a le cœur amoureux n'a plus rien dans la tête, comme on dit.

Q. Mais elle était plus discrète à montrer son affection ?

R. Plus rusée, monsieur. A les observer, on l'aurait pris, lui, pour son petit chien familier plutôt que pour son amant ; mais après Amesbury, elle se cachait moins. Elle dormait sur la monture, assise entre ses bras ; la tête tournée reposant contre sa poitrine, comme le ferait un enfant ou une épouse.

Q. Et ceci en dépit de ses bonnes manières.

R. C'est comme on dit, monsieur, toutes les femmes sont bien toutes pareilles.

Q. Etait-elle le plus souvent devant lui ou derrière ?

R. Ma foi, monsieur ... derrière tout d'abord, comme c'est l'habitude, comme le perroquet ou le cacatoès sur son perchoir ; mais le troisième jour, l'idée lui prit de s'asseoir entre les bras de Dick, elle disait que c'était plus doux, là, sur le garrot ; que Votre Honneur me pardonne, elle aurait mieux fait d'admettre que c'était plus doux entre les jambes du gars émoustillé.

Q. Ne lui avez-vous rien demandé au sujet de son compagnon ? Si elle et lui n'allaient pas se marier ?

R. Non, monsieur. Car Mr Lacy m'avait recommandé en

privé de ne pas chercher à en savoir plus, de peur d'avoir l'air de fourrer mon nez à son profit dans les affaires de Mr Bartholomew, ce qu'il ne voulait aucunement. J'ai donc tenu ma langue, et je me suis dit que peut-être elle avait craint d'abord que je me moque d'elle pour s'être amourachée d'un gars comme Dick, et j'ai eu pour elle plus de gentillesse pensant qu'elle m'avait rembarré pour mon bien.

Q. Comment cela ?

R. Monsieur, c'était une belle fille. Chassez l'amour il revient au galop. Mes yeux le lui ont dit, j'imagine.

Q. Vous avez joué au galant ?

R. Je l'aurais bien fait, monsieur, si elle me l'avait permis. Mais c'était à moitié pour voir si elle savait ce que c'était que la galanterie. Et s'il était vrai qu'elle était une des agnelles de Mère Claiborne.

Q. Vous ne pouvez rien dire de plus sur son compte ?

R. Non, monsieur.

Q. Et vous n'avez eu aucune nouvelle d'elle, ni de Dick ni de son maître depuis le dernier jour d'avril ?

R. Non, monsieur.

Q. Ni lu aucun rapport dans un journal ou une gazette ?

R. Non, monsieur. Je vous en donne ma parole.

Q. Ce qui vous a porté à croire que Mr Bartholomew avait accompli l'enlèvement avec succès sans que soit commis aucun crime qu'on pourrait vous imputer ?

R. Oui, monsieur, jusqu'à ce jour. Et qui me serait cause d'alarme si je n'étais point innocent et ne reconnaissais point en vous, monsieur, la justice et l'équité. Je ne crains rien, le rôle que j'ai joué étant des plus humbles, guère plus que celui d'un portier.

Q. Pourquoi êtes-vous resté au pays de Galles sans même retourner à Londres le temps de réclamer votre argent à Mr Lacy ?

R. J'ai donné mes raisons à Mr Lacy par une lettre, voilà trois mois, monsieur.

Q. Il ignore tout de ce qui vous est arrivé.

R. Bien évidemment, monsieur, et je prendrai la liberté de

vous dire pourquoi. D'abord, quand j'ai débarqué là où je suis né, ce fut pour apprendre des nouvelles qui m'ont fait pleurer, Votre Honneur, pleurer comme un enfant, c'est-à-dire que ma pauvre mère — que Dieu ait son âme — n'était plus de ce monde depuis trois ans déjà, et pareillement depuis six mois ma sœur que j'aimais tendrement. Maintenant le pauvre Jones n'a plus qu'un frère, qui est plus pauvre que Jones lui-même, et un vrai Gallois, d'abord frère de sa propre misère. Donc, monsieur, j'ai logé chez lui un mois durant, en l'aidant comme j'ai pu. Et puis, Jones, que je me suis dit, Jones, il est temps que tu rentres à Londres. Swansea, c'est une misérable bourgade du pays de Galles. Et Jones et l'argent, monsieur, c'est tout comme les horloges de Londres qui ne sont que rarement bien accordées. Ce que j'avais sur moi a été bientôt dissipé. Donc je suis parti à pied pour Londres, faute de moyens pour y aller plus confortablement. Arrivé à Cardiff j'ai rencontré un ami qui m'a invité à l'accompagner chez lui. Et il s'est trouvé là un autre homme qui, lorsqu'il a su que je savais écrire et compter et avais vu le monde, m'a parlé d'une place chez ce Mr Williams où lui-même il travaillait et où vos hommes m'ont trouvé. Car figurez-vous que son employé avait été trois jours auparavant frappé d'une attaque d'apoplexie et donné pour mort, ce qu'il est d'ailleurs à présent, et Mr William avait tellement d'affaires en route que ...

Q. Certes, certes. Venons-en à votre lettre.

R. Eh bien, monsieur, c'était pour dire que j'avais obtenu cette fonction, et que j'étais là comme un poisson dans l'eau, jugé par mon nouveau maître fort capable et très vif et ainsi ne pouvais me rendre à Londres. Que j'avais bien du regret de ce que j'avais fait et espérais que Mr Lacy m'accorderait son pardon et dans ce cas que je lui serais reconnaissant s'il trouvait moyen de m'expédier mon compte.

Q. Comment lui avez-vous envoyé la lettre ?

R. Par quelqu'un qui avait affaire à Gloucester, et qui m'a dit qu'il s'arrangerait pour qu'elle continue son chemin et pour ça je lui ai donné un shilling. De retour il m'a assuré que c'était chose faite. Mais j'y ai perdu mes efforts et mon argent car la réponse n'est point venue.

Q. Et vous n'avez pas écrit de nouveau ?

R. J'ai pensé que ça ne servirait de rien, monsieur. Que Mr Lacy était en colère et me rendait ce que je lui avais fait, comme c'était sans doute son droit.

Q. Et qu'une si petite somme ne valait pas la peine ?

R. Oui, monsieur.

Q. D'après vous, cela faisait combien ?

R. J'avais déjà demandé un acompte à Mr Lacy, avant de le quitter.

Q. Combien ?

R. Plusieurs guinées, monsieur.

Q. Soyez précis.

R. D'abord une guinée, comme avance sur mes gages.

Q. Combien après ?

R. A Taunton, j'ai demandé à Mr Lacy de quoi subvenir à mes besoins. Je crois que c'était deux ou trois guinées.

Q. Mr Lacy dit une.

R. J'ai oublié, monsieur. J'aurais juré que c'était davantage.

Q. Vous êtes si peu soucieux de l'argent que pour vous une ou trois guinées cela revient au même ? *(Non respondet.)* Vous avez pris en tout deux guinées, Jones. Donc il vous en est encore dû ...

R. Huit, monsieur.

Q. Combien gagnez-vous annuellement dans votre présent emploi ?

R. Dix livres par an, Votre Honneur, et je vois où vous voulez en venir. Mais je considérais que c'était de l'argent perdu, donc ça ne comptait plus guère.

Q. Presque un an de gages, c'est si peu ?

R. Je ne savais point comment les réclamer.

Q. N'y-a-t-il pas très souvent des bateaux qui emportent le charbon du pays de Galles jusqu'à Londres ?

R. Possible.

Q. Quoi, vous travaillez pour un ship-chandler et vous n'en êtes pas sûr ?

R. Oui, j'en suis sûr, monsieur.

Q. N'avez-vous jamais eu l'idée d'en profiter pour envoyer une autre lettre, ou pour aller vous-même récupérer votre argent ?

R. Jones n'est pas un marin, monsieur. Je crains la mer et les corsaires.

Q. Moi je dis qu'il y a une autre raison.

R. Non, monsieur.

Q. Oui, monsieur. Lors de cette expédition dans l'Ouest, vous avez découvert quelque chose que vous n'avez pas jugé bon de confier à Mr Lacy, et qui, vous le saviez, pouvait vous entraîner, vous et tous ceux qui étaient associés à l'entreprise, dans les sérieux ennuis où vous êtes à présent. Vous ne vous seriez pas enfui en abandonnant votre argent sans quelque cause vraiment sérieuse.

R. Je n'en savais pas plus qu'on ne nous avait dit, monsieur, je le jure. Ni que nous n'avions nous-mêmes découvert, comme Mr Lacy vous l'a déjà conté.

Q. Je vais te prendre à ton propre piège, mon garçon. Ta première lettre à Mr Lacy parlait d'un bateau partant de Barnstaple pour Swansea, ce premier jour de mai. J'ai eu soin de m'en enquérir. Il n'y avait pas de bateau. Il n'y en a pas eu davantage dans les jours suivants.

R. Non, monsieur, on m'avait mal informé, comme je m'en suis rendu compte quand je suis arrivé sur place. Mais quand j'ai écrit qu'il y en avait un, je le croyais. A Barnstaple on m'a dit que je ferais mieux d'aller à Bideford. Ce que je fis et appris qu'un bateau charbonnier partait trois jours plus tard. C'est la vérité, monsieur. Vous pouvez vérifier. Son nom, c'était l'*Henrietta*, et il était commandé par Maître James Parry de Porthcawl, un excellent capitaine, et fort connu.

Q. A quoi as-tu passé ces trois jours ?

R. Je suis resté à Barnstaple le premier jour, monsieur, et j'ai passé le suivant à Bideford où je me suis informé sur le quai et j'ai trouvé Mr Parry et lui ai demandé de me prendre à son bord. Ce qu'il a fait le jour suivant et nous eûmes une bonne traversée. J'en remercie le bon Dieu.

227

Q. Qui donc, à Barnstaple, t'a mal renseigné sur ce bateau ? Qui donc, au *Black Hart* ?

R. Eh bien, monsieur, j'ai oublié. Quelqu'un qui se trouvait là.

Q. Tu as écrit à Mr Lacy que c'était Puddicombe.

R. Alors, c'était lui, monsieur.

Q. Jones, je t'avertis. Tu pues le mensonge comme l'haleine des gens de ton pays pue les poireaux.

R. Non, monsieur. Que Dieu m'en soit témoin.

Q. J'ai ici ta lettre, où tu déclares sans ambages que Maître Puddicombe t'a parlé du bateau. Mais il jure que ce n'est pas vrai et je ne le sais point menteur.

R. Alors je me suis trompé, monsieur. Ce fut écrit en grande hâte.

Q. Et ça ne tient pas debout, pas plus que le reste de ton histoire. Car je me suis informé du cheval, Jones, à *Crown Inn*. Vas-tu encore affirmer qu'il y fut amené le premier du mois ou en vérité à quelque date ultérieure ? Pourquoi ne réponds-tu pas ?

R. Vous me voyez tout dérouté, monsieur. Je me souviens à présent que j'ai poussé jusqu'à Bideford sur ma monture, et que je l'ai laissée là, à l'auberge où j'ai logé, *The Barbadoes*, avec de l'argent pour son entretien jusqu'à ce qu'on vienne la chercher, mais sans oublier d'envoyer un messager à *Crown Inn*, au cas où quelqu'un s'en préoccuperait et m'accuserait de l'avoir volée. Je le jure, monsieur. Il faut me pardonner car j'ai perdu la tête. J'ai dit « le premier jour » sans réfléchir, pour être bref. Je ne pensais pas que ça avait de l'importance.

Q. Eh bien, je vais te détromper, manant, et te faire voir que pour toi le gibet n'est pas loin. Dick est mort, et il y a beaucoup à parier qu'il s'agit là d'un meurtre, son corps a été trouvé à moins d'un jour de marche de l'endroit où tu as dormi, le coffre de son maître pillé, le bagage disparu ; et depuis ce jour pas un mot du maître ni de la servante. En ce noir mystère tout laisse à supposer qu'ils ont été eux-mêmes assassinés — et par qui ? Eh bien, par toi *(Ici le déposant s'exclame en gallois.)* Que dis-tu ?

R. Pas vrai. Pas vrai. (*Encore quelques mots en gallois.*)

Q. Qu'est-ce qui n'est pas vrai ?

R. La femme vit. Je l'ai vue après.

Q. Tu fais bien de baisser la tête, Jones. Sers-moi un autre mensonge et je te la relèverai pour te passer au cou la corde du pendu. Je te le promets.

R. Je l'ai vue après, je le jure, Votre Honneur.

Q. Après quoi ?

R. Là où ils sont allés ce premier mai.

Q. Comment peux-tu dire où ils allaient ? N'es-tu pas allé, toi, à Barnstaple ?

R. Non, monsieur. Oh, mon Dieu, que ne l'ai-je fait. (*A nouveau il marmonne en gallois.*)

Q. Sais-tu où est présentement la servante ?

R. Sur la gloire de Dieu, non, monsieur. A moins que ce soit à Bristol, comme vous verrez. Et elle n'était pas une servante.

Q. Et Mr Bartholomew ?

R. Oh Seigneur.

Q. Pourquoi ne réponds-tu pas ?

R. Je sais qui il est en vrai. C'est ainsi que je me suis trouvé tout empêtré — maudit soit ce jour — quoique mes intentions étaient bonnes. Votre Honneur, je n'ai pas pu empêcher, on me l'a dit sans que je demande, un gars qui ...

Q. Arrête. Dis-moi le nom qu'on t'a donné, pas plus, pas moins. N'écrivez pas sa réponse.

R. (*Respondet.*)

Q. As-tu répété ce nom à quelqu'un ? Oralement ou par écrit ?

R. Non, monsieur. A personne. Sur la tête de ma mère.

Q. Donc tu sais pour qui j'enquête, Jones ? Et pourquoi tu es ici ?

R. J'imagine, monsieur. Et très humblement sollicite l'indulgence de Sa Grâce car je croyais agir pour Elle, monsieur, quand j'ai su.

Q. Nous verrons cela. Maintenant je répète ma demande : Que sais-tu de Monseigneur, postérieurement au premier mai ? Lui as-tu parlé ? As-tu eu de ses nouvelles, appris quoi que ce soit à son sujet ?

R. J'ignore où il est, je le jure, monsieur, et s'il est toujours vivant, comme je ne sais rien de Dick, de sa mort. Votre Honneur doit me faire confiance. Oh mon Dieu, croyez bien que si j'ai tout caché, c'est que j'avais tellement peur ... rien d'autre.

Q. Caché quoi ? Et relève-toi, pleurnicheur.

R. Oui, monsieur. Je veux dire que j'ai su après que Dick était mort, monsieur, Dieu ait son âme. Mais rien de plus, je vous le jure sur la tombe de saint David.

Q. Comment en as-tu eu connaissance ?

R. D'abord c'était seulement un soupçon, monsieur. Il y avait deux ou trois semaines que j'étais à Swansea quand j'ai rencontré un marin dans une taverne, qui arrivait de Barnstaple et m'a dit que non loin de cette ville un homme avait été trouvé mort avec des violettes enfoncées dans la bouche. Il ne m'a donné aucun nom, monsieur, il a juste mentionné ça en passant, comme quelque chose de bizarre. Mais j'ai eu un pressentiment.

Q. Et ensuite ?

R. Une fois à Cardiff, chez mon maître Mr Williams, c'est-à-dire là où se font ses affaires, j'ai rencontré encore quelqu'un qui m'a conté le même événement, car il arrivait le matin même de Bideford et parlait de nouvelles découvertes, et assurait qu'il n'était là-bas question de rien d'autre, et que ça faisait cinq voyageurs assassinés durant les deux derniers mois. Il n'a pas donné de noms, mais j'ai deviné à cause du nombre et d'autres circonstances qu'il mentionnait, et depuis, jusqu'à ce jour, j'ai vécu dans une grande frayeur et vous aurais tout dit immédiatement, monsieur, n'était que ma pauvre mère ...

Q. Suffit ! Ce second rapport, quand donc te l'a-t-on fait ?

R. La dernière semaine de juin, monsieur. Si mes souvenirs sont bons. Oh pardon, de bien mauvais souvenirs.

Q. Pourquoi ressens-tu une telle frayeur quand tu prétends être innocent ?

R. Monsieur, j'ai vu des choses que je ne pourrais croire, si quelqu'un me les racontait.

Q. Par Dieu, Jones, tu vas me les dire à moi. Ou je ne donne pas cher de ta méchante carcasse. Je te ferai pendre haut et court, sinon comme meurtrier, du moins comme voleur de chevaux.

R. Oui, monsieur *(Autres mots en gallois.)*

Q. Et assez de ce charabia barbare.

R. Oui, monsieur. C'est seulement une prière.

Q. Les prières ne te sauveront pas. L'entière vérité et rien autre.

R. Vous l'aurez, monsieur. Je le jure. Où voulez-vous que je commence ?

Q. Où tu as commencé à mentir. Si ce n'était pas au berceau.

R. Je ne vous ai pas menti jusqu'au lieu où on a couché après Amesbury, monsieur, qui était à Wincanton. Tout s'est passé comme vous l'a dit Mr Lacy. Sauf pour Louise.

Q. Qu'as-tu à dire sur Louise ?

R. J'ai pensé que j'avais raison en ce que j'avais d'abord dit à Mr Lacy, concernant l'endroit où je l'avais vue avant.

Q. Entrant chez Claiborne ? Qu'elle était une prostituée ?

R. Oui, monsieur. Il n'était pas de mon avis. Aussi je n'ai point insisté mais je croyais ce que je croyais, comme on dit.

Q. Que Monseigneur avait trompé Mr Lacy ?

R. Oui, mais je ne voyais pas pourquoi.

Q. Et elle ? Lui avez-vous fait part de ce que vous saviez ?

R. Non, monsieur, ou du moins pas directement. Mr Lacy a dit que je ne devais pas. J'ai lancé à la fille quelques remarques lestes, pour la mettre à l'épreuve, et à moitié par plaisanterie. Comme je l'ai dit, elle n'a pas bronché, et elle a continué de parler comme le ferait la servante d'une grande dame, ni mieux ni pire.

Q. Vous n'étiez plus aussi certain ?

R. Non, monsieur, et encore moins lorsque j'ai découvert qu'elle couchait avec Dick. Je ne savais plus que penser, si ce n'est qu'ils se moquaient peut-être de leur maître derrière son dos. Et pourtant, je croyais encore qu'elle était celle que j'avais vue, comme j'en ai eu la preuve, monsieur, et vous allez entendre ce qui est arrivé pour finir.

Q. Etes-vous certain que Monseigneur ne lui montrait aucune faveur spéciale, ne s'isolait pas avec elle ?

R. Je n'ai jamais rien vu de semblable, monsieur. Il lui disait bonjour le matin. Il lui demandait de temps en temps si elle était fatiguée ou courbatue, rapport à nos chevauchées, mais pas plus que le fait un noble gentleman montrant de la politesse envers ses inférieurs.

Q. A votre connaissance, elle n'est jamais allée le retrouver dans sa chambre en secret ?

R. Non, monsieur. Mais je ne peux pas vraiment dire car je ne montais point dans les étages, excepté pour voir Mr Lacy. C'est la règle générale que les domestiques mâles ne dorment pas là où dorment les servantes, pas dans la même partie de la maison.

Q. Et c'est fort sage. Qu'il en soit donc toujours ainsi ! Maintenant, venons-en à ce qui s'est passé à Wincanton.

R. Un homme en grand manteau de cocher m'a accosté, à l'auberge du *Greyhound*. Il nous avait vus arriver et il a demandé, Qu'est-ce qui se prépare ? J'ai dit, Quelle question, rien ne se prépare. Allons, qu'il me dit avec un clin d'œil, je sais qui est en vrai votre Mr Bartholomew. Jusqu'à il y a deux ans j'étais le cocher de Sir Henry W., et je l'ai vu quand il venait en visite. Je les reconnaîtrais entre mille, lui et son valet muet. C'est ... celui que je vous ai dit, monsieur.

Q. Il a prononcé le nom ?

R. Oui, et celui de son noble père. J'étais tout ébahi, monsieur, je ne savais pas quoi répondre, mais j'ai pensé que le mieux était de ne pas me mettre à discuter, alors je lui ai fait à mon tour un clin d'œil et j'ai dit, Peut-être que c'est lui, mais tenez votre langue, il ne veut pas se faire reconnaître. A quoi cet homme a répondu, Très bien, ne vous inquiétez pas, mais où va-t-il ? J'ai dit, Chasser une jeune perdrix dans l'Ouest. Ah, il a dit, mignonne et dodue, sans nul doute. Et puis qu'il avait bien deviné.

Q. Qui était cet homme ?

R. Le cocher d'un amiral qui allait avec sa dame à Bath, monsieur. Son nom est Taylor. Un garçon convenable, curieux mais pas malveillant, et une fois lancé je n'ai point eu de mal à lui en faire accroire. J'ai dit que Mr Lacy était le tuteur de Monseigneur, et notre prétexte un voyage d'agrément, quoique, en vérité, il s'agissait de mener à bien un siège, avec Louise sous la main pour le moment où la jeune lady serait capturée. Puis Dick s'en est venu et Taylor a voulu le saluer, et l'imbécile a bien failli tout gâcher en faisant comme s'il ne le connaissait pas et en lui tournant le dos. J'ai dit que le malheureux avait peur, Taylor ne devait pas s'en offenser, il n'était pas sans savoir que Dick ne possédait pas tous ses esprits. Dix minutes plus tard, Louise est descendue pour me chercher. Elle a dit, Farthing, ton maître t'appelle. Je l'ai donc suivie et une fois à la porte elle a dit, Ce n'est pas Mr Brown mais Mr Bartholomew qui veut te voir, je ne sais pas pourquoi. Je suis allé le trouver et il m'a dit, Jones, je crains fort qu'on ait découvert qui je suis. J'ai dit, Oui, Monseigneur, je le crains aussi, et je lui expliquai dans quelles circonstances on m'en avait parlé et ce que j'avais répondu à Taylor. Très bien, dit-il, mais Mr Brown ignorant tout cela, il est préférable de continuer ainsi.

Q. A-t-il donné une raison ?

R. Il a dit qu'il avait de l'estime pour Mr Lacy, et ne voulait pas lui causer de souci. J'ai répondu que j'étais aux ordres de Monseigneur. Alors soyez discret, me dit-il, et donnez ça à ce compagnon pour qu'il boive à ma santé et tienne sa langue, et voici pour vous une demi-guinée. Que je pris, monsieur, et m'en suis senti redevable.

Q. Vous n'en avez point parlé à Mr Lacy ?

R. Non, monsieur. Plus tard, comme je buvais avec Taylor, il m'a dit qu'il avait entendu que le noble père de Monseigneur était en grande colère parce que Monseigneur avait refusé un parti qu'on lui proposait. J'ai commencé à trembler, monsieur. Car mieux vaut un lit d'orties qu'un secret partagé, comme on dit. Je voyais un père courroucé, monsieur, et de ceux qu'on n'oserait pas offenser. Et j'ai pensé à ma Bible, et au cinquième commandement de Moïse : Ton père honoreras.

Q. N'aviez-vous jamais songé à cela auparavant? Ne connaissiez-vous pas, avant même de quitter Londres, les lignes générales de l'affaire?

R. Je l'ai vue, monsieur, dans un nouvel éclairage.

Q. Qu'est-ce à dire?

R. C'était mon devoir, monsieur, de me demander si ça ne m'était pas possible d'en apprendre un peu plus sur les intentions de Monseigneur.

Q. Pour parler clairement, tu as réfléchi que si tu servais le père, ta poche pourrait bien y gagner?

R. Que la prudence le commandait, monsieur.

Q. Tu t'exprimes comme un hypocrite, Jones, comme le font tous ceux de ton pays. Tu as vu là l'occasion d'un profit appréciable, n'est-ce pas?

R. J'espérais quelque récompense, monsieur. Si le gracieux gentleman trouvait bon de m'en accorder.

Q. Cela je veux bien le croire. Donc, au départ de Wincanton, tu étais résolu à épier Monseigneur. N'est-ce pas?

R. Si je le pouvais, monsieur. Je ne savais pas alors si je le ferais. Ces deux jours de voyage qui restaient à passer, pour Jones, ce n'était pas dans le Gladherhat.

Q. Le quoi?

R. C'est le nom que nous les Gallois nous donnons au Somerset, monsieur, un pays de cocagne, tout cidre et veaux gras.

Q. Tu ne vas pas jouer au scrupuleux. Je ne veux pas de ça, tu n'es qu'un franc coquin. Ou bien pourquoi aurais-tu été trouver Mr Lacy à Taunton afin qu'il t'avance une partie de ton argent? Tu étais déjà résolu, voilà tout.

R. Oui, monsieur.

Q. Et jusqu'à ce que tu arrives au *Black Hart*, tu n'as rien appris des projets de Monseigneur?

R. Non, monsieur.

Q. Dis-moi tout, depuis le moment où tu t'es réveillé, au matin du premier mai.

R. Je suis peut-être un coquin, monsieur, mais j'ai passé une bien mauvaise nuit. Je ne savais pas ce qu'il convenait de faire. Finalement, je me suis levé et je suis descendu sur la pointe des pieds et j'ai trouvé un bout de chandelle et un encrier et écrit ce que vous savez à Mr Lacy.

Q. Fais-moi grâce de ce que je sais déjà. Continue à partir du moment où Mr Lacy quitta les autres et partit de son côté, sur la route de Bideford.

R. C'était à deux miles, monsieur, quand le chemin se sépare, un carrefour à trois branches, et là j'ai attendu, caché parmi les buissons d'une colline boisée, afin de dominer la scène, puisque je ne savais pas quelle route ils allaient prendre. C'est là où est planté le gibet, on reconnaît sans peine l'endroit. Et j'ai attendu deux heures ou plus, content de voir que se préparait une belle journée ensoleillée, pauvre imbécile que j'étais.

Q. Il ne passa personne ?

R. Une voiture avec des servantes et de jeunes hommes à côté, qui riaient et chantaient. Ils allaient à la Fête de Mai. Et bientôt d'autres suivirent, à pied, pour le même propos.

Q. Aucuns ne vinrent-ils à cheval, comme s'ils étaient des messagers envoyés pour affaire urgente ?

R. Non, monsieur. Il n'y eut que Monseigneur et ses gens à se diriger vers Bideford, et ils s'arrêtèrent au croisement, près du gibet.

Q. Je sais. Tu n'as rien entendu de ce qui fut dit ?

R. Pas un mot, monsieur. C'était à quatre cents pas de là où je me tenais.

Q. Continue.

R. Eh bien, monsieur, j'ai regretté de voir Mr Lacy s'en aller tout seul en un pareil lieu. Bientôt il fut hors de vue, car son chemin descendait quand celui des autres montait plutôt. J'ai attendu jusqu'à ce qu'ils atteignent le premier mamelon pour quitter ma cachette, rejoindre la route et les suivre ; en haut de la pente j'ai sauté de mon cheval pour voir où ils étaient et si je devais continuer ou attendre. Deux miles encore, et nous étions entrés dans de grands bois, la route faisait des tournants aussi aigus qu'une alène de charpentier de marine, ce qui me causait grand-peur de tomber tout soudain sur eux ; je ne pouvais voir loin d'aucun côté. Et ça arriva, monsieur. Comme je m'écartais

235

d'un grand rocher sur le remblai, hé, les voilà seulement à cent cinquante pas. Par chance ils me tournaient le dos. Ils s'étaient arrêtés près d'un ruisseau qui vient de plus haut et traverse la route en un joyeux glouglou, monsieur, sans ça leurs oreilles leur auraient dit que j'étais derrière. Alors, dégringolant de ma rosse, bien vite je la repousse à dia et je l'attache hors de vue, et je reviens où j'étais en prenant garde, cette fois, et je les guigne. Mais voilà qu'ils sont partis, quittant la route car j'aperçois un petit instant le dos de Louise, et elle est en croupe sur le cheval de Dick, qui grimpe plus haut que la route, dans la montagne.

Q. Connaissez-vous le nom de ce lieu ?

R. Non, monsieur. Je n'ai vu ni ferme ni maison, et pas non plus à l'entour. Dans les bois c'est souvent qu'il y a de l'eau à traverser, mais ici c'est plus large et ça va loin dans les collines. Tandis que le ruisseau tombe en cascade et à grand bruit sur le côté gauche du chemin.

Q. Ensuite.

R. Lorsque j'ai jugé qu'il n'y avait plus de danger qu'on me surprenne, j'ai gagné l'endroit où ils s'étaient arrêtés, au bord de l'eau, et j'ai vu qu'il y avait un gué, peut-être de six pieds de large, pas plus, car il est fait d'un lit de pierres plates et la route continue après. Et à présent je voyais où ils étaient allés ; le sol au-dessus était moins raide que là où j'étais passé, et montait vers le haut de la colline en une sorte de petit ravin parmi les arbres. Mais d'abord je n'ai point vu de sentier et j'ai cherché jusqu'à ce que je trouve l'entrée du ravin et découvre des traces du passage de leurs chevaux.

Q. Un sentier souvent utilisé, diriez-vous ?

R. Monsieur, je jurerais qu'aucun autre cheval n'y était passé depuis bien des mois. Plus haut, comme je vous dis, j'ai reconnu à des signes que c'était un sentier de berger, pour gagner le pâturage d'été sur la montagne au-dessus. Il y avait des branches brisées depuis longtemps, et les crottes desséchées des bêtes.

Q. Vous avez supposé qu'ils cherchaient quoi ?

R. Un chemin détourné pour gagner la demeure où vivait la

jeune dame, monsieur, ou bien un lieu de rendez-vous qu'ils avaient fixé. Je ne pouvais en décider car voyez-vous je ne savais pas où étaient dans ce pays les belles maisons et les grandes propriétés. Malheur à moi qui n'ai pas fait demi-tour. Mais Jones, que je me suis dit, autant être pendu pour une brebis que pour un agneau.

Q. Où va ce sentier ?

R. Jusqu'à un espace désert, monsieur, étroit et raide et parsemé de pierres et de rochers parmi les arbres. Ça formait une courbe, comme la nouvelle lune, et s'élevait vers la montagne. C'était fort mélancolique, monsieur, en dépit du soleil qui brillait. J'ai remarqué que nul oiseau ne chantait comme c'est l'habitude à ce temps de l'année, les oiseaux paraissaient avoir fui, et ça m'a bien inquiété. Alors que j'étais déjà suffisamment effrayé par conséquence de ce que je faisais, et donc doublement dans le doute.

Q. Quand avez-vous rejoint vos anciens compagnons ?

R. Pas avant presque une heure, monsieur. Ce n'était pas très loin, pas à plus de deux miles ou à peine. Mais je ne pouvais avancer que très lentement, en m'arrêtant souvent pour écouter. Je ne voyais quasiment rien à cause des épineux et des buissons, et je me disais qu'ils étaient encore en pire condition que moi, et encore plus lents à progresser, les oreilles dressées pour me surprendre moi ou un autre, et moi sans rien pour me protéger que le grondement du torrent.

Q. Venez-en à l'emplacement où vous les avez vus en premier.

R. Ce fut comme ça, monsieur : J'arrivai là où le ravin devenait un peu plus étroit mais montait plus droit et où je pouvais trouver une position avantageuse pour voir par-devant moi. J'ai donc attaché mon cheval et grimpé un peu sur un côté d'où j'avais meilleure vue. D'abord je n'ai rien remarqué, bien que la vue soit dégagée jusqu'au bout du ravin. Et je me suis mis à réfléchir sur les moyens d'aller plus près car là-haut tout semblait nu. Mauvais aujourd'hui, pire demain, comme on dit. Et je me suis maudit moi-même, monsieur, maudit d'avoir imaginé qu'une telle filature était aisée comme de pisser au lit. Alors j'ai vu un homme qui avait lui aussi grimpé sur le bord, un demi-mile en avant, et j'ai su que c'était Dick. Je ne pouvais voir Monseigneur ni la fille et j'ai supposé qu'ils étaient encore dans le ravin avec les chevaux, près du torrent. Dick s'est arrêté sur un épaulement et a scruté le paysage, au-delà de ce que j'en voyais, moi, parce que le bout du ravin se divisait en deux, fourchu comme une langue de serpent, et il explorait des yeux la partie qui changeait de direction.

Q. Paraissait-il prendre des précautions ?

R. Je n'en eus point l'impression, monsieur. Il n'est pas resté là longtemps, il a continué à avancer et je l'ai perdu de vue.

Q. Et ensuite ?

R. J'ai pensé qu'ils arrivaient à la fin du voyage et que je devais aller à pied, désormais, car si je restais monté ils auraient pu m'entendre ou me découvrir du lieu plus élevé où ils se trouvaient. J'ai donc conduit ma rosse dans un taillis et l'ai attachée, en la cachant du mieux possible derrière l'enchevêtrement des branches. J'ai continué à pied au bord du torrent, là où ils étaient passés. Après un petit moment, j'ai vu quelque chose de blanc dans le vert, à une centaine de pas, comme une étoffe étendue à sécher. Alors je me suis arrêté et puis je me suis glissé sur le côté jusqu'à un endroit d'où je pouvais mieux voir et j'ai vu Louise tout endimanchée.

Q. Qu'entendez-vous par là, mon garçon ? Endimanchée ?

R. Comme je vous dis. Comme une Reine de Mai, tout en lin blanc, batiste, rubans, je ne sais, belle comme un sou neuf.

Q. Jones, je ne me laisse pas prendre à tes histoires.

R. Je jure que c'est vrai, Votre Honneur. Maintenant je ne mens pas.

Q. Lui aviez-vous vu cette robe plus tôt dans la journée ? En vous rendant à cet endroit ?

R. Non, monsieur. Je suis certain qu'elle ne la portait pas. En arrivant au gibet, elle est allée derrière des buissons, pour ses besoins — faites excuse — et là j'ai vu sa robe vert et jaune, son jupon molletonné comme elle portait toujours.

Q. Vous maintenez qu'elle a changé de vêtements à l'endroit où ils se sont arrêtés, pendant que vous vous efforciez de les rejoindre ?

R. Elle avait dû, et n'avait point remis son manteau. Il n'y avait pas de vent et la journée devenait chaude. Il faut me croire, monsieur. Si je racontais des histoires je les rendrais plus conformes à ce que souhaite Votre Honneur.

Q. Et Monseigneur ?

R. Il se tenait à l'écart, près des chevaux qui étaient attachés un peu plus haut et il regardait dans la direction où Dick était parti.

Q. Et la fille ?

R. Elle s'est assise sur une pierre qu'elle avait recouverte de son manteau, pas loin du ruisseau, et elle se fabriquait une couronne de mai avec les aubépines posées sur ses genoux, les débarrassant de leurs épines à l'aide d'un couteau de poche aux embouts de cuivre que j'ai reconnu pour celui de Dick. Et comme je l'observais je la vis plus d'une fois se piquer les doigts et les sucer, et même une fois se retourner vers l'endroit où se tenait Monseigneur comme pour se plaindre de devoir souffrir cela pour lui.

Q. Contre sa volonté ?

R. Ça se pourrait, monsieur, mais je n'ai guère les moyens de le dire.

Q. Cette robe, elle était simple ou riche ? Telle qu'en porterait une grande dame ? Ou plutôt une servante de village ?

R. Plutôt ça, monsieur. Bien qu'ornée de rubans roses à l'ourlet et aux épaules. Et la fille avait des bas blancs. La couronne, je trouvais ça moins bizarre car elle avait toujours cueilli des petits bouquets partout où on s'arrêtait. Une fois je me suis moqué d'elle, j'ai dit qu'elle ne ressemblait point à une cameriste mais à une vendeuse de fleurs dans les rues.

Q. Qu'a-t-elle répondu ?

R. Qu'il y avait de pires façons de gagner un penny.

Q. Elle n'a pas conversé avec Monseigneur ?

R. Non, monsieur. Elle a terminé sa couronne de mai. Elle se tenait là parmi ce vert, aussi innocente qu'un seau de lait.

Ma foi, elle aurait ébloui un aveugle, comme on dit. Elle était joliment bien habillée. Je ne l'avais jamais vue aussi douce et mignonnette, monsieur, avec mes excuses.

Q. Douce comme la poix. Et ensuite ?

R. Rien n'a changé d'un petit moment, monsieur. Enfin j'ai entendu des pierres rouler et Dick est reparu, de l'autre côté du torrent, redescendant jusqu'en face de là où était Monseigneur, et il a fait un signe de mauvais augure, monsieur, car c'étaient les cornes du diable.

Q. Montrez-moi.

R. Comme ça, monsieur.

Q. Ecrivez : l'annulaire et l'auriculaire et le pouce repliés contre la paume, les deux autres doigts tendus. Vous n'aviez jamais vu faire ce signe ?

R. On dit que c'est comme ça que les sorcières se saluent, monsieur ; je le croyais quand j'étais petit. Mais chez nous autres le geste sert pour montrer son mépris ou bien pour plaisanter, pour dire va-t-en au diable. Dick, lui, il ne plaisantait pas.

Q. Ensuite ?

R. Monseigneur est venu à l'endroit où Louise était assise et elle s'est levée et ils ont échangé quelques mots mais que je n'ai point entendus. Ensuite elle est allée avec lui rejoindre Dick, qui a sauté dans le courant et l'a soulevée dans ses bras pour la faire traverser en lui évitant de mouiller ses souliers. Et Monseigneur a traversé lui aussi et ils ont grimpé la colline, par le même chemin que Dick avait pris.

Q. Au retour de son domestique, Monseigneur avait-il paru satisfait ?

R. Je n'en ai rien vu, monsieur, il y avait une branche qui me cachait son visage. Il n'a fait aucun signe. Mais quand il s'est approché de Louise pour lui parler, je l'ai trouvé plus alerte.

Q. Il montrait une nouvelle ardeur ?

R. Oui, monsieur. Comme pour encourager la fille. Et j'ai remarqué qu'il a ramassé le manteau de sur la pierre et l'a tenu pour qu'elle l'enfile mais elle n'en a point voulu, et donc il l'a plié sur son bras, ce qu'aurait fait un valet. C'était bien singulier. Mais c'était ainsi.

Q. Portait-elle sa couronne de mai ?

R. Pas sur la tête, monsieur. Elle la tenait à la main.

Q. Continuez.

R. Eh bien, monsieur, une fois de plus je me demandai quoi faire. Je savais qu'ils reviendraient, puisqu'ils avaient laissé leurs montures, et qu'ils ne pouvaient aller bien loin, et la mienne était restée plus bas et pas bien cachée, qu'ils découvriraient en revenant et ainsi devineraient tout et ...

Q. C'est bon. Vous les avez suivis ?

R. Oui, monsieur. C'était raide et raboteux sur deux cents pas d'éboulis, et ensuite un peu moins rude.

Q. Une trop grande pente pour un cheval ?

R. Nos poneys gallois l'auraient montée, monsieur, mais pas vos chevaux anglais. Puis me voilà qui arrive où j'avais vu se dresser Dick, un peu plus tôt ; moi je restai courbé, de peur d'être aperçu, et quand même je voyais cette autre partie du ravin que j'ai mentionnée, qui s'en allait de côté.

Q. Dans quelle direction ?

R. Eh bien, vers l'ouest ou le nord-ouest, monsieur. Sur ma gauche comme j'avançais. Et je vis qu'il n'y avait plus d'arbres sauf quelques pauvres aubépines tordues, mais du gazon et des fougères, un maigre pâturage qui aboutissait à un bassin, en forme de panier à poissons, au fond plat, et les bords étaient de roc nu, presque à pic.

Q. Et ceux que vous suiviez ?

R. Bien visibles, monsieur, au-dessus de moi, à trois ou quatre cents pieds, près de ce bassin que je vous disais, mais d'où j'étais je ne pouvais pas voir le fond ni même l'eau. Et alors, monsieur, je ne vous ai pas dit le plus beau. J'ai découvert qu'ils n'étaient plus seuls.

Q. Comment cela ?

R. Eh bien, j'ai d'abord pensé qu'ils avaient retrouvé celle que nous savions que Monseigneur voulait épouser. Car il y avait une femme un peu plus haut que l'endroit où ils étaient, et maintenant ils tombaient à genoux devant elle.

Q. A genoux, dites-vous ?

241

R. Oui, monsieur, c'est certain. Tous à genoux, Monseigneur en avant, le chapeau à la main, et Dick et Louise en retrait d'un pas ou deux, et comme devant une reine.

Q. Cette femme, décrivez-la-moi.

R. Votre Honneur, j'étais loin et je ne pouvais point l'examiner franchement, car elle regardait de mon côté, aussi je ne dirai rien de très précis, sauf qu'elle était bizarrement accoutrée, en argent à ce qu'il m'a semblé, et plus comme un homme qu'une femme car elle portait des hauts-de-chausses et une tunique, rien d'autre ; pas de cape ni de manteau et non plus rien sur la tête.

Q. N'y avait-il pas dans les parages un cheval ? Un domestique ?

R. Non, monsieur. Elle était seule.

Q. Elle se tenait comment ?

R. Comme quelqu'un qui attend, monsieur.

Q. Elle ne parlait pas ?

R. Elle n'a point parlé en ma présence.

Q. A quelle distance des autres se trouvait-elle ?

R. Peut-être trente ou quarante pas, monsieur.

Q. Une personne de belle apparence ?

R. Je ne pourrais vous dire, monsieur. Moi j'étais bien à quatre cents pas. Elle était de taille et de corpulence moyennes, avec des cheveux sombres qui tombaient raide, librement sur les épaules, encadrant son visage qui était de teint pâle.

Q. Avait-elle le comportement d'une amoureuse qui accueille son amant tant attendu ?

R. Non, monsieur, pas du tout et ça m'a paru vraiment étrange qu'aucun ne fasse le moindre mouvement.

Q. Voulez-vous me dépeindre l'expression de son visage ? Souriait-elle ? Paraissait-elle joyeuse, ou quoi d'autre ?

R. Elle était trop loin, Votre Honneur.

Q. Vous êtes sûr que c'était une femme ?

R. Oui, monsieur, et j'ai alors supposé qu'elle s'était ainsi vêtue en manière de déguisement pour s'échapper d'où elle vivait et pouvoir plus aisément monter à cheval quoique de cheval je n'en voyais point. Toutefois, comme je vous dis, ses vêtements n'étaient pas de ceux que porterait un drôle de la campagne ou un garçon d'écurie, mais de la couleur de l'argent et brillants, comme en pout-de-soie, ou en vraie soie.

Q. J'aimerais un peu plus de précisions. Pourrez-vous me donner sur cette dame quelques détails que vous auriez découverts plus tard ?

R. Oui, monsieur, et aussi vous dire qu'elle aurait mieux fait de porter du noir.

Q. Très bien. En temps voulu. Suivons l'ordre des choses. Continuez.

R. Ça n'était pas possible d'avancer, monsieur. Il n'y avait pas moyen de se cacher. L'un d'entre eux qui se retournait et il m'aurait vu. Je me suis dit que si je revenais sur mes pas je trouverais sans doute un chemin jusqu'à l'extrémité du ravin, ce qui me permettrait d'atteindre sans me faire remarquer l'endroit où ils se tenaient près du bassin. C'est ce que j'ai fait, monsieur, quoique je me sois déchiré les mains et les habits en traversant les ronces et ça m'a pris plus de temps que je pensais. C'était un endroit plutôt pour les écureuils que pour les humains. Mais finalement je m'en suis tiré et comme je l'espérais j'ai débouché sur un terrain découvert où je me suis mis à courir, au-dessus du ravin mais hors de leur vue. Quand je suis arrivé là où je jugeais qu'ils étaient j'ai arraché des feuillages afin de me dissimuler derrière pendant mon guet. Puis je me suis aplati au sol, j'ai rampé sur le ventre et trouvé une bonne place parmi les myrtilles, juste en surplomb, où je me croyais au poulailler de Drury Lane avec vue sur l'ensemble au-dessous de moi, comme la corneille dans la gouttière, ou la souris dans l'orge et ...

Q. Et ... Pourquoi vous arrêtez-vous ?

R. Il me faut prier, monsieur, pour que vous ajoutiez foi à ce que j'ai maintenant à vous conter. Je puis bien parler de théâtre, mais jamais on n'a joué une pièce aussi fantastique, ni rien qui en approche.

Q. Nous verrons cela. Continuez.

R. Je me serais cru encore dans mon lit, en plein rêve,

monsieur, si le soleil ne m'avait pas chauffé le dos et si je n'avais pas été tout essoufflé de ma course.

Q. Au diable ton essoufflement. Finissons-en, mon garçon.

R. Eh bien, monsieur, je vais faire de mon mieux. D'un côté du bassin il y avait un escarpement de pierre, aussi haut qu'une maison, qui aboutissait à un plateau. Au pied de l'escarpement, s'ouvrait l'entrée noire d'une grotte, ce que je n'avais pu voir de ma première position. Je me dis que les bergers devaient prendre abri dans cette grotte, car sur le sol traînait une claie rompue, et je vis près de l'entrée les traces d'un grand feu, avec l'herbe noircie tout autour. Et plus près de moi il y avait une petite mare, alimentée par un filet d'eau barré d'une levée de terre, et ceci fait de main d'homme. Au bord de la mare une haute pierre, pas si haute que celles de Stonehenge mais tout de même aussi haute que vous et moi, et elle se dressait là, comme pour marquer l'emplacement.

Q. Et pas de moutons en vue ?

R. Non, monsieur. C'est ici sans doute comme dans mon pays, le pâturage n'est guère utilisable avant la fin mai et en plus on ne conduirait pas les troupeaux si loin avant que les agneaux aient pris de la force.

Q. Avez-vous vu Monseigneur ?

R. Certes, monsieur. Et Dick aussi. Ils se tenaient près de la pierre, leur dos tourné vers moi et fixant des yeux la grotte à quelques centaines de pas comme s'ils s'attendaient à voir quelqu'un apparaître à l'entrée.

Q. A quelle distance en étiez-vous ?

R. Deux cents pas, monsieur. A portée de mousquet.

Q. Et la fille ?

R. Elle s'est agenouillée sur son manteau au bord du bassin, monsieur, et elle s'est lavé la figure, l'a séchée avec un coin du vêtement. Puis elle est restée à fixer l'eau d'un air contrit, sa couronne de mai auprès d'elle.

Q. Et cette quatrième personne, celle que vous avez vue d'en bas, qui était habillée comme un homme ?

R. Disparue, monsieur. Sans doute entrée dans la grotte pour changer de costume, ou pour je ne sais quoi. Monseigneur s'est retourné, il a fait quelques pas, puis il a sorti sa montre de son gousset et ouvert le boîtier et je me suis dit, Quelque chose ne va point, il s'impatiente. Il s'est mis à marcher de long en large, plongé dans ses pensées. L'herbe était rase et le sol aussi plat qu'un terrain de boules. Cela dura ainsi pas loin d'un quart d'heure, Monseigneur allant et venant, Dick fixant la grotte du regard, Louise assise sur l'herbe et on aurait pu croire que tous trois ne s'étaient jamais vus auparavant, ne s'étaient jamais adressé la parole et avaient chacun un but différent.

Q. Les faits.

R. Finalement, Monseigneur regarde une fois de plus sa montre de gousset. Et c'est comme si était venue l'heure qu'il attendait car il se dirige vers Dick et pose une main sur son épaule comme pour dire, comme je le dis, que l'heure est venue.

Q. Et il était quelle heure, à votre avis ?

R. Peut-être dix heures et demie, monsieur, ou guère plus. Et maintenant Monseigneur va vers Louise qui est assise à l'écart et il lui parle et elle courbe la tête et elle ne veut pas faire ce qu'il lui demande. Je n'entendais pas, monsieur, ou seulement un bruit de voix, mais sans comprendre ce qu'ils disaient, ils parlaient bas. C'était clair qu'elle n'avait point le cœur à faire ce qu'il voulait car bientôt il lui prit le bras comme s'il perdait patience à la voir hésitante, et la fit avancer jusqu'auprès de Dick. Et elle se pencha pour ramasser son manteau qu'il lui arracha des mains et jeta devant la haute pierre, puis s'apercevant que la couronne de mai était restée sur l'herbe il fit signe à Dick d'aller la chercher et de la poser sur la tête de la fille ; alors Dick prend la fille par la main et la fait se placer face à la grotte, comme s'ils étaient deux promis, à l'entrée du chœur de l'église au jour de leur mariage. Et ils se mettent à avancer sur l'herbe vers la grotte, monsieur, main dans la main, et Monseigneur suivant derrière, la plus étrange procession que vous pourriez imaginer, là dans le soleil et sans raison apparente. Puis ça n'est pas seulement étrange, ça tourne mal, monsieur. Car tout d'un coup elle tombe à moitié, se retourne, et la voilà à genoux, levant les yeux vers Monseigneur comme pour implorer sa pitié. Et il m'a semblé qu'elle pleurait, monsieur — c'était loin, je ne peux pas en être certain — mais il n'a rien voulu entendre et hop il tire son épée et la pointe sur la poitrine de la pauvre créature comme pour dire c'en est fait de ta vie si tu me manques à présent pour ce dont nous sommes convenus.

Q. Misérable, voilà bien une histoire à dormir debout. Tu l'inventes à mesure des besoins.

R. De par Dieu c'était ainsi, monsieur. Irais-je me risquer à inventer ce que je sais que vous ne croirez point ?

Q. Il a tiré son épée contre elle ? Tu l'affirmes ?

R. Je le jure.

Q. A-t-il parlé ?

R. Je n'ai pas entendu, monsieur. Dick a pris la fille par le bras, l'a aidée à se relever et ils ont continué, Monseigneur toujours derrière, tenant toujours l'épée mais la pointe vers le sol ; après quelques pas il la dressa à nouveau, comme s'il craignait que la fille désobéisse. Puis ils arrivèrent au seuil du gouffre sombre, à l'entrée de la grotte, et ce fut encore plus étrange. Car juste avant d'y pénétrer, Monseigneur leva la main, ôta son chapeau et l'abaissa jusqu'à l'appuyer contre sa poitrine comme s'ils arrivaient en présence d'un grand personnage et que, devant lui, Monseigneur devait se découvrir. Monsieur, excusez-moi ; vous vouliez que je vous dise tout. C'est ce que je fais.

Q. Vous êtes sûr qu'il se montrait révérencieux ?

R. Aussi sûr que je vous vois, monsieur.

Q. Et ensuite ?

R. Ils entrèrent, monsieur. Je ne les vis plus. Peut-être le temps de compter jusqu'à vingt. Et alors j'entendis un bruit étouffé, un cri de femme, venant de l'intérieur. C'était étouffé mais j'ai entendu.

Q. La fille ?

R. Oui, monsieur. Ça m'a pénétré jusqu'à la moelle, car je me suis dit qu'un meurtre avait lieu. Quoique maintenant je sais qu'il n'en fut rien.

Q. Quelles étaient les dimensions de la grotte ?

R. D'un côté elle était basse, et de l'autre ça se relevait. Un grand chariot chargé aurait pu y entrer, monsieur, avec encore de l'espace autour.

Q. Vous pouviez voir à l'intérieur ?

R. Point du tout, monsieur, sauf là où frappait un rayon de soleil. Ailleurs, il faisait noir comme à minuit.

Q. Vous n'avez vu là personne ? Aucune forme ? Aucun mouvement ?

R. Non, monsieur. Et pourtant soyez certain que j'ai bien regardé. Rien vu non plus durant les longues heures que j'ai passées dans l'attente. Tout était silencieux. Ce que j'avais vu ça n'avait jamais existé. Pourtant je savais bien que si, car le manteau était là près de la pierre.

Q. Vous n'êtes pas descendu voir de plus près ?

R. Je n'osai point, monsieur, j'avais trop peur. Je voyais chez Monseigneur de la malignité dans sa recherche — faites excuse — d'une connaissance malfaisante. Car moins d'une demi-heure après qu'ils étaient entrés, deux oiseaux noirs sont apparus, des corbeaux, avec leurs petits, qui se sont posés sur la pente au-dessus de la falaise où est creusée la grotte et ont fait grand bruit, soit joie soit moquerie, je ne saurais dire. La plupart du temps ils accompagnent la mort et autrement jamais rien de bon et ils en savent plus long que les autres oiseaux. Du moins c'est ce qu'on disait dans le pays de mes jeunes années, Votre Honneur.

Q. Peu m'importent vos jeunes années et leurs contes. Et pareillement vos longues heures d'attente. Monseigneur est-il ressorti de la grotte ?

R. Je ne sais pas, monsieur.

Q. Vous devez bien le savoir !

R. Non, monsieur. J'attendis toute la journée, et finalement Dick sortit, et puis elle, la fille, mais pas Monseigneur. La dernière fois où les yeux de Jones ont vu Monseigneur, ce fut lorsqu'il entrait dans la grotte.

Q. Eh bien, l'homme et la jeune femme, parlons-en, dites-moi précisément quand ils sont ressortis.

247

R. Pas jusqu'au soir, monsieur, une heure avant le coucher du soleil. Et tout ce temps j'ai attendu, ne sachant que faire, car le soleil me brûlait et je n'avais pas d'eau pour étancher ma soif et nulle part où m'approvisionner en victuailles, mon petit déjeuner n'ayant été qu'une portion de miche rassie et je n'avais pas même pensé à apporter ce qui en restait et le morceau de fromage que je gardais dans mon sac de selle. Et mon pauvre cerveau gallois avait besoin de nourriture. Seigneur, j'aurais donné mon bras droit pour l'aide et le réconfort d'un petit brin de ces plantes, l'armoise ou l'angélique, qui vous protègent du diable.

Q. Dispense-nous de tes souffrances, c'est ton cou de menteur qui a besoin qu'on l'aide. Parle-moi de nos compagnons quand ils sont sortis de la grotte.

R. Je vais le faire, je vous le promets, monsieur. Mais d'abord il me faut vous raconter une autre étrangeté que je n'ai pas immédiatement remarquée, et qui est qu'une petite fumée s'élevait d'un emplacement au-dessus de la grotte, hors du sol herbeux, comme d'un four à chaux, quoique je ne pouvais voir de cheminée. Comme s'il y avait du feu à l'intérieur qui trouvait son chemin par un trou ou une crevasse et jusqu'à la pente au-dessus de la falaise où les corbeaux s'étaient perchés.

Q. Vous n'avez pas vu de flammes ?

R. Non, monsieur, et de fumée juste à peine, quelquefois plus rien ou presque et puis ça recommençait. Je dois dire que de temps en temps son odeur me venait aux narines et que je ne l'aimais pas, bien que j'étais éloigné et qu'elle m'arrivait très affaiblie.

Q. Ce n'était pas un feu de bois ?

R. Sans doute en partie, monsieur, mais avec une substance répugnante qui s'y mêlait. Quelque chose comme ce qu'on sent dans la cour du tanneur, comme des sels ou des huiles bizarres. Et je vous dirai plus, monsieur. Par moments venait aussi de l'entrée de la grotte un son qui s'insinuait jusqu'à mes oreilles, du genre que ferait un essaim d'abeilles, tantôt paraissant tout près, tantôt si loin qu'on ne l'entendait plus guère. Et pourtant je ne voyais pas une abeille là où j'étais tapi, rien que des bourdons et encore fort peu, et non plus de fleurs à sucer sauf de pauvres petites choses misérables.

Q. Cela venait de la grotte, dites-vous ?

R. Oui. Au plus fort pas plus qu'un murmure et pourtant je l'ai bien entendu.

Q. Quelle conclusion avez-vous tirée de tout cela ?

R. A l'époque, rien du tout, monsieur. Vous voyez, j'étais ensorcelé. Je voulais m'en aller, je ne pouvais pas bouger.

Q. Pourquoi dites-vous : Rien du tout « à l'époque » ?

R. Je dis comme c'est arrivé, monsieur. Vous saurez, monsieur, que je n'avais pas encore causé avec Louise.

Q. Bien. Mais d'abord j'ai votre parole, ce jour, vous n'avez pas une seule fois quitté votre cachette ?

R. Deux petites fois, monsieur, pas cinq minutes chaque, pour voir si je ne pouvais pas trouver un peu d'eau et puis pour me dégourdir les jambes, car j'étais resté longtemps sans bouger et le sol était dur. Pas plus, je le jure, et chaque fois quand je revins à mon poste rien n'avait changé.

Q. N'est-il pas vrai que vous aviez peu dormi la nuit précédente ? N'avez-vous pas sommeillé un moment sur l'herbe ?

R. Non, monsieur. Ça n'avait rien d'un lit de plumes, je vous assure.

Q. Jones, je veux la vérité. Vous n'encourez aucun blâme si vous avez sacrifié à la nature et dormi. Je veux savoir.

R. C'est possible qu'une ou deux fois je me sois mis à somnoler, monsieur, comme on fait durant une longue chevauchée. Mais je n'ai pas vraiment dormi, je le jure sur la Bible.

Q. Mon garçon, vous voyez où je veux en venir. Niez-vous que quelqu'un ait pu quitter la grotte sans que vous vous en soyez aperçu ?

R. Je ne peux le croire, monsieur.

Q. Vous avez admis vous être éloigné deux fois. Et avoir peut-être somnolé de temps à autre.

R. Oui, mais à peine. Et vous n'avez pas entendu ce que Louise allait me raconter.

Q. Venons-en à cela.

R. Monsieur, comme je vous l'ai dit, les ombres se sont allongées au travers de l'étendue d'herbe et il y avait des ombres encore plus grandes sur mon âme, j'avais le pressentiment qu'il était arrivé quelque chose de terrible et en conséquence ceux qui étaient entrés dans la grotte n'en étaient pas ressortis. Et bientôt j'allais partir car pour rien au monde je ne serais resté de nuit en ces lieux. J'ai d'abord été tenté de retourner là où la veille on avait couché et d'informer la justice. Mais alors, monsieur, j'ai pensé au déshonneur que serait pour le noble père de Monseigneur la révélation publique de l'affaire et qu'il me fallait trouver un moyen de tout lui raconter en privé afin qu'il puisse alors agir à son gré.

Q. Au fait.

R. Eh bien, j'étais étendu là, tête vide, tout creux comme une sarbacane, ne sachant pas quoi faire, et voilà soudainement Dick qui sort en courant, l'air farouche, tel un homme pris de folie ou sous le coup d'une grande frayeur, et presque aussitôt il tombe de tout son long comme s'il avait glissé sur de la glace et immédiatement se relève, jette en arrière un regard terrorisé, semblant voir ce que je ne peux pas voir et qui le serre de près et sa bouche s'ouvre pour crier mais il n'en sort aucun son ; et il se reprend à courir comme s'il n'avait pour seul but que d'échapper à ce qui se trouvait à l'intérieur. Et pour courir il courait, Votre Honneur peut me croire, et si vite que je me demandais si je ne rêvais pas, à peine vu déjà disparu par le chemin que tous trois avaient pris pour venir. Et moi étendu là-haut, ne sachant si je devais le suivre ni quoi faire d'autre. Il courait si vite que je ne l'aurais jamais rattrapé. Alors je me suis dit, Davy, t'as laissé sauter le premier poisson hors du filet, ça ne fait rien, il y en a d'autres à venir, prends patience, puis encore je me suis dit que peut-être Dick était allé chercher les chevaux, et pour rien au monde je n'aurais pris le risque, quand il reviendrait, de me trouver en face de lui, un garçon désespéré et dangereux et plus fort que moi. Donc je n'ai pas bougé.

Q. Il est revenu ?

R. Non, monsieur, et je ne l'ai pas revu. Je suis sûr qu'à courir comme ça ... Je dois dire à Votre Honneur qu'il avait vraiment un drôle d'air, ça me revient encore à présent, tel un pensionnaire d'asile de fous qui ne savait pas ce qu'il faisait mais seulement courait courait jusqu'à ce qu'il tombe ; comme si la meute de l'enfer lui collait aux talons ou pis encore. Je suis sûr qu'à courir comme ça c'était pour aller se pendre.

Q. Venons-en à la fille.

R. M'y voilà, monsieur. Elle n'est pas sortie tout de suite, au moins une demi-heure après et cette fois encore je n'ai su que faire et le soleil qui baissait était près d'atteindre l'entrée de la grotte et quand il l'atteindrait j'avais décidé que ce serait le moment de m'en aller. Et alors tout soudain elle apparut, mais pas du tout comme Dick car elle avançait à pas lents et pareillement à quelqu'un qui marche en dormant ou quelqu'un qui a eu une grande émotion, comme ceux-là que je vis un jour échapper à l'explosion d'une fabrique de poudre à canon et qui pour un moment ne purent dire un seul mot de par la brusquerie et la grande horreur de la chose. Au travers de l'herbe, Votre Honneur, abasourdie, en grande faiblesse, allant droit devant elle comme une aveugle. Et puis, monsieur, elle n'avait plus sa robe blanche. Elle était dans son plus simple appareil.

Q. Entièrement nue ?

R. Pas même une chemise, monsieur, point de bas ni de souliers, Eve avant la Chute ; poitrine nue, bras nus, jambes nues, complètement nue sauf la partie où aucune femme n'est nue, son plumet noir, faites excuse, Votre Honneur. Puis elle s'est arrêtée et a levé un bras devant ses yeux, sans doute éblouie par la lumière, quoique le soleil était bas. Ensuite elle s'est tournée vers l'entrée de la grotte et est tombée à genoux ; m'est avis qu'elle remerciait Dieu pour sa délivrance.

Q. Les mains jointes en prière ?

R. Non, monsieur, la tête courbée et les bras tombant le long du corps. Comme un enfant puni qui implore son pardon.

Q. Il n'y avait sur sa personne ni blessures, ni marques suspectes ?

R. Aucune que j'aie pu voir sur son dos blanc et ses fesses blanches, tandis qu'elle priait, monsieur. Pour sûr, rien de grave.

Q. Elle ne paraissait pas souffrir ?

R. Elle était plutôt ébaubie, monsieur, je dirais. Tous ses mouvements très lents, à en croire qu'elle avait bu une potion spéciale.

Q. Semblait-elle craindre qu'on la poursuive ?

R. Non, monsieur. Ce que j'ai jugé étrange après Dick et sa fuite éperdue. Elle s'est levée, elle avait retrouvé ses esprits semblait-il, et elle s'est dirigée plus fermement vers la pierre près de la mare ; elle a ramassé son manteau qui était resté là tout le jour et s'en est couverte, avec soulagement, je crois, car elle avait l'air d'avoir froid bien que la journée était encore chaude. Et elle s'est de nouveau agenouillée au bord de l'eau et en a pris un peu dans ses mains et a bu et s'est mouillé la figure. Voilà tout, monsieur. Car alors elle s'en est allée nu-pieds, par le même chemin que Dick, par là où ils étaient venus le matin.

Q. En courant ?

R. Elle marchait plus vite à présent, monsieur. Et elle a jeté un regard de côté à l'entrée de la grotte et ça disait qu'étant plus éveillée elle sentait aussi sa peur s'éveiller. Mais pas suffisamment alarmée pour courir.

Q. Et vous ?

R. J'ai attendu une minute, monsieur, là où j'étais, pour voir si Monseigneur allait suivre. Mais il n'est pas apparu et peut-être me blâmerez-vous, Votre Honneur, un héros plus hardi aurait pu gagner la grotte et y entrer. Je ne suis pas de cette trempe, je ne le prétends point. Je n'ai point osé.

Q. Tu ne prétends point ? Toi le vantard incorrigible ? En bref le pleutre gallois que tu es a couru après la fille, n'est-ce pas ? Tu es vraiment digne de ton pays de malheur. L'as-tu rattrapée ?

R. Oui, monsieur, et j'ai tout ouï de son aventure. Ce qui ne charmera guère les oreilles de Votre Honneur mais je sais que vous ne voulez pas que je dise autrement que ce qu'elle-même a dit. Donc je vous en demande pardon à l'avance.

Q. Mais si tu manques à ta parole je n'aurai point de pitié. Eh bien, Jones, tu peux digérer cela avec ton dîner. Si ce que tu as dit est faux tu es un homme mort. A présent retire-toi. Mon assistant va t'emmener et c'est lui qui te ramènera.

Ayscough sirote sa boisson médicinale (bière chaude additionnée d'épices et d'armoise, l'armoise étant censée avoir des vertus prophylactiques contre sorcières et Démon, comme Jones l'a déjà mentionné), tandis que ce même Jones est pour son repas relégué à l'office, dans un silence qui pour la première fois de sa vie lui convient, et privé d'alcool, ce qui ne lui convient pas. Le mépris brutalement chauvin manifesté par le juge à l'égard du témoin est injurieux mais nullement surprenant, et en vérité n'a pas grand-chose à voir avec les origines galloises du pauvre Jones. Au-dessus d'un certain niveau social, en dépit du respect ridicule — allant souvent jusqu'à l'obséquiosité — pour le rang et pour le titre, la société de ce temps était relativement fluide ; avec quelque chance et quelque talent, des hommes humbles par la naissance pouvaient s'élever dans le monde et devenir de distingués ecclésiastiques, d'érudits professeurs à Oxford ou Cambridge comme Mr Saunderson (fils d'un employé des contributions), de gros négociants, des hommes de loi comme Ayscough, (fils cadet d'un obscur vicaire du Nord, aux revenus fort modestes), des philosophes ou des poètes (Pope était le fils d'un drapier). Mais au-dessous de ce niveau la société était statique. Ceux des très basses classes n'avaient nul espoir d'en sortir ; les classes supérieures considéraient que le sort des humbles gens était fixé dès leur naissance.

La ligne quasi infranchissable séparant ces deux camps était encore renforcée par la tendance générale de la bonne société à adorer — ou plutôt idolâtrer — la propriété privée. Un Anglais conventionnel de cette époque aurait pu dire que le palladium national était l'Eglise anglicane; mais la vraie religion du pays n'était qu'en apparence contenue entre les murs de cette institution léthargique. Elle se fondait plutôt sur un profond respect du droit de propriété, valeur suprême pour toute la société (à l'exception de la classe la plus déshéritée) et lui dictait en grande partie son comportement, ses opinions, ses pensées. Les Dissidents se voyaient bien souvent interdire toute situation officielle (restriction qu'ils tournaient fréquemment à leur avantage en devenant de grands négociants). Mais pour eux aussi la richesse était sacro-sainte. En dépit de leur doctrine, nombre d'entre eux se sentaient de plus en plus enclins à tolérer l'Eglise d'Angleterre qui défendait leurs droits et mettait à l'écart les infâmes ennemis de l'autre bord, jacobites et maudits papistes. Ce que tout le monde était d'accord pour préserver à tout prix, c'était beaucoup moins la théologie de l'Eglise établie que le droit de posséder et la sécurité des biens. Et ceci intéressait tout autant le simple propriétaire d'une maison que les magnats whigs pourvus d'immenses domaines qui en une étrange alliance avec la Cité, les Dissidents enrichis et le clan des évêques, avaient le contrôle réel du pays, bien plus que le roi et ses ministres. Si Walpole paraissait détenir le pouvoir cela tenait surtout à sa capacité de jauger avec pertinence ce que l'opinion attendait de lui.

En dépit de la prospérité commerciale grandissante, la propriété foncière restait un investissement plus recherché que les premiers titres et actions. L'escroquerie de la South Sea Bubble de 1721 avait sévèrement entamé la confiance dans ce récent procédé d'enrichissement rapide. On pourrait supposer que l'obsession générale de la propriété aurait dû balayer, avec l'appui du Parlement, les lois abominablement désuètes concernant les biens immobiliers et leur mode d'acquisition (en particulier le code de la Chancellerie, d'une complexité cauchemardesque et qui a embarrassé même les plus grands experts contemporains). Mais pas du tout : ici l'amour de la propriété se heurtait de front à l'autre grand credo de l'Angleterre du dix-huitième siècle.

Et par là entendez la croyance que le changement conduit non pas au progrès mais à l'anarchie et au désastre. *Non progredi est regredi* dit l'adage ; au début du règne de George II on omettait le *non*. C'est pourquoi, à l'époque, la plupart des gens aisés se prétendaient whigs mais étaient tories dans le sens moderne du terme, c'est à dire réactionnaires. Et pourquoi, dans les classes supérieures, la populace était presque universellement sujet de crainte, pour les whigs comme pour les tories, qu'ils fussent conformistes ou dissidents. Elle était porteuse du risque de troubles politiques et de changements ; et pire encore, elle menaçait la propriété. La mesure prise pour lutter contre cette menace, le Riot Act de 1715, devint presque un texte sacré ; cependant que la loi criminelle anglaise restait barbare dans sa rigueur, dans les peines spectaculairement excessives qu'elle infligeait à qui portait atteinte à la propriété, ne fût-ce que par un vol insignifiant. « Nous pendons des hommes pour des bagatelles et en bannissons d'autres (qu'on déportait à cette époque en Amérique comme on devait le faire plus tard en Australie) pour des choses qu'il ne vaut même pas la peine de nommer », dit Defoe en 1743. La loi criminelle, toutefois, était fort heureusement d'application malaisée car il n'y avait pas même l'ombre d'une force de police pour veiller à ce qu'elle soit respectée et son efficacité dans la détection et l'arrestation des criminels était plus que douteuse.

Par ailleurs — bien établie derrière son langage ésotérique et ses arguments sophistiqués, s'enrichissant grâce aux interminables délais qui permettaient d'accroître toujours plus les frais à la charge des clients — la profession de juriste avait une importance considérable. La plus petite erreur dans un document officiel, depuis le simple acte notarié jusqu'à l'acte d'accusation pouvait, devant maintes cours de justice, entraîner son rejet ou son annulation. La valeur qu'on attribue à la stricte observance du rituel de la procédure a certes ses justifications ; on admirerait cependant plus volontiers ce souci d'exactitude propre au dix-huitième siècle s'il n'avait pas aussi servi à remplir les poches des hommes de loi. Nombre d'entre eux, du temps d'Ayscough, devinrent effectivement des experts du commerce foncier par leur habileté à utiliser le vocabulaire adéquat et leur connaissance des procédures archaïques ; grâce à quoi (et aussi moyennant le versement de quelques pots-de-vin) ils parvenaient à obtenir des jugements *ex parte* ou, de quelque autre manière, manifestement partiaux. Ils avaient ainsi la possibilité de mettre la main sur les biens immobiliers et d'écarter de leur jouissance ceux qui, en toute justice, y auraient eu droit.

Ayscough, en tant qu'homme d'affaires d'un duc, appartenait à cette catégorie de juristes. Il était aussi avocat, et avait donc un grand avantage sur les simples attorneys en général méprisés et même haïs par le profane qui — avec raison — les trouvait beaucoup plus soucieux de remplir leur bourse que de mener à bien les procès. Le père d'Ayscough avait été vicaire à Croft, un petit village près de Darlington, dans le nord du Yorkshire, où vivait alors Sir William Chaytor, un baronet appauvri qui dut passer les vingt dernières années de sa vie (il mourut en 1720) dans l'enceinte de la fameuse prison pour dettes de Londres, la « Fleet ». L'énorme correspondance privée de Sir William ainsi que ses papiers ont été publiés en 1985. Sur la législation de l'époque ils sont exceptionnellement révélateurs. Sir William dut hypothéquer son domaine du Yorkshire sans espoir de jamais purger l'hypothèque. En prison, victime de la loi, il devint bien plus encore victime de juristes chicaniers : exemple classique de la misère où ils peuvent conduire leurs clients. Mais finalement, il gagna le dernier procès : sa haine à l'égard de toute la profession a traversé les siècles.

Une affaire comme la présente enquête était en fait totalement différente du travail habituel d'Ayscough qui agissait comme marchand de biens, établissait les baux et les actes de vente, demandait la saisie des mauvais payeurs, étudiait les requêtes au sujet des terres et des fermes, obtenait assurances et réparations, traitait d'hériotage (Droict de meilleur Cattel) et de farlieu, des paiements en nature et des droits de passage ;

faisait pourvoir aux besoins des métayers en bois de charrue et bois de carriole, veillait à ce qu'ils remplissent leurs obligations d'entretien des haies, arrachage des ajoncs, et intervenait dans cent autres ténébreux *casus belli* entre propriétaire et fermier; en outre fort actif dans la manipulation des circonscriptions afin d'assurer aux élections parlementaires le résultat désiré par le maître; bref assumant un ensemble de fonctions qui de nos jours sont réparties entre cinq ou six professions distinctes. Il n'aurait jamais accédé à la position qu'il occupait s'il n'avait été, pour son époque, un juriste appliqué à sa tâche, et aussi un homme raisonnablement cultivé; ou, pour le dire avec les mots de Claiborne, un homme astucieux qui savait de quel côté son pain était beurré. Je viens de citer Defoe : son fameux pamphlet, *La Façon la plus simple de nous débarrasser des Dissidents*, avait été écrit une génération plus tôt, peu de temps après la mort de Guillaume III et au début du règne d'Anne. L'administration d'alors était tory et un courant réactionnaire traversait l'Eglise d'Angleterre. Defoe se permit une plaisanterie. Bien qu'il fût lui-même issu d'un milieu dissident il feignit les hautes visées d'un tory et proposa une solution très simple : ou bien pendre tous les Dissidents ou bien les exiler en Amérique. La plaisanterie manqua son effet car certains tories prirent le pamphlet au sérieux et louèrent cette solution grotesquement draconienne. Defoe paya : il fut exposé au pilori (devant une foule en liesse buvant à sa santé) et emprisonné à Newgate; il avait mal évalué le sens de l'humour chez ses vrais ennemis, les extrémistes tories de l'Eglise et du Parlement. Une de ses dupes avait été le jeune Ayscough qui, à l'époque, se rangeait du côté des tories. Pour être juste il faut signaler qu'Ayscough trouvait exagéré de parler de pendaison mais qu'il approuvait l'idée de débarrasser l'Angleterre de conventicules séditieux en expédiant tous les Dissidents en Amérique qui très opportunément ferait office de poubelle. Les circonstances et les impératifs de sa carrière l'avaient plus tard orienté vers les whigs; mais le souvenir de la méthode suggérée par Defoe pour faire sortir les vers de bois de leurs trous ne le portait pas à sourire. Il en gardait encore de la rancœur.

Toute profession ancienne et bien établie se fonde sur des principes tacites mais aussi contraignants que des statuts ou des codes écrits ; Ayscough est prisonnier de tels principes comme d'autres sont en prison pour dettes. Ayscough estime donc que Jones est et doit rester un être inférieur ; que son destin est à tout jamais fixé ; que son déplacement d'un quelconque bourg gallois (où il aurait dû vivre et mourir) vers une grande ville anglaise est déjà tacitement reconnu comme un délit dans le cadre de la *Poor Law* avec ses interdictions de circulation pour le menu peuple. Il n'y avait pas cinquante ans que le mot *mob*, contraction argotique de l'expression *mobile vulgus* était en usage dans la langue anglaise pour désigner la populace. Et ce mot impliquait la mobilité, donc le changement ; et le changement c'était le mal.

Jones est un menteur, un homme qui vit au jour le jour, se débrouillant comme il peut, et si besoin est en s'abaissant devant le réel pouvoir que détient sur lui un Ayscough. Jones n'a pas de fierté, ne peut se permettre d'en avoir. Et pourtant, de bien des façons (et pas seulement parce que des millions d'êtres feront comme lui, au cours du siècle, désertant la campagne et la province pour les villes) il est l'avenir, et Ayscough le passé ; et tous deux sont comme la plupart de nous, aujourd'hui encore, également victimes dans la prison pour dettes de l'Histoire, également incapables de s'en échapper.

Suite de la Déposition de
David Jones
die annoque praedicto

Q. JONES, vous avez prêté serment.

R. Oui, monsieur.

Q. Venons-en à la fille.

R. Eh bien, Votre Honneur, je suis reparti en courant par la voie que j'avais prise pour venir mais seulement un bout de chemin car j'ai descendu la pente jusque là où commencent les arbres, en grande peur qu'on me remarque si ...

Q. Laisse tes grandes peurs, elles te sont coutumières. La fille avait de l'avance ?

R. Oui, monsieur, mais bientôt je l'ai rattrapée là où le sentier devenait abrupt et descendait vers le torrent, et tout était maintenant dans l'ombre. Je vis qu'elle boitillait, la pauvrette, hésitant à poser ses pieds nus sur les pierres aiguës. J'essayais de me faire tout léger mais un caillou a roulé sous ma semelle, Louise a entendu et s'est retournée. Pas comme quelqu'un qui est surpris, plutôt quelqu'un qui s'attendait à une telle poursuite car lorsque je l'eus rejointe je vis qu'elle avait les yeux fermés et qu'elle pleurait. Elle était blanche comme un linge, faible comme un oisillon tombé du nid, tremblante comme une feuille, tout comme si j'avais été la mort trottant sur ses talons et qu'elle savait ne pouvoir lui échapper. Eh bien, monsieur, je me suis arrêté à un pas ou deux et j'ai dit, C'est seulement moi, ma fille, qu'est-ce qui te tourmente ? Alors elle a ouvert les yeux tout soudain et m'a vu, puis les a aussitôt refermés et s'est évanouie à mes pieds.

Q. Diriez-vous qu'elle pensait voir apparaître quelqu'un d'autre qu'elle craignait grandement et que, constatant que c'était vous, elle a été soulagée ?

R. Exactement, monsieur. J'ai fait ce que j'ai pu pour qu'elle recouvre ses sens, il m'aurait fallu des sels ou autre chose de ce genre. Après un moment, je l'ai vue battre des paupières et gémir comme si elle souffrait. Alors j'ai dit

261

son nom et que je venais l'aider. Et elle, encore à moitié évanouie, elle a dit et répété, le ver, le ver.

Q. Quel ver ?

R. Vous demandez là ce que j'ai demandé moi aussi, Votre Honneur. Quel ver, que j'ai dit, de quoi tu parles ? Que ce soit à cause du son de ma voix ou quoi, elle se ranime, et elle ouvre les yeux, et elle me reconnaît. Et elle dit, Comment es-tu venu ici, Farthing ? Je réponds, Ça n'a pas d'importance. J'ai vu aujourd'hui des choses qui passent mon entendement. Quelles choses ? elle dit. Et moi, J'ai vu tout ce qui s'est trafiqué là-haut. Sur quoi elle ne dit rien. Et moi je dis, Qu'est-ce qui lui est arrivé, à Mr Bartholomew ? Elle dit, Ils sont partis. Je dis, Comment ça ? J'ai surveillé l'entrée de la grotte tout le jour et personne n'en est sorti à part toi et Dick. Elle dit encore, Ils sont partis. Je dis, Ça ne se peut pas. Et pour la troisième fois elle dit, Ils sont partis. Puis tout d'un coup elle s'assoit car jusque-là c'est moi qui la supportais et elle dit, Farthing, nous sommes en danger, nous devons quitter cet endroit. Je dis, En quel danger ? Elle dit, C'est de la sorcellerie. Je dis, Quelle sorcellerie ? Et elle, Je ne peux pas te préciser, mais si nous ne nous éloignons pas avant la tombée de la nuit ils nous auront en leur pouvoir. Et disant cela elle se met sur ses pieds et veut repartir au plus vite, comme si je l'avais éveillée de son état précédent et qu'à présent seulement elle pensait à sa sécurité. Mais aussitôt elle recommence à boitiller et elle dit, Aide-moi, Farthing, je t'en prie, porte-moi jusqu'en bas. Ce que je fis, monsieur, et la portai dans mes bras jusqu'au bas de la pente, jusqu'à l'endroit où c'était à nouveau de l'herbe, près du ruisseau, et où elle pouvait marcher. Vous allez peut-être gronder que je n'avais pas à lui obéir, monsieur. Mais j'ai regardé à l'entour de ce lieu solitaire, désespéré, et je ne voyais rien d'autre que l'ombre et la sauvagerie et la nuit qui tombait. Et aussi je pensais à ce Dick au cerveau dérangé et qui était je ne savais où.

Q. Mais ce qu'elle avait dit en premier ? Ce ver ?

R. Ça viendra, monsieur, ça vous sera expliqué.

Q. Les trois chevaux étaient en bas ? Avec leur bagage ?

R. Oui, monsieur, et elle est allée droit où se trouvait le bagage, car j'ai oublié de vous dire que lorsque j'étais arrivé, ce matin-là, le cheval de somme était déchargé, elle a trouvé son ballot de vêtements et pris sa robe ordinaire ; elle m'a fait me tourner le temps de la remettre ; elle a remis aussi les souliers à boucles qu'elle portait à l'accoutumée ; et puis son manteau. Je lui posai des questions mais elle n'a pas voulu répondre avant d'être habillée et alors elle est venue vers moi portant son ballot et demandant si j'avais un cheval. Je lui ai dit, Oui, plus bas, si on ne lui a pas jeté un sort. A quoi elle a répondu, Allons-nous-en. Mais moi je n'étais pas d'accord, je l'ai prise par le bras et j'ai dit que je devais savoir d'abord ce qu'était devenu Monseigneur, et pourquoi Dick s'était sauvé comme ça.

Q. Vous avez parlé ainsi ? Vous avez dit Monseigneur ?

R. Non, monsieur, faites excuse. J'ai dit, Mr Bartholomew, comme on l'appelait. Alors elle a dit, Il est allé au diable, Farthing. Il m'a forcée à commettre un grand péché, contre ma volonté. Je regrette amèrement le jour où je les ai vus pour la première fois, lui et son valet. Mais moi, monsieur, j'avais pensé à un stratagème pour expliquer ma présence et qui l'obligerait à m'en dire davantage. Alors je l'ai calmée, Pas si vite, Louise, je dois te dire que je suis ici secrètement, sur ordre du père de Mr Bartholomew pour surveiller son fils et rendre compte de ce qu'il fait ; et le père est un grand personnage, et Mr Bartholomew tout pareil, bien plus grand qu'il prétendait. Elle m'a donné un petit coup·d'œil de côté et puis elle a baissé les yeux. Comme si elle ne trouvait pas ses mots pour me répondre, mais d'une telle manière qui disait aussi, Tu ne m'apprends rien, je le savais déjà. Et j'ai dit, C'est pour cette raison que tu dois me conter ce qu'il a fait ou alors écoute, ma fille, ce n'en sera que plus mauvais pour toi. Et elle a dit, Tu ferais mieux de prévenir Sa Grâce que son fils s'occupe de choses pour lesquelles on pend les gens comme nous. Ses mots exacts, monsieur, sauf qu'elle a dit en vrai le nom même de Sa Grâce. J'ai dit, Donc tu sais que je ne mens pas. A quoi elle répondit, Et bien d'autres choses encore, à la honte de ton maître et moins on en parle mieux ça vaut. J'ai dit, De grands mots, mais c'est moi qui vais les lui prononcer à la face, et tu dois m'en conter davantage afin que je sois capable de me faire croire. Elle a eu l'air troublé et puis elle a dit, Bon, je le ferai mais d'abord il faut partir. Moi j'ai demandé, Et cette jeune dame, ton ancienne maîtresse ? Elle a encore baissé les yeux pour avouer, Elle n'a jamais existé. A quoi je réponds, Allons, trouve autre chose, je l'ai vue comme je te vois quand ce matin, toi et les autres, vous êtes arrivés à cet endroit. Et elle rétorque, Ce n'était pas elle ; et puis, Si elle avait existé. Et maintenant c'est à Jones de trouver autre chose et je dis, S'il n'y a pas de jeune dame il n'y a pas de servante de la jeune dame. A cela elle ne répond point, et hoche tristement la tête, comme pour admettre qu'elle en convient. Là-dessus je dis, J'ai eu l'impression, quand on s'est rencontrés, toi et moi, que je t'avais vue déjà, quoique je n'en aie rien dit. N'es-tu pas une des agnelles de la mère Claiborne ? Elle se détourne et soupire, Oh mon Dieu, ou quelque chose du genre. Je dis qu'il me faut savoir. Alors elle dit, Oui, j'ai grandement péché, et vois où ma folie m'a conduite, je n'aurais jamais dû quitter le foyer de mes père et mère. Je dis, De quoi s'agit-il si ce n'est pas un enlèvement ? Elle dit, Il s'agit de vice, de folie, et je t'en supplie, Farthing, ne tente point de tirer profit de ma misère ; partons, je te dirai tout ce que je sais mais d'abord quittons ces lieux. Très bien, que je lui dis, mais il me faut savoir quand revient Monseigneur. Pas cette nuit, qu'elle me dit, pas jusqu'à la fin du monde si ça n'en tenait qu'à moi. Je dis, Parle clairement. Elle dit, Monseigneur reste là-haut, Monseigneur ne reviendra pas. Puis, tout soudain, Tu vas détacher les chevaux ; eux, ils ne quitteront pas les parages. Alors j'ai dit, Votre Honneur, que non, je ne pouvais point. A présent elle me regarde comme si elle voulait que je la croie sur parole et elle dit, Je n'ai pas été gentille avec toi, Farthing. Je sais que j'ai paru te repousser, toi et ton amitié, mais j'avais mes raisons. Je ne te voulais pas le

264

moindre mal et tu dois maintenant me faire confiance, je t'en prie. J'ai déjà assez sur la conscience, qu'elle dit encore, sans y ajouter la mort de ces pauvres bêtes. Mais moi je continue à dire non et à demander d'autres explications. Alors elle commence à dénouer elle-même la longe du cheval de somme, jusqu'à ce que je m'approche et déclare, Très bien, mais c'est toi qui es responsable. Elle répond qu'elle ne s'en dédit point. Sur quoi je libère les deux autres bêtes et pose leur harnais avec le bagage.

Q. Vous n'avez rien pris ?

R. Non, monsieur, je le jure. Et tout ce temps j'avais une grande appréhension, car la nuit venait et je craignais que Dick soit à l'entour et nous guette et je ne savais pas quoi faire. Encore une chose, monsieur, qui m'était sortie de l'esprit : quand elle a été rhabillée, là où elle avait défait son baluchon il y avait, qui en étaient tombés, une robe rose et un jupon, et comme je m'approchais je vis aussi un petit pot au contenu renversé sur l'herbe et d'autres pots tout autour et un peigne, des objets qu'elle oubliait là. Je les lui ai désignés. Elle a dit, Laisse, je n'en veux point. Et moi j'ai dis en ramassant le peigne, Quoi, un peigne aussi joli ? Et elle, Laisse-le, laisse, tout ça n'est que vanité. Alors, monsieur, l'un jette et l'autre ramasse, comme on dit ; aussi j'ai tourné le dos et glissé le peigne dans ma chemise, et l'aurais encore sauf que j'ai dû le vendre à Swansea et en ai tiré cinq shillings et six pence. Puisqu'elle n'en voulait plus, je considère que ce n'est pas du vol.

Q. Tout comme moi je considère que tu es un homme honnête. Continue.

R. Nous sommes allés là où j'avais laissé le cheval que j'ai trouvé en bonne place, loué en soit le Seigneur ; et elle est montée dessus et j'ai conduit l'équipage au long de la pente, vers la route.

Q. Vous ne l'avez pas pressée d'en dire plus ?

R. Je l'ai fait, monsieur, et bien des fois, soyez-en sûr. Mais elle refusait en assurant qu'elle parlerait quand nous serions plus loin. Aussi j'ai gardé pour moi mes projets jusqu'à ce que nous arrivions juste au-dessus de la route.

Là je m'arrête et je me retourne et je dis que je voudrais savoir où nous irons une fois sur la route. Car voyez-vous, monsieur, j'avais réfléchi et je voyais qu'il me fallait la persuader de se soumettre à mes vues qui étaient de l'emmener chez le père de Monseigneur. Elle répond, Je dois me rendre à Bristol dès que possible. Pourquoi Bristol, que je demande ; et elle, Parce que mes parents y demeurent. Savent-ils ce que tu es ? Et elle ne veut pas répondre, sauf répéter qu'elle doit les voir. Puis je dis encore, Il me faut ton vrai nom et où te trouver là-bas. Et elle dit, Rébecca Hocknell, quoique certains m'appellent Fanny, et mon père est Amos, il est menuisier et charpentier, tu peux le trouver à Mill Court, aux *Three Tuns*, Queen Street, dans la paroisse de St Mary Redcliff. Maintenant je vais vous dire, monsieur, je lui ai écrit, au mois de juin, quand j'ai entendu parler de Dick, et je n'ai pas encore eu de réponse. Donc rien n'est certain de ce qu'elle prétendait, quoique sur le moment je l'aie crue.

Q. Bon. Et la suite ?

R. Eh bien, juste alors qu'on discutait, on a entendu chanter, monsieur ; des gens qui rentraient chez eux, de la Fête de Mai, à travers les bois, à six ou sept j'imagine, hommes et femmes et vociférant plus qu'ils ne chantaient, car ils avaient bu comme des trous. Aussi, pendant leur passage, on est restés silencieux, trouvant quelque réconfort, après la grand-peur, là-haut, à se voir parmi des humains ordinaires, même saouls et braillards.

Q. Il ne faisait pas encore nuit ?

R. Presque nuit, monsieur, le crépuscule. Entre chien et loup. Tout d'un coup j'ai entendu Rébecca, comme je vais l'appeler maintenant, qui s'écriait, Je ne peux plus, il faut, il faut ; et avant que j'aie pu dire un mot la voilà qui met pied à terre et qui court un peu à l'écart et là tombe à genoux, comme pour rendre grâces une fois de plus de sa délivrance. Bientôt je l'entends qui pleure. Alors j'attache à un buisson la bride du cheval et je m'approche de la créature et la trouve étrangement secouée de frissons comme si elle avait très froid où la fièvre malgré la douceur de la nuit. Et à chaque frisson elle gémissait oh oh oh, à croire qu'elle souffrait. Je lui ai touché l'épaule mais c'était comme si ma main la brûlait, elle s'est agitée pour lui échapper, c'est tout, juste ça, sans un mot. Puis aussi soudainement elle est prise d'une espèce d'attaque et tombe à plat sur le sol avec ses bras écartés et encore grelottante et gémissante. Je vous dirai, monsieur, que Jones a eu aussi peur de ça que de tout ce qui avait précédé. J'ai pensé que ceux-là qu'elle craignait si fort mettaient son âme sur des charbons ardents, la tourmentaient pour ses péchés et prenaient possession de sa chair. Par Dieu, ses sanglots et ses soupirs étaient ceux d'une damnée dans les feux de l'Enfer. Je n'ai jamais ouï rien de tel que d'une femme en gésine, si Votre Honneur veut bien m'excuser, c'était tout pareil, je le jure. Je me suis tenu à l'écart jusqu'à que l'attaque ait cessé et alors elle est restée calme une minute ou même plus, quoique j'entendais encore des sanglots. Puis je me suis approché et j'ai demandé, Es-tu malade ? Sur quoi, après un petit moment, comme quelqu'un qui parle dans son sommeil, elle a dit, Jamais dans toute ma vie je n'ai été aussi bien. Puis, Le Christ est revenu en moi. Je dis, Je te croyais possédée. Et elle : Oui, je l'étais, mais comme on doit l'être, par Lui seul, et ne crains rien, maintenant je suis sauvée. Ensuite elle s'est assise et a courbé la tête sur ses genoux, et enfin elle a levé les yeux et a dit, Je meurs de faim, n'as-tu rien à manger ? Je réponds, Un morceau de miche et un bout de fromage, et elle réplique, Ça suffira. Donc je vais chercher ça, monsieur, et lui apporte, et elle se lève pour me le prendre des mains, puis va s'asseoir plus à l'aise sur un tronc couché ; et elle se met à manger mais tout de suite s'arrête et me demande si j'ai faim moi aussi. Je dis, Oui, mais qu'importe, j'ai eu faim bien d'autres fois. Non, je ne puis accepter, dit-elle, tu m'as réconfortée quand j'étais dans le besoin, partageons. Je m'installai donc à côté d'elle et elle rompit le pain et le fromage, ce qui ne faisait pas plus de deux ou trois bouchées chacun. Et alors je demandai ce qu'elle voulait dire par, Je suis sauvée. Elle répondit, Eh bien le Seigneur est en moi et je prie pour qu'Il soit avec toi aussi, Farthing. Il ne nous abandonnera plus et nous pardonnera ce que nous avons fait et vu. Ces mots-là, monsieur, je les trouvai étranges sortant de la bouche d'une putain mais je dis que j'espérais qu'il en serait ainsi. Elle reprit, On m'a élevée en bonne quaker ; ces cinq dernières années j'ai perdu la lumière ; maintenant le Seigneur l'a rallumée en moi dans Sa miséricorde.

Q. Et vous avez cru à ces simagrées, à tous ces tremblements et frissons ?

R. J'y ai cru, monsieur, ça avait l'air sincère. Aucune actrice, non aucune que j'aie connue n'aurait joué aussi bien la comédie.

Q. Aussi vilainement. Mais continue.

R. Alors j'ai dit que c'était très bien de parler ainsi et d'être sauvée et pardonnée, encore qu'il me fallait savoir ce que Monseigneur était venu faire en ce lieu et où Dick pouvait bien s'en être allé. A quoi elle répond, Pourquoi me dis-tu des mensonges ? Quels mensonges, que je demande. Elle dit, Que le père de Monseigneur t'a chargé de nous épier. Ce n'est pas un mensonge, que je dis. Si, qu'elle me dit, car autrement tu aurais tenu pour certain ce que j'étais sans avoir à me poser des questions. Eh bien monsieur, là, elle m'a eu, j'avais pourtant fait de mon mieux mais elle ne me croyait pas, elle me prit la main et la serra pour me communiquer que je perdais mon temps. Puis elle a dit, As-tu peur ? N'aie plus peur. Puis encore, Nous sommes amis à présent, Farthing, l'amitié et le mensonge ne font pas bon ménage. J'ai voulu alors changer de tactique puisque celle que j'avais employée jusque-là avait échoué et j'ai dit, Très bien, si on le veut ça peut être la vérité, du moment que toi et moi on le déclare ; car, et comme elle pouvait s'en douter, ça devrait nous assurer une bonne récompense de la part de Sa Grâce. A quoi elle répondit, La mort, plus probablement. Je connais mieux que toi les grands de ce monde. Pour eux il vaut mieux commettre un meurtre que laisser vivre ceux qui peuvent les couvrir d'opprobre. Et pour ça j'ai ce qu'il faut. Au point qu'ils ne supporteraient jamais un tel scandale. Mais d'ailleurs personne ne croirait ce que je raconterais. Qui se fierait à ma parole ou à la tienne ?

Q. Elle t'a trompé, mon garçon. Elle a fait de toi le jouet d'une putain rusée.

R. Elle avait beaucoup changé, monsieur. Elle ne m'avait jamais causé aussi aimablement.

Q. Aimablement ? Quand elle vous traitait de menteur ? Pourquoi n'avez-vous pas accompli votre devoir de chrétien en prévenant Sa Grâce ?

R. J'ai pensé qu'il était mieux d'attendre le bon moment. Car elle semblait décidée, elle a dit qu'elle avait promis dans ses prières de retourner tout droit chez ses parents, elle savait où ils demeuraient ; et j'espérais la faire parler encore d'autres choses. Alors nous en sommes venus à ce que nous ferions ce soir-là. Je voulais bien l'emmener à cheval derrière moi jusqu'à Bristol puisque c'était là qu'elle allait. Mais elle a déclaré qu'elle n'avait pas le cœur à parcourir le même chemin en sens inverse, que c'était préférable qu'on aille à Bideford et qu'on prenne un bateau.

Q. Elle n'a pas donné de raisons ?

R. Qu'elle avait tout d'abord cru que j'étais un espion de Sa Grâce, car Monseigneur lui avait dit qu'il y en avait ; qu'ils le suivaient partout où il allait. Et ils pouvaient être à présent sur nos talons et sans aucun doute, si on les rencontrait, ils la reconnaîtraient. Et j'ai alors pensé, monsieur, que ça ne faisait rien. Si elle prenait le bateau je pouvais le prendre moi aussi et aller de même jusqu'à Bristol avec elle. Et c'est ainsi, Votre Honneur, que nous nous sommes dirigés vers Bideford.

Q. Passons à ce qu'elle te raconta, le long du chemin.

R. Eh bien, monsieur, je vous dirai tout, mais pas comme c'est venu parce que tout n'est pas venu d'un coup mais un peu durant le trajet de cette nuit-là et un peu quand nous fûmes à Bideford où nous avons logé deux jours, comme je vous le raconterai. Pour commencer elle m'a dit que c'était chez Claiborne qu'elle avait, un mois plus tôt, rencontré Monseigneur amené là par un autre lord qui fréquentait beaucoup l'endroit ; et à son opinion guère mieux qu'un entremetteur, malgré son haut rang. Qu'elle fit entrer Monseigneur dans sa chambre pour lui donner du plaisir mais une fois là il n'en voulut point quoique en bas, parmi la compagnie, il ait eu l'air pas mal émoustillé à son égard. Il posa cinq guinées sur la table et dit que cela paierait pour son silence dans ce qu'il avait à lui proposer. Il continua en disant qu'il souffrait d'un grand défaut de sa nature, l'empêchant de prendre avantage de ce qu'elle était payée pour lui fournir et il espérait que cela lui vaudrait de sa part plus de pitié que de raillerie. Nonobstant, sans qu'il trouve à cela aucune explication, il était capable d'éprouver du plaisir à voir s'accomplir la chose devant lui ; qu'il avait un valet disposé à prendre sa part dans l'affaire et que si elle voulait bien l'obliger en une requête si peu naturelle il verrait à ce qu'elle en soit extrêmement bien récompensée. A cause de son nom respectable il n'osait courir le risque que son incapacité vienne jusqu'aux oreilles de son ami ou de la Claiborne, ni pour cette même raison ne voulait-il réaliser son projet en ces lieux. Si elle était d'accord, il viendrait lui rendre visite comme le ferait un homme normal ; puis, ayant gagné la confiance de Claiborne, demanderait sous quelque prétexte, quand le moment serait venu, à l'emmener au-dehors. Il l'assura qu'elle trouverait en son valet un jeune homme bien bâti et vigoureux, sans doute plus à son goût que beaucoup d'autres qu'elle devait prendre dans ses bras.

Q. Dois-je comprendre que Monseigneur n'est jamais entré dans son lit ?

R. C'est ce qu'elle m'a dit, monsieur. Et comment, durant sa dernière visite, Monseigneur lui montra Dick par la fenêtre en bas dans la rue et qu'il lui parut tel qu'il le lui avait décrit. Et donc, en bref, elle consentit, car elle me dit qu'elle avait ressenti de la pitié pour Monseigneur qui, lui, s'adressait à elle avec beaucoup plus de courtoisie et de considération que ses clients habituels. Elle dit qu'il lui parla ce jour ou au cours d'une autre visite, de l'injuste malédiction dont il était la victime et de l'embarras que cela lui occasionnait, en particulier à l'égard de son père qui était très vexé par son apparente désobéissance quant à un certain projet de mariage et menaçait de le déshériter et je ne sais quoi d'autre. Puis il confessa que ce qu'il proposait lui avait été conseillé par un célèbre médecin de Londres qui proclamait avoir guéri d'autres cas semblables en employant cette méthode.

Q. Il n'avait pas déjà essayé, comme il l'avait d'abord prétendu ?

R. C'est ce que croyait Rébecca, monsieur.

Q. Avait-elle déjà connu de tels cas ? Déjà prêté l'oreille à une même requête ?

R. Elle ne l'a pas dit. Mais j'ai entendu parler de ce genre d'ennui qui vient avec l'âge, monsieur, en vous priant de faire excuse, quand l'homme a perdu ses vigueurs naturelles. J'oubliais, elle a dit qu'il lui avait aussi confié qu'il avait plusieurs fois pris médecine, de ces potions qu'on trouve chez les apothicaires. Hélas sans aucun effet.

Q. Venons-en à ces projets de départ vers l'ouest. Qu'a-t-il dit à ce sujet ?

R. Qu'il l'emmènerait avec lui en un voyage qu'il se proposait de faire en ces régions car il avait entendu parler d'eaux nouvelles, découvertes récemment, réputées excellentes pour sa déficience, et qu'il se proposait de prendre et ainsi d'essayer en même temps les deux remèdes. Qu'il ne voulait pas avoir sur ses talons les espions de son père et donc qu'il devait trouver un prétexte.

Q. Celui de l'enlèvement et de la camériste ?

R. Oui, monsieur.

Q. A-t-elle parlé d'une partie de plaisir avec d'autres débauchés ?

R. Non, monsieur.

Q. N'importe. Comment Monseigneur justifia-t-il devant elle votre participation au voyage ?

R. Vous le demandez, monsieur ? Eh bien j'en ai fait de même comme nous allions notre chemin. Et elle a dit qu'il lui avait dit que nous étions là pour renforcer le prétexte, et Mr Lacy serait en même temps pour lui un compagnon.

Qu'elle devait tenir ses distances, ne pas nous poser de questions, ne pas nous laisser lui poser des questions.

Q. Comment se rendit-elle à Staines, le lieu de votre première rencontre ?

R. Je n'ai pas pensé à m'en enquérir, monsieur. Je suis sûr que Monseigneur l'a amenée dans un lieu retiré, car elle a dit qu'elle avait accompli avec Dick tout ce que le maître voulait, qu'il lui avait donné de l'argent et l'avait bien remerciée. Pourtant, une fois que nous avons été en route, elle a trouvé que Monseigneur changeait de façons, sa courtoisie première avait été un masque qu'il portait. Et la nuit suivante elle dut encore faire devant lui ce qu'il demandait qu'elle fît. Mais cette fois il parut beaucoup moins satisfait et la réprimanda de si piètrement manifester son art de putain, son art ou autre chose à votre convenance, monsieur, disant qu'il ne supporterait pas qu'elle rejette le blâme sur Dick pour la façon dont il avait tenu son rôle dans l'affaire car on ne pouvait reprocher au valet son impatience, due à une ardeur trop violente.

Q. Nous parlons de la nuit à Basingstoke ?

R. Oui, monsieur.

Q. Que dit-elle de Dick ?

Q. Que le garçon semblait ignorer les besoins de son maître et paraissait considérer qu'elle était à lui pour qu'il en jouisse autant qu'il lui plairait. Il n'avait pas l'air de soupçonner ce qu'elle était dans la réalité, mais très certainement devait croire qu'elle l'aimait pour le laisser se servir ainsi d'elle, même si les circonstances ne portaient guère à la romance.

Q. Elle se contentait de lui manifester quelque feinte bonté ?

R. Elle m'a dit qu'elle éprouvait pour lui de la pitié, monsieur, car elle voyait bien que sa passion pour elle était réelle. Qu'il n'y pouvait mie et n'ayant pas tous ses esprits ne devait point en être blâmé. Elle me dit qu'il venait la retrouver la nuit, après que Monseigneur les eut congédiés, pour coucher encore avec elle. Ce qu'elle avait permis, gouvernée qu'elle était par la peur.

Q. L'avez-vous interrogée sur ce qui était arrivé à Amesbury, quand ils étaient partis à cheval dans la nuit ?

R. Oui, monsieur, et l'histoire est telle que vous ne la voudrez point croire.

Q. C'est bien possible ; on verra, mais d'abord racontez.

R. Donc ce qu'elle m'a dit c'est comment à notre arrivée Monseigneur la fit venir dans sa chambre en privé et lui dit qu'il regrettait de s'être laissé gagner par l'irritation, le soir précédent, qu'il avait nourri trop d'espoir d'être échauffé par ce qu'il lui faisait faire, qu'elle ne devait pas prendre sa déception en mauvaise part. Puis que, non loin d'Amesbury, il y avait un endroit où, disait-on, ceux qui sont atteints du même mal retrouvent leur ardeur et que cette nuit il voulait faire l'expérience et qu'il allait donc l'y emmener. Elle n'avait pas à s'inquiéter, il s'agissait pour lui d'une simple envie de démontrer que ce n'était là que superstition. Il jura qu'elle ne souffrirait aucun mal quoi qu'il arrive.

Q. Il a dit cela ? Que la croyance populaire n'était que superstition ?

R. Exactement, monsieur. Et elle m'avoua que nonobstant ses façons redevenues aimables, elle était fort inquiète car elle sentait qu'il y avait en lui une sorte de folie, une idée fixe, et aurait voulu n'être jamais venue. Il s'efforça de nouveau, et avec insistance, de la tranquilliser et promit une récompense. Jusqu'à obtenir son accord.

Q. En tout cela, vous semblait-il qu'on dût la croire ?

R. Autant que je puisse en juger, oui, monsieur. Il faisait sombre, je ne voyais pas son visage. Elle parlait comme quelqu'un qui cherche à soulager sa conscience, avec une grande sincérité, après toutes les fautes qu'elle avait commises.

R. Continuez.

Q. Eh bien, monsieur, ils partirent à cheval comme je le vis et le racontai à Mr Lacy, jusqu'au temple païen sur la colline, qu'ils nomment Stonehenge. Là Monseigneur ordonna à Dick d'emmener les deux chevaux à l'écart, puis il la conduisit au centre du temple et désigna de la main une large pierre qui était enchâssée à plat parmi d'autres plantées toutes droites et il lui dit de s'étendre dessus, car c'était ce qu'on prétendait qu'il fallait faire, qu'un homme qui prenait une femme étendue là pouvait retrouver ses vigueurs. D'abord elle refusa, de par l'effroi qu'elle éprouvait. Alors il se mit encore en colère et lui dit de cruelles injures. La pauvre fille, pour l'apaiser, finit par lui obéir, quoique toute glacée de terreur. Donc elle s'allongea sur le dos, sur la pierre comme sur un lit.

Q. Nue ?

R. Non, monsieur. Mais Monseigneur lui demanda de relever ses jupons et de découvrir son bijou, faites excuse monsieur, et de se placer dans la posture d'amour. Ce qu'elle fit, pensant que Monseigneur voulait expérimenter sur elle sa vaillance en ce lieu supposé propice. Mais il ne bougea pas, se tenant un peu de côté, entre deux grandes pierres plantées, comme pour l'examiner. Et elle mit ça sur le compte de la timidité, la crainte qu'il éprouvait d'être de nouveau déçu dans ses espoirs. Après un moment elle parla, disant, ne voulait-il pas essayer, elle commençait à avoir froid. Il lui ordonna de se taire et d'arrêter son remuement et resta où il était, à dix pas, lui aussi immobile. Elle ignorait combien de temps au juste s'était écoulé mais pas mal de minutes et elle souffrait de l'inconfort sur sa couche dure et froide. Et alors, tout soudain, il y avait eu un grand froissement ou une sorte de déboulade, très près, dans la nuit au-dessus, comme si un énorme faucon était passé. Et un éclair mais sans coup de tonnerre pour vous en avertir et dans cette seule éclatante lueur elle avait vu une silhouette au-dessus d'elle, sur un pilier de pierre, comme serait une statue, presque au-dessus de là où elle était couchée, qui avait l'air d'un moricaud enveloppé dans une cape noire, la fixant des yeux avidement comme s'il était un faucon qui avait fait un tel bruit de plumes agitées, la cape encore voletant de par la chute, et disposé à se jeter sur elle d'un instant à l'autre comme un oiseau sur sa proie. Elle disait, monsieur, que cette effroyable vision avait été là et puis était repartie si vite qu'elle n'était point sûre de ne pas l'avoir imaginée ; mais maintenant elle ne le croyait pas, en raison de ce qui s'était passé plus tard dans la grotte ce même jour où elle me faisait son récit. Et elle dit aussi qu'une seconde ou deux après l'éclair une étrange bouffée d'air chaud l'avait tout enveloppée, comme venant d'une fournaise, mais pas de très près car ça ne lui brûla pas la peau, néanmoins ça dégageait une puanteur âcre, censément celle d'une charogne qu'on fait brûler ; mais heureusement l'odeur s'en alla aussi vite que le reste. Et tout redevint sombre et froid.

Q. Cette silhouette n'a pas bondi sur elle ? Elle n'a été touchée par rien d'autre que l'air chaud ?

R. Non, monsieur. Je lui ai demandé et c'était non. Autrement elle m'aurait dit, car elle était encore fort apeurée à me le raconter et incapable d'oublier.

Q. Et cette silhouette, ce busard nocturne, elle pensait que c'était quoi ?

R. Le Roi des Enfers, monsieur, le Prince des Ténèbres.

Q. Satan lui-même ? Le diable ?

R. Oui, monsieur.

Q. Elle a vu les cornes, la queue ?

R. Non, monsieur ; elle a dit qu'elle était tellement sous le coup de l'effroi qu'elle n'avait pas tous ses sens, de plus ça s'était passé si vite, en un claquement des doigts — ses propres mots — qu'elle n'avait pas eu le temps de penser ni de rien remarquer ; et savait que c'était celui qu'elle a dit surtout à cause de ce qui s'était produit plus tard ; à quoi je vais en venir, Votre Honneur.

Q. Qu'est-ce qui a suivi, là-bas, au temple ?

R. Ça a été tout aussi étrange, quoique moins surnaturel, monsieur. Car elle a dit qu'elle resta évanouie, elle ne sait pas combien de temps, et revint à elle pour trouver Monseigneur agenouillé à son côté, qui prit sa main puis la fit se relever et la soutint et soudainement l'entoura de ses bras comme il l'aurait fait à une sœur ou une épouse, dit-elle, et lui déclara, Tu es une fille courageuse, je suis satisfait de toi. A quoi elle répondit qu'elle avait été grandement effrayée — (et qui ne l'aurait point été ?) et demanda à Monseigneur ce qui s'était passé au-dessus d'eux. A quoi il répondit à son tour, Rien qui puisse te nuire, puis ajouta qu'ils devaient s'en aller. Ce qu'ils firent, monsieur ; elle me dit qu'il lui prit de nouveau la main pour l'entraîner et répéta qu'elle s'était très bien comportée et maintenant il savait que, pour son propos, celle qu'il avait choisie lui serait d'un grand secours.

Q. Où était Dick dans tout cela ?

R. J'y viens, monsieur. Ils le rejoignirent là où on lui avait ordonné d'attendre. Et elle vit Monseigneur se comporter avec Dick comme avec elle, avancer vers lui et le serrer dans ses bras, et pas en un geste de pure formalité, voyez-vous, pas comme le maître et le valet, mais comme quelqu'un qui remercie chaleureusement un égal.

Q. Y eut-il entre eux un échange de signes ?

R. Elle n'en a point parlé, monsieur. Elle et Dick revinrent seuls à l'auberge, car Monseigneur resta là, près du temple, et elle ne sut pas l'heure de son retour. Quand elle et Dick regagnèrent furtivement leurs chambres, Dick voulut entrer se mettre au lit avec elle mais cette fois elle refusa. Il ne la força point, comme à Basingstoke, me dit-elle, il semblait comprendre qu'elle avait supporté une dure épreuve et il la laissa tranquille. Voilà, monsieur. Je vous ai tout dit avec précision et sans rien omettre.

Q. Ne donna-t-elle pas d'autre explication de ce qui s'était passé ? Ne l'avez-vous pas pressée sur ce point ?

R. Elle dit qu'elle était sûre maintenant que Monseigneur était dans des dispositions mauvaises et elle craignait fort ce qui l'attendait. Et ce jour même où elle me parlait ainsi la preuve lui avait été apportée que sa crainte était justifiée.

Q. Nous en viendrons à cela. Elle n'a parlé de rien d'autre qui soit d'importance avant que vous arriviez au *Black Hart* ?

R. Non, monsieur, pas jusqu'à la veille de ce jour où nous avions conversé. Quand Monseigneur la fit de nouveau venir dans ses appartements et se conduisit avec aussi peu de raison qu'auparavant, d'abord pour lui reprocher violemment quelque insolence qu'elle ne lui avait montrée que dans son imagination ; et ajouter qu'étant une putain si corrompue elle pouvait être sûre d'aller en enfer, et je ne sais quoi d'autre encore. Employant, me dit-elle, des termes et un langage qui étaient ceux des quakers tels qu'elle les avait connus, ou des anabaptistes, plutôt que ceux d'un gentleman, et comme s'il souhaitait maintenant la punir d'avoir fait ce qu'il lui commandait. Et elle dit que lorsqu'elle réfléchissait à ses façons de la traiter elle découvrait en lui deux hommes différents ; que lorsqu'elle fut au lit elle en pleura de le voir si cruel sans cause véritable. Et je demandai, Au temple, est-ce qu'il t'a pas fait des compliments ? Et elle répondit, Avec ceux de son rang c'est toujours la même chose, ce sont des girouettes qui tournent au vent de leur fantaisie.

Q. La fille parlait-elle souvent dans cette veine d'irrespect pour ceux qui la dépassaient par la naissance ?

R. J'en ai bien peur, monsieur. Je vais y venir.

Q. Certes. Pour le moment voici ce que je te demande. Elle savait, n'est-ce pas, que quelque chose se préparait de plus terrible, de plus répréhensible ? Elle le savait depuis la nuit au temple, trois jours plus tôt. Alors pourquoi n'a-t-elle fait nulle tentative pour s'échapper, pour chercher le conseil et la protection de Mr Lacy, par exemple ? Pourquoi, durant trois jours entiers, se laissa-t-elle conduire à l'abattoir comme un agneau innocent ?

R. Votre Honneur, elle me dit qu'elle se figurait que Mr Lacy jouait sa part dans l'affaire et ne pouvait donc rien pour elle. Que deux fois, à Wincanton et à Taunton, elle avait eu envie de s'enfuir dans la nuit, elle ne savait où ; mais s'était sentie si désespérément seule au monde et damnée au-delà de tout espoir de secours que le courage lui avait manqué.

Q. Vous avez cru à ce qu'elle racontait ?

R. Que sa grande épouvante lui faisait perdre ses esprits, oui monsieur, je l'ai cru. Il faut plus d'un soldat pour faire une armée, comme on dit, et spécialement si l'unique individu est une faible femme.

Q. La veille, au *Black Hart*, Monseigneur lui avait-il parlé de ce qui se passerait le jour suivant ?

R. Non, monsieur. Lorsqu'ils se mirent en route elle trouva étrange que je ne sois plus là et elle interrogea Mr Lacy mais il dit simplement que j'étais parti en avant. Et encore plus étrange quand en arrivant au gibet Mr Lacy fit ses adieux car elle n'avait point été prévenue et commença à appréhender grandement de se retrouver seule avec ses tourmenteurs. Et Monseigneur chevaucha en tête sans prononcer une parole jusqu'à leur arrivée au gué près du vallon où je les ai épiés; et alors il se décida à parler, déclarant, Nous voici enfin là où les eaux jaillissent, et qu'elle aussi devrait y goûter.

Q. Ce sont les eaux dont il lui avait parlé à Londres? Réputées bonnes pour son cas?

R. Oui, monsieur.

Q. Les avait-il à nouveau mentionnées durant le voyage au Devon? Lui ou bien Mr Lacy?

R. Non, monsieur. Je n'en avais pas entendu un mot.

Q. Non plus dans cette auberge?

R. Non plus, monsieur. A mon avis, Monseigneur faisait là une sombre plaisanterie. Il n'y avait pas d'eaux.

Q. Continue.

R. Elle n'osa pas en demander davantage, monsieur, car Monseigneur et Dick semblaient n'avoir qu'un seul et même but, et elle était comme un simple bagage qu'ils transportaient avec eux, empruntant le vallon jusqu'à l'endroit où je les vis tous les deux, et Dick plus loin en reconnaissance. Et où, avant que je les rattrape, Monseigneur, à ce qu'elle me dit, fit décharger le coffre que portait le cheval de somme et une fois à terre l'ouvrit, et sur le dessus il y avait la robe de mai, une camisole et un jupon neufs et des bas fins, tout cela qu'elle voyait pour la première fois; alors il lui ordonna d'ôter ce qu'elle portait et de revêtir cette nouvelle parure. Et elle voulut savoir pourquoi, tout en tremblant de plus en plus à cette autre folie qui le prenait. Mais il dit simplement que c'était afin qu'elle plaise aux gardiens de la source. Et elle me dit qu'elle ne comprenait rien à tout ça mais comprenait qu'elle devait obéir.

Q. Des gardiens, dites-vous ?

R. Oui, monsieur. Ce que ça signifiait, vous l'allez voir. Puis comme je l'ai dit, ils se sont remis en route. Et en cours du chemin, à ce qu'elle me dit, elle demanda deux fois ce qu'ils faisaient, et fit observer que Monseigneur n'ignorait point qu'elle n'avait pas été engagée pour ce genre d'affaire. A quoi Monseigneur lui rétorqua de tenir sa langue. Et ainsi on en arrive à l'endroit où je les vis une première fois, monsieur, comme ils attendaient, agenouillés.

Q. Devant la femme vêtue d'argent ?

R. Oui, monsieur. Qui, à ce qu'elle me dit, leur apparut brusquement comme si c'était par magie, à quelque cinquante pas de distance ; et que ça lui sembla un mauvais présage, un prodige funeste, une intervention surnaturelle, pas seulement de par la manière d'apparaître, monsieur, en ce lieu sauvage, mais aussi étant donné l'aspect de l'apparition. Que pas plutôt était-elle là que Monseigneur s'agenouilla et ôta son chapeau, et Dick s'agenouilla de même et Rébecca dut en faire autant. Elle dit, C'était comme s'ils avaient rencontré quelque grande dame, une reine, monsieur. Quoique rien d'autre en elle ne la fît ressembler à une reine sur la terre, non point, mais à une créature des plus cruelles et malicieuses, qui leur causerait tout le mal en son pouvoir si on ne lui obéissait pas aveuglément. D'abord elle se contenta de les fixer du regard, sa chevelure était noire et sauvage, ses yeux plus noirs encore. Elle aurait pu prétendre à la beauté si le mal n'avait pas lui dans ses yeux car soudain elle leur sourit mais ce sourire — que me dit Rébecca — était mille fois pire qu'une froide indifférence ; ça faisait penser à l'araignée devant la mouche prise dans sa toile, voyez-vous, qui se délecte et se régale à l'avance.

Q. Quel âge avait-elle ?

R. Elle était jeune, monsieur. De l'âge de Rébecca. Quoique différente en tout le reste. A ce que Rébecca m'a dit.

Q. Et la femme ne parla point ?

R. Non, monsieur, elle se tenait là en silence mais c'était visible qu'elle les attendait. Ça, Rébecca put aussi le vérifier par l'attitude de Monseigneur et de Dick, pas du tout stupéfaits de cette rencontre fort sinistre mais paraissant s'y être préparés.

Q. Et les habits d'argent ?

R. Rien de semblable à ce qu'une femme ordinaire ait jamais porté. Pas même une qui se serait produite dans une pantomime ou un bal masqué à Londres. Et eût-elle vu des habits de ce genre en des circonstances moins horribles, elle se serait moquée de leur coupe et de leur façon tant ils étaient fantastiques et inconvenants.

Q. Comment se termina l'entrevue ?

R. Eh bien, comme elle avait commencé, monsieur. Tout soudainement la femme disparut telle une fumée.

Q. Rébecca était-elle devenue muette qu'elle n'ait pas demandé à Monseigneur ce que signifiait cette vision mauvaise ?

R. J'oubliais, monseigneur. En vérité elle l'a fait et m'a dit ce qu'il a répondu, Elle est parmi d'autres quelqu'un à qui il te faut plaire. Rébecca voulait en savoir davantage mais on lui ordonna de cesser de poser des questions, bientôt elle comprendrait.

Q. Comment a réagi Monseigneur lorsqu'elle a refusé d'entrer dans la grotte ? Vous m'avez dit qu'ils ont conversé.

R. Une fois encore il l'a réprimandée, lui reprochant d'être rebelle et obstinée, ce qu'il ne supporterait pas d'une prostituée qu'il avait achetée. Et quand ils approchèrent de la cave elle n'en pouvait plus et se tourna vers lui pour le supplier à genoux de l'épargner et il avança vers elle et lui dit — à ce qu'elle me dit —, Dieu te damne, l'ambition de toute ma vie se trouve à l'intérieur de cette grotte et je te tuerai plutôt que te laisser contrarier mes projets. Et ses mains tremblaient — qu'elle me dit — comme s'il était pris de fièvre ou de folie, monsieur, et elle croyait fermement qu'il aurait fait ce qu'il disait si elle n'avait pas obéi.

Q. Il ne lui a donné aucune indication sur les raisons qui rendaient sa présence si nécessaire à l'accomplissement de cette ambition ?

R. Non, monsieur. Ça viendra. Est-ce que je dis maintenant

à Votre Honneur ce qu'il y avait à l'intérieur de la grotte ?

Q. Dis-le. Et aussi tout le reste.

R. D'abord elle ne put rien voir, ça paraissait noir comme la nuit, monsieur. Mais elle dut avancer car Dick la poussait et bientôt elle distingua une lueur sur un mur éloigné, comme celle d'un feu, et sentit l'odeur. Puis ils atteignirent un coin de la grotte, car voyez-vous, c'est une grotte en forme de patte de chien, avec plus d'ouverture là où la patte se recourbe en quelque sorte. Alors monsieur, à ce qu'elle me dit, se découvrit à ses yeux une telle scène que son sang de pauvre mortelle devint de glace.

Q. Pourquoi t'arrêtes-tu, mon garçon ?

R. Non, vous n'allez pas me croire.

Q. Mais toi tu peux me croire quand je t'annonce la plus grande bastonnade que tu aies jamais reçue si tu ne te hâtes pas de continuer ton récit.

Q. C'est que lorsque vous m'aurez entendu je risque la même punition, monsieur. Mais il faut bien que j'obéisse. Je vous raconte les choses comme on me les a dites, monsieur, et je prie Votre Honneur de daigner s'en souvenir. Là, dans la plus grande chambre intérieure de la grotte, elle vit un feu, et près du feu deux hideuses vieilles femmes et une autre plus jeune, qu'elle reconnut immédiatement pour des sorcières car elles avaient un regard fixe et glacé, qui pourtant semblait guetter, comme si elles étaient dans l'attente. Et l'une d'elles, la plus jeune, était la femme qu'elle avait vue vêtue d'argent mais à présent tout habillée de noir et qui tenait un soufflet à la main ; et une autre était assise, à ses côtés un gros chat noir et un grand corbeau, ses familiers ; tandis que la troisième filait avec un rouet. Et derrière ces trois se tenait quelqu'un revêtu d'une sombre cape et portant un masque, comme s'il était le bourreau, monsieur, qu'elle me dit, mais que le masque ne lui recouvrait pas la bouche aux lèvres aussi épaisses que celles d'un nègre d'Afrique. Et quoique l'ayant à peine entrevu jusque-là elle sut à l'instant même dans quelle terrible situation elle se trouvait à présent. Satan, monsieur, aussi sûr que je vous vois, Belzébuth, comme on l'appelle. Et c'est alors qu'elle poussa un hurlement de terreur que j'entendis, comme je vous l'ai conté. Elle se serait enfuie si Dick et Monseigneur ne l'avaient tenue fort étroitement et poussée en avant en direction du feu. Ils s'arrêtèrent là et Monseigneur parla dans une langue qu'elle ne pouvait comprendre — avec grand respect semblait-il, comme lorsqu'on s'adresse à un noble de haut rang ou à un roi. Satan, lui, ne disait pas un mot mais la fixait avec des yeux rouges comme le feu, derrière son masque. Et encore elle voulait se sauver et ne pouvait pas, car Dick et Monseigneur étaient là comme en transe mais qui ne relâchaient pas leur prise. Et elle me dit qu'elle se mit à marmonner le *Notre-Père* mais s'arrêta quand la plus jeune sorcière eut pointé vers elle un doigt accusateur sans toutefois prononcer une parole, pour signaler qu'elle savait de quoi il retournait. Et qu'ensuite les deux plus vieilles vinrent à elle et malgré ses pleurs et ses appels à la pitié se divertirent à la pincer et tâter comme elles auraient fait d'une volaille troussée. Et elle m'a dit encore que les sorcières qui la retenaient auraient pu être des colonnes de pierre pour ce qui était de l'entendre et l'obligeaient à rester immobile pendant qu'elles la palpaient à la façon des cannibales. Puant le rance comme des chèvres. Et en l'entendant pleurer les sorcières ricanaient et la maniaient de plus belle ; cependant que Satan s'approchait pour avoir une meilleure vue de la chose.

Q. Assez. Maintenant, réfléchissez, Jones, et dites-moi : elle était formelle, elle a vu Satan en personne ? C'est à dire pas quelqu'un qui pour une raison ou une autre se serait déguisé afin de l'impressionner ? Pas un Satan de carnaval ?

R. Monsieur, je lui ai plus tard posé cette même question, et pas rien qu'une fois. Mais elle a toujours protesté. C'était Satan en vrai, aussi sûr qu'il était sûr que le cheval que nous montions était un cheval. Ses paroles mêmes, monsieur.

Q. Très bien. Je vous dirai à présent que tout ceci est de la plus grande invraisemblance. La catin ment effrontément.

R. C'est possible, monsieur. A ce moment je ne sais plus ce que je dois croire. Mais qu'il est arrivé une chose bien étrange, ça j'en suis certain. Elle était toute changée, monsieur. Plus la Rébecca d'avant, voyez-vous.

Q. Continuez.

R. La suite, je rougis de la raconter mais il le faut. Car on la renversa sur le sol cependant que les deux sorcières allaient vers leur maître et se chargeaient de son déshabillage jusqu'à son entière nudité, et il se montra plein d'orgueil dans sa convoitise de démon et vint se vautrer sur son corps sans se soucier de ses pleurs et de ses cris — car elle pensait qu'était arrivé pour elle le jour du Jugement, de la punition pour tous ses péchés passés, chez la Claiborne. Ce qu'elle a dit, monsieur, alors qu'il était sur elle, noir comme Noé pour faire ce qu'il voulait. De ce qui advint par la suite elle ne savait rien, monsieur, elle dit qu'elle s'était évanouie, et ignorait combien de temps avait passé quand elle retrouva ses esprits mais qu'elle était alors couchée sur le côté dans un coin de la grotte — on l'avait traînée ou portée là sans doute — et sentait une grande douleur dans sa pénillère comme si son évanouissement ne lui avait pas épargné un rude forçage. Puis qu'elle entrouvrit les yeux et ce qu'elle vit elle eut du mal à y croire : car la jeune sorcière et Monseigneur se tenaient nus devant le Diable comme deux promis et il les mariait ou prétendait les marier en manière de raillerie blasphématoire et les bénissait en noire plaisanterie, leur faisant baiser ses parties ; et que cette farce n'était pas plutôt terminée que le mariage fut consommé et tout le monde autour du feu se mit à pratiquer des abominations charnelles comme il est dit que le font les sorcières en leurs congrès.

Q. Voulez-vous insinuer que Monseigneur lui-même... ?

R. Oui, monsieur, Satan et ses servantes, Dick et son maître. Tous. Et faites excuse, monsieur, mais Monseigneur était guéri de son état préalable et semblait plein d'ardeur dans la lubricité comme s'il voulait en remontrer au Diable qu'elle m'a dit ; et qu'elle avait vu parfois des choses de ce genre chez Claiborne, mais jamais à ce point. Hé, même le corbeau était au-dessus du chat, comme pour le couvrir.

Q. Maintenant, je veux savoir. Mais d'abord un avertissement : ce qui est dit ici entre nous, tu ne le répéteras point. Que tu en parles, que je l'apprenne, et c'est aussitôt ta condamnation. Est-ce clair ?

R. Très clair, monsieur. Je jure de me taire.

Q. Et tu ferais bien, Jones, ou par le Ciel tu es un homme mort. Voici ma question : A-t-elle dit que parmi toutes les luxurieuses abominations qu'elle vit là, il y en eut une pratiquée par Monseigneur et son valet entre eux ?

R. Monsieur, à part le mariage noir, elle n'a pas décrit ce qu'elle a vu, pas plus que ce qui s'est passé.

Q. Elle n'a point mentionné en particulier cet acte abominable ?

R. Non, monsieur.

Q. Vîtes-vous jamais, durant votre voyage, où et quand cela importe peu, quelque signe d'une telle relation contraire à la nature entre Monseigneur et Dick ?

R. Non monsieur, non, sur ma vie.

Q. Vous en êtes certain, Jones ?

R. Certain, monsieur.

Q. Très bien. Maintenant reprenez l'affaire telle qu'elle vous l'a contée.

R. C'est donc qu'en quelque entracte dans ces divertissements immondes une des sorcières vint là où elle gisait la secouer par l'épaule, comme pour voir si elle était réveillée. Rébecca fit mine d'être encore évanouie. Là-dessus la sorcière sortit et revint avec une potion et l'obligea à en avaler un peu. C'était nauséeux et amer, qu'elle me dit, comme l'aloès ou le jus de champignons vénéneux ; et d'un effet assoupissant car elle plongea dans le sommeil, et cependant n'en éprouva pas de soulagement comme Votre Honneur pourrait le penser, car elle eut un rêve qui n'était pas vraiment un rêve tant il paraissait réel. Dans ce rêve elle parcourait un vestibule ou une galerie de quelque noble maison, qu'ornaient de grandes tapisseries aussi loin qu'elle pouvait voir. Et le Diable marchait à côté d'elle, en costume noir, qui maintenant la traitait avec une apparente courtoisie, tel un gentleman montrant à une dame son domaine et ses possessions, quoiqu'il le fît en silence. En tout cas, lorsqu'elle se risqua à l'examiner de plus près, ce n'était pas le visage qu'elle avait vu dans la grotte, non, mais plutôt celui de Monseigneur, quoique de teint plus sombre ; et elle sut alors qu'ils n'étaient, en dépit de cette différence, qu'une seule et même personne.

Q. Pas un mot ne fut échangé ?

R. Non, car elle dit qu'en cela c'était vraiment comme un rêve. Que tout en marchant il lui touchait le bras de temps à temps et lui désignait l'une ou l'autre des tentures, comme il aurait pu désigner telle ou telle image de quelque grand maître du pinceau ou du crayon. Et j'oubliais, elle dit aussi que tout était dans un mauvais éclairage, quelquefois dans la pénombre et à peine visible, et la pâle lumière elle-même semblait diabolique car il n'y avait pas de fenêtres, pas de lustres, pas de flambeaux, non, pas même le plus petit bout de chandelle. Et de plus, comme ils parcouraient cette sombre galerie, elle s'apercevait que les tentures n'étaient pas immobiles. Elles s'agitaient, s'enflaient et retombaient comme touchées par un souffle d'air. Et pourtant, de l'air, elle n'en sentait point sur sa face.

Q. Ces tentures, que représentaient-elles ?

R. Eh bien, monsieur, à ce qu'elle me dit, toutes sortes de monstrueuses horreurs et cruautés de l'homme envers l'homme, telles qu'éveillée elle n'aurait pu supporter de les regarder, mais était à présent obligée d'examiner. Car il suffisait que Satan montre du doigt et bon gré mal gré le regard de Rébecca devait suivre. Et c'était d'autant plus horrible que les personnages n'étaient pas les figures immobiles des tapisseries ordinaires mais bougeaient comme dans la vie réelle, quoique en silence. Et à ce qu'elle disait ça ressemblait tout à fait à la vraie vie, on ne voyait ni fils ni points, ce que ça représentait paraissait être joué à nouveau sur une scène pour ceux qui se trouvaient au parterre. Et elle devait tout contempler selon l'ordre qui lui était donné, comme si elle n'avait pas de paupières à baisser devant tant d'inhumaine cruauté. Disant qu'il y avait partout la mort, monsieur. Et partout le Diable en personne, à de certains moments jouant le rôle principal, un meneur de jeu qui se tenait à distance et avec un sourire mauvais semblait dire, Mon travail se trouve fait pour moi, jugez donc, j'ai dans le monde tant de créatures attentives à m'aider. Alors les scènes plus lointaines semblaient soudain se rapprocher. Et qu'un moment elle voyait comme du haut d'une colline la ville en-dessous pillée par des soldats et dix pas plus loin de pauvres enfants innocents passés au fil de l'épée, ou leur mère violée devant leurs yeux. Par une fenêtre l'intérieur d'une chambre de torture ; puis tout près d'elle le visage défait d'une victime agonisante. Voilà, monsieur. Il faut me croire.

Q. Comment se termina ce rêve ?

R. Elle se sentit une très grande soif ou du moins c'est ainsi qu'elle s'exprima, monsieur, elle voulait dire en son âme, soif du Christ notre Rédempteur. Et elle se mit à chercher dans ces tentures quelque signe de lui, une croix, un crucifix, mais n'en trouva point ; jusqu'à ce qu'enfin ils arrivent à l'endroit où se terminait la galerie du Diable car elle vit un mur qui la fermait et sur ce mur une tapisserie baignant dans une grande lumière mais elle ne pouvait distinguer ce qu'elle représentait. Un petit espoir lui vint que le Christ était là comme tous nous espérons le trouver à la fin de nos labeurs en ce monde. Et elle voulut aller vers cette vision mais elle dut encore s'arrêter et à contrecœur regarder ce qu'elle n'avait vu que trop bien jusque-là. Bientôt elle ne put en supporter davantage et relevant ses jupons elle courut vers l'endroit où elle espérait pouvoir enfin apaiser sa soif. Ce fut alors la plus grande des tromperies. Car lorsqu'elle se trouva tout près elle vit que ce n'était pas l'image du Christ mais une petite mendiante nu-pieds et en haillons qui pleurait et levait les bras vers elle comme un enfant vers sa mère et Rébecca pleura avec elle. Et derrière, à ce qu'elle me dit, monsieur, c'était le feu, le feu infini dans la nuit infinie aussi loin qu'elle pouvait voir, et de là venait cette plus grande lumière ; du moins elle ne sentait pas la chaleur des flammes mais pouvait constater que la petite mendiante qui lui tendait les bras la sentait, elle, affreusement, alors Rébecca était pour elle pleine de pitié et de chagrin. Elle aurait voulu sauver la pauvrette mais c'était impossible, elle avait beau essayer, disait-elle, quand elle croyait qu'elle allait réussir à la toucher c'était comme si un panneau de verre les séparait. Et je ne dois pas oublier, monsieur, qu'elle me dit — ses paroles mêmes — que l'idée lui vint à l'esprit, comme elle tentait vainement de sauver la petite, qu'elle la connaissait déjà, qu'elles avaient été un temps proches par l'affection, la tendresse, telles des sœurs ; maintenant, après réflexion, elle croyait que l'enfant — qu'elle me dit — c'était elle-même, comme elle était avant de venir à Londres, et que pour quelque raison, peut-être à cause des guenilles, car si elle avait été pauvre elle n'avait jamais mendié, elle ne s'était pas reconnue dans son rêve.

Q. Conclus.

R. J'y suis presque, monsieur. Et ce sera encore faire offense au vraisemblable.

Q. Fais offense. Tu m'y as déjà bien habitué.

R. Donc que les flammes ont gagné la petite mendiante et qu'elle a brûlé non pas comme de la chair mais comme le ferait la cire ou de la graisse laissées près du feu. Car ses traits parurent fondre, monsieur, si vous voyez ce que je veux dire, et dégouliner et se rassembler en une petite mare de graisse que seulement alors les flammes dévorèrent en donnant une fumée noire qui fut tout ce qui resta. Ceci se passa plus vite que je le raconte, monsieur, à ce qu'elle dit, comme ça se produit dans les rêves devant des yeux ensommeillés. Et maintenant elle éprouvait un grand désespoir et une grande fureur car le sort de la malheureuse fillette lui semblait l'injustice la plus cruelle. Et elle se tourna vers Satan qu'elle pensait toujours derrière elle. Elle ne savait quoi faire si ce n'est au moins lui montrer sa colère. A ce moment de son récit elle s'arrêta. Et je demandai, N'était-il point là ? Et elle dit, Il n'était point là. Sur quoi elle resta un moment silencieuse puis ajouta, Il ne faut pas te moquer de moi. Je dis que je ne le ferais pas. Ensuite elle dit, Tout ce qui était là un moment plus tôt avait disparu. J'étais maintenant sur un quai de Bristol, un endroit que je connaissais très bien. Mes parents se tenaient à distance, qui me contemplaient tristement, pour dire qu'eux aussi savaient qui était la mendiante perdue dans le feu de l'enfer. A côté d'eux il y avait un autre personnage, un charpentier comme mon père, portant le même tablier, mais plus jeune et plus doux de visage ; et je me mis à pleurer car je l'avais bien connu, lui aussi, dans mes tendres années. Dois-je comprendre ? que je demande. Vous voulez dire, Notre Seigneur ? Et elle dit oui, quoique dans un mauvais rêve, et sans qu'un seul mot fût prononcé, mais oui, mille fois oui. Notre Seigneur Jésus-Christ. Eh bien, monsieur, je ne savais pas quoi dire, aussi je dis, Et comment t'a-t-il regardée ? Et elle répondit, Comme j'avais regardé la fillette en haillons, Farthing. Mais toutefois il n'y avait pas de vitre entre nous, froide comme de la glace, et je sus que je pouvais encore être sauvée. Voilà, monsieur. Je vous ai rapporté tout ce que je sais, sauf le ton et les circonstances.

Q. C'est là le vernis qu'elle a mis sur tout ce pêle-mêle ? En frayant avec Satan, en s'accouplant avec lui elle prend la voie de la sainteté. Eh bien, mon garçon, vous auriez dû la précipiter à bas de votre cheval dans le fossé le plus proche. Celui qui croirait un mot de ton histoire, il mérite d'être pendu ; ou bouilli jusqu'à être lui-même réduit en cire.

R. Sur le moment ça m'a semblé une bonne idée de faire comme si je la croyais, monsieur. Voilà pourquoi.

Q. Passons à son réveil.

R. Oui, monsieur. Elle me dit que dans son rêve elle aurait voulu courir sur le quai à Bristol pour se jeter à genoux devant le Seigneur et devant ses parents, mais se réveilla avant de pouvoir le faire ; et se retrouva dans la grotte, seule, à son grand soulagement, quoique nue et glacée. A présent le feu n'était plus que braises et ses compagnons étaient partis. Alors elle s'en alla, monsieur, je vous l'ai déjà dit.

Q. Comment les autres étaient-ils partis ? En avait-elle quelque idée ? Sur un manche à balai ?

R. Monsieur, je lui ai posé la question, lui faisant remarquer que je n'avais vu que Dick. Elle n'a pas su me renseigner.

Q. N'avait-elle donc repéré aucun passage ou prolongement dans cette grotte où elle était entrée ?

R. Non, monsieur, toutefois elle dit qu'il devait y en avoir, ou peut-être que ses compagnons s'étaient transformés en d'autres créatures auxquelles je n'avais pas prêté attention, les croyant naturelles, comme les corbeaux dont j'ai parlé.

Q. Les vieilles femmes accorderaient foi à tes paroles. Pas moi.

R. Non, monsieur. Mais la grotte pouvait avoir des dépendances. S'étendre sous cette colline et ouvrir de l'autre côté.

Q. Le terrain s'y prêtait ?

R. C'est possible, monsieur. J'ignore comment ça se présente derrière la colline.

Q. Cette fumée que vous avez vue ... n'y avait-il pas en haut une issue ?

R. Eh bien, oui, monsieur, de toute évidence. Mais je ne pense pas que cinq personnes aient pu s'échapper par là sans que je les voie.

Q. Le bourdonnement dont vous avez aussi parlé. Avez-vous interrogé la fille à ce sujet ?

R. Oui, monsieur. Et Rébecca m'a répondu qu'il venait du grand rouet qu'une des sorcières avait à ses côtés, je vous l'ai dit, qui tournait si vite que l'œil, à peine l'avait-il surpris, était incapable de suivre le mouvement.

Q. Quoi ? Dans une grotte aussi fermée, et vous à deux ou trois cents pas ? Ce n'est point croyable.

R. Non, monsieur.

Q. Vous êtes certain qu'elle a voulu vous persuader que Satan a couché avec elle ? Durant votre chevauchée, paraissait-elle souffrir ?

R. Non, monsieur.

Q. Ne ressentait-elle pas une grande horreur, un dégoût extrême à la pensée qu'elle devait avoir en elle sa semence ?

Je ne veux pas dire seulement à l'instant même où elle vous délivra son récit, Jones, mais ensuite ? N'en a-t-elle point reparlé ?

R. Non, monsieur, mais elle s'est étendue sur la grande grâce qui lui avait permis de s'échapper et de retrouver le Christ. Ou la lumière, comme elle disait.

Q. Que pensait-elle de la fuite éperdue de Dick ?

R. Elle ne fit aucun commentaire, hormis la supposition que le garçon avait perdu la tête après ce qui s'était passé cependant qu'elle-même était droguée.

Q. Et ce qu'elle a dit de ce ver, lorsque vous l'avez rattrapée ?

R. Elle prétendait que c'était dans une des tapisseries de son rêve, monsieur, dans la galerie du Diable. Car là elle vit le cadavre d'une jeune femme grouillant de vers, comme il était étendu, abandonné, sans cercueil, et l'un d'eux était monstrueusement gros, sans aucun rapport avec ce qu'on voit dans la nature, et elle ne l'oublierait pas.

Q. Si ce qu'elle dit est vrai, comment se fait-il qu'on l'ait laissée s'enfuir pour tout raconter ? Que Satan en personne puisse venir et réclamer ce qui lui appartient, bon, admettons. Qu'il vienne et ne le réclame point, je ne le conçois guère. Pourquoi ne l'a-t-on pas mise à mort ou fait disparaître par enchantement, comme les autres ?

R. On en a discuté, monsieur. Et elle pensait que c'était parce qu'elle avait prié, comme elle se trouvait couchée sur le sol de la grotte, et avait imploré la miséricorde de Dieu pour ses péchés et promis de tout son cœur qu'elle ne recommencerait pas s'il la secourait dans sa grande détresse. Qu'elle n'avait pas sur le moment eu de réponse, mais pourtant avait senti dans son rêve qu'elle était exaucée. Et quand elle se réveilla et se vit débarrassée de ses persécuteurs tous disparus elle se sentit plus sûre encore. Et de plus en plus habitée par la divine présence, la lumière comme elle disait lorsqu'elle m'a rencontrée, moi qu'elle appelait le bon Samaritain, et nous sommes redescendus sans qu'il nous arrive aucun mal de sorte qu'une fois en bas elle voulut remercier le Seigneur et solennellement lui renouveler sa promesse. Ce qu'elle fit, monsieur, dans la manière de sa religion, en tremblant et sanglotant comme je vous l'ai raconté.

R. Maintenant, Jones, considère ceci. Tu tombes sur la fille au moment où elle s'y attend le moins et le désire moins encore. Car bien sûr elle ne veut point t'accompagner chez le père de Monseigneur. Elle n'est pas sotte. Elle connaît les hommes ; elle te connaît, toi et tes défauts, et le genre de conte qu'elle te fera avaler sans trop de peine. Aussi te prépare-t-elle un bon brouet, un mélange de superstition et de propos édifiants, digne du plus habile charlatan, et joue le rôle de la femme déchue et repentante qui a besoin que tu la protèges. De plus elle t'avertit que ce qui s'est passé était un commerce si répugnant, si terrible que tu ne pourrais nulle part en parler sans qu'on te tienne pour un menteur qui blasphème. Que dis-tu de cela ?

R. J'y ai pensé, monsieur, je ne le nie point. Mais priant humblement Votre Honneur de faire excuse, jusqu'à preuve du contraire je la croirai. Un voleur est bien placé pour attraper un autre voleur, comme on dit. Pour ma part je suis bien placé pour reconnaître un menteur, en étant un moi-même, Dieu me pardonne. Je n'ai pas soupçonné le mensonge dans son repentir du passé.

Q. Cela se peut, mais ne veut point dire que ce qu'elle dit de la grotte est vrai. Je vais l'interroger. Je saurai. Maintenant, je voudrais la suite des événements. Vous êtes allés directement à Bideford ?

R. Non, monsieur, car au premier village que nous avons traversé, bien que tout semblait endormi, les chiens se mirent à aboyer et un homme à nous crier après, et on eut très peur à l'idée que les gendarmes ou les collecteurs de la dîme allaient nous pourchasser, et les guetteurs de Bideford eurent été pires encore si on était arrivés en pleine nuit. Aussi on jugea préférable de faire halte en chemin jusqu'à l'aube et pour plus de sécurité de n'entrer en ville que de jour.

Q. Vous avez dormi dans les champs ?

R. Oui, monsieur. Au revers d'un talus.

291

Q. Avez-vous de nouveau parlé d'aller trouver le père de Monseigneur ?

R. Oui, monsieur mais pour finir elle déclara que je devais bien me rendre compte qu'à présent c'était impossible. J'ai dit que je ne voyais point pourquoi. J'étais sûr que nous serions généreusement récompensés. A quoi elle répondit quelque chose d'étrange. C'est-à-dire qu'elle connaissait mon cœur et qu'il parlait un autre langage ; que si je ne croyais qu'en l'or et en rien d'autre — mais elle ne le pensait point — eh bien elle n'avait pas moins de vingt guinées cousues dans ses jupons et que je ferais mieux de l'assassiner sans façon et de les prendre. Je lui ai dit, monsieur, qu'elle se trompait, que je pensais avant tout à mon devoir. Non, qu'elle réplique, c'est l'or. Hé, que je dis, tu me traites de menteur, c'est une piètre récompense pour l'aide que je te donne. Farthing, elle dit, je n'ignore point que tu es pauvre et faible devant la tentation, néanmoins tu sais que tu as tort. Tu peux refuser de l'admettre mais la lumière tombe sur toi aussi, elle dit, et te sauvera. Aide-toi le Ciel t'aidera, je dis, c'est la loi de ce monde. Et maintenant elle réplique, J'ai vécu de cette façon et je t'affirme que c'est vivre dans le mal. Là nous avons arrêté de discuter un moment car je n'en revenais pas qu'elle soit si sûre de moi et aussi il y avait sa façon de parler qui n'était ni accusation ni reproche, voyez-vous, monsieur, mais plutôt ce qu'aurait dit ma conscience. Puis comme je réfléchissais à cela elle a repris, Eh bien, vas-tu me tuer pour mon or ? C'est facile et facile aussi de cacher mon corps, dans cet endroit sauvage. Car ceci fut dit comme nous étions étendus au revers du talus, monsieur, et il n'y avait pas une maison à moins d'un mile. J'ai dit, Rébecca, tu sais très bien que je ne le ferai pas mais n'est-ce pas notre devoir de chrétiens de révéler au père ce qu'il est advenu de son fils ? Alors elle a répondu, Est-ce donc chrétien de lui annoncer qu'il est allé droit en enfer ? Je te le dis, c'est toi qui le lui apprendras car moi je ne le veux point ; et je te conseille de t'en dispenser, car tu en retireras bien plus d'ennuis que de récompenses, et tout cela pour rien. C'est fait, Monseigneur est damné, et tous seront persuadés que tu as pris part à l'affaire. Ensuite elle ajouta que si c'était seulement que j'avais besoin d'argent, elle me baillerait volontiers la moitié de ce qu'elle possédait. On a discuté là-dessus encore quelque temps et j'ai dit que j'allais réfléchir, qu'en tout cas si j'étais un jour pris et interrogé je me mettrais dans le plus grand embarras en disant la vérité et n'aurais que ma parole à donner et là elle seule pourrait m'aider. Elle répondit qu'elle ne m'avait point caché le nom de son père et de l'endroit où il demeurait, qu'elle me répéta, monsieur, et à présent jura que si on le lui demandait elle confirmerait mes déclarations. Là-dessus on n'a plus rien dit mais dormi comme on a pu. J'imagine que vous allez trouver que j'aurais dû être plus ferme, mais j'étais fatigué, toute cette journée était pour moi comme un rêve tant elle était différente de ce que j'en avais attendu.

Q. Le matin suivant ?

R. On arriva à Bideford sans embarras et on s'arrêta dans une auberge derrière le quai, qu'on choisit parce qu'elle semblait plus tranquille que les autres, et on déjeuna d'un pâté en croûte passablement rassis mais en vérité je n'ai jamais mieux mangé tant j'avais l'estomac creux. Et à l'auberge on nous dit qu'il y avait un bateau qui partait pour Bristol avec la marée, le lendemain matin, et après le repas on est allés s'informer et on a su que c'était vrai. Ils pouvaient nous prendre tous les deux pour le passage, mais elle ne voulut pas en entendre parler et une fois de plus ce fut une escarmouche ou quelque chose du genre. Bon, les termes de la discussion, je ne vous fatiguerai pas à vous les rapporter ici mais nous en vînmes à un accord. J'irais à Swansea et elle à Bristol, et ni l'un ni l'autre ne parlerait de ce que nous savions mais nous serions prêts à nous soutenir l'un l'autre si nous étions accusés. Je m'informai et appris que je pouvais embarquer pour Swansea deux jours plus tard, comme je vous l'ai dit, avec Maître Parry. Donc on arrangea les deux passages avec les deux maîtres des bateaux et on revint à l'auberge.

Q. Ne vous a-t-on pas alors demandé ce que vous faisiez en cette contrée ?

R. Oui, monsieur. Et nous avons répondu que nous étions deux domestiques d'une même maison, venant de Plymouth, ayant perdu nos places en raison de la mort de notre maîtresse, une veuve, et donc rentrant dans nos foyers. Et nous devions laisser le cheval, étant disposés à payer un mois de pension pour lui jusqu'à ce que quelqu'un vienne le chercher ; car nous ne voulions point qu'on puisse nous accuser de l'avoir volé. Et je n'ai pas oublié d'envoyer un message à Barnstaple à *Crown Inn* comme j'avais écrit à Mr Lacy, pour dire où la bête se trouvait, ce que Votre Honneur peut vérifier, que j'ai fait porter par un garçon à qui j'ai donné deux pence pour sa peine.

Q. Le nom de votre auberge, à Bideford ?

R. *The Barbadoes*, monsieur.

Q. Cet argent qu'elle t'avait promis ?

R. Elle a tenu parole. Elle m'a emmené dans une petite pièce après dîner et là m'a compté dix de ses guinées, en me prévenant que c'était de l'argent gagné par la prostitution qui ne me porterait pas bonheur, mais si pressante était la nécessité que je l'ai pris.

Q. Et dépensé si vite que tu n'avais plus rien un mois plus tard ?

R. J'en ai dépensé un peu, monsieur. J'ai donné la plus grande partie à mon frère qui était encore plus que moi dans le besoin. Vous pouvez lui demander.

Q. Vous l'avez vue prendre le bateau ?

R. Oui, monsieur, le matin suivant. Et vu larguer l'amarre et se gonfler les voiles.

Q. Le nom du bateau ?

R. L'*Elisabeth Ann*, monsieur. C'était un brick ; le maître : Mr Templeman ou Templeton, je ne me souviens plus.

Q. Vous êtes certain que la fille n'est pas redescendue avant qu'il prenne la mer ?

R. Certain, monsieur. J'ai attendu sur le quai, et elle se tenait contre le bastingage comme le bateau s'éloignait, et elle a levé la main pour me saluer.

Q. Ne vous a-t-elle rien dit de particulier lorsque vous vous êtes séparés ?

R. Qu'il fallait lui faire confiance. Et si nous ne devions pas nous revoir, que je m'efforce de mener une vie meilleure.

Q. A Bideford, vous n'avez eu aucune nouvelle de Monseigneur ?

R. Aucune, monsieur. Assurément je l'ai cherché. Et j'ai cherché Dick aussi.

Q. Vous avez embarqué le lendemain pour Swansea ?

R. Oui, monsieur. Au reflux. Et débarqué à marée haute.

Q. Tout ça en dépit de ta peur de la mer et des corsaires ?

R. Eh bien, monsieur, c'est vrai que l'eau salée je n'ai jamais pu la supporter. Vu les circonstances, je n'avais guère le choix, mais je me serais trouvé mieux au fond d'un cachot.

Q. Là où j'aimerais bien de te mettre. Je te disais que le plan que tu avais fait en premier était de loin le meilleur : aller tout raconter à la famille de Monseigneur, même si tu n'y étais poussé que par l'espoir d'y trouver ton profit. Je désire en savoir plus long sur la façon dont cette prostituée à su t'en détourner.

R. Vous pensez sans doute qu'elle m'a dupé, monsieur, et il peut se découvrir que je l'ai été. Mais avec le respect dû à Votre Honneur, je dois vous redire que celle à qui je m'adressais alors était une autre femme que celle à qui je m'étais adressé auparavant. Il s'était fait en elle un grand changement. En une minute elle me montra plus d'amitié qu'en un jour de sa première manière.

Q. Quelle forme d'amitié ?

R. Nous avons beaucoup causé, durant notre voyage à Bideford, monsieur. Et pas seulement du présent.

Q. De quoi d'autre ?

R. Eh bien, de sa vilenie passée, et qu'elle avait vu la lumière et ne reprendrait jamais sa vie de prostituée. De comment Jésus-Christ était venu sur terre pour des créatures comme elle et moi, pour nous montrer le chemin dans les ténèbres. Elle m'a posé elle aussi des questions sur ma vie comme si nous nous rencontrions pour la première fois, qu'elle voulait savoir qui j'étais, et quelle existence j'avais eue jusque-là. Ce que je lui ai un peu raconté.

Q. Vous lui avez dit votre vrai nom ?

R. Oui, monsieur. Et parlé de ma mère et des autres de ma famille, qu'en dépit de tout je n'avais pas oubliés. Et elle en a appelé à ma conscience sur le devoir que j'avais de rendre visite aux miens.

Q. Ainsi se débarrassant de vous, n'est-ce pas ?

R. Je crois vraiment qu'elle était sincère, là encore, monsieur.

Q. Vous avez dit précédemment qu'elle n'avait pas d'indulgence pour ceux d'un plus haut rang.

R. C'est vrai. Elle réprouvait les injustices de ce monde et ne disait guère de bien des grands qu'elle avait rencontrés chez la Claiborne.

Q. Expliquez-vous.

R. Je vous en demande pardon, monsieur, mais j'avais avoué quelques fautes passées, et elle m'a dit que les gentlemen qui fréquentaient son bordel n'étaient pas meilleurs que nous mais pires, car ils choisissaient de vivre dans le mal alors qu'ils pouvaient vivre dans le bien, tandis que nous, on était obligés de se mal conduire, poussés par la nécessité de gagner le pain quotidien. Que la richesse corrompait les hommes, bâillonnait leur conscience et jusqu'au jour où ils s'en rendraient compte la Terre resterait un lieu de damnation.

Q. En bref, des propos séditieux ?

R. Votre Honneur, elle disait que tant que le péché gouvernerait les grands de ce monde, qu'ils pourraient s'y livrer sans encourir de punition, ce monde resterait sans espoir. Que nous, les humbles, devions prendre soin de nos âmes et ne pas nous prêter aux bassesses des maîtres.

Q. N'avez-vous pas ri en entendant ces mots qui venaient d'une bouche si pervertie ?

R. Non, monsieur, car ils me parurent sincères et point du tout un absurde babillage. Et quand j'ai dit — car je l'ai dit — que ce n'était pas à nous de juger ceux d'un plus haut rang, elle chercha doucement à me persuader, en me posant des questions. Disant aussi que je n'avais pas assez réfléchi sur ce sujet et qu'il y avait un monde à venir qui devait être gagné également par tous en ce monde-ci. Parce qu'au Ciel il n'y a pas de rang, qu'elle me dit, ou seulement celui de la sainteté. Elle flattait mon meilleur côté, monsieur. Je sais bien que vous considérez que ceux de mon pays n'en ont point et ne sont rien autre que mauvais. Avec le respect dû à Votre Honneur, nous les Gallois nous vivons dans une telle pauvreté, avec si peu d'avantages naturels que nous péchons par nécessité. Nous ne sommes pas foncièrement mauvais, et à dire la vérité nous serions plutôt disposés à l'amitié et respectueux de la religion.

Q. Votre amitié, votre religion, je les connais, Jones. La première signifie trahison, la seconde dissidence. Que le Seigneur vous pardonne. Vous êtes comme une peste parmi des nations saines. Un abcès nauséeux au cul de ce royaume.

R. Parfois, monsieur. Quand nous ne pouvons point faire autrement.

Q. Ce qui veut dire tout le temps. A-t-elle encore parlé de Monseigneur ?

R. Pour dire qu'elle lui pardonnait, quoique Dieu ne lui pardonnerait point.

Q. Où donc cette putain effrontée prend-elle le droit de pardonner à ses maîtres et de connaître la volonté de Dieu ?

R. Je ne sais, monsieur. Je marchais presque en dormant. J'étais si las et j'avais mal aux pieds. Et après tout ce qui s'était passé ce jour-là mes idées étaient confuses. Comme j'allais ainsi la menant, ce qu'elle disait avait l'air vrai.

Q. C'est elle qui te menait, misérable. Elle était sur le cheval ?

R. Oui, monsieur. Et de temps en temps elle marchait un peu, pour me permettre de me reposer.

Q. Etais-tu si épuisé que tu ne faisais plus ton galant ? Allons, as-tu perdu ta langue ?

R. Votre Honneur, je vois que je dois tout dire quoique ça n'ait pour vous aucun intérêt. Quand on a pris du repos, avant Bideford, elle avait froid et s'est couchée contre moi sur le talus, me tournant le dos, c'était seulement pour la chaleur. Et elle a dit qu'elle avait confiance que je n'en prendrais point avantage. Et je ne l'ai pas fait, mais lui racontai ce qui est vrai, que j'avais été marié une fois, et que ça avait mal tourné par ma faute qui était de boire et aussi par la dysenterie qui m'enleva ma pauvre femme. Et que je n'étais pas meilleur qu'un autre et sans nul doute lui paraissais un pauvre gars à côté de certains qu'elle avait connus. Si néanmoins elle voulait me prendre je la prendrais et me remarierais, et nous pourrions vivre honnêtement comme elle disait qu'elle le ferait désormais.

Q. Quoi, la créature couche avec Satan le matin et ce même soir tu coucherais avec elle ?

R. Monsieur, entre-temps, à ce qu'elle assurait, elle s'était donnée au Christ.

Q. Tu as cru à un tel blasphème ?

R. Non, monsieur. J'ai cru à son sincère repentir.

Q. Et qu'elle était mûre pour forniquer avec toi ?

R. Hé, monsieur, je ne nie pas que j'avais envié à Dick la liberté d'user d'elle. J'ai mes vigueurs naturelles. Je l'aimais beaucoup pour sa nouvelle candeur tout autant que pour son corps. Et je pensais que si je l'épousais elle m'aiderait à m'améliorer.

Q. Mais cette sainte toute neuve n'a pas voulu de toi ?

R. Elle ne voulait point se marier, monsieur. Car elle disait que j'étais trop bon d'envisager de prendre pour femme une aussi grande pécheresse et elle m'en était reconnaissante sans pouvoir toutefois accepter, ayant promis, aux pires moments de son épreuve dans la grotte, qu'elle ne connaîtrait jamais d'autre homme de par sa propre volonté.

Q. Cela t'a suffi, une telle réponse ?

R. J'ai essayé encore au moment du départ le lendemain, non, en vérité, plus tard le même jour. Et elle a dit que j'étais un brave homme, qu'elle se souviendrait de ma proposition si elle changeait d'idée. Mais qu'elle n'avait pour le moment aucune envie de le faire et même souhaitait ardemment rester dans les mêmes dispositions. Et que d'ailleurs son premier devoir était d'aller chez ses parents.

Q. Tu aurais dû défroquer sa piété cependant que tu en avais l'opportunité.

R. J'ai manqué l'occasion, monsieur.

Q. Mais moi je la retrouverai. Elle ne m'aura point par des effets de candide innocence et des déclamations fanatiques. Charlatanisme pur. Par le Ciel, elle ne m'aura point.

R. Non, monsieur. Et je vous souhaite de réussir.

Q. Je n'ai pas besoin des souhaits de gens de ton espèce.

R. Faites excuse, monsieur.

Q. Jones, si tu as menti en quelque détail que ce soit, je te ferai danser au bout d'une corde. Je te le garantis.

R. Oui, monsieur, je sais. Et regrette de ne pas vous avoir tout dit en premier lieu.

Q. Tu es trop benêt, trop vantard pour être un vrai scélérat. C'est tout ce qu'il y a en toi de bien, c'est-à-dire rien, excepté en ce qui concerne tes capacités à mal faire. A présent retire-toi, jusqu'à la prochaine convocation. Je ne te relâche pas encore. Ta chambre est payée et je t'y consigne jusqu'à ce que tout soit résolu. Est-ce clair ?

R. Oui, monsieur. Je remercie humblement Votre Honneur. Que Dieu bénisse Votre Honneur.

Lincoln's Inn, le 11 sept.

Votre Grâce

Si je n'étais le serviteur de Votre Grâce et que mon devoir ne fût d'obéir très scrupuleusement à Ses ordres, je trouverais dans le fidèle attachement que je porte à Ses intérêts un motif suffisant pour ne Lui point faire tenir les feuillets ici inclus. Car Elle n'y rencontrera pas l'apaisement à son inquiétude que je souhaitais de pouvoir lui apporter — à moins que de prendre en considération le vieil adage retenu par tous ceux de ma profession, *Testis unus, testis nullus*. Et qui, en effet, s'applique d'autant mieux à la situation présente que notre seul témoin a la réputation d'être un menteur et de toute évidence un coquin, et que de plus il ne fait que rapporter ici ce que lui a dit une autre personne qu'on peut craindre encore plus versée dans l'art du mensonge. Néanmoins je dois, en toute vérité, déclarer à Votre Grâce que si Jones ne vaut en tout et pour tout que la corde pour le pendre, dans cette affaire je ne crois pas qu'il mente. Tous nos espoirs reposent donc sur la possibilité que cette fille rusée ait su le tromper.

Tout a été mis en œuvre pour la retrouver et si Dieu le veut nous y parviendrons. Et comme Votre Grâce peut en être assurée, la fille sera alors sévèrement châtiée. Ce coquin de Jones se dépeint lui-même dans tout ce qu'il raconte et Votre Grâce devrait aisément se faire une idée d'un tel individu qui rivalise avec ce qu'il y a de pire dans son misérable pays. C'est un homme qui n'est point digne de confiance. Pour ce qui est de ses exploits guerriers, je parierais cent livres contre un grain de poivre qu'il s'est toujours tenu à grande distance de Mars ou de Bellone, bien plus encore que n'est la ville de Rome de l'extrême pointe nord de la Grande-Bretagne. Je le vois plutôt de l'espèce anguille peureuse qui, une fois jetée dans quelque pot, trouvera toujours à s'en échapper.

Ceci encore, que je veux représenter à Votre Grâce qui

301

connaît Monseigneur et par où il est blâmable : il n'y a hélas aucun doute que dans sa révolte contre les volontés de Votre Grâce il se soit rendu coupable du plus odieux des péchés envers la famille ; avec cela toutefois qui atténue la gravité de son crime, comme Votre Grâce l'a fait remarquer en une époque plus heureuse, qu'il paraît n'avoir été souillé par aucun des vices trop fréquemment rencontrés de nos jours chez ceux de son âge et de sa condition ; je veux dire par aucun des vices noirs et répugnants comme celui dont il s'agirait aujourd'hui. J'admettrai sans doute qu'il y a des gentlemen capables de descendre aussi bas dans la dépravation ; mais je ne saurais compter parmi eux celui qui a l'honneur d'être le fils de Votre Grâce. Et ma raison se refuse — tout comme, j'en suis certain, Votre Grâce — à accepter qu'en ce siècle existent encore de telles sorcières. En bref je dois exhorter Votre Grâce à la patience. Je prie pour qu'Elle ne croie point qu'une telle prétendue infamie dont Elle trouvera ici le rapport puisse être dès ce moment considérée comme vérité attestée.

Que Votre Grâce veuille bien continuer à me considérer comme Son serviteur affligé et toujours le plus dévoué.

Henry Ayscough

Bristol, par Froomgate
Le mercredi 15 septembre 1736.

Monsieur,

J'ai eu l'honneur de recevoir votre lettre et vous retourne au centuple vos aimables compliments, auxquels je crois devoir ajouter que votre très-noble client peut être certain que je suis prêt à me soumettre à ses ordres en tout ce qui le concerne. Je ne me considère pas moins fortuné d'avoir été capable d'aider un gentleman qui dans notre profession occupe une position aussi éminente que la vôtre pour le réglement de cette affaire de l'an passé ; à ce sujet je voudrais mentionner que je me suis récemment produit aux Assises (lors d'un autre procès favorablement conclu) devant Mr le Juge G., et que celui-ci me fit l'honneur de me demander en privé de présenter ses respects à notre client et l'assurance qu'il donnera toujours son attention la plus favorable à quelque cause que Sir Charles choisisse de défendre devant lui, un compliment, mon cher monsieur, qu'il m'est agréable de vous transmettre avant d'en venir à vos recommandations touchant la présente affaire qui est des plus pénibles et des plus délicates.

Monsieur, vous pouvez aussi assurer Sa Grâce que rien ne m'est plus précieux que le bon renom de notre noblesse, très éminent rempart de droit divin duquel, conjointement avec la majesté du Roi, la sécurité et le bien-être de notre nation doivent toujours dépendre ; et que tout sera conduit dans le plus grand secret, comme vous m'en faites la prière.

J'ai mené une enquête très sérieuse au sujet de la personne que vous recherchez et appris qu'elle est apparue en cette ville — et à l'endroit qu'elle dit — à peu près au moment que vous supposez dans votre lettre, bien qu'aucun des individus que nos enquêteurs interrogèrent n'en pût donner la date précise dans la première ou la deuxième semaine de mai dernier. On apprit alors à la jeune femme, ce qui est vrai, que ses parents s'en sont allés voilà trois ans à une assemblée de leur secte — à Manchester croit-on, et n'en sont point revenus. Il semble qu'un frère de son père demeure à Manchester, et les aurait persuadés qu'il leur serait en cette ville plus aisé de gagner leur vie (et aussi, je n'en doute pas, que leur profession d'une foi si condamnable y trouverait meilleur accueil) ; et donc ils partirent emmenant leurs trois autres enfants, qui sont aussi des filles, laissant ainsi celle que vous recherchez sans parenté en ces lieux.

Le nom du père est : Amos Hocknell, celui de son épouse : Martha, qui était une Bradling ou Bradlynch avant mariage, originaire de Corsham, comté de Wilts. Quoique s'obstinant dans son hérésie, Hocknell était considéré ici comme un bon menuisier-charpentier. L'un de ses derniers patrons, Mr Alderman Diffrey — un vrai chrétien, excellent négociant et maître armateur dans la cité — a utilisé ses services pour l'aménagement intérieur des navires. Je connais Mr Diffrey, et il m'a dit qu'il n'avait nullement à se plaindre du travail de Hocknell, mais que l'homme ne pouvait se résoudre à laisser chez lui ses prêches et ses prophéties, qu'il ne cessait de tenter de détourner ceux qui l'entouraient de la religion établie à laquelle mon digne ami Mr Diffrey est — à son honneur — très fortement attaché, et qu'un jour s'apercevant que l'homme avait en secret gagné deux apprentis à sa fausse religion, il l'avait congédié ; sur quoi Hocknell l'avait accusé d'injustice et de persécution, bien que Mr Diffrey eût de nombreuses fois averti qu'il ne supporterait pas de tels agissements ni les propos que Hocknell avait pourtant continué de tenir, comme on en avait désormais la preuve. L'homme est aussi turbulent et forcené en politique qu'en religion. De l'avis de Mr Diffrey et selon ses propres termes : *marinant dans une fausse idée de la liberté comme une morue dans le sel.* Par où vous pourrez juger de quel genre d'individu il s'agit ; et aussi par ce que Mr Diffrey me confia de sa réaction quand il fut congédié, puisqu'il eut l'impertinence de s'écrier que tout homme peut vendre ses bras mais qu'aucun homme, et pas même le Roi, ne doit jamais vendre son âme. Il semble que durant un certain temps le gars marmonna qu'il allait partir avec sa famille pour les colonies d'Amérique (où j'aimerais fort bien que soient exilés tous les séditieux fanatiques) mais il finit par y renoncer. En conclusion, on devrait pouvoir obtenir des renseignements sur l'endroit où il vit présentement en s'enquérant de lui au temple dissident de Manchester ; car cette ville est, comme vous le savez sans doute mieux que moi, monsieur, une ville de peu d'importance, comparée à la grande cité d'où je vous écris.

La personne que vous recherchez a déclaré qu'elle venait de Londres, et avait là-bas travaillé comme servante, mais sans qu'on puisse se souvenir qu'elle ait à aucun moment nommé ses maîtres ni leurs lieux de résidence. Selon mes constatations elle n'est guère restée plus d'une heure dans la maison d'une voisine qui l'instruisit de ce que je viens de rapporter, et a repris sa route en disant qu'elle devait sans délai se rendre à Manchester, car elle souhaitait de tout son cœur rejoindre ses parents. Il me faut expliquer, monsieur, que par le plus malicieux coup du sort quant au but que nous poursuivons, la voisine en question, une vieille Quaker, est morte d'hydropisie trois semaines avant que j'aie reçu votre lettre, et tout est fondé sur son bavardage de naguère et celui des commères à l'entour. Donc sur un témoignage passé de bouche en bouche; auquel toutefois je crois qu'on peut se fier.

Du passé de la personne qui nous intéresse on n'a pu découvrir que peu de chose en raison du mutisme obstiné de ses coreligionnaires qui voient en toute enquête — fût-elle parfaitement légale — une marque de tyrannie à leur égard. Néanmoins mon envoyé en trouva un pour lui dire que la jeune femme était communément considérée comme perdue pour leur foi et le monde des Quakers depuis qu'elle avait été reconnue coupable de fornication avec un certain Henry Harvey, fils de la maison où elle avait fait ses débuts comme servante; ce qui lui avait valu d'être chassée par sa maîtresse puis par ses parents qui estimaient son repentir insuffisant, car c'était elle qui avait entraîné le jeune homme dans le péché. Elle avait disparu pendant de longues années, réfugiée on ne savait où, jusqu'à ce retour qui eut pour unique témoin la voisine déjà mentionnée, la seule qui lui ait parlé avant qu'elle ne parte à nouveau.

Enfin je dois porter à votre connaissance que vous n'êtes pas le premier à enquêter sur cette personne, car l'une des commères susdites déclara à mon envoyé que déjà quelqu'un était venu pour elle ce dernier mois de juin, prétendant qu'il était de Londres et avait un message de sa maîtresse; mais ni son apparence ni ses manières ne le rendaient recommandable à ces gens soupçonneux et jaloux, et tout ce qu'on lui dit fut qu'on la croyait partie à Manchester; sur quoi l'homme s'en alla et on ne l'a plus revu. J'imagine que vous saurez mieux que moi tirer de tout ceci les conclusions nécessaires.

Je vous écris en quelque hâte avant de me mettre à l'autre affaire qui sera réglée aussi promptement que le permettront les circonstances. Soyez assuré que je vous écrirai de nouveau à ce sujet et aussitôt que possible. Je reste monsieur, en toutes choses, de votre noble et gracieux client et de vous-même, le très-humble, très-fidèle, et très-obéissant serviteur.

Rich'd Pygge, attorney.

❈

Bideford, ce 20 septembre.

Monsieur,

J'ai passé les deux derniers jours à l'endroit même qui vous intéresse et je vous écris pendant que tout est frais dans mon esprit. Cet endroit est d'après mes calculs situé à deux miles et demi du gué, au-dessus de la route de Bideford, et la vallée qui y mène, appelée la Cleeve, s'allonge entre des coteaux boisés en pente rapide qui en font plus un ravin qu'un val, comme bien souvent dans cette région. La grotte se trouve dans la partie supérieure d'une autre vallée qui débouche dans la précédente, et qu'on peut atteindre par un sentier aboutissant sur la grand-route à trois quarts de mile du gué. Devant la grotte une étendue d'herbe et un trou d'eau où le bétail peut boire. Là tout est désert et la vallée n'est que très rarement empruntée par les bergers pour gagner la lande au-dessus. L'un d'eux, nommé James Lock, de la paroisse de Daccombe, était à la grotte quand nous y arrivâmes. C'était, nous dit-il, son habitude quand venait l'été, et il en avait passé plusieurs en ce lieu. Ce *Mopsus* paraissait un pauvre hère, sans plus d'instruction que n'en ont ses moutons, mais honnête en ses manières.

L'endroit a une étrange histoire. Lock et ses semblables le connaissent comme « Chez Dolling », ou « la Grotte de Dolling », du nom de quelqu'un qui, au temps de son arrière-grand-père, dirigea une bande de brigands notoires assez

306

hardis pour résider là, y mener joyeuse vie à la manière de Robin des Bois (du moins à ce que dit Lock) et demeurer longtemps dans l'impunité à cause que le lieu est à l'écart et pour ce qu'ils prenaient soin de ne pas accomplir leurs larcins dans le proche voisinage ; ils ne furent jamais traduits en justice, et finalement décampèrent. Et pour preuve de ce qu'il avançait il me montra, à l'entrée de la grotte, gravées grossièrement dans le roc les initiales I.D.S.M., c'est-à-dire John Dolling, Sa Maison. Le coquin aurait eu, semble-t-il, des goûts de propriétaire.

Mais j'anticipe, monsieur, car il m'a parlé aussi d'une superstition beaucoup plus vieille concernant la grande pierre qui se tient toute droite à côté de l'abreuvoir susdit, et selon laquelle le Diable vint une fois trouver là un berger pour lui acheter un agneau — ou du moins c'est ce qu'il prétendait et quand le prix fut fixé et que le berger eut dit qu'il pouvait choisir celui qui lui plaisait, Satan désigna le jeune fils du berger qui se tenait près de là (tout comme Lock me racontant l'histoire désignait son propre fils). Alors le berger devina à qui il avait affaire et, pris de peur, resta muet. Pourquoi ne dis-tu rien, demanda Belzébuth ? Abraham a-t-il fait tant d'histoires pour sacrifier son enfant ? Sur quoi notre berger, voyant (comme me le dit le rude garçon) que celui qui lui parlait l'emporterait sûrement dans l'échange des âmes, le frappe bravement de sa houlette, laquelle tombe non sur un crâne humain (ou un crâne diabolique) mais sur cette pierre et s'y rompt en deux. Une perte dont le berger se consola aisément car l'esprit de son fils était sauvé ; et de plus le Diable, n'ayant guère apprécié cette hospitalité arcadienne, n'osa plus montrer dans ses parages son visage impudent ; et depuis ce temps la pierre est appelée Pierre du Diable. Pour cette raison, sans doute, beaucoup prétendent que le lieu est maudit et certains de la paroisse n'y mettraient jamais les pieds. Mais pas ce Lock ni avant lui son père (berger lui aussi) qui ont découvert qu'il y avait là de la bonne pâture, que les bêtes n'y prenaient pas de maladies et que la grotte était bien commode pour y vivre l'été et pour le mûrissement des fromages. J'espère, monsieur, que vous ne trouverez pas trop futile tout ce que je vous raconte là puisque vous avez spécialement souhaité que je n'omette aucun détail, même le plus fantaisiste.

L'entrée de la grotte est large de quinze pieds et, en son point le plus élevé, elle a environ deux fois la hauteur d'un homme ; elle ouvre sur une caverne d'à peu près quarante pas, se prolongeant ensuite étrangement par un coude presque à angle droit qui en première inspection semble former un cul-de-sac mais en fait, au travers d'une arche grossièrement équarrie (que Lock croit être une brèche naturelle agrandie de main humaine, peut-être par le gredin de Dolling et sa bande) conduit jusqu'à une plus spacieuse chambre intérieure. Je l'ai parcourue et l'ai trouvée *grosso modo* de la forme d'un œuf avec pour dimensions environ cinquante pas en longueur et un peu plus de trente pas dans son plus large ; l'ensemble point très régulier. La voûte est vaste et percée à une extrémité car de cet endroit on peut voir une faible lumière mais pas le ciel, comme s'il s'agissait d'une cheminée un peu torve ; et en dessous le sol est humide mais pas excessivement ; Lock dit que s'effectue ici une sorte de drainage. En raison de l'obscurité il n'utilise pas ce cabinet particulier (si je peux l'appeler ainsi) sauf pour y entreposer ses fromages.

Maintenant, monsieur, j'en viens à l'objet de votre enquête. Sur votre conseil j'avais amené une lanterne, ce qui m'a aidé à déceler la présence de cendres à peu près au milieu de la chambre intérieure, comme celles d'un grand feu. Qui, me dit Lock avant même que je l'aie interrogé, étaient laissées par ceux qu'on appelle communément dans le parler du Devon-shire des *didickies* (c'est-à-dire des égyptiens), lesquels revien-nent ici avec quelque régularité dans leurs errances de l'hiver ; car il semble que certaines de leurs bandes se déplacent à cette saison vers l'ouest, en direction de la Cornouailles et repartent vers l'est au printemps. En réponse à mes questions, Lock dit qu'à son retour en ces lieux, chaque année — et cette année comme les autres — vers le début de juin, il lui est rarement arrivé de ne point trouver ces traces de leur séjour, et que c'était pareil du temps de son père. Toutefois il n'a jamais rencontré les égyptiens car ce sont des gens très secrets, avec leur propre langage païen et leurs coutumes ; et ne lui ayant jamais fait aucun tort, ni jamais disputé la possession estivale de la grotte, ils ne le dérangent pas ; il a même quelquefois trouvé une provision de bois de chauffage ou de bois convenant pour les clotûres qui semblait bien avoir été mise au sec et laissée là pour son usage, et il en était reconnaissant.

Je dois ici noter que les cendres avaient une étrange odeur, différente de celle du bois qu'on brûle. Celle du soufre ou peut-être du vitriol. On pourrait concevoir que cela tient à la constitution du roc sur lequel elles reposent, et que la chaleur d'un feu violent en a extrait quelque émanation bitumeuse dont l'effluve est lent à se dissiper. Mais là-dessus je ne suis pas compétent. J'ai questionné Lock sur cette mauvaise odeur ; il ne semblait pas l'avoir remarquée et m'a déclaré qu'il ne sentait rien d'inhabituel. Il m'a paru que ses narines devaient être déjà pleines de la puanteur de son troupeau et de ses fromages, et que moi je ne me trompais point. Mon clerc, qui m'accompagnait, partageait mon opinion, et nous eûmes une preuve supplémentaire que je n'avais pas tort, comme j'y viendrai, sans toutefois être capables de trouver une explication. Nous avons éparpillé quelque peu les cendres et n'y vîmes rien d'autre que du bois carbonisé. Lock me montra dans un coin en contrebas des os rassemblés comme dans un charnier, petits pour la plupart, os de lapins et de volatiles, probablement jetés de côté par les égyptiens négligents, au cours de leurs festivités et banquets. Lock me dit qu'ils se servaient plus que lui de cette chambre intérieure, durant leurs séjours d'hiver, et sans doute pour cette bonne raison qu'elle leur offrait une meilleure protection contre les vents et les froidures.

Je dois ajouter, monsieur, pendant que j'y pense, et en réponse à une autre de vos questions, que j'ai fait à la lanterne une inspection minutieuse et n'ai point trouvé d'autre voie pour quitter cette grotte que celle par laquelle nous y avions pénétré ; et Lock était lui aussi certain qu'il n'y en avait point d'autre, si ce n'est la cheminée auparavant mentionnée. A bien l'observer ce n'est guère qu'une simple fente car je suis plus tard monté sur la pente où elle aboutit et un enfant pourrait s'y insinuer mais pas un adulte. Du sol on ne peut l'atteindre sans une échelle. Je n'ai rien vu dans cette chambre, ni dans l'entrée de la grotte, qui nous puisse être de quelque enseignement sur ce qui nous intéresse.

A présent, j'en viens, monsieur, à une dernière chose : le feu en dehors de la grotte. Il est à environ vingt pas, sur le bord de la pâture. Je l'avais remarqué dès notre arrivée car Lock a entouré l'endroit avec des claies, pour tenir ses bêtes à l'écart. Les cendres sont diluées par l'eau de pluie, pourtant le sol reste noir et nu et rien n'a poussé à l'endroit brûlé. Lock dit que les années précédentes, les égyptiens n'avaient jamais allumé leurs feux hors de la grotte et ne voit pas pourquoi ils se sont écartés de leurs coutumes l'hiver passé. Ses moutons, quand il est arrivé, paraissaient tentés de lécher les traces de l'ancien feu comme s'il y avait là quelque chose qui excitait leur appétit ; et bien qu'aucun ne parût s'en trouver mal il avait craint les conséquences de ce caprice inattendu et donc avait installé une barrière mais disait que parfois ils essayaient encore de la franchir, et cela malgré l'abondance d'herbe tendre tout autour.

Cet endroit pelé, décoloré, est à une dizaine de pas de la grotte. En pénétrant dans l'enclos j'ai pu discerner la même odeur sulfureuse que j'avais sentie à l'intérieur ; et quand mon aide a lui-même reconnu cette odeur, et aussi forte, je l'ai fait s'agenouiller et gratter un peu la terre et il m'en a donné un morceau (que je vous envoie par ce même courrier) en me faisant remarquer qu'il avait l'air d'avoir été cuit au four et semblait être un fragment de poterie qui aurait subi l'effet émollient des grosses pluies de la saison. J'ai envoyé Lock chercher un pieu de clôture et mon aide s'en est servi pour creuser, découvrant que le sol à cet endroit dénudé était comme rôti et dur sur une profondeur de quatre ou cinq pouces, et on ne le pénétrait qu'en le pilonnant à grands coups, ce à quoi nous n'avons point trouvé de cause autre que la fréquence de grands feux (pour lesquels il y a assez de bois à l'entour) mais d'une ampleur excessive s'il s'agissait simplement de faire cuire des nourritures ou de se réchauffer un peu.

J'ai demandé à Lock si l'absence de toute herbe ne lui

310

semblait pas étrange et il a dit oui, et qu'il supposait que les égyptiens l'avaient empoisonnée en fabriquant leurs baumes et leurs potions. Toutefois, monsieur, ils sont considérés dans cette partie du Royaume-Uni comme doués de pouvoirs spéciaux pour la préparation des simples et s'assurent quelques ressources en vendant aux ignorants leurs concoctions qu'ils prétendent médicinales, mais ni moi ni mon aide n'étions disposés à admettre qu'ils avaient besoin d'un feu aussi grand pour semblable occupation. Mon aide me fit remarquer avec raison que c'était plutôt comme de la terre au fond d'un creuset de haut fourneau quoique nous n'ayons trouvé aucune trace de métal à l'entour. Et je ne crois pas qu'on ait jamais repéré de minerais dans le voisinage immédiat. *Nota*, on en trouve en abondance sur les collines vers Bristol.

Je crains de devoir vous laisser, monsieur, avec une grande énigme à résoudre. Soyez assuré que ce n'est pas faute d'une persévérante application à suivre vos instructions, ni faute de réfléchir aux problèmes qui se présentent. Mais je ne parviens pas à quelque conclusion qui vous puisse satisfaire. Sans m'attarder davantage là-dessus, je répondrai maintenant aux questions que vous me posez.

1. Aucun gentleman curieux n'est venu visiter la région, ni aucun homme de science. Les eaux, ici, ne sont pas du tout réputées et personne ne les connaît en dehors de la paroisse. Avant que je les mentionne, Mr Beckford (dont je vous transmets les compliments les plus respectueux) ignorait leur existence, et pourtant l'endroit est contigu à sa propre paroisse.

2. J'ai interrogé Lock avec insistance au sujet du pendu et de tout ce qui s'en est suivi ; de quoi il incrimine des voleurs sans vouloir en démordre. C'est aussi, en l'absence d'une meilleure explication, l'opinion générale, que rien ne justifie. Quand on demande aux gens d'ici quelle autre preuve ils ont que des voleurs à ce point prêts à tout rôdent dans la région ils ne savent que répondre ; ou bien retombent sur une histoire stupide, qui court parmi eux à présent, d'un débarquement de corsaires français ; mais, bien sûr, là non plus il n'y a aucune

preuve et ces quatre-vingts dernières années on n'a jamais vu ce genre d'individus pénétrer si avant dans les terres, ce qui serait contraire au sens commun. Leur pratique bien plutôt consiste à accoster, saisir promptement ce qui se trouve à leur portée et déguerpir aussi vite, comme nos gardes des eaux territoriales et les équipages de nos navires ne le savent que trop bien.

3. Lock a déclaré sous la foi du serment que, durant cette dernière estive, il n'avait rien remarqué qui fût inhabituel; et n'avait eu d'autres visiteurs, en sus de sa famille, que moi et mon aide. Je n'ai hélas pu obtenir d'informations supplémentaires (en dehors des spéculations sur les corsaires) ni de Mr Beckford déjà cité, ni de Puddicombe, ni d'aucun de ceux dont vous m'aviez donné les noms. Je n'ai remarqué en ce lieu aucune trace que le sol eût été fraîchement remué, ce qui aurait pu laisser penser qu'on y avait enfoui un cadavre. Ni Lock ni son fils, très familiers du lieu et de ses environs, ne m'ont signalé ce genre de découverte.

5. L'endroit où l'on a vue sur l'ensemble est bien tel que l'a décrit votre témoin. Tout le reste est conforme à sa chorographie. Vous pouvez — en ceci du moins — vous fier à lui.

6. De ce qui fut laissé en chemin, et des deux chevaux, je n'ai pas trouvé de *vestigia*, mais la région est si sauvage dans ses parties les plus basses que je ne suis pas sûr d'avoir suffisamment étendu l'espace de mes recherches. Nous avons fouillé ce qui semblait le lieu indiqué, près du torrent, et en sommes revenus les mains vides. Dans le plus proche voisinage, personne ne savait rien des deux chevaux disparus, ou de ce qui avait été laissé là. On pensait qu'il était possible que les égyptiens aient trouvé les chevaux et s'en soient emparés, et pareillement de ce qui restait du bagage. Du cheval de votre témoin je parlerai tout à l'heure.

7. Quant aux sorcières, Lock déclare en connaître une dans son village mais qui est de la sorte qu'on appelle ici blanche, ou bénigne, plus occupée à guérir les verrues et petits maux qu'à converser avec le Diable, et de plus âgée et difforme. Il n'a pas entendu parler d'assemblées de sorcières et répète d'un ton très-ferme, que hormis les égyptiens personne ne vient ici

en hiver ; qu'au cours de tous ses séjours il n'a jamais vu en ces lieux aucune femelle, à l'exception de ses brebis, de sa femme et de sa fille qui, de temps en temps, montent péniblement jusqu'ici avec des provisions, et pour ramasser les myrtilles (qui mûrissent en abondance au mois d'août). Toutefois il se peut qu'il soit — sur le chapitre de la sorcellerie — moins crédule que la plupart des gens du pays. Car Mr Beckford assure que la croyance en la sorcellerie est toujours très forte et que la récente révocation de l'Acte (dont le bruit est venu jusqu'en cette lointaine contrée) est généralement considérée comme une grande folie. Certes, depuis son arrivée il n'a reçu qu'une plainte à ce sujet et qui s'est révélée sans autre fondement que la malice d'une vieille harpie se disputant avec son voisinage. Il pense pourtant que la sorcellerie tous y croient comme y croyaient leurs ancêtres.

8. On peut continuer du haut de cette vallée durant sept miles à travers les moors jusqu'à la route qui va de Barnstaple à Minehead. Le sentier est dissimulé, obscur et inconnu des étrangers ; ceux qui se montrent résolus peuvent cependant s'en arranger pourvu que *qualibet* ils se dirigent vers le nord lorsqu'ils arrivent à la grand'route qui par là est orientée est-ouest. C'est plus facile en été par temps sec. Un homme qui désire voyager secrètement peut éviter Bridgewater et Taunton. Je rentrerai par ce chemin en poursuivant mon enquête avec toute la discrétion que vous me recommandez ; et si j'obtiens un nouveau témoignage je le porterai aussitôt à votre connaissance. Sinon je vous manderai les dernières nouvelles quand je serai de retour à Bristol.

Vous me voyez au regret, monsieur, d'être pour le moment incapable de donner plus de précisions à votre avantage et à celui de votre noble client. Je vous prie de me considérer comme votre très-humble, très-fidèle et très-obéissant enquêteur et serviteur.

Rich'd Pygge, attorney.

Monsieur,

J'ai bien peur que mon voyage de retour à Bristol n'ait guère été fructueux. Ni dans les villes que je mentionnai dans ma dernière lettre, ni dans aucune des plus petites sur mon chemin, je n'ai trouvé trace du noble personnage que vous savez. Je ne peux cependant garantir qu'il n'est pas passé par là car, en fait, la piste est à présent refroidie. Même s'il se fût agi de quelque voyageur ordinaire et peu soucieux de se cacher, et eussé-je été capable de mener mes interrogatoires avec une entière liberté, je dois vous avouer très respectueusement qu'après un tel laps de temps il est fort improbable que j'eusse obtenu un meilleur résultat. Ce muet, s'il avait encore été aux côtés de Monseigneur, nous aurions eu quelque chance qu'il ait laissé un souvenir dans la mémoire de ceux qui les auraient rencontrés ; mais c'est là un secours qui nous a été retiré. Barnstaple et Bideford sont des villes populeuses, très fréquentées durant la saison plus clémente pour le commerce de la laine irlandaise et du lin, comme du charbon gallois, et il en est de même des routes qui les relient à Taunton, Tiverton, Exeter et même Bristol.

A Bideford, le receveur des douanes, Mr Leverstock, consultant son registre, a pu me confirmer que le 2 mai dernier le bateau *Elisabeth Ann*, sous le commandement de Maître Thomas Templeford, appareilla pour Bristol, et le jour suivant le charbonnier *Henrietta*, piloté par Maître James Parry, partit pour Swansea, comme votre témoin vous l'a dit.

De même il a dit la vérité quant à l'auberge *The Barbadoes*, où j'ai posé mes questions. J'y ai appris qu'on se souvenait de lui et de sa compagne, mais qu'on ne leur avait pas accordé grande attention car leur histoire paraissait banale. Après que la fille s'en fut allée, il se vanta à quelqu'un qu'elle était partie demander à ses parents à Bristol la permission de l'épouser. A part cela, rien qui soit de quelque importance.

Je dois encore vous informer, monsieur, que le cheval qui fut laissé à l'auberge a été vendu, et le tenancier prétend qu'il est dans son droit, l'ayant gardé un mois pour l'argent qu'on lui avait remis et un mois de plus pour rien, à ce qu'il dit, et qu'il ne pouvait le nourrir plus longtemps, ni ne veut se défaire de ce qu'on lui en a donné, malgré la menace que je lui fis de le traîner en justice et de l'envoyer au gibet pour vol de chevaux, ce que je souhaite qu'il lui arrive ; c'est un garçon arrogant, impudent et, d'après Mr Leverstock, grand ami des contrebandiers. Il se peut que vous ne vouliez point l'assigner pour une si petite somme, aussi l'affaire est-elle en suspens.

J'attends, monsieur, vos instructions *in re* et entre-temps joins respectueusement le compte de mes émoluments et dépenses jusqu'à ce jour, certain que vous me considérerez toujours comme votre plus dévoué et obéissant serviteur.

Rich'd Pygge, attorney.

Le 1er octobre, Corpus Christi College.

Monsieur,

Je suis heureux d'avoir l'occasion d'aider un ami de Mr Saunderson. J'ai examiné le morceau de terre cuite au sujet duquel vous souhaitez mon opinion mais je dois regretter de ne pouvoir rien conclure de certain quant à sa nature. Il est clair que cette terre a été soumise à une très forte chaleur et a subi, je n'en doute pas, un grand changement dans sa constitution ce qui, hélas, rend des plus difficiles l'analyse chimique (même dans le laboratoire le mieux équipé) car nous pourrions dire, en de telles matières, que le feu est ce qu'est en grammaire une anacoluthe. Toute naturelle logique d'expression dans les éléments est de ce fait interrompue et rendue obscure, quelle que soit l'habileté de l'expert. Il est possible qu'avant le réchauffement la terre ait été mêlée à un élément de caractère bitumeux, ou qu'elle s'en soit imprégnée, mais rien n'a survécu au feu en quantité suffisante pour permettre de déterminer précisément ce qu'il en est. La Royal Society (dont j'ai l'honneur d'être *socius*) possède, dans la collection de minéraux et de pierres qui lui fut léguée par le grand chimiste et philosophe, l'Honorable Robert Boyle, quelques fragments des rives du lac asphaltique de la Terre sainte (c'est-à-dire la mer Morte) qui ont, si ma mémoire est bonne, des ressemblances avec le fragment que vous m'avez fait remettre ; et de même j'ai vu des fragments assez semblables venant de l'Asphaltum ou lac de Poix, dans l'île espagnole de la Trinidad, aux Antilles ; en vérité j'ai noté quelque chose du même genre lorsqu'on fait bouillir de la poix et qu'une petite quantité déborde des cuves et se répand sur le sol. Toutefois, sauf erreur de ma part, je décèle dans ces cendres recuites une odeur qui n'est ni celle de la poix minérale (comme dans les exemples donnés) ni celle de la poix de pin ou de toute autre origine végétale. S'il vous était possible, monsieur, de me fournir un échantillon de ce sol qui n'aurait pas été brûlé (n'importe quelle partie prélevée dans les environs) je vous en aurais une extrême reconnaissance et serais peut-être alors capable de vous renseigner utilement. On n'avait encore jamais jusqu'ici trouvé un tel sol dans nos îles et il pourrait s'agir là d'une marchandise intéressante, ce qui accroîtrait substantiellement la valeur des propriétés de votre client (dont Mr Saunderson ne m'a pas révélé le nom).

Je reste votre très-obéissant serviteur.

Stephen Hales D.D. R.S.S.

Je ne suis à Cambridge que pour un bref séjour, et le mieux serait de m'écrire en la ville où je réside habituellement, qui est Teddington, dans le Middlesex.

Londres, ce 1er Octobre.

Votre Grâce,

Je vous écris en grande hâte. Celle que nous cherchions est
retrouvée quoiqu'elle ne se sache point encore découverte.
Mon envoyé en est certain ; il a emmené Jones afin qu'il
l'observe sans se montrer et celui-ci a affirmé qu'elle est bien
celle dont il m'a parlé. Elle a épousé dernièrement un John
Lee, forgeron, de Toad Lane, dans la ville de Manchester et
est enceinte de plusieurs mois, donc ce ne peut être de lui. Lee
serait un quaker, comme elle. Ils vivent fort pauvrement dans
ce qui n'est guère mieux qu'une cave, déclare mon envoyé, car
Lee n'a pas de travail régulier mais est appelé le Prêcheur par
ses voisins. Elle joue maintenant le rôle de la bonne ménagère
et du modèle de piété. Ses parents et ses sœurs sont pareillement à Manchester, comme l'a écrit Mr Pygge.

Je crois superflu d'assurer à Votre Grâce que je me rends
immédiatement sur place. Je La prie humblement de me
pardonner, en connaissance de cause, de la brièveté de cette
missive, et L'assure de mon entier dévouement à Son service.

H.A.

Je joins la copie d'une lettre reçue ce jour du Dr Hales qui
s'est fait connaître (ces dernières années) pour la violence de
ses anathèmes contre l'usage des boissons alcooliques qu'il
estime responsables de nombreux maux ; mais on m'a aussi
parlé de ses excellentes qualités comme philosophe de la
nature, quoiqu'il soit plutôt botaniste que chimiste. C'est un
ami de Mr Pope, c'est-à-dire un de ses paroissiens.

L'HOMME GRAND et hâve est assis devant son écuelle, vide à présent, si soigneusement torchée avec un morceau de pain qu'eût-elle été lavée elle ne serait pas plus propre, posée sur la table de bois bien astiquée et il regarde la femme assise en face de lui, de l'autre côté de la table. Sa faim était moins grande, ou bien elle mange avec plus de lenteur et délicatesse. Elle baisse les yeux, comme si elle trouvait l'acte de manger vaguement immodeste. La table est devant le vaste foyer de l'énorme cheminée mais il n'y a pas de feu et, de toute évidence, la soupe de la femme est froide. Les doigts qui tiennent la cuiller de bois paraissent froids ; et sont froids. Les doigts de l'autre main sont posés sur la miche de pain rompue, comme pour lui dérober la dernière tiédeur que le four y a laissée. En plus des deux écuelles, des deux chopes d'étain bosselées et d'une cruche d'eau, il n'y a sur la table pas d'autre objet qu'un gros livre in-octavo. Sa reliure de cuir brun est éraflée et le dos brisé a été recouvert d'un morceau de vieille toile fixé avec de la colle, de sorte qu'on ne peut lire le titre.

La pièce au pavé de pierres plates dont beaucoup sont fendues est en contrebas ; il faut monter quelques marches pour sortir dans la rue. Le volet supérieur de la porte est ouvert et laisse pénétrer le pâle soleil d'un matin d'octobre, qui entre aussi par les deux petites fenêtres percées dans le même mur. Un soleil bienvenu, car la pièce trahit une grande pénurie. Il n'y a pas de tapis sur le sol, pas même une natte de jonc. Et sur les murs récemment blanchis aucun ornement, mais seulement ici et là une tache d'humidité. Outre la table et les deux chaises, le mobilier ne comprend qu'un coffre de bois poussé contre le mur et, pour éviter que le fond ne soit en contact avec les pavés, on a glissé dessous, à chaque extrémité, des solives grossièrement sciées. Deux poêles de fer et un chauffe-plat ancien sont accrochés à des clous à l'intérieur de la cheminée. Il y a là les cendres d'un feu (ce dut être un très maigre feu) au milieu d'un étroit espace limité par de vieilles briques ; un foyer misérable dans une cheminée primitivement construite pour recevoir des bûches de sept pieds.

Par une embrasure sans porte, dans la cloison du fond, on peut distinguer une autre pièce plus petite, et l'extrémité d'un lit. Cette pièce n'a aucune ouverture vers l'extérieur. Au-dessus du foyer, quelques objets de première nécessité : un bougeoir avec deux ou trois bouts de chandelle, un morceau de miroir sans cadre, une boîte d'amadou et une boîte à sel. C'est tout. Une cellule monastique ne serait pas plus nue.

Toutefois il y a deux choses étranges dans cet austère logement. L'une est matérielle : les planches du dessus (la pièce n'a pas de plafond) sont supportées par deux belles poutres de chêne, si anciennes qu'elles sont presque noires et très délicatement taillées et biseautées vers le bas jusqu'à un bord étroit en surplomb, comme si un siècle auparavant ou plus encore, durant le règne de Jacques Ier ou celui d'Elisabeth, la maison avait été de bien plus belle prestance et que même ceux qui vivaient ou travaillaient dans la cave étaient considérés comme des créatures méritant ce précieux travail du bois si délicat. A la vérité la cave avait été la boutique d'un marchand de drap qui demeurait au-dessus, et ces nobles poutres devaient donner à sa clientèle le sentiment que l'entreprise était prospère. L'autre étrange chose : l'impression qu'ici règne la vertu. Aujourd'hui on associe trop souvent la pauvreté à la perte du sens moral ; au désordre, à la saleté, tout à la fois personnelle et domestique. Cette humble pièce est aussi nette qu'une salle d'opération moderne, pas un grain de poussière, pas la moindre toile d'araignée qui souilleraient la propreté absolue de ce lieu. Tout est balayé, lavé, frotté, davantage astiqué que l'exigerait le plus sévère maître d'équipage, comme si les habitants avaient décidé : nous n'avons rien, soyons d'une parfaite pureté. Un adage de ce temps dit à peu près : cruel pour la chair, bienfaisant pour l'esprit. La vertu n'était pas alors le simple souci de la propreté dans le dénuement, mais une sorte de constante vigilance, une énergie latente, une volonté patiente de changer les choses, une façon de se tendre comme un ressort. « Pour le moment nous acceptons cela, mais nous ne l'accepterons pas toujours. » La propreté n'était rien de plus qu'un symbole commode et apodictique ; un emblème physique de propreté de l'esprit, sec et dur, signifiant intrinsèquement qu'on était prêt à militer et à dire oui au martyre. C'est pourquoi la confortable chrétienté bien établie se méfiait tant des signes extérieurs d'une stricte chrétienté en Dissidence — comme certains d'entre nous aujourd'hui se méfient de la consommation excessive, moins pour ce qu'elle est que pour ce qu'elle peut entraîner.

L'homme, quoique encore jeune, a déjà des cheveux gris. Il porte sur sa culotte une large chemise blanche et un gilet de cuir sans manches où les innombrables étincelles de la forge ont laissé des traces tout comme sur ses avant-bras et ses mains. Car il est John Lee, le forgeron de Toad Lane. Un forgeron qui n'a plus de forge et s'occupe désormais à marteler quelque chose de plus résistant que le fer : l'esprit des hommes et des femmes. Un homme grand et hâve, au front soucieux, aux yeux qui semblent voir très loin. Des yeux révélant une lenteur de pensée qui le rend incapable de sourire et le contraint à longuement assimiler ce qu'on lui dit avant de se décider à émettre une opinion. Il ne paraît certainement pas s'être assimilé cette autre créature, Rébecca, son épouse, qui est en ce moment en face de lui, dans sa grossière robe grise et coiffée du bonnet d'un blanc immaculé, un bonnet aussi sobre et modeste que la pièce elle-même, sans dentelle ni tuyautés, serré contre les oreilles. Seuls sa chevelure et son visage n'ont pas changé ; la robe grise et le bonnet blanc ne peuvent cacher totalement ce qui fait qu'elle a été ce qu'elle a été. Ces doux yeux bruns, cette tranquille innocence en dépit de tout, cette patience ... et pourtant elle a changé. Il y a maintenant dans sa douceur quelque chose de ferme, d'appris, semble-t-il. Appris, peut-être, de l'homme son compagnon ; elle est autre, prête à défier un éventuel adversaire, déterminée par de nouvelles circonstances, une conviction nouvelle.

Elle pousse son écuelle vers l'homme.

« Mange. Moi je n'ai pas le cœur à manger. Et il me faut aller aux cabinets.

— Tu te fais du souci ?

— Tout ira bien, Jésus en soit loué.

— Ton père et moi nous nous tiendrons comme témoins à la porte, et prierons pour toi. Si on te jette des pierres pour tes péchés passés, tu dois le supporter, et te souvenir que tu es nouvellement née au Seigneur.

— Oui, mon mari.

— Eux aussi seront jugés, lorsqu'Il viendra.

— Oui, oui, je le sais. »

Il regarde l'écuelle qu'elle lui offre, mais manifestement il a autre chose en tête.

— Je dois te dire une chose. Ce me fut donné cette nuit mais j'ai craint de te réveiller alors que tu reposais.

— Une bonne chose ?

— Comme je marchais sur une route il en vint un tout en blanc. Et il tenait d'une main son bâton de pasteur, dans l'autre le Livre et il m'a abordé. Il n'a rien dit que ces mots, Sois patient car ton temps est proche. Oui, il est resté là et il a parlé très clairement, aussi clairement que je te vois maintenant.

— Et qui était-il ?

— Eh bien, Jean le Prophète, que le Seigneur en soit béni. Et de plus il m'a souri, comme à son ami et bon serviteur. »

Elle le contemple un moment d'un air grave. « Le temps est proche ?

— C'est comme le dit frère Wardley. Soyons résolus dans notre foi, et il nous sera donné des signes. »

Elle baisse les yeux vers la légère rondeur de son ventre, puis regarde l'homme et sourit faiblement. Enfin elle se lève et se dirige vers la chambre, en revient tenant un seau de fer-blanc ; elle traverse la pièce, monte les marches ; soulève le loquet de la moitié inférieure de la porte et disparaît. Alors seulement il tire à lui l'écuelle et se met à manger ce qu'elle a laissé. Il pense encore à son rêve et mange sans même s'en rendre compte. C'est un maigre brouet, de la farine d'avoine mélangée avec quelques rognures de lard salé et des feuilles vertes de chénopode, les restes du souper de la veille.

Sitôt qu'il a fini il prend le livre et le livre s'ouvre, comme tout naturellement, à une page de titre annonçant le Nouveau Testament. C'est une vieille bible de 1619 et son usage le plus fréquent est celui d'un simple Evangile. L'énoncé de la page de titre est disposé dans un cadre en forme de cœur, et fortement souligné à l'encre rouge. Les quatre témoins sont représentés en quatre vignettes circulaires aux quatre angles du rectangle où s'inscrit cette table des matières. Tout autour, d'autres vignettes plus petites présentent les emblèmes sacrés comme l'Agneau pascal, les tentes armoriées des Prophètes, et les portraits des Apôtres. L'homme contemple un instant la vignette représentant saint Jean, un personnage moustachu et appartenant sans nul doute au dix-septième siècle, qui est assis à une table et écrit, un dronte apprivoisé — non, un aigle — perché près de lui. Mais John Lee ne sourit pas. Il cherche les pages de l'évangile du saint et choisit son quinzième chapitre : « Je suis la vraie vigne et mon Père est Celui qui la cultive. »

Il se penche un peu pour lire. De toute évidence il lit malaisément, suivant les mots du doigt et silencieusement remuant les lèvres, comme si, incapable d'absorber directement les mots, il devait les prononcer.

« Demeurez en moi et moi je demeurerai en vous. De même que le sarment ne peut pas lui-même porter du fruit s'il ne demeure sur la vigne, ainsi vous non plus si vous ne demeurez en moi. Je suis la vigne, vous êtes les sarments. Celui qui demeure en moi et en qui je demeure porte beaucoup de fruit : car sans moi vous ne pouvez rien faire. Si quelqu'un ne demeure pas en moi, il est jeté dehors comme le sarment, et il se dessèche ; puis on ramasse les sarments, on les jette au feu et ils brûlent. »

L'homme lève un instant les yeux et fixe, à travers la pièce, la lumière sur le seuil, puis baisse le regard vers les cendres du foyer. Et il reprend sa lecture.

Pendant ce temps Rébecca se dirige vers les latrines, le seau à la main. Il y a dans sa démarche une vivacité, une légèreté surprenantes dans sa condition et que ne peut sûrement pas expliquer l'atmosphère de Toad Lane. Quoique la révolution industrielle ait à peine commencé, Toad Lane présente en avant-première ce qui sera un spectacle familier dans bien des cités modernes, une rue autrefois agréable qui devient un quartier misérable aux maisons délabrées, se transformant, elles et leurs arrière-cours, en clapiers pour les pauvres, en foyers d'infection. Ceux qui vivent dans ces taudis portent sur eux les signes de leur malheur ; visages grêlés, jambes rachitiques, ventres gonflés, ulcères scrofuleux, œdèmes monstrueux ; mais si le malheur, dans notre monde moderne, est immédiatement évident pour l'œil le moins averti, aucun regard à l'époque ne savait le discerner et les victimes elles-mêmes ne pensaient pas qu'on dût s'apitoyer sur leur sort. C'était la vie, et il était inimaginable d'envisager un possible changement. Il fallait seulement obéir au principe fondamental qui était de résister chaque jour à l'épreuve du moment. On survivait comme on pouvait, comme on devait. Ce jour-là, dans la rue et sur les seuils des portes, il n'y a guère que des femmes et de très jeunes enfants, car les époux — ceux qui ont du travail — et les enfants au-dessus de cinq ou six ans sont partis pour leur tâche quotidienne. Rébecca est regardée un peu de travers à cause de son costume qui est celui de la secte ; mais contre elle-même, nulle animosité.

Les lieux d'aisance sont au bout de la rue, sur un terrain communal, une rangée de cinq cahutes délabrées, cinq boîtes puantes avec dans le sol cinq trous encore plus fétides. Entre eux et le fossé en contrebas il y a un tas d'excréments humains auquel Rébecca ajoute, d'un geste expert, le contenu de son seau. En ces lieux pousse l'habituelle chénopode. Rébecca attend patiemment son tour d'aller aux cabinets, qui sont tous occupés. Cinq pour une population de presque cinq cents personnes qui n'a d'autre approvisionnement en eau que la seule pompe, un peu plus loin, en bordure de la rue.

A présent une femme plus âgée, mais habillée comme Rébecca et coiffée d'un semblable bonnet blanc étroitement appliqué contre sa tête, la rejoint dans la file d'attente. Rébecca lui fait, d'un air un peu contraint, un sourire de connivence et murmure ce qui devrait paraître, en la circonstance, ou l'expression d'un profond désir de sympathie ou quelque chose de trop évident pour qu'il soit nécessaire de le dire.

« Plus d'amour, sœur. »

Et les seuls et mêmes mots sont prononcés en réponse. Il est clair que les deux femmes ne sont pas sœurs, car elles n'en disent pas plus long, et restent un peu à l'écart l'une de l'autre. Les mots échangés semblent n'être qu'une façon conventionnelle de se saluer entre des voisins de même croyance, aussi banale qu'un « Bonjour ». Toutefois ce n'est pas là une formule des quakers, et pour une fois, l'envoyé de Mr Henry Ayscough (qui à ce même moment est en faction près du domicile de Rébecca, en la compagnie de Jones) l'a mal renseigné en la matière.

Lorsque, un quart d'heure plus tard, John Lee, qui a revêtu un vieux manteau noir et s'est coiffé d'un chapeau au bord droit, sort de son logis avec Rébecca et marche vers les deux hommes, ceux-ci ne tournent pas le dos, ne prétendent pas être plongés dans une absorbante conversation mais, immobiles, les regardent approcher. Le grand clerc arbore un sourire sardonique, comme quelqu'un habitué au rôle qu'il va jouer. Jones semble mal à l'aise. Lorsqu'elle arrive à quelques pas des deux hommes, Rébecca s'arrête, quoique son mari continue son chemin. Elle n'a d'yeux que pour Jones qui, maladroitement, ôte son chapeau, et baisse les yeux vers le caniveau d'un air penaud.

« Je devais. Toi et moi on s'était mis d'accord. »

Elle continue à l'observer, comme s'il était un étranger, mais toutefois sans colère ; simplement, il est clair que de cet homme inquiet rien ne lui échappe. Puis elle courbe la tête et prononce la même phrase qu'elle a prononcée près des latrines.

« Plus d'amour pour toi, frère. »

Elle accélère le pas pour rejoindre John Lee qui s'est arrêté et maintenant fixe des yeux les deux hommes, manifestement sans ressentir pour eux ce qui pourrait ressembler de plus loin à de l'amour. Mais Rébecca lui touche le bras et il continue son chemin avec elle. Les deux autres attendent un moment, puis se décident à les suivre, comme deux renards qui ont repéré l'agneau sans défense.

Interrogatoire et Déposition de
Rébecca Lee
laquelle a prêté serment, ce vingt-troisième jour
du mois d'août de la deuxième année du règne
de notre souverain Seigneur George II
par la grâce de Dieu Roi de Grande-Bretagne
et d'Angleterre &c

MON NOM EST RÉBECCA LEE ; née Hocknell, fille aînée d'Amos et Martha Hocknell, dans la ville de Bristol, le cinquième jour du mois de janvier de l'année 1712. Je suis l'épouse de John Lee, forgeron de Toad Lane, Manchester. Jusqu'au mois de mai de cette année j'ai été à Londres une prostituée ordinaire, sous le nom de Fanny. Je suis enceinte de six mois.

Q. Vous savez pourquoi vous comparaissez devant moi ?
R. Oui, monsieur.
Q. Et que j'enquête sur la disparition d'un noble gentleman, en mai dernier ?
R. Oui.
Q. Donc, ceci tout d'abord : Avez-vous, depuis le premier jour du mois de mai, eu des nouvelles de Monseigneur, ou été en communication avec lui d'une façon ou d'une autre ?
R. Non.
Q. Avez-vous quelque connaissance qui porterait à croire qu'il n'est plus en vie ?
R. Aucune.
Q. Et ce que je vous demande est-il vrai également de son serviteur Dick ? Vous n'avez non plus aucune connaissance de son sort ?
R. Aucune.
Q. Vous parlez sous la foi du serment.
R. Je le sais.
Q. Maintenant, chère madame Lee devenue vertueuse, je découvrirai ce que vous êtes avant que nous passions à ce que vous fûtes. Et vous serez dans votre déclaration aussi simple et nette que l'est votre robe. Si vous divaguez sur la religion, votre gros ventre ne vous sauvera pas. Est-ce clair ?
R. Jésus-Christ sera mon témoin.
Q. Très bien. Et, je vous le conseille, gardez à l'esprit que j'ai

devant moi le témoignage de Jones vous concernant ; et celui de votre ancienne patronne, et bien d'autres encore. Voyons donc. A quelle date précise, venant de Bristol, êtes-vous arrivée ici en mai dernier ?

R. Le douze du mois.

Q. Vous y avez retrouvé vos parents ?

R. Oui.

Q. Qui vous ont pardonné vos péchés ?

R. J'en remercie le Seigneur.

Q. Vous leur avez raconté ce que vous avez fait depuis votre départ de chez eux ?

R. Oui.

Q. Ne vous ont-ils pas tenue en abomination ?

R. Non.

Q. Comment, non ? Ne sont-ils pas très stricts dans leur religion ?

R. Très stricts en vérité, et donc m'ont pardonné.

Q. Femme, je ne vous entends point.

R. Ils ne tiennent pas en abomination ceux qui se repentent sincèrement.

Q. Ne l'ont-ils pas fait précédemment en vous jetant dehors ?

R. C'est que j'étais mauvaise et ne me repentais pas. Et je sais maintenant qu'ils avaient raison, au vu de ce que je suis devenue.

Q. Vous dites que vous leur avez tout avoué. Entendez-vous par là ce qui est arrivé dans le Devon, immédiatement avant que vous veniez ici ?

R. Non, je ne leur ai pas dit ça.

Q. Pourquoi ?

R. Parce qu'en cela je n'ai point péché, et ne voulais pas les troubler en leur faisant ce récit.

Q. Vous êtes principal témoin et complice de crimes ignobles, irréligieux, et cela ne vous trouble pas ? Pourquoi restez-vous sans répondre ?

R. Parce que ce n'étaient pas des crimes.

Q. Mais moi je dis que c'étaient des crimes et que vous avez apporté à qui les a commis votre aide et vos encouragements.

R. Je le nie.

Q. Vous ne pouvez nier ce qui est prouvé.

R. Je le nie pour la raison que je suis faussement accusée. Il y a au-dessus de moi un plus grand faiseur de lois que tu ne l'es. Jésus ne serait-il point capable de peser le vrai repentir dans une âme ? Sa puissance le lui permet, et bientôt le monde le saura.

Q. Assez. Surveille ta langue. Tu n'as pas à me tutoyer.

R. C'est notre manière. Je dois m'y conformer.

Q. Je n'en ai que faire.

R. Cela ne signifie pas un manque de respect. Mais que nous sommes tous frères et sœurs en le Christ.

Q. Assez !

R. Je dis la simple vérité. Et égaux en lui sinon dans le monde. Je ne dois pas être blâmée pour défendre mes droits et la parole de Dieu.

Q. Tes droits et la parole de Dieu ? Te ferais-je apporter une chaire ?

R. Je dis que les deux se confondent. Qui me fait tort fait tort au Christ.

Q. Tu n'as aucun droit que tu puisses revendiquer. Tu es une prostituée des plus notoires. Moi je ne me laisserai pas prendre à tes nouvelles façons modestes. Je vois tes yeux luire encore dans ton insolence de catin.

R. Je ne suis plus une catin. Et tu le sais, tu t'es renseigné sur moi. Le Christ est à présent mon maître et ma maîtresse. Mon orgueil c'est d'être Sa servante. Rien d'autre.

Q. Tu pourrais si aisément obtenir rémission de tes péchés ? Allons, tu devrais être à Rome.

R. Tu ne connais point ma religion. Je me repens comme je respire et me repentirai jusqu'à mon dernier souffle ou ce serait encore pécher.

Q. Si tu continues à me servir tes démonstrations de piété, je te ferai fouetter.

R. Je ne suis pas venue ici pour t'offenser.

Q. Alors cesse de parler avec cette impudence.

R. Lorsque j'étais une fille de joie, j'appris que ceux qui nous traitaient plus mal que leurs chevaux ou leurs chiens se

331

traitaient eux-mêmes de cette triste manière ; et ceux qui étaient plus aimables repartaient plus heureux.

Q. Je devrais te faire des courbettes, sans doute. Je t'appellerais my lady et te donnerais la main pour t'aider à descendre de ta voiture ?

R. Tu peux gronder et froncer le sourcil à ta guise, mais je crois que ce sont là tes manières habituelles, et pas l'expression de ce que tu ressens dans ton cœur.

Q. Tiens. Vraiment ?

R. Oui. Je t'en prie, calme ton courroux. J'ai déjà rencontré des magistrats ; et je sais que leur cœur n'est pas tout à fait de pierre. Que non plus ils ne m'accableraient pas de leurs invectives pour la raison que j'ai renoncé à mener mauvaise vie comme s'il eût été préférable que je fusse encore une putain.

Q. Ce m'est un grand étonnement que les hommes aient continué à fréquenter votre lit si vous leur serviez de tels prêches.

R. Il n'en est que plus regrettable que je m'en sois abstenue.

Q. Eh bien, vous voilà tout imprégnée du poison que vous a transmis votre père.

R. Mon père et aussi ma mère. Qui pareillement vit dans le Christ.

Q. Et dans le mépris de tout rang séculier, de tout respect naturel. N'est-ce pas ?

R. Non. A moins que rang et respect nous privent de notre liberté de conscience.

Q. Ce qui ne vous donne pas liberté de vous montrer impertinente.

R. Alors ne me tourmente point pour mes croyances.

Q. Nous perdons du temps. Je veux tout savoir sur votre mariage. Quand a-t-il eu lieu ?

R. Le deuxième jour du mois d'août.

Q. L'homme est quelqu'un de votre congrégation ?

R. Nous ne sommes plus des quakers. Il est prophète.

Q. Quelle sorte de prophète ?

R. Prophète français, descendant de ceux qui vinrent de

332

France voilà cinquante ans, et que certains appellent Chemises blanches.

Q. Les Camisards ? N'ont-ils pas renoncé à leur foi ?

R. Nous sommes ici quarante ou plus qui croient, sur la foi des prophètes, que le Christ viendra bientôt, comme les Camisards le croyaient eux-mêmes.

Q. Voulez-vous dire que votre époux est de sang français ?

R. Non, il est anglais.

Q. Vos parents sont devenus eux aussi des prophètes ?

R. Oui, et de même mon oncle John Hocknell, qui est un ami de frère James Wardley, notre aîné et maître.

Q. Le quakerisme n'était pas pour vous assez extravagant ?

R. Il ne l'était plus depuis que je sais que le Christ va venir. Mais je ne dirai pas de mal des quakers. Ce sont de bonnes gens.

Q. Ton mari connaissait ton infamie passée ?

R. Certes oui.

Q. Et qu'à l'autel, de par l'état de ton ventre, il arborait des cornes.

R. Il arborait plutôt la charité chrétienne.

Q. Un saint prophète, en vérité. En bref, il t'a prise par pitié.

R. Et saint amour. Car Notre Seigneur Jésus a dit, Et non plus je ne te condamnerai.

Q. N'aviez-vous pas déclaré à Jones que vous ne vouliez point de mariage ?

R. J'ignorais alors que j'étais grosse.

Q. Donc, vous vous êtes mariée pour le bien de votre bâtard ?

R. Pour son âme. Et pour la mienne.

Q. Est-ce là un mariage pour la forme, sans vraie conjugalité ?

R. Je ne t'entends point.

Q. Votre époux a-t-il le droit de pratiquer l'œuvre de chair avec vous ?

R. Il est satisfait de ce qu'il a.

Q. Ce n'est pas une réponse. Je veux un oui ou un non. Pourquoi ne dites-vous rien ?

R. Ma conscience m'en empêche.

Q. Je dois savoir.

R. Tu ne l'apprendras pas de ma bouche. Ni de celle de mon

333

mari qui attend, dans la rue en bas. Tu peux l'appeler.

Q. C'est encore me lancer un défi. Vous devez répondre.

R. Sur Monseigneur, tu peux tout demander et je te répondrai. Mais non point sur ce que tu cherches à savoir présentement.

Q. Il me faudra donc en conclure que le pauvre manant te protège mais n'a pas sa place dans ton lit.

R. Crois ce que tu veux. Où y a-t-il plus de honte ? Dans mon silence ou dans tes manières fureteuses ? Tu peux t'enquérir de ce que je fus. Pour ce que je fus, cette abomination, je mérite le fouet. Ce que je suis désormais n'est pas ton affaire.

Q. Qui a engendré ce bâtard ?

R. Le domestique de Monseigneur.

Q. Vous en êtes certaine ?

R. Nul autre ne s'est servi de moi durant cette période.

Q. Quoi ? Une prostituée qui ne dort qu'avec un seul homme ?

R. J'ai eu mes menstrues, puis j'ai quitté le bordel avant d'être utilisée de nouveau.

Q. Monseigneur n'aurait point pris son plaisir avec toi ?

R. Non.

Q. Non ? Qu'est-ce donc que ce non ? Ne vous avait-il pas engagée ?

R. Pas pour cet usage.

Q. Le diable lui-même n'a-t-il pas pris avantage de tes charmes dans cette grotte du Devon ? Pourquoi ne réponds-tu point ? Jones l'a dit, et que tu le lui avais dit.

R. Je lui ai dit ce qu'il pouvait croire.

Q. Et pas ce qui s'est vraiment passé ?

R. Non.

Q. Vous lui avez menti ?

R. Oui. En cela.

Q. Dans quel but ?

R. Je voulais le détourner de s'occuper plus longtemps de cette affaire. Je voulais être ce que je suis devenue maintenant, une fille obéissante et, plus encore, une vraie chrétienne.

Q. N'avez-vous point songé à la famille de Monseigneur qui désespère de jamais le revoir ?

R. J'ai pitié de leur douleur et de l'ignorance où ils se trouvent.

Q. N'en êtes-vous pas la cause ?

R. Dieu en est la cause.

Q. Et pardonne-t-il à ceux qui négligent honteusement les devoirs de tout chrétien ? Répondez.

R. Je réponds. Il pardonne à ceux qui ne disent pas une vérité que personne ne croirait.

Q. Qu'est-ce donc que cette incroyable vérité ?

R. Celle que je suis ici pour te dire. On verra si toi-même tu y peux croire.

Q. Voyons cela, madame, voyons cela. Et si je n'y crois point, que le Ciel te vienne en aide. Ce qui va être le cas si tu ne me donnes rien de mieux que tes réponses obliques et rusées. Donc est-il vrai que tu ignores tout du sort qu'a connu ce procréateur qui a rempli ta matrice ?

R. C'est vrai.

Q. J'ai votre parole ?

R. Oui.

Q. Alors je vais vous l'apprendre. Il est mort.

R. Mort ?

Q. Trouvé pendu de sa propre main, et à moins de trois miles de cet endroit où vous l'avez vu en dernier.

R. Je l'ignorais.

Q. Et ne trouvez-vous rien d'autre à dire ?

R. Je prie Notre Seigneur Jésus qu'Il lui pardonne ses péchés.

Q. Epargnez-moi vos prières. Vous prétendez que vous ne saviez point ?

R. Quand je l'ai vu pour la dernière fois, il était bien vivant.

Q. Depuis qu'à Bideford vous vous êtes séparés, Jones ne vous a pas écrit de lettre ? N'est pas venu vous voir ?

R. Non.

Q. Ni personne de votre passé ?

R. Personne, à l'exception de Claiborne.

Q. Claiborne ? Comment cela ? Elle a juré sous la foi du serment qu'elle ignorait où vous étiez.

R. Eh bien elle a menti. Elle a envoyé Arkles Skinner, qu'elle appelle son laquais, mais qui est l'homme de main qu'elle emploie.

Q. Arkles, c'est Hercule, mon ami. Mettez Hercule. Quand est-il venu ?

R. Vers la fin de juin.

Q. Et il a tenté d'utiliser la force pour vous obliger à retourner chez elle ?

R. Oui, mais j'ai crié, et John, mon mari, est venu en courant et l'a mis par terre. Et j'ai demandé au frère Wardley, qui connaît les lettres, d'écrire à la maîtresse de Skinner que j'avais révélé tout ce que je savais ; et que, s'il m'arrivait quelque mal, il lui en arriverait encore pire.

Q. Depuis, elle s'est tenue tranquille ?

R. Oui.

Q. Eh bien, j'approuve votre mari pour sa poigne, sinon pour son choix d'une épouse. Où travaille-t-il maintenant ?

R. Quand il peut, avec mon oncle, de même que mon père. Ils fabriquent des grilles et des plaques de foyer et les posent, et aussi les dessus de cheminée, ce qui est la besogne de mon père qui est charpentier. Ils sont prêts à faire du bon travail pour quiconque le demanderait. Mais peu de gens les emploient à cause de leur religion.

Q. Donc, vous êtes pauvres ?

R. Nous avons en suffisance. Parmi nous, ceux qui ont donnent à ceux qui n'ont pas. Qui vit dans la foi doit savoir partager. Ainsi disons-nous. Et faisons-nous.

Q. Eh bien, madame Lee, je veux le récit de la pièce que vous avez jouée en avril dernier, et sans que vous en omettiez la moindre scène. Quand Monseigneur est-il venu chez Claiborne pour la première fois ?

R. Vers le début du mois. Je ne puis préciser le jour.

Q. Et vous ne l'aviez encore jamais vu où que ce soit ?

R. Non. Il a été introduit par Lord B.

Q. Saviez-vous qui il était ?

R. Point alors. Mais je l'ai su très tôt après.

Q. Comment l'avez-vous su ?

R. Claiborne m'a demandé ce que je pensais de lui, et quand j'ai eu parlé elle m'a dit qui il était vraiment.

Q. Et quoi d'autre ?

R. Qu'il valait d'être plumé et que je devais le garder sous ma coupe.

Q. Comment cela s'est-il passé ? A-t-il aimé ses exercices dans votre lit ?

R. Il ne s'est rien passé.

Q. Que dites-vous là ?

R. Nous venions à peine de nous retirer dans ma chambre et moi de l'entourer de mes bras qu'il les repoussa et dit que c'était inutile, qu'il s'était engagé jusque-là pour ne pas perdre la face vis-à-vis de Lord B. Et qu'il paierait grassement ma discrétion.

Q. Quoi, ne voulait-il pas faire l'essai de cet art et ces ruses qui étaient alors votre spécialité ?

R. Non.

Q. Cela ne vous surprit pas ?

R. Le cas n'est pas si rare.

Q. Vraiment ?

R. Peu l'admettent aussi vite et sans avoir d'abord tenté la chose. Et la plupart, s'ils le pouvaient, achèteraient notre silence, tout comme ils achèteraient nos cris admiratifs.

Q. Les louanges que vous pourriez faire de leurs prouesses amoureuses ?

R. Ces gentlemen, c'était leur coutume de se vanter quand ils sortaient de nos chambres. Et nous l'entretenions pour remplir nos escarcelles. Mais entre nous on murmurait plutôt, Qui en dit le plus en fait le moins. Ce qui est vrai ailleurs qu'en cet endroit.

Q. Nous nous passerions volontiers de tes plaisanteries de bordel.

R. Vérités plus que plaisanteries.

Q. Assez. Donc, il ne voulait pas. Ou ne pouvait pas. Qu'est-il alors advenu ?

R. Monseigneur me parla fort civilement, m'assurant que Lord B. avait dit du bien de moi. Et m'interrogea sur la mauvaise vie que je menais, me demandant si j'aimais ce que je faisais.

Q. Paraissait-il à l'aise ou embarrassé ?

R. Il manquait d'habitude. Je voulais qu'il s'étende près de moi, il a refusé. Mais il a fini par s'asseoir au pied du lit et m'a parlé un peu de lui. Il m'a dit qu'il n'avait jamais couché avec une femme, qu'il souffrait grandement de devoir l'admettre et aussi le cacher à sa famille et ses amis qui le blâmaient de refuser les offres de mariage avantageuses car il était un fils cadet et n'avait point de grandes espérances. Je le sentais plus affligé qu'il ne le laissait voir. Il parlait en détournant le visage, comme honteux de n'avoir pour se confesser qu'une personne de ma sorte.

Q. Qu'avez-vous répondu à cela ?

R. J'ai tenté de mon mieux de le réconforter. Je lui ai dit qu'il était jeune, que j'en avais connu d'autres dans cette même condition qui jouissaient maintenant de leurs pouvoirs naturels. Et qu'il fallait essayer. Mais je ne pus le décider. Soudain il s'éloigna du lit, et quand je voulus l'y ramener il me dit, Laisse-moi, cela suffit, comme s'il était en colère et que je l'importunais et tout aussi soudainement il me fit ses excuses, assurant que je n'étais point à blâmer, j'avais fait de mon mieux, qu'il était pire que marbre de ne pas fondre sous mes baisers, et tout à l'avenant. Que s'il n'avait pas épuisé ma patience il aimerait faire un nouvel essai, à une autre occasion, dans deux jours, car en cette première fois il était anxieux pour y avoir trop pensé à l'avance, sans savoir à quoi je ressemblais, à quoi ressemblait l'endroit ; mais qu'il se sentait à présent tranquillisé et conscient de mes charmes, même s'il ne pouvait encore les honorer. C'est tout.

Q. Vous avez pris un autre rendez-vous ?

R. Oui.

Q. Et il vous a donné de l'argent ?

R. En partant il a jeté quelques guinées sur mon lit.

Q. Eh bien, je désirerais savoir ceci : En s'intéressant à vous, à votre vie personnelle, en vous servant ses compliments,

338

s'écartait-il beaucoup de ce qui est coutumier dans ces rencontres libidineuses ?

R. Non.

Q. N'était-il pas plus habituel à un gentleman de venir simplement prendre son plaisir avec vous et de partir aussitôt ?

R. Cela arrivait ; mais il y en avait beaucoup plus qui recherchaient le plaisir de notre compagnie. Maintes fois je les ai entendus dire que, chez Claiborne, on avait la meilleure conversation de Londres. La Claiborne n'aurait jamais pris une fille qui ne soutienne aussi bien hors du lit qu'au lit la réputation de la maison.

Q. Vous avez connu d'autres clients qui vous ont parlé, se sont confiés à vous de cette façon ?

R. De leur façon à eux. Il leur arrive de nous dire ce qu'ils n'osent pas dire à leurs épouses. Que Dieu leur pardonne.

Q. Et ensuite. Il est revenu ?

R. Il est revenu.

Q. Cela s'est passé comment ?

R. Comme la première fois. Il n'a pas voulu de moi. Mais il a déclaré qu'il aimerait contempler son valet faire avec moi ce qu'il ne pouvait faire lui-même, bien qu'il sache que c'était là une requête peu naturelle et craigne que je refuse. Certes, il serait trop heureux de me payer grassement.

Q. Lors de votre première rencontre, il n'avait pas fait une telle proposition ?

R. Non, pour sûr. Cette seconde fois, il me fit aller jusqu'à la fenêtre, puis regarder dans la rue afin que je voie Dick qui se tenait en face, attendant.

Q. Qu'avez-vous répondu ?

R. D'abord que je ne voulais pas, qu'il pouvait m'acheter pour lui-même, pas pour son domestique ; que madame Claiborne était très stricte sur les usages, elle ne permettrait jamais ce genre de chose. Ce qui parut le dépiter en ruinant ses espoirs. Là-dessus, nous continuâmes à converser et il me dit qu'un docteur réputé lui avait conseillé ce subterfuge comme un remède, ajoutant d'autres explications données, me sembla-t-il, pour servir d'excuses à ce qu'il demandait. Et pourtant je ne doutais pas de sa détresse et j'avais pitié de lui. Je m'efforçai de le faire s'étendre à côté de moi mais il refusa, et se reprit à insister en me parlant de Dick, me disant que lui et Dick étaient comme des jumeaux, nés le même jour, quoique différents de par leur apparence et leurs positions respectives.

Q. N'était-ce pas bien étrange ?

R. Certes, et pourtant ce qu'il disait là me semblait plus vrai que ce qu'il racontait au sujet d'une prescription des médecins. Et je peux le dire à présent, beaucoup moins étrange que ce que j'appris plus tard, qu'ils étaient, lui et Dick, en la plupart des choses, deux hommes extrêmement éloignés l'un de l'autre mais pourtant n'avaient qu'une seule âme. Ce qui manquait à l'un l'autre le possédait, comme c'est souvent le cas entre homme et femme. Des frères jumeaux, mais qui en réalité ne l'étaient point.

Q. Là-dessus je vous interrogerai plus longuement en temps voulu. Bref, il vous a gagnée à sa cause ?

R. Pas cette fois, une autre fois quand il est revenu. Je te dirai à présent ce que je n'ai pas dit à Jones. Que tu me croies ou non, je n'en ai point souci car c'est la vérité. Tu peux me considérer comme une putain notoire, je ne m'en défendrai pas. Je l'ai été, que le Seigneur Jésus m'en absolve, et une grande pécheresse, l'âme dure comme silex. Mais une âme encore vivante puisque ma conscience m'a dit que je péchais et ne serais point pardonnée. La plupart de mes sœurs, dans cette maison, ne voyaient pas la lumière, ne savaient ce qu'elles faisaient ; mais pour moi ce n'était pas le cas, je n'ignorais point que j'étais sur le chemin de l'Enfer, sans excuse si ce n'est mon obstination à pécher, qui n'est pas une excuse. Il y a pire que ceux ou celles qui pèchent pour leur propre plaisir égoïste, il y a nous qui péchons dans la haine du péché. Qui péchons non parce que nous le voulons, mais parce que nous devons le faire, comme un esclave doit se plier à la volonté de son maître même s'il hait cette volonté. Je te dis cela pour avoir été prise dans ce piège lorsque Monseigneur vint pour la première fois. J'ai alors péché plus effrontément encore parce que dans mon cœur je ne voulais plus pécher. Plus je voulais être modeste, plus j'agissais impudemment. Et je te prie de te souvenir que nous, les femmes, on nous élève pour faire en ce monde la volonté des hommes. Certains diront que c'est Eve qui pousse les femmes à se prostituer. Mais c'est Adam qui les maintient au bordel.

Q. Et aussi Adam qui garde pures la plupart d'entre elles. Arrête de jacasser.

R. Ce m'est un réconfort que tu ne me regardes pas dans les yeux, c'est le signe que tu sais que je dis vrai. Pour moi il était devenu évident que je devais changer de vie, et maintenant je voyais que Monseigneur détenait la clef de ma prison. Car lorsqu'il a exposé son projet de m'emmener avec lui vers l'Ouest, vers la région où je suis née, j'ai senti dans mon cœur un grand frémissement, un nouvel espoir, j'ai vu une nouvelle lumière, et j'ai compris que la chance m'était donnée de fuir l'endroit où j'étais.

Q. Vous aviez donc l'intention, quoi qu'il puisse vous arriver, de ne pas retourner chez Claiborne ?

R. Oui.

Q. Et celle de vous amender ?

R. Je vais te dire ce que je n'avoue pas volontiers. A ma honte éternelle, j'avais l'habitude, pour séduire les pervers, de jouer à la jeune fille vertueuse, afin qu'ils prennent d'autant plus de plaisir à la conquête. On m'avait donné une Sainte Bible, pour que je puisse faire semblant ; et pour que ces hommes dont je servais les désirs puissent, eux, montrer ouvertement qu'ils ne croyaient pas en Dieu et se moquaient de Sa parole. Car je devais la brandir comme pour les arrêter et il leur fallait me l'arracher avant d'assouvir leur concupiscence. Le peu de conscience qui me restait encore me disait que je me rendais coupable de la pire des abominations, mais il m'était impossible de m'opposer à Claiborne, à sa volonté de me voir agir de la sorte. Toutefois je commençai bientôt, dans les moments où j'étais seule, à m'intéresser au Livre que j'avais jusque-là si mal utilisé.

Q. Que voulez-vous dire par là ?

R. J'en déchiffrai des passages ; ce qui m'était d'autant plus aisé que je me souvenais de certaines choses que j'avais un temps entendu lire ou dire. Dieu me pardonne, il y avait des années. Et la miséricorde de Jésus m'accompagnait car à mesure que je lisais la lumière m'était donnée ; je voyais que ma conduite était une iniquité, que je crucifiais Jésus à nouveau par mes actes. Pourtant je ne pouvais me décider à faire ce que, tout enlisée que j'étais dans ma vie de putain, je voyais de mieux en mieux qu'il fallait faire. Je restais trop attachée aux choses terrestres et remettais toute décision au lendemain. Et tu dois comprendre que cela me devenait de plus en plus insupportable, un point douloureux dans ma conscience, un abcès qu'il fallait percer ou bien j'allais en mourir.

Q. As-tu parlé à Monseigneur de cet abcès entre tes jambes toujours ouvertes ?

R. Non.

Q. Fi de ces inventions d'une âme trop tendre ! Quel prétexte a-t-il avancé pour ce voyage ?

R. D'abord, celui qu'il avait déjà proposé, concernant Dick, et que cela se ferait plus commodément si nous étions hors du bordel. Puis qu'il souhaitait prendre des eaux supposées bonnes pour sa condition, et ainsi essayer deux remèdes en même temps.

Q. A-t-il précisé de quelles eaux il s'agissait ?

R. Non. Mais il a dit que sa famille et son père pensaient mal de lui pour avoir jusqu'ici refusé de se marier et l'espionnaient et il avait grand-peur que nous soyons suivis si nous ne nous cachions pas sous quelque déguisement pour le voyage. A ceci, ajoutait-il, il avait réfléchi et trouvé une réponse.

Q. C'est-à-dire ?

R. L'organisation d'un faux enlèvement, dans lequel je devais jouer le rôle de la camériste d'une grande dame, emmenée pour le service de la promise imaginaire.

Q. Ceci ne fut pas dit à Claiborne ?

R. Non, à elle on raconta que Monseigneur allait à une partie

342

fine dans l'Oxfordshire, et voulait que je l'y accompagne. Tous ceux qui s'y rendaient devaient amener une fille comme moi.

Q. Et pour cela, il proposait de dédommager généreusement Claiborne, n'est-ce pas ? Et à toi, t'a-t-il promis plus encore ?

R. Il m'a promis que je ne regretterais pas de me prêter à l'imposture et j'ai vu là une assurance que je n'en serais pas plus pauvre. Dieu sait que je ne le suis pas. Je n'avais point compris alors de quoi il s'agissait.

Q. Vous avez pensé qu'il parlait d'argent ?

R. Oui.

Q. Et en vérité, de quoi parlait-il ?

R. De ce que je suis devenue.

Q. Dois-je entendre ceci : que vous êtes maintenant ce que vous êtes à cause de Monseigneur ?

R. Je le dirais ainsi.

Q. Bien. Mais d'abord, soyons clairs. Il n'a fait nulle promesse pour vous payer de votre peine, d'une récompense qu'il aurait fixée à l'avance ?

R. Non.

Q. N'avez-vous pas insisté pour qu'il le fasse ?

R. Non, car grâce à lui j'espérais échapper à mon sort, ce qui était déjà une récompense plus que suffisante, et je méprisais l'argent du péché.

Q. Ne soupçonniez-vous pas que Monseigneur vous trompait ?

R. J'aurais pu, si j'avais réfléchi. Tout ce que j'ai vu alors, c'est où se trouvait mon avantage. Et pareillement plus tard, en dépit de devoir me plier à ce qu'on me commandait et devoir accepter d'être mal traitée. Car je pensais que c'était là le prix à payer pour changer ma condition et purger mon esprit souillé.

Q. N'avez-vous pas eu le moindre soupçon, avant de venir à Amesbury, que Monseigneur vous avait trompée aussi quant au but réel de ce voyage ?

R. Non, aucunement.

Q. Insista-t-il beaucoup pour vous faire accepter ce voyage

dans l'Ouest ? En tout ceci, sollicitait-il une faveur ou s'efforçait-il de vous contraindre ?

R. Il insistait, mais n'a jamais tenté de me contraindre. Je lui ai dit que le temps de mes règles approchait. Il m'a accordé qu'on attendrait qu'elles viennent et se terminent.

Q. Vous me dites que le date de votre départ n'a dépendu que de la date de vos menstrues ?

R. Oui.

Q. Ce n'était pas calculé pour que vous soyez dans le Devon le premier mai ?

R. Pas que je sache.

Q. Ecoutez-moi, madame. N'est-ce pas le plus souvent le cas avec les personnes telles que vous, les meilleures dans l'art de la prostitution, que leur espoir est de quitter le bordel et de devenir les maîtresses attitrées de nobles personnages qui les gardent pour leur seul usage ?

R. Ce me fut parfois proposé. Je n'ai pas accepté.

Q. Pourquoi ?

R. C'est bon pour celles qui forment ce que nous appelons la milice, mais nous les soldats de métier, il nous est impossible de déserter. Claiborne ne le permettrait jamais.

Q. Parmi ceux qui vous le proposèrent, aucun n'était assez puissant pour vous protéger ?

R. Tu n'as pas dû fréquenter beaucoup ce monde de l'Antéchrist. Elle disait que si nous nous échappions elle nous retrouverait jusqu'en enfer, et elle l'aurait fait, la diablesse.

Q. Mais elle vous a laissée aller avec Monseigneur ?

R. L'or attendrirait l'acier.

Q. Il lui a offert plus qu'elle ne pouvait refuser ?

R. Plus que ce qu'elle m'a dit, je n'en doute pas.

Q. Et c'était ?

R. Deux cents guinées.

Q. Avez-vous jamais, dans votre maison, fait mention — à Claiborne ou à une des prostituées — de l'infirmité de Monseigneur ?

R. Non, je n'en ai dit mot.

Q. Et où avez-vous été conduite, à votre départ du bordel ?

R. A St Giles in the Fields, dans Monmouth Street, afin que

j'achète des vêtements d'occasion qui conviennent pour une servante. Ce que j'ai fait.

Q. Monseigneur vous y a conduite ?

R. Non, Dick, son valet, comme prévu, dans une voiture fermée, sans armoiries, une voiture de louage. Puis nous avons quitté la ville pour nous rendre à Chiswick, où Monseigneur attendait, dans un cottage.

Q. C'était à quel moment du jour ?

R. L'après-midi. Six heures passées quand nous sommes arrivés.

Q. Qu'avez-vous pensé de Dick, après l'avoir rencontré ?

R. Rien. Il ne voyagea pas avec moi, mais près du cocher.

Q. Comment avez-vous été accueillie à Chiswick ?

R. Monseigneur parut content de me voir. Un souper était préparé.

Q. Y avait-il quelqu'un d'autre ?

R. Une vieille femme, qui nous a servis. Elle ne parlait pas et je crois qu'elle est partie son service terminé. Je ne l'ai pas revue, le matin suivant, au moment du départ.

Q. Et que se passa-t-il d'autre, ce soir-là ?

R. Ce dont on était convenus. Entre Dick et moi.

Q. Monseigneur était présent ?

R. Oui.

Q. Du début à la fin ?

R. Oui.

Q. Où cela se passa-t-il ?

R. Dans une chambre, en haut.

Q. Cela eut-il sur Monseigneur l'effet espéré ?

R. Je ne sais.

Q. N'en a-t-il point parlé ?

R. Non, il ne prononça pas une parole. Et nous quitta dès que ce fut fini.

Q. Il n'y gagna pas quelque ardeur ?

R. Je ne sais, je te l'ai déjà dit.

Q. N'en avez-vous point vu de signe ?

R. Non.

Q. Aviez-vous déjà accompli un tel acte devant des spectateurs ?

R. Cela m'était arrivé. Que Dieu me pardonne.

Q. Et alors ?

R. Ce n'est pas ton affaire.

Q. J'insiste. N'y avait-il pas de concupiscence dans la conduite de Monseigneur en cette occasion ?

R. Non.

Q. Et Dick ?

R. Quoi, Dick ?

Q. Voyons, madame Lee. En ceci, vous n'êtes pas innocente. A-t-il joué son rôle suffisamment bien ? Pourquoi ne répondez-vous pas ?

R. Il a joué son rôle.

Q. Suffisamment bien ?

R. Je doute qu'avant ce soir-là il ait jamais couché avec une femme.

Q. Monseigneur ne s'est-il pas plaint, en une autre occasion, que vous ne l'ayez pas assez longtemps retenu ?

R. Oui.

Q. Qu'avez-vous répondu ?

R. Que Dick était puceau. Pas plus tôt dedans que déjà ressorti, si tu tiens à entendre les spirituelles reparties du bordel.

Q. Toutefois, par la suite, tu as choisi de coucher avec lui pour le plaisir, n'est-ce pas ?

R. J'ai éprouvé de la pitié pour lui.

Q. Ceux qui étaient avec toi y ont vu plus que cela.

R. Qu'ils disent ce qu'ils veulent. Je n'ai pas honte d'avoir été bonne pour lui qui souffrait tant des défauts de sa nature. J'étais encore une putain.

Q. Lui le savait ?

R. Il ne me traitait pas comme une putain.

Q. Alors, comment ?

R. Eh bien, pas comme un corps acheté pour son plaisir, ainsi que les autres l'avaient toujours fait, mais plutôt quelqu'un qu'il aimait, sa douce amie.

Q. Qu'est-ce qui vous permet de dire cela puisqu'il ne parlait ni n'entendait ?

R. Il y a d'autres façons de s'exprimer qu'avec des mots. Il ne supportait pas que je m'adresse à Jones, je lisais dans ses regards ce que toute femme sait reconnaître, il faisait l'impossible pour me servir.

Q. Et vous servait également en présence de Monseigneur, n'est-ce pas ? N'avait-il pas alors quelque ressentiment ? Les vrais amants n'abhorrent-ils pas que l'acte d'amour soit ainsi avili ?

R. Je dirais qu'il n'était pas comme les autres hommes, mais plutôt comme quelqu'un qui en savait si peu sur ce monde qu'il aurait pu vivre dans la lune, et en tout ce qui se fait sur terre devait prendre Monseigneur pour guide. Si Monseigneur commandait, il s'exécutait. Je te le dis, ces deux-là étaient si étroitement liés qu'ils n'avaient pas besoin de mots et semblaient bien n'avoir qu'un seul esprit pour deux corps. Je crois aussi que Monseigneur, quoique ne supportant pas que je le touche, jouissait de moi par l'intermédiaire de Dick.

Q. Dites-moi, étiez-vous prévenue, ce matin où vous avez quitté Chiswick, que vous auriez d'autres compagnons de voyage ?

R. Monseigneur m'avait dit la veille que nous avions rendez-vous avec un Mr Brown et son homme de louage et que tous deux nous accompagneraient. Mr Brown, disait-il, prétendrait être un négociant de la Cité, mais en réalité c'était le médecin dont il m'avait parlé ; toutefois je devais taire que j'étais au courant du subterfuge, et jouer le jeu tel qu'il était fixé. Ce que je fis. Mais il se trouva que j'avais vu ce Mr Brown deux mois plus tôt sur scène dans un théâtre où j'étais allée ; j'avais oublié son nom, mais pas son physique ni sa voix. Et ce jour-là, comme nous étions en chemin, par quelques maladroites allusions que Jones me fit, je sus que de son côté lui aussi me soupçonnait de ne pas être ce que je prétendais être, et je fus saisie de peur. A la première occasion je dis à Monseigneur que je craignais fort d'avoir été reconnue.

Q. Qu'a-t-il répondu ?

R. De n'en point souffler mot et de faire bonne contenance.

Q. Semblait-il dépité ? Inquiet, que sais-je ... ?

R. Non, pas du tout. Il me dit qu'aucun de nous n'était ce qu'il prétendait être. Et me demanda de l'aviser si Jones se reprenait à m'importuner.

Q. Ne lui avez-vous pas dit à votre tour que vous saviez qui était réellement Mr Brown ?

R. Non, car je dois t'avouer que chaque pas qui nous éloignait de Londres faisait mon cœur plus léger. C'était comme si je quittais la Cité des Plaines et que Bristol était ma Sion. Et je me disais que si Monseigneur me trompait, en gardant pour moi ce que je savais je pourrais plus aisément, en temps voulu, le tromper moi-même.

Q. Venons-en maintenant à Basingstoke. Là Monseigneur vous demanda de refaire ce que vous aviez fait déjà ?

R. Oui.

Q. Où cela ?

R. Dans sa chambre.

Q. Avec lui pour spectateur ?

R. Oui, mais il trouva que c'était trop vite fait et je dus essuyer ses reproches.

Q. En présence de Dick ?

R. Non, il lui avait dit de se retirer.

Q. Monseigneur était en colère ?

R. Comme quelqu'un qui jugerait qu'on l'a trahi.

Q. Il a montré du dédain pour votre habileté supposée ?

R. Comme un roué plein d'expérience ; lui qui ne pouvait point en avoir.

Q. Avez-vous protesté ?

R. J'ai dit ce que j'avais dit déjà. Que Dick était trop neuf en la matière pour qu'il soit possible de le diriger.

Q. Qu'a répondu Monseigneur ?

R. Que désormais je lui appartenais. Et que je m'apercevrais vite qu'il était pire que Claiborne s'il n'en avait pas pour son argent.

Q. Vous êtes certaine qu'il a parlé en ces termes ?

R. Certaine.

Q. Qu'avez-vous répondu ?

R. Eh bien, rien. J'ai pris un air soumis. Mais je ne me sentais pas soumise et le trouvais changé, le trouvais injuste car il avait vu comment Dick venait à moi, tel un pauvre animal avec une idée fixe, et que j'étais incapable de l'arrêter. Je te dis ça comme je le pensais alors. Je sais maintenant que Monseigneur voulait être pour moi un bon ami, mais alors je ne le voyais pas.

Q. Un bon ami pour toi ? Comment cela ?

R. Je te le dirai quand viendra le moment.

Q. Je veux le savoir maintenant.

R. Tu ne l'apprendras pas maintenant de ma bouche. C'est comme dans le Livre. On dit, Il faut battre le blé plusieurs fois pour en extraire tout le grain. Tu dois attendre d'avoir tout entendu comme il a été écrit.

Q. Dick est-il venu te rejoindre en privé cette nuit-là ?

R. Oui.

Q. Et tu l'as accueilli ?

R. Oui.

Q. Alors qu'il n'était rien de mieux qu'un pauvre animal ?

R. Parce qu'il n'était rien de mieux. Avec pourtant assez de jugement pour savoir qu'il n'avait pas le droit de demander. Te dirai-je combien de lords et de ducs j'ai servis, maître Ayscough ? Et même un prince de sang royal. Parmi tous ceux qui eurent accès à mon lit jamais aucun ne s'agenouilla là comme il le fit, lui, tel un enfant, pressant sa tête contre la couverture et attendant de connaître ma volonté, sans songer à m'imposer la sienne. Tu diras, toi, que depuis le premier qui m'avait achetée je n'avais plus ni volonté ni liberté, c'est le sort des catins.

Q. Je dis que tu parles comme un docteur de la loi.

R. Que non. Tu as ton alphabet et moi le mien. Et je dois faire usage du mien. Je te dis pourquoi j'ai pris pitié de Dick. Ce n'était ni amour ni luxure.

Q. Tu as partagé ton lit avec lui toute la nuit ?

R. Jusqu'à ce que je m'endorme. Quand je me suis réveillée, le matin, il était parti.

Q. Et toutes les nuits pareillement ?

R. Pas la suivante. Après, oui.

Q. Je voudrais vous entendre sur cette nuit suivante, à Amesbury. Etiez-vous prévenue de ce qui se passerait ?

R. Pas jusqu'à notre arrivée, ni même plus tard ; nous avions soupé, il était huit heures ou plus, et j'attendais dans ma chambre lorsque Dick est venu me chercher pour me conduire chez Monseigneur, et je devais prendre mon manteau de voyage, ce qui me causa quelque alarme car je ne voyais point de raison de me munir de ce vêtement. Monseigneur déclara que tout à l'heure nous sortirions à cheval, ce qui m'inquiéta encore davantage car lorsque je demandai pourquoi il ne voulut pas s'expliquer et comme la veille me répondit sèchement qu'il m'avait engagée pour faire ce qu'il ordonnait.

Q. Durant la journée, il ne vous avait point parlé ?

R. Non. Pas une seule fois. Pourtant, auparavant, il avait toujours laissé paraître que c'était moi qui lui faisais une faveur. Il s'était montré fort courtois et se disait reconnaissant que je l'assiste en ses desseins. Maintenant il s'adressait à moi comme un maître à une servante en haillons, ce qu'en vérité j'étais, de par tous mes péchés. Puis il me dit de m'allonger sur son lit et de dormir jusqu'à ce qu'il me réveille. Ce que je fis quoique j'eus du mal à trouver le sommeil tant ma frayeur était grande.

Q. Ce pendant, que faisait Monseigneur ?

R. Il avait ouvert son coffre et il en avait sorti des papiers qu'il lisait devant le feu.

Q. Et Dick ?

R. Il était parti je ne sais où, et puis il revint et ce fut lui qui me réveilla.

Q. A quel moment ?

R. Au milieu de la nuit. L'auberge était calme, tous dormaient.

Q. Ensuite ?

Rébecca Lee est silencieuse et fait ce qu'elle n'a pas encore fait : elle baisse les yeux. L'homme de loi répète sa question.
« Ensuite, madame ?

— Permettez-moi de boire un peu d'eau. La voix me manque. »

Ayscough l'observe un moment, puis sans la quitter des yeux s'adresse à son clerc, au bout de la table. « Allez chercher de l'eau. »

Le clerc pose son crayon — car fort curieusement il écrit avec un crayon et non une plume d'oie — et en silence sort de la pièce, laissant le petit juriste fixer un regard interrogateur sur Rébecca, en penchant la tête comme un rouge-gorge. Il est assis le dos tourné à la longue rangée de fenêtres. Elle est face à la lumière. Elle le regarde droit dans les yeux.

« Je te remercie. »

Ayscough ne répond rien, même pas d'un léger hochement de tête. Il semble entièrement concentré sur l'examen du témoin, il est clair qu'il voudrait l'embarrasser, exprimer un doute sur l'opportunité de cette requête, à un tel moment. Il l'étudie et entrent en jeu dans son jugement l'éducation qu'il a reçue, ses connaissances, son expérience des choses humaines, sa position dans le monde. Il est vrai que cet examen fait partie de ses méthodes, c'est l'attitude qu'il prend depuis bien longtemps pour intimider les témoins retors ; de même que ses accès de rebuffades méprisantes doivent être une façon de compenser sa petite taille ; mais, étrangement, la jeune femme soutient son regard, comme elle l'a fait depuis le début de l'interrogatoire. Pour le reste, dans toute son apparence, elle est d'une parfaite modestie : robe sans nulle fantaisie et bonnet sans rubans ; elle garde les mains sagement croisées ; et jusqu'ici elle n'a pas une fois courbé la tête ou détourné les yeux. Un interlocuteur plus moderne ne pourrait sans doute s'empêcher d'éprouver quelque admiration pour ce comportement direct. Pas Ayscough. Elle ne fait que renforcer chez lui une opinion qui ne date pas de la veille : le monde devient pire qu'il n'a jamais été, spécialement en raison de l'insolence des petites gens. Nous rencontrons là à nouveau cette idée de l'époque qui, sans être exprimée, n'en est pas moins très généralement acceptée : changement ne veut pas dire progrès, mais (comme une enfant qui naîtra l'année suivante le dira un jour) déclin et chute.

Soudain, sans que rien l'ait laissé prévoir, il se lève et marche vers une des fenêtres. Rébecca baisse les yeux et attend le verre d'eau demandé. Le clerc l'apporte enfin et le pose sur la table devant elle. Elle boit. Ayscough ne se retourne pas mais semble à présent perdu dans la contemplation du spectacle ; une place avec tout autour de nombreuses boutiques et au centre des éventaires, beaucoup de monde dont le bruit et les cris ont été un constant accompagnement à l'interrogatoire. Il a déjà remarqué un petit groupe de trois hommes qui se tiennent au coin d'une rue aboutissant à la place, directement au-dessous de la fenêtre où il se trouve, et regardent dans sa direction, indifférents aux passants qui les bousculent. A voir leurs vêtements modestes et sévères et leurs chapeaux il sait qui ils sont et, les ayant vus, les ignore.

Par contre il fixe ses regards sur une lady et sa fille. De toute évidence d'un certain rang, en habits de ville, à la mode, et précédées par un valet de pied en livrée, de haute taille, qui porte un panier contenant leurs achats et d'un geste insistant de sa main libre invite les badauds à dégager le passage. La plupart s'écartent d'instinct. Quelques-uns même touchent leur chapeau ou inclinent la tête. Les dames pourtant n'ont pas l'air de les voir. Ayscough, en les regardant, pense à un petit texte qu'elles lui remettent en mémoire, spécialement la plus jeune, la plus affectée, la plus sûre d'elle. Cela a paru dans le *Gentleman's Magazine* du mois d'août, sous les initiales R.N., un satiriste fort évidemment misogyne, une sorte d'*abbé mondain* de l'Eglise anglicane. Le voici, ce texte, écrit en la forme que Rébecca vient précisément de refuser ; il peut servir aussi à nous rappeler la réalité de son monde à elle, et combien elle est différente, que ce soit par son propre choix ou en raison des circonstances, des privilégiées auxquelles il se réfère. Le morceau devrait avoir pour titre *Un certain type d'Eternel féminin* mais R.N. n'a pas une telle prescience.

CATECHISME DE LA JOLIE MADEMOISELLE

Q. Qui êtes-vous ?
R. Une jolie Damoiselle de dix-neuf ans.

Q. Ce que c'est n'est pas évident. Donc expliquez-vous.

R. C'est une Marchandise qui ne se garde pas très bien, je vous assure. *Vieilles Filles et Poissons pourris*, voilà un Adage qui, s'il est des plus antiques, n'a rien perdu de son Exactitude.

Q. Serait-ce la Vue que vous avez de la Chose?

R. Oui, en Vérité; à 16 ans nous commençons à réfléchir, à 17 nous aimons, à 18 nous geignons et à 19, si nous ne pouvons décrocher l'Homme Idéal (ce qui est, soit dit entre nous, une Tâche difficile) nous crions, Adieu, *Papa*, et décampons avec notre gai Luron. Car si nous attendions d'être sur le Retour nous courrions le très grand Risque de nous mettre en Ménage avec quelque misérable Gringalet d'Age respectable mais de peu de Mérite, à la Physionomie des plus rébarbative.

Q. Faites-moi donc entendre les Articles de votre Credo.

R. En premier donc, je crois que je vins au Monde par le Moyen de Maman, mais ne m'en sens point du tout redevable envers elle. En second je reconnais ici que je suis obligée (sans qu'il s'agisse nullement d'un Devoir) de prêter Attention à ses Ordres, et aussi à ceux du vieux Barbon, *Jean-qui-paie*, mon Père supposé, mais pour cette seule Raison que si je disais non ils me forceraient à porter six Mois de plus ces horribles Habits déjà démodés de deux Mois et que j'en aurais grande Mortification. Et enfin, quant à mon Mari que je condescendrai dorénavant à duper, je crois fermement qu'il ne devrait point avoir la moindre Supériorité sur moi; en Conséquence, suis déterminée à adopter le Quadrille pour Religion et le Cocufiage pour Sujet de Méditation de chaque Dimanche; quoique je le ruinerai en Théâtre, Bals masqués, Modes, Frais de Maison etc, quoique même j'accepterai que mon Maître d'Hôtel lui soit un Coadjuteur, il n'ouvrira pas la Bouche pour protester. Ce sont là les principaux Articles de mon Credo, qui me plaît et auquel je me conformerai jusqu'à mon dernier Souffle.

Q. Avez-vous d'autres Principes selon lesquels vous gouverner?

R. J'agis à ma libre Fantaisie, bien ou mal, selon la Force de ma Beauté ; je suis toutes les nouvelles Modes, quelque ridicules qu'elles puissent être ; je me voue entièrement à l'Orgueil, au Plaisir, à l'Extravagance ; je prie aussi souvent qu'un Lord paie ses Dettes ; fréquente davantage le Théâtre que l'Eglise ; et ris de chaque Personne qui se rend là pour ses Dévotions, car je crois que ce n'est qu'Hypocrisie. C'est aussi naturel pour moi de faire tout ceci que pour un Paon d'étaler sa Queue.

Q. Très bien, mais vous savez qu'il y a un autre Monde, ne devriez-vous pas y songer parfois ?

R. Non. Pas du tout, parce que de telles Réflexions sont propres à vous donner les Vapeurs ; et les Dames ne devraient jamais s'inquiéter de Choses sérieuses mais simplement appuyer leur Foi sur ce que leur suggère la plaisante Fantaisie.

Q. Les Dames ne sont-elles donc d'aucune Religion particulière ?

R. Non, en Vérité, car à ce compte nous serions les Créatures les plus désespérément en dehors des bons Usages. La Variété fait chaque Chose agréable ; et ainsi pour une demi-Heure, peut-être, nous sommes chrétiennes, la demi-Heure d'après *païennes*, ou *juives*, ou *mahométanes*, ou n'importe quoi d'autre à notre Convenance.

Q. Mais quels sont ces Principes qui, si elle y adhère, feront agréable la Vie d'une Dame ?

R. Se mignoter et mignoter de même son Singe ou Chien-chien de Salon, insulter et ridiculiser ses Voisins, ne point daigner abaisser son Regard sur qui que ce soit ; mais tromper et léser les Pauvres ; et régler leur Compte aux Riches aux Dépens de la Réputation d'un Mari négligé. Rester au Lit jusqu'à Midi et jouer au Whist jusqu'à l'Aube.

Q. Halte-là. Si vous lisez les Commandements du Mariage vous verrez que le Devoir des Dames est d'*Honorer* et d'*Obéir*, ou au moins de respecter et servir leur Epoux.

R. Commandements du Mariage et Devoir ! La belle Histoire ! Les Commandements sont tous de l'Invention du

Prêtre et par conséquent doivent être ignorés. Les Dames ne se soucient que des Articles rédigés par les Hommes de Loi, les Clauses du Contrat qui fixent la Somme attribuée aux Dépenses personnelles, ou après Divorce la Pension alimentaire, et qui indiquent comment obtenir sans Peine qu'elles soient augmentées. Cela ne se fait point de rendre Service à un pauvre Mari stupide, mais il est parfaitement normal et conforme à la Mode de l'insulter plutôt que d'en appeler à sa Bonté.

Q. Y a-t-il donc quelque raison à cette Mode ?

R. Certainement, et une très bonne. Nous exigeons de faire selon nos Volontés durant notre Vie puisqu'on nous prive d'exprimer nos dernières Volontés à l'Approche de notre Mort.

Lorsque Mr Ayscough avait lu ce morceau de bravoure il avait été choqué. Il savait qu'il y trouvait la description d'un état d'esprit propre à beaucoup de femmes de la noblesse et de la haute bourgeoisie, et qui même ne devenait que trop répandu dans la classe à laquelle il appartenait. Ce n'était pas cela qui l'avait choqué ; mais plutôt que ce soit ainsi admis sans ambages en public. Son dégoût initial pour le métier de Lacy venait précisément de la même cause (mais là — bien qu'il n'ait pu le prévoir — le remède était à portée de la main, sous forme, seulement quelques mois plus tard, de deux cent trente années de tyrannie que Lord Chamberlain, l'abominable censeur, allait imposer au théâtre). Ce catéchisme révélait que la religion et le mariage étaient sujets de moquerie, comme l'était le respect de la supériorité de l'homme sur la femme. Ce qu'Ayscough voyait dans les yeux de Rébecca, comme aussi dans certaines de ses réponses, c'était un reflet, chez les petites gens, du laxisme que se permettaient les grands en publiant de telles choses. Cela conduirait un jour au plus abominable des gouvernements : la démocratie, qui est synonyme d'anarchie. Le juriste était la proie d'un des plus malvenus des sentiments humains : il se sentait vieux, et heureux de l'être.

Il jeta un coup d'œil derrière lui et vit que le clerc avait repris son siège, que Rébecca avait bu et maintenant attendait, immobile, monument de patience et d'humble soumission. Cependant il ne retourna pas s'asseoir. Il continua l'interrogatoire de l'endroit où il se trouvait. Ce fut seulement après avoir posé plusieurs questions qu'il regagna son fauteuil en face d'elle et, une fois de plus, dut supporter ce regard qui ne déviait pas, et parce qu'il était si direct il sut qu'il ne pouvait, qu'il ne pourrait jamais s'y fier.

Q. Eh bien, madame, la suite ?

R. Nous sommes descendus furtivement et Dick a amené les deux chevaux. Nous les avons montés et nous sommes partis. Nous avons parcouru au trot plus d'un mile sans échanger une parole, jusqu'aux piliers de pierre ou plutôt près d'un poteau où les deux hommes attachèrent les chevaux, à quelque cent pas des piliers. Le ciel était couvert, il n'y avait ni étoiles ni lune, et pourtant je les voyais, dans l'obscurité, comme de grandes pierres plantées. Je ne comprenais pas pourquoi il nous fallait être en un tel endroit à cette heure, et la peur me troublait les esprits. J'arrivais à peine à marcher, mais Monseigneur m'y obligea. Je vis à quelque distance une lumière, comme celle d'un feu de berger, et fut tentée de crier mais je doutai qu'on m'entendrait, c'était trop loin. Enfin nous arrivâmes tout près des pierres dressées et nous entrâmes dans leur cercle, nous dirigeant vers le centre.

Q. Voulez-vous dire, tous les trois ?

R. Oui.

Q. Vous avez dit à Jones que Dick n'y était pas.

R. Je vous raconte à présent ce qui s'est vraiment passé. Monseigneur s'est arrêté à l'endroit où il y avait une pierre plate sur le sol et il m'a ordonné, Fanny, agenouille-toi sur cette pierre. Et je ne pouvais bouger car je pensais que les deux hommes avaient des intentions mauvaises, sorcellerie, invocation de puissances infernales, je ne sais trop quoi, et j'avais beaucoup plus froid qu'il n'était naturel, comme si je me changeais en glace et allais mourir. Aussi je ne m'agenouillai pas, ne prononçai pas une parole, j'étais trop glacée et effrayée. Et Monseigneur dit encore, Agenouille-toi, Fanny. Alors je retrouvai ma langue pour répliquer, Nous faisons le mal, Monseigneur, je n'ai pas été engagée pour ça. Et il dit, Agenouille-toi ; qui es-tu pour m'accuser de faire le mal ? Mais je ne bougeais toujours pas, aussi me prirent-ils chacun par un bras et me forcèrent à m'agenouiller sur la pierre, qui était dure et me blessait.

Q. Vous avez dit à Jones qu'ils vous ont obligée à vous coucher dessus.

R. Seulement à m'agenouiller. Et ensuite ils se sont eux-mêmes agenouillés sur l'herbe de chaque côté de moi.

Q. Comment cela ?

R. Ainsi.

Q. Les mains jointes en prière ?

R. Non, pas les mains jointes, mais la tête courbée.

Q. Toujours le chapeau sur la tête ?

R. Monseigneur en portait un. Dick n'en avait point.

Q. Ils étaient tournés dans quelle direction ?

R. Vers le nord, je crois. Car nous nous étions dirigés vers l'ouest, et étions entrés dans le temple à main droite.

Q. Continuez.

R. Moi j'ai prié et j'ai juré que je ne me prostituerais jamais plus si Dieu me pardonnait et me permettait d'échapper sans dommages. Je pensais que j'étais tombée dans les mains du diable, ce qui était pire que le pire qui m'était jamais arrivé chez Claiborne ; de quelqu'un qui ne se ferait point de scrupules d'avilir mon esprit aussi bien que mon corps et...

Q. Oui, oui, je peux imaginer. Dis-moi, combien de temps es-tu restée à genoux ?

R. Cinq minutes, peut-être. Ou plus longtemps, je ne sais pas. Mais alors il y a eu dans le ciel au-dessus de nous un grand froissement, comme un bruit d'ailes, ou un grand vent mugissant, et j'ai levé les yeux, terrorisée, mais je n'ai rien vu, non, et il n'y avait pas de vent, c'était une nuit calme.

Q. Monseigneur et Dick ont-ils aussi levé les yeux ?

R. Je n'étais pas en état de m'en rendre compte.

Q. Combien de temps dura ce froissement, ce vent mugissant, ce bruit ?

R. Quelques instants. Pas plus qu'il ne faut pour compter jusqu'à dix.

Q. S'est-il graduellement amplifié ?

R. Il semblait tomber du ciel tout droit sur nous.

Q. Pas comme un grand vol d'oiseaux de passage ? Pas un bruit qui vient d'un côté et s'éloigne de l'autre ?

R. Non, il venait d'au-dessus.

Q. Vous en êtes certaine ?

R. Aussi certaine que de la vérité du Christ.

Q. Et ensuite ?

R. Soudain cela s'arrêta, il y eut le silence, et durant cet arrêt une odeur se répandit dans l'air, comme celle des prés nouvellement fauchés et des fleurs d'été au parfum très doux, et qui, fort étrangement, n'était pas de saison et n'aurait pas dû jaillir de cet endroit froid et désert. Puis de nouveau, brusquement, nous fûmes baignés de lumière, cela venait aussi d'au-dessus, une lumière plus vive que toute lumière produite par les hommes, comme celle du soleil, si brillante qu'aussitôt j'ai baissé les yeux, éblouie, presque aveuglée ; et alors je les ai vus, qui se tenaient à quinze pas de l'endroit où nous étions à genoux, parmi les pierres, un jeune homme et un vieil homme qui nous regardaient.

Q. Je te préviens, je ne te crois pas. Je ne te laisserai pas te moquer de moi.

R. Je dis la vérité.

Q. Non. Tu as préparé ceci avec ta rouerie habituelle, pour me confondre. Toi et ton époux prophète. Je parie que c'est lui qui t'a soufflé ces sornettes.

R. Ce n'est pas lui. Je ne lui en ai jamais parlé.

Q. Que ce soit lui ou non, tu mens.

R. Je te dis que je les ai vus, ils se tenaient un peu plus loin que la longueur de cette pièce. Mais je ne les distinguais pas très bien, car j'avais les yeux éblouis par la lumière comme je l'ai dit.

Q. Dans quelle attitude étaient-ils ?

R. Debout, et nous regardant. Le jeune assez près, le plus vieux par-derrière. Le jeune pointait le doigt comme vers la lumière mais en même temps il ne cessait de fixer sur moi son regard.

Q. Avec quelle expression ?

R. Je ne peux vraiment le dire car la lumière a disparu avant que je retrouve une vue distincte.

Q. Et l'autre ?

R. J'ai simplement remarqué qu'il avait une barbe blanche.

Q. Comment étaient-ils vêtus ?

R. Le plus vieux, je ne sais. Le plus jeune avait un tablier, comme les maçons et les charpentiers.

Q. Diriez-vous qu'il était le fantôme des païens qui ont construit le temple ?

R. Il était habillé comme un ouvrier d'aujourd'hui ; comme pourraient l'être mon mari et mon père.

Q. N'étaient-ils point des silhouettes peintes ?

R. Non. Ils vivaient. Ils n'étaient ni un rêve, ni une vision.

Q. Etaient-ils grands et solides ?

R. De taille normale.

Q. Combien de temps dura la lumière ?

R. Très peu de temps. Ce fut plutôt un éclair qu'une lumière proprement dite. Juste assez pour entrevoir, rien de plus.

Q. Entrevoir, quand vous êtes déjà éblouie, et pourtant vous êtes certaine ?

R. Oui.

Q. N'étaient-ce pas simplement deux des pierres plantées ?

R. Non.

Q. N'y eut-il aucun coup de tonnerre, n'avez-vous pas entendu la voix de Belzébuth ?

R. Non. Point du tout. Mais j'ai senti une bouffée d'air chaud au parfum suave, tel que je vous l'ai déjà dit, comme l'odeur des champs en été, douce non seulement aux narines mais à l'âme. Quand tout le reste avait disparu ça demeurait. Et je n'avais plus peur, je savais que ça ne me ferait pas de mal mais plutôt me réconforterait et me consolerait. En vérité une autre lumière envahissait mon esprit et me donnait l'assurance que tout ce que j'avais redouté jusque-là, je ne le redouterais jamais plus. Et j'éprouvais plutôt de la tristesse que ce soit venu et reparti si vite, que je ne puisse rien étreindre, rien voir plus longtemps, même en m'y appliquant de toutes mes forces. Toutefois je devais garder confiance. Car je te le dis, il n'y avait point de mal, et ceux que j'accompagnais n'étaient pas mauvais. Tu dois comprendre ça.

Q. Je comprends une seule chose, c'est que je ne te crois point.

R. Tu me croiras lorsque j'aurai fini. Tu me croiras, je te le promets.

Q. Oui, lorsque le vieux bélier, je l'appellerai tendre agneau. Maintenant, madame, allons un peu plus loin dans vos inepties. D'où venait cette lumière dont vous eûtes la vision ?

R. Du ciel au-dessus.

Q. Eclairait-elle tout à l'entour ? Transformant la nuit en plein jour comme le fait le vrai soleil ?

R. Non ; la nuit au-delà restait noire.

Q. Dans cette grande lumière flottante, avez-vous vu des bougies et des cierges ?

R. Non. C'était blanc comme le soleil d'été, en forme de rosace, de cercle.

Q. Et suspendu dans le ciel au-dessus du temple ?

R. Oui.

Q. Et cela ne bougeait pas ?

R. Non.

Q. A quelle hauteur ?

R. Je ne puis dire.

Q. Aussi haut que le soleil et la lune ?

R. Non. Moins haut. Pas si haut que les nuages. Comme le toit arrondi de la cathédrale St Paul.

Q. Cent pieds ?

R. Je te répète que je ne peux dire.

Q. Et comment cette lumière était-elle accrochée là-haut ? A votre avis ?

R. J'ignore. A moins que portée par un grand oiseau.

Q. Ou une fieffée menteuse. Ce bruit dont vous parliez avant que la lumière brille, vous avez dit un froissement d'ailes, ensuite le mugissement du vent. Ce n'est pas la même chose.

R. Je ne sais comment expliquer. Plutôt comme le bruit d'une aile qui passait.

Q. Ou d'un coup de fouet te cinglant le dos. Cela aussi tu l'entendras quand je t'aurai confondue. Cet ouvrier le doigt levé et son grand-père, portaient-ils quelque chose ?

R. Non.

Q. Monseigneur leur a parlé ?

R. Non, mais il a ôté son chapeau.

Q. Quoi ? Il saluait en ôtant son chapeau un charpentier et un vieux radoteur ?

R. C'est ce que je dis.

Q. En retour, ont-ils fait un geste ? Répondu par une marque de respect à cette courtoisie qu'il leur témoignait ?

R. Je n'en ai rien vu.

Q. Et quand la lumière s'est éteinte, vous n'avez pas entendu ce qu'on entend quand quelqu'un bouge ?

R. Non.

Q. Mais vous ne les voyiez plus ?

R. Non, car j'étais encore éblouie.

Q. N'entendiez-vous plus là-haut le moindre son ?

R. Tout était silencieux.

Q. Et qu'en avez-vous conclu ?

R. Que Monseigneur était autre que ce que j'en étais venue à croire. Car bientôt après il se releva et m'aida à me remettre sur mes jambes et prit mes mains et les pressa, comme quelqu'un qui est reconnaissant, et me regarda dans les yeux, malgré l'obscurité, et me dit, Vous êtes celle que je cherchais. Là-dessus il se tourna vers Dick qui s'était relevé lui aussi et ils se tinrent embrassés non comme un maître et son valet mais comme des frères célébrant un heureux résultat de leurs affaires.

Q. Ils n'ont échangé aucun signe ?

R. Ils se sont seulement donné l'accolade.

Q. Et ensuite ?

R. Monseigneur nous a conduits en dehors des pierres plantées et là il s'est arrêté et m'a parlé de nouveau, disant que je ne devais pas raconter ce que j'avais vu. Que cela ne m'avait fait aucun mal, ne me ferait aucun mal, que je ne devais pas avoir peur de ce qui semblait si étrange. Puis encore il me prit les mains, et encore les pressa, pour me prouver, ai-je pensé, que ces douces manières qu'il avait maintenant étaient plus proches de sa vraie nature que celles qu'il avait eues précédemment.

Q. Qu'avez-vous répondu ?

R. Que je ne parlerais pas. Et sur ce, il me dit, C'est très bien, à présent allez avec Dick. Alors nous partîmes, Dick et moi, tandis que Monseigneur restait en arrière. Mais il nous rejoignit avant notre arrivée à l'auberge. Donc il ne s'attarda guère.

Q. Ne l'avez-vous point interrogé sur ce qui s'était passé ?

R. Sur la courte distance que nous devions encore parcourir, il ne vint pas de front avec nous. Et une fois dans la cour il me souhaita une bonne nuit et regagna sa chambre, laissant son cheval à Dick pour qu'il le déharnache et le mène à l'écurie. Et moi je regagnai ma chambre.

Q. Lorsqu'il eut terminé sa tâche, Dick ne vint pas vous y rejoindre ?

R. Je ne l'ai pas revu cette nuit-là.

Q. Bien. Maintenant, écoutez — d'abord vous avez dit à Jones que Monseigneur vous avait informée des raisons pour lesquelles il allait au temple, c'est-à-dire qu'il voulait là-bas vous posséder charnellement, selon les rites d'une superstition lubrique ; et ensuite vous avez parlé à Jones d'un moricaud perché sur une pierre comme un grand busard arrêté dans son vol, prêt à se précipiter sur votre cadavre, d'une odeur de charogne, je ne sais quoi d'autre, une vision satanique ce me semble ?

R. J'ai menti.

Q. J'ai menti, dit-elle. Et moi je vous dirai, madame, une

vérité sur le mensonge. Qui ment une fois mentira encore.

R. Je ne mens pas à présent. J'ai prêté serment.

Q. Pourquoi avez-vous menti à Jones aussi effrontément ?

R. Il le fallait, je devais l'aveugler, afin qu'il pense le pire de ce qui s'était passé et n'ose point en parler de crainte d'être accusé d'y avoir pris part. J'expliquerai le moment venu pourquoi je lui ai menti.

Q. Vous le ferez, je vous le promets. Voyons, le jour suivant, les manières de Monseigneur ont-elles paru changer ?

R. Juste une fois, comme nous chevauchions, il a fait demi-tour et s'est arrêté jusqu'à ce que nous soyons, Dick et moi, à sa hauteur, alors il m'a regardée avec beaucoup d'attention et m'a demandé, Tout va bien ? Et j'ai répondu oui, et en aurais dit plus long, mais il est aussitôt reparti comme s'il ne tenait pas à converser davantage.

Q. Que pensiez-vous le lendemain de ce que vous maintenez avoir vu parmi les pierres ?

R. Qu'il y avait là quelque charme, quelque grand mystère. Que c'était un signe et pourtant qu'il n'y entrait aucun mal. Je te l'ai dit, je n'ai point senti là le mal ni la peur.

Q. Que pensiez-vous que voulait dire Monseigneur lorsqu'il a déclaré, cette même nuit, que vous étiez bien celle qu'il avait cherchée ?

R. Qu'il voyait en moi quelque chose qui convenait à ses desseins.

Q. C'est-à-dire ?

R. Que j'avais péché et ne pécherais plus.

Q. Comment cela ? Ne vous a-t-il pas enfoncée plus encore dans le péché et la luxure ?

R. Oui, pour qu'enfin j'y voie clair.

Q. Donc, ce qu'il voulait n'était pas ce que nous supposions : un remède à son impuissance ?

R. Ce qu'il cherchait, c'est ce qui est arrivé.

Q. Qu'une prostituée du commun provoque ce qui dépasse l'entendement ? N'est-ce pas ce que vous voulez dire ? Cette visitation, c'est à vous et pas à lui qu'elle était destinée ? Ne s'est-il pas agenouillé à côté de vous mais plus bas ?

R. Ce n'était qu'une apparence. J'étais là de par sa volonté et non la mienne. Je ne faisais que le servir.

Q. Et qui pensez-vous qu'étaient ces deux hommes ?

R. Je ne te le dirai point maintenant.

Q. Assez d'atermoiements. Vous êtes devant la loi, madame, et pas à une de vos assemblées de prophètes. Je ne souffrirai pas plus longtemps ces réponses évasives.

R. Tu y seras bien obligé, maître Ayscough. Car si je te disais maintenant ce que voulait Monseigneur, tu te moquerais de moi et ne me croirais point.

Q. Cette obstination présente est pire que tes anciennes façons putassières. Pourquoi souris-tu ?

R. Pas de ce que tu dis, je te prie de me croire.

Q. Vous ne m'échapperez point, madame.

R. Toi tu n'échapperas pas à ce que Dieu a donné.

Q. Parlons de Dick. A-t-il paru changé le jour suivant ?

R. Pas dans son appétit charnel.

Q. De quelle manière ?

R. Comme nous chevauchions.

Q. Que voulez-vous dire ?

R. Monseigneur allait devant, et Mr Brown et Jones derrière.

Q. Que s'est-il passé ?

R. Je ne le dirai pas. Mais il était fou du besoin de fornication, tel un animal, tel Adam non régénéré.

Q. Vous l'avez soulagé ?

R. Je n'en dirai pas plus.

Q. Au bord de la route ? Sous les buissons ?

R. Je n'en dirai pas plus.

Q. Qu'est-il arrivé cette nuit-là, à Wincanton ?

R. Monseigneur ne me fit pas appeler, excepté aussitôt après notre arrivée, et c'était seulement afin que je porte un message à Jones, car Monseigneur voulait lui parler sans attendre.

Q. Savez-vous pourquoi ?

R. Non. J'ai simplement transmis le message.

Q. Jones ne vous a rien dit ?

R. Non.

Q. Et Monseigneur, ce soir-là, ne vous a pas de nouveau demandée ?

R. Non.

Q. Dick est venu vous trouver en privé ?

R. Oui.

Q. Et vous avez couché avec lui ?

R. Je l'ai accepté comme précédemment, mais plus comme une catin.

Q. Par pitié, diriez-vous ?

R. Oui.

Q. N'a-t-il pas ranimé vos désirs ?

R. Ce n'est pas ton affaire.

Q. Donc c'est oui, n'est-ce pas ? *(Non respondet.)* Est-il resté longtemps dans votre chambre ?

R. Comme d'habitude. Lorsque je me suis réveillée, il était parti.

Q. Le lendemain, vous alliez à Taunton. Monseigneur vous a-t-il ce jour-là parlé davantage ?

R. Il s'est adressé à moi juste une fois, alors qu'il chevauchait à côté de nous, il m'a demandé comment je me portais et si je ne ressentais pas quelques courbatures ; et lorsque j'ai répondu oui, parce que je n'avais pas l'habitude d'aller à cheval, il a dit, Notre voyage est presque terminé, vous pourrez bientôt vous reposer.

Q. Ses façons étaient polies ?

R. Oui. Plutôt comme au début.

Q. Ne lui avez-vous point alors demandé ce qui s'était passé au temple païen ?

R. Non.

Q. Le moment n'était-il pas opportun ?

R. Je savais qu'il en parlerait quand il le voudrait. Et se tairait si telle était sa volonté. Et désormais je pensais que j'étais sous sa protection, plus précieuse pour lui qu'il ne l'avait laissé entendre auparavant par sa cruauté ou ce qui semblait de l'indifférence. Quoique j'ignorais encore pourquoi.

Q. Ce jour-là, en chemin, avez-vous de nouveau satisfait la convoitise de Dick ?

R. Non.

Q. Ne fit-il pas de tentatives ?

R. J'ai refusé.

Q. N'était-il pas en colère ? Ne vous a-t-il pas forcée ?

R. Non.

Q. Il dut attendre jusqu'au soir ?

R. Il n'a rien eu non plus le soir. A Taunton, nous n'avons pas trouvé d'auberge qui fût selon le désir de Monseigneur, mais seulement un piètre logement loin du centre de la ville. Là j'ai dû dormir avec d'autres servantes et Monseigneur et Mr Brown ont partagé une petite chambre tandis que Jones et Dick se contentaient du foin dans la soupente. Même si je l'avais souhaité, je n'aurais pu rester un moment avec Monseigneur ou avec Dick. Rien n'arriva. A part les attaques des puces et des poux.

Q. Bien. Le jour suivant ?

R. Nous avons chevauché tout le jour, et avons couvert, je crois, une distance plus grande que la veille. Et une fois passé Bampton, nous avons abandonné la grand-route pour des chemins et des sentiers herbeux où nous ne rencontrions personne.

Q. N'avez-vous point dit que déjà vous projetiez de ne pas retourner chez Claiborne, et d'aller rejoindre à Bristol vos parents et vos sœurs ?

R. Oui.

Q. Alors pourquoi choisir de venir si loin ? N'est-ce pas beaucoup plus à l'ouest de l'endroit d'où vous pouviez fuir aisément pour gagner Bristol ?

R. Oui, en effet. Mais pour fuir, je manquais de courage et ne voyais pas comment m'y prendre. Dans mon cœur, j'étais encore une prostituée — que Jésus-Christ me pardonne. La vie au bordel, ça vous endurcit dans le péché et vous ramollit pour tout le reste. Nous avons nos servantes et il est pourvu à nos besoins, comme chez les grandes dames. Nous nous laissons gouverner par nos humeurs, nous ne pensons qu'au présent. Nous ne posons pas nos pieds sur le roc, nous n'avons pas de foi qui nous aide à échapper à notre avenir. Je voulais toujours aller à Bristol, comme je te l'ai dit, et changer de vie, mais ne me tracassais point d'y aller par ce détour, puisque cela m'éloignait encore de Londres ; donc je m'en remettais à la fantaisie de Monseigneur. Tu peux railler, je ne me défendrai pas. Quand nous sommes partis de Taunton, ce devait être le dernier jour. A partir de ce jour-là, tu n'as plus de raisons de railler, ou si tu le fais tu te railleras toi-même.

Q. Cela suffit sur ce sujet.

R. En vérité, je dois continuer. Ou bien tu ne pourrais comprendre le cheminement de mon âme, non plus de celle de Monseigneur. Pardonne-moi, en une seule matière je ne te dis pas l'entière vérité. Il est vrai que j'ai commencé parce que j'y étais forcée, et continué par pitié pour Dick. J'en viens maintenant à savoir qu'il me plaisait davantage que je ne le croyais, oui, plus que tout autre homme que j'avais connu, depuis le premier, lorsque j'étais toute jeune et en rébellion contre ce que mes parents m'avaient enseigné. Dick ne connaissait rien à l'art coupable de l'amour, rien du tout ; et pourtant il savait me plaire davantage que ceux qui s'y montraient habiles. Car c'était lui qui m'aimait le plus, de tout son cœur étrange, même s'il ne pouvait le dire en mots. Et depuis j'ai pensé qu'en cette absence de mots il me disait beaucoup plus que ne l'auraient fait les mots. Et pas en accomplissant l'œuvre de chair qui n'est que copulation bestiale mais à d'autres moments. Quand, durant le voyage, je dormais contre sa poitrine, quand nos regards se rencontraient ... je ne sais, mais chaque fois j'entendais ce qu'il souhaitait dire bien mieux que s'il avait parlé à haute voix. Il vint me retrouver dans mon lit, cette dernière nuit, et fit ce qu'il voulait de moi ; puis il resta dans mes bras et pleura, et j'ai pleuré moi aussi parce que je connaissais la raison de ses larmes. C'est que nous étions comme des prisonniers dans deux cellules, pouvant nous voir et mêler nos doigts mais rien de plus. Et tu appelleras ça comme tu veux, moi je te dis que ces pleurs me furent très étranges et très doux. Car je vis qu'ils me libéraient de ma condition de pute, de l'âpreté de mon cœur, tout ce qui m'encombrait depuis cette première fois où j'avais perdu mon innocence. C'était comme si j'avais vécu des années dans les ténèbres, dure comme pierre ; et je redevenais de chair, même si je n'étais pas encore chrétienne et sauvée. Que tu me croies ou non, maître, je ne dis que la vérité.

Q. Vous aimiez ce Dick ?

R. J'aurais pu l'aimer s'il avait dépouillé le vieil homme.

Q. Qu'entendiez-vous donc lorsqu'il vous tenait son discours silencieux ?

R. Qu'il était un malheureux aussi désespéré que je l'étais moi-même, quoique pour une raison différente ; et qu'il le savait et m'aimait aussi parce que je ne le repoussais pas, ne me moquais pas de lui.

Q. Bien. Maintenant, écoutez. Au cours de ce dernier jour de voyage, ne vous êtes-vous pas écartés de la route un moment, avec Monseigneur ?

R. Oui, pour monter au sommet d'une colline d'où la vue s'étendait sur plusieurs miles.

Q. Dick n'a-t-il pas tendu la main dans une certaine direction ? Pour indiquer un endroit précis ?

R. J'ai supposé que c'était pour faire croire qu'il connaissait bien la région.

Q. Monseigneur a-t-il demandé à Dick de lui désigner un lieu particulier ? Ont-ils préalablement échangé quelque signe ?

R. Non.

Q. Ce que Dick montrait dans le lointain, n'était-ce pas cette grotte que vous avez atteinte le lendemain ?

R. Je ne saurais le dire.

Q. C'était dans la même direction, n'est-ce pas ?

R. Vers l'ouest. Je ne peux en dire plus. Mais il est possible que vous ayez raison.

Q. Et c'était à quelle distance de l'endroit où vous deviez vous arrêter pour la nuit ?

R. A moins de deux heures de cheval.

Q. Il ne s'est rien passé d'autre durant le reste de la chevauchée ?

R. Monseigneur conçut de l'humeur d'un petit bouquet de violettes que je plaçai sous mon nez, retenues dans une bande de tissu, afin de jouir de leur doux parfum. Il prit ça pour une impertinence. Je ne sais pourquoi. Sur le moment il ne s'expliqua pas.

Q. Cela vous parut déraisonnable ? Vous ne lui aviez donné aucune autre cause de mécontentement que la cueillette d'un petit bouquet de violettes ?

R. Non, j'en suis sûre.

Q. Et plus tard, que dit-il ?

R. Il me fit appeler après souper. Par Dick. Aussi pensai-je que c'était pour la séance habituelle. Mais Dick fut immédiatement renvoyé, et Monseigneur exigea que je me mette nue devant lui, et je fus bien obligée d'obéir, m'attendant à ce qu'il essaie enfin sur moi sa vaillance. Mais ce n'était pas ce qu'il voulait, il me fit asseoir près de lui, sur un banc, telle une pénitente, et m'appela impertinente, comme je vous l'ai dit, à cause des violettes ; et aussi putain, et je ne sais quoi encore, plus cruel qu'il avait jamais été, comme à demi fou, me forçant à m'agenouiller et à jurer sous la foi du serment que tout ce qu'il savait sur mon compte était vrai. Puis tout soudain il changea et prétendit que sa cruauté n'était qu'une façon de me mettre à l'épreuve, qu'il était, au contraire, fort satisfait de moi. Et il me parla de ceux qu'il appelait les gardiens des eaux, que nous rencontrerions le lendemain, disant maintenant qu'il m'avait amenée là pour que je les satisfasse, que je devais le faire et qu'il m'en récompenserait. Il me demanda d'abandonner mes airs de la grande ville — ses propres termes — et d'apparaître non point comme sortant d'un bordel mais aussi simple que je le pouvais, et modeste.

Q. Ces eaux — vous supposez qu'il s'agissait des eaux qu'il avait évoquées à Londres ?

R. Oui.

Q. En dit-il plus long sur les gardiens ?

R. Qu'ils étaient étrangers, ne parlaient pas anglais ni quelque autre langage d'Europe ; et n'avaient jamais eu commerce avec les femmes de mauvaise vie. Que je devais être en tout une jeune fille innocente, qui ne connaît point le péché. Et humble, pas le moins du monde entreprenante.

Q. Il ne fut pas plus précis ? Ne nomma-t-il pas quelque endroit particulier, quelque région d'où venaient ces gens ?

R. Non.

Q. Ne fit-il jamais allusion aux circonstances dans lesquelles il avait entendu parler d'eux ?

R. Non. Il assura simplement qu'il voulait les rencontrer.

Q. Il ne les avait donc jamais vus ? Etait-ce ce qu'il voulait dire ?

R. Oui. Quoique ce ne fut dit que d'une façon détournée, il ne les avait jamais vus.

Q. N'avez-vous pas trouvé étrange que Monseigneur ait alors projeté de vous donner à d'autres comme l'aurait fait un entremetteur ?

R. Oui, un peu.

Q. Seulement un peu ?

R. J'avais appris qu'il s'exprimait le plus souvent par énigmes.

Q. Ne vous sentiez-vous pas de nouveau inquiète, même après avoir compris que ce qui s'était passé au temple de Wiltshire n'était pas mauvais en intention ?

R. Derrière les noires humeurs de Monseigneur, je ne voyais toujours pas ce qu'il tentait de faire et c'était mon ignorance qui m'inquiétait.

Q. Ceci encore, Pensiez-vous que Monseigneur s'était aperçu de l'intrigue galante entre vous et son valet ? Ou bien agissiez-vous derrière son dos ?

R. Il savait, car il m'a reproché de prendre un trop grand plaisir dans les étreintes de Dick ; comme un maître pourrait dire, je vous ai achetée pour mon divertissement et vous prenez le vôtre dans d'autres bras, et que cela il l'avait compris en voyant mon bouquet de violettes.

Q. Il savait que vous couchiez avec Dick en secret, en dehors des occasions où il vous en donnait l'ordre ?

R. Ce pour quoi j'avais été engagée, nous ne le fîmes que deux fois, pas plus ; c'était comme si Monseigneur avait perdu tout espoir d'en obtenir quelque résultat et m'abandonnait à son valet ; toutefois le plaisir que j'y prenais provoquait sa colère.

Q. Diriez-vous qu'il vit que votre accouplement n'atteignait pas le but fixé et qu'il s'en désintéressait ?

R. Monseigneur avait un autre but. Beaucoup plus important.

Q. Et cela me sera expliqué.

R. En temps voulu.

Q. Bientôt j'espère. Cependant, ne semble-t-il pas singulier que Monseigneur insistât pour que vous serviez ces mystérieux étrangers sans toutefois vous ordonner de vous débarrasser de Dick au préalable ?

R. C'est pourtant ce qu'il fit.

Q. C'est-à-dire, d'après vous, que si tel était le désir de ces gens, il souhaitait que vous soyez leur putain, pas moins ? En dépit de votre apparente innocence ?

R. C'est ce que j'ai compris.

Q. Et c'était un ordre ? Vous deviez le faire ? Ou bien vous restiez libre de votre choix ?

R. Je devais obéir à ses vœux.

Q. Monseigneur ne vous a rien dit d'autre ?

R. Non.

Q. Vous hésitez ?

R. Je cherche dans ma mémoire.

Q. Et vous avez encore dit non.

R. J'ai dit non.

Q. Madame, voilà ce que je n'aime pas dans vos réponses. C'est cette façon de me parler par énigmes. Il n'y a pas matière à plaisanter, je vous en avertis.

R. Si je parle par énigmes, c'est qu'on m'a parlé ainsi. Je t'embrouille parce que moi aussi on m'a tout embrouillée.

Q. Monseigneur vous a renvoyée ?

R. Oui.

Q. Vous ne l'avez plus revu jusqu'au matin suivant ?

R. Non.

Q. Vous avez regagné votre chambre et Dick est venu.

R. Quand il est venu, je dormais.

Q. Et n'aviez-vous point pensé, Demain je dois coucher avec un autre homme ?

R. Je ne savais pas alors ce que serait le lendemain, Jésus en soit loué.

Q. Demain est proche. Il n'est plus temps de remettre.

R. Je le sais.

Q. Rien ne vous a laissé penser que Jones s'enfuirait cette nuit-là ?

R. Non, rien.

Q. Il ne vous en avait point parlé ?

R. Nous parlions peu.

Q. Pourquoi ?

R. Parce qu'au départ il m'avait posé des questions insidieuses, et faisait celui qui en savait davantage sur ma vie passée qu'on ne lui en avait dit, et laissait entendre que je lui devais une faveur pour prix de son silence.

Q. Il ne mentait pas dans ses affirmations ?

R. Non. Mais il se moquait de Dick parce qu'il était sourd et muet. Je n'aimais pas cela. Jusqu'à la fin il n'a jamais parlé franchement.

Q. Saviez-vous que Mr Brown vous quitterait lui aussi ce dernier jour, si tôt après le départ ?

R. Non.

Q. Ne fûtes-vous pas surprise ?

R. Non. Cela me sembla naturel. Sa tâche était accomplie.

Q. Très bien. Mr Brown s'éloigne sur sa monture. Vous voilà engagés sur la route de Bideford. Et ensuite ?

R. Nous sommes très vite entrés dans les bois, un lieu des plus sauvages, et nous avons continué jusqu'à un ruisseau coupant la route et qu'il nous fallut traverser. Là Monseigneur qui allait devant se retourna vers Dick et le regarda en croisant devant lui ses deux index. A quoi Dick répondit en faisant signe qu'il fallait aller plus avant ; toutefois il n'indiquait pas la route que nous avions empruntée jusque-là qui faisait un brusque virage à l'endroit où coulait le ruisseau mais, devant nous, la colline d'où l'eau descendait.

Q. Qu'en avez-vous conclu ?

R. Que Dick devait connaître l'endroit et pas Monseigneur ; ou du moins que Monseigneur n'était pas très sûr de lui.

Q. Y eut-il d'autres signes échangés ?

R. Monseigneur écarta les mains comme lorsqu'on représente la mesure de quelque chose. Et Dick leva deux doigts. Ce que je ne compris pas alors, mais à présent je pense que cela signifiait que c'était à deux miles de là. Point d'autres signes. Pourtant ils ne bougeaient pas, mais se regardaient fixement comme s'ils avaient voulu se fasciner l'un l'autre. Jusqu'à ce que soudain Monseigneur fît faire demi-tour à son cheval et s'éloignât entre les arbres, montant la colline comme Dick l'y avait engagé.

Q. S'adressa-t-il à vous ?

R. Non, il n'eut pour moi le moindre mot, ni le moindre regard. C'était comme si je n'étais pas là.

Q. Les aviez-vous déjà vus avant se regarder de cette façon ?

R. Oui. Une fois ou deux, mais pas si longtemps.

Q. Pas comme un maître et son valet ?

R. Plutôt comme deux enfants se fixeraient des yeux à qui les baisserait le premier.

Q. Alors, avec quelque chose comme de l'hostilité ?

R. Pas ça non plus. Ce n'était pas un regard ordinaire. On aurait cru qu'ils se parlaient sans que leurs bouches remuent.

Q. Bien. Vous avez emprunté la vallée au-dessus. Jones me l'a dit, me l'a décrite. Venons-en à votre premier arrêt.

R. Nous devons bientôt descendre de cheval, les bêtes risquant de tomber. Donc voilà Dick qui conduit notre monture et la bête de somme, et moi marchant derrière, et puis Monseigneur menant son cheval. Tout cela en silence, hormis le bruit des sabots sur les pierres. Et nous longeons le ruisseau. Sur un mile ou un peu plus, je ne sais. Alors Dick s'arrête tout d'un coup et attache les deux chevaux à une branche d'arbre, puis prend celui de Monseigneur et l'attache à une autre branche. Ensuite il se met à dénouer la corde qui fixait sur le bât le coffre de Monseigneur.

Q. Dick ne s'était pas arrêté sur l'ordre de son maître ?

R. Non. De sa propre volonté. Comme s'il savait mieux que personne où nous allions.

Q. Continue.

R. Monseigneur s'approcha de moi et me dit que ma robe ne convenait pas pour la rencontre que nous allions faire. Il en avait apporté une autre et c'était le moment de la revêtir car nous étions tout proches. Je demandai s'il n'y avait pas un meilleur chemin. Et il répondit non, il n'y avait que celui-ci. Puis il m'assura que je ne devais point avoir peur, rien ne m'arriverait de fâcheux si je faisais ce qu'on me disait. Le coffre était maintenant à terre et ouvert. Ce fut Monseigneur lui-même qui me donna les vêtements étendus sur le dessus.

Q. Ces vêtements, qu'étaient-ce ?

R. Une camisole et un jupon, et puis une jolie robe blanche de toile de Hollande, avec des tuyautés de batiste sur les manches ornées aussi de deux nœuds de ruban rose. Des beaux bas de dentelle de Nottingham, également blancs. Des chaussures blanches. Tout était blanc et neuf, ou fraîchement blanchi.

Q. Comme une robe de mai, diriez-vous ?

R. Celle que porterait une jeune paysanne. En basin. Quoique plus savamment travaillée et d'une toile plus fine comme pour une dame.

Q. Et taillée à vos mesures ?

R. Elle m'allait assez bien.

Q. On ne vous avait rien dit à ce sujet ?

R. Non, rien.

Q. Ensuite ?

R. Monseigneur m'ordonna de me baigner avant de mettre mes nouveaux habits.

Q. Vous baigner !

R. Il dit que mon corps devait être pur, sans plus aucune trace de ma vie passée. Et il me désigna un endroit un peu en retrait, où le lit du ruisseau se creusait et formait une mare pas très profonde, car ailleurs il n'y avait qu'un mince filet d'eau qui coulait sur les pierres.

Q. Et qu'avez-vous pensé ?

R. Que l'eau était trop froide. A quoi il répondit que je devais obéir, ce ruisseau serait mon Jourdain.

Q. Il a dit ces mots ? Ce ruisseau sera ton Jourdain ?

R. Oui.

Q. Etait-ce là une plaisanterie ?

R. Tu comprendras de quelle humeur cela fut dit. Sur le moment, cela pouvait passer pour une plaisanterie mais pour moi ce ne l'était guère.

Q. Tu t'es baignée ?

R. Du mieux que j'ai pu. Car l'eau me venait seulement aux genoux. Il m'a fallu m'accroupir et elle était glacée.

Q. Tu étais nue ?

R. J'étais nue.

Q. Monseigneur t'observait-il ?

R. Je vis qu'il me tournait le dos. Et après c'est moi qui lui ai tourné le dos.

Q. Ensuite ?

R. Je me suis séchée sur la rive ; j'ai revêtu les nouveaux habits et je me réchauffais au soleil quand Monseigneur vint de nouveau vers moi jusque là où j'étais assise, me donna un couteau que Dick portait toujours, et me déclara, C'est le Premier mai, et ici il y a suffisamment d'aubépines. Tu seras reine, Fanny, mais il faut te couronner toi-même.

Q. Il parlait avec bonne humeur ?

R. Plutôt, m'a-t-il semblé. Mais il avait l'esprit ailleurs. Car il s'éloigna de quelques pas et regarda dans la direction où Dick était parti.

Q. Quand était-il parti ? Avant que vous preniez votre bain ?

R. Dès que le coffre a été ouvert et les chevaux mieux attachés. Traversant le ruisseau et grimpant la colline abrupte, et très vite hors de notre vue.

Q. Les chevaux n'étaient plus attachés de la même façon qu'à votre arrivée ?

R. Non. Car tandis que j'allais à l'écart pour me baigner je vis Dick les détacher pour leur ôter selle et harnais, puis les attacher à nouveau, de beaucoup moins court, à des troncs d'arbres, en s'arrangeant pour qu'ils puissent boire au ruisseau et manger ce qu'il y avait d'herbe.

Q. Comme s'ils devaient rester là longtemps ?

R. Oui.

Q. Et vous n'avez pas vu Jones lorsqu'il vous a rattrapés et vous observait ?

R. Je ne pensais point à lui, ni à personne, rien qu'à moi. Je me fabriquai comme je pus une couronne, puis Dick revint et fit signe à Monseigneur qui attendait.

Q. Un signe comme ça, n'est-ce pas ?

R. Non, pas ça.

Q. Jones dit que c'était comme ça.

R. Non. Et je doute que Jones ait pu voir aussi clairement, de sa cachette.

Q. Alors, comment ?

R. Les deux mains serrées devant sa poitrine. Un signe que j'avais vu déjà et je savais qu'il voulait à peu près dire, C'est fait ; ou, J'ai fait ce qui était ordonné. Donc, dans ces circonstances, cela pouvait signifier, Ceux que nous devons rencontrer nous attendent là-haut. Car Monseigneur vint immédiatement vers moi et me dit que nous partions. Ce que nous fîmes. Mais Dick dut me porter un moment dans ses bras tant le sol était rocailleux et la pente abrupte.

Q. Lorsqu'il était revenu de là-haut, Dick avait-il paru tout enfiévré ? ou de joyeuse humeur ?

R. Ni l'un ni l'autre.

Q. Bien. Assez pour le moment. Nous ne monterons pas encore avec toi à la grotte. Mon clerc va te conduire dans une pièce isolée où tu dîneras. Tu ne parleras point à ton époux ni à personne, est-ce clair ?

R. Qu'il en soit ainsi. Je serai avec l'époux de mon âme, qui est le Christ.

LE CLERC, un homme grand, légèrement voûté, ouvrit la porte, fit sortir sa prisonnière et la suivit. Puis c'est elle qui dut le suivre dans le corridor jusqu'à une autre porte. C'est seulement lorsqu'elle fut dans la pièce et se tourna vers lui qu'il parla.

« Bière, madame ? ou encore de l'eau ?

— De l'eau.

— Vous ne devez pas quitter la pièce. »

Elle acquiesça d'un signe de tête. Il la contempla un instant, comme se demandant s'il pouvait lui faire confiance, puis se retira, en refermant la porte. La pièce était une petite chambre à coucher, avec une seule fenêtre devant laquelle étaient disposées une table et deux chaises. Mais ce fut vers le lit qu'elle se dirigea ; elle se baissa, souleva le pan de la couverture et inspecta le dessous du lit, trouva ce qu'elle cherchait, l'amena vers elle, et retroussant vivement ses jupes s'accroupit.

Elle n'avait rien à ôter, ni dénouer ni abaisser pour la très simple raison qu'aucune Anglaise, de quelque classe sociale que ce fût, n'avait, à cette date, jamais rien porté sous ses jupons et ne porterait toujours rien pendant encore une bonne soixantaine d'années. Cette curieuse particularité du sous-vêtement féminin ou plutôt de l'absence de sous-vêtement pourrait faire le sujet d'un essai. Les Françaises et les Italiennes ont depuis longtemps remédié à cette carence ; les Anglais aussi ; mais pas les Anglaises. Toutes ces dames des classes supérieures, si gracieusement élégantes et imposantes dans leurs robes de cour à la mode, et dont les peintres du dix-huitième siècle nous ont laissé tant d'images aimables, sont — pour le dire brutalement — sans culottes. Et qui plus est, une fois la brèche enfin ouverte (disons plutôt couverte !), quand les premières culottes, et bientôt les pantalettes, apparaissent au début du dix-neuvième siècle, on commence par les considérer comme affreusement immodestes, et provocantes à l'égard des hommes ; c'est pourquoi sans aucun doute elles furent si vite de rigueur.

Rébecca se releva, soulagée, glissa sous le lit le pot de chambre de faïence et arrangea la couverture. Puis elle se dirigea lentement vers la fenêtre et regarda à travers la vitre qui donnait sur une grande arrière-cour.

Au fond, le long du mur, un carrosse privé était à l'arrêt, les quatre chevaux encore sous le harnais, comme s'ils venaient juste d'arriver. Le blason peint sur la portière représentait un dragon ailé et un léopard ; mais à cette distance on ne pouvait lire la devise ni distinguer rien de plus que deux quartiers en figure de losange coloré de pourpre. On ne voyait ni les maîtres ni le cocher ; rien qu'un valet d'écurie, sans doute chargé de surveiller les chevaux. Ici et là des poules et un coq de combat grattant entre les pavés, des moineaux, une couple de tourterelles blanches auxquelles le garçon négligemment appuyé contre la voiture offrait une poignée de graines. De temps à autre il se mettait dans la bouche un grain plus gros et le mâchonnait. Soudain Rébecca courba la tête et ferma les yeux, comme si elle ne pouvait supporter de contempler cette scène innocente. Ses lèvres bougeaient, quoique aucun son n'en sortît, et il devint évident qu'elle parlait à ce mari auquel elle s'était donné le droit de s'adresser.

Ses lèvres cessèrent leur frémissement. Il y eut des bruits de pas sur le plancher du couloir. Rébecca rouvrit les yeux et s'assit vivement sur l'une des chaises, dos à la porte qui s'ouvrit. Le clerc se tenait sur le seuil, observant la prisonnière. Elle ne se retourna pas. Quelques instants plus tard, comme si elle se rendait compte tardivement que personne n'apparaissait, que le bruit de la porte qui s'ouvrait n'avait été suivi par aucun autre bruit, elle jeta un coup d'œil par-dessus son épaule. Elle ne vit pas le clerc sardonique qui l'avait conduite ici mais un autre homme, âgé, de taille moyenne et plutôt corpulent, un gentleman en gris. Il restait là, ni dehors ni dedans, mais comme figé sur le seuil, et la regardait. Elle se leva, ce fut son seul acte de déférence. L'homme portait un simple chapeau noir, et serrait dans sa main droite un étrange objet, une houlette de berger, dont l'extrémité reposait sur le sol. Pourtant ce n'était pas un berger ; l'extrémité d'une houlette de berger est de bois ou de corne, celle-ci était d'argent poli, une crosse indiquant une fonction, assez semblable à la crosse d'un évêque.

Ce regard qu'il fixait sur elle n'était pas non plus ordinaire ; c'était le regard d'un homme qui jauge la valeur d'un animal, jument ou vache, comme s'il allait d'un instant à l'autre en proposer un prix. Il y avait dans ce regard quelque chose d'impérieux et impérial à la fois, indifférent à l'humanité ordinaire, ignorant l'humanité ordinaire, au-dessus de cette humanité ; au-dessus même de toute loi ; et quelque chose aussi d'inhabituel, qui n'aurait pas dû s'y trouver. Soudain, il parla ; il ne s'adressait pas à Rébecca, mais ne la quittait pas des yeux.

« Faites-la avancer. Qu'elle soit en pleine lumière. »

Le clerc apparut dans l'encadrement de la porte et, se plaçant en arrière de l'homme sur le seuil, fit à Rébecca, de son index recourbé, un signe impératif. Elle avança. La crosse au bout d'argent levée brusquement lui signifia de se tenir à distance et la jeune femme s'immobilisa à environ six pieds. Le visage de l'homme était lourd, sans aucun humour et sans générosité ; ni même, et c'était beaucoup plus étrange, sans curiosité aucune. Derrière son air dubitatif et morose on pressentait de la mélancolie. Cette impression fugace était tout de suite contrariée par l'aura que donnait au personnage la conscience d'un droit absolu, aussi bien dans le sens ordinaire du terme que dans l'ancien sens monarchique ; d'où une impassibilité de toute évidence habituelle, et sans doute frustrante à la longue. Maintenant que la jeune femme était plus près, il ne l'observait plus comme il l'aurait fait d'un animal ; mais il regardait ses yeux, comme s'il s'efforçait d'y lire quelque signification presque métaphysique. Rébecca lui faisait face et lui rendait son regard, les mains croisées sur le ventre ; ni respectueuse ni insolente ; en attente, égale, tranquille.

Lentement la main de l'homme glissa le long de la crosse puis l'abaissa et la tendit en avant, et le geste n'était pas menaçant mais plutôt précautionneux, jusqu'à ce que le bout recourbé touche le côté du bonnet blanc. Faisant alors pivoter la crosse l'homme opéra une légère traction pour obliger Rébecca à se rapprocher de lui. Ce fut fait avec tant de prudence, en d'autres circonstances on aurait pu dire si timidement, qu'elle ne tressaillit pas lorsque l'extrémité d'argent la toucha et commença à l'attirer en avant. Elle obéit tant qu'elle sentit la pression sur son cou ; les deux visages n'étaient plus guère qu'à vingt pouces l'un de l'autre. Toutefois ils ne semblaient pas s'être vraiment rapprochés, non seulement parce qu'ils restaient séparés par l'âge et le sexe, mais parce qu'ils appartenaient à deux espèces à jamais l'une à l'autre étrangères.

Et maintenant, aussi abruptement qu'il est venu, l'homme met fin à cette muette entrevue. La crosse est libérée d'un geste brusque, de nouveau fermement appuyée sur le sol. L'homme s'en va, l'air désappointé. Rébecca a le temps de remarquer qu'il marche en boitant lourdement : la crosse n'est plus un simple ornement un peu extravagant, c'est une nécessité. Elle a aussi juste le temps de voir le clerc reculer en s'inclinant très bas, puis Mr Ayscough s'incliner à son tour — un peu moins bas — devant son maître, avant de lui emboîter le pas. Le clerc se tient un moment sur le seuil, une légère interrogation dans le regard. Sa paupière droite soudain frémit, comme pour un furtif clin d'œil. Il disparaît ; il est bientôt de retour portant un plateau de bois bien garni. Il y a un poulet froid, un grand verre et une carafe d'eau, une chope de cuir noircie par l'âge, une coupe de pickles verts, des pousses de sureau, des cornichons, une salière, deux pommes et une miche de pain. Le clerc pose tout cela sur la table et sort de sa poche un couteau et deux fourchettes à deux dents. Maintenant il ôte son manteau et le jette sur le lit. Rébecca n'a pas bougé et fixe le sol du regard. Le clerc s'assoit en manches de chemise et, le couteau à la main, se saisit allégrement du poulet.

« Femme, il faut manger. »

Rébecca vient s'asseoir en face de lui, près de la fenêtre ; lorsqu'il lui tend le blanc de volaille qu'il a détaché, elle secoue la tête.

« Je voudrais faire porter cela à mon mari et à mon père qui sont dehors.

— Non. Si tu ne veux pas te nourrir toi-même, nourris au moins ton bâtard. Allons. » A présent il coupe une tranche de pain et met dessus le morceau de poulet ; et il dispose le tout devant elle. « Mange. Jusqu'à tes couches, tu ne risques pas le gibet. » Et de nouveau sa paupière frémit, comme si c'était là un tic incontrôlable. « Ton époux et ton père ne dînent pas aussi bien. Mais s'ils le voulaient ils pourraient se remplir l'estomac. Je leur ai fait envoyer du pain et du fromage. Et qu'ont-ils dit ? Ils ont dit qu'ils ne toucheraient pas à la nourriture du diable. Le pain et le fromage sont à leurs pieds, dans la rue. La charité serait donc un péché ?

— Non, ce n'est point un péché. Je te remercie.

— Et moi je te remercie aussi. De m'absoudre. »

Elle courbe la tête quelques secondes, comme tout à l'heure, lorsqu'elle a prié seule ; ayant rendu grâces, elle se met à manger. Et il fait de même : une cuisse de volaille au bout de la fourchette chargée de pickles, et une grosse tranche de pain. Aucune délicatesse, il bâfre. Une façon de se montrer réaliste. Dans la vie on risque toujours de jeûner, on ne peut traiter à la légère une telle abondance de biens. Elle verse de l'eau dans le verre, pique de la fourchette un cornichon, un autre, et puis un troisième. Elle refuse le second morceau de blanc de poulet qui lui est offert en silence, mais elle prend la pomme. Elle le regarde qui lui fait face, et quand il paraît avoir fini, qu'il ne reste du poulet que la carcasse, quand toute la bière est bue, elle parle.

« Quel est ton nom ?

— Madame, un nom royal. John Tudor.

— Et où as-tu appris à écrire aussi vite ?

— L'écriture abrégée ? A force d'habitude. Ça devient vite un jeu d'enfant. Et quand ensuite je recopie en écrivant toutes les lettres, si je ne peux pas me relire eh bien, j'invente. Comme ça, et sans que ça paraisse, je peux faire pendre un homme ou le grâcier. » Une fois encore elle voit que la paupière droite est agitée d'un tic.

« Je sais lire. Je ne sais pas écrire, à part mon nom.

— Alors ça te dispense d'écrire.

— Je voudrais tout de même apprendre. » Il ne répond pas, mais la glace est rompue et elle continue. « Es-tu marié ?

— Oui. Mais libéré.

— Comment ça ?

— J'en ai épousé une pire que toi, pour le bagout. Qui n'ouvrait jamais la bouche que pour la dispute ou la controverse. Une vraie mégère. Elle valait un comédien de métier. Quand je lui ordonnais d'arrêter ses injures, la voilà qui repartait de plus belle. Jusqu'au jour où je l'ai battue selon ses mérites ; elle ne l'a pas supporté ; elle m'a quitté. C'était me faire là un grand bien.

— Où est-elle allée ?

— Je n'en sais rien et je m'en moque. Là où vont toujours les femmes, au diable ou chez un autre homme. Elle n'était pas aussi jolie que toi. J'étais bien débarrassé. » Sa paupière frémit de nouveau. « Toi, je t'aurais peut-être cherchée.

— Elle n'est jamais revenue ?

— Non. » Il hausse les épaules, comme s'il regrettait d'avoir parlé. « Depuis, de l'eau a passé au moulin. Ça fait seize ans.

— Et as-tu toujours travaillé pour le même maître ?

— Plus ou moins.

— Alors tu connaissais Dick ?

— Personne ne le connaissait, madame. On ne pouvait pas le connaître. Mais lui t'a connue, à ce qu'il semble. Ça n'en est que plus singulier. »

Elle baisse les yeux. « C'était un homme.

— Vraiment ? » Elle le regarde, hésitante, consciente que le ton est celui du sarcasme, mais manifestement ne comprenant pas pourquoi. Il se tourne un moment vers la fenêtre, puis de nouveau la regarde. « Tu n'as jamais entendu parler de ceux-là, quand tu étais ce que tu étais ?

— Ceux-là ?

— Allons, madame. Vous n'avez pas toujours été une sainte. Vous avez dit aujourd'hui, et ça semble plausible, que vous connaissiez vos hommes. Alors, jamais la moindre impression ?

— Je ne saisis point.

— Ce qui est contraire à la nature, et donc un grand crime. Quand le valet peut devenir maître et le maître valet. »

Un long moment, elle observe le clerc, qui d'un petit signe de tête confirme qu'elle est sur la voie, et encore une fois elle remarque le minuscule spasme de la paupière.

« Non.

— Vous n'en avez vu aucun signe ?

— Non.

— Pas même pensé qu'il puisse en être ainsi ?

— Pas même.

— Bien. Que Dieu sauve votre innocence. Et n'en parlez point à moins qu'on ne vous le demande. Et jamais en dehors de ces murs, madame, si vous tenez à la vie. »

D'en bas viennent le bruit de sabots sur les pavés, le lourd grincement des roues cerclées de fer, le cri du cocher. Le clerc se lève et regarde sa montre. Ce n'est que lorsque le carrosse s'est éloigné, et sans se tourner vers elle qu'il reprend, comme se parlant à lui-même. « Il peut tout entendre sauf ça. »

Puis il va chercher son manteau qu'il avait posé sur le lit et l'enfile.

« Je vous laisse à présent, madame. Faites vos besoins, je reviendrai bientôt pour vous conduire à Mr Ayscough. » Elle courbe la tête en un petit signe d'acquiescement. « Dites la vérité. Sans crainte. C'est juste sa manière.

— J'ai dit la vérité et la dirai encore. Rien d'autre.

— Il y a deux vérités, madame. L'une est la vérité pour la la personne qui parle, l'autre est la vérité incontestable. Nous reconnaîtrons que vous nous donnez votre vérité, mais c'est l'autre qu'il nous faut.

— Je dois dire ce que je crois. »

Il marche vers la porte, mais là il s'arrête et se tourne vers elle. « Toi, je t'aurais cherchée. »

Un dernier frémissement de la paupière ; il est parti.

Suite de la Déposition de Rébecca Lee
die et anno praedicto

Q. MADAME, reprenons. Vous parlez, je vous le rappelle, sous la foi du serment. D'abord je vous demanderai ceci. Savez-vous en quoi consiste le vice de Sodome ?

R. Oui.

Q. Avez-vous jamais observé, à un moment ou un autre depuis que vous avez rencontré Monseigneur pour la première fois, quelque signe qui vous aurait amenée à penser que lui et son valet en étaient les victimes ? Ou disons plutôt qu'ils se rendaient coupables de le pratiquer ?

R. Non. De cela je suis absolument certaine. Non.

Q. Lorsque Monseigneur vous parla pour la première fois de ses insuffisances, fit-il jamais allusion à ce vice comme une possible cause de son incapacité ?

R. Non.

Q. Et plus tard ?

R. Non.

Q. Avez-vous jamais pensé, Il peut dire — ou ne pas dire — ce qu'il veut, cela doit être la vraie raison ?

R. Ceux que je savais utiliser ces pratiques ont des manières différentes, et là-bas où j'étais pécheresse on les connaît bien. Il y a des noms pour eux, comme « petits-maîtres » ou « florentins ». Ils jouent plus à l'élégance que ne le font les hommes véritables. Des fats, des muscadins, avec du goût pour les choses malicieuses et honteuses. Par dépit de ce qu'ils sont, dit-on, et parce que se sachant damnés ils veulent tout entraîner dans leur damnation.

Q. Monseigneur n'était pas ainsi ?

R. Pas le moins du monde.

Q. Lorsque Dick se servit de vous sous ses yeux, il n'ordonna point que ce fût fait d'une façon contraire à la nature ?

R. Pas en paroles ni en rien d'autre. Il est resté silencieux comme les pierres.

Q. Ecoutez, madame Lee, je respecte votre jugement en ce domaine. Vous êtes certaine ?

R. Certaine qu'il ne montrait aucun des signes communs aux gens de cette sorte, ni ne fut jamais mentionné comme un des leurs. Chez Claiborne je n'ai jamais rien entendu de lui à ce sujet, quoique nous avions l'habitude de parler de ceux qui venaient là, et avec une vive et grossière liberté ; et de leurs défauts, et des scandales auxquels ils avaient été mêlés. Lord B., qui est la plus mauvaise langue de Londres, m'a interrogée en personne et aurait été trop heureux d'entendre dire du mal de son ami. Même lui ne fit aucune allusion à un tel vice. Il parla seulement de la froideur de Monseigneur, de son goût pour les livres et l'étude qui l'emportait sur l'attirance de la chair ; et il était curieux de savoir si j'avais réussi à l'échauffer.

Q. Qu'avez-vous répondu ?

R. Que la réputation faite à Monseigneur était fausse. Et ma réponse était fausse.

Q. Venons-en maintenant à la grotte.

R. Là encore je dirai la vérité, maître Ayscough.

Q. Moi je ne me gênerai point pour exprimer mes doutes.

R. La vérité qu'on met en doute n'en est pas moins la vérité.

Q. Donc pas moins vraie pour être mise en doute. Parle.

R. D'abord, comme nous montions vers le lieu où se trouvait la grotte, encore cachée à nos yeux derrière un repli de terrain, soudain nous apparut, au milieu du sentier, une dame vêtue d'argent.

Q. Comment cela, d'argent ?

R. Oui, vêtue très étrangement, tout en argent sans motifs ni dessins. Et plus étrange encore elle portait un pantalon étroit, comme en portent les marins, ou les gens du Nord sur leurs hauts-de-chausses, comme aussi j'en vis quelque jour sur un cavalier, à Londres, mais plus étroit encore, collant à la peau. Et par-dessus une blouse ajustée, taillée dans le même tissu qui brillait. Aux pieds elle avait ce qui ressemblait aux bottes des cavaliers, mais des bottes moins hautes, en cuir noir, sans rabat. Et elle se tenait là qui nous observait, comme si elle avait attendu notre venue.

Q. Avez-vous l'intention de prétendre qu'elle est sortie de rien, du vide ?

R. C'était comme si elle s'était tenue cachée là jusqu'à notre arrivée.

Q. Pourquoi dites-vous que c'était une dame ?

R. Elle n'était visiblement pas du commun.

Q. Avait-elle des serviteurs ? Un palefrenier ? Un domestique ?

R. Non. Elle était seule.

Q. Jeune ou vieille ?

R. Jeune et belle, avec des cheveux sombres, dénoués, et aussi noirs que l'aile d'un corbeau ; mais coupés bizarrement en ligne droite sur le front, pas la moindre boucle.

Q. Portait-elle un bonnet ? Ou un chapeau ?

R. Non. Et je dois te dire que ses manières étaient aussi étranges que son aspect car elle ne se tenait ni ne bougeait comme le ferait une lady mais plutôt comme un jeune gentleman. Je veux dire avec beaucoup d'aisance et de simplicité, et sans attention aux règles, ni observance d'aucun cérémonial ; et nous a salués d'une curieuse façon, les mains tendues devant elle comme si elle était en prière. Mais ne restant ainsi qu'un bref moment, comme lorsqu'on lève la main en rencontrant un ami, pour une rapide salutation.

Q. Elle n'a pas paru surprise de vous voir ?

R. Point du tout.

Q. Quelle fut la réaction de Monseigneur ?

R. Il tomba immédiatement à genoux et ôta son chapeau, avec grand respect, me sembla-t-il. Et Dick fit de même et je dus faire comme eux, sans comprendre pourquoi, ni qui elle pouvait être. Tandis que la jeune dame souriait, comme quelqu'un qui ne se serait pas attendu à tant de courtoisie, et pourtant l'appréciait.

Q. Elle n'a rien dit ?

R. Non, pas un mot.

Q. Monseigneur s'est adressé à elle ?

R. Il restait à genoux, tête courbée ; ça semblait dire qu'il n'osait la regarder en face.

Q. Avez-vous pensé qu'ils se connaissaient déjà ?

R. Il paraissait seulement savoir qui elle était.

Q. N'eut-elle point le moindre geste pour saluer Monseigneur ou lui montrer du respect ?

R. Non.

Q. En quoi étaient faits ses curieux vêtements ?

R. Je ne sais. Ils brillaient comme la plus belle soie, mais quand elle bougeait, ça semblait plus raide.

Q. Vous dites qu'elle était jeune ?

R. De mon âge. Ou moins âgée.

Q. A quelle distance de vous se tenait-elle ?

R. Peut-être cinquante pas.

Q. Diriez-vous qu'elle était anglaise, ou étrangère ?

R. Pas anglaise.

Q. Alors de quel pays ?

R. D'aspect elle ressemblait à celle qu'on montrait ces deux derniers étés dans une tente près du Mall, et qu'on appelait la Femme Corsaire. Qui avait été prise sur un bateau capturé dans l'Ouest et qu'on disait être un marin aussi barbare que n'importe quel homme, quoique la maîtresse du capitaine du bateau. Le capitaine était un renégat et il fut pendu dans les docks de Deptford, mais elle, on l'épargna. A nous qui payions pour la voir, elle lançait des regards qui laissaient deviner qu'elle aurait aimé nous massacrer si elle n'avait pas été enchaînée, mais elle était très belle et bien faite. Claiborne pensa un moment la prendre au bordel, et les roués auraient eu à l'apprivoiser un plaisir supplémentaire, mais elle ne réussit pas à se mettre d'accord sur un prix avec ceux qui la gardaient. La femme disait d'ailleurs qu'elle ne le supporterait pas, qu'elle se tuerait plutôt. Cette dame, sur le sentier, ce n'était pas elle, ne t'y trompe point. Cette dame sur le sentier était douce de visage, pas cruelle.

Q. La femme dont vous parlez, dans la tente, était-elle maure ? Une Turque ?

R. Je ne sais pas, sauf qu'elle avait des yeux noirs et des cheveux noirs, et une peau olivâtre. Elle ne portait ni rouge ni blanc de céruse, et ressemblait quelque peu aux Juives que j'avais vues à Londres ; mais ses manières n'étaient pas comme les leurs, modestes ou presque craintives. Celle-là, dans la tente, j'ai entendu certains déclarer qu'elle n'était pas ce qu'elle prétendait être, une femme corsaire, mais une égyptienne ordinaire payée pour jouer ce rôle. Toutefois je te répète que ce fut seulement un souvenir qui me revint à l'esprit quand la jeune femme apparut devant nous.

Q. Pourquoi dites-vous que son comportement était plutôt celui d'un jeune gentleman ?

R. C'est qu'elle ne montrait pas l'élégance affectée d'une dame de Londres ; comme si elle n'avait nul besoin de recourir à la mode ni de prendre des airs pour prouver son excellence. Nous voir agenouillés la rendit perplexe, elle ne semblait pas trouver nécessaire une telle marque de respect. Et très vite elle mit ses mains sur ses hanches, à la façon d'un homme qui veut exprimer son étonnement.

Q. Elle était en colère ?

R. Non, elle souriait toujours ; notre attitude devait plutôt l'amuser. Et soudain elle eut ce geste du bras vers l'arrière qu'on a pour inviter un étranger à entrer dans une demeure. C'était comme la fille de la maison qui reçoit avant l'arrivée de ses parents.

Q. Vous n'avez vu en sa personne rien de mauvais, nulle malveillance ?

R. A Jones j'ai dit du mal d'elle, que Dieu me pardonne. J'ai vu, je te l'ai dit, d'étranges vêtements, d'étranges manières ; en vérité dans tout le reste rien qu'une beauté innocente, qui ne connaissait point nos façons mais avait l'aise, la liberté qu'aucune Anglaise ne connaît.

Q. Et ensuite ?

R. Elle eut le même geste des mains : ainsi. Puis fit demi-tour et s'éloigna, simplement, tranquillement, comme elle l'aurait fait dans son jardin car elle se baissa et cueillit une fleur qu'elle porta à ses narines. Se comportant comme elle aurait pu le faire si nous n'avions pas été là. Monseigneur se releva et nous montâmes jusqu'à l'endroit où elle était apparue et là nous étions à découvert et non loin de l'entrée de la grotte où elle se tenait à présent ; quand elle nous vit elle désigna la mare d'un geste, nous enjoignant de l'attendre là, et sur une volte-face entra dans l'obscurité souterraine.

Q. Ce sentier que vous aviez emprunté pour monter, gardait-il la trace de nombreux passages ?

R. De faibles traces ou parfois pas du tout.

Q. N'avez-vous point demandé à Monseigneur qui était cette personne ?

R. Oui, et il a répondu, Je prie pour qu'elle soit ton amie. Rien de plus.

Q. Continue.

R. Devant la grotte il y avait cette mare et une pierre plantée. Monseigneur se retira un peu de côté et moi je m'agenouillai près de la mare et baignai mon visage et bus un peu d'eau, car le soleil frappait fort et j'avais trop chaud.

Q. Maintenant, je vous le demande, madame ... oui, vous aviez très chaud, le soleil, la fatigue de la marche n'ont-ils pas causé un trouble dans votre esprit enfiévré et provoqué des images que vous avez prises pour la réalité ?

R. Non, j'en suis sûre.

Q. On n'a jamais entendu rien de semblable : une femme, et de plus une grande dame, étrangère par la naissance, qui se trouverait seule en ce lieu.

R. Il y a bien d'autres choses qu'on n'a jamais entendues. Tu jugeras lorsque je t'aurai tout dit.

Q. Alors, dites.

R. Monseigneur s'est approché de moi qui étais assise à côté de la mare et il a dit, Le moment est venu, Fanny. Les gardiens attendent. Maintenant je dois t'avouer que depuis un moment je ressentais une grande appréhension de ce que nous allions faire. Je n'aimais pas l'entrée noire de cette grotte, au bout du terrain herbeux, qui semblait plutôt ouvrir sur l'Enfer que mener à des eaux bienfaisantes. Et lorsque Monseigneur parla, je répondis que j'avais peur. A quoi il rétorqua qu'il était trop tard pour céder à la crainte. Je voulus qu'il m'assure que rien de mal ne m'arriverait dans ce que nous allions entreprendre. Sur quoi il répliqua que le mal serait plus grand si je désobéissais. Je voulus en savoir davantage sur les gardiens, mais il s'impatienta et dit, Cela suffit, puis saisit mon bras pour me conduire à l'endroit où se tenait Dick, près de la pierre plantée ; et me fit me couronner des fleurs de mai. Alors Dick me prit par la main et m'emmena droit à la grotte, cependant que Monseigneur suivait à deux pas derrière, comme pour nous assister, ou bien — je l'ai pensé dans ma grande frayeur — pour m'empêcher de me sauver. Et maintenant la terreur m'habitait à l'idée que, Dieu me pardonne, j'étais tombée entre les mains de deux démons, qui portaient le masque d'hommes ordinaires ; et ces eaux dont ils parlaient étaient celles qu'on dit bouillir éternellement pour les pécheurs dans les profondeurs de l'Enfer, et leur gardien devait être le diable, que j'allais maintenant rencontrer. Tout ceci me frappa avec une telle force que je m'arrêtai, tombai à genoux et priai Monseigneur de me dire la vérité. Je savais que j'avais péché mais pas plus que bien d'autres et demandai qu'on m'épargne, et je ne sais quoi encore. Vivement il me répondit que j'étais stupide, et si c'était en Enfer qu'il me conduisait, plutôt que d'y rencontrer le châtiment n'y serais-je pas accueillie à bras ouverts après avoir servi les puissances du mal avec tant d'ardeur ? N'étais-je pas la fidèle servante du diable ? Que pouvais-je redouter autre que la colère du Ciel ? Et il me força à me remettre sur mes pieds et à avancer.

Q. Monseigneur ne vous menaça-t-il pas de son épée ?

R. Non, quoiqu'il la tenait à la main, l'ayant tirée de son fourreau. Il n'y avait pas de colère dans sa voix, mais plutôt de l'impatience à me voir méconnaître ses desseins.

Q. Revenons un peu en arrière. Avant que Monseigneur s'approche et vous entraîne, avez-vous vu, du côté de la grotte, quelque indice que le temps était venu ? La femme vêtue d'argent n'est pas réapparue, vous faisant signe d'entrer ? Elle ou une servante ?

R. J'ignore. Je n'ai pas regardé dans cette direction, j'étais trop perdue dans mes frayeurs et mes pensées.

Q. N'avez-vous pas remarqué que le sol était brûlé, près de l'entrée de la grotte ?

R. Oui. J'ai oublié de le dire.

Q. Qu'avez-vous observé ?

R. Cela semblait nouvellement brûlé, toutefois il n'y avait pas de cendres entassées. C'était en forme de cercle, comme les restes d'un grand feu.

Q. Bien. Continuez.

R. D'abord je vis seulement des ombres, car mes yeux avaient été éblouis par le soleil. Et je ne savais pas où j'allais, me laissant guider par Dick. Jusqu'à ce que, tout soudain, il me fît tourner à main gauche.

Q. Pourquoi arrêtes-tu ?

R. Le ver.

Q. Quel ver ?

R. Ce qui flottait en l'air, dans la partie la plus reculée de la grotte, tel un gros ver tout gonflé, blanc comme neige.

Q. Quoi ?

R. Oui, comme un ver, mais ce n'était pas un ver. Une curieuse créature. Son œil brillait et mon sang s'est caillé dans mes veines ; et j'ai dû hurler de peur, ignorante que j'étais. Maintenant Monseigneur est venu derrière moi et m'a prise par l'autre bras, et m'a forcée à avancer, puis à m'agenouiller.

Q. Vous étiez seule à genoux ?

R. Nous y étions tous. Comme au temple et sur le sentier.

Q. Je veux en savoir davantage. Quelle apparence avait-elle, cette bête ?

R. Elle était blanche, mais ne semblait pas faite de chair, plutôt comme de bois laqué, ou de métal fraîchement étamé, grande comme trois carrosses mis bout à bout, ou même plus, la tête au gros œil encore plus énorme. Et je vis d'autres yeux le long de ses flancs qui brillaient aussi, quoique moins vivement, comme derrière une vitre verdâtre. Et à une extrémité il y avait quatre grandes cheminées, noires comme de la poix, par où le ventre pouvait se vider.

Q. Avait-elle des mâchoires, des dents ?

R. Non, ni de pattes, mais par-dessous six trous noirs, comme des bouches.

Q. Elle ne reposait pas sur le sol ? Elle était suspendue ? A l'aide de cordes, de poutres ? Avez-vous vu ?

R. Non, je n'ai rien vu de tel.

Q. A quelle hauteur était-elle ?

R. Deux fois la hauteur d'un homme, peut-être plus. Je n'ai pas pensé alors à m'inquiéter de ses mesures.

Q. Pourquoi avez-vous dit « un ver » ?

R. C'est ce que j'ai cru reconnaître à première vue. La tête, le corps, et c'était gras et blanchâtre comme un ver.

Q. Cela bougeait-il ?

R. Pas au début lorsque nous nous tenions devant. Une bête suspendue comme un cerf-volant, mais sans ficelle, ou une crécerelle, qui plane mais sans battre des ailes comme les oiseaux.

Q. De quelles dimensions ?

R. En hauteur plus haut qu'un homme. Deux hommes, peut-être.

Q. Dix à douze pieds ?

R. Oui.

Q. Et vous dites longue comme trois carrosses ou plus ? Eh bien, c'est de la pure fantaisie. Vous avez tout inventé, ce n'est point croyable. Comment cette chose aurait-elle pénétré dans la grotte alors que l'entrée et encore moins l'ouverture de la chambre intérieure n'en permettaient le passage ?

R. Je sais simplement que c'était là. Et si tu n'acceptes pas que c'était bien comme je viens de dire, alors tant pis, je n'en dirai pas davantage. Je ne mentirai point. Je serai comme l'eau que retient un barrage.

Q. Je pourrais plutôt croire l'histoire des trois sorcières que tu as racontée à Jones, et du Diable à ta poursuite, que ce que tu me racontes à moi.

R. C'est que tu es un homme. Tu voudrais que je sois un miroir pour ceux de ton sexe. Sais-tu ce qu'est une putain, maître Ayscough ? C'est ce que les hommes voudraient que soient toutes les femmes afin de pouvoir plus aisément penser d'elles tout le mal possible. Je serais riche si on me donnait une guinée pour chaque homme qui m'a dit qu'il aimerait que je sois son épouse, ou que son épouse soit telle que moi.

Q. Tiens ta langue, ta langue effrontée. Je ne t'arrêterai pas encore dans tes discours mais je les prends pour des sornettes. Cette absurde histoire de ver ! Eh bien, cette créature portait-elle d'autres marques ?

R. Sur le côté il y avait une roue avec des signes à la suite, en une ligne, et encore une autre sur le ventre, tout pareil.

Q. Comment ça, une roue ?

R. Comme si elle était peinte sur sa peau blanche, dans le bleu d'une mer d'été, ou du ciel ; et il y avait de nombreux rayons autour du moyeu.

Q. Et les signes ?

R. Je ne les connais pas. Ils étaient en ligne, comme des lettres ou des nombres, qui pouvaient être lus par ceux qui savaient. L'un ressemblait à un oiseau, peut-être une hirondelle en vol ; et un autre à une fleur, comme celles qu'on peint sur les vases en porcelaine, pas exactement comme au naturel ; et tous de taille égale. Et encore un autre qui était un cercle, divisé en deux parties par une courbe ; une moitié noire, l'autre laissée blanche, telle la lune au mitan de son déclin.

Q. Pas de lettres de l'alphabet, pas de nombres ?

R. Non.

Q. Vous n'avez remarqué aucun emblème de la chrétienté ?

R. Non.

Q. Cela ne faisait point de bruit ?

R. Il y avait un bourdonnement, quoique sourd, comme celui d'un foyer allumé et clos ou d'un four bien chauffé pour y faire cuire les miches. Ou comme le ronronnement d'un chat. Et bientôt j'ai senti ce doux parfum que j'avais senti au temple, et j'ai deviné que la lumière était cette même lumière qui avait flotté au-dessus de nous ; et mon cœur a été plus léger car j'ai su que malgré les apparences il ne nous arriverait point de mal.

Q. Comment ! Vous êtes témoin d'un prodige abominable qui va à l'encontre des lois de la nature et vous n'y voyez point de mal ?

R. Non. J'ai su que ce n'était rien de mauvais à cause de ce parfum. Comme dans une histoire de la Bible : le cadavre du lion tout empli de miel.

Q. Quoi, vous pourriez à l'odeur juger de ce qui est bon et de ce qui est mauvais ?

R. Cette odeur-là ne peut tromper. Car c'est le parfum de l'innocence, de ce qui est béni.

Q. Vraiment. Expliquez-moi donc comment ce qui est innocent et béni peut avoir un parfum.

R. Je ne peux le dire en mots ; pourtant je le sens encore.

Q. Tandis que je sens, moi, ta piété fourvoyée, dans cette puante façon de répondre. Je t'ordonne de me décrire ce parfum.

R. C'était tout ce qui est bon pour l'odorat.

Q. Mais doux ? ou plutôt âpre ? Odeur de musc, de bergamote, d'essence de rose, de myrrhe ? De fleurs ou de fruits ? D'eaux fabriquées comme celle de Cologne ou celle de Hongrie ? De ce qui doit brûler pour sentir ou de ce qui sent sa naturelle essence ? Pourquoi ne répondez-vous pas ?

R. Odeur de vie éternelle.

Q. Madame, si je vous avais posé une autre question, telle que, De quoi votre espoir se berçait-il ? vous auriez pu répondre ainsi. Mais pas à ma question précise. Vous dites que cette odeur, vous la sentez encore. Bon. Mais vous ne m'imposerez pas de croire à ces inepties.

R. Eh bien, c'était l'odeur de la rose sauvage qui pousse en juin dans les haies ; quand j'étais petite nous l'appelions la rose de la vierge et une mariée de la saison se devait d'en avoir dans son bouquet ; elle dure seulement un jour ou deux, son cœur est doré et le parfum est le plus fort quand elle commence à s'épanouir.

Q. La rose églantine ?

R. Celle qui est faible sur sa tige et retombe si on ne la soutient, et dont le parfum est plus subtil que celui des roses qui poussent dans les jardins. Oui, une odeur semblable mais plus forte, comme si elle était concentrée. Et toutefois, en parler ainsi est juste comme parler de l'âme d'un homme en regardant son visage.

Q. Un grand feu ne brûlait-il pas dans la caverne ? Vous l'avez dit à Jones.

R. Non, mais il y en avait eu un, on en voyait les marques tout comme en dehors de la grotte. Cela devait faire très longtemps, il n'en restait que des cendres noircies. Sans la moindre braise ni étincelle.

Q. Et sans odeur de brûlé ?

R. Sans la moindre odeur de brûlé.

Q. A présent que vous en étiez proche, n'avez-vous point découvert ce qui produisait cette grande lumière ?

R. Non, car elle semblait provenir de derrière un verre opaque, ou une épaisse mousseline. Et pourtant elle était plus brillante que quelque lampe ou lanterne que j'aie jamais vues.

Q. Une lanterne qui aurait eu quelle largeur ?

R. Un pied.

Q. Pas plus ?

R. C'était ainsi. Mais avec une clarté plus grande que celle du soleil. On ne pouvait supporter de la regarder directement.

Q. A quelle distance en étiez-vous quand vous vous êtes agenouillés ?

R. Assez près. Comme d'ici au mur.

Q. Maintenez-vous qu'il s'agissait d'une machine venue du temple, et qui pouvait s'élever dans les airs comme un oiseau ?

R. Oui, et encore plus loin.

Q. Bien que sans roues, sans ailes, sans chevaux ?

R. Maître Ayscough, il te faut en entendre plus encore. Je ne te blâme point. Tu voudrais prouver que j'ai perdu la tête, m'appeler la folle aux apparitions. Tu voudrais que je mette au souffle de Dieu des roues et des ailes. Tu vois bien que je ne suis qu'une pauvre femme, et sans grande instruction ; et de plus sans charme lorsque je n'use pas d'artifices. Je te dis que ceci n'est pas un rêve, pas une suite de miracles, mais plutôt comme ces prodiges que j'ai vus sur scène à Londres. Toi, dis que c'est faux, que c'est tromperie, tricherie, mais pas qu'on ne les pouvait point voir.

Q. Dans tout cela, avez-vous remarqué le comportement de Monseigneur ? Paraissait-il inquiet, alarmé par cette monstrueuse merveille ?

R. Plutôt en attente d'autre chose encore. Il avait de nouveau ôté son chapeau et le tenait à son côté.

Q. Tel quelqu'un qui savait qu'il allait se trouver en la présence d'un être supérieur ?

R. Oui.

Q. Et Dick ? Ne semblait-il pas effrayé ?

R. Intimidé. Il baissait les yeux.

Q. Continue.

R. Comme je l'ai dit, nous étions à genoux, Monseigneur avec son épée devant lui, la pointe vers le sol, et les mains sur le pommeau, tel un gentleman d'autrefois devant son roi. Puis on entendit comme un soupir et la bête qui flottait se mit à descendre, très lentement, comme une plume ; jusqu'à reposer ventre au sol ; et de ce ventre sortirent des pattes minces se terminant par de gros pieds qui le soutenaient. Et tout aussitôt apparut une porte dans son flanc.

Q. Quoi ? Une porte ?

R. Tant qu'elle flottait, je n'en avais vu aucune ; mais lorsqu'elle s'est posée sur le sol une porte était ouverte dans sa partie centrale, et quoique je ne pusse voir comment, ni voir personne la manœuvrer, la cloison s'est rabattue autour d'une charnière, laissant descendre et se mettre en place un petit escalier de trois ou quatre marches fait de lamelles argentées qui s'entrecroisaient.

Q. Qu'avez-vous vu à l'intérieur ?

R. Eh bien, pas le cœur et les viscères, mais ce qui semblait un mur de pierres précieuses, dont les couleurs brillaient, de topaze et d'émeraude, de rubis et saphir, corail et péridot, je ne sais quoi, d'une eau plutôt brumeuse, le tout éclairé de par-derrière comme par des chandelles que je ne pouvais voir. Cela ressemblait au vitrail coloré d'un clocher, qui aurait été fait de très petits morceaux.

Q. Je serai clair. Je répète, ceci n'était pas un ver ni quelque autre créature vivante, mais le résultat d'un artifice, un véhicule, une machine.

399

R. Soit. Et le doux baume qui venait vers nous encore plus fort, il sortait de là. Et maintenant Monseigneur courbait la tête comme pour dire que ceux qu'il appelait les gardiens des eaux allaient apparaître.

Q. Et ces pattes — d'où sortaient-elles ?

R. Du corps de la chose. Elles sortaient des trous noirs que j'ai dits ; elles semblaient trop fines pour porter un tel poids. Et pourtant elles le portaient.

Q. De quelle épaisseur étaient-elles ? Avaient-elles des cuisses ? Des mollets ?

R. Non. La même épaisseur tout au long. Comme le fléau d'un paysan ou le bâton d'un homme de garde ; cela faisait une énorme masse sur des pattes grêles d'araignée.

Q. Continue.

R. Alors quelqu'un est apparu à la porte. La dame vêtue d'argent que nous avions vue déjà. Elle tenait à la main un bouquet de fleurs blanches comme neige. En souriant elle a descendu vivement l'escalier et s'est arrêtée en face de nous, mais là elle a tourné la tête car soudain derrière elle apparaissait une autre dame, habillée de la même façon, mais plus âgée, les cheveux gris, bien droite, toutefois ; et elle aussi nous a souri, un sourire plus solennel, un peu le sourire d'une reine.

Q. Quel âge avait-elle ?

R. Quarante ans, pas plus ; encore dans ses belles années.

Q. Continue. Pourquoi t'arrêtes-tu ?

R. J'ai plus encore à dire, que tu vas mettre en doute mais qui est vrai. Je t'en donne ma parole, le Ciel en soit témoin.

Q. Ne mêle pas le Ciel à cette affaire.

R. Alors il te faut croire sa pauvre servante. Car cette seconde dame descendit pareillement les marches d'argent et pas plus tôt se trouva-t-elle sur le sol de la grotte qu'une autre dame encore apparut à la porte comme suivant son équipage, qui était plus vieille, les cheveux blancs, le corps plus frêle. Elle se tint là, nous regardant, pareillement aux deux premières, puis elle descendit lentement jusqu'au sol auprès d'elles. Et plus grande merveille encore, il était évident qu'elles étaient mère et fille et puis fille de la fille.

Ainsi paraissaient-elles la même femme dans ses trois âges tant leurs traits étaient semblables, en dépit de la différence des années.

Q. De quelle façon étaient vêtues les deux autres ?

R. Très étrangement, comme la première, en pantalon et blouse. Chez celle qui était âgée tu peux juger que c'était là une tenue immodeste, et pourtant cela ne le semblait pas ; car toutes portaient leurs vêtements de l'air d'y être accoutumées, non point par goût de la bouffonnerie, mais comme si ce genre de vêtements leur convenait par sa simplicité et l'aisance qu'il donnait à leurs mouvements.

Q. N'avaient-elles pas des bijoux ou autres ornements ?

R. Non. Si, toutefois : la plus âgée portait un petit bouquet de fleurs d'un pourpre le plus sombre, proche du noir ; et celui de la plus jeune était du blanc le plus pur ; et sa mère avait des fleurs rouges comme le sang. Pour le reste, elles se ressemblaient comme trois gouttes d'eau, malgré l'écart des âges.

Q. Vous ne vîtes à leur entour ni crapauds, ni lièvres, ni chats noirs ? Il n'y eut point au-dehors de corbeaux qui croassaient ?

R. Non, et encore non. Pas de manche à balai ni de chaudron. Méfie-toi, tu ne sais pas de qui tu te moques.

Q. C'est tout ce qui manque au tableau, avec ta bête volante aux pattes d'araignée, tes femmes-épouvantails.

R. Il me faut pourtant te dire encore, maître, ce qui sera pour toi le plus incroyable. La jeune et la vieille qui se tenaient de chaque côté de l'autre, au centre, se tournèrent vers elle et firent un pas pour s'en rapprocher. Et par quelque étrange prouesse, je ne sais comment cette fois encore, elles se rejoignirent en elle, semblèrent se fondre avec elle et disparurent comme des fantômes qui traversent un mur, et une seule femme, celle aux cheveux gris, la mère, resta là où elles avaient été trois, aussi clair que je te vois. Toutefois elle ne tenait plus à la main son seul petit bouquet rouge mais les trois bouquets, le blanc, le rouge et le pourpre sombre, comme pour nous encourager à croire ce dont nos yeux doutaient.

Q. Accepter cela, madame, ce serait se montrer l'être le plus stupidement crédule de toute la chrétienté.

R. Donc il te faut jouer ce rôle. Car je ne vais pas te fabriquer un conte, inventé de toutes pièces, qui s'accorderait mieux à tes doutes. Je t'en prie, retiens ta colère. Tu es un homme de loi, mes paroles, tu dois les étudier, les démonter pour les examiner avec soin. Je t'avertis qu'elles sont les paroles de l'esprit. Tu peux les moquer et réduire à néant, tu n'en seras pas plus avancé, dans ce monde.

Q. C'est ce que nous verrons. Continue à me servir tes sottises.

R. Cette dame, je dirais la mère, s'approcha de nous qui étions agenouillés, et d'abord de Monseigneur, et elle étendit les mains pour l'inviter à se relever, ce qu'il fit, et elle l'entoura de ses bras, et ainsi le tint embrassé comme une mère tiendrait un fils qui a été longtemps en voyage et qu'elle n'a pas vu ni touché depuis des années. Puis elle lui parla, mais dans une langue que je ne connais pas, à voix basse, une voix douce ; et Monseigneur lui répondit dans cette même langue étrange et ...

Q. Pas si vite. Quelle langue était-ce ?

R. Rien que j'aie entendu auparavant.

Q. Quelles langues as-tu entendues dans ta vie ?

R. Le hollandais et l'allemand, et aussi le français. Un peu d'espagnol et d'italien.

Q. Ce n'était aucune de ces langues ?

R. Non.

Q. Quand Monseigneur lui a répondu, cette langue paraissait-elle lui être familière ?

R. Très familière. Et sa façon de parler ne correspondait pas à ce qu'elle était d'habitude.

Q. En quoi était-elle différente ?

R. Eh bien, il s'exprimait avec respect et simple gratitude. Comme je l'ai dit, tel un fils qui se retrouve en présence de sa mère après une longue absence. Et j'allais oublier ce qui m'avait étonnée : Quand elle s'était approchée de lui il avait jeté son épée comme si c'était là quelque chose dont il n'avait plus besoin, et de même le baudrier et le fourreau ; en homme qui a été au loin, en des lieux dangereux, et revient enfin sous son toit, où il peut se mettre à l'aise.

Q. Vous dites qu'il jeta son épée, madame — voulez-vous par là signifier qu'il la déposa soigneusement sur le sol ou qu'il la jeta au loin, avec une totale insouciance ?

R. Avec une grande insouciance, et elle tomba à dix pieds derrière lui, ainsi que le fourreau et le baudrier ; comme si ces objets n'avaient été que des accessoires pour un déguisement, une tenue de mascarade, et n'avaient plus leur emploi.

Q. Et ceci à présent : Ont-ils conversé, elle et lui, comme des gens qui se connaissent ?

R. S'ils ne s'étaient pas connus, il aurait montré plus d'étonnement. Ensuite il s'est tourné pour nous présenter, d'abord Dick, qui est resté à genoux, mais la dame a tendu une main vers lui qu'il a saisie avec une grande ferveur et a pressée contre ses lèvres. Puis elle l'a fait se relever, et maintenant c'était mon tour. Je dois te dire qu'alors Monseigneur lui murmura quelques mots dans sa langue et quoique je n'aie point compris leurs propos j'entendis mon nom très clairement, celui de mon baptême, non pas Fanny mais Rébecca, un nom que Monseigneur n'avait jamais utilisé et je ne sais point comment il en avait eu connaissance.

Q. Vous ne le lui aviez jamais dit ? Non plus à Dick ? Ni à qui que ce soit ?

R. Ni à personne au bordel, si ce n'est Claiborne.

Q. Donc c'est Claiborne qui le lui a enseigné. Continuez.

R. Cette dame était devant moi, là où je me tenais agenouillée ; et elle m'a souri, comme si nous étions des amies de vieille date qui se retrouvent après une longue séparation. Et soudain elle s'est inclinée, m'a pris les mains et m'a relevée ; et nous sommes restées très près l'une de l'autre car elle ne lâchait pas mes mains et souriait en cherchant mon regard comme le ferait une amie de toujours, afin de voir à quel point j'avais changé ; puis elle me donna son bouquet aux fleurs de trois nuances, comme le signe qu'elle avait pour moi des faveurs particulières. Et en retour elle prit sur ma tête la couronne de mai et la tint à la main un instant, la contempla mais ne s'en coiffa pas, la posant de nouveau sur ma tête, avec un sourire, avant de mettre un baiser sur ma bouche. Ce pendant, je ne savais quoi faire ; sauf à m'incliner en remerciement pour les fleurs et lui rendre ses amabilités mais par un sourire différent du sien qui était celui de quelqu'un qui m'aurait très bien connue, une mère ou une parente pleine d'affection pour moi.

Q. Aucune parole ne fut prononcée ?

R. Aucune.

Q. Ses gestes avaient-ils élégance et grâce, les gestes d'une grande dame ?

R. Elle se mouvait avec une parfaite simplicité, comme sa fille, comme quelqu'un qui ne soucie pas des airs que l'on prend en ce monde, n'en a même pas la connaissance.

Q. Mais quelqu'un d'un haut rang ?

R. Oui. Des plus hauts.

Q. Et ces fleurs qu'elle vous a données ?

R. Elles étaient de trois couleurs, le même genre de fleurs que celles qui poussent sur les rocs de Cheddar, qu'ils apportent à Bristol au mitan de l'été et appellent les œillets de juin. Mais toutefois différentes, plus grosses et d'un parfum plus riche ; et d'ailleurs il était trop tôt en saison pour les autres.

Q. Vous n'en avez jamais vu de pareilles ?

R. Non, jamais ; mais j'espère bien les revoir et sentir encore leur parfum.

Q. Comment donc, les revoir ?

R. Tu m'entendras tout à l'heure. Ensuite la dame a de nouveau pris ma main et a voulu me conduire vers la bête. Je ne craignais pas la bête, mais j'avais peur d'entrer à l'intérieur et tournai la tête vers Monseigneur qui se tenait derrière moi, pour lui demander que faire. Il répondit en levant un doigt jusqu'à ses lèvres pour m'enjoindre de ne point parler, et d'un signe de tête me la désigna, elle, la mère, qui nous avait accueillis, et ceci voulait dire que je devais me soumettre à ses vœux. Et croisant mon regard elle parut comprendre ce que je désirais savoir et leva les mains à hauteur de sa poitrine, comme sa fille l'avait fait, me souriant à son tour, un franc sourire pour apaiser mes craintes. Donc, comme elle le souhaitait, je me suis avancée avec elle et j'ai monté les marches d'argent et elle m'a fait entrer à l'intérieur de sa voiture, ou de son petit salon, je ne sais quoi, car ce n'était pas ça mais un endroit stupéfiant, un cabinet entièrement tapissé de toutes ces pierres brillantes que j'avais vues par la porte ouverte.

Q. Monseigneur et Dick sont venus aussi ?

R. Certes.

Q. La dame t'a donné la préséance ?

R. Oui.

Q. N'étais-tu pas stupéfaite qu'on te traitât ainsi, toi, une prostituée ?

R. Comment ne l'aurais-je pas été ? Je me sentais complètement abasourdie.

Q. Donne-moi des détails sur ce cabinet. Décris-moi ces pierres précieuses.

R. Certaines brillaient plus que les autres, et il y en avait de toutes couleurs, arrondies ou taillées au carré, et tous les murs et même une partie du toit et du plafond en étaient couverts. Et sur nombre d'entre elles il y avait des signes comme si chacune était destinée à un certain usage magique que je ne pouvais deviner. Et beaucoup supportaient aussi des petites pendules ou montres mais les aiguilles ne bougeaient pas, elles n'étaient pas remontées.

Q. Les heures n'étaient-elles point marquées ?

R. Il y avait des marques, mais pas comme celles de notre monde.

Q. De quelles dimensions était ce cabinet ?

R. Pas plus de dix ou douze pieds de large ; plus long, peut-être vingt pieds ; et aussi haut que large.

Q. Par quoi était-il éclairé ?

R. Par deux panneaux au plafond qui donnaient une lumière tamisée, moins forte que celle qui brillait à l'extérieur, qui venait de l'œil de la bête.

Q. Des panneaux ? Comment cela ?

R. Ils semblaient être de verre opaque, un verre laiteux ; on ne distinguait rien au travers mais ils laissaient passer la lumière.

Q. Pas de tentures, pas de meubles ?

R. Rien de tel à notre arrivée. Toutefois lorsque nous fûmes à l'intérieur la dame toucha du doigt une pierre précieuse, à côté d'elle, et cette porte que nous avions franchie se referma, comme elle s'était ouverte, par quelque mécanisme secret ; et de ce fait les marches d'argent se replièrent. Elle toucha alors une autre pierre, ou la même peut-être ; et là je vis tomber des murs une banquette où s'asseoir. Je ne sais comment cela se fit, à moins que ce ne fût par un ressort, comme pour les tiroirs secrets d'un coffre. La dame nous invita alors à prendre place, Monseigneur et Dick d'un côté, moi de l'autre. Et mon siège semblait couvert par une peau blanche, du chagrin le plus fin mais doux comme un duvet sous mes parties basses. Puis elle alla vers le fond de la pièce et toucha une autre pierre, ce qui révéla un placard dans lequel il y avait nombre de flacons et bouteilles en un verre fumé, comme dans la boutique d'un apothicaire, et dedans je ne sais trop quoi, tantôt poudres tantôt liquides. Un des flacons qu'elle prit paraissait contenir du vin de Canaries car sa couleur était dorée et elle en versa dans trois petits verres de cristal non taillé mais si mince qu'ils étaient merveilleusement légers, nous en fîmes aussitôt l'expérience puisqu'elle nous les présenta comme l'aurait fait une servante. D'abord je ne voulus pas boire, de peur qu'il s'agisse d'une dangereuse potion, bien que Monseigneur et Dick n'aient point hésité. Jusqu'à ce qu'elle revienne là où j'étais assise et me souriant de nouveau prenne mon verre et boive un peu du contenu, me donnant ainsi la preuve que je n'avais rien à craindre. Puis elle me rendit mon verre et je bus. Ce n'était pas du vin comme je l'avais cru, ça avait le goût de fruits, abricot ou poire jargonelle, toutefois en plus sucré et plus subtil et ça me fit grand bien car ma gorge était sèche.

Q. Et cela n'avait pas le goût d'un alcool ? De brandy ? De gin ?

R. Du jus qui sort des fruits quand on les écrase.

Q. Ensuite.

R. Ensuite elle vint s'asseoir tout près de moi ; et étendit la main au-dessus de ma tête et toucha une pierre bleue sur le mur. Soudain tout devint sombre, il n'y avait plus de lumière à l'intérieur du cabinet, mais une certaine clarté pénétrait de l'extérieur à travers ces petites fenêtres dont j'ai parlé qui étaient comme des yeux — et j'ai oublié de dire que vues de l'intérieur elles n'avaient pas le même aspect mais étaient de verre très clair sans défauts ni bulles. Et j'aurais dû avoir mortellement peur si elle n'avait passé son bras autour de mes épaules pour me réconforter cependant que son autre main dans l'obscurité trouvait la mienne et la pressait. Ainsi elle s'efforçait de dire qu'elle ne nous voulait aucun mal, ne nous ferait aucun mal, et elle me tenait comme elle aurait tenu son enfant, pour apaiser les alarmes que j'éprouvais à voir ces choses qui dépassaient mon entendement.

Q. Elle vous tenait de très près ?

R. Telle une amie ou une sœur. Comme nous faisions quelquefois au bordel lorsque nous avions du temps libre en attendant le chaland.

Q. Et ensuite ?

R. C'est alors que se produisit un prodige encore plus grand, car au bout de la pièce, sous la tête de la bête apparut soudain une fenêtre qui donnait sur une grande ville que nous survolions comme un oiseau l'aurait fait.

Q. Quoi ?

R. C'était ainsi, je te le dis.

Q. Et moi je dis non. En voilà assez.

R. Je jure sur Jésus, c'est arrivé ainsi, ou c'est ce qu'il semblait.

Q. Ce cabinet aux pierres précieuses s'est envolé en un instant hors de la caverne et au-dessus de la grande ville ? Je ne suis point un de vos jars candides, madame, le Ciel m'est témoin je ne le suis point.

R. C'est par ma façon de raconter que je te trompe. Mais je te dis ce que j'ai vu. Comment j'ai pu le voir, ça je ne sais.

Q. Bagout de vendeur ambulant impropre à toucher une

407

oreille raisonnable. Je dis, moi, que tu es toujours une putain rusée avec toutes tes histoires de visionnaire délirante.

R. C'est la vérité. Je t'en prie, tu dois me croire.

Q. N'est-ce pas la potion qu'on t'a fait boire qui t'a donné ces images hallucinées ?

R. Je ne me suis pas sentie somnolente, et pendant que nous survolions cette cité, et bien d'autres choses, comme je te le conterai, tout m'a semblé réel. Néanmoins ce fut fait en partie par quelque bonne magie, comme en un rêve, car je pouvais voir par les fenêtres plus petites que nous étions toujours dans la grotte, entre les murs toujours visibles.

Q. De quelle taille était cette fenêtre par laquelle vous pouviez voir la ville ?

R. Trois pieds sur quatre. Plus large que haute.

Q. Nonobstant vous prétendez que cette machine qui vous portait ne bougeait pas de la grotte.

R. Non.

Q. Vous étiez ensorcelée, ou aviez perdu vos sens par l'effet de quelque drogue.

R. C'est possible. En tout cas, je me sentais tout égarée. Ce qu'on voyait par cette fenêtre n'était pas ce qu'on aurait vu à travers une vitre ordinaire. C'était plutôt comme quelqu'un d'autre voulait qu'on voie : là, de loin, ici, de plus près ; ici de ce côté, là de l'autre. J'aurais voulu diriger mes regards à ma guise mais je ne le pouvais. Mes regards erraient en vain, je devais voir comme voyait la vitre.

Q. Une vitre ne voit pas, madame. Vous n'aviez plus votre raison. Et quelle était cette cité que vous survoliez ?

R. Une ville extrêmement belle, comme aucune autre que j'aie jamais vue ou dont j'aie entendu parler. Toute bâtie de blanc et d'or et partout il y avait des parcs, des rues et des promenades, des jardins et des vergers, des ruisseaux et des bassins poissonneux. Plutôt une campagne richement peuplée qu'une ville. Et par-dessus tout c'était un lieu de paix.

Q. Comment savez-vous qu'il y avait des vergers ? N'étiez-vous pas trop haut pour vous en rendre compte ?

R. Nous discernions de petits arbres alignés, comme dans les vergers, et je n'ai pas hésité à voir là des vergers. Et les joignant il y avait de grandes routes qui semblaient pavées où les gens circulaient dans des voitures brillantes, sans chevaux pour les tirer. Et pourtant elles avançaient.

Q. Comment cela ?

R. Je ne sais. Et non plus personne ne marchait dans les rues d'or, ni pieds ni jambes se mouvant, mais le pavage lui-même glissait et emportait les gens. Pourtant ils étaient capables de bouger comme nous, car dans un champ que nous survolions il y avait deux rondes de jeunes filles qui dansaient, et dans un autre des hommes, mais qui, eux, étaient en ligne ; et d'autres qui se déplaçaient à notre façon.

Q. C'étaient quelles sortes de danse ?

R. Ils paraissaient chanter en dansant, et les jeunes filles avaient des mouvements fort gracieux, comme si elles balayaient le sol, puis elles levaient leur visage vers le ciel en signe de joie, et les hommes dansaient en faisant le geste de jeter les graines à la volée, puis les gestes de la moisson, mais à un rythme plus vif. Dans ce pays on révérait la propreté de l'esprit et beaucoup maniaient le balai de bouleau dans les sentiers et sur les routes d'or, afin de bien montrer ainsi qu'ils ne pouvaient souffrir la saleté. Cependant que d'autres lavaient le linge au ruisseau. Et les hommes qui dansaient glorifiaient les libéralités du Seigneur. Partout régnait un ordre charmant, dans les jardins et les vergers, et sans nul doute dans les maisons tout de même.

Q. Ces gens se ressemblaient-ils d'aspect ?

R. Ils étaient de nations diverses. Des blancs, des jaunes ou olivâtres, des bruns, d'autres noirs comme la nuit. Je ne pouvais pas très bien distinguer, ils étaient trop loin au-dessous. C'était comme si nous nous tenions sur une grande tour, mais qui se déplaçait.

Q. Et leurs vêtements ?

R. Hommes et femmes, ils étaient vêtus comme les trois dames, mêmes pantalon et blouse d'argent. Nous passions si vite que je n'ai pas tout vu. A peine une image saisie qu'elle était loin, et que d'autres se présentaient.

Q. Et les sauvages noirs, n'étaient-ils point nus ?

R. Non.

Q. Avez-vous vu des églises ?

R. Non.

Q. Pas de signes de Dieu ni de sa religion ?

R. Tous les signes, et pourtant aucun des signes habituels. Pas d'églises, pas de prêtres.

Q. Ni de temples païens ?

R. Non.

Q. Ni palais, ni grands bâtiments ? Ni halles, ni hôpitaux, ni cours de justice ?

R. Rien de tel, mais de grandes et belles demeures où les gens paraissaient vivre en commun, sans distinctions ni différences. La plupart n'étaient pas entourées de clôtures, mais bâties çà et là dans la verdure, bien espacées et il n'en sortait pas de fumée. Toutes belles, chacune comme une ferme dans son champ. Un champ vert, comme en plein été. Et le soleil brillait en un mois de juin éternel. Aussi maintenant c'est le nom que je donne, Juin Eternel, à cette terre radieuse qui nous fut montrée.

Q. Vous l'appelez comment, madame ?

R. C'est Juin Eternel.

Q. *Alias* châteaux en Espagne. De quel matériau ces maisons étaient-elles construites ? De pierre ou de briques ? Avaient-elles des toits de chaume ou d'ardoises ?

R. Rien de tout cela, car elles n'étaient pas de notre monde, tel que je le connais. Avec des murs blancs, aussi lisses que l'intérieur d'un coquillage et un toit et une porte d'or ; et de toutes espèces, certaines pareilles à de grandes tentes, d'autres avec d'étranges jardins sur leur toit plat, et d'autres rondes comme de gros fromages, et puis d'autres encore, de diverses formes.

Q. Comment savez-vous que les toits et les portes et le pavage des chemins étaient en or ?

R. Je ne le sais pas, mais ça paraissait ainsi. Et j'ai vu aussi ces vastes maisons communes, chacune pouvant abriter non

410

pas une seule famille comme c'est souvent l'usage en notre monde, mais un grand nombre de personnes ; et certaines étaient la demeure des hommes et d'autres la demeure des femmes ; et la même séparation se pouvait voir en différentes circonstances. Il y avait un endroit en plein air où étaient rassemblés des gens des deux sexes qui écoutaient celui qui parlait mais ils restaient strictement séparés, les femmes assises à gauche, les hommes assis à droite, et ça paraissait vouloir montrer qu'en tout lieu, tout comme dans leurs maisons, ils devaient vivre séparés.

Q. N'avez-vous point vu de maris et d'épouses, ou de couples d'amoureux ?

R. Non. Ça n'existe pas au Juin Eternel.

Q. On y vit donc comme les moines catholiques, ou les religieuses cloîtrées ? N'y avait-il pas d'enfants ?

R. Pas d'enfants de la chair. La chair n'y a pas place. La chair et tous ses péchés. Si elle y avait place, Juin Eternel ne serait point.

Q. Et nulle part de gens au travail ?

R. Seulement dans les jardins et dans les champs, pour le plaisir.

Q. N'y a-t-il pas de boutiques ? De vendeurs à la criée ? De marchés ?

R. Non. Ni d'ateliers ni de fabriques.

Q. Et des soldats ? Des hommes portant armes ?

R. Personne n'y porte armes.

Q. Ceci est incroyable.

R. Incroyable en ce monde.

Q. Et pendant que durait ce voyage aérien, où était votre belle dame ?

R. Assise à côté de moi sur la banquette, et qui me tenait toujours contre elle, jusqu'à ce que, tout en regardant, je pose ma tête sur son épaule.

Q. Son corps était-il chaud ?

R. Oui, comme le mien.

Q. Qu'avez-vous pensé de cette ville fabuleuse qu'on vous montrait dans votre rêve ?

R. Que c'était d'où venait la dame, et non point de ce monde mais d'un monde plus beau où l'on sait tout quand nous ne savons rien. Ses habitants nous ressemblant par certains traits, par d'autres différant de nous, et avant tout différant en ce qu'ils semblaient jouir de la paix et de la prospérité. Car je n'ai point vu non plus de pauvres, ni de mendiants, ni d'infirmes, ni de malades, ni personne souffrant de la faim. Pas davantage n'ai-je vu ceux qui, en notre monde, paradent dans la richesse et la magnificence ; il était évident que tous étaient contents d'être à égalité de condition et de savoir que personne ne se trouvait dans le dénuement, et puisqu'ils étaient chastes, que personne ne vivait dans le péché. Et pas du tout comme c'est pour nous, le cœur de l'homme et de la femme enfermé dans la dure carapace de la convoitise et de la vanité et chacun obligé d'agir et de vivre pour lui seul.

Q. Dites-moi ce que vous avez vu, madame, et non point ce que votre esprit rebelle nouvellement entiché de démocratie essaie d'en faire.

R. Je ne connais rien à la démocratie.

Q. C'est le gouvernement de la populace. Je sens que tu te laisses tenter.

R. Non, je veux la justice chrétienne.

Q. Assez là-dessus, quel que soit le nom que tu lui donnes.

R. C'est vrai. Je ne vis ce monde qu'en passant, du dehors. Mais je n'y reconnus ni soldats ni gardes, ni quelque autre signe, comme une geôle ou des créatures enchaînées, qui aurait montré que certains n'étaient pas d'accord avec la vie qu'on y menait, ou que certains faisaient le mal et qu'on devait tenter de les empêcher — ou les punir.

Q. J'ai dit, Assez.

R. Tu doutes et je ne t'en blâme point. Car alors moi aussi j'étais trop pénétrée de la réalité de notre monde et je doutais et me demandais s'il se pouvait que des hommes et des femmes demeurent en tel accord et harmonie alors que ceux d'une même nation, ici-bas, en sont incapables, et encore moins ceux de nations différentes. Mais là il n'y avait pas de guerre ni de destruction, ni de cruauté, ni de jalousie, là il y avait la vie éternelle. Je te le dis, quoique je ne l'aie point perçu dès l'abord, c'était bien le Ciel.

Q. Ou ce que tu te figures que doit être le Ciel. Ce n'est pas la même chose.

R. Maître Ayscough, tu dois m'entendre. Car voici que nous volions de plus en plus bas, plus près de cette terre bénie du Juin Eternel, et nous nous sommes posés sur le sol, dans une prairie d'herbe et de fleurs. Là se tenaient sous un arbre deux hommes et une femme en attente pour nous accueillir. Et derrière eux, à l'extrémité de la prairie, j'ai vu, entourés d'enfants, d'autres hommes et femmes qui fauchaient et mettaient le foin en meules. Toutefois j'ai remarqué que ceux-là étaient vêtus de longues robes aux diverses teintes ; et les deux hommes qui attendaient sous l'arbre étaient eux vêtus de blanc ; et la femme à leur côté également vêtue de blanc.

Q. N'avez-vous point prétendu que personne ne travaillait ? Qu'inventez-vous à présent ?

R. Ils ne travaillaient pas comme nous.

Q. Comment, sinon comme nous ?

R. Ils travaillaient parce qu'ils le voulaient, et non parce qu'ils le devaient.

Q. D'où savez-vous cela ?

R. Ils chantaient et se réjouissaient et quelques-uns se reposaient ou jouaient avec les enfants. Puis j'ai su que les deux hommes en robe blanche, sous l'arbre, étaient ces mêmes, le jeune et le vieux, que j'avais vus durant la nuit au temple. Maintenant le plus jeune, que j'avais alors reconnu pour un charpentier, celui qui avait pointé le doigt vers le ciel, se tenait avec une faux sur l'épaule, il venait juste de faucher ; et le plus vieux avait une barbe blanche et à la main une sorte de houlette, et il était dans l'ombre de cet arbre, sous les feuilles et les fruits pareils à des oranges brillant parmi le vert au-dessus de sa tête. Et il avait l'air de quelqu'un à la fois très doux et très avisé, le seigneur de tout ce qu'il inspectait du regard sans toutefois prendre part au travail. Et les autres autour de lui devaient le regarder comme un père et un maître.

413

Q. Ce vieil homme, à quelle nation semblait-il appartenir?

R. A toutes les nations à la fois. Ni blanc ni noir ni bistré ni jaune.

Q. Ce n'est point là une réponse.

R. Mais pourtant la seule que je puisse donner. Il y avait encore quelque chose d'étonnant. La femme que je voyais nous attendre était celle près de laquelle je reposais, sur la banquette, et dont la main tenait la mienne. Ce qui me troubla si fort que je dus tourner mon regard vers elle, assise à mon côté, et voilà que par quelque grand miracle c'était elle — me suis-je dit — assise si tranquillement, quoiqu'elle apparaissait aussi au-dehors, et vêtue différemment, d'une robe blanche. Et celle qui était près de moi me sourit comme on sourit à une sœur, et même avec le petit air taquin de qui a présenté une énigme et attend la réponse. Puis soudainement elle s'est penchée et a posé ses lèvres sur les miennes, dans un geste d'amour le plus pur, afin de par là déclarer que je ne devais point m'effrayer de ce que je voyais à travers la vitre, qu'elle pouvait tout à la fois me serrer contre elle et se tenir à l'extérieur où je la voyais sous l'arbre près du vieil homme qui maintenant tendait la main pour lui faire signe d'encore approcher; un geste qui disait clairement, Elle est mienne, ma chair et mon sang.

Q. Qu'elle apparût en même temps en deux endroits différents, n'est-ce pas la preuve que tu as rêvé?

R. Pour toi, sans doute; pour moi ce n'était pas un rêve. Et moi qui maintenant semblais marcher vers elle, sur la pelouse, ce n'était pas un rêve.

Q. Et Monseigneur dans tout ceci? Ne l'avez-vous pas observé contemplant cette vision par la fenêtre? Dans quel état se trouvait-il? Subjugué? Conquis? Incrédule?

R. Je n'ai pas pensé à lui ni à Dick cependant que tout ceci arrivait, et moins que jamais au moment précis dont je parle. Plus tôt, j'avais jeté un coup d'œil dans sa direction, et Monseigneur ne regardait point alors par la fenêtre mais il me regardait, moi, pour voir si j'étais troublée. Comme au théâtre étant assis près d'une dame il aurait préféré

414

s'intéresser à ses impressions plutôt que se fier à son propre jugement.

Q. Cela ne suggérait-il pas qu'il avait déjà vu le spectacle? Qu'on vous montrait ce que lui connaissait?

R. Je sais seulement qu'il a souri lorsqu'il a vu que je le regardais à mon tour et qu'il a tendu la main vers la vitre pour me dire, Voici ce qu'il faut contempler.

Q. Quelle sorte de sourire?

R. Un sourire très surprenant sur son visage; le sourire qu'on a pour encourager un enfant à regarder afin de comprendre.

Q. Et Dick?

R. Il regardait lui aussi, tout autant subjugué que je l'étais moi-même.

Q. Bien. Retourne à ta prairie.

R. Comme je l'ai dit, j'avais l'impression d'y marcher, je sentais le parfum des fleurs à l'entour et celui de la douce herbe fauchée, et j'entendais le chant des oiseaux, l'heureux babillage des grives et des alouettes et j'entendais aussi le chant des faneurs.

Q. Quelle sorte de chant? Pouviez-vous ouïr des paroles? Etait-ce un air connu?

R. Oui, l'air me paraissait connu, un air des temps anciens, que j'avais entendu lorsque j'étais petite, quoique la foi de mes parents ait banni de chez nous toute musique. Oui, il me semblait que mes oreilles le connaissaient.

Q. Vous en souvenez-vous encore?

R. Non, hélas.

Q. Continuez.

R. Et c'était comme si je marchais au Paradis, dans la vie éternelle et le bonheur sans fin, loin de ce monde cruel et de toute sa malice, loin de mes péchés les plus vils et de ma triste vanité, et je concevais à présent que ces fautes allaient m'être pardonnées. Je marchais dans un océan de lumière, tout était lumière. Dans mon âme plus aucune ombre; et comme j'allais vers ces trois personnes, cela ne ressemblait pas au passage ordinaire du temps; c'était bien plus lent, tels les mouvements dans un rêve. Puis j'ai vu le vieil homme lever le bras et cueillir un fruit sur une branche au-dessus de sa tête et le lui tendre à elle, la mère, et cependant que je m'approchais elle le prit et me l'offrit. Non point comme une grâce particulière mais comme un simple présent, pour que je mange ; ce que je voulais de toute mon âme ; mais je me sentais incapable de hâter le pas pour me saisir du fruit ; et il me vint à l'idée que celui qui portait la faux était le fils du plus âgé, et elle aussi avait avec eux une ressemblance frappante, ils étaient tous d'une même famille. C'est alors qu'une voix en moi, une voix parla, des plus joyeuse, et je sus que ces trois personnes existaient vraiment. Maître Ayscough, je te raconte plus clairement que pour moi dans l'instant ce n'était clair, car d'abord ce ne fut qu'un frémissement, un balbutiement, un soupçon de ce qui allait venir. Mais j'étais comme toi, il me fallait mettre en doute les singulières circonstances où ceci avait lieu. Tu dois savoir que j'ai été élevée comme une quaker et qu'on m'a appris à ne jamais penser la divinité sous la forme d'un corps qui respire mais seulement comme un pur esprit et comme une lumière intérieure. Car les Amis disent, Il n'y a pas de vrai esprit en image, et aucune image ne peut évoquer le vrai esprit. Et puis n'étais-je pas une grande pécheresse, comment aurais-je pu m'attendre à ce qu'on me juge digne de tout ceci ? Mais alors vint le plus étrange, car celui qui portait la faux montra d'un geste l'herbe non fauchée pour m'inviter à regarder, et caché là, étendu dans l'herbe, il y avait son jumeau, allongé sur le dos, endormi semblait-il, quoique couvert de fleurs comme s'il était mort, sa faux à côté de lui. Et il souriait dans son sommeil, et sur le visage de celui qui le désignait de la main on voyait le même sourire. Et je ne cacherai plus rien, non, dix mille fois non. Ces deux hommes n'étaient qu'un, le seul, l'unique, l'homme entre tous les hommes : Notre Seigneur Jésus-Christ, qui est mort pour nous, mais a ressuscité.

Q. Quoi, vous êtes au Ciel à présent ? De prostituée vous voilà devenue sainte ?

R. Moque-toi, moque-toi, je parle maintenant de ce que je ne vis que plus tard. Ce que les autres, les saints, peuvent voir en un clin d'œil, je l'ai vu dans la confusion. Il n'est pas vrai, quoi que disent les gens, que la vérité frappe toujours à la seconde ; la vérité peut aussi se faire jour lentement, ça a été ainsi pour moi. Oui, je devrais me moquer de moi-même pour avoir eu tant de mal à comprendre. Je te le dis, si grande pécheresse que je sois, j'avais la certitude, la plus absolue certitude d'avoir été amenée là en la présence du Père et du Fils. Oui, quoiqu'ils eussent l'aspect de simples paysans dans leur champ c'étaient bien eux ; et il y avait moi, plus simple encore et aveuglée. Ne sachant toujours pas sur quelle épaule je m'appuyais. Oui, il y avait moi, hélas encore obtuse.

Q. Cessez de parler en énigmes. Quelle était cette femme ?

R. Non point femme mais reine des reines, plus grande que la plus grande dame. Celle sans laquelle Dieu le Père n'aurait pu accomplir Sa tâche, que certains appelleront l'Esprit Saint. C'était la Sainte Mère Sagesse.

Q. La Sainte Mère, dites-vous ? La Vierge Marie ?

R. Plus grande encore. La Sainte Mère Sagesse, c'est Elle l'esprit porteur de la volonté de Dieu, une avec Lui depuis le commencement, qui va réaliser tout ce que le Christ Notre Sauveur a promis. C'est tout à la fois Sa mère, et Sa veuve, et Sa fille, et là se trouve la vérité de ces trois femmes devenues une seule que j'avais vues d'abord apparaître. Elle est Celle qui vit toujours et sera toujours ma maîtresse.

Q. Femme, voilà un bien grossier blasphème. Il est écrit clairement dans la Genèse qu'Eve vint de la septième côte d'Adam.

R. N'es-tu pas né toi aussi d'une mère ? Sans elle tu ne serais rien, sans elle, maître, tu ne serais pas né. Et l'Eden n'aurait pas été, et non plus Adam ni Eve, si la Sainte Mère Sagesse n'avait été là avec Dieu le Père au commencement des commencements.

Q. Quoi, cette mère sublime, cette *magna creatrix* t'a tenue dans ses bras, comme l'aurait fait une de tes compagnes du bordel ? N'as-tu point dit cela ?

R. C'était par tendre amitié, douce miséricorde. Il n'est de plus grand pécheur qui ne puisse être sauvé. Et tu oublies que dans mon aveuglement je ne l'avais pas reconnue. Car alors j'aurais été à genoux devant elle.

Q. Epargne-moi tes hypothèses. Ensuite ?

R. Son royaume viendra, et aussi celui du Christ, et beaucoup plus tôt que le prévoit ce monde d'iniquité. Amen, j'en témoigne.

Q. Eh bien, témoigne donc, femme, et finis-en avec ta vérité sacrée toute neuve, ton prêche et tes prophéties. Que se passa-t-il d'autre dans la grotte ?

R. Ce fut terrible. Après la douceur, la pire amertume. J'ai couru dans la prairie céleste, pour me saisir du fruit que la Sainte Mère Sagesse me tendait et que j'avais cru déjà entre mes mains. Et soudain ce fut le noir, en fait la nuit la plus profonde. Puis la lumière revint mais éclairant une scène que je voudrais ne jamais revoir car c'était la bataille la plus désespérée, un champ où les hommes luttaient comme des bêtes fauves, le vacarme autour de nous, celui des fers entrechoqués, des jurons et des cris, le tir des pistolets, des tromblons, et celui, effroyable, du canon ; s'y mêlant, les râles des mourants ; et le sang ; et la fumée. Je ne peux te dire cette cruauté, ces actes épouvantables, ni la terreur que je ressentis car la bataille semblait si proche que je m'attendais à ce que les soldats envahissent le cabinet où nous étions assis. J'ai alors tourné mon visage vers la Sainte Mère Sagesse, dans ma grande horreur, pour implorer son aide ; et j'ai trouvé plus grande horreur encore, voyez, elle n'était plus là, ni Monseigneur ni Dick, et rien, non rien de ce qui avait été. L'obscurité méchante. Et moi. Moi dans cette obscurité. Seule.

Q. Vous étiez encore dans la bête-machine ? Cette bataille qu'on vous a montrée, vous l'avez vue aussi à travers la vitre ?

R. Oui, mais je n'avais vu ni entendu ni senti les autres bouger et se retirer. Et maintenant j'étais seule, pire que seule, enfermée dans la plus atroce prison avec l'Antéchrist pour joyeux compère. Je te le dis, j'étais là, forcée de contempler plus de mal et d'horreur que je n'aurais cru possible, et chaque scène pire que la précédente.

Q. C'était davantage que cette scène de bataille ?

R. De beaucoup, point seulement un spectacle de bataille mais de tous les crimes et péchés les plus atroces : tortures, meurtres et trahisons, massacres d'innocents ; je n'avais jamais vu l'Antéchrist aussi clairement, et la cruauté de l'homme, plus féroce que les pires bêtes féroces. Mille fois pire qu'elles ne le sont envers lui.

Q. C'est ce que vous avez dit à Jones, même si les causes et circonstances étaient différentes.

R. Je lui en ai dit seulement une partie. Certaines choses ne peuvent être dites.

Q. Et vous brûliez dans un océan de flammes, n'est-ce pas ?

R. Oui, il y avait une fille de quatorze ans qui s'échappait d'une maison incendiée par les soldats, atrocement brûlée, ses vêtements en feu, et ça m'a fendu le cœur que personne ne se soucie de son agonie ou seulement pour en rire et se moquer, et ces gens, j'aurais voulu leur arracher un à un les quatre membres. J'ai bondi de là où j'étais assise et couru vers la fenêtre pour lui porter secours car elle venait vers moi ; oh chère âme, je serais morte cent fois pour l'atteindre, car je me suis vue en elle, comme j'étais avant d'avoir péché ; mais la vitre restait entre nous plus solide qu'un mur de pierre, Dieu du Ciel, je ne pouvais la briser et la pauvre enfant brûlait à trois pieds de moi et hurlait et pleurait à me fendre le cœur. Je la vois encore, je pleurerais moi aussi rien qu'à me souvenir de la façon dont elle tendait les mains pour demander de l'aide, au hasard comme une aveugle, et moi qui étais si près, et aussi incapable de rien faire que si j'avais été à dix mille lieues.

Q. Cette scène et vos autres cruelles visions, aviez-vous vraiment l'impression qu'elles appartenaient à ce monde ?

R. Elles étaient trop comme ce monde ; il n'y avait nul amour ; tout était douleur, cruauté, torture ; et infligé à des innocents, à des femmes et des enfants, sans qu'apparaisse la moindre possibilité d'y mettre fin.

Q. Il me faut savoir encore. Avez-vous reconnu des visages de ce monde, des lieux de ce monde ?

R. Que ce fût ce monde, j'en doute. Mais point qu'un tel monde puisse exister.

Q. Les êtres que tu voyais n'étaient pas de ce monde ?

R. A moins que ce ne fût Cathay, car leurs visages étaient tels qu'on représente les Chinois, sur les vases par exemple, la peau plus jaune que la nôtre, les yeux bridés. Pourtant je vis par la fenêtre ce qui sembla trois lunes qui brillaient sur une scène de carnage, et à leur clarté elle n'en était que plus horrible.

Q. Vous ne vous trompez pas — trois lunes ?

R. Oui. Une grosse, les deux autres plus petites. Et de noirs miracles encore plus incroyables : de grands véhicules transportant des canons, qui allaient plus vite que le cheval le plus rapide ; plutôt des lions ailés, vifs et rugissants, qui fonçaient comme des frelons enragés, lâchant des boulets sur leurs ennemis et détruisant tout sans vergogne — des villes entières en ruine, telle Londres à ce qu'on dit le lendemain du Grand Incendie. Et ailleurs, d'énormes tours de fumée et de flammes qui brûlaient tout, provoquant dans leur jaillissement tremblements de terre et tornades, spectacles si affreux qu'en comparaison le monde où nous vivons paraît aimable. Néanmoins je ne sais que trop que les graines du mal se trouvent dans le nôtre, tout ce qui nous manque c'est l'art démoniaque et l'ingéniosité pour atteindre au même cruel résultat. L'homme n'est pas mauvais seulement par lui-même, non, il l'est par la volonté de l'Antéchrist. Plus longtemps l'Antéchrist régnera et plus sûre est notre damnation, et nous finirons dans le feu.

Q. Tu es comme tous ceux de ta sorte, femme, tu crois toujours au pire. N'y avait-il rien que damnation derrière cette fenêtre ?

R. La cruauté, la cruauté, rien d'autre.

Q. Par conséquent un monde sans Dieu. Comment un tel monde peut-il être Vérité ? Que certains soient cruels et injustes, cela se peut, que tous le soient, ce n'est point vrai, ça ne s'est jamais vu.

R. C'était une prophétie ; ainsi deviendra ce monde.

Q. Un Dieu chrétien permettrait-il que cela se passe ainsi ?

R. Il a détruit les Cités de la Plaine, à cause de leurs péchés et de leur fausses idoles.

Q. Quelques-unes seulement parmi les innombrables villes du monde. Ceux qui adoraient sincèrement, et croyaient en Sa parole, Il ne leur fit pas de mal. Mais suffit, revenons-en à ton récit.

R. J'étais devant la vitre, je voyais brûler cette enfant innocente, elle mourut devant mes yeux, et je m'effondrai désespérée sur le plancher de la pièce, je ne voulais plus regarder — d'ailleurs je ne pouvais plus car un grand brouillard s'étendait contre la vitre, et ce fut le silence miséricordieux qui efface tout. Soudain il y eut de la lumière dans la chambre. Et tout au fond j'aperçus Monseigneur ; mais voilà encore plus étrange : d'abord je ne le reconnus point car il portait ce que portaient ceux de Juin Eternel, leurs blouse et pantalon de soie, et de plus n'avait pas de perruque. Lui regardait mon visage, remarquait ma tristesse avec une douce pitié, comme cherchant à exprimer qu'il ne voulait pas m'apporter d'autres souffrances, mais au contraire un soulagement, et il vint là où j'étais étendue et me souleva pour m'emmener jusqu'à la banquette, puis me fit doucement m'allonger sur le dos, se penchant au-dessus de moi en un geste de plus tendre amitié qu'il ne m'avait encore jamais montrée. Ne m'oublie pas, Rébecca, dit-il, ne m'oublie pas, et ses lèvres se posèrent sur mon front, et c'était comme le baiser d'un frère. Puis il me regarda de nouveau dans les yeux ; alors ce fut comme si j'avais devant moi Celui que j'avais vu dans la prairie de Juin Eternel, qui pardonne tous les péchés et apaise tous les déesespoirs.

Q. Je ne t'oublierai pas moi non plus ; cela, je te l'accorde. Voici donc ta pièce maîtresse qui va couronner l'ensemble : Monseigneur devenu le Seigneur de tous, le Rédempteur ?

R. Ça ne va point te convenir, je n'y peux rien. Mais moi ça me convenait très bien. J'ai connu là une telle joie qu'il m'a fallu dormir après ; et c'est ce que j'ai fait.

Q. Dormir ! Qui donc sauf une pauvre idiote dormirait en la circonstance ?

R. Je sais seulement qu'il me fallait fermer les yeux sur ce tendre visage au-dessus de moi, pour que nos âmes puissent se joindre. C'était un époux si aimant ; son amour me donnait le désir du repos.

Q. Es-tu sûre que ce ne furent que vos âmes qui se joignirent ?

R. Honte à toi pour de telles pensées.

Q. Ne t'avait-il pas lui aussi fait boire quelque philtre ?

R. Rien de plus que celui de son regard.

Q. Et ta Sainte Mère Sagesse ? N'est-elle pas apparue, cette commère ?

R. Non, et Dick non plus. Seulement lui.

Q. Et tu t'es réveillée où ? Au Ciel encore ?

R. Pas au Ciel, mais sur un lit rude, le sol de la grotte où nous étions entrés, quoique d'abord je ne pouvais le croire et me figurais que j'étais encore là où le sommeil m'avait prise, pour un repos des plus doux. Beaucoup trop vite je me rendis compte que j'avais souffert quelque grande perte, et de plus j'étais glacée, j'en étais tout engourdie, car je n'avais plus sur moi un seul de mes vêtements de reine de mai. Puis je me souvins de la Sainte Mère Sagesse, d'abord comme si elle était venue dans un rêve, ainsi que tu le crois, puis je sus que ce n'était point un rêve, elle était partie et j'en restais profondément affligée ; pire que mon corps privé de ses vêtements il y avait mon âme rejetée nue dans ce monde présent. Et brusquement, comme une déboulade des feuilles de l'automne, vint un autre souvenir, ces trois personnages dans la prairie, et seulement maintenant je voyais qui ils étaient, le Père et Son Fils, son fils vivant et mort, et Elle à leur côté, et les faneurs, des saints et des anges ; et je n'oubliais pas celui qui m'avait donné cette pure connaissance. Oh misère, je sentais le doux parfum estival de Juin Eternel qui traînait encore faiblement dans l'air humide de la caverne, et je sus avec certitude que je n'avais pas rêvé ces délices, que je les avais vécues. Mes pleurs coulèrent à la pensée de tout ce que j'avais eu et perdu, avant de seulement le reconnaître. Je te le dis, j'ai trouvé ça plus cruel que toutes les cruautés dont j'avais été témoin. Oui, j'étais encore vaine et mauvaise, une putain encore, je ne pensais qu'à moi, méprisée, rejetée, ayant échoué dans l'épreuve qui m'avait été imposée. Pauvre nigaude, je m'agenouillai sur la pierre et priai qu'on m'emporte à nouveau là où j'avais si joliment dormi. N'importe, mon âme à présent est plus avisée.

Q. J'en ai assez entendu sur ton âme. La caverne était-elle éclairée ?

R. Très peu. Mais je pouvais voir.

Q. La bête était partie ?

R. Partie.

Q. Je m'en doutais, on s'est gaussé de toi. Une telle créature n'aurait pas pu entrer ni sortir. Tout cela ne tient pas debout, excepté dans ta faible tête ; le peu de vrai, tu l'as malicieusement nourri et laissé se développer en toi comme ce vermisseau dans ton sein.

R. Parle toujours. Nie ce que je suis devenue, fais ce que tu veux, ça ne m'importe point, ça ne changera rien à la vérité du Christ. Mais ton âme un jour regrettera amèrement.

Q. Suffit. N'as-tu pas exploré la caverne ? Monseigneur ne se trouvait-il pas dans quelque coin, endormi, comme toi-même tu l'avais été ? Ne resterait-il aucun signe ?

R. Il n'y avait pas de signe. Lorsqu'enfin je me décidai à partir, je trébuchai sur l'épée de Monseigneur qui était là où il l'avait jetée.

Q. L'as-tu ramassée ?

R. Non.

Q. Et cherché si Monseigneur n'était point quelque part étendu ?

R. Il s'en était allé.

Q. Comment cela ?

R. En dedans, là où je l'avais vu en dernier.

Q. Comment le sais-tu ? N'étais-tu pas endormie ?

R. Je l'étais, et si je ne sais pas comment, je sais.

Q. Nies-tu qu'il ait pu s'éloigner autrement que dans cette machine ?

R. Dans ton langage, je ne le nie pas ; dans le mien c'est tout différent.

Q. Tu prétends qu'il fut conduit à ton Juin Eternel ?

R. Pas conduit. Il y est retourné.

Q. Peux-tu expliquer que ces saintes visions t'aient dépouillée de tes vêtements, comme l'auraient fait de vulgaires voleurs ?

R. Tout ce que Sainte Mère Sagesse m'a volé c'est mon passé de pécheresse. Et ce n'était pas un vol, elle a voulu me renvoyer avec une âme habillée de neuf, ce qu'elle a fait, car mon âme est toujours ainsi vêtue et le restera jusqu'à ce que je rencontre à nouveau ma Sainte Mère. Je suis née une seconde fois de son esprit.

Q. Pour mentir effrontément, n'est-ce pas, sitôt que Jones t'a rattrapée ?

R. C'était afin de ne pas encourir sa malveillance. Certains naissent lourds et obtus, comme des bateaux peu maniables, leur conscience ne suffit pas à les faire changer de cap, et non plus la lumière du Christ. Jones ne cachait point qu'il se serait bien servi de moi et je ne voulais pas. J'ai dû montrer quelque astuce pour échapper à son dessein.

Q. Ce que tu fais maintenant pour échapper au mien.

R. A toi je dis la vérité, que tu ne veux pas accepter. En ceci tu prouves toi-même que je dois mentir pour être crue.

Q. Purs mensonges ou paraboles lascives, c'est tout un. A présent, madame, il est tard mais je n'en ai pas fini avec vous et ne tiens pas à ce que cette nuit vous conspiriez avec votre époux pour inventer de nouvelles paraboles. Vous dormirez sous ce toit, dans la chambre où vous avez dîné, est-ce bien entendu ? Et ne parlerez à personne sauf à mon clerc, qui vous surveillera aussi étroitement qu'un guichetier.

R. Tu n'as pas le droit, et encore moins devant le Seigneur.

Q. Toi, je pourrais te jeter en prison où tu souperais de pain et d'eau et dormirais sur de la paille pourrie. Cesse de protester ou tu le paieras.

R. C'est à mon père et mon mari que tu dois faire ces déclarations. Je sais qu'ils m'attendent.

Q. Ton impudence dépasse les bornes. Retire-toi. Et remercie le Ciel pour ma bienveillance. Tu ne la mérites point.

Dix minutes plus tard trois hommes dans le bureau de Mr Ayscough se tenaient immobiles près de la porte comme si en s'aventurant plus loin il y avait eu pour eux risque d'infection. A l'évidence : une délégation de protestataires.

A l'évidence aussi, le magistrat n'a plus tout à fait la même attitude qu'il avait tout à l'heure devant l'impudente Rébecca. Après qu'elle fut sortie accompagnée de son gardien, Ayscough, comme il avait fait déjà au début de la journée, s'était dirigé vers la fenêtre : le soleil se couchait et la place, maintenant beaucoup plus calme, semblait très différente de ce qu'elle avait été le matin. Quelque chose pourtant n'avait pas changé : sous la fenêtre, au coin de la rue d'en face se tenaient toujours trois silhouettes masculines, aussi sombres que les Erinyes, et manifestement aussi implacables ; mais à présent, derrière les trois personnages et autour d'eux il y en avait dix autres parmi lesquels six femmes vêtues comme l'était Rébecca. On aurait pu penser que ces gens se trouvaient là par hasard si le même accoutrement, presque un uniforme, n'avait donné l'impression qu'ils étaient des membres d'une même confrérie et si tous n'avaient dirigé leur regard vers un même point : la fenêtre où Ayscough venait d'apparaître.

Il fut tout de suite reconnu ; en une séquence rapide et désordonnée, treize paires de mains s'élevèrent vers treize poitrines, pour une prière. Une prière qui n'était pas une offrande ou une supplication, mais une affirmation muette et, obscurément, un défi, même si ne l'accompagnaient ni cris ni gestes hostiles et menaçants. Le groupe ne s'exprimait que par l'intensité, la solennité des visages. Ayscough avait contemplé un moment ces piliers de vertu ; puis s'étant éloigné de la fenêtre, il avait vu son clerc de retour dans la pièce, qui lui montrait sans un mot la grosse clef qu'il tenait à la main, la clef de la chambre où il venait d'enfermer Rébecca. L'homme alla jusqu'à son bureau et se mit à rassembler ses feuilles de papier couvertes de griffonnages, un travail préparatoire à leur laborieuse transcription. Soudain Ayscough avait parlé, d'un ton bref, comme en colère. Le clerc avait paru surpris de ce qui lui était commandé mais il n'avait rien dit ; il avait salué et quitté de nouveau la pièce.

Les trois hommes maintenant sont là. Celui du milieu est le tailleur James Wardley, le plus petit des trois, mais c'est lui qui, visiblement, a le plus d'autorité. Ses cheveux gris sont longs et raides, comme ceux de ses deux compagnons. Son visage est usé, ridé, celui d'un homme plus vieux que ses cinquante ans. Il aurait l'air d'un simple marchand sans humour s'il ne portait de curieuses lunettes à la monture d'acier : les branches en sont équipées d'un morceau de verre sombre pour filtrer la lumière venant sur les côtés. Et le résultat de cet appareillage est l'impression qu'une constante malveillance luit dans ses yeux myopes qui derrière les verres étroits ne cessent de fixer le magistrat. Ni lui ni les deux autres n'ont ôté leurs chapeaux de quakers. Et il est aisé de déceler chez eux ce trait commun à tous les membres des sectes extrémistes, qu'elles soient religieuses ou politiques, lorsqu'ils sont forcés de frayer avec ceux qui obéissent à la règle générale : le sentiment, nuancé d'embarras et de méfiance, d'être isolés et tenus à l'écart.

Le mari de Rébecca est aussi hâve et émacié que d'ordinaire et visiblement mal à l'aise. Il semble, en dépit de son enthousiasme prophétique, impressionné par ce que l'instant a de cérémonieux — et beaucoup moins un possible rebelle qu'un individu quelconque mêlé par hasard à une affaire qui le dépasse. Il tient les yeux obstinément baissés, comme s'il observait sur le plancher un point précis juste à quelques pieds en avant du petit homme de loi. On pourrait croire qu'il préférerait ne pas être ici.

Tout autre est l'attitude du père de Rébecca. Il porte un manteau brun foncé et semble de l'âge de Wardley : un homme robuste, trapu, qui ne cède jamais d'un pouce et paraît aussi déterminé que son beau-fils est effacé. Si le regard de Wardley est ferme, le sien est hardi et même agressif ; et ses poings sont serrés, comme s'il se préparait à se battre.

Wardley est ce qu'il est en raison de son humeur acariâtre et de son goût de la discussion ; non qu'il ne soit pas profondément convaincu de la vérité de ses croyances et visions, mais avant toute chose il aime saisir chaque occasion de railler l'illogisme de ses ennemis (ainsi que leur satisfaction béate dans un monde grossier et injuste) et il ne lui déplaît pas — car douce est la vengeance — de les maudire et vouer à la damnation. En lui l'esprit de Tom Paine est encore vivant, comme celui d'innombrables disputeurs du dix-septième siècle ; il se différencie des Prophètes français pour autant que sa nature — foncièrement non conformiste et peu accommodante — le porte à nier que l'Histoire chemine sur une voie unique.

Le mélancolique mari de Rébecca n'est en vérité rien de plus qu'un mystique ignorant, qui a repris le langage des visionnaires et qui cependant est persuadé que ce qu'il dit est d'inspiration divine ; c'est-à-dire qu'en toute innocence il croit en lui-même et se dupe lui-même. Comme tant de gens de son milieu à cette époque il ne soupçonne pas ce qui de nos jours est devenu évident pour tous, et même pour les moins intelligents et les moins cultivés : qu'il y a en chaque être humain une conscience de soi, de sa propre identité, par quoi chacun s'oppose au monde naturel et, fût-ce dans une faible mesure, parvient à le contrôler et le manipuler. John Lee n'aurait jamais pu comprendre le *Cogito, ergo sum* ; et encore moins notre actuelle affirmation d'un *Je suis* qui n'a pas besoin de penser pour savoir qu'il existe. Certes l'intelligentsia au temps de John Lee avait déjà un sens du *soi* très vif et presque moderne, mais qui n'était nullement caractéristique de l'époque tout entière. La mauvaise habitude que nous avons de juger d'une époque sur ses grands hommes, ses Pope, Addison, Steele, ou Johnson, en oubliant que le génie artistique ne reflète pas nécessairement la mentalité de son temps, nous fait accorder à Lee, et à tous ceux de sa classe sociale, un sentiment de l'identité personnelle qui était alors le privilège d'une élite.

John Lee *est,* bien sûr ; mais pas plus que l'outil ou l'animal ; il est une chose avec une place et une fonction déterminées, dans un monde où tout a été d'avance fixé et mis en ordre. Il prend connaissance de ce monde autour de lui avec la même application laborieuse qu'il met à déchiffrer la Bible; il ne se mêle pas de l'approuver ou de le rejeter; de le défendre ou de le combattre; c'est le monde comme il est, comme il sera toujours, un discours arrêté à tout jamais dans une forme immuable. Lee n'a rien de l'esprit de Wardley, tellement plus émancipé, actif et quasi politique, et persuadé que l'action de l'homme peut changer le monde. Lee sans doute prophétise aussi un tel changement mais pour un tel changement il n'est rien qu'un simple instrument. Comme tous les mystiques (comme de nombreux romanciers, et celui qui s'exprime ici est du nombre) il est déconcerté devant la réalité présente et de loin plus heureux quand il s'en échappe vers un passé à raconter ou un avenir à prédire; toujours prophétique, enfermé dans cet étrange temps que la grammaire ne connaît pas: le présent imaginaire.

Vous n'auriez jamais fait admettre au tailleur Wardley que les doctrines des Prophètes français l'attiraient simplement parce qu'elles convenaient à sa vraie et profonde nature; et encore moins aurait-il admis — en supposant qu'au lieu de gouverner une obscure secte provinciale il eût disposé d'un très large pouvoir — qu'il aurait très bien pu être un aussi lugubre tyran que ce Robespierre qui viendrait un jour et dont avec ses sinistres lunettes il apparaît curieusement comme une première ébauche.

Les carences et les excès, les défauts de ses partenaires faisaient par comparaison du père de Rébecca, le charpentier Hocknell, le plus droit et, à maints égards, le plus typique des trois.

Sa foi religieuse comme ses opinions politiques étaient tributaires d'une seule chose: l'habileté de ses mains. C'était un travailleur manuel bien plus que Wardley ou John Lee, un bon charpentier. Des idées en elles-mêmes il ne tenait guère compte et les regardait comme il regardait les ornements dans les métiers proches du sien, la menuiserie ou l'ébénisterie: du superflu, et donc condamnable. Cette tendance marquée de la Dissidence vers la sévérité du style, cet accent mis sur la solidité structurale, le bel ouvrage, la sobriété et, en conséquence le rejet de tout ce qui est fantaisie, recherche précieuse ou luxe inutile, toutes ces caractéristiques, bien sûr, sont apparues dès le début dans la doctrine puritaine. Une telle esthétique de la rigueur et du dépouillement avait toujours été, depuis 1730 et même depuis la restauration du roi Charles II en 1660, largement méprisée et discréditée par ceux qui détenaient la richesse et bénéficiaient des raffinements de la culture, mais toujours aussi elle avait été honorée parmi ceux qui, comme Hocknell, pensaient que le travail et la religion pouvaient seuls donner un sens à leur vie.

Et en effet son travail de charpentier était devenu pour Hocknell un modèle religieux, et une référence en toutes circonstances. Ce qui importait pour lui c'était qu'une opinion, une idée, une façon de vivre soient simples, nettes, exactes ; comme il devait en être aussi des objets, bien fabriqués, bien chevillés, bien mortaisés, bien conçus pour la fonction à laquelle ils étaient destinés. Et surtout sans vaines décorations ou enjolivures qui auraient dissimulé ce qu'ils étaient. Tout ce qui s'écartait de ce précepte était mauvais ou impie. La précision esthétique devenait justice morale ; le « simple » n'était pas seulement beau, il était conforme à la vertu ; et ce qu'il y avait de plus diaboliquement contraire à la vertu et qui transparaissait avec évidence sous l'ornementation excessive et inconvenante, c'était la société anglaise elle-même.

Hocknell n'était pas fanatique au point de refuser d'installer, lorsqu'on le lui demandait, des bibliothèques aux panneaux finement ciselés, des manteaux de cheminée surchargés de sculptures, ou n'importe quoi de ce genre, mais il considérait cela comme œuvre du démon. Les belles maisons, les beaux habits, les carrosses et un millier d'autres choses qui cachaient ou travestissaient ou niaient les vérités fondamentales et contribuaient aux injustices du monde, il les méprisait. Sa seule vérité était la vérité du Christ, aussi évidente pour le charpentier, aussi irréfutable qu'un tas de précieuses poutres bien sèches laissées à l'abandon dans une cour. Elles étaient là pour être utilisées par des hommes tels que lui. Les métaphores qu'il employait dans ses prophéties s'appuyaient toujours sur ce même genre d'image : la maison était pourrie et vouée à la ruine cependant qu'on avait sous la main des matériaux bien meilleurs. Ses prophéties étaient plus simples que celles de son beau-fils qui apparemment avait établi des rapports directs avec les Apôtres et divers personnages du Vieux Testament. Le charpentier espérait — sans vraiment y croire fermement — que le Christ reviendrait prochainement sur terre ; ou croyait, comme tant de chrétiens avant et après lui, que cela devait être vrai parce que cela aurait dû être vrai.

Bien entendu, cela aurait dû être vrai, parce que l'Evangile peut très aisément être lu comme un document politique ; ce n'est pas pour rien que l'Eglise médiévale a lutté si longtemps pour le garder à l'abri du vulgaire. Si tous les hommes sont égaux devant le Christ qui ne considère que leurs qualités personnelles pour les accueillir au Ciel, pourquoi ne sont-ils pas égaux sur terre ? Les discours théologiques volontairement obscurs, les citations soigneusement sélectionnées qui tendent à justifier les Césars de ce monde ne répondent pas à cette question. Le charpentier n'oubliait pas non plus que son métier avait été celui du père terrestre du Christ et cette pieuse référence en vérité était pour lui source d'une fierté farouche, dangereusement proche du péché de vanité.

En termes ordinaires, c'était pour bien des choses un homme susceptible, d'humeur vive, et acharné à défendre ses droits ou ce qu'il considérait comme ses droits. Parmi lesquels le droit patriarcal de diriger la vie de ses filles et de chasser celle qui avait fauté ; Rébecca lors de son retour avait craint une très vive réaction paternelle. Elle avait eu le bon sens de chercher d'abord le pardon de sa mère et l'avait obtenu — toutefois sous condition que son père l'accorderait aussi. Elle avait alors été amenée auprès de lui par sa mère. Les deux femmes avaient trouvé Hocknell au travail, plaçant une porte dans une maison nouvellement construite ; accroupi pour fixer un gond, ne paraissant pas les voir jusqu'à ce que Rébecca prononce un seul mot : Père. Il s'était alors retourné, l'avait foudroyée d'un regard terrifiant, comme si elle était le diable incarné. Elle était tombée à genoux et avait courbé la tête. Le visage de l'homme s'était crispé. Il avait perdu tout self-control, il était à l'agonie. L'instant d'après il la saisissait violemment entre ses bras robustes, dans un débordement de sanglots, retrouvant ainsi une tradition bien plus vieille que celle de la Dissidence.

Mais l'abandon à des accès d'intense émotion, c'était un des traits essentiels de la Dissidence, et qu'on reconnaissait dans tous ses comportements. Peut-être parce qu'elle y trouvait une façon de marquer son refus de ce qu'avaient été les usages de l'aristocratie, devenus ensuite ceux de la bourgeoisie qui s'efforçait de lui ressembler, et maintenant intégrés à toute la tradition anglaise : par crainte d'exprimer des sentiments naturels on érige en valeurs suprêmes le sang-froid, la litote et la maîtrise de soi. Nous pouvons à présent ironiser à loisir sur cet enthousiasme hystérique, ces sanglots incontrôlés, ces discours volubiles, sur tous les autres phénomènes excessifs qu'on retrouve si fréquemment dans les premières manifestations culturelles de la Dissidence. Ne serions-nous pas cependant plus près de la vérité en imaginant un monde où, comme on l'a dit, le sens du moi existe à peine ; et, s'il apparaît, est aussitôt réprimé ; où la plupart des gens sont encore comme John Lee, des êtres sans identité personnelle plutôt que de libres individus dans le sens que nous donnons au mot libre ?

Mr Ayscough se lève de sa table et se campe devant les trois hommes près de la porte — ou plutôt tente vainement de se camper car il est plus petit que Wardley lui-même et ne peut pas plus se camper qu'un coq nain voulant se faire passer pour un coq de combat. En tout cas il ne regarde pas les visages des trois dissidents et réussit à suggérer par son attitude qu'il ne se laissera pas marcher sur les pieds. Le clerc commande d'un geste au trio de suivre son maître et ils s'exécutent ; le clerc, sardonique, leur emboîte le pas.

Les cinq hommes, Mr Ayscough en tête, se rendent en file jusqu'à la pièce donnant sur la cour. Mr Ayscough va vers la fenêtre et se plante là, tourné vers l'extérieur. Il joint les mains dans son dos sous son manteau ouvert et contemple la cour, maintenant dans la pénombre. Rébecca se tient près du lit, comme si elle s'y était étendue et venait de se relever, surprise de toute évidence par l'arrivée de cette délégation solennelle. Elle ne bouge pas pour l'accueillir et il y a un moment d'embarras, caractéristique de ce genre de rencontres.

« Sœur, cet homme veut que tu dormes ici cette nuit contre ta volonté.

— Ce n'est pas contre ma volonté, frère Wardley.

— La loi ne lui en donne pas le droit. Tu n'es pas accusée.

— J'y suis obligée en conscience.

— As-tu demandé conseil à Jésus-Christ ?

— Il a dit que j'y suis obligée.

— N'as-tu point été mal traitée, eu égard à ton état, dans ton âme comme dans ton corps ?

— Non.

— Cet homme n'a-t-il point par malice essayé de te détacher de ta foi ?

— Non.

— Tu en es sûre ?

— J'en suis sûre.

— Ne t'a-t-il point ordonné, Tu diras cela ? Ou bien, Si tu ne m'obéis pas, tu en souffriras ?

— Non.

— Ne crains rien, ma sœur, s'il se moque, ou tente de te corrompre, de te forcer à t'écarter de la lumière ; dis l'entière vérité ; rien que la vérité du Christ.

— C'est ce que j'ai fait et ferai. »

Wardley est de toute évidence surpris par ce calme. Mr Ayscough continue à contempler la cour. Sans doute pour qu'on ne voie pas son visage.

« Tu es sûre que ce que tu fais est, dans le Christ, ce qu'il y a de mieux à faire ?

— Tout à fait sûre, frère.

— Nous prierons pour toi, sœur. »

Mais à présent Ayscough se retourne et d'un ton brusque : « Vous pouvez prier pour elle mais non point avec elle. Vous l'avez entendue, je ne lui fais pas de mal. N'êtes-vous pas convaincus ?

— Nous allons prier avec elle.

— Non, monsieur. Vous avez eu le droit de l'interroger sur ce qui était pertinent. Je ne vous octroie pas celui de tenir aussi une réunion de prière.

— Amis, vous êtes témoins. Prier est considéré comme impertinent. »

Le clerc, posté derrière les trois hommes, avance d'un pas et saisit par le bras le père de Rébecca, qui est le plus proche de lui, pour l'inciter à faire demi-tour et s'en aller ; mais c'est comme s'il le brûlait vif car Hocknell se retourne et lui attrape le poignet qu'il serre comme dans un étau ; puis il le force à baisser le bras et lui lance un regard farouche.

« Ne me touche pas, toi ... démon. »

Wardley pose la main sur l'autre bras de Hocknell.

« Apaise ta juste colère, frère. Plus tard ils seront jugés. »

Hocknell, d'abord, n'a pas l'air enclin à obéir ; il finit par lâcher le poignet du clerc et se tourne vers Wardley.

« C'est de la tyrannie. Ils n'ont aucun droit d'interdire la prière.

— Nous sommes parmi les infidèles, frère. »

Hocknell jette un regard à Rébecca. « A genoux, ma fille. »

Dans le silence qui suit l'ordre paternel, Rébecca reste immobile ; les hommes non plus ne bougent pas car ils estiment contraire à leur dignité de s'agenouiller avant elle. Son mari tient obstinément les yeux baissés, comme s'il souhaitait toujours ne pas être là ; cependant que Wardley laisse errer son regard dans le vide. La voilà maintenant qui s'approche de son père et sourit.

« Je suis en tout ta fille. Ne crains rien, je ne me laisserai plus courber de nouveau. Je suis aussi la fille du Christ, à présent. » Elle s'arrête, puis ajoute : « Je t'en prie, père, va en paix. »

Les trois hommes sont toujours immobiles, hésitant à décider si une femme peut ou doit avoir une opinion en une telle matière. Ils contemplent son visage, d'une merveilleuse douceur et qui exprime aussi la simplicité, l'équilibre, et il leur semble presque qu'elle les juge. Un sceptique, un athée pourraient penser qu'il y a en elle du mépris pour ces hommes, pour la façon dont leur foi les a déformés, du mépris pour leur sexe ; et en cela le sceptique et l'athée auraient tort. Rébecca n'éprouve aucun mépris mais de la pitié, et pas un instant ne met en doute la substance même de leur foi. Mr Ayscough a paru jusqu'ici indifférent ; maintenant il observe Rébecca avec beaucoup d'attention. C'est Wardley qui met fin à ce long moment d'attente silencieuse.

« Plus d'amour, sœur. Que l'esprit du Christ soit avec toi. »

Rébecca ne quitte pas du regard le visage encore courroucé de son père.

« Plus d'amour, frère. »

Elle saisit la main de Hocknell et la porte à ses lèvres ; il semble qu'il y a là quelque allusion à un événement passé, à une autre occasion où elle a ainsi calmé son humeur rancunière. Hocknell n'en paraît guère apaisé, et interroge le visage de sa fille, au regard ferme, au léger sourire, comme s'il cherchait une réponse à la question qu'il se pose : pourquoi la connaît-il si mal alors qu'elle le connaît si bien ? Il est comme un homme à qui, en un stade avancé de son existence, on fait entrevoir quelque chose qu'il n'a jamais reconnu ; la légèreté, l'affection, un dernier écho de la vie qu'a menée Rébecca à des milliers de miles des poutres solides et des solides principes moraux ; quelque chose qui le déroute totalement. Mais chez Lee, rien de tel. Elle se tourne vers lui, lui prend les deux mains, mais ne les baise pas, non plus que son visage. Ils ne font qu'échanger un regard, et en dépit des mains jointes c'est presque le regard qu'échangeraient deux étrangers.

« Dis la vérité.

— Oui, mon mari. »

C'est tout. les trois hommes sortent, suivis par le clerc. Mr Ayscough reste seul avec Rébecca, et continue de l'observer. Elle le regarde presque timidement, puis baisse humblement les yeux. Un moment encore il la contemple ; et soudain, sans un mot de plus, il se retire. Une fois la porte fermée il y a un bruit de clef qui tourne dans la serrure. Rébecca écoute un instant les pas qui s'éloignent ; elle s'approche du lit et elle s'agenouille. Ses yeux restent ouverts ; ses lèvres sont immobiles. Elle se relève, s'étend sur le lit. Elle promène ses mains contre son ventre qui n'est encore que légèrement arrondi et elle tend le cou pour l'examiner ; puis elle laisse retomber sa tête et le regard fixé au plafond elle a cette fois un large sourire.

C'est un sourire étrange, étrange dans son innocence. Il ne trahit ni vanité ni orgueil, ni même la satisfaction qui lui viendrait d'être sortie d'une situation difficile, et ce n'est pas non plus une réponse à la raideur maladroite de ses trois frères en Jésus-Christ. Cela semble plutôt le reflet de quelque profonde certitude intérieure ; pas une certitude acquise par un effort de volonté ; une certitude qui lui a été donnée, qu'elle possède maintenant, sans l'avoir voulue. En plus de la foi qui leur est commune, Rébecca partage une chose avec son mari : elle a comme lui très confusément le sens de ce qui caractérise un ego moderne. En fait, si elle sourit c'est que par la grâce du Christ elle se voit accorder sa première prophétie : l'enfant en elle sera une fille. Nous dirions aujourd'hui qu'elle a découvert qu'elle voudrait qu'il en soit ainsi ; et nous nous tromperions totalement sur ce qu'elle éprouve. Son sourire n'est pas pour accueillir une telle connaissance personnelle, ni pour s'en réjouir. C'est le sourire de celle qui a entendu une voix, qui est maintenant choisie, et qui accueille l'annonciation.

Interrogatoire et Déposition de
James Wardley
lequel témoigne mais refuse de prêter serment
ce quatrième jour du mois d'octobre
dans la dixième année du règne
de notre noble Souverain George II,
par la grâce de Dieu Roi de Grande-Bretagne
et d'Angleterre, &c

Mon nom est James Wardley. Je suis tailleur de mon état. Né en 1685, à Bolton, au pays des Moors. Je suis marié.

Q. Eh bien, Wardley, il se fait tard, je ne vous retiendrai pas longtemps. Vos croyances, je n'ai point à en discuter avec vous, je veux seulement vérifier certains faits au sujet de Rébecca Lee. Vous la comptez dans votre troupeau, votre congrégation, quel que soit le nom employé ?

R. Je ne suis ni évêque ni pasteur pour compter les âmes comme un avare ses guinées. Nous vivons en compagnonnage. Elle est ma sœur et croit ce que je crois.

Q. Vous enseignez la doctrine des Prophètes français, n'est-ce pas ?

R. J'enseigne la vérité : que ce monde est près de sa fin à cause de ses péchés ; et que Jésus-Christ reviendra encore une fois pour sa rédemption. Que tout être qui aura foi en lui et vivra de Sa lumière sera sauvé. Pour les autres ce sera la damnation éternelle.

Q. Ceux qui seront damnés sont ceux qui ne vous suivent pas ?

R. Tous ceux qui suivent l'Antéchrist qui a régné depuis la fin de la première Eglise des Apôtres, et n'entendent pas la parole du Seigneur, révélée par la grâce et les prophéties.

Q. Vous prétendez que toute religion depuis lors est Antéchrist ?

R. Jusqu'à la venue des Amis, il y a cent ans. A part eux, tout est possédé par le grand Je du diable. Arrière, grand Je, hors d'ici. Ainsi disons-nous.

Q. Ne croyez-vous pas à la prédestination, comme les calvinistes ?

R. Non, et Dieu non plus.

Q. Qu'y-a-t-il de faux dans cela ?

R. On y dit que l'homme ne peut changer dans le Christ

vivant, ni combattre la chair et mettre un terme au péché, s'il choisit de le faire, comme il le devrait.

Q. Avez-vous tiré cette doctrine de la Bible?

R. Un homme ne verra pas le royaume de Dieu s'il ne naît point une seconde fois. Le Livre est un bon témoin, plein de sagesse; mais ce n'est pas tout. Ainsi disons-nous.

Q. Comment pas tout? N'est-ce pas la vérité sacrée, et infaillible?

R. Nous disons que ce fut écrit par des hommes bons et saints. Ils ont écrit selon les lumières qu'ils avaient. C'était alors ce qu'ils comprenaient; pour certaines choses ce n'était pas une vérité très sûre. Ce ne sont que des mots, faillibles en leur saison. Le Seigneur ne doit rien à l'écrit. Le Livre n'est pas son dernier testament; car ce serait dire, Il est mort à présent; et c'est là vile hérésie que fait circuler l'Antéchrist afin que les pécheurs puissent pécher en paix. Il n'est pas mort, Il vit, Il voit tout et bientôt reviendra parmi nous.

Q. On me dit que vous ne croyez pas en la Sainte Trinité.

R. Que cette Sainte Trinité soit tout entière masculine, que la femme n'y ait point de part: cela nous ne le croyons pas.

Q. Le Christ peut venir à nouveau sous la forme d'une femme, n'est-ce pas ce que vous proclamez d'une façon blasphématoire?

R. Quel blasphème y-a-t-il là? Le premier et le plus grand péché a été la fornication d'Adam et Eve qui étaient tous deux également coupables. L'homme et la femme qui jaillirent de leurs flancs peuvent être sauvés l'un et l'autre et peuvent l'un et l'autre apporter le salut. L'un et l'autre peuvent être à la ressemblance du Christ; et le seront.

Q. Croyez-vous possible qu'Il soit vu maintenant dans ce monde, quoique venu du Ciel en secret?

R. Le Christ n'est pas secret. Le présent état de ce monde te répond. Eût-Il été vu, le monde ne serait pas comme il est, rien qu'aveuglement et corruption.

Q. Et la Sainte Mère Sagesse?

R. Qui est-ce?

Q. N'est-ce pas ainsi que vous appelez l'Esprit saint?

440

R. Non.

Q. Vous ne l'avez point entendu appeler ainsi ?

R. Jamais ainsi.

Q. Ni le Ciel, la vie éternelle, appelés Juin Eternel ?

R. Maître, on t'a fait prendre des vessies pour des lanternes. Le Ciel n'a pas de saison spéciale, ce n'est pas plus juin que n'importe quel autre mois.

Q. Vous renoncez à tout plaisir charnel ?

R. La nature charnelle est la maison de l'Antéchrist, nous n'y entrerons pas. Ce qui nous libère de ses chaînes c'est la chasteté, rien d'autre. Ainsi disons-nous, et pour vivre faisons de notre mieux.

Q. Encore une question : selon votre foi, la chair d'un vrai croyant survit-elle à la mort ?

R. Toute chair est corruption, chez ceux qui ont la lumière comme chez les autres. Mais l'esprit est ressuscité.

Q. Ceci ne vient pas de vous seuls, mais de tous ceux qui se sont déclarés Prophètes français.

R. Tu peux toi-même en juger. Tu as pu dans tes lectures rencontrer Misson et Elias Marion. Thomas Eames qui s'en est allé il y a trente ans près du Seigneur. Et de même Sir Richard Bulkeley. Tu peux solliciter John Lacy, qui jusqu'à ce jour a vécu dans ce pays, et que je connais bien, il a maintenant soixante-douze ans et témoigne de la vérité depuis bien plus longtemps que moi.

Q. D'accord. Venons-en à mon propos. Vous êtes persuadé que Rébecca Lee a la même foi que vous, et que ceux que vous avez nommés ?

R. Oui.

Q. Et ce n'est point par la volonté de son mari ou de son père, pour satisfaire les deux ou l'un des deux, comme il arrive dans toute religion et pas seulement la vôtre ?

R. Non. Elle appartient à notre foi de sa propre conscience, car je l'ai questionnée là-dessus et Jane ma femme aussi, qui la connaît mieux que moi.

Q. Ignorez-vous son passé ? Ne savez-vous pas qu'à Londres elle était une prostituée ?

R. Elle s'est repentie.

441

Q. Une dernière question. Etes-vous instruit de toute la vie qu'elle a menée ?

R. J'en ai parlé avec nos frères et ma femme avec nos sœurs, et nous espérons qu'elle sera sauvée.

Q. Vous espérez ? Pas plus ?

R. Jésus seul sauvera, après le Jugement.

Q. Vous la croyez sincère dans le repentir de sa vie passée ?

R. Oui, des plus ardente à être sauvée.

Q. C'est-à-dire qu'elle s'accorde avec vos croyances, est fanatique dans votre foi ?

R. Je ne te répondrai pas. Je suis venu dans la paix.

Q. N'avez-vous point quitté les quakers à cause de cette question de paix ? N'étiez-vous pas né quaker ?

R. Je suis né ami de la vérité et mourrait de même ; mais entre-temps, le Seigneur en soit loué, je dois lutter pour la parole du Christ. Je ne traite pas l'ennemi du Christ comme si cela ne me regardait pas, ainsi que certains ont pris maintenant l'habitude de le faire. Si un de ceux-là me provoque en matière de l'esprit, je le provoque à mon tour.

Q. Ne vous ont-ils pas banni de leur assemblée dans cette cité ?

R. Je pourrais encore les y rejoindre si je restais silencieux. C'est comme dire, Un homme peut marcher et il marchera, mais avec des chaînes. Et de par Jésus-Christ mon maître je n'accepterai pas.

Q. Il y a deux ans, n'avez-vous pas été exclu de leurs réunions ?

R. Je prophétisais Sa venue, et eux ne voulaient point m'entendre.

Q. N'avez-vous pas dit que l'autorité civile n'était pas reconnue par les gens tels que vous, que vous appelez les vrais chrétiens ? Et que cette autorité était l'exemple le plus frappant des péchés pour lesquels ce monde est condamné ?

R. J'ai dit que lorsque l'autorité civile exigeait de nous faire prononcer un serment ou agir contre notre conscience c'était insupportable. Je n'ai pas dit qu'en toutes choses il fallait lui désobéir. Serais-je devant toi si je le pensais ?

Q. On m'a rapporté que vous vouliez que la richesse et tous les biens soient mis en commun, et avez parlé dans ce sens.

R. J'ai prophétisé qu'il en serait ainsi parmi ceux qui resteront, après que Dieu sur les pécheurs aura accompli sa vengeance. Je n'ai pas dit qu'il fallait que ce soit fait présentement.

Q. Vous maintenez que le monde serait meilleur si c'était fait ?

R. Je maintiens que le monde sera meilleur quand ce sera fait ; comme un jour ce sera fait, par la volonté de Dieu.

Q. Ce monde sera meilleur quand tout y aura été renversé ?

R. Le Christ a tout renversé. Nous avons en lui notre justification.

Q. Pour fomenter l'émeute et la rébellion, n'est-ce pas ?

R. De ceci tu n'as aucune preuve. Et il n'y en a point.

Q. Combien êtes-vous ici de Prophètes français ?

R. Quarante ou cinquante, et quelques-uns aussi là où je suis né. Quelques-uns aussi à Londres.

Q. Donc vous n'êtes pas forts ?

R. Les petits ruisseaux font les grandes rivières. Au commencement, le Christ avait moins encore.

Q. La raison pour laquelle vous n'entrez pas en rébellion séditieuse, n'est-ce pas celle-là : vous êtes trop faibles ; mais seriez-vous plus forts que vous n'hésiteriez point.

R. Tu ne me prendras pas au piège de tes suppositions rusées, maître. Nous obéissons à la loi dans toutes les matières que régit la loi, nous ne blessons point l'homme si ce n'est dans sa conscience. Certes nous voulons la rébellion contre le péché. Nous prendrons l'épée pour vaincre le péché et sauver les âmes. Il n'y a pas de règles contre cela. Et lorsque nous serons forts il n'y aura pas de rébellion contre la loi car tous verront que nous vivons dans le Christ et joindront nos rangs. Alors régneront la paix et le vrai respect de l'homme.

Q. La loi ne demande-t-elle pas l'obéissance à l'Eglise établie et à son autorité ?

R. Oui. Et l'Eglise romaine fut autrefois l'Eglise établie.

Q. L'Eglise protestante, Eglise établie dans ce royaume, est donc aussi mauvaise et corrompue que celle de Rome. Est-ce là ce que tu dis ?

R. Je dis que toutes les églises sont composées d'hommes. Les hommes sont de chair, qui est née corrompue. Je ne dis pas que tous les hommes de l'Eglise établie sont corrompus. As-tu lu *A serious call to a Devout and Holy Life* ? Je ne jugerai pas celui qui l'a écrit, William Law, qui est de ton Eglise, mais c'est un homme du mal. Il étend la honte à bien d'autres qui sont aveugles comme des taupes à la lumière du Christ.

Q. Ce qui veut dire qu'ils occupent une place qui ne leur revient point. Voilà bien là une invitation directe à se rebeller contre eux. C'est ainsi que nos ancêtres, au siècle dernier, ont été conduits à l'intolérance. C'est reconnaître vous-mêmes que vous êtes damnés, comme l'Histoire en donne la preuve.

R. Tu fais de même si tu considères qu'un homme mauvais, ou aveuglé doit rester où il est parce qu'il est ce qu'il est. Avec ce genre d'argument tu peux prouver que le Diable lui-même est bon et bien à sa place. Certes tu n'achèterais pas ta viande à un mauvais boucher ni ne t'adresserais à quelqu'un de mon métier qui ne saurait point coudre. Mais tu ne t'inquiéteras pas que la Parole du Christ soit déformée, frappée au coin de la trahison. Car celui qui porte les attributs de la prêtrise ou fait suivre son nom d'une alignée de titres, celui-là peut boire, courir les prostituées, vivre à son gré, il n'en est pas moins à sa place dans sa charge.

Q. Serait-ce là ce que vous entendez par la paix entre les hommes et le respect qu'ils méritent ? Mr Fotheringay sera mis au courant.

R. Serait-ce là ta façon de ne pas discuter de ma foi ? J'espère qu'il en tirera grand bien.

Q. Assez. Je veux savoir si à vos assemblées la femme Lee a fait des prophéties.

R. Non.

Q. A-t-elle en quelque façon, publiquement ou en privé, parlé de ce qui avait éveillé en elle cette piété nouvelle ?

R. Elle a seulement confessé les terribles péchés de sa vie passée et le remords qu'elle en éprouve.

Q. Elle n'a pas mentionné les circonstances particulières qui ont provoqué en elle un tel changement ?

R. Non.

Q. Ni un jour ni un endroit ?

R. Non.

Q. Ni, s'il y a eu de telles circonstances, la présence en l'occasion d'autres personnes ?

R. Non.

Q. Vous en êtes certain ?

R. Elle est humble, comme il convient, et vit maintenant en le Christ, ou du moins voudrait vivre en Lui.

Q. Comment cela, voudrait ? N'est-elle pas encore sûre de sa foi ?

R. Il ne lui a pas encore été donné de prophétiser. Cela vient par la grâce du Christ, et nous prions que cela lui arrive.

Q. Afin qu'elle se mette à déclamer comme les plus doués d'entre vous ?

R. Elle peut se voir accorder la glorieuse langue de la lumière, et la parler, comme le fait ma femme, et d'autres aussi.

Q. En cela elle est donc encore déficiente ?

R. Elle n'a point fait de prophéties.

Q. Se pourrait-il qu'elle vous trompe ?

R. En quoi nous tromperait-elle ?

Q. En prétendant qu'elle n'est plus ce qu'elle était, tout en le restant dans son cœur.

R. Elle vit pour le Christ, afin de pouvoir un jour vivre en le Christ. Elle et son mari sont pauvres, aussi pauvres que la pierre nue, il ne gagne pas assez pour leur subsistance. Pourquoi feindrait-elle de souhaiter vivre ainsi quand il lui serait fort aisé de se prélasser dans la luxure et la richesse, comme elle le faisait en ta Babylone ?

Q. Ne subvenez-vous pas à leurs besoins ?

R. Quand je le peux, et nos frères et sœurs dans le Christ font de même.

Q. Est-ce là œuvre de charité particulière, ou due à tous ceux qui sont dans l'indigence ?

R. Due à tous. Car ainsi parlèrent George Fox et les premiers frères, le tabernacle de l'âme doit être décemment nourri et vêtu avant que la lumière de la vérité puisse pénétrer jusqu'à l'âme elle-même. Et je te dirai pourquoi ils parlaient de la sorte : c'est qu'ils voyaient autour d'eux que l'humanité pour sa plus grande part vivait dans la misère, dans un état pire que celui de la brute ; et voyaient aussi que les autres, ceux qui avaient plus que le nécessaire pour s'habiller et se nourrir, eux et les leurs, qui auraient pu et dû soulager les plus pauvres n'en faisaient rien, par vanité et cupidité égoïste. Et que ce manque de charité était pour les narines de Notre Seigneur Jésus-Christ d'une puanteur de charogne ; qu'il damnerait ceux qui s'en rendaient coupables. Maintenant, si tu le veux, appelle-nous des rebelles. En ceci nous sommes des rebelles, qui savent qu'il est bon et juste de donner, et que c'est là le meilleur exemple de la vraie fraternité que Jésus-Christ nous enseigne. Appelle-nous des rebelles, et Lui aussi tu pourras l'appeler un rebelle.

Q. Le Christ donnait par compassion, ce n'est pas votre cas. Vous donnez pour suborner ceux qui, de la juste place qu'ils occupent dans la société, se laissent berner par vos manœuvres.

R. Est-ce occuper une juste place que souffrir de la faim et aller en haillons ? Homme, tu devrais te promener dans la rue où vit notre sœur. Tu as des yeux, je suppose ?

Q. Des yeux pour voir qu'elle est bien cachée derrière tes basques, et point démunie, dans cette ville misérable.

R. Si bien cachée que tu l'as trouvée.

Q. Je l'ai cherchée durant plusieurs mois.

R. Ecoute, j'ai sur moi une guinée qui m'a été remise hier en paiement de deux vêtements que j'ai faits ; ajoutes-en une et je donnerai les deux à ceux de Toad Lane que tu trouves occuper une juste place, qui ont faim et vivent plus pauvrement que des mendiants. Quoi, tu refuses ? Maître, ne crois-tu pas en la charité ?

Q. Pas en la charité qui ira emplir les poches du plus proche vendeur de gin.

R. Tu es lent à te laisser persuader. Je vois en toi une grande prudence. Mais Jésus-Christ n'a-t-il pas, lui, donné pour toi, et bien plus que la valeur d'une malheureuse guinée ? Et s'il avait été aussi prudent que toi et avait dit, Je ferais peut-être mieux de ne pas sauver cet homme, il est faible, mon sang ne servira qu'à emplir les poches du plus proche vendeur de gin ?

Q. Vous devenez insolent, je ne l'accepterai pas.

R. Ni moi ta guinée puisque tu ne la donneras pas.

Q. Il y a une possibilité que cette femme ait commis un grand crime.

R. Elle n'a commis aucun crime, tu le sais aussi bien que moi, à part celui d'être née d'Eve.

Q. Je sais qu'il y a de fortes chances qu'elle soit une fieffée menteuse.

R. On dit que tu es un homme équitable, quoique strict pour le service de ton maître. Tu as bonne réputation. Mais avec moi tu es près de la perdre. Tu prétends ne pas me connaître, qu'il en soit ainsi, j'y suis fort habitué. Moi et tous ceux de la même foi tu voudrais nous briser contre tes livres de loi qui ne sont que d'épaisses tranches de droit coutumier transformées en métal solide pour séparer les riches des pauvres. Non, tu ne nous briseras pas, tu auras beau t'y efforcer, nous résisterons. Tes gourdins ne seront que des fléaux qui en nous frappant feront de nous du meilleur grain. Je vais te dire un conte du temps de mon père, l'année de Monmouth, qui fut aussi celle de ma naissance, en 1685. Car, Jésus en soit loué, depuis qu'il avait rencontré George Fox qui le premier vit la lumière, et sa femme, à Swarthmoor, il était un Ami de la Vérité, et à Bolton fut mis en prison sous un mauvais prétexte. Pendant qu'il était là vint un Mr Crompton, magistrat qui devait le juger et tentait de l'exhorter à se repentir et à adjurer son appartenance aux Amis. Mais mon père ne se laissa pas influencer et parla si bien de sa foi qu'en vérité ce fut le magistrat qui se sentit ébranlé dans la sienne. Et pour finir il prit mon père à part et lui dit qu'il y avait en ce monde deux justices, que devant la justice de Dieu mon père était innocent mais coupable devant celle des hommes. Trois ans plus tard ce magistrat fut la cause d'un grand scandale car il rejeta ses chaînes et vint nous rejoindre, quoique cela lui coûta très cher puisqu'il y perdit bien des choses de ce monde. Et quand il retrouva mon père il le salua par ces mots, C'est maintenant à toi de me juger, ami, pour cette misérable étoffe que je tissais autrefois ; maintenant je sais que la justice sans la lumière est pareille à la chaîne sans la trame et ne fera jamais de bon drap.

Q. La magistrature a été bien débarrassée. Une nation est perdue qui ne distingue pas entre la loi et le péché. Le crime est un fait, qui peut être ou non prouvé. Pour le péché, c'est à Dieu seul de juger.

R. Tu es aveugle à la vérité.

Q. Et toi tu es aveugle à ce que tous les autres hommes ont pensé et décidé. Une fois que le péché devient crime, il s'ensuit une féroce tyrannie, telle que l'Inquisition parmi les papistes.

R. L'Inquisition. Voilà un mot qui convient dans ta bouche, maître juriste. Les hommes pensent, les hommes pensent — oui la plupart des hommes pensent. Et pour la plupart ils pensent à ce monde terrestre, et à ce qui conviendrait le mieux à la vie de pécheurs qu'ils y mènent. Mais ils ne pensent guère au tribunal d'en haut où il s'entendront accuser. Là tu sauras si le péché compte pour si peu auprès de ta loi qui est au service de l'Antéchrist.

Q. Suffit. Tu montres trop d'obstination.

R. Et je continuerai, aussi longtemps que je serai chrétien, le Seigneur en soit loué.

Q. Je ne veux demain aucune agitation de ta part non plus de tes compagnons, est-ce compris ? Non, pas d'attroupement sous cette fenêtre. Je t'avertis qu'il serait bon que tu apprennes à contrôler ton humeur malveillante. Ou bien je convoquerai directement Mr Fotheringay, qui sait le but de ma juste enquête. Décampe.

Hiſtorical Chronicle, 1736.

OCTOBER.

Friday 1.

ONE *James Todd* who repreſented the Miller's Man, in the Entertainment of Dr *Fauſtus*, this Night, at the Theatre in *Covent-Garden*, fell from the upper Stage, in a flying Machine, the Wires breaking, fractur'd his Scull, and dy'd miſerably; 3 others were much hurt, but recover'd. Some of the Audience Swooned, and the whole were in great Confuſion upon this ſad Accident.

Lately, a large Grampus was drove a-ſhore at *Steaths* near *Whitby*, *Yorkſhire*, the Lordſhip of *Francis Middleton*, Eſq; the Head was 5 Yards long, the Finns 4 Yards each, the Tail 3, and the Body 17.

Thurſday, 7.

A Man and his Wife, at *Rushal* in *Norfolk*, having ſome Words, he went out and hang'd himſelf. The Coroner's Inqueſt found it *Self-Murder*, and order'd him to be buried in the Croſs-ways: But his Wife ſent for a Surgeon, and ſold the Body for half a Guinea; the Surgeon feeling about the Body, the Wife ſaid, *He is fit for your Purpoſe, he is as fat as Butter;* and then he was put naked into a Sack, with his Legs hanging out, thrown upon a Cart, and convey'd to the Surgeon's.

Saturday, 9.

A great Storm did conſiderable Miſchief to our Shipping, but was in *France* much more violent.

There had like to have been a Goal-Delivery at *Newgate*, *Briſtol*, by the greateſt Rogues, who propos'd to the reſt, either to make their Eſcapes, or to have their Throats cut; but one *Smith* run up Stairs, gave the Alarm to the Keepers, and cauſed the Projectors to be ſecured, with their Chiſſels, Files, Iron Crows, &c. with which they were at work.

Monday, 11.

This Evening a Shoemaker in *Dublin* finding another Man in Bed with his Wife, deſired him to take his Time, and not be in too much haſte, and paid his Compliments with a brotherly Kiſs, for the Labour he took off his Hands; but he was not ſo civil to his Lady, for he cut her Noſe cloſe off to her Face, deſired her to follow her Gallant. and ſee whether he would like this Addition to her Beauty or no.

Thurſday, 14.

The Parliament met at *Weſtminſter*, and was further Prorogued to *Thurſday*, *Nov.* 25.

Friday, 15.

At the Seſſions, at the *Old Baily*, 3 Criminals received Sentence of Death (*viz.*) *Wm Rine* and *Samuel Morgan*, for the Highway, and *Mary Campton*, for ſtealing Goods; one was burnt in the Hand, 12 order'd for Tranſportation, and 12 acquitted. *Daniel Malden*, (See p. 550 E) received his former Sentence. The 5 *Spittlefields* Rioters were all found Guilty, order'd to be impriſon'd for 2 Years and find Security for their good behaviour for 7 Years.

Saturday, 16.

Mrs *Mapp* the Boneſetter, with Dr *Taylor*, the Oculiſt, being at the Playhouſe in *Lincoln's-Inn Fields*, to ſee a Comedy call'd the Husband's Relief, with the Female Boneſetter and Worm Doctor; it occaſion'd a full Houſe, and the following:

EPIGRAM.

While *Mapp* to th' actors ſhew'd a kind regard,
On one Side *Taylor* ſat, on th' other *Ward :*
When their mock Perſons of the Drama came,
Both *Ward* and *Taylor* thought it hurt their *Fame;*
Wonder'd how *Mapp* cou'd in good Humour be--
Zoons, crys the Manly Dame, it hurts not *me ;*
Quacks without Art may either blind or kill ;
But * *Demonſtration* ſhews that mine is *Skill.*

---

* This alludes to ſome Surprizing Cures ſhe perform'd before Sir *Hans Sloane* at the *Grecian* Coffee-houſe (where ſhe comes once a Week from *Epſom* in her Chariot with four Horſes) viz. a Man of *Wardour-ſtreet* whoſe Back had been broke 9 Years, and ſtuck out 2 Inches; a Niece of Sir *Hans Sloane* in the like Condition; and a Gentleman who went with one Shoe heel 6 Inches high, having been lame 20 Years, of his Hip and Knee; whom ſhe ſet ſtrait and brought his Leg down even with the other.

K k k b

And

And the following was Sung upon ƒ Stage.

Y OU Surgeons of *London*, who puzzle your
    Pates,
To ride in your Coaches, and purchaſe Eſtates,
Give over, for Shame, for your Pride has a Fall,
And ƒ Doctreſs of *Epſom* has out-done you all.
                                Derry Down, &c.

What ſignifies Learning, or going to School,
When a Woman can do, 'bout Reaſon or Rule,
What puts you toNonplus, & baffles your Art;
For Petticoat-Practice has now got the Start.

In Phyſick, as well as in Faſhions, we find,
The neweſt has always its Run with Mankind:
Forgot is the Buſtle 'bout *Taylor* and *Ward*;
Now *Mapp's* all ƒCry,& her Fame's on Record.

Dame Nature has giv'n her a Doctor's Degree,
She gets all ƒ Patients, and pockets the Fee;
So if you don't inſtantly prove her a Cheat,
She'llRollin herChariot whilſt you walk ƒ ſtreet
                                Derry down, &c.

Monday, 18.

The County Hoſpital at *Wincheſter* was o-
pened; when Dr *Alured Clarke* preached before a numerous Congregation,l many of
them Gentlemen of Rank,who made an hand-
ſome Collection, beſides their annual Subſcrip-
tion. It were to be wiſh'd ſuch charitable
Undertakings was encouraged all over *England*.

Tueſday, 19.

The common Crier made Proclamation at
Guildhall, before the Lord Mayor, &c. for
Henry Fiſher, Gent. to appear and anſwer to
the Charge of Felony and the Murder of Mr
Darby, or otherwiſe he would be Outlaw'd.
—The ſaid *Fiſher* eſcaped out of *Newgate*
ſome Years ago.

60 Horſe Load of Tea amounting to 70
hundred Weight was ſeized in *Suſſex*, by 3
Riding Officers, aſſiſted by 3 Dragoons, and
carry'd to *Eaſtbourn* Cuſtom-houſe. The
Smugglers were about 40, a good Part of
whom after an Hours tipling, made an Attempt to regain the Goods, but were repulſed
and ſeveral of them wounded.

Dublin. A Woman big with Child going
into the Country to lie in, was taken with
her Labour on the Road, no body being near
but a blind Man and a Boy, ſhe begg'd of the
latter to go for Help, he refus'd unleſs paid
beforehand, ſhe pull'd out her Purſe, in which
was ſome Silver and a ſmall Piece of Gold,
which the Boy ſeeing told the Blind Man of,
he immediately knock'd out her Brains with a
Staff, took the Purſe and went off: A Gentleman coming by, and ſeeing the Woman
murder'd, rode up to the Boy, and threatning
to kill him, he confeſs'd the Fact, and both
were ſent to *Kilmankam* Goal.

Wedneſday 20.

At *Powderham, Devonſhire*, a Toad-Fiſh
was thrown aſhore; it is 4 Foot long, has a
Head like a Toad, 2 Feet like a Gooſe and
the Mouth opens 12 Inches wide. One of
this Kind was diſſected at the College of Phyſicians in the preſence of K *Charles* II.

Thurſday, 21.

A ſmall Congregation of Proteſtant Diſ-
ſenters met at *Brixworth, Northamptonſhire*,
for divine Worſhip, the Mob of the Town
roſe, daſh'd the Windows to Pieces, threaten'd
the Life of a young Gentleman of *Northampton,* who they ſuppoſed was to officiate there,
ſeiz'd *William Beck* Maſter of the Houſe, and
threw him ſeveral Times into the Mud: It's
hop'd that Perſons of ſuperior Character, to
whom Application is made, will conſider how
much the Liberty of the Subject and the publick Safety are concerned in this Affair.

Friday, 22.

The Magiſtrates of *Edinburgh*, to make an
exact Scrutiny into the late Riot and Murder
of Capt. *Portens* order'd all the Burgeſſes,
Traders, &c. to appear before the Dean of
Guild, and give in an exact Liſt of theis Servants and Apprenttices. Five of the late
Rioters have been committed to the Caſtle.

Came on before the Rt Hon. the Ld Chancellor the Hearing of a Petition of Mr *Al-
cock*, of *Waterford* in *Ireland*, Guardian to
Michael Aylmer, an Infant about 6 Years old,
Heir to a great Eſtate in that Kingdom,
ſhewing, That the Mother, to bring up the
ſaid Child in the *Romiſh* Religion, did pri-
vately convey it away; and that the ſaid
Guardian coming to *London* after it, found
the Mother, but not the Child: To which
ſhe anſwer'd, That ſhe bronght it over for
Advice of Phyſicians, and that her Footman
had, without her Privity, convey'd it away;
but ſhe was order'd to bring it into Court by
the next Thurſday, or ſhe ſhould be ſent to
the Fleet.

Monday, 25.

Mr *George Kelly*, formerly Secretary to the
Biſhop of *Rocheſter*, made his Eſcape from the
Tower, where he had been confin'd 14 Years,
but had lately the Liberty to take the Air
with a Warden: He wrote a Letter next
Morning to the D. of *Newcaſtle*, acknow-
ledging his Majeſty's Goodneſs towards him,
and excuſing the Attempt he had made to
regain his Liberty, and another to a Gentleman in the *Tower* aſſigning over to him all
his Books, &c. at his Lodgings. A Reward of
200l. is offer'd for apprehending him.

The induſtrious *Dutch* having this Year
taken 589 Whales and 3 young Ones, the
French and *Spaniards* 70; on this Occaſion it
was remarked, That if *England* has not had
her Share in this profitable Fiſhery, ſhe may
boaſt of having out done all her Neighbours in
Horſe-racing.

Wedneſday, 27.

At a Court of Common-council at *Guild-
hall*, it was Reſolved that *Stocks* market was
the fitteſt Place for building the Manſion-
houſe for the Lord Mayor, and it was referr'd
to the former Committee to prepare a Plans.

Several Perſons have been apprehended on
Suſpicion of murdering Capt. *Innys* mention'd
in our laſt.

Tôt le matin suivant, Rébecca est introduite auprès d'Ayscough, dans la même pièce que la veille. C'est une vaste salle où trône une table massive aux pieds bulbeux, du dix-septième siècle. Pas une simple chambre d'auberge convertie en bureau, mais une pièce spacieuse utilisée occasionnellement comme salle à manger, salle de réunions semi-publiques ou privées, selon les besoins de la clientèle. Rébecca est séparée de son interlocuteur par une belle étendue de chêne poli. Chose étrange, il se lève pour l'accueillir, presque comme si elle était une grande dame. Il ne se courbe pas devant elle comme il le ferait pour une grande dame mais lui fait face et incline la tête, d'un geste lui désignant son siège. Un gobelet d'eau est placé sur la table devant ce siège, il semble qu'on a prévu qu'il serait nécessaire.

« Vous êtes bien reposée ? Vous avez déjeuné ?

— Oui.

— Vous n'avez pas à vous plaindre de votre logement ?

— Non.

— Vous pouvez vous asseoir. »

Elle s'assied, mais il reste debout. Il se tourne vers John Tudor qui a pris place au bout de la table, et fait de la main un geste vif pour indiquer que ce qui va être dit en premier ne doit pas être enregistré.

« Je tiens à vous louer pour votre conduite d'hier soir. Vous vous êtes gardée d'encourager Wardley et votre père dans leurs mauvaises intentions.

— Ils ne cherchaient pas à mal faire.

— Sur ce point, je ne suis pas d'accord. N'importe, madame Rébecca. Un auguste père peut différer en presque tout d'un père d'humble extraction ; mais en ceci, la perte d'un fils, ils sont semblables et aussi dignes de notre intérêt. N'est-il pas vrai ?

— Je vous ai dit tout ce que je sais. »

Ayscough affronte le regard direct de la jeune femme, où

451

se lit à présent quelque trouble, dû au changement d'attitude du magistrat. Après cette dernière réponse il penche de côté, de la manière qui lui est habituelle, sa tête coiffée d'une perruque, comme s'il s'attendait à ce qu'elle ajoute quelque chose. Mais elle se tait ; il se dirige vers la fenêtre, observe pensivement ce qui se passe au-dehors, puis se tourne de nouveau vers son témoin.

« Madame Rébecca, nous les hommes de loi devons être parcimonieux. Nous devons glaner nos champs avec plus de soin que les autres hommes, le moindre petit grain de vérité nous devons le tenir pour précieux, particulièrement en temps de disette. J'ai à vous poser encore des questions que votre piété trouvera choquantes.

— Demandez, je n'oublie pas que j'ai péché. »

Ayscough contemple le visage inflexible, en attente dans la lumière qui entre par la fenêtre près de laquelle il se tient.

« Madame, je n'évoquerai point à nouveau ce que vous m'avez raconté hier et qui est encore frais dans votre esprit. Avant de commencer, je voudrais dire d'abord que si, après une nuit de réflexion, vous souhaitez à présent apporter des changements à votre témoignage, on ne vous en fera aucun blâme. Si quelque chose d'important a été omis, si vous n'avez pas dit l'exacte vérité par quelque crainte, en raison de votre état ou pour toute autre cause, vous n'en souffrirez pas. De ceci je vous donne ma parole.

— J'ai dit toute la vérité.

— En votre âme et conscience, tout s'est passé comme vous l'avez relaté ?

— Oui.

— Monseigneur a été transporté au Ciel ?

— Oui.

— Madame Rébecca, je pourrais souhaiter qu'il en fût ainsi, et même je souhaite qu'il en soit ainsi. Mais j'ai sur vous un avantage. Il y a à peine plus d'un mois que vous avez fait connaissance de Monseigneur et il vous avait alors, comme vous l'admettez vous-même, caché bien des choses. Moi je le connais, madame, depuis de nombreuses années. Hélas, celui

452

que je connais et que bien d'autres connaissent pareillement n'est pas celui que vous nous décrivez.»

Rébecca ne répond pas. C'est comme s'il n'avait rien dit. Ayscough attend, puis continue.

«Je vous parlerai un peu de lui, en confidence, madame. L'attention dont vous avez été l'objet de sa part stupéfierait sa propre famille, ou le cercle auquel il appartient car ses proches voyaient en lui l'homme le moins aimable envers votre sexe. On disait qu'il faisait son Joseph, aussi insensible qu'un poisson mort. Et toutes ces années, en dépit de son rang, il n'a jamais montré non plus le moindre respect pour la religion établie. On ne l'imaginait pas plus s'agenouillant avec bonheur dans une église que les hirondelles jouissant des neiges de l'hiver. Je veux bien admettre que vous aspiriez à en finir avec la vie que vous meniez chez Claiborne, que pour cela vous étiez prête à accepter n'importe quelle aide. Mais que ce soit Monseigneur qui vous apporte cette aide, à vous, une prostituée ordinaire qu'un mois auparavant il n'avait jamais vue, cela je ne puis le croire.»

Et encore il attend qu'elle réponde et encore elle ne répond rien.

Il retourne à sa place devant la table, son regard fixé sur les yeux de Rébecca. Il a pu espérer qu'ils laisseraient deviner quelque faiblesse, une attitude défensive, mais ils n'expriment toujours qu'un même mélange de douceur et de fermeté impavide, comme si la voix de la raison était sur elle sans pouvoir. Il continue.

«Et je ne ferai que citer, madame, quelques autres choses que pareillement je ne puis croire. Par exemple, ce choix du principal lieu d'idolâtrie païenne pour y rencontrer Notre Seigneur et Son Père Très Glorieux dans les circonstances les plus sacrilèges et, ce qui est à peine moins scandaleux, au fond d'une grotte du Devonshire où tout devient encore plus improbable. Et ces pauvres manants, ces charpentiers qui tournent au divin. Ou bien cette figure féminine de l'Esprit saint qui — de l'avis même de Wardley — n'est pas connue de vos propres prophètes, non plus que ce Juin Eternel. Madame, vous n'êtes pas stupide, vous n'êtes pas le genre de femme qui n'a rien vu du monde. Si vous entendiez raconter une telle histoire, ne douteriez-vous pas de la raison du conteur ou de la vôtre ? ne seriez-vous point tentée de crier. Je ne peux croire, je ne crois pas cette histoire absurde et blasphématoire qui n'a dû être inventée que pour tromper, pour duper, pour m'empêcher de voir une vérité plus simple ? »

Mais Rébecca ne répond que par la fixité de son regard, quoique de toute évidence elle devrait maintenant s'exprimer à son tour. Ce qui se passe est en fait ce qui s'est passé maintes fois durant cet interrogatoire. Elle est extrêmement lente à réagir. Ce n'est pas la pause que ferait une femme encore très jeune qui cherche ses mots, hésitante, embarrassée ; c'est plutôt comme si les paroles d'Ayscough devaient être d'abord traduites d'une langue étrangère avant que la réponse puisse être formulée. Rébecca manque totalement de la vivacité agressive de Wardley et de sa promptitude de repartie : parfois c'est presque comme si elle ne répondait pas elle-même mais attendait que quelque mystérieux conseiller lui souffle les paroles qui conviennent.

« Je réponds que lorsque le Christ vint une première fois la plupart des gens doutèrent ou ne crurent point. J'ai dit la simple vérité. Je ne peux faire plus.

— Madame, vous êtes trop modeste. Claiborne n'a-t-elle point déclaré que vous aviez des dons d'actrice tout aussi développés que ceux pour lesquels elle vous avait engagée ? N'avez-vous pas admis qu'il n'y avait rien de vrai dans ce que vous avez raconté à Jones ? Vous pouvez prétendre que vous étiez alors forcée de mentir, mais pas que vous ne mentiez point.

— Je n'ai point menti sur les faits d'importance.

— Etre conduite en Paradis pour y rencontrer le Dieu Tout-Puissant et Son Fils n'est-ce pas un fait important ?

— Si important qu'il est presque impossible d'en parler. Je ne savais pas alors comment le dire avec des mots ; je ne sais pas encore te le dire. Et pourtant cela s'est passé ainsi et j'ai pu voir Jésus-Christ et Son Père ; ce qui a été un baume pour mon âme car Leur présence m'a remplie de joie, oui, d'un plaisir plus grand que tout plaisir terrestre.

— Le Tout-Puissant un petit propriétaire, le Rédempteur un paysan faisant les foins, est-ce convenable ?

— Le Père Eternel en est-il moins Dieu s'il n'est point assis en gloire sur un trône ? Jésus-Christ en est-il moins Jésus s'il ne gémit pas sur une Croix ? Et les anges ne sont-ils plus des anges du moment qu'ils n'ont point d'ailes mais manient la faucille plutôt que la harpe et la trompette ? Je te le dis, on m'a élevée dans le refus de toutes les images de piété qu'on prétendait venir de Satan. Ce que je vis, ce que virent les yeux de mon corps, ce n'étaient que des ombres et reflets de l'unique lumière ; mais les yeux de mon âme ont vu la lumière elle-même qui est et sera le premier et le dernier objet de mon amour.

— Vous voyez ce que vous voulez avec vos yeux puisque tout ce que vous voyez n'est qu'illusion. N'est-ce pas cela ?

— Ce que je vois avec mes yeux est d'ordre charnel, et non vérité certaine qui est seulement de lumière. Ce que je vois de mes yeux n'est ni plus ni moins vrai que ce que tu vois, toi ou toute autre créature humaine. »

Après cet échange de propos, Ayscough est perplexe, sans vouloir se l'avouer. Un homme, aujourd'hui, ne douterait pas un instant que Rébecca ment, ou tout au moins fabule. Les dieux n'apparaissent plus aux humains — à l'exception d'une occasionnelle Vierge Marie se révélant à des paysans méditerranéens illettrés. Déjà à l'époque, de telles visions étaient considérées comme des supercheries des catholiques, ce qui n'étonnait guère les bons protestants qui dénonçaient une telle fourberie. Toutefois dans l'Angleterre d'Ayscough, même les gens de sa classe étaient encore loin d'avoir nos certitudes. Ayscough par exemple croit aux fantômes ; il n'en a jamais vu lui-même mais il a lu et entendu trop de récits à leur sujet — et certainement pas seulement des histoires de vieilles femmes ou de radoteurs — pour ne pas y croire. En cet âge, fantômes et esprits ne surgissaient pas d'une imagination oisive portée à la fantaisie ; ils venaient de la nuit très réelle dans laquelle était encore enfouie une Angleterre isolée et dont la population rurale n'était guère supérieure à celle d'un quartier de notre Londres actuel.

Ayscough a certainement approuvé la révocation, en cette même année, du Witchcraft Act. Mais seulement parce qu'il reconnaît maintenant que les cas de sorcellerie dont il a entendu parler et dont même il lui est arrivé de s'occuper au début de sa carrière relevaient d'une loi défectueuse et se fondaient sur des témoignages souvent contestables. Il n'affirme pas, pour autant, qu'il n'y a jamais eu de sorcellerie ; mais simplement que les pires aspects en sont désormais caducs. Que quelque congrès de sorcières malfaisantes suivant les pratiques anciennes ait encore lieu dans un coin perdu du Devonshire demeure du domaine des possibilités. Il peut sentir, il doit sentir que Rébecca déforme grandement le récit de sa vision sacrée (à laquelle il oppose ce qu'il sait du fils de son maître, et une vieille aversion qu'il nourrit à son égard, atténuée cependant par le respect dû à son rang). Reste toutefois une part irréductible de possible vérité qu'il ne peut nier. Il ne le reconnaîtra jamais et pourtant le doute s'enfonce en lui comme une épine.

« Vous ne voulez pas changer votre témoignage ? Je vous le répète, vous n'en souffrirez pas.

— De la vérité je ne souffrirai pas. A ce que j'ai dit je ne veux rien changer.

— Très bien, madame. Je vous offrais cette grande faveur dont vous ne pourriez bénéficier si nous étions en cour de justice. Qu'il en soit donc à votre guise, et si ce que vous avancez se révèle faux vous en porterez la responsabilité. A présent vous allez de nouveau parler sous la foi du serment. » Il s'assoit, jette un regard à John Tudor installé au bout de la table. « Ecrivez tout ce qu'elle dira. »

Q. Restons dans le domaine de la vue, même si les mots employés peuvent être faux. Etes-vous certaine que vous n'avez jamais vu Monseigneur avant qu'il vous rende visite au bordel ?

R. Certaine.

Q. Ni entendu parler de lui ?

R. Non plus.

Q. Vos services étaient souvent retenus à l'avance, n'est-ce pas ?

R. Oui.

Q. Etait-ce ainsi avec Monseigneur ?

R. Dans le registre de Claiborne, c'était écrit au-dessous de mon nom « Un ami de Lord B. ».

Q. Ecrit combien de temps à l'avance ?

R. Elle ne m'en avait pas parlé jusqu'au matin où il vint.

Q. Etait-ce là ce qu'elle faisait d'habitude ?

R. Oui.

Q. Et vous n'aviez pas vu ce qui était écrit lorsqu'elle le lut à haute voix pour vous en informer ?

R. Comme je l'ai dit, je n'ai su qu'ensuite de qui il s'agissait.

Q. Les filles sortaient parfois en ville ? Pour se rendre à des fêtes, des mascarades, au théâtre ?

R. Parfois, mais jamais seules.

Q. Alors comment ?

R. Même pour le raccrochage, nous étions accompagnées par Claiborne et ses hommes de main.

Q. Le raccrochage ?

R. Pour attirer les pécheurs au bordel. Ceux qui se laissaient tenter et demandaient un rendez-vous, on leur disait qu'ils ne l'auraient qu'au bordel.

Q. Vous et vos compagnes ne donniez jamais de rendez-vous privés ?

R. Si Claiborne découvrait qu'on l'avait trompée, elle nous le faisait payer.

Q. Elle vous punissait ?

R. Nous devions « manger en famille », avec ses hommes de main. Ça s'appelait comme ça. Et nous étions alors traitées plus durement que nous l'aurions jamais été par la loi. Elle nous gouvernait ainsi. Mieux vaut mourir que manger en famille, c'est ce que nous avions l'habitude de dire entre nous.

457

Q. Vous ne fûtes jamais vous-même traitée de la sorte ?

R. J'en ai connu qui le furent.

Q. Néanmoins, vous alliez parfois dans des endroits publics. Monseigneur n'avait-il pu vous y voir ?

R. En tout cas, moi je ne l'avais point vu.

Q. Dick non plus ?

R. Non.

Q. Après votre rencontre, Monseigneur n'a jamais suggéré qu'il vous connaissait déjà ? N'aurait-il pas prononcé qu'il avait longtemps cherché à vous rencontrer, ou des mots de ce genre ?

R. Non.

Q. Il aurait pu cependant avoir entendu parler de vous. En ville, n'y avait-il pas des bavardages à votre sujet ?

R. Hélas.

Q. Maintenant ceci : n'avez-vous jamais confié, à qui que ce soit, que vous n'étiez pas satisfaite de votre sort et souhaitiez en changer ?

R. Non.

Q. Même pas sous forme de confidence à l'une de vos compagnes ?

R. Je ne pouvais me fier à aucune d'elles. Ni à personne d'autre.

Q. L'assiduité de Monseigneur à vous revoir, après la première rencontre, n'était-elle pas plutôt surprenante, considérant qu'il ne pouvait prendre avec vous le plaisir ordinaire ?

R. Il prenait du plaisir à espérer, semble-t-il.

Q. Il ne vous a donné aucun signe que vous étiez choisie dans un tout autre but ?

R. Non. Jamais.

Q. Il vous a interrogée sur votre passé, n'est-ce pas ?

R. Il a posé deux ou trois questions, c'est tout.

Q. Et votre vie au bordel ? Ne vous a-t-il pas demandé si vous n'en étiez point fatiguée ?

R. Il m'a un peu interrogée là-dessus. Mais sans s'occuper de savoir si j'en étais fatiguée, quoique la plupart des hommes le font. Le plus souvent par peur de leur propre péché.

R. J'étais dans un grand dénuement.

Q. N'y en a-t-il pas d'autres dans un grand dénuement ? D'autres qui ont moins péché ?

R. Je n'étais rien, rien que cendres ; c'est la punition d'un long aveuglement.

Q. Mais ce n'est pas une réponse à ma question.

R. La miséricorde du Christ se fait souvent sentir là où elle semble imméritée.

Q. Cela, je ne le contesterai pas, madame.

R. Ce ne peut être pour ce que j'étais, ni pour ce que je suis, quoique ce soit mieux que ce que j'étais. C'est donc pour ce que je fais.

Q. Que faites-vous ?

R. Ce pour quoi les femmes sont en ce monde, qu'elles le veuillent ou non.

Q. Tout ceci a eu lieu pour que vous portiez un enfant ?

R. L'enfant que je porte n'est que le signe charnel.

Q. Signe de quoi ?

R. De plus de lumière et de plus d'amour.

Q. L'amour, la lumière, c'est l'enfant qui les apportera, ou bien ce sera vous en le mettant au monde ?

R. Elle, surtout, les apportera.

Q. Quoi, êtes-vous certaine que l'enfant sera de votre sexe ? Répondez.

R. Je ne peux le faire dans ton alphabet.

Q. Madame, il y a un alphabet et un seul qui est celui du langage ordinaire. Comment êtes-vous certaine de ce que vous avancez ?

R. J'ignore, mais je le suis.

Q. Et lorsqu'elle aura grandi, je ne doute pas qu'elle prêchera et fera des prophéties.

R. Elle sera la servante de Notre Sainte Mère Sagesse.

Q. N'est-ce pas à une position plus haute qu'avec une perversité blasphématoire vous aspiriez pour elle ? *(Non respondet.)* N'ai-je pas sondé au plus profond de ton esprit ? N'est-ce pas ce que disent tes prophètes ? N'affirment-ils pas avec la plus grande impiété que lorsque le Christ reviendra Il sera femme ? Que Dieu me pardonne d'exprimer une telle pensée, ne crois-tu pas en secret que tu portes maintenant dans ton sein un Christ au féminin ?

R. Non, non, je le jure, je ne suis point aussi vaine, je n'ai jamais dit cela, même dans le plus profond de mon cœur.

Q. Dit, peut-être pas ; je parie toutefois que tu l'as pensé.

R. Non. Non, je te le répète. Comment cela pourrait-il arriver à une si grande pécheresse ?

Q. Comment, en vérité, à moins qu'elle se croie devenue une sainte — et pourquoi ne le croirait-elle point, s'étant vu accorder de rencontrer Dieu et Son fils et l'Esprit Saint en plus ? Nierez-vous que d'après vos lumières prophétiques un tel Christ en jupons puisse apparaître ?

R. Je nie de toute mon âme avoir jamais pensé que celle que je porte le soit.

Q. Ne jouez pas à la modeste, madame. Vous avez été honorée par certains du plus haut rang. Pourquoi ne croiriez-vous pas qu'une semence plus divine que celle de Dick a fait son travail ?

R. Tu ne me prendras pas au piège. Tu ne sais point ce que c'est d'être femme.

Q. J'ai une épouse et deux filles, toutes les deux plus âgées que vous, et même des petites-filles. Qu'est-ce qu'une femme ? Madame, j'ai déjà entendu cette devinette et j'y ai répondu.

R. Ce n'est pas une devinette. Telle que je fus utilisée quand j'étais une prostituée, je peux l'être encore. Et semblablement toutes les autres femmes.

Q. Comment ? Toutes les femmes se prostituent ?

R. Nous le faisons en ceci que nous nous retenons de dire ce que nous croyons, de dire ce que nous pensons par crainte qu'on se moque de nous qui ne sommes que des femmes. Si les hommes trouvent qu'une chose doit se faire de telle ou telle façon cela sera, nous n'avons qu'à obéir. Je ne parle pas de toi seul ; c'est ainsi partout et avec tous les hommes. La Sainte Mère Sagesse ne doit être ni vue ni entendue, et non plus ne se doit voir ce qu'elle pourrait apporter si on la laissait faire.

Q. Pour ce qu'elle apporterait, passons. J'aimerais savoir ce que vous apporterez, vous, madame, comme fruit de vos entrailles.

R. Celle que je concevrai sera plus que moi, je ne suis là que pour la mettre au monde. Qu'elle soit Jésus-Christ qui revient, je dis que je n'en suis pas digne, ni assez vaine pour le prétendre. J'ignore ce qu'elle sera mais je sais que je ne pleurerai pas, non, mais remercierai le Seigneur de tout mon cœur qu'elle m'ait été donnée. Et il est temps que je te dise également ceci : Monseigneur n'était pas un Seigneur dans ce seul monde, mais aussi dans un monde bien plus vaste, et il lui fallait le cacher. Ce que j'avais pris pour de la cruauté était de la bonté, quoique je ne l'aie pas compris tout d'abord, et aussi le signe qu'il voyait que les gens de ce monde vivaient dans la nuit de l'Antéchrist. Il parlait le plus souvent de manière à ne point être obligé de révéler qui il était — hormis à ceux qui s'éveillaient à la grâce. Oui, il était comme quelqu'un qui se trouve dans un pays en guerre avec son pays, et il lui fallait dissimuler sa vraie allégeance, mais sans la cacher totalement à ceux qui méritaient sa confiance ou en lesquels il plaçait son espoir. Ne t'y trompe point, je ne dis pas qu'il était Celui du Livre. Je dis qu'il était de Son esprit et tous deux s'exprimaient et agissaient pour Lui en Son nom. J'ai parlé hier de Monseigneur et de son valet, et comment en bien des cas ils semblaient ne faire qu'un. Et maintenant je vois qu'en vérité ils n'étaient qu'un : Dick pour le corps charnel et imparfait, Monseigneur pour l'esprit ; deux natures jumelles comme tous nous avons deux natures, mais dans leur cas incarnées et visibles en deux êtres séparés. Et tout comme le corps de Jésus-Christ a dû mourir sur la Croix, ce corps terrestre d'aujourd'hui, Dick le pauvre inconverti doit mourir pour que l'autre moitié soit sauvée. Je te le redis à présent, je crois que cette autre moitié ne sera plus jamais rencontrée sur cette terre, non, pas même sous la forme qu'elle empruntait ; et pourtant Monseigneur n'est point mort mais vit en Juin Eternel et ne fait qu'un avec Jésus-Christ, comme moi-même je l'ai vu de mes yeux. Voilà ; j'ai parlé trop franchement, trop vite, et tu ne me croiras pas.

Q. Vous dites que Monseigneur fut emporté sur cette machine envoyée par Dieu pour le soustraire à ce monde ?

R. Oui.

Q. En dépit du fait qu'il vous avait engagée et forcée à une plus grande luxure ?

R. Afin que je voie que c'était là le chemin de l'enfer. Il ne prit aucune part à l'affaire, n'en retira aucun plaisir.

Q. Mais son autre lui, ce lui charnel dont vous parlez, cette brute de Dick en eut jouissance et ravissement.

R. C'est pourquoi il devait mourir. Après cette première fois, ce ne fut pas un plaisir vil ou lubrique, mais, comme je l'ai dit, de la pitié et de l'affection, que j'ai été surprise de ressentir si fortement, comme je l'ai dit aussi ; et sans pouvoir comprendre qu'il en fût de la sorte. Maintenant je sais que celui qui pleurait dans mes bras était la moitié avilie, la chair, l'ombre sous la lumière, et qu'il souffrait de ne point l'ignorer ; ainsi le Christ quand il se plaignit qu'on l'avait abandonné.

Q. Mais l'objection majeure sera que personne autre n'a vu cela en eux. Moi je vais vous servir la vérité, madame. Le maître : dédaigneux de son propre rang, désobéissant à son gracieux père, manquant de respect à son Dieu, insoucieux des devoirs envers la famille ; le domestique : plus proche de la bête que de l'être humain ; voilà ce qui peut en être dit ; voilà ce qu'ils étaient pour tous, sauf pour vous, en ce monde.

R. Je ne me soucie point de ce que les autres croient. Je sais seulement ce que je crois moi-même et croirai jusqu'au jour de ma mort.

Q. Vous dites que Monseigneur doit user de feintes, qu'il doit dissimuler sa vraie allégeance, c'est-à-dire son appartenance à l'esprit du Rédempteur. Comment cela, madame ? Est-ce ainsi que Notre Seigneur s'est conduit ? Ne tenait-Il pas la vérité au-dessus de tout ? Est-il une seule page de l'Evangile où soit rapporté qu'il ait jamais usé de dissimulation ou de ruse, comme un fourbe aux deux visages qui craint pour sa peau ? Qu'en dites-vous ? N'est-ce pas là grande impiété que seulement le penser ?

R. Les pharisiens ont pris de l'assurance.

Q. Ce qui signifie ?

R. Que le Christ ne peut venir dans ce monde comme Il le voudrait, c'est un monde trop obscurci par le péché. Il viendra quand le monde sera purgé de l'Antéchrist, et il apparaîtra dans toute Sa gloire. En la situation présente, si l'on apprenait qu'Il est parmi nous, délivrant ses enseignements comme Il le fit autrefois, Il serait de nouveau crucifié, et encore bien plus certainement s'Il venait en tant que femme. Tous seraient pareils à toi, pleins de raillerie et de mépris, criant que Dieu ne peut partager le sexe d'Eve, et que c'est blasphème de le prétendre. Il viendra lorsque les chrétiens seront redevenus de vrais chrétiens, comme ils l'étaient au début. Alors Il apparaîtra tel qu'Il est, ou Elle telle qu'Elle est.

Q. En attendant ne se risquent parmi nous que de pauvres substituts de la Divinité ou des messagers incertains, est-ce bien cela ?

R. Tu regardes tout aux lumières de ce monde. N'as-tu pas lu les Apôtres ? Pour qu'un homme puisse voir le Royaume de Dieu, il faut qu'il naisse une seconde fois. Les choses vues sont temporelles, éternelles celles qu'on ne voit pas. La foi est la substance des choses qu'on espère, la marque des choses qu'on ne voit pas. Dieu a ainsi construit le monde. Tu cherches toujours en moi la catin rusée, tu cherches toujours en Monseigneur le fils désobéissant et en Dick la pauvre brute. Tu penses ainsi, tu ne peux rien y changer. Né une seule fois, tu dois vivre bon gré mal gré de tes seules lumières.

Q. Madame, vous avez beau montrer sur votre visage des traces d'humilité, tout cela pue l'orgueil.

R. J'ai l'orgueil du Christ, mais rien d'autre. Et même si j'en parle mal, je veux parler pour Sa lumière.

Q. En jetant un défi à toute croyance habituelle et imposée ?

R. Le royaume de Dieu n'est pas « Il faut ». S'il faut qu'une chose soit, Christ n'est point là. Il faut qu'une catin reste toujours une catin : Christ n'est point là. Il faut que toujours l'homme gouverne la femme : Christ n'est point là. Il faut que les enfants meurent de faim : Christ n'est point là. Il faut que chacun souffre des maux que lui inflige sa naissance : Christ n'est point là. En chaque « il faut » déterminé aux pâles lueurs de ce monde, Christ n'est point. C'est l'obscurité, c'est le sépulcre où est enfermé ce monde à cause de ses péchés.

Q. A présent vous voulez renier le cœur même de la chrétienté. La Bible sacrée ne nous présente-t-elle pas notre devoir, ce qu'« il faut » faire ?

R. Elle dit ce qu'il est préférable de faire, non point ce qu'il faut faire ; et nombreux sont ceux qui ne le font pas.

Q. Ne vous faut-il pas obéir au Christ ?

R. Oui, si nous sommes d'abord libres de ne pas Lui obéir ; car Il veut que nous le choisissions librement ; et donc nous devons être tout aussi libres de choisir le mal et le péché et l'obscurité. Pas de « il faut » en cela. C'est ce que dit frère Wardley. Le Christ s'appuie sur demain. Quels que soient aujourd'hui nos péchés et notre aveuglement, l'espoir subsiste que demain nos yeux verront et nous serons sauvés. Et de par Son pouvoir divin et Son mystère, Il nous dit que l'homme a une volonté propre qui lui permet de décider qu'il va changer et, par Sa grâce, être racheté.

Q. Est-ce là cette conviction qui vous vient de Wardley ?

R. Qui vient tout autant de mon propre esprit, lorsque je contemple ma vie passée et ma vie présente.

Q. Cette croyance en la possibilité d'un changement, que tout humain raisonnable approuvera pour ce qui concerne l'âme et sa rédemption, ne se révèle-t-elle pas un principe des plus outrageant quand il s'applique aux choses de ce monde ? Ne conduira-t-elle pas à la guerre civile et à la révolution, au bouleversement de l'ordre légal ? Ne se transforme-t-elle pas en cette notion particulièrement dangereuse que l'homme *doit* changer et que ce changement, s'il ne l'accomplit pas de sa propre volonté, pourra alors être obtenu par l'intervention d'une force brutale, d'un tumulte cruel ?

R. Pour un changement de ce genre, Christ n'est point là. Même si c'est fait en son nom.

Q. N'est-ce pas pourquoi les Prophètes se sont séparés des quakers, qui ne veulent point propager leur foi l'épée à la main ?

R. C'est aussi faux qu'il est faux de prétendre que le pain de froment est noir. Nous voulons conquérir notre foi par la seule persuasion, non par l'épée. Telle est notre manière, en le Christ.

Q. Donc, vous reniez Wardley, à présent. Car hier il a proclamé qu'il se lancerait l'épée à la main contre ceux qui ne partageraient pas sa foi, en ajoutant d'autres véhémentes menaces à l'adresse du présent gouvernement de cette nation.

R. C'est un homme.

Q. Un homme séditieux.

R. Je le connais mieux que toi. Parmi les siens, il est doux et compatissant. Et de bon sens, sauf lorsqu'il se sent menacé par la persécution.

Q. Je vous rétorque qu'il n'a aucun bon sens, et un jour souffrira de n'en point avoir. N'importe, c'en est assez de vos sermons. Venons-en maintenant à Dick. Vous pourriez en dire plus sur lui que n'importe qui. Pensez-vous que derrière l'apparence se cachait un homme moins infortuné qu'il ne semblait ?

R. Il souffrait de ce qu'il était, en cela il n'était point une bête.

Q. Pensez-vous aussi qu'il comprenait bien plus que d'aucuns le supposaient ?

R. Il comprenait qu'il était déchu.

Q. Et quoi d'autre ? Vous avez tenu sur son maître les propos les plus élevés. Que faites-vous de ceci : n'était-ce pas Dick, ce dernier matin, qui paraissait le conduire ? Lui, et pas Monseigneur, qui paraissait savoir quand vous deviez quitter la grand'route, et descendre de cheval, et continuer à pied ? Lui qui partit en avant, cependant que vous attendiez plus bas ?

R. Il y avait en lui une connaissance dont manquent des hommes plus achevés, et même Monseigneur.

Q. Vous n'avez vu nulle part de preuve que l'un ou l'autre seraient venus précédemment en ces parages ?

R. Aucune.

Q. Il semble que Dick — d'après ses manières d'agir — connaissait l'endroit. Vous n'avez aucune idée de la façon dont lui est venue cette connaissance ?

R. Sa façon de connaître Dieu, c'était la connaissance du cœur. Il était comme les animaux qui, même perdus à grande distance de la maison, savent y retourner ; et sans avoir besoin d'un homme pour les guider.

Q. Maintenez-vous que votre Juin Eternel et vos visions, c'était pour lui comme sa maison ?

R. Lorsque la Sainte Mère Sagesse est venue à nous la première fois, il s'est comporté envers elle comme un chien fidèle qui fait fête à sa maîtresse dont il a été longtemps séparé.

Q. Jones dit que Dick est sorti en courant de la grotte, avant que vous en sortiez vous-même, tel quelqu'un saisi d'effroi et d'horreur, qui n'a qu'une seule idée : se sauver. Quel chien ferait ainsi, ayant retrouvé sa maîtresse ?

R. Celui qui ne peut aller à l'encontre de son péché, qui n'en est point encore capable.

Q. Pourquoi cette Sainte Mère Sagesse, qui a montré pour vous tant de bonté, tant de miséricorde, n'en montre-t-elle pas à cette pauvre créature ? Pourquoi laisse-t-elle Dick s'enfuir et commettre ce grand crime de *felo de se* ?

Q. Tu voudrais m'entendre répondre là où seulement Dieu peut répondre.

R. Je te demande une réponse que je puisse croire.

Q. Je n'en ai pas.

R. Donc, je t'en soufflerai une. Dans son ignorance, n'y-a-t-il pas une seule cause qui ait pu le troubler à ce point : voir Monseigneur tué devant lui, ou emporté loin de lui, de sorte que désormais il restait sans protecteur ?

R. J'ignore tout de ce qui est arrivé. J'étais dans un grand sommeil.

Q. Madame, il vous a premièrement menés à cet endroit, ce qui me porte à présumer qu'il savait ce qui s'y passerait ;

cependant, malgré cela, ce qui se passa le conduisit à mettre fin à ses jours. N'est-ce pas plutôt ténébreux ?

R. Tout est ténébreux si Dieu le veut ainsi.

Q. Et ténébreux aussi, femme, quoiqu'on sente là le mensonge, que vous-même répondiez de la sorte et jouiez la sainte qui s'est élevée de sa propre décision au-dessus de choses aussi futiles que la simple raison. Je l'ai remarqué quand je vous ai annoncé que Dick était mort. Quelle femme s'entend dire que le père de l'enfant qu'elle porte est mort et ne pleure ni ne s'agite, tout comme si la mort de ce père était la mort de n'importe quel homme ? Et qui pourtant se déclare plus énamourée de lui que de quiconque, elle, parmi toutes les femmes, qui a connu plus d'amants que la chair putréfiée ne connaît de mouches à viande ? Qui répond maintenant qu'elle ne peut dire, qu'elle ne peut savoir, que cela n'a point d'importance ? Qu'en puis-je penser ?

R. Ceci : je porte son enfant et pourtant mon cœur se réjouit de sa mort ; pour lui et non pour moi. A présent il se relèvera lavé de ses péchés.

Q. Est-ce là votre fraternité chrétienne ?

R. Derechef, je dis que tu me considères comme un miroir de mon sexe, que ton sexe aurait fabriqué. Je ne m'en accommode point. Je t'ai dit qu'alors j'étais une catin, j'ai assouvi sa convoitise, son appétit charnel ; car voilà ce qu'il était, lui, rien qu'appétit charnel, comme le taureau ou l'étalon. Ne vois-tu pas que j'ai changé, que je ne suis plus une catin, que je suis née de nouveau en le Christ ? Que j'ai connu Juin Eternel ? Je ne m'accommode point de tes paroles. A cause de sa foi, la pute Rahab n'a pas péri.

Q. Tu es pire qu'une putain réformée. Tu joues à l'évêque, femme, tu as osé faire une théologie de tes folles fantaisies, tes rêves hurluberlus, ton Juin Eternel par-ci, ta Sainte Mère Sagesse par-là — quel droit as-tu de te servir de tels noms que ne connaissent point tes frères dissidents ?

R. Je ne les avais encore dits à personne. Je ne les dirai plus à personne. Ce ne sont que des mots de ce monde, quoique les signes de bien plus que des mots pour l'au-delà. Les hymnes et les anthèmes de ton Eglise à toi, les jugera-t-on mauvais qui utilisent des mots pour se réjouir dans le Seigneur ? Ne sont-ils pas à Sa louange ? Avec bien sûr cette différence que le gouvernement les autorise ?

Q. Surveille ta langue.

R. Si tu surveilles la tienne.

Q. C'est de l'impudence éhontée.

R. Ce n'est pas moi qui ai commencé.

Q. Suffit. Donc, d'après toi, Dick est mort pour cause de désirs luxurieux à ton égard ?

R. Afin qu'il puisse y renoncer et renier son être charnel qui péchait.

Q. Jusqu'ici, tu n'avais jamais été grosse ?

R. Non.

Q. L'occasion, pourtant, ne t'en a pas manqué. Combien de fois étais-tu chevauchée, au cours d'une nuit de grand commerce ? *(Non respondet.)* Que la vérole tourne ta piété en pourriture, réponds ! *(Non respondet.)* N'importe, je peux aisément deviner. Comment sais-tu d'où te vient ton bâtard que tu mets sur le compte de cet homme ?

R. Ma stérilité était la volonté du Christ ; et de même sa volonté que je sois ce que je suis à présent. Mon mari sera le père de ma fille en ce monde — comme Joseph fut le père de Jésus — afin qu'elle ne soit pas une bâtarde.

Q. Et son père qui n'est pas de ce monde ?

R. Ton monde n'est pas le mien, non plus celui de Jésus-Christ.

Q. Ce que tu voudrais me cacher, femme, je te le ferai dire. Qui est pour ton esprit rebelle le père véritable, Dick ou Monseigneur ?

R. Monseigneur est ce qu'il est, ni moins ni plus ; il n'est point père en ce monde.

Q. Mais dans un autre tu le considères ainsi ?

R. Par l'esprit. Non par la semence.

Q. N'est-il pas convenu selon la loi de Dieu que c'est un péché de se rebeller contre l'autorité de l'homme ? Comme en porte à jamais témoignage le premier acte du Tout-Puissant.

R. C'est ainsi rapporté par les hommes.

Q. La Sainte Bible est un faux témoin ?

R. Elle ne témoigne que d'un seul point de vue. Et la faute en est à l'homme, non pas à Dieu ni à Son fils. Eve a été formée d'une côte d'Adam, c'est dit dans le second chapitre de la Genèse. Dans le premier, il est dit que Dieu créa l'homme et la femme à sa propre image ; de Lui-même il créa les deux sexes. Et Notre Seigneur Jésus en parle plus loin dans l'Evangile de saint Matthieu, dix-neuvième chapitre, et là pas question de côte mais de Moïse qui permit au mari de répudier son épouse. Et Jésus dit que depuis le début il n'en avait jamais été ainsi. Homme et femme ont été faits égaux.

Q. Tu n'es point à mes yeux une femme qui vient de renaître, pas du tout, même avec ton bonnet sévère et tes jupons gris. Tu te livres à un nouveau vice, voilà tout. Ton plaisir est à présent de jeter aux quatre vents ce que nos ancêtres, dans leur sagesse, nous ont dit de croire ; tu as trouvé là de quoi nourrir ta rancune. Tu n'étais qu'une grue que les hommes utilisaient pour leur plaisir, n'est-ce pas ? Et maintenant tu veux user d'eux à ton tour pour ton plaisir, perfide drôlesse, et rejeter tes anciennes façons comme on rejette un ruban, une mode de l'an passé. La religion ? Tout juste bonne à te servir. Et que cette revanche soit pour une femme fort peu séante, cela n'en est que mieux.

R. Tu ne me prendras pas à ton piège.

Q. Un piège ? Quel piège ?

R. Tu voudrais me faire dire que je suis obsédée par l'idée de revanche, comme une mégère ou une virago ; et ne peux répondre à la bonne raison par crainte qu'elle soit prise pour la mauvaise.

Q. Je subodore ton but démoniaque.

R. Mon but démoniaque, je te le dirai. Ce qui est injuste en ce monde l'est par la volonté de l'homme, non point par la volonté de Notre Seigneur Jésus-Christ. Changer cela, voilà mon but.

Ayscough l'observe, qui vient de faire cette déclaration. A présent c'est lui qui se tait, qui hésite. Elle est assise très droite sur une chaise de bois, les mains toujours croisées, ne quittant pas l'homme du regard, comme si elle faisait face à l'Antéchrist en personne. Si ses yeux gardent encore une certaine douceur, ses traits sont durcis, traduisant sa détermination à se montrer inflexible, à ne céder sur rien. Ayscough parle enfin, et s'il parle d'elle il n'a pas l'air de s'adresser à elle.

« Tu es une menteuse, femme. Une effrontée menteuse. »

Le visage de Rébecca ne trahit aucune émotion. John Tudor abandonne sa page manuscrite pour relever la tête et l'observer, comme il l'a fait si souvent durant les pauses de l'interrogatoire. Elle ne baisse pas les yeux. Et il en est ainsi depuis le début : Ayscough, toujours prêt à se montrer agressif ; Rébecca, le regard fixe et lente à répondre. Il devient évident qu'Ayscough perd patience. Il avait choisi de commencer avec plus de politesse, plus d'amabilité qu'il n'en avait montré la veille, mais au fil de l'entretien il a su qu'elle n'était pas dupe de cet apparent respect. Paroles courtoises ou paroles rudes, rien ne l'émeut ni ne la convainc d'apporter le moindre éclaircissement à l'énigme qu'elle seule peut aider à résoudre : que s'est-il vraiment passé ? Une ou deux fois, Ayscough s'est remémoré les temps où on appliquait la question, où le chevalet et les poucettes aidaient à l'interrogatoire. Au moins, avec ces méthodes, allait-on au fond des choses ; mais en Angleterre le Bill of Rights avait mis fin à de tels procédés, sauf pour les crimes de haute trahison ; on ne les utilisait plus que dans les pays catholiques, vils, dégénérés, comme la France, et quels que fussent ses défauts Ayscough était indubitablement anglais. Cela ne l'empêchait pas de sentir monter en lui la mauvaise humeur.

Rébecca demeurait distante et réservée, non — comme ce pourrait être le cas de nos jours — parce qu'elle se sentait insultée et outragée, dans sa personne et dans sa foi ; ou blessée par ce que ses propos avaient été qualifiés de mensonges ; en fait elle eût été surprise s'il n'en avait pas été ainsi, et quelque peu inquiète, tant il était alors fréquent que témoins et prévenus fussent espionnés et tourmentés. Mais cet interrogatoire ne lui permettait pas de montrer à l'évidence que la religion c'est la voie et la vérité, un absolu besoin et une ardente urgence. En fait, Ayscough et Rébecca n'étaient pas séparés seulement par les multiples barrières de l'âge, du sexe, de la classe sociale, de l'éducation, de leurs origines, mais par quelque chose d'encore plus profond et irréductible, par tout ce qui distingue et oppose les deux moitiés différentes de l'esprit humain.

On sait que cette bipartition, notre science actuelle en retrouve l'origine et l'explication dans la différenciation des hémisphères de notre cerveau. Ceux chez qui le lobe gauche domine sont rationnels, méthodiques, tournés vers les mathématiques ; ils parlent bien, et se montrent habituellement précautionneux et conventionnels ; ce sont eux qui font que la société va sans trop de heurts ; ou du moins qu'elle va. Ceux dont le lobe droit est plus développé, le Dieu exact et rigoureux de l'Evolution doit les considérer comme beaucoup moins efficients, excepté en une ou deux activités secondaires telles l'art et la religion où l'affectivité l'emporte sur la raison. Comme Rébecca, ils semblent mépriser un peu les exigences de la logique ; leurs argumentations sont souvent faibles et confuses ; leur sens de la durée est incertain et ils sont malhabiles à saisir à temps les opportunités. Ils ont tendance à vivre dans un « maintenant » illimité, mêlant le passé et le futur avec le présent au lieu de les garder sous contrôle, fermement séparés. Ils dérangent, ils apportent le trouble et la confusion. Ceux de l'hémisphère droit, ceux de l'hémisphère gauche, c'est par là sûrement, par cette double orientation de la pensée et de la sensibilité que s'expliquent les difficultés auxquelles se heurtent Ayscough le juriste et Rébecca la mystique quand ils cherchent à se rencontrer, à se parler. Rébecca est maintenant refermée sur elle-même, isolée dans son moi le plus vrai. Elle finit par prononcer, presque à voix basse :

« Tu joues à l'aveugle. Tu joues à l'aveugle.

— Ne me parle pas ainsi. Je ne le supporterai point. »
Elle continue, outragée.

« Tu ne le supporteras point ! Tu es le nuage, tu es la nuit, tu es Lucifer avec tes questions. Tu voudrais me troubler par tes discours retors d'homme de loi et ainsi tu t'aveugles toi-même. Ne peux-tu voir que le monde est perdu ? Ce n'est point qu'il découvre le péché, le péché y a toujours régné, depuis le début des temps. C'est une étoffe mille et mille fois déchirée et souillée, et chacun de ses fils est un péché. Je te le dis, on n'arrivera plus à la laver jusqu'à la rendre propre comme au commencement, propre et rénovée. Non, le monde ne sera jamais rénové par toi et les tiens ; et jamais non plus ne sera rejeté tout ce qu'il y a en lui de mauvais, qui corrompt les innocents dès leur naissance. Vous rendez-vous compte, toi et les tiens, que vous êtes aveugles ? »

Ayscough se lève brusquement de son fauteuil.

« Silence, femme. Je dis, Silence. »

Mais Rébecca maintenant fait ce qui paraît à peine imaginable. Elle se lève elle aussi et continue sa dénonciation, et non plus d'une voix tranquille mais avec un débit si rapide qu'elle en est presque incohérente.

« Comment honores-tu le Ciel ? Ce monde, tu en fais l'Enfer. Ne vois-tu pas que nous qui vivons en le Christ, nous sommes ton seul espoir ? Abandonne tes façons, et vis selon les façons de Jésus-Christ, celles que tu as oubliées, que ton monde de péché moque et persécute. Toi et les tiens vous êtes damnés, c'est là une certitude, et chaque jour un peu plus grande. Oui, cela passera, oui, Ses façons seront ressuscitées, et les pécheurs le verront et nous qui croyons nous serons justifiés ; et toi et ta légion vous serez maudits en l'Antéchrist ; damnés pour votre aveuglement, pour vos façons mauvaises. Ainsi nous aurons la victoire, je te le dis, Christ revient, oui c'est une prophétie, Sa lumière brillera à travers les mots et les actes ; le monde ne sera qu'ouverture et lumière éclatante et ainsi tout le mal rendu visible et puni en Enfer, et aucun des maudits de ta sorte n'y échappera.

— Je vais te faire jeter en prison et fouetter.

— Tais-toi, nain malfaisant, tu voulais me prendre à tes

pièges diaboliques, tu n'y réussiras point. Je te le dis, le temps passé est bien passé, en vain tu t'y cramponnes, c'est maintenant, je te le dis, voici venir un nouveau monde, sans plus de péché, sans plus de conflit entre homme et femme, entre parents et enfants, entre maître et serviteur. Non, ni mauvaise volonté, ni lâcheté : hausser les épaules, se laver les mains de ce qui arrive, être aveugle comme tu l'es, toi, à tout ce qui menace ton confort et tes manières égoïstes. Plus de juge pour juger les pauvres, un juge qui volerait lui-même s'il était l'un de ces pauvres. Fini le règne de la cupidité, finis la vanité, les sarcasmes cruels, les festoiements quand d'autres sont affamés, finies les jolies parures alors que d'autres vont nus. Ne vois-tu pas que le lion dormira près de l'agneau, tout sera lumière et justice, Grand Dieu, ne vois-tu pas, tu ne peux être à ce point indifférent à ta propre éternité. Tu ne peux, tu ne peux... »

Ayscough jette un regard à John Tudor qui est resté tête baissée, griffonnant ses notes à la hâte.

« Que diantre, mon garçon, remue-toi. Fais-la taire. »

Tudor se lève, hésite.

« Je te le dis, je vois, je vois, ne vois-tu pas que je vois, ça approche, ça approche ... »

Tudor avance pour la réduire au silence ; presque immédiatement il s'arrête. Quelque chose d'extraordinaire a eu lieu. Comme elle prononçait le dernier « Je vois », elle a détourné son regard d'Ayscough, et l'a dirigé vers le coin de la pièce, à sa gauche, à quelque quinze pieds de l'endroit où elle se trouve, là où une petite porte conduit apparemment à une pièce adjacente. C'est exactement comme si quelqu'un était entré par cette porte, et que sa présence muette empêche Rébecca de poursuivre son discours. L'impression est si vive que tous deux, Ayscough et son clerc, jettent un coup d'œil rapide vers la petite porte. Elle est fermée. Personne n'est entré. D'un même accord, ils reportent leur regard sur Rébecca, toujours immobile, silencieuse, le visage tendu ; mais pas stupéfaite ni même surprise ; au contraire, apprivoisée, presque comme si elle se sentait reconnaissante d'être réduite au silence. Cette expression que portait son visage, cet air

475

crispé, obstiné, a mystérieusement disparu. Quel que soit ce qu'elle voit, un sourire naît sur ses lèvres, curieusement timide et enfantin et dans l'expectative, comme si elle se trouvait soudain, sans s'y être attendue, face à face avec quelqu'un qu'elle aime et en qui elle a confiance.

Ayscough jette à nouveau un coup d'œil vers la porte, puis vers Tudor qui répond à la question silencieuse : « Personne n'est entré ?

« Pas une âme, monsieur. »

Les deux hommes se regardent un moment. Puis Ayscough se retourne vers Rébecca.

« Elle a une crise. Voyez si vous pouvez la réveiller. »

Tudor s'approche et s'arrête à une certaine distance de la fille en transe ; il tend une main précautionneuse et lui touche le bras, comme si elle était un serpent ou quelque animal dangereux. Rébecca continue à être obnubilée par la porte.

« Plus fort, mon garçon, plus fort. Elle ne va pas te mordre. »

Tudor se place derrière elle, et reculant sa chaise lui saisit les deux bras. D'abord elle ne paraît pas s'en rendre compte, mais comme il continue à la secouer elle laisse échapper un petit cri, de douleur semble-t-il. Ou plutôt le cri étouffé qui exprimerait le regret déchirant de ce qu'on a perdu, comme un soupir de l'âme quand l'amour n'est plus. Le regard de Rébecca se déplace lentement, et vient rencontrer celui d'Ayscough qui est toujours debout, lui faisant face, de l'autre côté de la table. Immédiatement la jeune femme ferme les yeux et baisse la tête.

« Faites-la asseoir. »

Tudor place la chaise derrière elle.

« Asseyez-vous, madame, c'est passé. »

Elle s'assoit, comme sans volonté, tête toujours baissée ; puis elle enfouit son visage dans ses mains et se met à sangloter, d'abord honteuse, semble-t-il, et s'efforçant de cacher son émotion. Ayscough se penche vers elle, mains sur la table.

« Qu'est-ce ? Qu'avez-vous donc vu ? »

L'unique réponse est un gémissement plus farouche.

« De l'eau, donnez-lui de l'eau.

— Laissons-la, maître. C'est comme les vapeurs ; ça va passer. »

Ayscough examine encore un moment la femme qui sanglote, puis, brusquement, il se dirige vers la porte sur le côté et tente de l'ouvrir. Mais là il est vaincu ; il a beau essayer deux fois, trois fois, avec une irritation grandissante, elle est fermée à clef. Il revient plus lentement jusqu'à la fenêtre et contemple la rue mais ne voit rien. Jusqu'alors froid, intransigeant et irréductible, il est, pour la première fois, aussi profondément troublé que l'est Rébecca, quoiqu'il ne l'admette point et ne regarde pas vers elle dont les sanglots se font plus violents ; au-delà de toute honte, déchirants dans leur intensité. C'est seulement lorsqu'ils commencent à s'espacer qu'il se retourne. Il voit que son clerc a réussi à la persuader de boire, et a posé une main sur son épaule, cependant qu'elle reste assise, prostrée. Ayscough revient derrière la table. Il observe quelques instants de plus la tête courbée de Rébecca, puis d'un geste renvoie Tudor à sa place.

« Avez-vous repris vos sens, madame ? » Elle dit oui, d'un hochement de tête. « Pouvez-vous continuer ? » Nouvel hochement de tête. « Que vous est-il donc arrivé ? » Elle ne répond pas. « Pourquoi regardez-vous cette porte si fixement ? »

Elle parle enfin, toujours sans lever les yeux :

« C'est que j'ai vu.

— Il n'y avait personne. Pourquoi ne répondez-vous pas ? Je vous pardonnerai vos déclamations et votre insolence, vos paroles des plus insultantes à mon égard. Je veux savoir ce que vous avez vu, c'est tout. » Il croise les bras, il attend, mais en vain. « Auriez-vous honte de ce que vous avez vu ? »

Alors elle relève la tête et lui fait face, et le regarde à nouveau, posant les mains sagement sur ses genoux. Et il découvre, interloqué, que le visage est éclairé d'un pâle sourire. Il se souviendra longtemps de ce sourire.

« Je n'ai point honte.

— Pourquoi souriez-vous ? » Elle continue de sourire, comme si c'était là une réponse suffisante. Il reprend : « Il y avait quelqu'un ?

— Oui.

— Quelqu'un de ce monde ?

— Non.

— Croyez-vous que c'était Notre Seigneur, le Sauveur ?

— Non.

— Celle que vous appelez Sainte Mère Sagesse ?

— Non.

— Madame, j'en ai assez de votre réserve. Vous regardiez, semble-t-il, quelqu'un qui se tenait là-bas, qui était entré dans la pièce. N'est-ce pas ? Allons, qui était-ce ? »

Le visage de Rébecca a perdu son mystérieux sourire, c'est comme si elle se souvenait soudain de l'endroit où elle se trouve, face à un ennemi. Toutefois, dans ce qui suit de l'interrogatoire, Rébecca va apparaître sous un angle différent. On sait maintenant qu'elle ne gagnera pas, ni dans un présent historique, ni dans l'avenir. On le sait, elle ne le sait pas.

R. Celui que vous voulez retrouver.

Q. Monseigneur ? Vous prétendez que vous avez vu Monseigneur qui se tenait dans cette même pièce ?

R. Tu ne me croiras pas.

Q. Qu'exprimait son visage ?

R. De l'amitié pour moi.

Q. Quels habits portait-il ? Ceux qu'il portait durant votre voyage dans le Devon ? Ceux qu'il avait dans votre rêve ?

R. Ceux qu'il portait en Juin Eternel.

Q. A-t-il, pour entrer, ouvert la porte ? L'a-t-il refermée derrière lui ?

R. Non.

Q. Il est donc venu comme un fantôme, une apparition, qui n'avait pas à se soucier de ce qui est obstacle à la chair ?

R. Il est venu.

Q. A-t-il parlé ?

R. Il n'avait pas besoin de parler.

Q. Vous n'avez pas été surprise de le voir ? Répondez-moi, madame. N'est-ce pas ainsi : Vous l'avez vu semblablement en d'autres occasions depuis le premier jour de mai ? N'est-il pas vrai ? N'avez-vous pas menti au début, lorsque je vous ai demandé si vous n'aviez pas communiqué avec lui de quelque façon que ce soit ? Ou alors, quoi d'autre ?

R. Tu ne veux pas me croire.

Q. Ce n'est pas une réponse. L'avez-vous ou ne l'avez-vous pas vu, ce pourrait ne pas être comme ici, aujourd'hui, néanmoins en de telles circonstances que vous puissiez dire, Je l'ai vu ?

R. Il est mon ami.

Q. Donc vous pouvez dire que vous l'avez vu ?

R. Je l'ai su proche.

Q. Et quelqu'un de plus rationnel dirait, J'ai senti son esprit proche ?

R. Très proche.

Q. L'avez-vous vu, comme ici, à ce qu'il semblait, « en chair et en os » ?

R. Qu'est-ce donc que la chair et les os ?

Q. Cela vous devez le savoir. Je sens venir la colère.

R. Il n'était pas en la chair de ce monde, et pourtant il était là.

Q. Monseigneur, dans une telle occasion où vous sentiez son esprit tout proche, s'est-il jamais adressé à vous ?

R. Pas avec des mots. En esprit.

Q. Comment cela, en esprit ? A-t-il jamais ordonné, Fais ceci ou cela, crois ceci ou cela que je te dis ?

R. Il l'a dit à mon âme.

Q. Votre âme a su ce qu'elle doit faire et croire ?

R. Que ce qu'elle fait et croit est bien.

Q. L'esprit de Monseigneur — ou de qui vous voudrez — n'a-t-il jamais parlé de lui-même, et de là où il se peut que soit sa chair à présent ?

R. Non. Ce n'est pas nécessaire.

Q. Vous êtes certaine qu'il est en votre Juin Eternel ?

R. Oui.

Q. Avez-vous mentionné à d'autres ces conversations ? A votre mari, vos parents, vos amis et connaissances ?

R. Non.

Q. Personne ne peut témoigner que vous avez eu de telles visions ou, si vous préférez, conversations de l'esprit ?

R. Personne que lui, et notre maître Jésus-Christ.

Q. Cela s'est produit combien de fois depuis le premier jour de mai ? Madame, ne secouez pas la tête. Donnez-moi simplement une idée générale. Est-ce souvent ? Ou seulement de temps en temps ?

R. Quand j'en ai eu besoin.

Q. Souvent, ou moins que cela ?

R. Au début, souvent.

Q. Et puis de moins en moins ?

R. Oui.

Q. N'est-il pas d'usage commun, parmi ceux de votre croyance, de faire part de vos visions autour de vous, pour ainsi prouver l'efficacité de vos convictions ? Pourquoi n'avez-vous rien dit de tout cela à vos amis ?

R. Ce n'est point d'une telle présence qu'ils puissent y croire.

Q. N'avez-vous pas dit que Monseigneur est de l'esprit de Jésus-Christ ? N'est-ce pas là une présence suffisante ?

R. Le moment n'est pas venu qu'on le voie.

Q. Vos compagnons ne le reconnaîtraient pas pour ce qu'il est, si vous leur racontiez ce qui s'est passé en avril dernier ? Ils ne comprendraient pas pourquoi vous lui accordez une si grande valeur ? Ils ne voient point aussi loin que vous ?

R. Je l'ai vu parmi nous, là où nous nous rassemblons ; pour moi c'était évident, mais pas pour mes frères et mes sœurs. Il ne veut pas encore être vu de tous.

Q. Le leur direz-vous, dans l'avenir ?

R. Cela leur sera dit.

Q. Par qui, sinon par vous ?

R. La vérité éclatera, et tous la verront, à l'exception des damnés.

Q. Pourquoi prononces-tu toujours ce mot comme un chat lape de la crème ? Est-il chrétien de te réjouir si fort de la damnation des autres ?

R. Je ne me réjouis pas. En ce monde c'est plutôt toi et ceux de ta sorte qui se réjouissent; de ce que rien ne puisse changer, de ce que toi et les tiens avez créé un enfer pire que l'Enfer lui-même pour tous ceux qui sont au-dessous de toi sur cette terre. Je te le demande franchement, est-ce chrétien ? Je ne suis qu'une simple femme, et toi tu es un homme de loi subtil. Pouvez-vous, toi et ta loi, répondre à cette question directe ? Tu sais qu'il en est ainsi. Peux-tu me dire pourquoi ? Peux-tu justifier cette situation ?

Q. A chacun selon ses mérites. Voilà ce qui est prescrit.

R. Les plus riches ont le plus de mérites. Oui, c'est ce qui est prescrit; pas par la volonté de Dieu, mais seulement par celle des riches.

Q. Si ce n'était pas sa volonté, Dieu ne permettrait point que cela soit.

R. Qu'Il n'ait pas encore frappé ne prouve pas qu'Il n'en fera rien. Tu déformes Sa patience pour la transformer en justification.

Q. Et toi tu fais de Sa colère la satisfaction de ta propre rancune.

R. L'indulgence, ce n'est qu'un prêt. Un jour il faudra rembourser, et celui qui ne paiera pas en souffrira terriblement; il servira d'exemple. Tout sera poussière et cendres, tout sera comme le feu que j'ai vu.

Q. Vous prophétisez encore. De ce qui peut venir vous parlez comme si c'était déjà venu ; et par là ce que vous nous dites c'est combien votre désir présent est intense, bien plus que ce que tient en réserve ce temps futur où la vérité sera dévoilée. Je vous pose moi cette question: Comment changerez-vous ce monde ?

R. En vivant comme nous le devons et voulons, selon la parole du Christ et dans Sa lumière.

Q. Si vous vous montrez si contrariante et obstinée, madame, alors je prophétise qu'on vous obligera à l'exil, et il y aura pour cela de bonnes raisons. Ne répondez pas, je ne me laisserai point entraîner plus longtemps dans une controverse aussi futile. J'en ai presque terminé avec vous, pour le moment. Mais d'abord je vous avertis et avec une très sévère insistance, de vous conduire dans les matières dont nous avons parlé de la façon que je vais vous indiquer : Jamais vous ne direz mot de ce qui s'est passé ici ni de ce qui s'est passé plus tôt cette année. Ni à votre époux, ni à votre père, ni à Wardley, ni à quiconque. Et non plus n'évoquerez ces choses comme preuve de vos convictions, pour faire de Monseigneur, dans vos assemblées, ce qu'il n'a jamais été. En ceci vous ne serez plus prophétesse, ni maintenant ni plus tard. M'entendez-vous ?

R. Comme Hérode devait être entendu.

Q. Je ne veux plus ouïr de vous ni vérité ni mensonges. Vous garderez le silence. Sur ce point je demande que vous prêtiez serment, et que vous apposiez votre signature sur ce papier. Savez-vous écrire votre nom ?

R. Si toi et les tiens pensent qu'ils peuvent mettre en prison la vérité de Dieu, je serai l'obstacle qui prouvera que tu as tort. Je peux écrire le nom de ma chair.

Q. Je t'avertis. Que tu parles, en dépit de ce serment, et cela me sera rapporté. Je te ferai maudire le jour de ton parjure.

R. Le jour où je trahirais mon serment je le maudirais moi-même.

Q. Ce n'est pas tout. Je requiers encore que tu jures que tu as dit vrai et que tu signes en regard de ces déclarations que déjà tu fis sous serment, au début de ton interrogatoire. C'est-à-dire que tu n'as jamais revu Monseigneur, que tu ne lui as jamais parlé, ceci dans le sens ordinaire des mots, sans tenir compte de tes visions et conversations en esprit, depuis le premier jour de mai dernier, ni eu avec lui aucune communication, ni appris quelque chose de lui par une tierce personne. Tu dois simplement déclarer : ce qu'il est devenu, je l'ignore.

R. Je signerai.

Q. Vous souriez, madame ?

R. Tu me traques pour les petites choses et ne te soucies pas des grandes.

Q. Je vous traquerai jusqu'à la prison, si vous vous moquez de mes ordres. Un dernier avertissement. Si vous avez menti, et je le découvrirai un jour où l'autre, il en sera de vous comme de ceux dont vous avez parlé, qui oublient qu'il leur faut payer l'indulgence qu'on leur a accordée. Tout le juste courroux de la famille de Monseigneur et le mien retomberont sur vous. On fera de vous un effroyable exemple.

R. Je ne mériterais pas moins.

(Là le très solennel affidavit annoncé fut lu à la déposante, qu'elle signa de son nom, et qui fut dûment certifié par témoin).

Q. Très bien. Vous pouvez aller. Je n'ai plus besoin de vous pour le moment. Mais ne croyez pas que vous êtes libre. Si on vous appelle, vous vous présenterez, pour répondre à d'autres questions.

Rébecca est debout. John Tudor, de sa place, lève lentement les yeux vers son maître, comme un homme qui en surveillerait un autre, même si celui-ci est son maître ; les choses ne sont pas comme on aurait pu s'y attendre, à certains égards, elles surprennent. Rébecca s'apprête à partir quand Ayscough l'arrête.

« Il y a un point à régler, et cela contre mon conseil. Si j'agissais à mon gré je voudrais plutôt te voir fouettée pour ton insolence. » Un arrêt. « On m'a chargé de te remettre ceci, pour tes frais de gésine. »

Ayscough fouille dans une poche intérieure de son gilet, puis il pose sur la table une petite pièce d'or, une guinée.

« Je n'en veux pas.

— Prends. C'est un ordre.

— Non.

— C'est ton nouvel orgueil qui parle. Rien de plus.

— Non.

— Prends. Je ne te le redirai pas. » Rébecca baisse les yeux et secoue la tête. « Alors je te donnerai ce que tu ne peux refuser. » Ils sont face à face, se mesurant du regard. « Une prophétie : Tu pourrais bien encore être pendue. »

Rébecca, cette fois, ne baisse pas les yeux.

« Toi aussi, maître Ayscough, tu es dans le besoin. Je te donne plus d'amour. »

Elle s'en va, et Ayscough se met à rassembler ses papiers. Au bout d'un moment il ramasse sur la table la guinée refusée et jette à John Tudor un coup d'œil farouche, comme s'il voulait décharger sur lui sa colère. Mais ce brave homme n'est pas un imbécile ; il a baissé la tête.

Manchester, le 10 Octobre.

Votre Grâce,

VOTRE GRÂCE lira ici bien des choses que je doute qu'Elle puisse croire. Toutefois j'ai la ferme conviction qu'Elle voudra bien reconnaître qu'en l'occurrence nous n'avons pas affaire à un embrouillement d'astucieux mensonges ordinaires, ce genre de conte qu'une rusée coquine saurait inventer pour sauver sa peau ; car si elle était vraiment pleine de ruse elle aurait trouvé mieux que ces extravagances, évitant par là de faire courir un tel risque à sa misérable carcasse. En bref, pour ce qui concerne les discours de la femme Lee, nous pouvons dire comme le père ancien, *Credo quia absurdum*, s'il est possible d'y croire c'est avant tout parce que c'est incroyable. Car il est évident que Monseigneur et son valet l'ont grossiè-rement manipulée, ce qui n'a pu qu'aggraver ce ressentiment malséant que la vie au bordel avait fait naître en elle. Je suis persuadé qu'elle ne ment guère, dans le sens ordinaire du terme, c'est-à-dire pour ce qu'elle croit fortement de ces événements, de leur nature et de leur signification ; *non obstante* je suis semblablement persuadé que son témoignage ne nous donne pas, de ce qui s'est passé, la substantielle vérité.

Je tiens à exposer ici à Votre Grâce ce qui n'est pas clairement établi sur la vision qu'elle a eue. Cela ne m'est apparu ni monté de toutes pièces avec un désir de malfaisance ni différent en nature des formes de superstition qu'on dit généralement répandues parmi les siens. J'ai jugé plus inquié-tante sa manière d'être après qu'elle eut retrouvé ses esprits, un sujet sur lequel je ne peux que malaisément m'expliquer ; il me semble qu'elle révéla alors un aspect de son caractère jusque-là resté caché, une insolence de putain, pareille à celle de Claiborne son ancienne patronne. Il est rapporté qu'elle sourit, mais point qu'elle déguisa mal le mépris qu'elle éprou-vait à s'entendre demander si elle n'avait pas honte de ce qu'elle avait vu. En supposant toutefois qu'elle eût formé le dessein de me tromper, cette impudente arrogance n'était guère habile. Je croirais plutôt que l'accès dont elle fut saisie renforça son orgueil obstiné et lui ôta toute prudence sur la nécessité de cacher le peu de respect que lui inspirait mon enquête.

Votre Grâce remarquera que la déposante ne montre dans ses croyances que peu ou pas de raisonnement logique ; et Elle pourra me blâmer de ne pas avoir insisté un peu plus pour débrouiller un tel emmêlement de stupidités. Je prie Votre Grâce de me croire sur parole : les femmes de ce genre ne peuvent être aisément rappelées à la modestie, cela n'aboutirait en fait qu'à les enfoncer plus profondément dans leur apostasie, et à les y fixer irrévocablement. Je connais ce type de personnes illettrées. Elles choisiraient plutôt de brûler sur le bûcher que d'entendre la voix du bon sens et de confesser leurs erreurs ; elles sont d'une obstination aveugle : aussi résolues, aussi opiniâtres dans leur déraison, en dépit de leur féminité, que le serait un homme pour la plus juste cause. Elles sont comme ceux que maintient sous le charme quelque fable légendaire une fois entendue et jamais oubliée, et qui en resteront pour toujours les esclaves : rien ne saurait les retirer de leur erreur. Lee est la plus profondément touchée par une telle perversité. Votre Grâce a déjà deviné que la *rota fortunae* l'a élevée grandement au-dessus de son rang d'origine, quoique par la voie du vice et de l'immodestie. Elle n'a jamais été amenée à reconnaître comme font communément les personnes de son sexe que la sagesse de Dieu lui a fixé une seule mission : être la compagne d'un homme, et une seule place : demeurer en la maison.

Votre Grâce voudra bien me croire si je l'assure que cette créature ne sera pas aisément écartée du chemin où elle s'est engagée. Il y avait, en dehors de la circonstance que je viens de dire, moins d'effronterie et de contradiction dans sa façon de s'exprimer que cela peut apparaître dans le rapport écrit, et il lui arrivait de laisser entendre qu'elle regrettait de répondre aussi hardiment, mais que sa Foi l'y obligeait. Je porte ceci à son compte qui sur d'autres points est en grand déficit. De plus, elle fait preuve dans sa foi d'une obstination que le serviteur de Votre Grâce a rarement rencontrée ; comme cela est visible dans ce qu'elle a affirmé de la nature secrète et du vrai caractère de Monseigneur qui (Votre Grâce ne le sait que trop bien) va à l'opposé de tout ce que nous connaissons ; et aussi dans l'espoir qu'elle met en ce bâtard qu'elle porte.

Il est clair que nous sommes très près du blasphème le plus répugnant ; pour elle, cependant (quoiqu'elle ne proclame pas une absolue certitude comme le ferait une folle véritable), ce qui s'est passé n'est pas totalement impossible à expliquer. Votre Grâce trouvera peut-être que ses déclarations constituent une vile insulte à toute religion décente et qu'elle devrait pour cela être poursuivie en justice. Mais je ne doute pas que le temps fera de son coupable entêtement un exemple suffisant et lui infligera le genre de punition que son arrogance peut le plus malaisément supporter ; d'ailleurs je présume que Votre Grâce sera d'accord avec moi pour trouver, après réflexion, qu'une assertion aussi manifestement impie ne doit pas être publiée. Il est bien connu que de telles prophéties, comme grossières et hallucinées qu'elles soient, trouvent toujours l'adhésion d'une populace oisive et crédule. Mieux vaut ne pas exciter la bête ; que celle-ci, ignoble entre toutes, vienne à se réveiller et qu'elle soit lâchée dans les rues des villes, je n'ai point besoin de représenter à Votre Grâce les funestes conséquences qui en découleraient. Les personnes comme la femme Lee sont de loin moins dangereuses lorsqu'elles sont de vulgaires mécréantes, le rebut de ce monde, *puellae cloacarum*, que lorsqu'elles affichent une piété trompeuse.

J'estime que tous ses coreligionnaires ont, dans cette ville, une action pernicieuse, et c'est aussi l'avis de Mr Fotheringay qui a davantage affaire avec eux ; car si en apparence ils se plient à la loi civile, ils la traitent lorsqu'ils sont entre eux sans le moindre respect et, en fait, la considèrent comme la marque d'une tyrannie qui dans les temps à venir devra être rejetée. Ils sont sourds à tous les arguments de ceux qui tentent de s'opposer à leurs vues, comme si, dit Mr Fotheringay, ils ne parlaient pas notre langue et qu'ils fussent des exilés français restés parmi nous. On a entendu Wardley dire qu'il est futile et vain de discuter de religion avec des chrétiens ordinaires, car ils sont des Turcs dans leur ignorance et pour cela seront damnés.

Mr Fotheringay a un espion parmi ces Dissidents; on les surveille de près; et il m'a assuré qu'il agira pour les empêcher, sitôt qu'un bon motif en fournira l'occasion. Mais ils se tiennent les coudes et — Votre Grâce s'en rendra compte dans l'affaire qui nous intéresse — sont hardis à se défendre. Toutefois je crois que Lee, quelle que soit la gravité de ses errements passés, est ferme et résolue dans sa nouvelle foi. Elle a refusé le don charitable que Votre Grâce m'avait chargé de lui faire, non point comme qui serait néanmoins tenté de l'accepter mais comme qui verrait là (Dieu le lui pardonne) l'argent du diable et, quoique offert avec charité, totalement inacceptable. Même lorsqu'elle s'abrite sous le couvert d'une feinte douceur, il est sans doute aucun qu'elle est soutenue par une forte volonté. Votre Grâce en déclarant que ce n'était pas là une femme ordinaire montrait encore un coup la justesse de vue qui lui est coutumière. Je n'en dirai pas plus à son sujet.

Votre Grâce m'a fait l'honneur de m'inviter, la semaine passée, à ne rien dissimuler dans mes conclusions par raison du profond respect que je dois à Son rang des plus éminents. Je vais à présent — à mon très-grand regret — satisfaire à Son souhait; et ce n'est pas sans verser des larmes car la vérité la plus probable à laquelle je suis arrivé est aussi des plus amères. Je me résumerai ainsi: Je puis encore espérer, mais ne puis raisonnablement croire, que Monseigneur est toujours vivant. Pour quoi je ne me fonde pas seulement sur ce que Vôtre Grâce sait déjà: que Monseigneur, depuis sa disparition, n'a rien touché de sa rente, ni de son revenu.

Je prends aussi en compte la mort de son valet, Thurlow. Votre Grâce n'ignore point quelle dévotion cet homme, tout au long de sa vie, a eue pour Monseigneur. A sa mort par lui-même à lui-même infligée je ne vois d'autre cause que celle-ci: comme le chien fidèle qu'il était, nonobstant sa forme humaine, il savait que son maître était mort et refusait de lui survivre. Il est vrai qu'il n'est pas mort de mélancolie aux côtés de son maître, comme c'est le cas habituellement de l'animal domestique. Pourtant je n'en crois pas moins que c'est cette mort qui le conduisit à la fin désespérée qu'il a choisie. L'endroit où il commit son acte fut, je vous l'ai dit, inspecté avec soin et en ma présence. Je crains maintenant que nous ne nous soyons trompés. Présentement je conjecture que cela se passa ainsi, dans une brutale simplicité : Thurlow vit Monseigneur mourir dans la grotte ; il s'enfuit en la plus extrême horreur, comme Jones le rapporta ; mais plus tard, après que la jeune femme et Jones s'en furent allés, il y retourna pour revoir ce que, dans la simplicité de son esprit, il ne voulait pas croire qu'il avait vu ; et trouvant ce qu'il avait si fortement craint de trouver : le corps inanimé de son maître, l'enterra en ce lieu, ou plus probablement l'emporta dans quelque autre endroit qui nous est inconnu ; alors seulement une fois terminée cette tâche des plus affreuses prit-il la fuite ; et finit par se pendre de désespoir. Je dois hélas, après cette hypothèse sur les raisons et circonstances de la mort de Monseigneur, me hasarder encore un peu plus avant.

Mais d'abord, à tout ceci il me faut ajouter une preuve par la négative qui toutefois se renforce avec le temps ; je veux dire qu'on n'a point entendu parler de Monseigneur depuis ce sombre Premier mai, ni d'un éventuel embarquement, et non plus de son installation dans quelque ville étrangère. Certes, il aurait pu s'embarquer secrètement de quelque port autre que Bideford ou Barnstaple, où nous n'avons pas mené d'enquête, et vivrait à présent caché en un lieu inconnu de nous. Mais alors pourquoi n'aurait-il pas emmené avec lui son valet ? En de telles matières où nous n'avons aucune certitude, nous devons nous en tenir à des supputations. Il nous est hélas interdit de considérer comme probabilité qu'en ce moment il soit encore vivant et réfugié en quelque abri à l'étranger. Comme Votre Grâce le sait déjà, pas un de nos agents et ambassadeurs auxquels j'ai écrit sur ce sujet ne nous a donné la réponse espérée.

A la commande de Votre Grâce je suis maintenant contraint, si Elle accepte ma supposition des plus navrantes, d'établir comment Monseigneur peut en être arrivé à cette fin tristement malchanceuse. Votre Grâce, si je le pouvais, je déclarerais qu'il fut ignoblement assassiné par la main de ceux qui étaient présents. Par une main inconnue : cela du moins je voudrais le croire s'il y avait quelque évidence. Votre Grâce sait aussi bien que moi qu'il n'y en a point ; et n'ignore pas non plus que Thurlow l'eût défendu dans un cas comme dans l'autre. *Horresco referens*, j'en suis réduit à ceci : Monseigneur s'est donné la mort. Et donc Thurlow n'a fait en vérité que ce qu'il avait fait en tant d'autres occasions, c'est-à-dire qu'il a suivi les traces de son maître.

Je ne vais pas rappeler ici tout ce que, du passé de Monseigneur, Votre Grâce connaît mieux que moi et qui si souvent entraîna Sa désapprobation et Son paternel désarroi, mais je pense que c'est là qu'il faut chercher l'explication de ce qui s'est passé en ce dernier mois d'avril. Je veux parler non seulement de ces recherches philosophiques que Monseigneur a poursuivies tout au long des dernières années, en désobéissant obstinément aux vœux de Votre Grâce ; mais, plus profondément, de cet esprit d'opposition qui conduisit Monseigneur à s'y livrer.

On ne sait que trop avec quelle facilité de telles recherches peuvent mener celui qui s'y voue à quitter le noble monde de la raison, de l'enquête utile et louable pour le noir labyrinthe de la Chimère où il s'intéressera à des matières fort évidemment blasphématoires et fort évidemment interdites aux mortels. Je suis porté à croire, à présent, que c'est ce qui s'est passé avec Monseigneur. Il a eu le tort de chercher à percer quelque sombre secret de l'existence, et de plus en est devenu à demi fou, peut-être parce qu'il s'est rendu compte qu'il lui était impossible de réaliser son grand projet. Je ne dis pas que le récit que la femme Lee fit à Jones doit être cru point par point ; toutefois il est sans doute plus près de la vérité que celui qu'elle m'a fait. Je ne prétends pas qu'elle a menti délibérément ; mais qu'elle fut conduite par d'obscurs moyens à croire l'opposé de ce qui était en réalité recherché. Votre Grâce me demandera par quels moyens et là je ne peux lui répondre, si ce n'est que je ne doute pas qu'il y avait en Lee une disposition naturelle que Monseigneur avait remarquée et reconnue pour un outil qui lui serait d'un grand secours dans l'accomplissement de ses desseins.

Je n'ai guère de doute non plus quant au sens général de ces desseins. Je n'importunerai pas Votre Grâce en évoquant le passé de Monseigneur où l'on découvre qu'il y eut toujours chez lui quelque principe pervers qui le conduisait à nier ce qu'on s'attendait à le voir accepter par raison et respect filial — et qu'en fait il aurait dû non pas simplement accepter mais, en considération de son haut rang, soutenir et défendre. Nous avons tous eu l'occasion d'entendre Monseigneur exprimer des opinions qui offensaient tout à la fois la divine sagesse et son reflet ici-bas — je veux dire cette sagesse qui préside à l'organisation et au gouvernement de ce monde, et impose ses lois judicieuses en tous domaines de la vie sociale et politique. Il se peut que Monseigneur ait éprouvé pour son noble père un respect qui le plus souvent l'empêchait de parler devant lui sur ce ton. Et même lorsqu'il l'a fait en d'autres circonstances où je me trouvais présent, j'ai entendu les dames déclarer qu'il était fort taquin, rien de plus ; et des gentlemen ne discerner en lui qu'un cynique à la mode, qui se soucie plus de la sensation qu'il produit dans la société policée que de son âme immortelle. Même les plus perspicaces, tout en blâmant son attitude, lui trouvaient explication et peut-être déjà excuse par le fait qu'il était un fils cadet et que de cette situation il tirait une bien compréhensible rancœur.

Je voudrais ici répéter ce que Sir Richard Malton me fit récemment remarquer au sujet de l'abolition de l'Acte contre la Sorcellerie : bien qu'il fût réputé que les sorcières avaient disparu, il ne manquait point d'impudents philosophes libertins pour prendre leur place. Il en est un grand nombre, Votre Grâce, qui n'hésitent pas à professer qu'ils ne croient en rien d'autre que leur propre plaisir dans la débauche ; qui ouvertement se soucient comme d'une guigne de l'Eglise et de la Religion, et même du Roi et de la Constitution ; qui se feraient musulmans pour obtenir un privilège ou une faveur particulière. Toutefois, Sir Richard ne parlait pas de ceux-là, qui ne sont rien de plus que les esclaves d'un courant pernicieux de notre temps et ne cachent pas ce qu'ils sont. *Nos haec novimus esse nihil,* car il y a pire, bien pire. Beaucoup plus néfastes sont parmi eux ceux qui dissimulent derrière une trompeuse apparence ce qu'ils pensent véritablement et qu'ils manifestent par ailleurs dans les choses civiles et politiques ; ou plus subtilement n'en révèlent que juste ce qu'il faut pour qu'on les croie esclaves d'une mode, ainsi qu'il en fut parfois pour Monseigneur. Rusés comme des renards ils se font un masque de leur attitude impudente, afin que nous ne puissions voir à quoi ils tendent en vérité, ni les dessous de leurs ténébreuses manœuvres.

Cette dernière année il m'arriva de demander à Monseigneur quel était le but de sa quête et il répondit — par ce que je pris pour une plaisanterie un peu amère — qu'il cherchait à faire un homme d'un crapaud, et changer un imbécile en philosophe. Je fis observer alors qu'il semblait vouloir usurper la puissance divine. A quoi il répondit que je me trompais, car le monde nous enseigne qu'il n'est guère difficile de changer des hommes en crapauds et des philosophes en imbéciles, et que ce qu'il usurperait serait donc la puissance du Diable. Je crois maintenant, Votre Grâce, que cet échange de propos était une confession partielle, sur laquelle, en de plus favorables circonstances, il se serait assez volontiers étendu. La naissance, la société, le gouvernement, la justice : il mettait tout en doute, voulant dire par là que l'ordre et la disposition de notre monde, dans un monde plus harmonieux paraîtraient le produit de la méchanceté et de la corruption. Mais il était trop astucieux, ou peut-être pas assez hardi pour déclarer tout ceci ouvertement.

C'est cette crainte ou cette faiblesse, Votre Grâce, qui, je crois, fut cause de ce qui s'est passé au mois d'avril. Il a élu une personne qui était dans tout ceci relativement innocente et manifestement facile à duper, et a voulu la persuader, sous le couvert d'une religion séditieuse, de proclamer ce qu'il n'osait proclamer lui-même. Pour parler clairement : ce monde tel qu'il est, il faut le bouleverser. Que son choix se portât sur une femme et de plus une prostituée, cela peut paraître folie de sa part. Et folie de se lancer en une telle aventure sur une si petite, si misérable barque ; mais qui n'était peut-être frétée que pour un premier essai, par le désir qu'avait Monseigneur de se rendre compte si une simple fille de joie ne pouvait point être transformée en cette fanatique qu'elle est devenue afin de le servir ensuite dans ses plus secrets desseins et de lui permettre d'arriver à ses fins.

Ces fins sont telles que pas un homme raisonnable ne peut les approuver car elles demandent que soient évalués les mérites de chaque être humain non d'après sa condition et non point selon sa naissance mais sur le simple fait qu'il existe. C'est cela aussi que requiert notre Prophétesse française : tous les humains doivent être considérés comme égaux. Cette fille peut bien placer une telle dangereuse croyance sous l'autorité de la religion, il est clair qu'il y a en elle un fanatisme politique, celui de la populace qui veut briser, parmi beaucoup d'autres, les lois sacrées de l'héritage. De telles créatures détruiraient notre nation. Je doute que Monseigneur ait eu le moindre intérêt pour leur religion ; mais leurs autres souhaits étaient aussi les siens.

Votre Grâce, après un si triste présage je dois en venir à ceci : en voulant détruire le monde qui l'a fait, auquel il doit tout, et même les moyens qui lui ont permis de poursuivre dans les sombres voies qu'il avait choisies, Monseigneur s'est détruit lui-même ; *Fiat experimentum in corpore vili* ; et ce faisant il s'est lui-même avili, s'est pris à son propre piège. Dans ce qui est dit de lui et de sa conduite durant son voyage, nous voyons qu'il nourrissait souvent quelque doute secret, et que son entreprise, bien avant qu'elle fût arrivée à son achèvement, l'emplissait d'appréhension. Comment ne percevait-il pas qu'il sacrifiait la recherche de l'érudit pour se livrer aux machinations d'une vulgaire supercherie ? Le procédé qu'il utilisa pour faire monter la lumière dans le ciel et apparaître ces deux formes blasphématoires qu'il fit passer pour le Tout-Puissant et Son Fils, nous ne le connaissons point. Lorsque tout fut terminé il s'attarda en la place, car je ne doute pas que ceux qu'il avait engagés attendaient leur salaire, et toute trace de tromperie devait être effacée ; et pareillement dans la grotte, quoiqu'il ne faut pas oublier que ce qui a eu lieu nous parvient à travers le témoignage de Lee, qui est davantage une grossière fantaisie que la relation de faits vérifiables ; et qui lui a été inspiré non par quelque volonté malfaisante et trompeuse mais plus probablement par le moyen d'une drogue ou d'un philtre, ou de quelque autre artifice de magie noire.

Ici je dois risquer qu'un réveil de la conscience arrêta miséricordieusement l'aventure de Monseigneur ; qu'enfin il reconnut qu'il s'était dangereusement abandonné à une sorte de folie, en une effroyable union avec ce que la décence abhorre ; et qu'il avait été poussé à cela par une haine mauvaise, un injuste ressentiment non pas seulement à l'égard de son noble père mais aussi contre les principes sacrés de toute société digne de respect, et de toute croyance raisonnable. La plus jeune sœur de Monseigneur me fit un jour remarquer que son frère était comme un pendule, jamais en repos, et changeant d'humeur d'une minute à l'autre. Dans cette noire caverne du Devonshire il est plus que probable qu'il se trouva soudain lui-même étranger à toute son entreprise et le regretta avec une violence extrême. Une violence telle qu'elle l'amènera à mettre fin à sa misérable vie. Votre Grâce, je ne puis affirmer que cela se passa ainsi ; mais je crois fort probable que tel fut l'enchaînement des pensées et des événements avec ceci pour seule justification : venant à reconnaître qu'il avait abominablement péché, Monseigneur ne pouvait se condamner, pour expier son crime odieux, à une punition moins sévère.

Votre Grâce ne s'offensera pas, je l'espère, de cette façon de conclure sans ménagements ; je ne le fais qu'à Sa requête. Sans doute se souvient-Elle avoir confié un jour à Son très-humble serviteur que, si on récusait toutes les évidences et plus particulièrement l'incontestable ressemblance des traits, Elle croirait aisément qu'à la naissance de Monseigneur il y avait eu substitution d'enfant. Je crains que Votre Grâce ne se soit pas trompée : Elle peut légitimement penser qu'en tout point, à l'exception de la filiation par le sang, Monseigneur n'était pas Son vrai fils.

Votre Grâce m'a aussi demandé de quelle façon Elle pourrait aborder le sujet du résultat de mon enquête avec Son épouse très-estimée ; là-dessus je Lui indiquerai respectueusement la voie d'une possible consolation : dans notre ignorance, nous ne sommes pas tenus à imaginer le pire, comme je l'ai fait ici, à mon grand regret, et en tirant mes conclusions de ce qui semble le plus probable. Il est difficile d'ajouter foi aux propos de la femme Lee à l'égard de Monseigneur — ce qu'il a été, ce qu'il est devenu — qui vont à l'encontre de toutes les connaissances que nous avons de lui et de tout ce qu'en pensaient ses amis et sa famille elle-même. Toutefois Votre Grâce peut juger qu'il convient de présenter les choses sous des couleurs moins violentes, afin d'adoucir la souffrance maternelle. Et de plus, puisque Monseigneur a disparu, la raison de cette disparition pourrait être placée en ce qu'il se savait indigne d'être le fils de Votre Grâce et voulait libérer Votre Grâce de sa présence. Ne peut-on dire qu'il vit dans un pays étranger où personne ne viendra rompre le secret de son incognito, où il lui est à présent loisible de prendre la mesure du mal qu'il a fait à Votre Grâce et de décider qu'il ne l'importunera plus ? Ne peut-on même susciter l'espoir qu'il réfléchit présentement à l'injustice dont il s'est rendu coupable et qu'il reviendra un jour implorer le pardon de Votre Grâce ?

Ces lignes sont écrites à la hâte afin d'être remises au plus prochain courrier, et Votre Grâce comprendra cette précipitation comme aussi Elle comprendra la profonde tristesse où je suis et le regret de n'avoir pas conduit cette affaire malgré la plus vigilante attention, vers un dénouement plus heureux. L'homme voudrait par nature tout savoir mais c'est Dieu seul qui décrète ce qui sera ou ne sera point connu ; et nous devons aujourd'hui nous résigner à accepter Sa grande sagesse et Sa miséricorde s'Il juge que dans les circonstances présentes il est de notre bien, pour nous mortels, de rester dans une relative ignorance. Au milieu de ce grand mystère je suggère le plus humblement à Votre Grâce qu'Elle cherche un réconfort dans l'affection constante de Sa très-noble épouse, de Son très-noble fils, le marquis (lequel, différent en cela de son malheureux frère, a si magnifiquement hérité des vertus de son père), et de ces charmantes dames, ses filles. Si hélas dans un bouquet une fleur se fane et disparaît, les autres sont encore là pour consoler et réjouir.

Je serai près de Votre Grâce fort peu de temps après qu'Elle aura reçu cette missive et me tiendrai à Ses ordres. En terminant, je prie Votre Grâce de vouloir bien accepter ma plus respectueuse sympathie pour l'issue malheureuse de l'enquête qu'Elle a bien voulu me confier, et la très-sincère assurance de l'inlassable dévouement de son humble serviteur,

Henry Ayscough.

DE LA PIÈCE VOISINE vient un murmure de voix, principalement
féminines. Un groupe s'est formé là, des personnes qui
attendent tranquillement quelque événement, quoique cet
événement du 29 février, en fait, a déjà eu lieu et les trois
hommes présents, Wardley, Hocknell, John Lee, viennent
seulement d'être rappelés de là où on les avait envoyés,
c'est-à-dire faire le pied de grue dans Toad Lane. Rébecca est
seule, allongée sur le lit rude, dans la partie reculée de la cave ;
les traits tirés, elle est calme et maintenant que tout est terminé
presque morose. Il est midi, ce n'est pas l'heure de paresser au
lit et déjà elle voudrait se lever mais ne peut pas, ne doit pas.
Soudain les voix se taisent. Maintenant une ombre apparaît à
la porte. Rébecca relève la tête. John Lee est là, serrant
étroitement contre lui de son bras droit le nouveau-né em-
mailloté, et on pourrait croire qu'il pose pour un portrait
d'homme dans l'embarras. A cette image il ne change pas
grand'chose en ôtant son chapeau, lentement, presque à
regret, comme s'il venait juste de penser que c'était là un geste
nécessaire devant cette naissance, comme l'écho d'une autre
qui, si elle se fit dans d'aussi humbles conditions, fut beaucoup
plus impressionnante. Rébecca n'a d'yeux que pour ce qu'il
maintient pressé sur sa poitrine. Le visage grave et crispé, il
semble sur le point d'annoncer la fin du monde ; mais cette
fois encore il paraît soudain frappé d'une pensée nouvelle, ses
lèvres esquissent un très faible sourire.
« Tout va bien pour toi ?
— Très bien, mon époux.
— J'ai prié pour toi et pour cette âme toute neuve.
— Je t'en remercie. »
Et maintenant il avance, et soulevant des deux mains
l'enfant absurdement ficelée comme un paquet, il la dépose
dans les deux mains qui se sont tendues pour la prendre.
(L'habitude effroyable de l'emmaillotage était à l'époque près
de finir parmi les classes sociales les plus émancipées, grâce au

philosophe Locke ; mais pas encore hélas parmi les pauvres.) Le forgeron-prophète observe son épouse cependant qu'elle installe le paquet auprès d'elle. Elle regarde l'enfant avec cette intensité étrangement ambiguë, mi-amour, mi-doute, objective et subjective à la fois, mélange de certitude et d'étonnement, l'expression propre à la jeune mère qui soudain se trouve en face de ce qui vient de sortir de son corps — cette créature émergeant d'un long séjour dans les profondeurs de l'océan, et pourtant miraculeusement encore vivante. Elle n'est manifestement pas divine ; un visage ridé, obstiné, qui paraît encore lié à l'élément marin plutôt que déjà advenu à la réalité terrestre. Elle ouvre les yeux, les garde ouverts un long moment, presque stupéfaite, semble-t-il, par la révélation de ce monde misérable et sombre auquel elle vient de naître ; mais déjà il y a en ces yeux-là une trace d'azur, de ciel vide. Un jour, bien plus tard, on se souviendra de ces yeux, d'un bleu candide, d'une sincérité brutale, tout le contraire d'un regard vide.

John Lee remet sur sa tête son chapeau à large bord.

« Je t'ai acheté un cadeau. »

Le regard de la jeune femme se déplace de l'enfant jusqu'à l'homme, elle a un léger sourire, secrètement incrédule devant cet acte profane.

« Qu'est-ce que c'est ?

— Seulement un oiseau. Veux-tu voir ?

— Je veux voir. »

Il fait demi-tour, va dans l'autre pièce, et en revient presque immédiatement portant une boîte carrée, emmaillotée de chiffons comme l'est l'enfant, et qu'il tient par une poignée d'osier. A présent il la soulève bien au-dessus du lit pour que Rébecca puisse voir, et enlève l'étoffe qui l'entoure. C'est un chardonneret, dans une minuscule cage d'osier. Le petit oiseau brillamment coloré prend peur et bat des ailes contre les barreaux bruns.

« Il s'apprivoisera et il chantera. »

Rébecca lève timidement son bras libre, effleure du doigt la modeste cage.

« Il faut la pendre près de la porte, dans la lumière.

— Oui. »

Un moment il continue à contempler l'oiseau qui s'est blotti dans un coin, comme s'il comptait plus pour lui que le paquet vagissant, sur le lit. Enfin il recouvre la cage avec l'étoffe et en même temps il annonce :

« La nuit dernière le Seigneur m'a donné un nom pour elle.

— Quel nom ?

— Mary.

— J'ai promis au Seigneur qu'elle serait Ann.

— Femme, tu dois obéir. Nous n'allons pas refuser le don qui a parlé clairement.

— Je ne refuse aucun don.

— Oui, tu voulais. Ce n'est pas bien, en un tel moment. Ce que le Seigneur a donné nous devons le recevoir.

— Qu'a-t-il donné d'autre ?

— Qu'elle verra revenir le Seigneur Jésus.

— Elle peut porter les deux noms.

— Deux noms, c'est signe de vanité. Un seul suffit. »

Elle reste un moment silencieuse, l'observant. Puis elle baisse le regard vers la couverture blanche qui l'enveloppe. « Je te le dis, John Lee, lorsque le Seigneur Jésus reviendra, ce ne sera point Il mais Elle, et la mère doit savoir Son nom. »

Il la contemple sans répondre, hésitant à la réprimander pour une telle légèreté, une telle extravagance qu'en la circonstance mieux vaut sans doute l'ignorer. Il finit par se pencher vers Rébecca, posant sur son épaule une main maladroite ; c'est un geste de bénédiction, et en même temps d'absolution mais aussi, et bien davantage, un geste d'incompréhension. Comme tant de prophètes, il ne voit rien du moment présent. Il se redresse.

« Dors. Et quand tu t'éveilleras, tu sauras obéir. »

Il sort, emportant la cage ; la jeune femme continue un moment à regarder la couverture. Une fois éloigné il prononce encore quelques mots d'une voix basse, peut-être au sujet du chardonneret. Un silence, puis s'élève le chant de l'oiseau, près de la porte donnant sur la rue : un son argentin, le chant de l'envol, transperçant les pièces sombres d'un rayon de soleil; transperçant aussi les consciences. Mais William Blake est encore à venir.

Maintenant Rébecca contemple la minuscule enfant qu'elle a prise dans ses bras. Il y a dans ses yeux un immense étonnement devant cette créature, qui est autre, qui pénètre en intruse dans son monde; elle se penche et très doucement pose ses lèvres sur le front rose et plissé.

« Plus d'amour, Ann. Plus d'amour, mon amour. »

Les traits du bébé se crispent, en un paroxysme qui annonce les hurlements. Et le bébé hurle. Quelques secondes plus tard, la bouche minuscule venant pour la première fois en contact avec le sein maternel, le cri cesse. Dans la pièce à côté les voix se reprennent à murmurer. Rébecca allaite son enfant, les yeux clos, perdue dans un abîme de sensations, cette affirmation du soi qu'aucun des mots qu'elle connaît ne peut décrire, et connaîtrait-elle les mots justes qu'elle ne voudrait rien en décrire. Elle ouvre un instant ses yeux bruns et doux et fixe leur regard sur un coin de la pièce, comme si quelqu'un se tenait là, qui l'observe; puis elle baisse à nouveau les paupières. Au bout d'un moment elle se met à bercer légèrement l'enfant et, bientôt, presque imperceptiblement, commence à fredonner. C'est une lente berceuse et le bébé s'apaise. C'est un air très simple, et les paroles semblent n'être que deux phrases interminablement répétées.

Vive vi, vive vum, vive vi, vive vum, vive vi, vive vum ... Il est sûr que ce n'est rien de rationnel, que cela ne veut rien dire.

EPILOGUE

A VOUS LECTEURS qui savez ce que ce bébé de Manchester allait devenir dans le monde du dix-huitième siècle, je n'ai pas besoin de dire que ce livre n'est pas un roman historique. Je crois que l'enfant est née, en fait, le 29 février 1736, donc avant le début de mon histoire. J'ignore tout de sa mère et presque tout des autres personnages tels Lacy et Wardley, qui appartiennent aussi à la réalité. A l'exception de leurs noms, ils sont presque totalement inventés. Il se peut qu'existent des livres et des documents d'archives qui m'auraient renseigné à leur sujet. Je n'en ai consulté aucun, ni fait le moindre effort pour m'en procurer. Je le répète, ceci n'est qu'une fable et mon dessein n'était pas d'écrire — en respectant l'exactitude des faits ou l'authenticité du langage — un chapitre de notre Histoire.

J'ai le plus grand respect pour la recherche scrupuleuse d'une documentation historique précise d'autant que je voue à une telle recherche (quoique très modestement) une partie de mon temps ; mais cette discipline exigeante est essentiellement une science, et ses buts et méthodes ne sont pas ceux de la fiction. Je n'ai mentionné Daniel Defoe (qui mourut en 1731) qu'une fois seulement dans ces pages : bien faible hommage de l'admiration que j'ai toujours éprouvée pour lui. En écrivant ce livre je n'ai pas cherché à l'imiter — il est d'ailleurs inimitable. Mais j'avoue volontiers que j'ai tenté de le suivre quelque peu dans ses buts et ses moyens d'approche.

Un athée convaincu ne semble guère habilité à faire d'une secte chrétienne peu nombreuse et souvent ignorée l'objet de son étude et la matière de son roman. Néanmoins, si celui-ci fut écrit, cela tient en partie à la sympathie que m'inspirait l'United Society of Believers in Christ's Second Appearing fondée par Ann Lee, et dont les membres sont plutôt connus sous le nom de shakers, une sympathie qui s'est vite changée en un sentiment encore plus chaleureux. J'imagine que de nos jours, pour la plupart des gens, le terme « shaker » ne signifie guère plus qu'un style de mobilier et un ultra-puritanisme qui, superficiellement, semble proche de celui de quelques ordres monastiques comme les cisterciens dont l'inspiration religieuse est pourtant radicalement différente. Les théologiens orthodoxes ont toujours dénoncé la naïveté doctrinale de la secte ; les prêtres orthodoxes son fanatisme ; les capitalistes orthodoxes son communisme ; les communistes orthodoxes sa superstition ; les sensualistes orthodoxes son horreur du charnel ; et les machos orthodoxes son féminisme très marqué. Mon sentiment cependant est qu'elle représente un des plus fascinants épisodes de la longue histoire de la Dissidence protestante.

Et cela pas seulement pour des raisons sociales et historiques. Quelque chose dans la pensée et la théologie des shakers (et, en particulier, leur croyance en la nécessaire présence d'un composant féminin dans la Sainte Trinité, quelque chose dans leurs rituels étranges et leur vie pratique merveilleusement inventive, dans leur langage richement métaphorique et l'utilisation très imaginative de la danse et de la musique), quelque chose dans leur manière de vivre et de penser m'a toujours semblé préfigurer la relation fiction-réalité. Le romancier demande à ses lecteurs une adhésion sans réserve, qui très souvent semble absurde par rapport à la réalité normale ; lui aussi a besoin que ses lecteurs entrent dans une profonde compréhension de ses métaphores avant que les vérités dissimulées derrière ses images et ses tropes puissent passer, et « travailler ».

Bien sûr l'Angleterre avait déjà connu, à la fin de la première moitié du dix-septième siècle, un âge de dissidence déclarée. Sur un plan historique, la dissidence d'Ann Lee vint tardivement. Quelques années seulement après sa naissance, en avril 1739, un prêtre de l'Eglise anglicane, mécontent, se tint en haut de Kingsdown, une colline alors en dehors de Bristol, et parla — simple adresse plutôt que prêche — à un grand rassemblement fortuit de pauvres gens, pour la plupart des mineurs de Bristol et leurs familles. Nombre des auditeurs se mirent à pleurer, d'autres furent si émus, si troublés qu'ils tombèrent en transe. Assurément c'étaient là des gens frustes, illettrés, vulnérables ; de tels phénomènes cathartiques sont maintenant bien connus des psychologues et des anthropologues. Mais sur cette colline, ce qui entra en jeu ce ne fut pas seulement le charisme de l'orateur. Simplement, la lumière fut donnée à l'auditoire. C'était comme si jusque-là ils avaient tous été aveugles, ou (et c'était vrai à la lettre pour pas mal de mineurs) comme s'ils avaient toujours vécu dans l'obscurité.

J'ai le sentiment que nous devons autant à ces sanglots convulsifs, ces pleurs et ces extases des illettrés qu'à l'esprit des philosophes et à la sensibilité des artistes. La religion non orthodoxe fut, pour une majorité de gens qui n'étaient ni philosophes ni artistes, le seul instrument qui leur permît d'affirmer l'existence de l'individu hors de la société traditionnelle et irrationnelle dans laquelle il était depuis toujours englouti — une société irrationnelle sans doute, mais pas au point de ne pas comprendre que sa survie dépendait du maintien de ses traditions. Pouvons-nous nous étonner que l'ego nouveau-né (son adolescence, on l'appellera « l'Age romantique ») ait souvent choisi des moyens de survivre et de s'exprimer aussi irrationnels que ceux qui l'avaient d'abord empêché ? Je hais l'évangélisme moderne avec son prosélytisme qui ne craint pas d'utiliser les techniques publicitaires de Madison Avenue et son répugnant conservatisme politique. Je hais cet évangélisme qui prend l'aspect du christianisme le plus passéiste ; qui défend insidieusement tout ce qui est rétrograde dans la pensée et dans la politique contemporaines ; et qui par là, chaque jour, crucifie Jésus. Je n'ai d'ailleurs pas meilleure opinion de l'islam ou de n'importe quelle autre religion quand j'y retrouve une pareille tendance. Mais ce qui se passa avec John Wesley, l'homme dont il est question plus haut, et Ann Lee et leurs semblables au dix-huitième siècle, est totalement différent : il s'agit d'une illumination émotionnelle, à côté, et presque en dépit de l'illumination intellectuelle (propre à la classe bourgeoise) qui a rendu fameux le *siècle des*

Lumières. Ils ont eu — Wesley par son énergie et la force tranquille de ses convictions, Ann Lee par sa détermination obstinée (et extrêmement courageuse) et par son sens poétique, son extraordinaire génie de l'image — une vue lucide de ce qui n'allait pas dans leur monde. Une vue qui chez Ann était plus perçante que chez Wesley, peut-être en raison de son sexe, mais sans doute aussi parce qu'elle n'avait pas d'instruction ; c'est-à-dire qu'elle n'était pas encombrée de croyances toutes faites, de traditions apprises, ni influencée par les autres types d'illumination. Les gens comme Ann étaient foncièrement des révolutionnaires, en accord parfait avec les premiers chrétiens et avec leur maître divin.

Leurs efforts (ceux de John Wesley en particulier) devaient un jour engendrer une bigoterie bornée, une tyrannie interne aussi déshumanisante que les tyrannies dont ils avaient voulu se débarrasser. Mais je parle ici de ce premier détonateur, de cet esprit qui était en eux au commencement, avant que le souci d'une technique de la conversion religieuse et d'un recrutement intensif de nouveaux adhérents ait assombri et même trahi le haut exemple qu'ils avaient donné de rayonnement et de force. Une des ironies les plus amères de toute l'histoire religieuse est que nous admirons tellement l'architecture et le mobilier shakers, que nous tombons à genoux, comme fit Mies van des Rohe, devant la Hancock Round Barn, tout en rejetant totalement les croyances et les manières de vivre qui ont permis la création de tels chefs-d'œuvre.

Les shakers ont des racines purement anglaises, mais très vite les persécutions dont ils furent l'objet les obligèrent à quitter l'Angleterre. A Manchester, la vraie Ann Lee allait travailler comme ouvrière des filatures, puis tailler la fourrure pour un chapelier, puis faire la cuisine dans un hôpital ; elle se mariera (avec Abraham Stanley, un autre forgeron) et aura quatre enfants, qui tous mourront en bas âge. En 1774, elle partit pour l'Amérique, accompagnée par une poignée de coreligionnaires. Presque aussitôt son mari la quitta et, durant plusieurs années, elle et sa « famille » furent pourchassées, tout autant qu'en Angleterre. Ce fut en Amérique que l'United Society connut sa croissance, sa maturité, puis son déclin. Le dogme et les pratiques de la Society dans ses communautés furent développés après la mort d'Ann, en 1784, par des disciples tels que John Meacham et Lucy Wright ; mais le groupe reste marqué (et pas moins lors de la grande renaissance aux alentours de 1840) par la très forte personnalité d'Ann Lee.

Il est facile, à présent, de rejeter ce qui demeure lié à son nom — les dessins « inspirés », les chants et la musique « dictés », l'état de transe — et d'y voir les manifestations d'une religiosité naïve et, au moins en partie, les effets de cette abstinence sexuelle que prônait la Society sans en méconnaître les dangers (puisque la « conversation » et autres rituels ne furent élaborés que pour compenser cette privation). Une religiosité aussi suspecte, aussi farouche, existe dès avant l'époque d'Ann Lee, chez ces Prophètes français venus des Cévennes dont j'ai fait citer les noms par Wardley.

Mais dans ce qu'elle a de plus profond l'United Society laisse apparaître une tendance qu'on ne peut aussi aisément rejeter. C'est une aspiration, une détermination à fuir la simple science, la simple raison, la convention, la croyance établie et la religion, pour se réfugier dans la seule chose qui justifie le refus de telles puissantes divinités sociales, à savoir la fondation d'une société plus humaine... tout ce que veut traduire l'expression « plus d'amour ». C'est presque comme si Ann Lee et les shakers des débuts prévoyaient que, sinon l'Antéchrist, du moins très certainement Mammon, l'universelle convoitise de l'argent et le désir d'un constant accroissement des biens et de la richesse, gouvernerait un jour ce monde et menacerait de le détruire. Notre monde d'aujourd'hui est aussi sourd que le pauvre Dick à l'appel d'Ann Lee pour la simplicité, la sagesse, la maîtrise de soi. Le shakerisme, avec ses assemblées ou ses communautés, a maintenant à peu près disparu ; sa foi est trop directe, ses règles trop strictes pour les Adam et Eve du vingtième siècle. Pour moi, cependant, il y a là-dedans quelque chose qui n'est pas mort.

Certes la Dissidence est un phénomène humain universel ; toutefois celle de l'Europe du Nord et de l'Amérique représente, je pense, le legs le plus précieux que nous avons fait au monde. Nous l'associons spécialement avec la religion puisque toute nouvelle religion commence par une dissidence, c'est-à-dire par le refus de croire ce que voudraient nous faire croire ceux qui détiennent le pouvoir. Ce qu'ils nous commandent de croire, de toutes les manières, qu'il s'agisse d'une tyrannie totalitaire et de la force brutale ou de la manipulation des médias et du poids d'une hégémonie culturelle. Mais dans son essence, la Dissidence est un mécanisme biologique et évolutif, et pas quelque chose dont on a eu un jour besoin, à un moment précis de l'évolution de la société, à un moment où la foi religieuse était la grande métaphore et un moule où couler bien d'autres choses que la religion. On en a toujours besoin, et à notre époque plus que jamais.

Une forme extérieure historiquement évoluée, et bien adaptée (comme l'est une plante ou un animal) pour se débrouiller d'un ensemble donné de conditions se trouve condamnée lorsque les conditions changent ; cela ne se voit que trop bien, à mon avis, dans les difficultés rencontrées non seulement par la United Society, mais par la société occidentale tout entière. L'indignation et la réprobation des shakers dans la société et le monde qui étaient les leurs peuvent nous sembler désuètes ou utopiques ; les remèdes qu'ils préconisaient hors de notre atteinte ; mais quelques-unes des questions qu'ils posaient et certains défis qu'ils lançaient me semblent attendre encore une réponse.

Si, depuis le dix-huitième siècle, il y a eu dans certains domaines un développement considérable, la question centrale et très directe — quelle morale peut justifier l'injustice flagrante et l'inégalité dans la société des hommes ? —, cette question reste posée. Et si elle demeure sans réponse c'est essentiellement parce que nous avons commis le péché capital de perdre le sens ancien du mot médiocrité ; celui d'une sage et honnête modération. Nous l'avons trahi dans la manière dont nous avons gauchi et avili le mot (à mesure que se renforçait notre sens du soi individuel) jusqu'à ce qu'il prenne son sens moderne. C'est là, comme le cadeau des Grecs à Troie, le prix caché qu'il faut payer, imposé par la nature, pour notre conscience du soi, notre obsession du soi. Une espèce ne peut sans péril remplir son espace vital jusqu'à un absurde excès en nombre et cependant exalter l'excès, l'extrême, la non-médiocrité dans l'individu. J'ai depuis longtemps été conduit à penser que les religions établies, quelles qu'elles soient, peuvent être considérées comme le meilleur exemple de formes qui subsistent, sans plus aucune fonction ni nécessité, bien au-delà du temps où elles avaient un sens. S'il m'était demandé de quoi le monde présent et à venir devrait se délester je n'aurais pas d'hésitation : toutes les religions établies. Mais je ne nie pas qu'il fut un temps où elles étaient nécessaires. Et moins encore ai-je envie de renier (quel romancier pourrait le faire ?) ce moment dans la fondation de toute religion (quelque aveugle, banalisée et obstinément conservatrice qu'elle deviendra ensuite) où on découvre qu'un squelette doit être détruit ; ou du moins transformé et adapté à un monde nouveau. Nous sommes maintenant trop ingénieux pour changer ; trop égoïstes et trop multiples ; trop dominés, selon la terminologie shaker, par le « grand Moi du diable », trop esclaves de nous-mêmes, trop attachés à notre confort ; trop fatigués, trop indifférents aux autres, trop pusillanimes.

Je ne pleure pas l'oubli des règles, des rites et des formes extérieures du shakerisme ; mais je déplore la disparition de l'esprit qui animait Ann Lee, de son courage, et de sa merveilleuse imagination poétique et mystique.

*La composition
et l'impression de ce livre ont été effectuées
par Aubin Imprimeur à Ligugé, Poitiers
pour les Éditions Albin Michel*

AM

*Achevé d'imprimer en décembre 1987
N⁰ d'édition 10134. N⁰ d'impression L 25958
Dépôt légal, décembre 1987*